TESSA DARE

Drei sinnliche Nächte

Buch

Die Marquise Lily von Harcliffe weiß genau was sie will, und dazu gehört, den Mann zu heiraten, den sie liebt seit sie denken kann – Julian Bellamy. Doch Julian ist nur der uneheliche Sohn eines Edlen und besteht darauf, dass sie einen Gatten wählt, dessen gesellschaftlicher Stand dem ihren entspricht. Und das, obwohl er sie heimlich liebt. Da wird Lilys Bruder ermordet. Während sie gemeinsam den Täter suchen, wird Lily klar, dass dies die letzte Gelegenheit sein wird, ihren Julian davon zu überzeugen, dass sie allein die Richtige für ihn ist. Aber kann sie die Leidenschaft in ihm wecken, oder wird sie durch ihre Entschlossenheit alles verlieren?

Autorin

Tessa Dare ist halbtags Buchhändlerin und ganztags Mutter. Wenn sie sich nicht um ihre Kinder oder ihre Bücher kümmert, schreibt sie Romane. Als Kind ist sie ständig umgezogen und hat schnell gelernt: Egal wie oft sie den Wohnort wechselt, eine bestimmte Sorte von Freunden bleibt ihr immer: die Helden aus den Romanen, die sie gelesen hat. Aus diesem Grund entschied sie eines Tages, sich selbst ihre eigenen Freunde zu schaffen und Romane zu schreiben. Sie lebt zurzeit mit ihrem Mann, ihren zwei Kindern und ihrem Hund in Kalifornien.

Von Tessa Dare bei Blanvalet lieferbar:

Wirbelsturm der Liebe (37660) · Leidenschaftliche Rache (37661) · Ein verführerischer Tanz (38092) · Zwei sündige Herzen (38093)

Tessa Dare

Drei sinnliche Nächte

Roman

Aus dem Amerikanischen
von Beate Darius

blanvalet

Die Originalausgabe erschien 2010 unter dem Titel
»Three Nights with a Scoundrel« bei Ballantine Books, an imprint
of The Random House Publishing Group,
a division of Random House, Inc., New York.

MIX
Papier aus verantwortungsvollen Quellen
FSC® C014496

Verlagsgruppe Random House FSC® N001967
Das FSC®-zertifizierte Papier *Holmen Book Cream*
für dieses Buch liefert Holmen Paper, Hallstavik, Schweden.

1. Auflage
Deutsche Erstausgabe September 2014
bei Blanvalet Verlag, einem Unternehmen der
Verlagsgruppe Random House GmbH, München

Umschlaggestaltung: © Johannes Wiebel | punchdesign,
unter Verwendung einer Illustration von © Chris Cocozza
Redaktion: Regine Kirtschig
LH · Herstellung: cb
Satz: DTP Service Apel, Hannover
Druck und Bindung: GGP Media GmbH, Pößneck
Printed in Germany
ISBN: 978-3-442-38094-7

www.blanvalet.de

Julian stemmte sich auf einen Ellbogen und zwang sich, seinen glasig unsteten Blick zu schärfen. »Lily? Sind Sie das wirklich?«

Das aparte Oval ihres Gesichts gewann an Kontur. Dunkle Augen, eine schmale, gerade Nase. Der rosige Schwung ihres Mundes. »Aber gewiss bin ich das.«

Heiliger Herrgott. Er war nicht im Himmel; er war der Verdammnis anheimgefallen. Er lag in einem Bett, vermutlich in einem Bett irgendwo in Harcliffe House. Lady Lily Chatwick saß am Bettrand, entschieden zu nah bei ihm. Lediglich eine Armeslänge entfernt. Er wusste, dies konnte kein Traum sein, denn er träumte nie von Lily. Er hatte versucht, von ihr zu träumen, wann immer diese tiefe Sehnsucht von ihm Besitz ergriff. Es war ihm nie gelungen. Nicht einmal im Schlaf vermochte er sich ein Trugbild vorzugaukeln, sich selbst zu täuschen. Er war sich ständig gewärtig, dass er, Julian, diese Frau nicht verdiente.

Verdammt. Sein Verstand raste ob der Anstrengung, sich auf die Geschehnisse der vorangegangenen Nacht zu besinnen. Was zum Teufel hatte er getan? Was hatte er *sie* genötigt zu tun?

»Lily.« Seine Zunge fühlte sich schwer und pelzig wie rauer Filz an. Das Schlucken bereitete ihm Mühe. »Sagen Sie mir, dass dies nicht Ihr Gemach ist.«

Ihre Lippen hoben sich zu einem feinen Lächeln. »Es ist nicht mein Gemach.«

Er ließ den Atem entweichen, den er erschrocken angehalten hatte. Kaum dass er einen flüchtigen Blick auf das Interieur warf, erkannte er, dass das Schlafzimmer in maskulinen Farben gehalten war. Gedeckte Grün- und Blautöne.

Ein Gedanke, weit unerträglicher als der erste, traf ihn wie ein Blitzstrahl. Er setzte sich noch weiter auf. »Lily. Sagen Sie mir, dass das hier nicht sein Gemach ist.«

Ihr Lächeln schwand, und Traurigkeit glättete die Lachfältchen in ihren Augenwinkeln. »Nein. Es ist nicht Leos Gemach.«

Elyssa, diesen Gentleman habe ich für dich erfunden. Danke, dass du von Anfang an sein Fan warst.

So viele Menschen haben mir den Rücken freigehalten, als ich diese Trilogie schrieb. Mein wundervoller Mann, die Kinder und die ganze Familie sind mir eine große Unterstützung gewesen – ich kann ihnen gar nicht genug danken. Im Besonderen profitierte dieses Manuskript von den Ideen und Anregungen, die Courtney Milan, Amy Baldwin, Elyssa Papa, Jennifer Haymore, Janga Brannon, Sara Lindsey, Terri Osburn, Diana Chung, Lindsey Faber und Manda Collins beigesteuert haben. Danke, Maili, dass du geduldig meine zahllosen Fragen beantwortet hast, und sei bitte nachsichtig mit mir, wenn sich trotz deiner großzügigen Hilfe noch Fehler eingeschlichen haben. Danke auch an Kim Castillo und Frauke Spanuth für ihre Erfahrung und ihr Hintergrundwissen.

Ich bin meinem Team bei Random House unendlich dankbar, ganz besonders meiner Lektorin Kate Collins und ihrer Assistentin Kelli Fillingim, meiner Verlegerin Alison Masiovecchio, meiner Redakteurin Martha Trachtenberg und Lynn Andreozzi für das fantastische Buchcover. Nicht zuletzt geht mein großer Dank an meine fabelhafte Agentin Helen Breitwieser, die mir stets mit Rat und Tat zur Seite steht.

1

London, Oktober 1817

Ein unsanftes Rütteln an ihrem Arm riss Lily aus dem Schlaf. Vor ihrem Gesicht tanzte ein glühender Lichtball.

Sie stöhnte auf, und das Licht verlor sich. Widerstrebend öffnete sie die Lider. Unter heftigem Blinzeln bemühte sie sich, den Träger der Fackel auszumachen. Es war die Haushälterin, Mrs. Holling.

Gütiger Gott. Sie schrak in ihrem Bett hoch. Etwas Entsetzliches musste geschehen sein. Die Dienerschaft würde sie gewiss nicht wachrütteln, wenn es sich nicht um eine Angelegenheit von äußerster Dringlichkeit handelte.

Sie presste eine Hand an ihre Kehle. »Was ist passiert? Was wollen Sie von mir?«

Fahlgelber Lampenschein erhellte ein reumütiges Gesicht. »Mylady. Ihre werte Anwesenheit ist unten dringend vonnöten. Unverzüglich. Bitte vielmals um Vergebung.«

Mit einem zustimmenden Nicken glitt Lily aus dem Bett. Sie schob ihre Zehen in nachtkühle Slipper und ließ bereitwillig zu, dass die Bedienstete ihr in einen lavendelblauen Seidenumhang half.

Ihre Beklommenheit verstärkte sich mit jeder Stufe, die sie hinunterschritt. Sie war ihr allzu vertraut.

Nicht einmal fünf Monate waren verstrichen, seit sie in jener schicksalsschweren Nacht nach unten gebeten worden war. Niemand musste sie damals aufwecken; von einer quälenden Vorahnung gepeinigt, hatte sie ohnehin kein Auge zugetan. Ihre Ängste hatten sich bewahrheitet, als sie das Portal öffnete und die Gentlemen sah, die ihrer dort auf der Schwelle harrten – drei Männer, die nichts gemein hatten außer ihrer Mitgliedschaft im Stud Club, einer exklusiven Gesellschaft zum Zwecke der Pferdezucht, die Lilys Bruder Leo gegründet hatte. Es waren dies der die Öffentlichkeit scheuende Duke of Morland, der von Schlachten gezeichnete Kriegsheld Rhys St. Maur und Julian Bellamy, ein in den Londoner Adelszirkeln umschwärmter Beau und Leos engster Freund.

Ein Blick in ihre grabesernsten Mienen in jener Nacht war ausreichend, es hatte keiner weiteren Worte bedurft. Lily wusste sogleich, welch tragische Botschaft die Gentlemen zu ihr geführt hatte.

Leo war tot.

Im Alter von achtundzwanzig Jahren hatte ihr Zwillingsbruder sein Leben gelassen. Leo Chatwick, der Marquis von Harcliffe. Jung, von anziehendem Äußeren, wohlhabend, weithin geschätzt und geachtet, war er in einer der dunklen Gassen Whitechapels zu Tode geprügelt worden, er war das Opfer von Straßenräubern geworden.

Als sie das letzte Mal zu nachtschlafender Stunde diese Stufen hinabgeschritten war, war ihr Leben entzweigebrochen.

Lily zitterten die Knie, als sie den Fuß der Treppe erreichte. Sie umklammerte Halt suchend das Geländer und holte zitternd Luft, als ein Diener sie in Richtung Tür winkte.

Mrs. Holling hielt ihr die Fackel über die Schwelle. Lily, die ihren sämtlichen Mut zusammenraffte, trat zur Tür und spähte hinaus.

Da draußen auf der Eingangstreppe niemand stand, fiel ihr Blick geradewegs auf den Park, an den das Haus grenzte. Das frühe Licht der Morgendämmerung tastete sich bereits zinngrau über akkurat gestutzte Hecken, die gepflegte Wege säumten. Die Straßen lagen noch recht verlassen, vereinzelt bemerkte sie jedoch Bedienstete auf ihrem Weg zum Markt.

Das beharrliche Gestikulieren der Haushälterin lenkte ihr Augenmerk zum Fuß der Treppe. Dort unten, auf dem Pflaster, stand der Schubkarren eines Straßenhändlers. Auf dem hölzernen Karren lagen Karotten, weiße Rüben, Markkürbisse … und die reglose Gestalt eines Mannes.

Sie umklammerte den Türknauf. Oh nein.

Es war Julian Bellamy.

Lily erkannte das rote Jackett wieder, noch ehe sie sein Gesicht sah. Sie presste eine flache Hand auf ihren Mund, um einen Aufschrei des Entsetzens zu dämpfen.

Eines hatte sie getröstet, als sie um Leo getrauert hatte: die Gewissheit, dass sie einen derart schmerzvollen Verlust niemals wieder ertragen müsste. Leo war ihr Zwillingsbruder, von Geburt an ihr bester Freund und seit dem Ableben ihrer Eltern der nächste Angehörige, der ihr geblieben war. Sie würde keinen anderen so innig lieben, wie sie ihn geliebt hatte. Nachdem Leo diese Welt verlassen hatte, konnte der Schmerz ihr nimmermehr etwas anhaben.

Das hatte sie zumindest geglaubt.

Derweil sie Julians reglose Gestalt mit schreckgeweitetem Blick abtastete, schien es schwerlich fassbar, dass sie jemals solche Verzweiflung empfunden hatte. Sie spürte, wie vor Schreck hässliche, krächzende Laute aus ihrer Kehle drängten. Indes war sie außerstande, sich zu beruhigen. Gleich nach Leos Tod war Julian da gewesen und hatte ihr zur Seite gestanden. Er mochte ein draufgängerischer Lebemann sein, ihrem Bruder und auch ihr war er stets ein verlässlicher Freund gewesen. Schon seit etlichen Jahren hatten sie ihn als ein Mitglied ihrer Familie betrachtet. Wenn Julian sie verließ …

Dann wäre sie wahrhaftig allein.

Zum zweiten Mal an jenem Morgen rüttelte Mrs. Holling an ihrem Arm. Lily lenkte ihren Blick auf die Haushälterin.

»Er lebt«, bekundete die ältere Frau. »Er atmet noch.«

Tränen der Erleichterung drohten, Lily gänzlich ihrer Contenance zu berauben. »Bringt ihn ins Haus.«

Die Diener beeilten sich zu gehorchen, sie hoben den erschlafften Körper von dem Schubkarren und trugen ihn die Stufen hinauf.

»In die Küche.«

Einer nach dem anderen eilten sie durch den engen Flur, der in den rückwärtigen Teil des Hauses führte. Mrs. Holling lief mit ihrer Fackel voraus, dann kamen die Diener, die Julian trugen. Lily folgte ihnen als Letzte, derweil sie das kurze Treppenstück zur Küche nahmen.

Trotz der frühen Stunde war das Küchengesinde bereits emsig bei der Arbeit. Ein knisterndes Feuer wärmte den Raum, und der Duft von Hefegebäck erfüllte die Luft. Ein Küchenmädchen riss ihre bemehlten Hände aus einem Klumpen Teig und wich erschrocken zurück, um Platz für die Diener zu machen, die an ihr vorbeidrängten.

Sie legten Julian neben den Herd und betteten seinen Kopf auf einen Sack Mehl.

»Schickt nach dem Doktor«, rief Lily. Als keiner von den Umstehenden Anstalten machte, ihrer Anweisung Folge zu leisten, wiederholte sie den Befehl so laut, wie es ihre Lunge zuließ. »Der Doktor. Unverzüglich.«

Mit einer hastigen Verbeugung stob einer der Bediensteten aus der Küche.

Lily kniete sich an Julians Seite. Gütiger Himmel, er sah scheußlich aus. Sein Gesicht starrte vor Schmutz, und der Gestank der Gosse klebte an seinen Kleidern. Sie legte ihm eine Hand auf die Stirn, die sich unter ihrer Berührung feucht und kühl anfühlte. Vielleicht litt er unter Atemnot. Ihre Finger flogen zu seiner Krawatte, zerrten daran, um seinen Hals von dem steif gestärkten Leinenkragen zu befreien. Frischer Bartansatz kitzelte rau ihre Finger. Sie brachte ihre Wange an sein Gesicht und war froh, als warmer Atemhauch ihre Haut streifte.

Unversehens krümmte er sich, als müsste er husten.

Sie gab ihr Gerangel mit seiner Krawatte auf und lehnte sich zurück, heftete den Blick auf Julian, nicht willens, auch nur ein einziges Wort aus dessen Munde zu versäumen.

Seine Augäpfel zuckten in dem Versuch, sich zu fokussieren, derweil sein Blick über ihre Gestalt streifte. »Hallo, Lily.«

Erleichterung erfüllte sie. »Julian. Sind Sie wohlauf?«

Er blinzelte mehrere Male in rascher Folge. Dann erschlafften seine Lider. Schließlich sagte er: »Violett war stets Ihre Farbe.«

Er sackte mit geschlossenen Augen auf den Küchenboden.

War er betrunken? Sie lehnte sich vor, schnupperte behutsam an seinem entblößten Hals. Kein Alkohol. Auch fand sich dort nicht jener Gestank nach Unrat. Lediglich das schwache Aroma von Stärke und Seife, vermischt mit dem metallischen, stechenden Geruch von …

Oh Gott.

Sie packte seinen Arm und schüttelte ihn heftig. »Julian. Julian, wachen Sie auf.«

Als er nicht reagierte, zog sie ihre zitternde Hand fort und nahm sie in Augenschein. Genau wie sie befürchtet hatte, klebte an ihren Fingern Blut.

Er, Julian Bellamy, war irgendwann im Laufe der Nacht verstorben.

Das konnte die einzige Erklärung sein. Er war verschieden, und es hatte sich eine Art göttliches Missgeschick ereignet. Denn heute Morgen war er im Himmel aufgewacht. Die schiere Reinheit blendete seine Sinne.

Alles erstrahlte in hellem Licht. Duftend. Anheimelnd. Reinlich frisch.

Die Eigenschaften des Paradieses, wie er es sich als Junge vorgestellt hätte. Das Gegenteil von allem, was er von seiner Geburt bis zum Alter von neun Jahren kennengelernt hatte: Verwahrlosung, Schmutz, Finsternis, Ausgezehrtheit.

Bei dem Gedanken an Letzteres verspürte er ein leichtes Hungergefühl.

Eigentümlich.

Seine nackten Arme streiften Laken aus knisterndem Leinen und weichem Seidenstepp, als er sich streckte, schläfrig darüber sinnierend, ob die Toten Appetit verspürten. Und wenn dem so war, welches Met-und-Manna-Bankett harrte hier seiner?

»Endlich. Sie kommen zu sich.« Eine weibliche Stimme. Schmeichelnd und warm wie flüssiger Honig. Eine vertraute Stimme.

Sein Pulsschlag geriet ins Stocken.

Sein Pulsschlag? Hölle und Verdammnis. Zum Henker mit dem Appetit. Tote Männer hatten ganz gewiss keinen Pulsschlag.

Julian stemmte sich auf einen Ellbogen und zwang sich, seinen glasig unsteten Blick zu schärfen. »Lily? Sind Sie das wirklich?«

Das aparte Oval ihres Gesichts gewann an Kontur. Dunkle Augen, eine schmale, gerade Nase. Der rosige Schwung ihres Mundes. »Aber gewiss bin ich das.«

Heiliger Herrgott. Er war nicht im Himmel; er war der Verdammnis anheimgefallen. Er lag in einem Bett, vermutlich in einem Bett irgendwo in Harcliffe House. Lady Lily Chatwick saß am Bettrand, entschieden zu nah bei ihm. Lediglich eine Armeslänge entfernt. Er wusste, dies konnte kein Traum sein, denn er träumte nie von Lily. Er hatte versucht, von ihr zu träumen, wann immer diese tiefe Sehnsucht von ihm Besitz ergriff. Es war ihm nie gelungen. Nicht einmal im Schlaf vermochte er sich ein Trugbild vorzugaukeln, sich selbst zu täuschen. Er war sich ständig gewärtig, dass er, Julian, diese Frau nicht verdiente.

Verdammt. Sein Verstand raste ob der Anstrengung, sich auf die Geschehnisse der vorangegangenen Nacht zu besinnen. Was zum Teufel hatte er getan? Was hatte er *sie* genötigt zu tun?

»Lily.« Seine Zunge fühlte sich schwer und pelzig wie rauer Filz an. Das Schlucken bereitete ihm Mühe. »Sagen Sie mir, dass dies nicht Ihr Gemach ist.«

Ihre Lippen hoben sich zu einem feinen Lächeln. »Es ist nicht mein Gemach.«

Er ließ den Atem entweichen, den er erschrocken angehalten hatte. Kaum dass er einen flüchtigen Blick auf das Interieur warf, erkannte er, dass das Schlafzimmer in maskulinen Farben gehalten war. Gedeckte Grün- und Blautöne.

Ein Gedanke, weit unerträglicher als der erste, traf ihn wie ein Blitzstrahl. Er setzte sich noch weiter auf. »Lily. Sagen Sie mir, dass das hier nicht sein Gemach ist.«

Ihr Lächeln schwand, und Traurigkeit glättete die Lachfältchen in ihren Augenwinkeln. »Nein. Es ist nicht Leos Gemach.«

Mit einem leise gemurmelten *Gott sei Dank* sank er abermals gegen die Kissen. Es war eine Sache, das Andenken an seinen verstorbenen Freund zu verunglimpfen. Eine gänzlich andere Sache war es indessen, es in dem früheren Bett des verstorbenen Freundes zu tun.

»Es ist eines der Gästezimmer. Wie geht es Ihrem Arm?«, fragte sie.

Gleichsam als Antwort durchfuhr besagte Extremität ein heftiges Zucken. Die Woge des Schmerzes förderte Erinnerungen zutage. Das stickige Lagerhaus. Die in Panik geratene Menschenmenge. Der ausgebrochene Bulle, der ihn gegen das Geländer quetschte.

Mit seiner rechten Hand berührte er den festen Verband, der um seinen Bizeps gewickelt war.

»Ein Doktor ist hier gewesen und bereits wieder fort. Er schien guten Mutes, dass Sie überleben werden.«

»Zum Henker.« Er presste sich die Fäuste auf die Augen. »Wie um alles in der Welt bin ich hierhergekommen?«

Sie schnalzte mit der Zunge. »Warum regen Sie sich so auf? Ich war der Überzeugung, dass es nicht ungewöhnlich für Sie ist, nackt in einem fremden Bett aufzuwachen.«

Nackt? Hatte sie eben wirklich nackt gesagt?

Julian hob die Bettdecke und spähte an sich hinunter. Dem Allmächtigen sei Dank. Obschon er bis zur Taille entkleidet war, zwinkerten ihm die Zinnknöpfe seines Hosenlatzes zu. Und sie lagen flach und brav in einer ordentlichen Reihe. Im Moment jedenfalls. Wenn sie weiterhin über ihn gebeugt blieb, würden sie das nicht mehr lange tun.

»Spitzzüngiges Biest.« Als sie noch ausgelassener über ihren eigenen Scherz lachte, ließ er das Laken sinken und schalt sie: »Sie sind eine unerträgliche Plage.«

»Und Sie sind ein unbelehrbarer Narr.«

Als er sich auf seine unversehrte Seite drehte, legte sie ihm eine Hand auf die entblößte Schulter. Ihre Berührung brannte auf seiner Haut wie ein glühendes Feuer.

»Lily …«

»Nein, damit ist mir ernst. Sie wissen, dass ich solche Begriffe für gewöhnlich nicht verwende.«

Sie verwendete solche Begriffe wahrlich nicht, nie und nimmer. Oh, sie dachte sie des Öfteren, dessen war er sich gewiss. Indessen sagte sie dergleichen nie offen heraus. Der Schurke in Julian war ungehörigerweise erfreut, dass er sie dazu provoziert hatte, ihre Gedanken auszusprechen. Lily hegte viele Gedanken, die es wert waren, geteilt zu werden, jedoch behielt sie sie meistens für sich.

Sie reichte ihm ein Glas Gerstenlimonade, und er nahm es dankbar.

»Sie machen sich selber zum Narren, Julian, und das nicht nur heute Morgen.« Ihre Augen verengten sich zu ärgerlichen Schlitzen. »Da wir jedoch schon einmal beim Thema sind, lassen Sie uns mit dem heutigen Morgen beginnen.«

»Ist das vonnöten?« Die Laken eng an seine Brust zerrend –

mit Rücksichtnahme auf ihr Schamempfinden, nicht auf seines –, setzte Julian sich im Bett auf. Er hob das Glas an seine Lippen und leerte den Trunk in durstigen Zügen.

Derweil fuhr Lily unbeirrt fort.

»Ja. Haben Sie eine Vorstellung davon, was für einen Schrecken Sie mir eingejagt haben? Ein Gemüsehändler fand Sie in der heraufziehenden Dämmerung auf der Straße. Im Rinnstein liegend, blutend.«

Ah ja. Das Blut. Das war es, was ihn umgetrieben hatte. Die zerborstenen Splitter seines Erinnerungsvermögens begannen, sich gemächlich zusammenzufügen.

»Glücklicherweise erkannte die Köchin Sie, als der Straßenhändler Sie inmitten von Rüben und Sellerieknollen gepfercht in seinem Karren herbrachte.« Sie erhob die Stimme. »Wahrhaftig, Julian. Vermögen Sie sich das vorzustellen?«

Wahrlich, das vermochte er durchaus. Er hatte eine vage Erinnerung an Sellerieknollen. Bilder der Nacht fluteten abermals sein Bewusstsein, wie in einem heißen, verschwitzten Rausch. Er stellte das Glas beiseite und massierte sich einen scharfen Schmerz in seinen Schläfen fort. »Ich vermag es zu erklären.«

»Bitte, tun Sie das.«

»In Southwark fand ein Boxkampf statt.«

Sie schüttelte ungehalten den Kopf. »Verschonen Sie mich mit einem weiteren Boxkampf. Das ist wohl alles, was Sie in diesen letzten verstrichenen Monaten zu interessieren scheint.«

»Ich besuche derartige Veranstaltungen nicht, weil ich ein Faible für diesen Sport habe.«

Julian hatte die allgemein übliche Faszination für Faustkämpfe nie geteilt. Er hatte in seinem Leben zu viel wirkliche Gefahr geschmeckt, um Begeisterung für gekünstelte Nachahmungen zu empfinden. Aber er wünschte bei Gott, er könnte diesem blutigen Sport etwas abgewinnen. Denn dann wäre ein guter Freund noch am Leben. Monate zuvor hatte Julian auf Leos Vorschlag hin eingewilligt, einen Boxkampf zu besuchen. In letzter Minute hatte er sich entschuldigt, da er es vorzog, den Abend stattdessen in der Umarmung einer Frau zu verbringen.

Eine Entscheidung, die er im Nachhinein bitter bereute. Und das nicht nur, weil Carnelia im Bett völlig uninspiriert war.

Leo hatte die Veranstaltung ohne ihn besucht. Danach war er überfallen und in einer der dunklen Gassen von Whitechapel erschlagen worden – auf offener Straße gemeuchelt von zwei Straßenräubern. Das zufällige Opfer eines Diebstahls, das dachten die meisten.

Julian wusste es besser. Jener Überfall hatte ihm gegolten. In den vergangenen Monaten hatte er jeden Boxkampf, Hahnenkampf, Hundekampf, jede Bärenhatz besucht, die innerhalb einer Tagesreise von London stattfand. Wenn der Geruch von Blut in der Luft hing, folgte er ihm – einerlei, wie sich ihm bei dem Spektakel der Magen umdrehte. Er konnte nicht ruhen, bis er mit Leos Mördern abgerechnet hatte, ansonsten lief er Gefahr, ihnen gleichermaßen zum Opfer zu fallen.

»Glauben Sie wirklich, dass Sie der Besuch derartiger Veranstaltungen zu ihnen führen wird?«, fragte sie. »Sie haben kaum mehr als eine vage Beschreibung von den Männern. Sie könnten auf der Straße neben Ihnen stehen, und Sie würden Sie nicht erkennen.«

»Sie verstehen das nicht.« Obschon er eine bessere Beschreibung von den Männern hatte, als Lily vermutete, war selbige allenfalls vage. Er wusste sehr wohl, wie aussichtslos die Suche war. Aber das spielte keine Rolle. Aufgeben war undenkbar.

»Nein, zugegebenermaßen verstehe ich das nicht. Ich verstehe ungemein viele Dinge nicht, die Sie in letzter Zeit tun. Zum Beispiel den Umstand, wie Sie von einem Boxkampf in Southwark in den Gemüsekarren eines Straßenhändlers in Mayfair gelangt sind.«

»Nach der Boxveranstaltung fand eine Bullenhetze statt. Der Bulle riss sich von seinem Strick los, und die Menge geriet in Panik.« Julian schloss die Augen und kniff sich in die Nasenwurzel, seine Gedanken bestürmt von den Erinnerungen an den Lärm. Das Gebrüll der Männer, wildes Hundegekläff, der donnernde Widerhall der Schritte, als alle auf einmal zu den Ausgängen stürzten.

Er hob beide Hände – eine zur Faust geballt, die andere Handfläche flach ausgestreckt. »Der Bulle griff an.« Gleichsam als Unterstreichung des Gesagten hieb er seine Faust in den flachen Handteller. »Ich war im Weg.«

»Ich nehme nicht an, dass Sie etwas so Edelmütiges taten, als da wäre, sich vor die Bestie zu werfen, um einen gebrechlichen alten Mann zu retten.« Sie brachte eine Hand unter sein Kinn und drehte Julians Gesicht ins Licht, um seine Wange zu untersuchen. Ihr Finger zeichnete eine geschlängelte Linie zu seinem Mund – er musste dort einen Kratzer haben, mutmaßte er. Er befeuchtete seine aufgeplatzten Lippen.

Ihre Hand glitt zu der Bandage, die seinen Arm umschloss. Sie strich mit ihren Fingern über den Verband und steckte ein loses Mullende unter den fest gewickelten Stoff.

Die Intimität ihrer Berührung war erregend. Zu erregend.

Kopfschüttelnd schob er ihre Hand fort. »Nein, von Edelmut kann nicht die Rede sein. Es war schlicht und ergreifend unbesonnen von mir, Rot zu tragen.«

»Julian.« Ihre dunklen Augen glommen vor Zuneigung, als sie seine Finger drückte. »Sie müssen damit aufhören, sich selber zur Zielscheibe zu machen.«

»Ich erlitt eine leichte Quetschung, weiter nichts. Keine nennenswerte Verletzung, einmal abgesehen von dem Schmerz in meinem Arm. Ich beschloss, zu Fuß nach Hause zu laufen, um mich davon abzulenken.«

»Zu Fuß nach Hause laufen? Von Southwark?«

Er zuckte mit seiner unversehrten Schulter und löste seine Hand aus ihrem zarten Griff. »Es ist gar nicht so weit.« Nicht für ihn. In letzter Zeit verbrachte er die meisten Nächte damit, dass er sämtliche Stadtteile Londons durchstreifte.

Letzte Nacht hatte er den Rückweg bereits bis zu dem Park bewältigt, an dem Harcliffe House gelegen war. Jenes Anwesen war stets der letzte Halt auf seinen nächtlichen Runden. Er hatte es sich zur Angewohnheit gemacht, an der Ecke zu verharren, die zur Straße führte. Wenn er sich mit einem Fuß auf den Gehsteig und dem anderen auf das Grün stellte, dann seinen Hals reckte … erhaschte er trefflich den Blick auf das vierte Fenster von rechts im ersten Geschoss. Dasjenige, von dem er wusste, dass es zu Lilys Schlafgemach gehörte. Wenn das Fenster dunkel war, schlief sie und hatte ihre innere Ruhe gefunden. Dann wurde ihm leichter ums Herz. In den Nächten, in denen er dort oben Licht brennen sah, sehnte er sich danach, ihren Kummer zu trösten. Dann harrte er unten auf dem Pflaster aus, teilte heimlich Lilys Trauer, bis das Licht erlosch oder die Sonne aufging – je nachdem, was als Erstes geschah.

In den Wochen nach Leos gewaltsamem Tod hatte er festgestellt, dass hinter jenem Fenster beinahe jede Nacht das Licht brannte. Als die Monate verstrichen, waren ihre schlaflosen

Nächte dann allmählich weniger geworden. Letzte Nacht war es ihm ein Trost gewesen, das fragliche Fenster dunkel zu sehen. Doch gerade als Julian sich umgedreht hatte, um den Weg zu seinem eigenen Stadtpalais fortzusetzen, verwandelte sich das schwache Pochen in seinem Arm in einen unerträglichen, bohrenden Schmerz.

Er fuhr fort: »Ich kam in der Nähe vorbei. Ich blieb unter der Straßenlaterne stehen, um einen Blick auf meinen Arm zu werfen. Lediglich eine Fleischwunde, die mir zuvor nicht aufgefallen war. Irgendetwas steckte in der Wunde … ein Glassplitter, denke ich.« Wie zum Beweis berührte er seinen verbundenen Arm. »Ich packte ihn und zog ihn heraus, worauf die Wunde stark zu bluten begann. Damit hatte ich nicht gerechnet, und ich …«

»Und Sie wurden ohnmächtig.«

»Ohnmächtig? Aber nein.«

»Sie fielen in Ohnmacht.«

»Nein«, wiederholte er stoisch, dabei klemmte er die Hand unter seine Achsel. »Wahrhaftig nicht. Ich wurde nicht ohnmächtig, Lily. Männer fallen nicht in Ohnmacht.«

»Sie brachen bewusstlos auf dem Gehweg zusammen, wo der Straßenhändler Sie auffand. Das klingt mir ganz nach einer Ohnmacht. Was könnte es denn sonst gewesen sein?«

»Das entzieht sich meiner Kenntnis. Irgendein Anfall. Apoplexie. Malaria.« Auf jeden Fall etwas Mannhafteres als eine Ohnmacht.

Sie verdrehte die Augen in Richtung Zimmerdecke. »Sie hatten keinen Schlaganfall, und Sie leiden auch nicht an Malaria. Einmal abgesehen von Ihrer Armverletzung und dem einen oder anderen Kratzer konnte der Doktor nichts Gravierendes feststellen. Physisch fehlt Ihnen nichts. Sie sind schlicht und ergreifend erschöpft. Wann haben Sie das letzte Mal eine Nacht durchgeschlafen?«

»Ich vermag mich offen gestanden nicht zu entsinnen.«

»Hm. Und wann haben Sie das letzte Mal ein anständiges Mahl zu sich genommen?«

»Ah, daran erinnere ich mich. Ich hatte ein sehr delikates Steak im Stoat's Head.«

»Gestern?«

Er zögerte, während er sich mit einer Hand durch sein Haar fuhr. »Nein, wenn Sie mich so direkt danach fragen.«

Eine dunkle Augenbraue hob sich ungläubig. »Sie wurden ohnmächtig, Julian.«

»Na und? Was verlangen Sie von mir, das ich künftig tun soll? Ein Essigfläschchen mit mir herumtragen?« Er kicherte leise vor sich hin. Wahrhaftig, das wäre ein trefflicher Spaß. Innerhalb einer Woche würde jeder junge Geck in London ein solches Riechfläschchen mit sich führen. Wie Beau Brummell vor ihm war Julian ein stilbewusster Vordenker seiner Zeit. Seine Kleidung, seine Frisur, selbst seine Umgangsformen wurden akribisch von den leicht zu beeindruckenden jungen Gentlemen aus den gesellschaftlichen Eliten kopiert. Ebendies war von Anfang an sein Ansinnen gewesen.

»Seien Sie nicht töricht. Ich möchte, dass Sie besser auf sich achtgeben, mehr verlange ich nicht. Schlafen. Essen. Dass Sie Schauplätze von Gewalt und Gefahr für Leib und Leben meiden. Ist das wahrhaftig so schwierig?«

»Fürwahr. Es ist mir unmöglich.«

Sie zuckte zusammen, getroffen von der Härte seiner Antwort. Er bereute seine Heftigkeit, jedoch nicht seine Geisteshaltung.

Mit ruhiger und gefasster Stimme erwiderte sie: »Ich möchte Sie in Sicherheit wissen. Ich mache mir Sorgen um Sie. Was ist daran so unmöglich?«

Alles.

Er zerrte das Laken um seinen Körper, tastete mit Blicken den Raum nach seinen Kleidern ab. Es drängte ihn, aus diesem Bett zu verschwinden, aus diesem Haus … bevor diese Unterhaltung unliebsame Wege einschlug. Er setzte einen Fuß zu Boden und verlagerte sein Gewicht darauf.

Ein Schwindelanfall überwältigte ihn. Der Raum drehte sich, und Julian fand sich schnurstracks auf die Matratze zurückbefördert.

»Malaria«, murmelte er. Seine Arme, die neben seinen Körper sanken, fühlten sich hölzern an.

»Nein, mitnichten. Dieses Mal ist es auch keine Ohnmacht. Der Doktor hat ein Schlafpulver dagelassen, davon habe ich ein wenig in Ihren Gerstentrunk gemischt.«

Sie drückte ihn auf das Bett zurück, breitete die Decke über ihn. Ihre Hände … sie waren überall. Als sie sich vorbeugte, um die Kissen unter seinem Kopf zurechtzurücken, nahm er einen betörenden Atemzug ihrer süßen Wärme. Der Schwung ihrer Brüste streifte seinen versehrten Arm. Weich. Allmächtiger, himmlisch weich. Sein Herz vollführte einen heftigen Satz. Nun, das war gefährlich.

Er murmelte: »Ich dachte, Ihnen sei daran gelegen, dass ich Gefahren meide.«

»Das ist mein Ansinnen. Deswegen werden Sie jetzt schlafen. Wenn Sie aufwachen, werden Sie eine kräftigende Mahlzeit zu sich nehmen. Und dann werden wir reden.«

Ihre Worte schienen in Watte gehüllt. Er brauchte eine Weile, um ihre Bedeutung zu entschlüsseln. »Wie viel von dem Schlafpulver haben Sie mir eigentlich gegeben?«

»Zwei Dosen und eine zusätzliche Prise, damit es gut wirkt. Sie sind ein stattlicher Mann, Julian Bellamy.«

»Ah, Lily. Das haben Sie also bemerkt.« Die tändelnde Bemerkung rutschte ihm unbedacht heraus. Gütiger Gott. Er war sterbensmüde, trunken vor Schlaf. Er war nicht mehr Herr seiner Worte.

»Überdies sind Sie ein Narr.«

»Sie kennen mich so gut.«

»Tue ich das?« Sie legte eine Hand auf seine Wange. »Bisweilen wundere ich mich. Zuweilen denke ich, ich kenne Sie überhaupt nicht.«

»Sagen Sie das nicht.«

Ihre dunklen Augen suchten seine. Bezaubernd schön, diese Augen. Er wollte stundenlang darin versinken – auf immer und ewig –, aber irgendein teuflischer Kobold hatte seine Lider mit Eisengewichten versehen. Er vermochte sie nicht länger offen zu halten.

»Schlafen Sie jetzt.« Ihre weich konturierte Silhouette wich zurück.

»Nein, warten Sie. Gehen Sie nicht. Es tut mir leid.«

Ein Nadelstich der Erleuchtung bohrte sich in seine schlaftrunkene Benommenheit. Er richtete sich mühsam auf einem Ellbogen auf. Mit seiner anderen Hand griff er nach ihr, schlang sie um ihren schlanken Nacken. Er wob seine Finger in die seidige Fülle ihrer Haare, hielt sie fest. Sodass ihr keine Wahl blieb, als ihn anzuschauen. Er musste dies sagen. Nichts auf der Welt hatte mehr Gewicht, als diese Worte zu sagen, jetzt und hier. Denn er musste Gewissheit gewinnen, dass sie ihn verstand.

Er verstärkte seinen Griff in ihrem Haar, worauf ihr ein kleines Seufzen entschlüpfte. Er wartete, bis sich ihr Blick auf seine Lippen senkte. Da. Nun wusste er, dass sie ihm zuhörte.

»Es tut mir so leid, Lily. So unendlich leid, und ich wünschte bei Gott … Ich trage die Schuld daran, wissen Sie. An Leos Tod. Ich bin der Alleinschuldige. Und ich bin festen Willens, die Sache wieder ins Lot zu bringen. Ach, was rede ich! Nein, das kann man gewiss nicht in Ordnung bringen. Aber eine Klärung herbeiführen. Ich schwöre Ihnen, ich werde …«

Verflucht, er stammelte herum, als wäre er nicht mehr Herr seiner Sinne. Ihre hochgezogenen Brauen vermittelten ihm, dass sie seinen Ausführungen längst nicht mehr zu folgen vermochte.

»Bitte«, sagte sie sacht. »Sie dürfen sich nicht so anstrengen.«

»Es tut mir leid«, wiederholte er, seine Stimme verlor sich in einem rauen Flüstern. Er hob erneut an, seine Lippen dazu zwingend, die Worte exakt zu formen, selbst wenn kein Ton herauskam. »Sie sollten darum wissen, dass ich alles für Sie tun würde. Für Sie. Sie und ich … ich wünsche mir …«

»Schscht.« Mit ihrem Daumen klopfte sie begütigend auf seine Wange. »Ruhen Sie sich aus, Julian.«

Julian. Der Name echote durch die Windungen seines Gehirns, bis er ihn kaum noch als den seinigen erkannte. Vielleicht, weil er es nicht war.

»Sie sollten schlafen«, redete sie ihm zu.

Sein Kinn straffte sich, um beifällig zu nicken. Er sollte schlafen. Fürwahr.

Nein. Seine Lider schnappten auf. Er durfte sie nicht gehen lassen, noch nicht. Wenn seine Worte Lily nicht erreichten, dann musste ihm etwas anderes einfallen. Mit einem letzten Rest von

Willenskraft drückte er sich mit einem Arm hoch, zog sie mit dem anderen inniglich an sich …

Und küsste sie. Gott sei seiner Seele gnädig, er küsste Lady Lily Chatwick mit allem Nachdruck. Was, unglücklicherweise, im Augenblick nicht eben viel war.

Unter seiner Handfläche wurde ihr Nacken starr vor Schreck. Ihre Lippen waren warm, aber fest. Unnachgiebig. Versiegelt.

Dennoch hielt er sie weiter umschlungen, drückte seinen Mund mit dem Mute der Verzweiflung auf ihren. Seine sämtlichen Verführungskünste – sinnliche Zärtlichkeiten, schmeichelnde Koseworte, sanft gewandter Zungenschlag – hatten ihn schmählich verlassen. Bei allen Heiligen. Das konnte nicht gut ausgehen, nein wahrlich nicht.

Er neigte den Kopf in der Hoffnung, ein anderer Haltungswinkel wäre seinem Vorhaben dienlicher.

Ein Laut des Entsetzens zwängte sich aus ihrer Kehle.

Julian verwünschte sich für sein Tun. Er focht mit dem Wunsch, sich von ihren Lippen zu lösen und Lily stattdessen zu versichern: *Ich küsse weitaus besser, als Sie es vermuten.*

Doch was hätte das für einen Sinn? Er bekäme niemals eine zweite Chance, sich zu beweisen.

Dann, mit einem Mal, geschah es. Genau genommen geschah nichts.

Weil sich in jenem Augenblick keiner von ihnen rührte. Keiner von beiden atmete. Sie existierten schlichtweg … zusammen. Der Widerstand verebbte. Zwar blieb der Kuss ein dilettantisches Werk der Verzweiflung – aber nur, weil er real war. Der aufrichtigste, wahrhaftigste Moment, den sie je geteilt hatten.

Die schiere Macht jenes Kusses war wie ein Blitzstrahl, der sie auseinanderriss.

Er maß sie mit Blicken, nicht imstande, sich zu artikulieren, während der Raum sich zu einem dunklen Tunnel verengte. Er an dem einen Ende und sie an dem anderen. Der Schlaf tastete mit unsteten Fingern nach ihm, raubte ihm die Ränder seines Gesichtsfeldes, saugte die Kraft aus seinen Gliedern. Sein Griff löste sich von Lilys Nacken. Einzelne Strähnen ihres Haares flossen durch seine Finger. Kühl, schwer und prickelnd wie ein Wasserstrahl.

Ein Ding der Unmöglichkeit, sie festzuhalten.

Er sank auf das Bett zurück und wusste um nichts mehr.

2

Vor nicht allzu langer Zeit hatte Julian in seinem Leben wenig bereut. Doch seit der Nacht, als Leo durch Mörderhand den Tod gefunden hatte, empfand er tiefe Reue.

Als er aufwachte, sah sich Julian mit der unangenehmen Tatsache konfrontiert, dass seine tiefe Reue über Nacht ins Unermessliche gewachsen war.

Aus dem Kokon zerwühlter Laken spähte er zu der Kaminuhr. Sein Kopf hämmerte vor Schmerz, als er versuchte, sich zu konzentrieren. Bereits Mittag. Er hatte schon den halben Tag verloren.

Vertrödelst die Hälfte des Tages, marterte ihn sogleich die bohrende Stimme seines Gewissens. *Du hast den Verstand verloren. Du hast Lily geküsst, du unbelehrbarer Kretin. Und du hast es nicht einmal gut gemacht.*

Gott. Er hatte keine Vorstellung, wie er es anstellen sollte, seinen Fauxpas wiedergutzumachen. Sofern sich das überhaupt in Ordnung bringen ließe. Er musste von hier fort.

Mit Rücksicht auf seinen verletzten Arm erhob er sich behutsam von seiner Schlafstatt und wankte zum Waschkabinett. Nicht willens abzuwarten, bis man ihm ein anständiges Bad einließ, griff er kurzerhand zu Wasserkrug und Seifenstück. Nachdem er sich das Gesicht und den Oberkörper gereinigt hatte, trocknete er sich mit einem kleinen Gästetuch und hielt Ausschau nach etwas zum Anziehen. Auf einer Seite des Bettes lag eine Garnitur sauberer Kleidung ausgebreitet. Ein frisches Hemd nebst Krawatte, eine dunkle Hose, ein dunkelblaues Jackett.

Julian erkannte die Kleidungsstücke nicht als seine eigenen. Was bedeutete, dass sie vermutlich Leo gehört hatten.

Er musste ein unbehagliches Schaudern unterdrücken und läutete nach einem Diener. »Ich will meine eigene Kleidung haben«, erklärte er dem Lakaien, der dienstfertig zu ihm geeilt kam.

»Aber Sir, selbige ist verschmutzt. Die Wäscherin hat sie noch nicht …«

»Das kümmert mich nicht. Holt Sie mir schleunigst her.«

Der livrierte junge Diener verneigte sich. »Ja, gewiss Sir.«

Während er wartete, richtete sich Julians Augenmerk auf ein Tablett mit abgedecktem Essgeschirr, das auf einer niedrigen Anrichte stand. Er hob eine silberne Deckelhaube und fand eine Auswahl an Speisen vor: kalter Braten, Käse, Gürkchen, Brot und Butter, Trauben und Aprikosen. Prompt knurrte ihm der Magen. Sosehr ihm das Eingeständnis auch widerstrebte, aber Lily hatte in dieser Hinsicht recht. Er musste sich entschieden mehr um sein leibliches Wohl kümmern, auch wenn ihm nicht nach Essen zumute war. Brandy und Wut vermochten es lediglich, das Feuer in einem Mann zu schüren.

Er zwang sich, etwas von dem kalten Schinken, einen schmalen Kanten Brot und eine Ecke Hartkäse zu essen. Kaum dass er die Mahlzeit mit einer Tasse Tee hinuntergespült hatte, kehrte der Diener mit seinen Kleidern zurück.

Hemd und Krawatte waren ausgewaschen und in aller Eile geplättet worden. Im linken Ärmel war nach wie vor ein ausgezackter Riss erkennbar, und einige verblasste Blutflecke zeichneten das Gewebe. Dennoch fühlte sich das ungestärkte Leinen auf seiner Haut warm und frisch an. Die seidene Front seiner Weste sah fast noch makellos aus.

Sein Überrock indessen war nicht mehr zu retten, obschon jemand einen tapferen Versuch unternommen hatte. Das Jackett war sorgsam auf einen Bügel gehängt und ausgebürstet worden, und, so schätzte er nach kurzem Schnuppern, mit einem leichten Parfüm besprüht. Der Riss im Ärmel fiel dem flüchtigen Beobachter gewiss kaum auf, das Innenfutter jedoch war mit eingetrocknetem Blut verkrustet.

Julian rümpfte die Nase, als seine Arme in die Ärmel glitten. Er müsste den Rock verbrennen, sobald er zu Hause war. Unter jenem Hauch von Eau de Cologne bewahrte das wollene Gewebe den schwachen Gestank von Unrat.

Annähernd so, würden seine Kritiker zweifelsohne behaupten, wie Julian Bellamy selbst.

Unwirsch an seinen Manschetten zerrend, verfluchte er sich für seine Unbesonnenheit. Die Gosse war ihm nicht fremd, indes hatte er sich geschworen, niemals dorthin zurückzukehren. Und hätte er nach seinem Besuch in der Gosse nicht irgendwo anders als ausgerechnet auf der Straße vor Harcliffe House zusammenbrechen können? Was darüber hinaus Lily betraf, die ihn in derartig übler Verfassung zu sehen bekommen hatte …

Er rieb sich die Schläfen. Höchste Zeit, sich aus dem Staub zu machen.

»Mit Verlaub, Sir.« Swift, der Butler, erschien auf der Schwelle zum Zimmer. »Lady Lily ersucht darum, dass Sie sich unten zu ihr gesellen, sobald Sie sich annähernd«, der grauhaarige Mann bedachte ihn mit einem prüfenden Blick, »wiederhergestellt fühlen.« Er deutete eine Verbeugung an und verschwand.

Wiederhergestellt. Julian sann über das Wort nach. Fühlte er sich annähernd wiederhergestellt? Mit einem vollen Magen und einem verbundenen Arm kam er dieser Bezeichnung recht nahe. Aber sich wiederhergestellt zu fühlen, war eine andere Sache, als sich rehabilitiert zu fühlen. Letzteres blieb ihm wahrscheinlich versagt, so fürchtete er.

Konnte er sich nicht unauffällig aus dem Haus stehlen? Ihr später ein Billetdoux mit entschuldigenden Worten schicken, vielleicht mit einem Blumenarrangement von ungeheuerlicher Größe?

Er seufzte schwer. Nein, das konnte er nicht.

Er nahm gemessenen Schrittes die Stufen ins Parterre, wo er auf der Suche nach Lily den Kopf durch jede geöffnete Tür steckte. Sie weilte nicht im Salon. Weder im Damenzimmer noch im Empfangsraum. Dass sie ihn im Musikzimmer erwartete, erschien ihm zwar unwahrscheinlich, gleichwohl durchquerte er den Flur und warf einen Blick in den Raum.

Keine Lily.

Leos Bibliothek schloss sich als Nächstes an. Er schlich daran vorbei, nicht vermutend, sie dort vorzufinden. Als er im Innern das Aufblitzen von Musselin gewahrte, blieb er ruckartig stehen, stolperte gegen den Türsturz und stieß sich seinen verletzten Arm.

»Verflucht. Verdammter Idiot. Zum Henker.«

Auf den Schwall von Flüchen, dem er lautstark freien Lauf gewährt hatte, kam keine Antwort aus dem ruhigen Raum.

Lily saß am Schreibtisch, sie hielt einen Federhalter in der Hand, ihr dunkler Schopf war über einen aufgeschlagenen Folianten geneigt. Von der Türschwelle aus betrachtete Julian sie eingehend. Die Feder setzte ihre bedachtsame, würdevolle Promenade über die Seite fort. Es gelang ihm eben noch, das sanfte Kratzen ihrer Buchstaben über dem wilden Trommeln seines Herzens auszumachen.

Er lehnte sich gegen den Türrahmen, dieses Mal mit seiner unverletzten Schulter. »Ich habe es gestern gänzlich verpfuscht, nicht wahr? Sagen Sie mir, Lily. Wie bringe ich das wieder in Ordnung?«

Ihre Hand mit dem Schreibgerät verharrte. Ihre schlanken, eleganten Finger stellten behutsam den Federkiel in das Tintenfässchen zurück. Sie hob ihren Kopf ein wenig und bot ihm ihr bezauberndes Profil. Mittägliches Sonnenlicht, das durch das Fenster flutete, vor dem Lily saß, vergoldete die weichen Züge ihres Gesichts, betupfte ihre Wimpern mit einem Hauch von Bronze. Sie hatte die entzückendsten Ohren, die er jemals gesehen hatte, jedes eine zarte porzellangleiche Rundung, wie der Henkel einer Teetasse. So vollendet.

So zerbrechlich.

»Ist Ihnen gewärtig«, fuhr er fort, »dass es Männer gibt, die es ausnehmend begrüßen würden, mich tot zu wissen? Mächtige Männer. Unerhört wohlhabende Männer. Männer, die es sich leisten können, in Geduld zu verharren und die Dienste von gewissenlosen, gewalttätigen Häschern in Anspruch zu nehmen. Es ist mir gelungen, all jenen zu entwischen. Aber Sie … so wahr mir Gott helfe, ich glaube, das wäre mein Tod.«

Sie blickte stirnrunzelnd auf das Wirtschaftsbuch, dann klappte sie es zu. Das Buch mit einer anmutigen Drehung ihres Handgelenks beiseiteschiebend, nahm sie einen sortierten Stapel Briefe aus einem Fach des Sekretärs.

Während sie die oberste Depesche öffnete, griff Julian nach einem Spiegel. Im Mayfair Stadtpalais der Chatwicks hingen kleine Spiegel an den Türpfosten, die dort mit einem Band an einer Reißzwecke befestigt waren. Er drehte ihn so, dass die reflektierende Oberfläche zum Fenster zeigte. Einen Sonnenstrahl einfangend, drehte er sein Handgelenk hin und her, bis die Flut heller Lichtblitze Lilys Aufmerksamkeit erregte.

Die junge Frau blinzelte erstaunt und drehte den Kopf zur Tür. Kaum dass sie ihn erblickte, hoben sich ihre Lippen zu einem Willkommen heißenden Lächeln. »Oh Julian. Verzeihen Sie mir, ich hatte sie nicht bemerkt.«

»Guten Tag.« Er deutete eine galante Verbeugung an, durchquerte langen Schrittes den Raum und nahm ihre ausgestreckte Hand in seine, drückte sie leicht, mehr nicht. Als er ihre Finger losließ, war der Ausdruck auf ihrem Gesicht verwirrt, vielleicht sogar verletzt. Doch er wagte es heute nicht, sie zu küssen.

Sie zupfte ihn sanft am Ärmel. »Sie müssen sich doch nicht der Spiegel bedienen. Sie wurden für die Dienerschaft angebracht, nicht für Freunde oder Familie. Und Sie sind beides.«

»Ich mochte Sie nicht erschrecken.«

Julian fragte sich, ob sein Erschrecken über die grenzenlose Großherzigkeit der Chatwicks jemals aufhören würde. Seit er die Bekanntschaft mit Lilys Zwillingsbruder Leo, dem verstorbenen Marquis von Harcliffe, gemacht hatte, war Julian in diesem Haus stets willkommen gewesen. Erst als ein Freund, später dann als ein angenommenes und geschätztes Mitglied der Familie. Sie wussten nichts über ihn. Wussten nicht um seine Herkunft, seine Abstammung. Kannten nicht einmal seinen richtigen Namen. Dennoch hatten sie ihn nicht ein einziges Mal wie jemanden behandelt, der dazu angehalten war, die Spiegel zu benutzen, anstatt einer Adligen auf die Schulter zu tippen, um deren Aufmerksamkeit auf sich zu lenken.

Leo und Lily Chatwick waren ohne jede Frage ein einzigartiges Beispiel der Güte und Herzensbildung unter der gesellschaftlichen Elite. Nun war Leo tot, und Julian trug daran die Schuld. Lily war alleingelassen, und auch das war sein Verschulden.

»Sie sehen entzückend aus«, gestand er ihr, als wenn es ein kleines Kompliment vermocht hätte, die Dinge ins Lot zu bringen.

»Danke. Sie sehen scheußlich aus.« Ihre braunen Augen glitten prüfend über sein Erscheinungsbild. »Schauen Sie sich nur diesen Überrock an. Früher passte er Ihnen mit maßgeschneiderter Perfektion, und jetzt hängt er Ihnen lose um den Leib.«

»Lady Lily, ich bin entschlossen, dies zum Dernier Cri der neuen Mode auszurufen. In der nächsten Saison werden sämtliche Gentlemen schlecht sitzende Jacketts mit zerrissenen Ärmeln tragen. Die Maßschneider werden mich verteufeln und mit Verachtung strafen.«

Lily schickte ihm einen nachdenklichen Blick. »Wir müssen reden.«

Da war er. Der Augenblick, vor dem er sich gefürchtet hatte. »Nun gut.« Er nahm sich einen Stuhl mit Armlehne und stellte diesen vis-à-vis von ihr auf, eine Position, die es ihr erleichterte, ihm von den Lippen abzulesen.

»Nein, nicht hier.« Sie legte das Bündel Briefe in das Fach zurück, schob es zu und verschloss es sorgsam mit einem kleinen Schlüssel. Dann griff sie nach ihren Handschuhen und sagte: »Lassen Sie uns in den Park hinausgehen. Es ist ein zauberhafter Nachmittag.«

Julian zögerte. »Wahrlich, ich wähne mich nicht in der Verfassung, mich den Blicken der Öffentlichkeit preiszugeben. Und ich sollte …«

Seinen Einwand übergehend, flocht sie ihren Arm durch seinen. Sogleich verbot er sich jeden Widerspruch.

Es war in der Tat ein zauberhafter Nachmittag, sann Julian, als sie in die kühle Luft des späten Oktobertages traten. Es war jene seltene Zeit im Jahr, zu der die Luft in London wahrhaftig kühl und frisch anmuten konnte, statt klamm vor Feuchtigkeit oder diesig vom Schmutz und Ruß zu sein. Ein klarer Himmel wölbte sich über den Reihen prächtiger Stadthäuser und dem Park, den jene säumten. Die Sonne schwebte hell und gelb am Firmament, verlieh der Welt darunter eine markante Kontur. Jede Kante glitzerte; jede Fläche aus Glas reflektierte blau. Und er schlenderte Arm in Arm mit Lily.

Ja, in der Tat. Ein zauberhafter Nachmittag. Gottverdammt herzzerreißend schön.

Kaum dass sie das Tor zum Park durchschritten, stand Julians Entschluss fest, die Angelegenheit unumwunden zu klären. Sie fanden eine leere Bank und setzten sich jeder an ein Ende, damit sie ihre Gesichter einander zuwenden konnten.

»Es tut mir leid, was die letzte Nacht betrifft«, hob er an. »Oder, genauer formuliert, der heutige Morgen.«

»Das sollte Ihnen auch leidtun.«

»Was ich tat, war … gewissenlos. Sie haben mein Wort, dass etwas Derartiges nie wieder geschehen wird.«

»Ich will es hoffen.«

In einer anderen Situation, mit einer anderen Dame, hätte die Bereitwilligkeit ihrer Zustimmung seinem Stolz gewiss einen nicht gelinden Knacks versetzt. Sie beide waren indes des Öfteren einer Meinung, er und Lily. Er redete sich ein, dass diese rasche Einmütigkeit ein gutes Zeichen sei. Ernüchternd und erniedrigend, aber dennoch ein gutes Zeichen.

Er fuhr fort. »Es entzieht sich meiner Kenntnis, was mich umtrieb, mir derartige Freiheiten herauszunehmen. Ich kann es einzig dem Schlafpulver zuschreiben, verbunden mit meinem Zustand äußerster Erschöpfung, und ich ...«

Mit ihrer erhobenen Hand gebot sie seinen Worten Einhalt. »Warten Sie. Wovon reden Sie?«

Er machte eine Pause, mit einem Mal war er verunsichert. »Wovon reden *Sie*?«

»Sie können sich unmöglich für jenen Kuss entschuldigen wollen?«

»Ich ... ich kann nicht?« Wollte sie nicht, dass er sich für den Kuss entschuldigte? Sie konnte sich diesen Kuss keinesfalls ersehnt haben. Und ihn noch weniger genossen haben. Oder doch? Die bloße Möglichkeit schickte unbesonnene, vernunftwidrige Funken der Hoffnung durch seinen Körper.

Sie machte eine abwinkende Geste. »Er war kaum der Erwähnung wert, geschweige denn einer Entschuldigung.«

Ganz recht. Lediglich zur Bestätigung: Die Hoffnung war unbesonnen und vernunftwidrig.

Nachdem er gleichsam zur Besiegelung seiner Demütigung kurz die Lippen zusammengepresst hatte, führte er aus: »Nichtsdestoweniger ersuche ich um Entschuldigung für mein Benehmen. Was ich getan habe, war nicht rechtens.«

»Sie waren nicht Herr Ihrer Sinne. Sie waren von dem Schlafmittel betäubt und schwerlich bei Bewusstsein.« Lächelnd setzte sie hinzu: »Und angesichts des Ohnmachtsanfalles, der Sie mitten in Ihrem Tun ereilte, bin ich ohnedies im Zweifel, dass jener Kuss positive Wirkung auf Sie erzielte.«

»Zum letzten Mal, ich wurde nicht ohnmächtig.«

»Oh doch.« Ihr Blick wurde ernst. »Sie erlitten einen Ohnmachtsanfall, Julian. Und wahrhaftig, Ihr Verhalten fordert eine Entschuldigung. Vermögen Sie sich vorzustellen, was Sie mir abverlangten? Im Dunkel der Nacht wurde ich aus dem Bett geholt und an die Tür gerufen, um Ihren reglosen Körper zusammengekauert auf einem Karren vorzufinden. Es war wie bei Leo, als wiederholte sich jene tragische Geschichte. Ich vermag es nicht, eine weitere Szene wie diese zu ertragen.«

Julians Herz krampfte sich ob seiner Schuldgefühle zusammen. »Lily …«

»Wie viel Zeit ist vergangen, seit Leo verstarb?«

Er schickte ihr einen Blick, der Bände sprach. *Von allen Menschen sollten Sie diese Frage doch am allerwenigsten zu stellen haben.*

Es war keine Frage. Leo war von vielen geliebt worden, aber von niemandem so sehr wie von diesen beiden Menschen. Sie teilten einen Augenblick einvernehmlicher Trauer.

»Fünf Monate«, sagte sie. »Beinahe.«

»Vier Monate, drei Wochen und ein Tag.«

»Sie sagen es. Und wenn man Sie anschaut, sollte man meinen, es wären fünf Jahre vergangen. Sie durchstreifen die Straßen zu jedweder Tages- und Nachtzeit, entwickeln eine plötzliche Faszination für blutrünstigen Sport, jagen Schemen in dunklen Gassen. Und Sie sind ungemein ausgemergelt und blass geworden.«

Unversehens hob sie den Kopf und maß ihn, ihre Augen waren zu Schlitzen verengt. »Mir drängt sich soeben ein Verdacht auf. Ich denke, ich weiß, wer … oder besser, was Sie in Wahrheit sind.«

Sein Pulsschlag beschleunigte. Schweißperlen prickelten in

seinem Nacken. Trotz des grässlichen Aufbäumens in seiner Brust bemühte er sich, gelangweilt zu blicken. »Ach … tatsächlich.«

Nach einem verstohlenen Blick nach rechts und links rückte sie näher. In ihren Augen blitzte der Schalk. »Sie sind ein Vampir? Habe ich recht?«

Julian entschlüpfte ein erleichtertes Kichern. Es bereitete ihm sichtliches Vergnügen, seinen Arm über der Rückenlehne der Bank auszustrecken – nicht ohne Willkür in Lilys Richtung – und sein Gesicht ins Sonnenlicht zu recken. Nach einem Augenblick hob er eine Braue. »Hier bin ich, ich sitze im hellen Tageslicht. Ich bin noch nicht zu Asche zerfallen.«

»Nein. Noch nicht.« Ihre Stimme wurde eindringlich. »Sie müssen damit aufhören. Sie müssen diese Suche aufgeben, ehe Sie ebenfalls den Tod finden.«

Julian rieb sich fahrig die Augen, dann ließ er seine Hand sinken. »Unmöglich.«

»Es ist nicht unmöglich. Allenfalls schwierig. Glauben Sie mir, ich verstehe Ihre seelische Befindlichkeit. Ich habe mich in Büchern und Papieren vergraben, Regelungen für die Übergabe des Grundbesitzes getroffen. Ich könnte die Verantwortung anderen überlassen, aber das tue ich nicht. Weil ich der Ablenkung bedarf, so viel Mühen es mir auch bereitet. Die Trauer ist eine Arbeit für sich. Eine langwierige, unbarmherzige Form der Beschäftigung.«

Es wäre ihm nicht in den Sinn gekommen, es so zu formulieren, aber sie hatte recht. Julian fühlte sich, als hätte er die vergangenen Monate damit verbracht, Gräben mit einem Teelöffel auszuheben. Indes war mehr an dieser Sache, als Lily vermutete.

»Es ist nicht allein die Ablenkung«, sagte er, bemüht, sein Verhalten so gut wie möglich zu erklären, ohne Einzelheiten zu enthüllen. »Ich brauche Antworten. Leo verdient Antworten.«

»Zuweilen finden sich keine Antworten.«

Ehe er widersprechen konnte, hüpften zwei kleine Mädchen in weißen Schürzenkleidern an ihnen vorüber, sie hielten sich bei den Händen, ihre Flechten wurden mit Schleifen gebändigt. Ein pausbäckiges Kindermädchen folgte ihnen, einen winzigen Terrier an der Leine hinter sich herzerrend. Der Hund bedachte Julians Stiefel mit einem leisen Knurren.

Lily räusperte sich. »Ich hatte unlängst eine unerwartete Besucherin. Lady Norwich. Sie erinnern sich gewiss an die Dame.«

Der unvermittelte Wechsel des Gesprächsthemas ließ seinen Verstand Purzelbäume schlagen. »Glauben Sie?«

»Das hoffe ich doch sehr. Sie hatten eine Affäre mit ihr, im Sommer vor zwei Jahren. *Bevor* ihr Gemahl verschied.«

»Oh.« Eine missliebige Pause entstand. »Selbige Lady Norwich.« Mit geheuchelter Gleichmütigkeit erkundigte er sich: »Und was war der Anlass ihres Besuches?«

»Nun, Lady Norwich möchte, dass ich ihren Bruder eheliche, Mr. Burton.«

Er schmeckte bittere Galle im Mund. Zum Henker mit Maria Norwich. Es zeugte von schlechten Manieren, dass sie derart mit der Tür ins Haus fiel. Aber Hintergründigkeit war gewiss keine von Marias Stärken. »Das sagte Sie Ihnen in aller Offenheit?«

»Nein, natürlich nicht. Gleichwohl sehe ich keinen anderen Grund für ihre Aufwartung als den, den Weg für ihren Bruder zu ebnen. Sie erwähnte sonst nichts, worüber sich hätte plaudern lassen. Saß bloß da, steif wie ein Stock, und nippte an ihrer Teetasse.«

»Mir war nicht gewärtig, dass Stöcke Tee trinken können.«

Sie strafte ihn mit gestrengem Blick. Er erriet sogleich, dass sie sich wünschte, dieser Blick hätte mehr Kraft. Das Dilemma war, dass sich Julians Gedanken fortwährend auf ihre Mundpartie, auf Lippen und Zunge konzentrierten, wenn Lily in der Nähe weilte.

»Sparen Sie sich den Atem für solche Scherze«, tadelte sie ihn. »Ich weiß, dass Sie sie schickten, dass Sie ihr zumindest die Idee nahegebracht haben. Sie betätigen sich nicht zum ersten Mal als Kuppler.«

»Burton wird eine Grafschaft erben.«

»Ich bin nicht an Mr. Burton oder an seiner Grafschaft interessiert.«

Er beugte sich vor, nahm ihre Hände, die Lily sittsam in ihrem Schoß gefaltet hielt, in seine. Sie warf einen besorgten Blick zur Seite, doch er ignorierte es. Zum Teufel mit der Etikette, er war gehalten, sie von seinem Ansinnen zu überzeugen.

Er drückte ihre behandschuhten Finger mit sanfter Bestimmtheit. »Sie müssen heiraten, und das bald.«

»Auf gar keinen Fall. Ich trage mich nicht mit der Absicht, jemals zu heiraten.«

»Leos Erbe wird aus Ägypten eintreffen. Es kann nur noch wenige Wochen dauern.«

»Ja, und der neue Marquis ist mein Cousin. Zwar haben wir uns seit unserer Kindheit nicht mehr gesehen, gleichwohl bezweifle ich, dass der Gentleman mich aus meinem eigenen Haus werfen wird. Wer weiß, vielleicht ist er im höchsten Maße zufrieden mit der Situation, dass ich ihm den Haushalt führe, bis er heiratet, so, wie ich es für Leo getan habe. Und falls ein solches Arrangement für uns beide nicht akzeptabel ist, werde ich mir eine andere Bleibe suchen.«

»Allein? Sie können nicht allein leben.«

»Aber gewiss kann ich das. Ich bin eine alleinstehende Frau und im Besitz eines nicht unbeträchtlichen Vermögens. Weswegen sollte ich den Wunsch hegen, mir einen Gemahl zuzulegen?«

»Lily …« Er ließ ihre Hände los. Er sah keinen Weg, noch länger um die Tatsache herumzureden. »Sie können nicht hören.«

»Ich bin taub, ja, ich bin seit neun Jahre taub. Und?«

Und es gab zahllose Probleme für eine gehörlose alleinstehende Frau, die einen eigenen Haushalt führen wollte, und darum wusste sie sehr wohl. Sie machte es ihm wissentlich schwer. »Die Händler werden Sie übervorteilen, und das ist lediglich ein Beispiel.«

»Mrs. Holling und Mr. Swift stehen schon seit Längerem in meinen Diensten. Zudem steht es mir frei, mir eine Gesellschafterin zu nehmen.«

Mit einer Geste der Verdrossenheit rang er die Hände. »Liebste Lily, die Gesellschafterin wird Sie betrügen und ausnehmen wie eine Weihnachtsgans.«

»Ich bin lieber in den Händen einer unredlichen Gesellschafterin, als mit einem erbschleichenden Glücksritter verheiratet. Selbst wenn eine Bedienstete zehn Prozent meines Vermögens für sich abzweigt, bleibt mir der weitaus größere Teil erhalten. Wenn ich heirate, verliere ich die Kontrolle über meine sämtlichen Konten. Hand aufs Herz, Julian. Malachi *Burton*?« Ein Lachen verfing sich in ihrer Kehle. »Als wir jünger waren, fehlte ihm der Mumm, mich um einen Tanz zu bitten. Eine Vermählung? Jetzt? Er muss mich in der Tat für völlig verzweifelt halten.«

Ihr Blick wanderte zur Mitte des parkähnlich angelegten Platzes. Ein feines Lächeln umspielte ihre Mundwinkel. »Sie kannten mich nicht vor meiner Erkrankung. Ich hatte so viele Verehrer in meiner ersten Saison.«

Julian blinzelte sie an. Unbegreiflich. Sie äußerte die Worte, als könnten sie ihn in Erstaunen versetzen. »So viele, wie es angesehene Gentlemen in London gab, schätze ich. Sie könnten nicht minder viele haben. Zeigen Sie Ihr Gesicht bisweilen auf einem Ball, und die Herren werden Ihnen zu Füßen liegen.«

»Julian, ich verbitte mir solche Vorschläge.« Eine heiße Röte stieg in ihre Wangen. »Ich bin achtundzwanzig und keine Debütantin.«

»Selbst wenn Sie achtundvierzig wären, würde jeder Mann sich glücklich schätzen, Sie zu ehelichen.«

»Jeder Mann würde sich glücklich schätzen, von meinem Geld und meinen Beziehungen zu profitieren. Meinen Sie das?«

Er schnalzte leise mit der Zunge. »Sie möchten weitere Komplimente hören, Lily? Das steht Ihnen nicht zu Gesicht.«

»Ich will gar nichts hören. Ich rede von Fakten. Selbst wenn man meine Unzulänglichkeit ignoriert – die meisten Menschen empfinden es indes als schwierig, selbige zu ignorieren –, bin ich nach Maßgabe der Gesellschaft eine alte Jungfer.«

»Unfug.« Er streichelte ihre Wange, hielt dann seinen Daumen wie zu einer scherzhaften Überprüfung hoch und verkündete: »Glitzernd vom Tau der Jugend.«

Bei jeder anderen Frau hätte er selbigen Daumen vermutlich in seinen Mund geschoben und in einer frivolen Andeutung lasziv daran gesaugt. Nicht so bei Lily. Bei ihr würde er sich das niemals getrauen. Einerlei, wie sehr er sich wünschte, die süße Essenz ihrer Haut zu schmecken.

Sie bedachte ihn mit einem verdrießlichen Blick, während sie eine Braue tadelnd hochzog.

Er erwiderte ihre Mimik, ahmte ihre Verdrossenheit mit solchem Geschick nach, dass sie trotz allem lachen musste. Er liebte den Klang ihres Lachens. Es war nicht melodiös oder affektiert, sondern ehrlich und aufrichtig.

»Das habe ich vermisst«, bekannte sie unvermittelt. »Unsere freundschaftliche Verbundenheit hat mir so sehr gefehlt.«

Julian blieb ihr eine Antwort schuldig. Natürlich hatte auch er jene Verbundenheit vermisst. Aber musste sie sein Handgelenk streicheln, wenn sie das bekannte, musste sie sich auf der Bank vorneigen … und seine Augen unweigerlich auf das Mieder ihres Kleides lenken, ein Verlangen entfachen, das trügerisch unter dem Mantel unbefangener Unterhaltung lauerte?

Sie sagte: »Das Haus ist so leer, nachdem Leo von uns gegangen ist.«

Lieber Gott ja. Reden Sie von Leo. Helfen Sie mir, dieses unangemessene Sehnen unter einer dicken Decke der Schuld und Trauer zu ersticken.

»Ich habe seit Jahren keinen Gedanken an Feste verschwendet. Das Haus war stets voller Freunde, Leos Freunde. Ich fühlte mich nie einsam, aber jetzt …«, sie strich ihren Handschuh glatt, »jetzt kommen diese Freunde nicht mehr so häufig wie früher.«

Einen Moment wähnte er sich außerstande, sie anzuschauen. »Ich war beschäftigt.«

Auf wie viele Arten konnte man einen Freund betrügen? Julian hatte Leo zeit ihrer Freundschaft belogen; er hatte dessen Schwester von Anfang an begehrt, und dann musste sein Freund einen gewaltsamen Tod sterben, der eigentlich für ihn selbst vorgesehen war. Es quälte und beschämte ihn, auf die Bande dieser Freundschaft zurückzublicken und zu erkennen, wie bitter, wie katastrophal er seinen Freund betrogen hatte. Er hatte sich geschworen, ein treuerer Freund zu sein, jetzt nachdem der arme Kerl im kühlen Grab fröstelte. Gerechtigkeit für den Mord an Leo und ein geeigneter Gemahl für Lily, das waren fortan die Ziele, die sein Leben lenkten.

Sie bemerkte seine Ernsthaftigkeit. »Ich begreife, wie schwer es Ihnen fallen wird, Ihre Nachforschungen ad acta zu legen. Es verbittert Sie, dass die Suche nach den Tätern sinnlos ist. In dieser Hinsicht sind Sie Leo recht ähnlich. Er konnte Unrecht auch nie hinnehmen. Das ist der Grund, weshalb Sie beide enge Freunde waren.« Sie umschloss sein Kinn mit einer Hand, hob sein Gesicht an, bis seine Augen ihren begegneten. »Er wusste, wie auch ich, dass Sie ungeachtet jedweden Skandals und Draufgängertums … ein guter Mensch sind, Julian Bellamy.«

Ein guter Mensch? Bei allen Heiligen. Sie hatte keine Ahnung.

Allein jene sanfte, unschuldige Berührung – der Schwung ihrer Handfläche, der leichte Druck dreier gespreizter Fingerspitzen auf seiner Wange. Erregung tobte in seinem Blut, entzündet von mannigfaltigen Fantasien. Sie alle begannen mit einem Kuss. Es drängte ihn, sie abermals zu küssen, jetzt gleich, und seine Sache dieses Mal anständig zu machen. Auf der Bank zu ihr gleiten, bis sich ihre Körper berührten, Lily in einer zarten Umarmung umfangen, ihr Gesicht an seines heben … Dieses Mal wollte er erfahren, wie sie schmeckte.

Diesen beständigen Kampf zwischen seinen niederen männlichen Instinkten und dem, was sich Gewissen nannte, focht er seit Jahren aus. Und bei Gott, es war ein epischer Kampf. Würdig des klassischen Lautenspiels oder Homer'scher Dichtung. Mehr noch. Er verdiente seine eigene verdammte Odyssee.

Sie sind ein guter Mensch, Julian Bellamy.

Nein, er war wahrhaftig kein guter Mensch. Er war nicht einmal Julian Bellamy. Dennoch würde er vorgeben, beides zu sein, zumindest noch eine Zeit lang.

»Leo war ein guter Mensch.« Er räusperte sich. »Sie haben recht. Es ist die Ungerechtigkeit, die ich nicht ertragen mag. Gute Menschen sollten nicht in verwinkelten Gassen gemordet werden. Kaltblütige Mörder sollten nicht ungestraft davonkommen. Und«, fügte er mit einem bedeutungsschweren Blick hinzu, »gescheite, bezaubernd hübsche Damen im heiratsfähigen Alter sollten nicht schutzlos und allein leben.«

Ihre Augen blickten ernst, begegneten den seinen unerschrocken. Sie beugte sich noch dichter zu ihm. Der epische Kampf, so wollte es scheinen, hatte eben erst begonnen.

»Dann verlassen Sie mich nicht.«

3

Es war nicht einfach für Lily, Julians Blick standzuhalten. Seine Augen waren von einem verwegenen, strahlenden Blau. Und das Gesicht, in das sie gebettet waren … nun, jene feinen Züge waren in der Tat verwirrend.

Nachdem sie so viele Jahre befreundet waren, hatte Lily sich unempfänglich gewähnt, was sein attraktives Äußeres betraf. Doch das war mitnichten der Fall. Sie nahm an, dass ihrem Verhalten etwas Instinktives innewohnte, etwas grundlegend Weibliches. Offenkundig hatte er eine gewisse Wirkung auf Frauen. Eine Lady, die Julian Bellamy anschaute und *nicht* spürte, wie ihr Blut dabei in Wallung geriet … nun, das war annähernd so wie ein Kaninchen, das seelenruhig in die Augen eines Wolfs starrt.

Doch einerlei, wie ihr Herz in ihrer Brust trommelte, Lily hielt seinem Blick stand, inständig hoffend, dass die Bedeutung ihrer Worte auf fruchtbaren Boden fiele.

Verlassen Sie mich nicht. Ich darf Sie nicht auch noch verlieren.

Konnte sie erklären, was Julians Freundschaft ihr bedeutete? Ihre Verbindung war offen und verschwiegen zugleich; in mancher Hinsicht freizügig, in anderer wiederum nie diskutiert. Während sie und Leo sich beinahe *zu* gut gekannt hatten, war jede Begegnung mit Julian neu und aufregend. Er reizte sie zum Nachdenken, Lachen, Debattieren.

In letzter Zeit hatte er ihr indessen Angst eingeflößt. Seit Leos Tod wirkte er jedes Mal, wenn sie ihn sah, ein wenig ausgezehrter, ein bisschen weniger lebendig. Heute in den frühen Morgenstunden hatte er ihr dann einen fürchterlichen Schrecken eingejagt.

Noch jetzt fühlte sie die klebrige Wärme seines Blutes an ihren Fingerspitzen, die Kraft seines Griffs, seiner Finger, die in ihren Haaren verwoben waren.

Der Geschmack von Verzweiflung verweilte noch auf ihren Lippen.

Jener Kuss, obschon stümperhaft und bedeutungslos, hatte alles verändert. Es war der Kuss eines Soldaten, der in die Schlacht zieht, oder der eines Mannes auf seinem Weg zum Galgen. Der Kuss eines Mannes, der damit rechnete, den Tod zu finden, und das alsbald.

Sie würde das nicht zulassen. Derartiges durfte nicht geschehen.

»Meinen Bruder zu verlieren, war das Entsetzlichste, das mir widerfahren ist«, erklärte sie ihm. »Ich darf Sie nicht auch noch verlieren. Ich muss Sie in Sicherheit wissen.«

»Warum wollen Sie mich nicht verstehen? Ich empfinde dasselbe. Ich möchte Sie in Sicherheit wissen, stattdessen lehnen Sie sich gegen mein Vorhaben auf, Sorge für Ihr künftiges Wohlergehen zu tragen.«

»Es ist nicht dasselbe.«

»Nein?« Seine Missstimmung war offenkundig. »Wenn es Ihnen nicht genehm ist, dass ich mich als Ehestifter betätige, dann sollten Sie am gesellschaftlichen Leben teilhaben und sich selber einen Gemahl suchen.«

Sie maß ihn lange. In ihrem Innern nahm eine Entscheidung

Gestalt an. »Nun denn, also gut. Vielleicht werde ich Ihren Rat befolgen.«

Er schüttelte den Kopf. »Lily, früher oder später werden Sie …«

Das war der Moment, in dem er ihre Worte begriff. Julian erstarrte von den Spitzen seiner Stiefel bis zu den Haarwurzeln, sein Mund war ein schmaler Strich. Zu seiner Ehrenrettung kippte er nicht kopfüber von der Bank.

»Was sagten Sie eben?«, fragte er. »Wiederholen Sie es für mich, langsam und deutlich.«

Sie konnte nicht umhin zu lachen. »Ich dachte, ich leide unter dem Verlust des Gehörs und nicht Sie.«

Ihm war nicht nach Scherzen zumute.

»Nun gut. Ich will Ihnen ein Abkommen vorschlagen. Ich werde in die Gesellschaft zurückkehren. Aber nur, wenn Sie mich begleiten.«

Seine Miene wechselte zwischen Missbilligung und Verwirrung.

»Kommen Sie. Es ist ein schöner, klarer Herbstnachmittag.« Sie zeigte auf die unbelaubten Baumkronen über ihnen, die dunkel in den blauen Himmel ragten. »Ein idealer Tag, um der Trauer zu entsagen.«

»Der Trauer entsagen? Aber …«

»Missverstehen Sie mich nicht. Wir werden Leo niemals vergessen. Das wäre ein Ding der Unmöglichkeit. Gleichwohl würde er sich für uns wünschen, dass wir in unserem Leben nach vorn blicken. Wir sind beide gesund und vergleichsweise jung, und wir residieren in einer der größten, prachtvollsten Städte des Christentums. Lassen Sie uns ausgehen. Freunde besuchen. Uns amüsieren.«

»Amüsieren?« Ein ungläubiger Ausdruck breitete sich über sein Gesicht. »Wir beide?«

»Ja, amüsieren. Vergnügungen. Fröhlichkeit. Fürwahr, es ist eine Weile her, dennoch erinnern Sie sich gewiss der Begrifflichkeiten, oder? Sie waren früher stets der Mittelpunkt jedes rauschenden Festes.«

»Ja, *früher*. Inzwischen liegen die Dinge anders.«

Sie versuchte es mit sanfter Überredungskunst. »Es wird sicherlich kein Leichtes sein. Nicht zu Anfang. Gleichwohl können wir nicht so fortfahren wie bisher. Wir sollten uns gegenseitig dazu anhalten, Amüsement und Gesellschaft zu suchen. Wenn wir uns bemühen, fröhlich zu sein, und das überzeugend genug, gelingt es uns vielleicht, uns selber zu überzeugen.«

In Wahrheit war der Besuch von Festen das Letzte auf der Welt, wonach Lily der Sinn stand. Indes sah sie keinen anderen Weg, Julian von seiner leichtsinnigen, unerquicklichen Suche abzubringen. Sie musste *irgendetwas* unternehmen.

Er fuhr sich durch sein ungebändigtes schwarzes Haar. »Sie sagten eben, dass Sie eine Heirat ablehnen.«

»Das ist richtig. Da Sie jedoch darauf beharren, bin ich willens, einigen wenigen Gentlemen Gelegenheit zu bieten, diesbezüglich einen Sinneswandel meinerseits herbeizuführen.«

»Einigen wenigen Gentlemen? Sie werden umlagert sein. Nehmen Sie an einem Fest teil, und die Herren werden am nächsten Morgen in Dreierreihen vor Ihrem Portal Spalier stehen.«

»Das müsste Sie ja zufrieden machen.«

Merkwürdigerweise blickte Julian nicht sonderlich zufrieden drein. Er gab keine Antwort, stattdessen verscheuchte er eine Traube von Tauben, die kreischend davonflatterte.

»Spreizen Sie Ihr Gefieder«, sagte sie, um die Stimmung zu heben. »Wenn Ihnen daran gelegen ist, dass ich Bewerber finde, bin ich auf einen verlässlichen Freund angewiesen. Ich brauche Sie. In der Öffentlichkeit erleichterte Leo mir das Leben mit hundert kleinen Dingen. Es wird schwierig werden ohne ihn.«

»Schwierig« umschrieb die Aussicht, sich ohne ihren Bruder auf gesellschaftlichem Parkett zu bewegen, nicht einmal ansatzweise. Über die Jahre hinweg hatten die Geschwister ein Vorgehen ersonnen, das es Lily ermöglichte, an Veranstaltungen größeren Rahmens teilzuhaben. Mit Leos Hilfe konnte sie der Konversation folgen, er ließ sie wissen, ob sie zu leise sprach oder zu laut. Ohne ihn bezweifelte Lily, dergleichen feststellen zu können. Gleichwohl war sie fest entschlossen, einen Weg zu finden, wenn sich Julian auf diese Weise retten ließ. Laut seinen Beteuerungen bedurfte es lediglich einiger weniger gesellschaftlicher Ereignisse, bis die Bewerber Lilys Schwelle säumten. Nun, vielleicht bedurfte es lediglich weniger Feste, um Julian an seinen Lebenshunger zu erinnern, ihn aus jenem tiefen Tal der Trauer zu erlösen. Sie hoffte es inständig.

»Lily, es wäre nicht statthaft, wenn ich als Ihr Begleiter aufträte. Sie wissen um meinen Ruf.«

»Ja, dieser ist mir wohlbekannt.«

»Ich verführe Frauen. Das ist es, was ich tue. Ich lasse mich auf heimliche *Affären* ein, das ist mir zur unliebsamen Gewohnheit geworden. In einem meiner Clubs erstreckt sich eine Girlande über die Länge des gesamten Billardzimmers, ausschließlich geknüpft aus den Strumpfbändern meiner Geliebten.«

»Ich erwähnte bereits, dass ich um Ihren Ruf weiß.« Um Lilys Mundwinkel zuckte es. »Nichtsdestoweniger danke ich Ihnen aufrichtig für diese bildhafte Darstellung.«

»Es ist empörend, gewiss. Die Idee stammt nicht von mir. In Wahrheit sind es gar nicht die Strumpfbänder meiner Geliebten«, führte er aus und rieb sich den Nacken. »Die Kerle knüpfen ein neues Band an, wann immer ich …«

»Wahrhaftig. Weitere Ausführungen sind nicht vonnöten.« Sie kämpfte die Röte nieder, die in ihre Wangen kroch. Männer und ihre degoutante Zurschaustellung von Manneskraft. »Wie dem auch sei, für Sie besteht kein Anlass zur Sorge. Ich gebe Ihnen mein Wort, dass ich Ihren amourösen Abenteuern nicht im Weg stehen werde.«

»Nein, darum geht es nicht.« Ungeduldig gestikulierte er. »Es wird Sie in Misskredit bringen. Das ist das Dilemma. Wenn Sie zu häufig mit mir gesehen werden, wird Ihnen der Makel meiner Begleitung anhaften.«

»Ah, aber nur eine verarmte Lady hat auf ihre Reputation bedacht zu sein. Die Leute sehen über dergleichen hinweg, wenn gesellschaftliche Stellung und Vermögen involviert sind.« Ein feines Lächeln stahl sich auf ihre Lippen. »Alle werden begreifen, dass wir lediglich Freunde sind. Und selbst wenn sie es nicht tun … ich muss gestehen, es entbehrt nicht eines gewissen Reizes für mich, als eine Ihrer vielen Eroberungen zu gelten. Besser, als für eine gehörlose Invalidin gehalten zu werden. Ich bin wahrlich geneigt, eines meiner Strumpfbänder an Ihren Club schicken zu lassen.«

»Das ist wahrhaftig kein Anlass zum Scherzen.« Seine Miene umwölkte sich, und er stemmte von rastloser Ungeduld getrieben kraftvoll seine langen Beine in den Boden. Sie fürchtete, die Tauben würden abermals verscheucht.

Er fuhr fort. »Hinzu gesellen sich andere Beweggründe.«

»Als da wären?«

»Mir fehlt es schlicht und ergreifend an Zeit. Ich bin beschäftigt. Es gibt Orte, an denen ich bislang nicht nachgeforscht, Männer, die ich nicht befragt habe. Ich habe keine Zeit für Feste. Wahrlich, es ist Monate her, seit ich das letzte Mal im Club gewesen bin.«

Genau das war ihr Ansinnen. Er sollte wieder mehr Zeit in Clubs verbringen und weniger in üblen Spelunken und an fragwürdigen Orten.

»Julian, es geht lediglich um einige wenige Abende, die Sie von Ihrer kostbaren Zeit erübrigen müssten. Um mehr bitte ich Sie nicht.« Als er die Kiefer zusammenbiss und ihrem Blick auswich, seufzte sie. »Leo starb eines gewaltsamen Todes. Es steht zu befürchten, dass seine Mörder niemals gefasst werden. Es war eine Tragödie ohnegleichen. Wir haben getrauert, geweint und gelitten. Inzwischen habe ich die Tatsache jedoch akzeptiert und bin entschlossen, nach vorn zu blicken. Habe ich mir denn nicht eine Chance verdient, mein Leben wieder zu genießen?«

»Natürlich haben Sie das, aber ich …« Er unterbrach sich in seinen Ausführungen.

»Aber Sie haben dies nicht. Das war es doch, was Sie sagen wollten.«

Er unternahm keinerlei Versuch, es zu leugnen.

»Deshalb zögern Sie?«, fragte sie seinen Blick suchend. »Sie sind der Auffassung, dass Sie es nicht verdienen, glücklich zu sein. Sie geben sich nach wie vor die Schuld an Leos Tod. Setzen Ihre Gesundheit aufs Spiel, begeben sich in Gefahr, darben und leiden …« Sie fasste seine Hand und umschloss diese mit festem Griff. »Julian, was geschehen ist, oblag nicht Ihrer Verantwortung. Niemand gibt Ihnen die Schuld, am allerwenigsten ich. Wenn Leo Sie in Ihrer derzeitigen Verfassung sehen könnte, wäre er entsetzt. Sie müssen …«

»Nein.« Er stand auf und entwand sich dem Druck ihrer Hand. »Ich sehe mich außerstande, Ihnen diese Bitte zu erfüllen.« Er sprach zu ihr hinunter, derweil er die Ärmel seines Überrocks glättete. »Wenn Ihnen an einer Begleitperson gelegen ist, suchen Sie sich jemand anders.«

Lily spähte zu ihm auf. Seine kalte Zurückweisung schmerzte sie tief. »Heute Morgen«, wandte sie behutsam ein, »sagten Sie, Sie würden alles für mich tun.«

Er fuhr kaum merklich zusammen und tat so, als hätte er sie nicht gehört. Ein verachtungswürdiges Täuschungsmanöver, fürwahr. Julian wusste, dass sie sich des Volumens ihrer Stimme nie sicher war. Indem er ihre Äußerung ignorierte, hoffte er, dass sie daraus schloss, er hätte sie akustisch nicht verstanden.

Sie schob eine Hand in ihre Rocktasche und zog einen kleinen Notizblock und einen Stift heraus. Diese Gegenstände trug sie stets bei sich, um im Falle eines Falles sicherzustellen, dass man sie verstand. Der Block war ihr bei Händlern und anderen Geschäftsleuten von Nutzen. Der Umstand, dass sie bei Julian darauf zurückgriff, warf ein trauriges Licht auf die Geschicke ihrer Freundschaft.

Alles für mich tun?

Nachdem sie das erste Wort unterstrichen hatte, drückte sie ihm den eilig beschriebenen Zettel in die Hand.

»Ich war von dem Schlafpulver betäubt und erschöpft, Lily. Nicht mein wahres Selbst, wie Sie zu Recht feststellten. Bitte, sehen Sie es mir nach, aber es wird höchste Zeit, dass ich aufbreche.« Er zerknüllte das Papier mit der Hand. »Kommen Sie, ich geleite Sie ins Haus zurück.«

»Danke, nein.« Sie verschränkte die Hände in ihrem Schoß. »Ich gedenke, hier zu verweilen und den zauberhaften Nachmittag zu genießen.« Es war der winzigste Akt der Auflehnung und schwerlich ein befriedigendes Unterfangen. Indes reizte es sie, ihm in irgendeiner Weise die Stirn zu bieten.

»Lily …«

Sie wandte den Blick ab und spähte zu dem Springbrunnen, damit war die Unterredung für sie beendet. Wenn er vortäuschte, sie nicht zu hören, dann wollte sie so tun, als wäre er Luft für sie. Nicht lange, und sie gewahrte aus dem Augenwinkel, dass er sich entfernte.

Lily verharrte noch eine kurze Weile auf jener Bank. Vor Verärgerung spürte sie das Blut heiß und heftig durch ihre Venen strömen. Was für eine unerträgliche Situation. Wie konnte Julian derart fürsorglich sein, dass er Männer dazu nötigte, ihr einen Heiratsantrag zu unterbreiten, indes gänzlich gleichgültig, was sein eigenes Wohlergehen betraf? Vermochte er denn nicht einzusehen, dass der sicherste Weg, ihr persönliches Glück zu gewährleisten, darin bestand, dass er auf sich selbst achtgab? Was sein Verschulden an Leos Tod betraf, war sie mittlerweile um neue Argumente verlegen, ihn zu entschuldigen. Es gab nichts zu sagen, was sie im Laufe der vorangegangenen Monate nicht ein ums andere Mal wiederholt hätte. Er tat ihre Worte stets ab.

Erstmalig begann sie, seine obsessiven Nachforschungen als egoistisch zu betrachten. Ein Umstand, der sie noch ärgerlicher auf ihn stimmte, da sie Julian nicht grollen mochte. Sie wünschte sich schlicht ihren Freund zurück.

Und dann, mit einem Mal, bekam sie ihren Wunsch erfüllt. Ihr Freund *war* zurück.

Er straffte sich vor ihr. »Drei«, erklärte er, die entsprechende Anzahl von Fingern hochhaltend. »Sofern Sie einwilligen, eine Heirat in Erwägung zu ziehen, werde ich Sie zu drei Anlässen begleiten. Nicht mehr und nicht weniger.«

Eine Woge der Erleichterung durchströmte sie. »Danke, Julian. Das ist wundervoll. Wir können gleich heute Abend mit dem Diner bei Amelia und Morland anfangen.«

»Was sagen Sie da?«

»Sie sind wieder in London, seit letztem Freitag. Hatten Sie um die gute Nachricht bis dato nicht erfahren?«

»Morland in London.« Er legte die Stirn in Falten. »Das soll eine gute Nachricht sein?«

»Mir ist nicht verborgen geblieben, dass Sie und der Herzog schwerlich miteinander auskommen. Aber Amelia ist meine Freundin, und ich bin froh, sie in der Nähe zu wissen.«

Die Umschreibung, dass Julian und der Duke of Morland schwerlich miteinander auskamen, war beinahe so, als bezeichnete man die Themse als unbedeutendes Rinnsal. Die beiden Männer hatten nichts gemein, abgesehen von jenem abstrusen Club, den Leo gegründet hatte. Die Mitgliedschaft in diesem Stud Club wurde durch zehn Messingplaketten bezeugt, und jedem, der eine solche besaß, wurden Deckrechte an Osiris eingeräumt, einem kostbaren Rassehengst, der nach glanzvollen Siegen zu Zuchtzwecken gehalten wurde. Nach Leos Tod hatte Julian zunächst insistiert, Lily solle Morland ehelichen. Als der Herzog stattdessen Amelia zur Frau nahm, unterbrach Bellamy die Trauungszeremonie, um Morland des Mordes an Leo zu bezichtigen, indem er ihm das niedere Motiv unterstellte, auf diese Weise in den Besitz des Pferdes zu gelangen. Selbige Anschuldigung erwies sich zwar als haltlos, doch auch nachdem der Herzog von jedweder Beteiligung entlastet war, blieb die Feindschaft zwischen den beiden Männern bestehen.

Sie grollten einander, zweifelsohne. Zuweilen mit beängstigender Heftigkeit.

Die Situation war nach Lilys Einschätzung für zwei Männer, die nichts miteinander zu tun hatten, außer dass sie Anteile am selben Pferd hatten, absurd.

»Amelia hat mich bereits für den heutigen Abend zum Diner eingeladen«, bekannte sie. »Ich werde mich darum kümmern, dass meine Freundin Sie ebenfalls einlädt. Eine kleine Soiree unter Freunden bietet sich idealerweise an, um mir die Rückkehr in die Gesellschaft zu erleichtern. Von dort steht es uns frei, überall hinzugehen. Wo immer es uns beliebt. Bälle, das Theater, die Oper, gesellige Zusammenkünfte.«

Er schüttelte den Kopf. »Wenn dem so ist, können Amelia und Morland als Begleitpersonen fungieren. Da die beiden in der Stadt weilen, bedürfen Sie meiner nicht, werte Lily.«

»Oh nein. Nicht so rasch. Sie haben mir drei Abende versprochen, und ich beabsichtige, Sie beim Wort zu nehmen.«

»Begreifen Sie es nicht? Ich bin ein unbekehrbarer Schurke. Mein Wort ist ohne Wert. Das war nie anders.«

Sie lächelte. »Nicht bei mir.«

Er schwieg. Ihre Blicke verschmolzen, und der Moment dauerte an. Verwob sich zu einem Geflecht von unbestimmter Gestalt; ein Kokon aus Gefühlen, dem mehr Verlegenheit innewohnte als ihnen lieb war. Lily spürte die peinliche Beklommenheit, die sie beide umspannte und die sich in ihrer Magengrube ausbreitete. Sie begriff nicht um den Ursprung jener Befindlichkeit, war sich indes im Zweifel, ob sie letztlich Erhellung wünschte.

»Es wird allerhöchste Zeit für mich«, befand er schließlich. »Ansonsten komme ich zu spät zur Anprobe bei meinen Schneidern. Ich empfehle mich.«

Mit diesen Abschiedsworten deutete er eine schneidige Verbeugung an, und ihre Beklommenheit begann, sich zu zerstreuen. Seine Laune besserte sich gewiss, wenn er einen Termin mit seinen Schneidern wahrnahm.

Julian war für seine ausnehmend erlesene Kleidung und dafür, dass er in der Mode stets den Ton angab, bekannt. Die jungen Männer aus seiner Clique hielten ihre Schneider und Kammerdiener unermüdlich dazu an, den Schnitt seiner Jacketts zu kopieren, das tiefe Schwarz seiner Haare. Doch einerlei, wie akribisch sie seinem Äußeren nacheiferten, sie blieben farblose Kopien des Originals. Es war nicht Julians Kleidung, mit der sie liebäugelten; es war sein draufgängerisches Naturell, sein zündender Witz. Seine Schultern füllten einen Überrock recht präsentabel aus, mit seiner Ausstrahlung füllte er indessen Säle.

Er würde dieses erhebende Gefühl, von der Menge bewundert zu werden, alsbald wieder erfahren. Und wenn ihr Vorhaben glückte, war dies vielleicht sogar sein rettender Anker.

Lily eilte über den Platz, die Straße entlang und die Stufen zu Harcliffe House hinauf. Sie verharrte im Eingang, um dem Butler Anweisung zu geben. »Lassen Sie die Kutsche anspannen, Swift. Und bitte, unverzüglich. Ich beabsichtige, einen Besuch abzustatten.«

Swift verbarg sein Erstaunen leidlich gut. Für gewöhnlich machte sie keine Besuche, jedenfalls nicht aus freien Stücken. Aber dies war das Leben nach Leo, das aus einer Reihe winziger, unsteter Schritte in die Unabhängigkeit bestand.

Derweil sie dem Vorfahren der Kutsche harrte, lief sie kurz in Leos Arbeitszimmer zurück. Allein die Erinnerung an ihre Unterredung mit Julian wühlte sie auf, nicht zu erwähnen die drängenden Bitten, die sie an Amelia zu richten hatte … ihre Gedanken wirbelten im Kreise herum. Sie setzte sich an den Sekretär und schlug das Wirtschaftsbuch auf, das sie vorhin zugeklappt hatte, denn sie hegte die Hoffnung, angesichts der ordentlichen Spalten und Zahlenkolonnen ein wenig von ihrer Gefasstheit zurückzugewinnen. Leo hatte weder ein Gespür für Summen oder Zahlen besessen, noch war er imstande gewesen, Aufwand und Ertrag ihrer Besitztümer im Auge zu behalten. Anstatt dies alles den Verwaltern zu überlassen, hatte Lily sich frohgemut der Verantwortung gestellt. Sie liebte Zahlen. Liebte die präzisen, eleganten Federstriche, die dazu vonnöten waren; die akkuraten Anordnungen von Spalten und Ziffern; die Befriedigung, wenn die monatlichen Ausgaben und Einnahmen bis auf den letzten Cent ausgeglichen waren.

Vergleichsweise so, wie Leo und sie einander ausgeglichen hatten. Seit ihrer Kindheit hatte es sich nie anders verhalten. Wo einer von ihnen schwach war, war der andere stark. Er war von umgänglichem, überschwänglichem Charakter gewesen, Lily hingegen zurückhaltend, besonnen. Nach ihrem Fieber und der zurückgebliebenen Gehörlosigkeit hatten sie sich noch stärker in jenen Rollen arrangiert. Leo kümmerte sich um die gesellschaftlichen Verpflichtungen, die das Marquisat mit sich brachte, während sie die Konten und Papiere in Ordnung hielt. Lily hatte das harmonische und erquickliche Zusammenwirken der Geschwister stets mit Stolz erfüllt. Sie waren zwei Hälften eines Ganzen; sie waren gemeinsam stärker als allein.

Doch nun war Leo verschieden. Und sie blieb mit nunmehr

einem halben Leben zurück. Sie hatte ihre gesellschaftlichen Kontakte viele Jahre lang nicht gepflegt, da sie diese Aufgabe ihrem Bruder übertragen hatte. Sein Freundeskreis war auch der ihre; sie bewegte sich in denselben gesellschaftlichen Kreisen wie er. Lilys eigene Freundschaften, wie diejenige, die sie mit Amelia unterhielt, waren eingeschlafen, da sie sie sträflich vernachlässigt hatte.

Es fiel ihr schwer einzuschätzen, was Leo mit Bedauern erfüllt hätte. Auch sein Leben hätte sich unter Umständen gänzlich anders entfaltet, wären sie nicht derart abhängig voneinander gewesen.

Aus dem Augenwinkel fing sie das Schimmern von geschwungenem Messing auf. Der Griff des obersten Schubfachs blitzte neckisch, als wollte er die Neugier der jungen Frau wecken.

Geschwind sprang sie von ihrem Stuhl auf und schloss die Tür. Nachdem sie abermals ihren Platz eingenommen hatte, fischte sie sich einen kleinen flachen Schlüssel an der Chatelaine heraus, die am Gürtel ihres Kleides befestigt war, und sperrte das Fach auf. Sie zog es auf und starrte für einen Augenblick hinein. Nach einer Pause, in der sie Atem schöpfte und ihren Mut zusammenraffte, entnahm sie abermals das Päckchen Briefe.

Obschon sie kaum eine Minute zuvor die Tür verschlossen hatte, warf sie nun einen weiteren Blick dorthin, um sich ihrer Privatsphäre zu versichern. Es war verflixt eng geworden, als Julian sie vorhin überrascht hatte. Glücklicherweise war sie imstande gewesen, die Briefe und ihre Emotionen zu verbergen, ohne seinen Verdacht oder Besorgnis zu erregen.

Sie unternahm keinerlei Bemühung, jene Emotionen weiterhin niederzukämpfen. Mit bebenden Fingern und hämmerndem Puls öffnete sie das vom Zahn der Zeit ausgebleichte Papier und las.

Begrüßungsfloskeln sind mir zuwider. An abschließende Worte möchte ich nicht einmal denken. Folglich ist dies ein Brief ohne Anfang, ohne Ende. Ein trefflicher Widerschein meiner Liebe.
Meine Liebe, meine Liebe.
Komm alsbald. Ich leide Qualen.

Julian hatte in der Tat eine Verabredung mit seinen Schneidern, aber in einem völlig anderen Zusammenhang, als es Lily vermutlich vorschwebte. Er nahm erhebliche Mühen auf sich, um diese Schneider zu treffen.

Er machte einen Riesenbogen um Bond und Regent Street mit ihren vielen Händlern, Herrenausstattern und Maßschneidern. An einem anderen Tag hätte er vielleicht Halt gemacht, um eine neue Weste mit extravaganter Stickerei in Auftrag zu geben oder einen Rock mit einem zusätzlichen Knopf an den Ärmelaufschlägen. Mit solcherart geckenhaften Veränderungen des landläufigen Modestils hatte er sich die Loyalität und Bewunderung der jungen englischen Aristokraten gesichert. Nun führte er sie am Gängelband, das ging so weit, dass die adligen Schnösel kratzige, ungefärbte Wolle tragen würden, falls Julian Bellamy dergleichen zum letzten Schrei erklärte.

Er benötigte zwanzig Minuten für den Weg zu seinem vergleichsweise bescheidenen Heim, das am Rand von Bloomsbury gelegen war. Er hätte sich ein größeres Domizil in einem vorzeigbareren Teil der Stadt leisten können, aber dieses Haus entsprach seinen Bedürfnissen. Die unteren Räumlichkeiten waren schmucklos, beengt und ungeeignet für Feste, was ihn der Verpflichtung enthob, Gegeneinladungen auszusprechen. Im zweiten Geschoss jedoch befand sich eine großzügige, verschwenderisch ausgestattete Schlafzimmersuite, die vortrefflich geeignet war, um weibliche Gäste zu unterhalten. Noch idealer war, dass die Rückseite des Hauses an eine belebte Geschäftsstraße grenzte.

Kaum hatte er das Haus betreten, ging er wie immer sofort in die Bibliothek. Ein junger Mann döste in einem Sessel am Fenster, er hatte einen breitkrempigen Hut tief in die Stirn gezogen. Julian erkannte Levi Harris, der einer der Privatermittler war, die er angeheuert hatte, den Mord an Leo aufzuklären. Harris war jung und tatkräftig und galt als der Beste in seinem Gewerbe. Leo verdiente nichts Geringeres als die Besten.

Der Beste hatte indessen hellwach zu sein. Julian warf geräuschvoll die Tür zur Bibliothek zu.

Harris wachte mit einem Schlag auf. Kaum dass seine Füße auf den Boden trafen, rief er aus: »Guten Morgen, Mr. Bellamy.«

»Es ist bereits Nachmittag. Neuigkeiten?«

»Nichts, was sonderlich von Interesse wäre.«

»Berichten Sie mir alles. Ich bestimme, was von Interesse ist.«

Harris erzählte Julian nichts, was dieser nicht bereits gewusst hätte. Wie sein Auftraggeber hatte er am Abend zuvor den Boxkampf in Southwark besucht. An dem Kampf hatte ein Boxer teilgenommen, der auch in der Nacht von Leos Tod gekämpft hatte. Der Ermittler und seine Leute hatten den Auftrag erhalten, sich an sämtlichen Ausgängen zu postieren und Ausschau nach Personen zu halten, die Ähnlichkeit mit der Beschreibung von Leos Mördern aufwiesen.

»Tut mir leid, Sir«, sagte Harris soeben. »Nach jenem Fiasko mit der Bullenhatz war die Menschenmenge ein einziges aufgeheiztes Pulverfass. Meine Männer und ich verharrten selbstverständlich vor Ort, wir inspizierten ringsum sämtliche Straßen. Wir bemerkten nichts Verdächtiges. Auch keine zwei Männer, auf die die Beschreibung gepasst hätte.«

Julian nickte verständig. Die erwähnte Beschreibung war absolut dürftig. Die Prostituierte, die Zeugin des Überfalls geworden war, hatte Leos Mörder als zwei groß gewachsene Männer in grober, einfacher Kleidung beschrieben; einer glatzköpfig, der andere mit schottischem Akzent.

Er sank in das weiche, gesteppte Lederpolster seines Schreibtischsessels und rang mit Müdigkeit und Niedergedrücktheit. Beinahe fünf Monate waren seit Leos Tod verstrichen, und trotz weiterer Informationen und neuer Zeugen war er den Mördern nicht dichter auf der Spur als an dem Tag, als sein Freund begraben wurde. Solange die Attentäter frei herumliefen, blieb der Name ihres Auftragsgebers geheim. Julian war ahnungslos, welcher von seinen vielen Feinden seine wahre Identität aufgedeckt und seinen Tod befohlen hatte. Er war die Sache aus dem falschen Blickwinkel angegangen – er hatte versucht, die Gewalttäter aufzuspüren, statt den Mann oder die Männer, die jene angeheuert hatten.

»Nun gut«, erklärte er Harris. »Das wird es wohl gewesen sein.«

»Dann bis morgen?«

Julian schüttelte den Kopf. »Nein. Ich denke, dass es das endgültig gewesen ist. Wir sind mit der Sache am Ende.«

»Am Ende?« Harris sprang auf. »Sir, heißt das, Sie wollen die Nachforschungen einstellen? Den Mord ungelöst belassen?«

Die Vorstellung behagte ihm offenkundig nicht, und Julian wusste die Loyalität des Mannes zu schätzen. Gleichwohl war es Unfug, die Ermittlungen auf diese Weise fortzuführen, wenn sie keine bedeutsamen Ergebnisse zeitigten. Und er konnte Harris gewiss nicht die Informationen geben, die nötig waren, um eine andere Spur ins Visier zu nehmen. Von jetzt an wollte Julian die Angelegenheit allein weiterverfolgen.

»Das heißt«, hob er an, »dass Ihre Dienste nicht länger beansprucht werden. Schicken Sie mir eine Rechnung über Ihre sämtlichen Auslagen. Ich sichere Ihnen zu, dass diese umgehend beglichen wird.«

Harris öffnete den Mund und schloss ihn wieder, so ging es einige Male, als wollte er eine Erwiderung vorbringen. Letztendlich entschied er sich dagegen. »Wie Sie wünschen, Mr. Bellamy.« Mit einer knappen Verneigung verschwand er.

Wieder allein sichtete Julian die Korrespondenz, die sich auf seinem Schreibtisch angesammelt hatte. Einladungen unterschiedlicher Art wetteiferten mit einem Meer von Depeschen und kleinen Billetts. Alles von »Um Ihre Präsenz wird freundlichst ersucht …« bis »Liebster, mein Gemahl wird fort sein …« Obschon er seit Monaten keine Einladung gleich welcher Form angenommen hatte, trafen sie weiterhin tagtäglich in Massen ein.

Mit einem müden Seufzen beförderte er die Schreiben allesamt in den Papierkorb. Er hatte dergleichen ohnehin nie beantwortet. Er erschien auf Festen, wo und wann es ihm beliebte. Absurderweise hatte diese gänzliche Missachtung der Etikette seine Popularität noch erhöht. Denn wenn er seine Aufwartung machte, dann tat er es im großen Stil, gleich ob er hundert Gäste zu unterhalten hatte oder einen einzigen Zuhörer.

Ein Auftritt von Julian Bellamy, dafür bürgte er, rangierte auf einer gewissen Skala von Genüssen ganz oben. Ähnlich gerösteten Kastanien an Weihnachten oder simultanen Orgasmen. Nicht selten genug, um mythisch zu sein, aber beileibe nicht so häufig, dass es langweilig wurde. Stets befriedigend, gelegentlich grandios. Summa summarum waren die Auftritte eine Erfahrung, die niemand so schnell wieder vergaß.

Ausgenommen Julian selbst, natürlich.

Als Julian seine Schlafzimmersuite betrat, begrüßte sein Kammerdiener ihn, während er den pomadisierten Schopf hinter einem Sportmagazin verborgen hielt. »Guten Morgen, Sir.«

»Guten Morgen, Dillard«, begrüßte Julian ihn trocken. »Oh bitte. Bleiben Sie doch sitzen.«

Ein leises Grunzen war die einzige Antwort.

»Ist mein Bad eingelassen?«

Die Zeitung raschelte. »Selbiges steht zu vermuten.«

Dillard war der verwöhnteste, nutzloseste Kammerdiener in ganz London. In der Regel verlangte Julian Sachkenntnis und Tatkraft von allen, die bei ihm in Diensten standen, indes machte er eine Ausnahme bei seinen persönlichen Dienern. In diesem Haus galten Nachlässigkeit und ein gewisser Mangel an Neugier als wünschenswerte Charakterzüge. Julian behielt Dillard einzig für sein Äußeres. Oder besser, eben *nicht* für sein Äußeres. Es war zweifellos üblicherweise das Betätigungsfeld eines Kammerdieners, sich bis ins Kleinste um das äußere Erscheinungsbild seines hochherrschaftlichen Brotherrn zu kümmern: Baden, Rasieren, Ankleiden und weiteres mehr. Doch was sein eigenes Äußeres betraf, kümmerte Julian sich selbst um jedes Detail, Wäschewaschen, Bügeln und Stiefelschwärzen ausgenommen.

Er ließ sich schwer auf einen Stuhl sinken und entledigte

sich seiner Stiefel. »Ich gehe zu Bett«, erklärte er Dillard, während er das Paar Stiefel ordentlich beiseitestellte. »Und möchte nicht gestört werden. Sehen Sie zu, dass diese bis heute Abend geputzt sind.«

Ein weiteres Grunzen war die Antwort.

Julian überließ den Mann seiner Lektüre und betrat das Ankleidezimmer. Es war ein weitläufiger Raum, ehedem ein zusätzliches Schlafzimmer, das er mit maßgefertigten Borden und Spiegeln hatte ausstatten lassen. Er warf seinen schmutzbesudelten Überrock in den Kamin und entkleidete sich bis auf die Haut. Nach einem hastigen Bad und einer sorgsamen Rasur hüllte er sich in einen Seidenkaftan mit orientalischem Muster.

Mit ernsthafter Entschlossenheit wählte er seine Garderobe für den bevorstehenden Abend mit Lily aus. Er hatte sich eine neue Weste aus karmesinrotem Tuch schneidern lassen, diese legte er zum Aufbügeln beiseite, nebst einem königsblauen Jackett mit Messingknöpfen und einer anthrazitgrauen Hose. Unter den sechzehn auf einem Regal aufgereihten Hüten, die er sein eigen nannte, entschied er sich für einen komödiantisch blauen, der mit einem roten Band abgepaspelt war. Die Kombination der Farben war scheußlich. Indes war ihm daran gelegen, am heutigen Abend noch mehr Aufmerksamkeit als sonst zu erregen.

Obschon er der Idee zu Anfang ablehnend gegenübergestanden hatte, entdeckte er bei näherer Überlegung ungeahnte Möglichkeiten, die sich aus Lilys gesellschaftlichen Ambitionen ergaben. Seine Nachforschungen führten zu keinem nennenswerten Ergebnis. Indem er sich aus dem öffentlichen Leben zurückgezogen hatte, hatte er seinem Widersacher ein Gefühl der Überlegenheit vermittelt.

Bei dem Vorhaben, Julian zu töten, hatte irgendjemand stattdessen Leo getötet. Wenn Julian Gerechtigkeit für Leos Tod suchte, dann blieb ihm nichts anderes, als die feige Ratte aus ihrem Versteck zu locken, indem er sich selbst zum Köder machte.

Nach einem abendlichen Diner, entschied er, wollte er zu einer launigen Runde durch die Clubs aufbrechen. All das mit einem Lächeln auf den Lippen und ohne Harm – selbst wenn er sich auf seine Händen setzen müsste, wenn Morland in seine Nähe kam, damit sich diese nicht selbstständig machten. Er war fest entschlossen, gute Miene zu dem Spiel zu machen, und die drei Abende, die er Lily versprochen hatte, so gut es ging für seine Sache zu nutzen. Sobald er sich seinen Platz an der Spitze sämtlicher Gästelisten zurückerobert hatte und Lilys Eheschließung beschlossen war, würde er den lebenden Köder spielen.

Zunächst stand Julian indes im Begriff, sich in sein Schlafzimmer zurückzuziehen.

In dem erlesen ausstaffierten Schlafgemach angelangt, sperrte er die Tür hinter sich ab. Dann wartete er. Nachdem ein paar Minuten verstrichen waren und er sich sicher war, dass keiner lauschte, folgte er dem goldenen Pfad des griechisch anmutenden Irrgartens auf dem Teppichläufer, der das Himmelbett säumte, über dessen vier Pfosten ein burgundersamtener Baldachin drapiert war. Als er vor einem Bücherbord in der rückwärtigen Ecke des Raums zu stehen kam, betätigte er einen Hebel, der sich in den Schnitzereien des dritten Regalbrettes verbarg. Dann trat er zurück und ließ das Paneel aus seinen Angeln schwingen.

Auf der anderen Seite der vorgetäuschten Wand befand sich ein enges, niedriges Gelass, das zu dem Lagerhaus im hinteren Teil des Gebäudes gehörte.

Die kleine Kammer barg ein Regal mit gestärkten weißen Hemden und Krawatten, daneben lagen ein paar gefaltete Hosen unauffälliger Farbgebung. An einfachen Messinghaken hingen vier Überröcke: grau, graubraun, schwarz und dunkelblau, außerdem zwei Hüte.

Er riss sich den Kaftan vom Leib, betrat den verborgenen Gang und schloss das Paneel hinter sich. Seine Zeit als Julian Bellamy war bis auf Weiteres vorüber.

Er hatte sich ausnehmend verspätet für seinen Tag als James Bell.

4

Mr. James Bell beschäftigte keinen Kammerdiener. Weder eine Köchin noch einen Butler oder überhaupt einen Diener. Lediglich eine Reinmachefrau, die zwei Mal in der Woche kam, fegte und wischte. Sie war eine arglose, ungebildete Frau und stets in Eile, unwahrscheinlich, dass sie heimlich herumschnüffelte.

Mr. Bell war jedoch ein großzügiger Arbeitgeber. Er entlohnte besagte Reinmachefrau mit dem Dreifachen der üblichen Summe, und er behandelte seine Angestellten gut. Er zahlte die Löhne pünktlich, mit alljährlichen Erhöhungen und einem Aufschlag an Weihnachten. Gut entlohnte Angestellte stellten keine Fragen oder kamen mit irgendwelchen Klagen.

Mr. Bell bewohnte Räumlichkeiten, die sich über seinem Firmensitz befanden, und er hatte einen Hang zu exzentrischen Geschäftszeiten. Wenngleich sein beruflicher Einsatz außer Frage stand, wussten die Angestellten nie, wann er wohl unten erschiene. Er hatte ein vages Gerücht verbreiten lassen, er werde von wiederkehrenden Kopfwehattacken geplagt. An dem einen oder anderen Morgen fanden sie ihn bereits um acht Uhr hinter seinem Schreibtisch sitzend vor, wo er tief in Rechnungsbücher versunken war. An anderen Tagen, wie dem heutigen, tauchte er erst am späten Nachmittag auf. Dieser unwägbare Zeitrahmen ließ seine Angestellten stets achtsam und fleißig sein.

Mr. Bell hüllte sich in unauffällige, indes maßgeschneiderte Kleidung. Er trug sein schwarzes Haar streng gescheitelt und kämmte es mit Pomade, bis es sich glatt an sein Haupt schmiegte. »Anspruchslos«, so hätten ihn manche gewiss beschrieben. Die weniger Nachsichtigen formulierten vielleicht folgendermaßen: »Langweilig wie trockener Toast.« Es war im höchsten Maße selten, dass er ohne Hut das Haus verließ, und er trug stets eine Brille.

Die Brillengläser waren jedoch aus einfachem Fensterglas, denn Mr. Bell trug keine Brille, um besser zu sehen. Er trug sie, um *nicht gesehen* zu werden.

Diese Tarnung hatte sich über Jahre hinweg als recht brauchbar erwiesen.

Es war mitten am Nachmittag, als er heute über die rückwärtige Treppe nach unten kam und die Büros durch den hinteren Eingang betrat. Wie gewöhnlich fand er seine acht Angestellten vor, die geschäftig über die Arbeit an ihren Schreibpulten in zwei ordentlich ausgerichteten Reihen, die die Länge des Kontors einnahmen, gebeugt saßen. Sie alle beeilten sich aufzuspringen und begrüßten ihn im Chor mit »Guten Tag, Mr. Bell.«

Er nickte zur Antwort.

Die Laufburschen schickten ihm schuldbewusste Blicke aus einer Ecke, wo sie zweifelsohne bis vor wenigen Augenblicken dem Würfelspiel gefrönt hatten. Julian beschloss, über die Verfehlung hinwegzusehen. Einstweilen. Er hielt genug Aufgaben für sie parat, um sie für den Rest des Tages auf Trab zu halten.

»Da wären wir«, murmelte er, als er sein Büro betrat, das ein abgetrennter Bereich im hinteren Teil des Kontors war. Es war mit einem Glasfenster ausgestattet, um die Angestellten zu überwachen, und mit Vorhängen, um gegebenenfalls etwas Privatsphäre zu gewährleisten. Auf der Mattglasscheibe, die in den hölzernen Türrahmen eingesetzt war, prangte in goldenen Lettern: »Mr. J. Bell. Geschäftsführer. Aegis Investments.«

Soweit die Angestellten Kenntnis hatten, verwaltete Mr. Bell das Vermögen diverser wohlhabender Investoren. Diese nicht namentlich bekannten Investoren – Aristokraten, so wurde angenommen, denen es unzumutbar war, ihre Hände mit Arbeit zu besudeln – hatten ihr Geld in verschiedene unternehmerische Vorhaben investiert: im Besonderen in mehrere Woll- und Leinenspinnereien im Norden und in geschäftlich genutzte Liegenschaften in sämtlichen größeren Städten Englands. Mr. Bell kümmerte sich mit Unterstützung seiner Angestellten und einem persönlichen Sekretär um die Unternehmungen und die Verwaltung dieser Geldgeschäfte. Er erstattete seinen Vorgesetzten regelmäßig Bericht.

In Wahrheit hatte Mr. Bell keinen Vorgesetzten, und es gab nur einen Investor, nämlich Julian selbst. Er nannte nicht nur die Spinnereien im Norden und Geschäftsgebäude in Bristol, Oxford, York und anderswo sein eigen, sondern ihm gehörten in der Tat die meisten Liegenschaften in jenem Straßenzug einschließlich des Handelshauses, das die Büros der Aegis Investments beherbergte, und der Reihe präsentabler Stadtresidenzen, die sich daran anschloss. Er war an jedwedem Maßstab gemessen ein Mann von immensem Reichtum. Der Schlüssel zu alledem war die Aufrechterhaltung seines Charismas als ein Gentleman mit vielen Geheimnissen.

Sollten gewisse mächtige Männer zufälligerweise erfahren, auf welche Weise er sein Vermögen angehäuft hatte und was er damit zu tun beabsichtigte …

Nun, er wusste bereits um die Vollendung jenes Gedanken,

nicht wahr? Jene fraglichen Männer würden Vorkehrungen treffen, ihn in einer dunklen Gasse zu überwältigen und zu Tode prügeln zu lassen.

Ihn schauderte bei der Erinnerung an Leo und dessen blutunterlaufenes Gesicht, das bis zur Unkenntlichkeit verunstaltet war.

Sein Sekretär, Thatcher, war ihm in sein Privatbüro gefolgt und schwenkte einen Stapel Papiere. »Die morgendliche Post, Sir.«

»Irgendetwas von Belang?«

Thatcher blätterte durch die Korrespondenz. »Ein Bericht über die Preisschwankungen bei dem Farbstoff Indigo. Ein Brief von der Benevolence Society for the Deserving Poor mit dem Gesuch um Erneuerung der großzügigen Investorenzuwendung. Der Vertrag für die Vermietung der Liegenschaft in Dover. Ihr Express von den Spinnereien.«

»Geben Sie her. Das Express, meine ich. Deponieren Sie den Rest auf der Anrichte, dann können Sie gehen.«

Thatcher tat, wie ihm geheißen, das war nie anders gewesen.

Julian brach das Wachssiegel und überflog eilig den Brief, den er in Händen hielt. Seit Kurzem verlangte er zwei Mal wöchentlich eine Eildepesche von den Spinnereien, und er las diese stets als Erstes. Die Moral der Arbeiter sei nach wie vor hoch, berichtete sein Agent, und die Produktionszahlen seien stabil.

Das ließ sich gut an, bestens. Nach dem Auflodern von Arbeiteraufständen zu Anfang des Jahres hatte er sich genötigt gesehen, seine Spinnereien unter strengster Beobachtung zu halten. Bestrebungen von außen, Widerstand unter seinen Arbeitern zu mobilisieren, hatten bislang wenig Erfolg gezeitigt. Das war kein Wunder, denn seine Arbeiter gehörten zu den bestbezahlten in der regionalen Textilbranche, und er scheute weder Kosten noch Mühen, damit sie sich auf ihren Posten wohlfühlten. Er war sogar so weit gegangen, jede Spinnerei persönlich aufzusuchen und den Arbeitern zuzusichern, dass ihre Tätigkeiten nicht durch die neu entwickelten Maschinen wegrationalisiert würden.

Julian handelte nach der schlichten Formel: Investiere ein Maß an gutem Willen in die Beschäftigten, und du erntest Gewinne in Form von stabiler Produktion. Er hatte nie verstanden, warum die anderen Fabrikbesitzer dieses Konzept nicht übernahmen. Sei's drum, ihr Verlust war sein Gewinn. Die Produkte aus seinen Spinnereien genossen den Ruf, hohen Qualitätsansprüchen zu genügen, und selbiger Ruf war die Quelle etlicher lukrativer Verträge mit dem Militär. Im Laufe des vergangenen Jahrzehnts waren mehr als die Hälfte der in der britischen Armee gelisteten Soldaten mit Uniformen aus Aegis-Wolldrillich in den Kampf marschiert. Wenn sie in der Schlacht verletzt wurden, wurden ihre Wunden mit Aegis-Mullflanell verbunden.

Nun, nachdem die Kriege beendet waren, litt die englische Wirtschaft unter einer Depression. Die Reichen hatten indessen Geld im Überfluss. Mr. James Bell stellte sicher, dass die feinsten Textilwarenhändler, Draperienschneider und Polsterer des Landes allesamt Aegis-Tuchwaren in ihren Läden führten. Mittlerweile bestimmte Julian Bellamy den Stil der Mode und verhalf jenen Läden zu einträglichen Geschäften.

Er beorderte Thatcher zurück in sein Büro. »Hier«, sagte er, während er eilig seine Unterschrift auf den Vertrag setzte, ehe er diesen seinem Mitarbeiter über den Schreibtisch zuschob. »Das wäre erledigt. Unterrichten Sie die Benevolence Society, dass wir die Zuwendung erneuern werden, und weisen Sie unser

Lagerhaus an, sämtliche überzähligen Stoffballen zur freien Verfügung dorthin zu schicken.«

»Jawohl, Sir. Und so es Ihnen genehm ist, Sir, die Schneider sind eingetroffen.«

»Schicken Sie sie herein.«

Schwartz und Cobb strebten mit Mustern und Zeichnungen beladen in sein Büro. Nach einem knappen Nicken zur Begrüßung breitete Julian die neuesten Skizzen auf seinem Schreibtisch aus. Er hatte Lily nicht angelogen, was das betraf, in keinster Weise. Er *war* spät dran für diese Zusammenkunft mit seinen Schneidern. Unverzeihlich spät. Die Zeichnungen und Muster vor ihm repräsentierten die essenziellen Ergebnisse aus einem Jahr Vorbereitung und Entwicklung, und seine Männer harrten seit Monaten ungeduldig darauf, in Aktion zu treten. Die Skizzen bedurften lediglich seiner endgültigen Zustimmung, bevor sich ein Produktionsrahmen erstellen ließ. Irgendetwas hatte ihn jedoch noch jedes Mal davon abgehalten. Die Muster sagten ihm entweder nicht zu, oder die Farben waren von minderer Qualität, oder der Preis der Wolle war zu hoch. Wieder und wieder hatte er aus dem einen oder anderen Grunde gezögert.

Irrtum.

Er hatte aus einem einzigen Grund gezögert. Aus keinem anderen.

Lily.

Ihr süßer Rosmarinduft erblühte in seiner Erinnerung, und seine Gedanken verfingen sich in dem dichten Kranz ihrer Wimpern. Er kämpfte die Flut von Emotionen in seiner Brust nieder. Nicht hier. Er durfte sich nicht dazu hinreißen lassen, hier an sie zu denken. Welche nächtlichen Abenteuer Julian Bellamy auch immer genoss, Mr. James Bell hatte keine Zeit für Frauen.

Kein Mann konnte es sich leisten, über die Liebe nachzusinnen.

»Ich habe heute eine fürchterliche Unwahrheit erzählt«, erklärte Lily, noch ehe sie ihre Freundin begrüßte. Sie stand in freundschaftlicher Umarmung mit der Dame des Hauses im Eingang zum Salon des Herzogs von Morland, und gestand: »Es waren mehrere Schwindeleien, in der Tat.«

Amelia löste sich aus der Umarmung. »Tatsächlich? Das sieht dir gar nicht ähnlich.«

»Leider Gottes verhält es sich so.« Mit einem reumütigen Kopfschütteln drückte Lily den Arm ihrer Freundin. »Ich bin hergekommen, um deine Hilfe zu erbitten, Amelia. Mir bleibt nichts anderes, als meine Schwindeleien mit Wahrheit zu füllen. Zumindest einige davon.«

»Nun, ich bin ungemein neugierig zu erfahren, worum es sich handelt. Ich werde nicht oft in heimliche Machenschaften eingeweiht, weißt du. Aber bitte, nimm doch erst einmal Platz und erfrische dich mit einer Tasse Tee.«

Lilys rasender Pulsschlag insistierte, dass es keinen Augenblick Zeit zu verschwenden galt. Indes ließ sich sicherlich keine tatkräftige Vertraute gewinnen, indem sie unhöflich war. Zumal sie um einen unermesslich großen Gefallen bitten wollte.

Amelia schob sie sanft zu zwei Sesselchen im französischen Rokokostil, die vor einem deckenhohen, mit Spitzenvolants drapierten Fenster standen. Auf einem niedrigen Tisch zwischen den beiden Sitzmöbeln standen ein Teeservice und Erfrischungen. Dass Amelia das Haus mit geschickter Hand führte, war unverkennbar, ihr Salon bot ein Bild der Vornehmheit und des erlesenen Geschmacks. Als Lily sich setzte, fand sie das gestreifte Seidenpolster so weich und glatt, dass sie einige Mühe hatte, nicht von der Sitzfläche herabzugleiten.

»Was hat euch in die Stadt geführt?«, fragte Lily, als ihre Freundin den Tee einschenkte. »Ich war überzeugt, du und der Herzog wolltet bis zu deiner Niederkunft in Cambridgeshire bleiben.«

Amelia gab einen Würfelzucker in die Teetasse und rührte um. »Oh, es war Spencers Wunsch, nach London zurückzukehren. Er wollte uns in der Nähe von Spezialisten und Fachmedizinern wissen, wenn meine Zeit heranrückt.« Sie zuckte mit den Achseln und reichte Lily die Tasse. »Ungeachtet des Umstands, dass der Mann das größte Gestüt in ganz England besitzt und Hunderten von Pferdegeburten beigewohnt hat. Wenn es um seinen eigenen Nachwuchs geht, ist er mit einem Mal ein Nervenbündel.«

»Das beweist einzig, wie sehr er dich verehrt.«

Trotz der schroffen, autoritären Natur des Herzogs hatte Lily von Anfang an vermutet, dass er Amelia ein überaus zärtlicher Gemahl sein würde. Es schien, dass sie recht behielt.

»Ich bin keine Expertin«, räumte Lily ein. »Aber nach meinem unerfahrenen Auge zu urteilen, bietest du einen Anblick robuster Gesundheit. Nicht nur der Gesundheit, sondern auch tiefer Zufriedenheit.«

Von ihrem strahlenden Äußeren bis zu ihrem sanft gerundeten Leib verkörperte Amelia Glück. Und gegen ihren Willen verspürte Lily einen kurzen Moment Neid. Vielleicht war das der wahre Beweggrund, warum sie ihre Freundschaften mit Frauen über die Jahre hinweg schnöde vernachlässigt hatte. Eine nach der anderen waren sie Ehegattinnen geworden, dann Mütter. Sosehr sie Leo geliebt und ihre finanzielle Unabhängigkeit geschätzt hatte, Lily fiel es gelegentlich schwer, nicht auch zu begehren, was anderen Frauen beschert war.

»Ich fühle mich wohl«, erwiderte Amelia bescheiden, ihre eigene Teetasse an die Lippen führend. »Keine morgendliche Übelkeit mehr. Ich erfreue mich eines besseren Befindens als manch andere Frau in meinem Zustand.«

Beide nippten von ihrem Tee.

Nachdem sie ihre Tassen gesenkt hatten, blickte Lily erwartungsvoll zu Amelia, während sie inständig auf ein Stichwort aus dem Munde ihrer Freundin hoffte. Eine Weile sagte keine etwas. Lily spähte besorgt zu der hohen Standuhr, ihr Unbehagen wuchs mit jedem Ausschlag des langen Pendels.

Lily räusperte sich. »Nun.«

Amelia hob ihre Augenbrauen und schenkte ihr ein mildes Lächeln. »Ja?«

Hatte sie um Lilys Beichte vergessen, oder zierte sie sich bloß? Gerade als Lily sich zu fragen begann, ob sie die Geschichte von Anfang an aufrollen müsste, blitzte die Erkenntnis in Amelias Augen auf.

»Ach ja!«, rief sie, stellte ihre Teetasse ab und fuchtelte sodann heftig mit den Händen in der Luft herum. »Du hast eine Unwahrheit erzählt oder gleich mehrere davon, und in deiner Notlage ersuchst du um meine Hilfe.« Sie rutschte auf die Kante ihres Sessels. »Verzeih mir, Liebes, eine Begleiterscheinung der Schwangerschaft, wie mir scheinen will. Feste Fingernägel, aber ein schwaches Erinnerungsvermögen. Bitte, berichte mir, was ich für dich tun kann.«

Erleichtert antwortete Lily: »Es dreht sich um Julian. Er ist weiterhin besessen davon, Leos Mörder aufzuspüren, ohne Rücksicht auf sein eigenes Wohl und Wehe. Er durchstreift nächtens die Straßen, er isst und schläft kaum noch. Er vernachlässigt all seine Freundschaften, schlägt jede Einladung aus. Er ist auf dem besten Wege, Leo ins Grab zu folgen, und ich weiß nicht, was ich noch tun soll. Vielleicht bin ich naiv, aber ich vermag mich dem Gedanken nicht zu verschließen … wenn ich ihn doch wieder dazu bewegen könnte, an gesellschaftlichen Ereignissen teilzuhaben, verstehst du? Dann würde er, so Gott will, wieder zu seinem früheren, sorglosen Selbst zurückfinden.«

Amelia nickte ihr ermutigend zu. »Fahre fort.«

»Heute Morgen haben wir … gestritten. Am Ende trotzte ich ihm ein Versprechen ab. Er erklärte sich einverstanden, mich zu drei gesellschaftlichen Ereignissen zu begleiten. Ich schwindelte ihm vor, dass mir daran liegt, mein Leben wieder zu genießen, und dass ich mich mit der Überlegung trage, mir einen Gemahl zu nehmen, in Wahrheit jedoch sinne ich auf nichts anderes, als Julian außer Gefahr zu wissen. Da ich keinen Aufschub hinnehmen mochte, erzählte ich ihm, dass der erste festliche Anlass in seiner Begleitung heute Abend stattfindet.«

»Ich kann dich gut verstehen«, pflichtete Amelia ihr bei.

Nein, nicht im Mindesten.

Lily knabberte schuldbewusst an ihrer Unterlippe. »Nun kommt es. Ich griff zu der Notlüge, dass du und Spencer zu einer Soiree geladen habt.«

»Eine Soiree? Heute Abend?« Nun blickte Amelia zur Uhr. »Oh Liebes. Es ist schon beinahe halb zwei.«

Lily ergriff die Hand ihrer Freundin. »Ich weiß, es ist eine ungeheuerliche Zumutung, noch dazu in deinem Zustand. Aber glaube mir, nichts als reinste Furcht um Julians Leben treibt mich, dir diesen Vorschlag zu unterbreiten. Es braucht nichts allzu Großartiges zu sein, und ich könnte dir mit Vorräten, Küchenmägden oder etwas in der Art unter die Arme greifen.«

»Speisen und Dienstboten sind nicht das Problem. Ich verfüge über beides in reichlicher Zahl. Aber das Einladen der Gäste, in dieser kurzen Zeitspanne …« Um Amelias Mundwinkel zuckte es. »Hinzu kommt, dass Spencer sein Einverständnis geben muss. Er verabscheut Feste jedweder Art.«

»Vielleicht, wenn du ihm darlegst, wie sich die Dinge im Einzelnen verhalten?«

»Ihm darlegen, dass er Gastgeber zu sein hat, um Julian Bellamy vor Schlimmerem zu bewahren?« Amelia schüttelte den Kopf. »Sieh es mir nach, aber ich glaube nicht, dass dieses Argument auf Gehör stoßen wird. Spencer und Mr. Bellamy hegen nicht die geringste Sympathie füreinander.«

Lily sank das Herz in der Brust. »Gibt es denn gar nichts, womit du ihn überzeugen kannst?«

»Oh, ich habe meine eigenen Methoden, Spencer zu überzeugen.« Amelia zwinkerte ihr schalkhaft zu. »Indes ist er nicht der Einzige, dem meine Sorge gilt, und das ist das Dilemma.« Ihre Miene wurde ernst, und sie rückte ihren Sessel näher zu dem ihrer Freundin, um im Vertrauen mit dieser zu reden. »Es tut mir aufrichtig leid, Lily. Ich wünschte, ich könnte dir helfen, ganz gewiss. Indes eröffnen sich noch andere Hindernisse als die Kürze der Zeit und der Widerwille meines Gemahls. Was ich dir jetzt enthülle, darf unter gar keinen Umständen an die Öffentlichkeit dringen, hörst du?«

Lily nickte, um ihre Freundin zu ermutigen fortzufahren. Sie hing an Amelias Lippen. »Selbstverständlich, du hast mein Wort darauf.«

»Wir sind nicht allein, hier in der Stadt. Erinnerst du dich noch an letzten Sommer, als wir alle in Briarbank waren und mein …« Amelia reckte unvermittelt den Kopf, als lauschte sie auf ein Geräusch irgendwo hinter sich.

Lily spähte über Amelias Schulter. Eine junge Frau stand in der Tür. Es war Claudia Dumarque, Cousine und Mündel des Duke of Morland. Claudia war ein recht eigenwilliges Mädchen, eine heikle Mischung aus Aufsässigkeit und Sensibilität, allerdings schob Lily dies auf ihr Alter. Sie war im letzten Sommer fünfzehn gewesen, als sie alle auf Amelias Familiensitz in Gloucestershire geweilt hatten. Durchaus möglich, dass das Mädchen inzwischen sechzehn geworden war. Nichtsdestoweniger war sie sehr jung.

Und sie war schwanger. Hochschwanger.

Lilys Lippen formten vor Schreck ein stummes O.

Claudia sagte etwas zu Amelia, unterdessen betrat sie das Zimmer. Der weite Saum ihres Kleides bauschte und dehnte sich bei jedem ihrer Schritte. Der Termin für ihre Niederkunft lag gewiss nicht mehr fern.

»Mir war nicht gewärtig, dass du einen Gast hast«, sagte das Mädchen, als es vor ihnen verharrte. »Ich war lediglich auf der Suche nach meinem …« Sie stockte, als ihre Augen denen Lilys begegneten. Ein selbstzufriedenes Lächeln malte Grübchen in ihre Wangen. »Gute Güte, Lady Lily, ich bin kein Geist. Ich bin lediglich guter Hoffnung.«

Lily, die eilig ihren Mund zuklappte, spürte die Röte, die sich von ihrer Halspartie langsam in ihren Wangen ausbreitete. Sie hatte das arme Mädchen angestarrt wie ein Insekt, das aus einer Spalte im Pflaster krabbelt.

An Amelia gewandt, bemerkte Claudia: »Du hattest es ihr nicht erzählt?«

»Noch nicht«, antwortete Amelia. Sie warf einen entschuldigenden Blick in Lilys Richtung.

Schließlich hatte Lily sich wieder gefasst. »Es ist schön, dich wiederzusehen, Claudia.« Sie umschlang, so gut sie es vermochte, den stark gerundeten Leib des Mädchens und hauchte ihr einen Kuss auf die Wange. »Ich hoffe, dir geht es gut?«

Törichte Frage. Welche Antwort sollte das Mädchen darauf geben? Schwanger und unverheiratet und höchstens sechzehn – ausgeschlossen, dass sie sich in ihrer Haut sonderlich wohlfühlte.

»So gut, wie es meine Situation erwarten lässt, vermute ich.«

»Magst du dich nicht zu uns setzen und eine Tasse Tee mit uns trinken?« Lily deutete auf einen der Sessel.

»Nein danke, lieb gemeint. Ich stand im Begriff, mich ein wenig auszuruhen. Und war auf der Suche nach meinem Buch, aber das habe ich wohl oben liegen lassen. Wenn Sie mich bitte entschuldigen wollen, Lady Lily.« Sie verabschiedete sich mit einem Kopfnicken, da es ihr unmöglich war, einen Knicks anzudeuten, und wandte sich zum Gehen.

»Einen Augenblick«, meinte Amelia an Lily gerichtet und beschrieb mit ihrer Hand eine abwinkende Geste, die unmissverständliche Aufforderung, im Salon zu warten.

Lily verharrte in ihrem Sessel, derweil Amelia an die Seite ihres Schützlings rauschte. Gemeinsam bewältigten sie die lange Treppenflucht, indem Claudia sich mit einer Hand auf das Geländer stützte und den anderen Arm um Amelias Schulter legte.

Lily wandte eilig ihren Blick ab und goss sich eine weitere Tasse Tee ein. Sie mochte auf gar keinen Fall dabei ertappt werden, dass sie das Mädchen erneut anstarrte.

Nach einer kurzen Weile ließ Amelia sich abermals in den gegenüberstehenden Sessel sinken. »So«, sagte sie.

»So?«, forschte Lily prompt.

Amelia berichtete so emotional, dass Lily größte Probleme hatte, ihr zu folgen. Die Geschichte war ein gehetzter Schwall von Worten, sie verhaspelte sich mehrfach, derweil sie wirr durcheinandererzählte. Obschon es ein Ding der Unmöglichkeit für Lily war, ihrer Freundin alles von den Lippen abzulesen, schloss sie daraus, dass Claudia von einem ihrer Hauslehrer verführt worden war. Ihr befremdliches Gebaren in jenem Sommer in Briarbank war ihrer Schwangerschaft anzulasten, so schien es. Das arme Mädchen hatte ihren Zustand vor ihnen allen verheimlicht.

Schließlich erzählte Amelia langsamer weiter. »Wir weilen in der Stadt, um Spezialisten in der Nähe zu haben, indes nicht meinethalben. Meine Schwangerschaft ist ein Leichtes, aber Claudia klagte wiederholt über Blutungen und Schmerzen. Wenigstens wissen wir uns hier in der unmittelbaren Nachbarschaft der renommiertesten Ärzte.«

»Ach du meine Güte«, entfuhr es Lily, die sich bemühte, dies alles zu verarbeiten. »Was für eine heikle Situation.«

»Du sagst es. Claudia ist an das Haus gefesselt. Wir haben die Schwangerschaft bislang geheim gehalten. Es erschien uns das Sinnvollste, zumal wir noch ungewiss sind, ob sie das Kind behalten wird.«

Lily fragte sich kurz, ob sich Amelia damit auf die Option bezog, das Baby in eine Pflegefamilie zu geben, oder auf die Möglichkeit einer Todgeburt. Beides, vermutete sie. »Meintest du nicht vorhin, es kommt nicht allzu oft vor, dass du in heimliche Machenschaften verwickelt wirst?«

Amelia hob die Schultern und ließ sie wieder sinken. »In letzter Zeit häufen sie sich. Der arme Spencer wurde in Cambridgeshire nahezu verrückt vor Sorge, und die Stallungen waren stets sein Rückzugsort. Nun ist er weit fort von alledem, gefangen in einem Londoner Stadtpalais, mit zwei Frauen, die guter Hoffnung sind, eine davon kränkelnd … Es ist zweifellos nervenzermürbend. Angesichts dieser Situation wirst du mir beipflichten, dass eine Soiree gewiss nicht der beste Einfall ist.«

»Natürlich, das sehe ich ein.«

»Du bist enttäuscht.« Amelia verflocht ihre Hände mit denen ihrer Freundin und drückte sie sanft.

»Aber nein, mitnichten«, schwindelte Lily und lächelte tapfer. »Es war bloß eine Idee, noch dazu eine recht unausgereifte. Wir werden das aufschieben. Ich werde Julian eine Nachricht schicken, worin ich ihm darlege, dass das Diner heute Abend nicht stattfindet.«

Und hoffen, dass er am Morgen noch unter den Lebenden weilt.

Sie schloss die Augen, sogleich schwammen rote Punkte hinter ihren Lidern. Von dem gleichen intensiv leuchtenden Rot wie sein Blut.

Als Amelia sich zu ihr neigte und ihr eine tröstliche Hand auf den Arm legte, war es um Lilys Fassung geschehen. Tränen fluteten ihre Augen und strömten über ihre Wangen. Nicht lange und sie schluchzte an Amelias Schulter.

»Ich weiß mir keinen Rat«, jammerte sie. »Ich bin in großer Sorge um ihn. Heute Morgen lieferte ihn der Gemüsehändler vor unserer Schwelle ab. Er war auf der Straße zusammengebrochen, und er blutete aus einer Wunde, und für einen Augenblick …«

Sämtliche Ängste, die sie im Morgengrauen niedergekämpft

hatte, wallten erneut auf und attackierten sie mit doppelter Kraft. Dieses Mal ließ sie sich von ihren Gefühlen übermannen und kapitulierte in der tröstlichen Umarmung ihrer Freundin, derweil die Tränen flossen.

Sobald sie sich wieder unter Kontrolle hatte, bekannte Lily: »Für die Dauer eines Augenblicks war ich mir sicher, dass er tot wäre. Genau wie Leo.«

Amelia drückte das Rückgrat durch und löste sich von ihrer Freundin. Ihre Augen schimmerten feucht vor Mitgefühl, und sie hielt ihr ein Taschentuch hin. »Ach, du Ärmste. Ist er wieder wohlauf? Mr. Bellamy, meine ich.«

»Ja.« Lily wischte sich die Augen mit dem Leinentüchlein. »Es war lediglich eine kleine Wunde, die er sich zuzog, als die Menge bei einem Boxkampf in Panik geriet. Er wird nicht damit aufhören, derartige Veranstaltungen zu besuchen. Wo immer ein Kampf stattfindet – ob mit Menschen oder Tieren –, er geht hin, weil er hofft, Leos Mörder zu finden. Ich fürchte indes, er geht letztlich dorthin, um selber den Tod zu finden. Es ist mittlerweile fünf Monate her. Ich begreife nicht, warum er das nicht sein lassen kann.«

»Er trägt schwer an der Schuld. Das ist es, was er uns an jenem Abend darlegte. Er war mit Leo zu jenem Kampf verabredet, dann sagte er kurzfristig ab. Jetzt glaubt er, er hätte den Mord verhindern können, wenn er bei ihm gewesen wäre.«

Lily schniefte. »Glaubt er denn, er hätte irgendein Exklusivrecht zu trauern? Begreift er denn nicht, dass auch ich mich schuldig fühle, jeden Tag seit Leos Tod? Hätte ich ihn bloß dazu bewegen können, zu Hause zu bleiben, rede ich mir ein. Hätte ich doch bloß darauf beharrt, dass er die Familienkutsche nimmt statt einer Mietdroschke. Wäre ich bloß in jener Nacht an Leos

Seite gewesen. Ungeachtet des Umstands, dass ich eine Frau bin und obendrein von schmächtiger Statur. Wenn ich in jener Gasse bei ihm gewesen wäre, ich hätte mich gegen diese Männer aufgelehnt und bis zur Erschöpfung gekämpft. Mit Verve, Wut, Fingernägeln, Zähnen. Ich hätte alles in meiner Macht Stehende getan, das Leben meines Bruders zu retten, selbst wenn dies bedeutet hätte, mein eigenes dafür herzugeben.«

Ein kleines Schluchzen entwich ihr, und Amelia drückte begütigend Lilys Handgelenk.

»Und jetzt«, fuhr Lily fort, »muss ich mit ansehen, dass Julian wie besessen in eben dieser Gasse einen Mörder sucht, in der Leo den Tod fand. Ich bin in die Rolle der außenstehenden Beobachterin gedrängt, stehe ohnmächtig daneben, derweil ihn jeder Schritt der Gefahr näher und näher bringt. Einerlei, was ich sage, er lässt es nicht bleiben. Dann, heute Morgen …«

Am Morgen hatte sie seinen ohnmächtigen Körper in ihren Armen gehalten, sein Blut an ihren Fingerspitzen gefühlt. All das gipfelte in jenem verzweifelten Kuss … Die Gefahr war so real. Sie weigerte sich, tatenlos daneben zu stehen und mitanzuschauen, wie Julian ins Unheil stolperte. Dieses Mal war sie fest entschlossen zu kämpfen.

In ihrem Schoß ballten sich die Hände zu Fäusten. »Bevor Leo starb, lebte Julian ausschließlich, um dem Vergnügen zu frönen. Seine Tage waren mit Amüsement und Zerstreuung ausgefüllt. Er liebte rauschende Ballnächte, das Theater, seine Freunde und seine Clubs. Irgendwie muss ich ihn in jene Welt zurückdrängen, damit er sich darauf besinnt, was ihm früher wichtig war. Da die Soiree am heutigen Abend nicht stattfinden wird …«

»Warte«, unterbrach Amelia, während sie entschlossen ihr

Kinn straffte. »Das Diner wird stattfinden. Dafür werde ich sorgen.«

»Wahrhaftig?« Ihr Herz machte einen Satz. »Aber was ist mit dem Herzog? Und Claudia?«

»Überlass alles mir. Claudia ist gehalten, oben zu bleiben. Indes warne ich dich vorab: Das Menü wird von schlichter Einfachheit sein, und ich kann nicht versprechen, dass Spencer das Idealbild eines Gastgebers verkörpern wird.«

»Das ist nicht von Belang. Vermutlich ist es ohnehin am besten, wenn er und Julian sich in separaten Räumlichkeiten aufhalten.« Sie drückte die Hand ihrer Freundin. »Ich kann dir gar nicht sagen, was das für mich bedeutet.«

»Es ist mir ein Vergnügen. Es macht mir große Freude, Feste zu veranstalten, indes habe ich selten Gelegenheit dazu. Wie sieht es mit weiteren Gästen aus? Hast du einen bestimmten Wunsch, wen ich einladen soll?«

Eine Gesprächspause entstand. »Es mag schwierig sein in der kurzen Zeit, die uns verbleibt«, hob Lily schließlich an, »aber meinst du, es ließe sich eine passende Gruppe präsentabler Junggesellen finden?«

»Ich glaube, ich höre nicht recht!?« Amelia brach in herzerfrischendes Gelächter aus. »Ist dir klar, dass du mit einer Frau sprichst, die vor nicht einmal fünf Monaten eine überzeugte Jungfer ohne einen einzigen Bewerber war?«

»Der Grund ist, dass ich Julian versprach, nach einem Ehemannn Ausschau zu halten. Im Gegenzug dafür, dass er sich einverstanden erklärte, bei gesellschaftlichen Anlässen als mein Begleiter aufzutreten, sagte ich ihm zu, eine Heirat in Betracht zu ziehen. In Wahrheit trage ich mich jedoch keineswegs mit der Intention zu heiraten und ebenso wenig mit dem Wunsch, die

Hoffnung oder Aufmerksamkeit von Gentlemen zu wecken, die ich niemals … Oh, es klingt alles entsetzlich, nicht wahr?«

»Das ist nicht von der Hand zu weisen.« Amelias Augen weiteten sich vor Erheiterung. »Lass mich sicher sein, dass ich dich recht verstehe. Du möchtest, dass ich einige wohlgesinnte Männerseelen auftue, um die Stühle am Esstisch zu füllen. Diese Herren müssen repräsentabel und als Ehekandidaten begehrt sein, indessen hungrig und einsam genug, um ein Diner zu besuchen, und das trotz einer unangemessen kurzfristigen Einladung?«

»Nun …« Lily zuckte unschlüssig mit den Achseln. »Ja.«

Über Amelias Lippen huschte ein Lächeln, als sie Lilys Schulter tätschelte. »Meine Liebe, ich werde das hinbekommen. Heute ist dein Glückstag.«

5

Blau war die Farbe des Abends.

Während ihr Blick durch den herrschaftlichen Salon der Morlands schweifte, bemerkte Lily, dass jeder Gast diese Farbe trug, wenn auch in unterschiedlichen Abstufungen und Schattierungen. Ihre eigene schlichte Robe war aus indigofarbener Seide geschneidert, ein gedeckter Farbton, der der Trauer angemessen war. Amelia war in zauberhaften türkisblauen Seidenchiffon gehüllt. Der weich schimmernde Stoff unterstrich auf wundervolle Weise die Farbe ihrer Augen. Auf den ersten Blick wirkte der Frackrock des Herzogs, der einen Arm leicht um die Taille seiner Gemahlin gelegt hatte, schwarz. Bei näherem Hinschauen erkannte Lily, dass er in einem tiefen Blauton schimmerte.

Zu der abendlichen Runde gesellten sich fünf Offiziere der Royal Navy, die alle förmlich in Uniform gekleidet waren. Einerlei wohin sie den Kopf drehte, fingen goldene Tressen und Knöpfe das Kerzenlicht ein und funkelten wie Sterne an einem marineblauen Himmel.

Unglücklicherweise entbehrte die Szenerie eines ganz bestimmten Blautons, nämlich dem intensiven Kobaltschimmer von Julians Augen. Sie hatten das Diner bereits um eine halbe Stunde nach hinten verschoben, gleichwohl war er nicht aufgetaucht. Lily schwankte zwischen Furcht um sein Wohlergehen und dem Verlangen, ihm körperlich Gewalt anzutun. Wie konnte er sie derart sträflich im Stich lassen? Begriff er denn nicht, welche Überwindung es sie kostete, heute Abend dieses Diner zu besuchen? Sie hatte seit Monaten nicht mehr an Abendgesellschaften mit fremden Menschen teilgenommen. Und noch nie in ihrem Leben ohne Leo. Rings um sie herum erblühte die Diskussion, verzweigte sich, verwelkte und erstarb, um wiederum neue Gesprächsthemen zum Keimen zu bringen. Sie war in dem tiefen Dschungel der Konversation verloren. Aus den schuldbehafteten Blicken, die Amelia ihr fortwährend schickte, las Lily, dass die Freundin ihr gerne geholfen hätte. Leider nahmen sie die Pflichten als Gastgeberin über die Maßen in Anspruch.

Lily war auf sich allein gestellt.

Nun, war dies nicht exakt das, was sie Julian stets weiszumachen suchte, dass sie nämlich jede Situation allein meistern konnte? Und sie wollte und würde mit allem aus eigener Kraft fertigwerden.

Also straffte sie ihre Schultern und zauberte ein höfliches Lächeln auf ihre Lippen, dann suchte Lily nach einem bekannten Gesicht. Der blonde Offizier, der beim Fenster stand, war Michael d'Orsay, einer von Amelias fünf Brüdern. Lily hatte ihn als schmächtigen Lausebengel in Gloucestershire kennengelernt, und jetzt war er Korvettenkapitän d'Orsay.

»Es ist mir eine Freude, Sie wiederzusehen, Michael«, sagte sie. »Welch großes Glück, dass Ihr Schiff zurückgekehrt ist. Und wie reizend von Ihnen, Ihre Freunde mitzubringen.« Wie umsichtig von Amelia, selbige einzuladen, setzte sie im Stillen hinzu. Gab es eine bessere Lösung, um eine Gruppe akkurat rasierter, respektabler, unbescholtener Gentlemen aufzutun, die im wahren

Wortsinne nach einer Einladung zum Diner hungerten, als Marineoffiziere einzuladen, die nach sechs Monaten auf hoher See endlich wieder den heimatlichen Hafen angesteuert hatten?

»Die Freude ist ganz meinerseits.« Sein Gesicht nahm einen ernsten Ausdruck an. »Die Nachricht vom Tode Ihres Bruders hat mich äußerst betroffen gestimmt. Mein tief empfundenes Beileid.«

»Verbindlichen Dank. Ich weiß, Sie vermögen nachzufühlen, wie viel Schmerz es bedeutet, einen Bruder zu verlieren.« Sein Bruder Hugh d'Orsay war in der Schlacht bei Waterloo gefallen.

»Ja. Aber Leos Tod ... kam so unerwartet. Tragisch.« Die Bestürzung ließ ihn älter scheinen als achtundzwanzig Jahre. Von allen d'Orsay-Brüdern hatten sie und Leo Michael am nächsten gestanden, da sie ähnlich alt waren. Er und Leo waren gemeinsam nach Eton gegangen.

Zwar mochte sie Michaels Gefühle nicht verletzen, dennoch war ihr im Augenblick nicht danach zumute, über Leo zu sprechen. Wenn sie auch höchst selten an geselligen Runden teilnahm, geschah es doch zu oft, dass sie auf den Tod ihres Bruders angesprochen wurde. Kaum dass Lily zu glauben anfing, ihre eigenen Wunden seien vernarbt, kam irgendein Bekannter daher, für den Leos Ableben Anlass zu einem Gespräch war. Was nur natürlich war, denn ihr Bruder war allseits beliebt gewesen. Dennoch fühlte Lily sich jedes Mal innerlich zerissen. Sie konnte heute Abend unmöglich auch noch Gespräche über Leo ertragen, nicht angesichts der anderen Sorgen, die sie hatte.

Ihr Blick streifte auf der Suche nach Zerstreuung im Saal umher. Schnell wurde sie fündig. Sämtliche Gedanken wurden mit einem Mal aus ihrem Kopf verdrängt, als sie das flirtende Lächeln eines hochgewachsenen, properen Offiziers auffing, dessen gestählte Brust mit Insignien und goldenen Litzen verziert war. Er war weder sonderlich attraktiv, noch wäre er hässlich oder abstoßend zu nennen gewesen. Er hatte kluge, lebhafte Augen.

Und er strebte zielsicher auf sie zu.

Nervös lächelte sie. An Michael gerichtet flüsterte sie: »Haben Sie Ihren Freunden von meiner Beeinträchtigung erzählt?«

Er schüttelte wie zu einer Entschuldigung den Kopf. »Sollte ich das tun? Ich war mir nicht sicher, ob …«

Bevor sie antworten konnte, hatte sich der Offizier zu ihnen gesellt.

»Mein lieber d'Orsay«, sagte er, während er Lily heimlich mit Blicken abtastete. »Beabsichtigen Sie etwa, diese bezaubernde Lady den gesamten Abend für sich zu beanspruchen? Ich darf Sie an meinen militärischen Rang erinnern und verlangen, der Dame vorgestellt zu werden.«

Lilys Augen klebten fortwährend an Michaels Lippen. Das Ablesen von Namen fiel ihr besonders schwer, da sie gänzlich aus dem Zusammenhang gegriffen waren.

»Lady Lily Chatwick, ich darf Sie mit meinem ranghöheren Offizier, Kommandeur …«

Oh verflixt. Der Name war ihr entgangen. War es Merriman? Oder vielleicht Barryman? Lilys Augen huschten über die Uniform des Mannes, als er sich vor ihr verneigte. Möglicherweise war sein Name auf einem Schulterstück oder seiner Degenscheide eingraviert. Indes, war es letztlich nicht peinlicher, dabei ertappt zu werden, wie sie neugierig die Statur eines Mannes mit Blicken abtastete, als schlicht seinen Namen nicht zu kennen?

Sie bot ihm ihre Hand. »Ich bin erfreut, Ihre Bekanntschaft zu machen, Kommandeur.« Seinen Dienstgrad kannte sie zumindest. Dem Himmel sei Dank für militärische Rangabzeichen.

Und sie dankte dem Himmel auch für Amelia, die Augenblicke darauf an der Seite des Herzogs zu ihrer Rettung nahte.

Amelia ergriff Lilys Arm und zog sie beiseite. »Ich bezweifle, dass sich das Diner viel länger aufschieben lässt. Was meinst du, sollen wir noch eine kurze Weile auf Mr. Bellamy warten?«

»Nein.« Lily seufzte ob ihrer Enttäuschung. »Wir haben lange genug gewartet.«

Die Miene des Duke of Morland war wie gewöhnlich voll des Tadels. »Ich verachte diesen Mann«, tat er kund, ehe er ein Glas Whiskey hinunterstürzte.

Lily fühlte sich entsetzlich. Sie war sich der Tatsache bewusst, dass der Herzog Feste verabscheute; damit nicht genug, hatte sie ihn genötigt, dieses Diner zu veranstalten und noch dazu in grotesk kurzer Zeit. Und der Ehrengast – oder, zutreffender, der *ehrlose* Gast – hielt es nicht einmal für nötig, mit seinem Erscheinen zu glänzen.

Amelia bat um die Aufmerksamkeit der Gäste und lud sie zu Tisch. Unversehens war der Kommandeur an Lilys Seite, bot ihr seinen Arm und untermalte sein Angebot mit einem blitzgeschwinden Wortschwall, der begreiflicherweise an ihr vorüberrauschte. Sie lächelte leicht und nickte statt einer Antwort, während sie heimlich ein Stoßgebet zum Himmel schickte. Hoffentlich hatte er ihr nicht eben offenbart, dass er an einer unheilbaren Krankheit litt, oder hatte ihr die kulinarischen Vorlieben irgendwelcher Kannibalen in Hinter-Nimmerleins-Land dargelegt.

Alle Anwesenden begaben sich in das Speisezimmer, und

Amelia wies jedem Gast seinen Platz zu. Der Herzog nahm, wie zu erwarten stand, am Kopf der Tafel Platz, und Amelia saß zu seiner Linken, Michael setzte sich an der anderen Seite seiner Schwester. Den Ehrenplatz rechts des Dukes nahm der Kommandeur ein. Lily saß zu seiner Rechten, Michael ihr gegenüber.

Amelia meinte: »Sechs Gentlemen und nur zwei Damen … was für eine unausgeglichene Gruppe. Ein Armutszeugnis für mich als Gastgeberin, fürchte ich.«

Michael erwiderte: »Es ist immer noch ein günstigeres Verhältnis als das, was wir auf See gewohnt sind.«

Der Kommandeur linker Hand von Lily gab etwas zur Antwort. Doch sie drehte ihren Kopf zu spät. Einmal mehr entgingen ihr seine Worte in Gänze.

Michael, der ihre Verwirrung bemerkte, erklärte: »Der werte Kommandeur befindet, dass Sie und meine Schwester ausnehmend bezaubernd sind. Derart bezaubernd, dass jede von Ihnen drei andere Ladys aufwiegt, und demzufolge betrachtet er das Verhältnis als ausgeglichen.«

Lily lächelte. »Bis Mr. Bellamy eintrifft.«

Falls Mr. Bellamy eintraf. Ihre Augen huschten an den leeren Platz zu ihrer Rechten. Seine Abwesenheit warf ihr inneres Gleichgewicht komplett aus der Bahn. Mit dem Mute erbitterter Verzweiflung starrte sie auf den freigebliebenen Stuhl, als könnte Julian sich kraft ihres ausgeprägten Willens aus dem Nichts auf dem gestreiften Damastpolster materialisieren. Er hatte versprochen zu kommen. Er hatte sein Wort gegeben.

Während sie ihren Blick von dem leeren Stuhl löste, schickte sie ein halbherziges Lächeln zu den drei jungen Kapitänleutnants, die am anderen Ende der Tafel saßen. Sie hörten sogleich auf, betrübliche Blicke auf ihre leeren Teller zu werfen, und grinsten zurück. So jung, so hungrig. Es hätte Lily erstaunt, wenn einer von ihnen älter als zwanzig gewesen wäre. Vorhin, als sie ihnen vorgestellt worden war, hatten sie buchstäblich darum gerangelt, ihre Hand zu ergreifen. Jetzt schenkte sie ihnen ein höfliches Nicken, das alle drei eifrig erwiderten, während sie lachten und einander ins Wort fielen.

Hoffnungslos.

Unter dem Tisch ballte sie niedergeschlagen und ärgerlich die Hände. Dergleichen passierte ihr mit Julian nie. Es war um vieles einfacher, ihm von den Lippen abzulesen als den meisten Menschen, weil er sehr deutlich artikulierte. Zwar fing sie längst nicht jedes seiner Worte auf, doch schloss sie stets auf deren Bedeutung. Er schien intuitiv zu erkennen, wie sich das Gespräch für sie erleichtern ließ. Er vergaß selten, ihr sein Gesicht zuzuwenden, wenn sie sich unterhielten, er sprach nie zu schnell oder in verwirrenden Satzkonstruktionen, und er wiederholte sich, ehe sie nachfragen musste.

Sei's drum, Julian war jenen Gentlemen gegenüber im Vorteil. Er wusste, dass sie taub war.

Sie folgte hastig einem Entschluss, ehe sie ihr Vorhaben überdenken konnte. Ihre Hände auf die Tischplatte stützend, erhob sie sich. Die Männer blickten einander an, dann begannen sie eilfertig, ihre Stühle nach hinten zu schieben und ebenfalls aufzustehen, wie es die Etikette verlangte.

»Nein, bitte.« Lily bedeutete ihnen, Platz zu behalten. »Ich habe Ihnen etwas mitzuteilen, es wird lediglich einen kurzen Moment Ihrer Aufmerksamkeit beanspruchen.« Sie widerstand dem Drang, eine Hand auf ihre Kehle zu legen, sie hoffte inständig, dass ihr die jahrelange Übung mit Sprachpädagogen gute

Dienste leistete. »Wer mich länger kennt, ist darüber im Bilde, aber damit meine neuen Bekannten informiert sind … Ich verlor vor einigen Jahren mein Gehör, nachdem ich von einem Fieber niedergestreckt worden war. Ich bin taub.«

Das Gebaren der Gäste änderte sich mit einem Schlag. Innerhalb weniger Augenblicke verwandelte sich ihre beifällige Bewunderung in offenkundige Neugierde. Ähnlich Gartenliebhabern, die in einer Ausstellung von einem bezaubernden Stock rosafarbener englischer Teerosen zu einer hässlichen fleischfressenden Pflanze aus dem Amazonasgebiet geführt werden. Alle rings um den Tisch senkten die Köpfe, die Unterhaltung verstummte.

Sie atmete tief durch. »Ich lese von den Lippen ab, aber es fällt mir schwer, der Konversation in einer Gruppe zu folgen. Alles, worum ich Sie ersuche, ist: Wenn Sie mit mir reden möchten, dann denken Sie bitte daran, dass Sie mir Ihr Gesicht zuwenden und klar und deutlich artikulieren. Wenn Sie lediglich den Wunsch hegen, über mich zu reden, nun … Jetzt wissen Sie, dass Sie das ungestraft tun können.«

Ein aschblonder Offizier kicherte und presste unversehens eine Handfläche auf den Mund. Ein Ausdruck des Entsetzens trat in seine Augen.

»Sie haben nichts Unrechtes getan«, versicherte sie ihm, als sie wieder Platz nahm. »Bitte, lachen Sie ruhig. Es besteht keine Veranlassung, mich in irgendeiner Weise zu schützen.«

Der Truppenkommandeur lenkte ihre Aufmerksamkeit mit einer leichten Berührung ihres Handgelenks auf seine Person. »Wir sind Offiziere der Royal Navy, Mylady. Ihr Schutz ist uns Befehl. Es wäre der Gipfel der Unhöflichkeit, wenn einer aus unseren Reihen über Ihren Kopf hinweg über Sie mit anderen sprechen würde.« An seine Offiziere gerichtet, befahl er: »Wenn einer von Ihnen zu reden wünscht – ganz gleich mit wem –, dann erhebt er sich und dreht das Gesicht zu Lady Lily. Immer einer nach dem anderen, denken Sie daran.«

»Mein lieber Kommandeur«, flocht Lily ein, »diese Anordnung ist nicht vonnöten.«

»Das mag sein. Gleichwohl könnte es sich als amüsant erweisen.« Er bedachte sie mit einem kleinen Augenzwinkern, ehe er nach seinem leeren Weinglas griff. »Wir werden diese frischgebackenen Offiziere einer Prüfung unterziehen.« Er neigte den Kopf zur Seite und rief an ihr vorbei: »Meine Herren Leutnants! Wer von Ihnen nimmt Wein?«

Lily, die den Kopf gerade rechtzeitig herumwirbeln ließ, erfasste sogleich, dass die drei jungen Männer nervöse Blicke austauschten. Schließlich erhob sich der Aschblonde von seinem Platz, kehrte Lily frontal das Gesicht zu und antwortete gehorsam: »Ich werde Wein nehmen. Wenn es genehm ist.«

Der Zweite stand auf. »Sir, so es Ihnen und unseren geschätzten Gastgebern genehm ist, werde ich ebenfalls Wein nehmen.«

Der Jüngste von den dreien, ein Jungspund, der sein dunkles Haar in dem nachlässig zerzausten Stil frisiert trug, den Julian populär gemacht hatte, stand zackig auf, grinste und erklärte kurz und bündig: »Ich auch!«, ehe er seinen Platz wieder einnahm.

Lily lachte eher nervös als erheitert.

Der Kommandeur berührte mit seinem Ärmel ihren und schenkte ihr einen vergnügten Blick, bevor er sich in befehlsgewaltigem Ton erging: »Leutnants! Rot oder weiß?«

Der Aschblonde übernahm erneut den Anfang. »Rot.« Er lächelte zu Lily. »Aber gewiss doch.«

»Weiß«, sagte der Zweite.

Der Dritte schnellte in die Höhe. »Beides, wenn's genehm ist.«

Tisch und Geschirr erbebten unter dem Gelächter der Offiziere. Am Kopf der Tafel glaubte Lily zu erkennen, wie der Herzog die Stirn in bedenkliche Falten legte.

Amelia erwiderte ihren Blick. *Macht es dir etwas aus,* forschte sie stumm.

Lily schüttelte den Kopf. Das Spiel war ein wenig theatralisch, befand sie, und zweifellos bediente sich der Kommandeur seiner Autorität, um sie zu beeindrucken. Gleichwohl war sie geneigt, sein Vorhaben als besonnen zu werten, und nicht als überheblich. Vielleicht wollte er den Stolz seiner Offiziere opfern, damit sie sich wohler fühlen sollte und jedwede Erheiterung oder Peinlichkeit im Verlaufe des Diners auf deren Kosten ginge anstatt auf ihre.

Kaum war der Wein eingeschenkt, begannen die Diener, Suppenterrinen und Silberplatten mit Deckelhauben aufzutragen.

»Ich hoffe, es stört niemanden, wenn wir en famille dinieren«, sagte Amelia. »Wie mir scheinen will, sind alle bei Tisch entweder enge Freunde oder Familie oder beides.«

Rings um die Tafel nickten die Gäste einvernehmlich. Indessen erhob niemand das Wort. Lily befürchtete, dass der »Erhebt-euch-und-berichtet«-Befehl des Kommandeurs jede bedeutsame Konversation im Keim erstickt hatte.

Als die Diener die Servietten auseinanderfalteten und jedem Gast eine auf den Schoß drapierten, nahm sie ihren gesamten Mut zusammen und drehte sich zu ihrem Tischnachbarn. »Darf ich fragen, wo Ihre Familie residiert, Kommandeur?«

»In Somersetshire, Mylady. Mein Vater ist ein Baron. Ich bin der Drittgeborene. Der Tunichtgut, fürchte ich, der im zarten Alter von siebzehn Jahren in die Marine gesteckt worden ist.«

»Sie haben sich gewiss rasch geläutert, wenn Sie solch einen hohen Rang bekleiden.«

Michael wiegelte ab. »Der Kommandeur übt sich in Bescheidenheit. Er machte sich angelegentlich der Kämpfe in der Chesapeake Bay vor drei Jahren einen Namen. Er war daran beteiligt, dass die Stadt Washington niederbrannte.«

»Ist dem so?«

Als die Antwort ausblieb, erhob Amelia sich von ihrem Platz, und sämtliche Gentlemen schossen ebenfalls auf ihre Füße. Selbiges sorgte sämtlich für Erheiterung bei den Offizieren am Ende der Tafel, doch als Lily den Blick dorthin richtete, wich die Erheiterung in ihren Gesichtern einem Ausdruck der Ehrfurcht.

Ein schneller Blick zur Tür bestätigte ihre Vermutung.

Julian war eingetroffen. Jeder Zoll stilvolle Eleganz. Er war stets erlesen gekleidet, aber heute Abend hatte er sich selbst übertroffen. Jedes Detail seines Erscheinungsbildes – jeder Knopf, Kragen und Manschetten, der Knoten seiner Krawatte – war mit einer solchen Sorgfalt ausgewählt, dass die Militäruniformen verglichen damit wie ärmliche Lumpen anmuteten.

Er verbeugte sich tief vor seinen Gastgebern. »Ich bitte um Nachsicht für meine Verspätung. Ich wurde«, er schoss Lily einen kurzen, kryptischen Blick zu, »aufgehalten.«

Der Herzog senkte sein Haupt in gelinde verhülltem Zorn. Amelia machte die Gäste eilig miteinander bekannt, ehe alle erneut Platz nahmen.

Lily deutete auf den leeren Stuhl neben sich. »Besser verspätet als gar nicht.«

Eigenartig. Julians Eintreffen hätte sie zutiefst erleichtern müssen. Wenn er da war, bedeutete das, dass er nicht draußen der Gefahr nachjagte. Und dass er da war, hieß, dass sie einen Vertrauten hatte, der die Kommunikation erleichterte. Sie hatte den ganzen Abend seiner geharrt.

Doch als er jetzt mit ausgreifenden Schritten zu ihr strebte, ihre Hand fasste und sich darüber neigte, während seine tiefblauen Augen sie nicht eine Sekunde losließen, war es nicht Erleichterung, die sie empfand, sondern ein Gefühl gespannter Erwartung. Der Boden unter ihren Füßen schien nur noch ein schmaler Grat zu sein, auf dem sie mühsam balancieren musste. Schwindel erregend war das.

Als Julian seinen Platz an der Tafel einnahm und der Diener ihm Wein eingoss, fand Lily ihr Augenmerk auf Regionen von ihm gelenkt, die sie für gewöhnlich nicht wahrnahm. Die ordentlich gefeilten Ränder seiner Fingernägel. Der frisch gestutzte Haaransatz hinter seinen Ohren. Das rote, rasiermesserschmale Mal unterhalb seines Kinns, das vielleicht ein Ergebnis allzu gründlichen Rasierens war. Der schwache Sandelholzduft von Rasierseife umhüllte ihn sanft und maskulin zugleich, und mit jedem Atemzug weitete sich ihre Lunge begierig, mehr davon einzufangen.

Hatten seine Ohrmuscheln immer schon jene leicht eckige Form besessen? Warum war ihr das zuvor nie aufgefallen?

Warum fiel es ihr jetzt auf?

Julian drehte abrupt den Kopf, und sein Blick prallte prompt mit ihrem zusammen. Sie fuhr peinlich berührt zusammen, als sie dabei ertappt wurde, wie sie ihn heimlich musterte. Seine Augenbrauen hoben sich zu einer stummen Frage. Sie wusste keine Antwort.

»Kommandeur«, platzte sie heraus und räusperte sich, derweil sie sich zu ihm wandte. »Sie standen eben im Begriff, uns zu berichten, wie die Stadt Washington niederbrannte.«

»So verhält es sich«, erwiderte der Kommandeur, seinen Brustkorb kaum merklich aufplusternd. »Wir besetzten die amerikanische Hauptstadt über einen Zeitraum von sechsundzwanzig Stunden, ehe wir uns zum Rückzug genötigt sahen. Ich gehörte zu der Truppeneinheit, die das Weiße Haus niederfackelte. Als wir das Haus stürmten, erwartete uns im Bankettsaal die Tafel, die mit dem Souper eingedeckt war. Überaus gastfreundlich von unseren Feinden, nicht wahr?«

»In der Tat?«, forschte Amelia.

»Oh gewiss. Wir marschierten hinein, und es war für vierzig Leute serviert. Bevor wir das Haus in Schutt und Asche legten, setzten wir uns zunächst zu Tisch und taten uns an Madisons Nachtmahl gütlich.« Ein Grinsen hob seine Mundwinkel. »Allerdings muss ich einräumen, Eure Hoheit, jenes Mahl reichte bei Weitem nicht an den Festschmaus heran, mit dem Sie uns am heutigen Abend erfreuen.« Er deutete mit einer ausgreifenden Geste seiner Hand auf die reichhaltige Bratenauswahl und die mit delikaten Soßen verfeinerten Gemüse.

Amelia errötete ob des Kompliments.

Am Kopf der Tafel bedachte der Herzog seine Gattin mit einem Blick voller Bewunderung. »Ein Toast auf Ihre Gesundheit, Mylady. Auf Ihre Hoheit, die Herzogin von Morland.«

Sogleich sprangen sämtliche Leutnants auf und riefen im Chor »Hört, hört!«, ehe sie sich wieder setzten und einen Schluck Wein hinunterstürzten.

Julians Stirn legte sich in missbilligende Falten. »So viel Enthusiasmus. Ist das eine Tradition bei der Marine?«

Lily übernahm es, die Sachlage zu erläutern. »Der Kommandeur hat seine Leutnants dazu angehalten aufzustehen, wenn sie das Wort ergreifen, damit ich der Konversation besser zu folgen vermag. Ist das nicht zuvorkommend von ihm?« Mit ihren Augen bat sie um seine Bestätigung.

Die sie nicht erhielt.

»Zuvorkommend trifft es nicht ganz.«

Der Leutnant in der Mitte erhob sich von seinem Stuhl. »So ich das Wort ergreifen darf, Mr. Bellamy, es ist mir eine Ehre, Ihnen zu begegnen, Sir.«

Die Ernsthaftigkeit, mit der er seine Äußerung vorbrachte, machte Lily lächeln. Jene Offiziere boten das perfekte Publikum für Julian, seinen Charme spielen zu lassen. Wie viele junge Männer ihrer Generation verehrten sie ihn sicherlich abgöttisch.

Kaum setzte sich der Erste, erhob sich der Aschblonde. »Auf See erzählen wir uns öfters Anekdoten und vergnügliche Geschichten. Die Unterhaltsamsten sind auf Sie zurückzuführen.«

»Die Unflätigsten, meinen Sie wohl.« Mit einem Zausen durch seinen kurzen dunklen Schopf ignorierte der Jüngste die Einer-nach-dem-anderen-Anordnung und schoss ähnlich einer Gewehrkugel von seinem Platz hoch. »Geben Sie den Prinny! Oder Byron, so es Ihnen genehm ist.«

Lily wusste, dass Julians Reputation seit etlichen Jahren von der Popularität seiner Imitationen lebte. Er besaß die zweifelhafte Fertigkeit, eine Stimme nachzuahmen, nachdem er sie lediglich ein einziges Mal gehört hatte. Leos Freunde wurden dieses Vergnügens nie müde, sie indes vermochte dieser Begabung wenig abzugewinnen.

Eine Hand nach der Platte mit den gebratenen Forellen ausstreckend, die vor ihm stand, lehnte Julian mit einem Kopfschütteln ab. »Das hat später noch Zeit.«

Indessen wollte der junge Leutnant sich nicht geschlagen geben. Er sprang abermals auf die Füße. »Bitte, Sir. Ich sah Sie vor einem Jahr, als mein Onkel mich ins Boodles mitnahm, bevor ich ausschiffte. Seither habe ich meinen Freunden unablässig davon berichtet …«

»Setzen Sie sich.« Julian richtete das Fischmesser auf ihn. »Und verharren Sie auf Ihrem Platz. Alle. Sie kompromittieren Mylady.«

Das Gesicht des Jungspunds nahm eine purpurrote Färbung an, während er auf seinen Stuhl zurücksank. Lily spürte, wie sich ihre eigenen Wangen erhitzten. Nun denn. Das war dann wohl das Letzte, was sie von den Leutnants an jener Tafel zu hören bekämen. Sie würden ihrem Kommandeur nicht den Gehorsam verweigern, indem sie das Wort ergriffen, ohne sich zu erheben, ebenso wenig würden sie es wagen, Julian zu trotzen.

Sie schob eine Schüssel Kartoffeln in seine Richtung und nutzte dabei die Gelegenheit ihm zuzumurmeln: »Was tun Sie da?«

Er ergriff die dampfende Schüssel mit einer ärgerlichen Bewegung: »Ich stehe wahrhaft für Sie ein.«

Sie versagte sich eine Erwiderung.

Für einige Minuten waren alle emsig mit dem Souper beschäftigt, statt zu konversieren. Aber selbst mit Amelias erlesenen Köstlichkeiten konnte die Zerstreuung lediglich eine gewisse Weile währen.

Der Kommandeur berührte ihre Hand. »Gedenken Sie, sich alsbald aufs Land zu begeben, Mylady? Oder verbringen Sie den Winter in der Stadt?«

»Ich werde hier in London bleiben«, erklärte sie ihm. »Ich erwarte meinen Cousin, den neuen Marquis, der in Kürze aus Ägypten eintreffen soll. Und Sie? Wie lange wird Ihr Schiff vor Anker liegen?«

»Einige Monate, mindestens.« Er bedachte sie mit einem Lächeln. »Vielleicht kreuzen sich unsere Wege wieder einmal.«

»Vielleicht.« Sie drehte sich zu Julian, dessen Einwilligung suchend, einzig um festzustellen, dass sich sein Blick zornesumwölkt auf die Hand des Kommandeurs heftete, die nach wie vor Lilys Handgelenk berührte.

Nun, es war gewiss eine Freiheit, die der Kommandeur sich da herausnahm. Aber wahrlich nichts, was einen solchen Grad an Erzürnung gerechtfertigt hätte. Julian starrte auf die Hand des Mannes, als sinne er darauf, diese Finger für Finger zu zerlegen, mit der Gewissenhaftigkeit eines Fleischers Muskelfleisch von Sehnen zu trennen, im günstigsten Falle mit dessen Werkzeugen.

Lily zog sanft ihre Hand fort und ergriff ihr Glas, um einen langen, durstigen Schluck Wein zu nehmen und einen Gesprächswechsel herbeizuführen. Während sie trank, empfand sie die Drohung, die von Julian ausging, nachgerade körperlich. Sie hätte weinen mögen ob ihrer Verzweiflung. Weswegen war er fortwährend aufgebracht und gereizt? Sollte es ihnen denn niemals mehr gelingen, schlicht und einfach Freunde zu sein?

Nachdem das Geschirr abgeräumt war, fragte Amelia: »Da wir am heutigen Abend so ungleich in der Zahl sind, sollten wir uns alle gemeinsam in den Salon begeben, was halten Sie davon? Die Gentlemen dürfen ihren Portwein in gemischter Gesellschaft genießen, ohne jedwede Furcht, das feinfühlige weibliche Naturell zu verletzen. Stimmst du mir zu, Lily?«

»Ja, gewiss.«

»Exzellent. Welch anregende Gruppe wir für Gesellschaftsspiele haben werden.«

Alle erhoben sich, die eingeschüchterten Leutnants offenkundig beflügelt von der Aussicht auf einen erlesenen Portwein. Wenngleich der Herzog ob der Aussicht auf Gesellschaftsspiele auch verdrossen dreinblickte, hegte Lily die Hoffnung, dass sich die Stimmung innerhalb der Gruppe heben werde.

Als sie das Speisezimmer verließen, war der Kommandeur leider Gottes eiligst beflissen, ihr seinen Arm zu bieten. Lily wusste sich keinen Weg, um mit der gebotenen Höflichkeit abzulehnen. Sie bedachte Julian mit einem flehentlichen Blick.

»Weiter so«, gab er als Antwort und zog die Gesellschaft des Herzogs der ihren vor. »Morland und ich haben zu reden. Unter vier Augen.«

Der Herzog nickte zum Einvernehmen bekräftigend, zweifelsohne war er darauf erpicht, den Gesellschaftsspielen zu entkommen. Er und Julian fielen zurück, um bald darauf in einem der Räume zu verschwinden, die zu beiden Seiten des Ganges abzweigten.

Lily seufzte. Sie hoffte inständig, dass Julian tatsächlich mit dem Herzog reden wollte und nicht einen Austausch von Verunglimpfungen und Fäusten im Sinn hatte. Aber einerlei wie sehr sie sich Ersteres wünschte, sie wusste, dass Letzteres durchaus im Rahmen des Möglichen lag.

Sie waren kaum eine Minute in Morlands Arbeitszimmer, und Julian verspürte eine nicht gelinde Lust, den Mann mit Fäusten zu traktieren.

»Nun Bellamy.« Der Duke entfernte den Stöpsel von einer

Brandykaraffe und nutzte das laute Ploppen gleichsam als dramatische Untermalung. »Es ist eine Weile her.«

Es kostete Julian einige Mühe, Ruhe zu bewahren. Er heftete seinen Blick auf den Brandy, der sich in einem dünnen bernsteinfarbenen Strahl in sein Glas ergoss. »Bei Weitem nicht lange genug für mich.«

»Ich wäre geneigt, dem zuzustimmen«, der Herzog füllte sein eigenes Glas, »wenn Sie mir nicht eine Vielzahl von Erklärungen schuldeten.«

Julian biss die Kiefer aufeinander. Er schuldete diesem Mann nichts. »Ich nehme an, Sie beziehen sich auf die Suche nach Leos Mördern?«

»Ich stellte das Geld für jene Investigation zur Verfügung. Mehrere tausend Pfund. Demzufolge ja, ich denke, das berechtigt mich dazu, einige Erklärungen zu fordern. Aber zunächst«, Morland deutete auf zwei Stühle, und sie setzten sich, »lassen Sie uns über Pferde plaudern.«

»Oh gewiss. Vergessen wir unseren von Mörderhand gemeuchelten Freund. Pferde kommen bei Ihnen stets an erster Stelle.«

Der Herzog ignorierte die Bemerkung. »Nach meiner Rückkehr in die Stadt war es mir ein Anliegen, als Erstes nach Osiris zu sehen. Man stelle sich meinen Schock vor, als ich ihn nicht auf den angestammten Weiden vorfand.«

»Ich ließ ihn umquartieren«, versetzte Julian leicht gereizt. »War das nicht Ihr ausdrücklicher Wunsch? Sie hatten eine umfängliche Litanei von Beschwerden über seine Einstallung.«

»Stimmt.«

»Und?«

»Seine derzeitige Unterbringung ist um einiges besser.« Ehe

Julian antworten konnte, fügte der Herzog hinzu: »Aber längst nicht so, wie sie sein sollte.«

Arrogantes Arschloch. Zweifellos würde Morland eher zusehen, wie ihm das blaue Blut aus seinen Adern stürzte, als Julian ein Wort der Bestätigung zuzubilligen.

»Ich plädiere weiterhin dafür, den Hengst in Cambridgeshire einzustellen«, fuhr Morland fort. »Es handelt sich schließlich um ein wertvolles Rassepferd, über das wir hier diskutieren. Meine Stallungen sind die besten. Osiris gehört dorthin.«

Julian schwenkte sein Brandyglas. Natürlich. Es hätte niemals auch nur einen einzigen Stall gegeben, den der Herzog als akzeptabel für jenes Pferd erachtet hätte, ausgenommen seinen eigenen. Der Mann von edlem Geblüt verdient das Pferd von edlem Geblüt – so lautete Morlands Devise. Nun, Julian verachtete den Mann und seinen Nimbus aristokratischer Blasiertheit. Das war der vornehmliche Beweggrund, weshalb er sich mit Charme und Esprit seinen Weg in die adligen Zirkel geebnet hatte. Um persönlich dafür Sorge zu tragen, dass überhebliche Lords vom Schlage Morlands verhöhnt, erniedrigt, ruiniert wurden. Oder, das Genussvollste von allem, dass sie zum Hahnrei gemacht wurden.

Zum Glück für Morland wäre Julian indes niemals so tief gesunken, die liebenswerte Amelia zu verführen. Selbst wenn ihm der Sinn nach Verführung gestanden hätte, und dem war mitnichten so.

»Muss ich Sie daran erinnern«, fragte Spencer, »dass mein Anteil an dem Pferd Ihren um das Siebenfache übertrifft?«

»Nein. Das müssen Sie nicht.«

Die zehn Messingmünzen, die die Mitgliedschaft im Stud Club belegten, konnten weder käuflich erworben noch veräußert, sondern lediglich beim Glücksspiel gewonnen oder verloren werden. Selbiges war das krönende Beispiel für Leos ausgeprägtes Gerechtigkeitsempfinden gewesen. Welcher andere Marquis hätte einen Club gegründet, der jedem mit einem Quäntchen Glück offenstand, ungeachtet seines Vermögens oder seiner Herkunft? Denn obschon adliger Abkunft, hatte Leo sich anderen niemals überlegen gewähnt.

Ironie des Schicksals war er genau das gewesen. Gewiss zehn Mal mehr wert als dieser Herzog. Der Club war über Jahre hinweg ein Quell vergnüglicher Zerstreuung gewesen, bis Morland dies mit seinem rücksichtslosen Ansinnen, alle zehn Plaketten zu gewinnen und den Hengst allein zu besitzen, zerstört hatte. Der Herzog nannte gegenwärtig sieben der zehn Messingmünzen sein Eigen. Julian und Lord Ashworth waren die beiden einzig anderen noch lebenden Mitglieder.

»Ihre Rechnung bedarf einer Adjustierung.« Julian stellte sein Brandyglas beiseite und griff in sein Jackett. »Weil ich gegenwärtig zwei besitze.« Aus seiner Brusttasche zog er eine dünne Messingscheibe. Auf der einen Seite war der Kopf eines Pferdes eingraviert, auf der anderen dessen Schweif. »Diese gehörte Leo«, erklärte er, die Münze zwischen Daumen und Zeigefinger hochhaltend. »Ich gewann sie von Ashworth zurück, in Devonshire.«

»Was führte Sie nach Devonshire?«

»Sie erinnern sich gewiss an letzten Sommer, als die Prostituierte, die den sterbenden Leo auffand, gestellt wurde?«

Der Duke of Morland nickte. »Als wir uns das letzte Mal trafen, beabsichtigten Sie, jene Hure zu befragen.«

»Und das tat ich. Ich suchte sie auf, vernahm sie als Zeugin, und dann brachte ich sie in Ashworths Baronie, in jenes verschlafene Dorf in Devonshire, um sie in Sicherheit zu wissen.«

»In Sicherheit? Wozu brauchte sie Sicherheit?«

Nach kurzem Zögern beschloss Julian, Morland alles zu berichten und ihn in Gänze einzuweihen. Wenn er den Mann auch zutiefst verabscheute, so war er doch in gewisser Weise auf ihn angewiesen. Genauer gesagt, Lily benötigte Morlands Hilfe. Und Lilys Wohlergehen hatte für Julian stets Vorrang.

»In der Nacht seines Todes gabelte Leo die Dirne in Covent Garden auf und bat sie, ihn zu jenem Boxkampf zu begleiten. Nachher verweilten sie auf der Straße … um zu verhandeln wohin … nun, Sie wissen schon.«

»Ich vermag es mir durchaus vorzustellen.« Morland schnitt eine Grimasse. »Überspringen Sie diesen Teil.«

Den Gefallen tat Julian ihm ausnehmend gern. Zumal ihm die Vorstellung missfiel, dass Leo seinen letzten Abend auf Erden in der Gesellschaft eines Freudenmädchens zugebracht hatte. Um der Wahrheit die Ehre zu geben: Julian hatte es tief erschüttert zu erfahren, dass er sich überhaupt mit dem Mädchen eingelassen hatte. Leichte Mädchen trafen für gewöhnlich nicht Leos Geschmack.

»Sei's drum«, fuhr er fort, »ehe sie sich handelseinig wurden, tauchte ein Mann auf.«

»Derjenige, der Ihnen ähnlich sah?«

»Ja. Und laut Aussage der Prostituierten schien Leo den Mann zu kennen. Die beiden verschwanden im Dunkel einer abzweigenden Gasse. Das Mädchen vernahm eine Debatte, dann hörte sie nichts mehr. Dann vernahm sie das Rumoren eines Kampfes. Sie spähte vorsichtig um die Ecke und gewahrte zwei Unholde, die auf Leo und diesen Fremden einprügelten.« Julian griff nach seinem Glas und leerte den Rest in einem Zug. Der Alkohol brannte in der Kehle, aber die Wahrheit hinunterzuschlucken war um ein Vielfaches schlimmer.

Er räusperte sich und griff den Gesprächsfaden erneut auf. »Es war ihr nicht beschieden, die Angreifer deutlich wahrzunehmen. Sie vermochte jene lediglich als zwei hochgewachsene ungeschlachte Kerle in derber Kleidung zu beschreiben. Der eine habe einen kahlen Schädel gehabt, berichtete sie, und der andere habe wie ein Schotte geklungen. Es gelang ihr, die beiden mit einem gellenden Schrei in die Flucht zu treiben, aber sowohl Leo als auch sein Begleiter blieben schwer verletzt am Boden liegen. Die Dirne beeilte sich, Hilfe zu holen, indes, als sie mit einem Fuhrmann zurückkehrte, war jener mysteriöse Begleiter verschwunden. Leo war der Einzige, den sie noch vorfand. Sie brachte ihn in mein Haus, alles Weitere ist Ihnen bereits bekannt. Er starb unterwegs auf der Fahrt zu meinem Stadtpalais.«

»Also, wer war dieser andere Mann?«

»Das ist die bedeutsame Frage, nicht wahr? Ich suchte ihn über Wochen hinweg und stellte Nachforschungen an.« Den Mann aufzuspüren war ein schwierigeres Unterfangen gewesen, als gemeinhin angenommen. Da Julian in der Mode Trends setzte, sahen ihm viele junge Gentlemen ähnlich. »Letztlich erfuhr ich seinen Namen. Dieser sollte Ihnen ebenfalls geläufig sein. Peter Faraday. Er ist ein früheres Mitglied des Stud Clubs.«

»Ich erinnere mich«, bekräftigte der Herzog, beide Gläser abermals füllend. »Ich gewann seine Plakette nur wenige Abende vor dem Mord an Leo.«

»Und gleich nach dem Mord flüchtete ebendieser Faraday aus der Stadt in ein entlegenes Cottage in Cornwall. Ich dachte, ich hätte die Antwort. Faraday war über den Verlust der Münze verärgert, vielleicht verhielt es sich aber auch so, dass er verzweifelt Geld benötigte. Ich nahm an, dass er Leo in einen Hinterhalt gelockt hätte. Ashworth und ich fuhren zu einer Gegenüberstellung gemeinsam mit der Prostituierten nach Cornwall. Doch als wir in Faradays Versteck eintrafen …« Aus Julians Kehle schraubte sich ein schroffes Seufzen. »Der Mann war Invalide. Es gelang ihm nur mit Mühe, sich auf den Beinen zu halten, selbst zwei Monate nach dem Überfall. Er behauptet, er habe lediglich mit Leo geplaudert, und dann seien diese beiden Schurken ohne jedwede Warnung über sie hergefallen.«

»Sie glauben ihm?«

Er zuckte mit den Achseln. »Ashworth glaubt ihm. Meint, er muss unschuldig sein, weil sich kein Mann aus freiem Willen derart ernsthafte Verletzungen beibringt, selbst dann nicht, wenn er seine Verwicklung in einen Mordplan zu verschleiern sucht. Dennoch behaupte ich, dass Faraday irgendetwas zu verbergen hat. Da ist etwas, das er uns nicht erzählen will.« Er fingerte abermals nach der Münze und klopfte mit dem Rand auf die Lehne seines Stuhls, wobei er in einen gleichförmigen Rhythmus verfiel. »Die bisherigen Ermittlungen habe ich einstellen lassen.«

Morlands Blick heftete sich auf die Münze in Julians Hand. »Die sollte mir gehören, und das wissen Sie genau. Ich stellte Ihnen seinerzeit einen Bankwechsel aus, zwecks finanzieller Unterstützung der Ermittlungen, im Gegenzug sollte die Münze in meinen Besitz übergehen.«

»Sie sind unglaub…«

»Sparen Sie sich das Gerede.« Der Herzog wischte Julians Protest mit einer barschen Handbewegung beiseite. »Es interessiert mich nicht im Geringsten, was Sie über mich denken. Gleichwohl bin ich ernsthaft am Wohle des Pferdes interessiert. Sie könnten mir die Sache erleichtern und mir beipflichten, dass sich Osiris als Zuchthengst ein komfortables Dasein auf meinem Gut verdient hat. Da Sie das nicht tun werden, sehe ich mich gezwungen, meine Schulden einzufordern.«

»Es gibt keine Schulden.« Julian steckte die Münze fort und holte etwas anderes hervor, das er in der Brusttasche seines Rocks aufbewahrte. Er faltete ein Rechteck aus schwerem Papier auseinander und reichte es Morland.

Der Herzog nahm es stirnrunzelnd. »Ist das …«

»Ihr Wechsel, in der Tat. Ich habe ihn nie eingelöst.«

Morland blinzelte ihn verständnislos an, gleichsam als traute er seinen Ohren nicht.

»Oh, ich führte eine groß angelegte Suche durch. Heuerte Informanten und Spione an, Ermittler, die jeden Zoll dieser Stadt durchkämmten. Doch ich benutzte dazu mein eigenes Vermögen.«

»Und weswegen haben Sie dann meinen Wechsel angenommen?« Der Herzog hielt das Dokument hoch.

»Als ein Pfand, gewissermaßen. Um mich Ihres guten Glaubens und Ihrer Schuldlosigkeit zu versichern. Inzwischen bin ich von beidem überzeugt.« Wenngleich grollend und zähneknirschend.

»Nun«, meinte Morland mit offensichtlichem Sarkasmus in der Stimme, »und dazu waren lediglich fünf Monate vonnöten. Ich dachte, ich hätte gesagt, die verbleibende Summe solle an Lily gehen.«

»Sie ist nicht willens, das Geld anzunehmen. Glauben Sie mir, ich habe es versucht.«

»Nun denn.« Der Herzog faltete das Papier zusammen und zerriss es in winzige Fetzen, die er ins Kaminfeuer warf.

»Sie sind Lily weiterhin Ihre Unterstützung schuldig.« Julian lehnte sich vor, um den Herzog ins Visier zu nehmen, während er die Ellbogen auf seine Knie stützte.

»Ich vermute, Sie haben etwas Bestimmtes im Sinn?«

Er nickte. »Hinter der Geschichte verbirgt sich einiges mehr. Faraday hatte eine Theorie, warum jene Männer ihn und Leo überwältigten. Und die Indizienlage stützt seine Schlüsse.«

»Soll heißen?« Neugierig geworden neigte Morland sich ebenfalls vor.

Julian zögerte. Seit Cornwall hatte er mit niemandem darüber gesprochen. »Der Überfall galt mir. Irgendjemand will meinen Tod.«

Während er die Worte aussprach, spürte er, wie die Anspannung aus seinen Schulterblättern wich. Eigentümlich, dass ein Eingeständnis drohender Gefahr und eines möglichen Todes mit einem Empfinden der Erleichterung einherging. Reden half, und er hatte keine große Auswahl an Gesprächspartnern, wenn es um dieses Thema ging. Seine engsten Vertrauten waren stets Leo und Lily gewesen. Leo war tot, und Lily durfte niemals von dieser Unterredung erfahren.

»Lediglich eine Person?«, schnaubte Morland. »Ich hätte auf etliche mehr gewettet.«

»Gottverdammt Morland. Die Lage ist ernst.« Julian erhob sich von seinem Stuhl und begann, den antiken goldgemusterten Teppich mit langen Schritten abzuschreiten. »Leo ist tot und …«

Seine Stimme brach bei der unvermittelten Erinnerung an Leos von Schlägen traktiertes Gesicht. Das quälende Bild verfolgte ihn. Leo war seinen Verletzungen erlegen und eines viel zu frühen Todes gestorben. Sein Gesicht war nicht nur zerschunden gewesen, sondern bis zur Unkenntlichkeit entstellt. Sämtliche Knochen seines Gesichts waren gebrochen.

»Leo ist tot, und ich trage die Schuld daran. Sie haben recht mit Ihrer Einschätzung, dass meine Feinde mehrere sind. Das ist das verdammte Problem. Wenn es sich lediglich um eine Person handelte, wüsste ich, was zu tun wäre. Indes sind da zu viele Männer, die einen Groll gegen mich hegen, und teilweise liegen die Anlässe dafür Jahrzehnte zurück.« Er konnte schließlich nicht an fremde Türen klopfen und fragen, ob sich der Mörder dahinter verbarg. Er massierte seine Schläfe mit einer Hand. »Wenn ich Leos Mörder aufspüren will, muss ich den Mann finden, der die Schläger anheuerte. Das wiederum bedeutet, dass ich ihn provozieren muss, ihn aus der Deckung herauslocken.«

»Ihn *herauslocken*? Ihre Argumentation entbehrt jeder Logik. Seit Leos Tod sind fünf Monate verstrichen. Wenn jemand ernsthaft den Versuch unternommen hätte, Sie umzubringen, und damit gescheitert wäre, dann steht schlechthin zu vermuten, dass er es in der Zwischenzeit ein zweites Mal versucht hätte.« Da ihm Julians pikiertes Schweigen nicht verborgen blieb, zuckte Morland entschuldigend mit einer Schulter. »Meine Worte waren ungeschickt gewählt.«

»Ja. Ich habe des Öfteren bemerkt, dass Sie sich mit selbigem Problem tragen.«

Der Herzog fuhr fort: »Haben andere direkte Anschläge auf Ihr Leben stattgefunden?«

»Nein«, räumte Julian ein. »Nicht dass ich wüsste.«

»Warum sind Sie dann der festen Überzeugung, dass es ein vorsätzlich geplantes Attentat war, das Ihnen galt?«

»Weil nur das einen Sinn ergibt. Der Zeitpunkt, die Methode, die Ähnlichkeit zwischen mir und Faraday. Er berichtete sogar, Leos letzte Worte seien ›Sag Julian Bescheid‹ gewesen.« Er wandte sich leise fluchend ab. »Der Mann lag im Sterben, und sein letzter Gedanke war, *mich* zu warnen.«

Leo war loyal und selbstlos bis in den Tod gewesen, und was hatte Julian dem entgegengesetzt? Lügen, Lügen, und ein ungebührliches Verlangen, das der einzigen Schwester des Mannes galt. Was für eine miserable Parodie von einem Freund er doch gewesen war.

»Das beweist gar nichts. Er war verletzt, und Sie waren sein engster Freund. Wäre seine erste Maßnahme in einer Notsituation nicht stets ›Sag Julian Bescheid‹ gewesen?« Morland trat näher, seine Hände hatte er zu einer beschwichtigenden Geste erhoben. »Hören Sie mir zu, Bellamy. Leo wurde das Opfer von Straßenräubern. Die grausige Tat hat zufällig ihn getroffen, seine Mörder waren gemeine Halunken, keine bezahlten Attentäter. Das war von Anfang an die simpelste Erklärung, und sie bleibt die stichhaltigste Theorie. Es ist fraglos eine Tragödie ohnegleichen. Dennoch sollten Sie die Sache auf sich beruhen lassen und nach vorn blicken.«

»Das ist ein Ding der Unmöglichkeit für mich. Sie begreifen das nicht.« Gleichwohl war er nicht imstande, sich zu erklären. Er vermutete zwar, dass Morland ahnte, dass er von weniger als illustrer Herkunft war, der Herzog wusste indessen nicht um die näheren Umstände.

Irgendjemand da draußen wusste darum. Und dieser Jemand trachtete ihm nach dem Leben. Fünf Monate waren eine belanglose Verzögerung nach so vielen Jahren.

»Es wird der Zeitpunkt kommen«, erklärte er, »vielleicht sogar schon bald, dass ich verschwinden muss. Ob aus freien Stücken oder nicht, kann ich nicht absehen. Für den Fall, dass ebendieses geschieht, müssen Sie mir Ihr Wort geben, dass Sie Sorge für Lilys Wohlergehen tragen.«

Morlands Blick spiegelte sein Erstaunen. »Aber gewiss doch. Amelia steht Lily sehr nahe. Wir werden ihr jegliche Unterstützung anbieten, die sie im Falle des Falles benötigt.«

»Sparen Sie sich Ihre verdammten Angebote der Unterstützung und Hilfe. Ich möchte, dass Sie sie *beschützen.*« Julian deutete mit einer aufgebrachten Geste in Richtung des Speisezimmers. »Besser als Sie es bislang bewerkstelligten.«

»Wie habe ich das zu verstehen?«

»Sie wissen genau, wie das zu verstehen ist. Diese Truppe abgerichteter Schiffsratten an der abendlichen Tafel.«

Der Herzog hob eine Augenbraue. »Das war nicht …«

»Das schert mich einen Teufel. Und dann dieser widerwärtige Kommandeur Merriwin, der jedwede sich bietende Gelegenheit nutzt, ihr Handgelenk zu tätscheln.«

»*Tätscheln?* Ich denke wohl kaum …«

»Ganz recht. Sie dachten wohl kaum.« Julian richtete anklagend den Zeigefinger auf Morland, der Mühe hatte, seine Contenance zu bewahren. »Dies ist Ihr Haus. Lily ist Ihr Gast. Wie können Sie billigen, dass jene … seefahrenden Affen sie in ihrem Beisein zur Zielscheibe des Gespötts machen?«

»Niemand hat Lily verspottet«, entgegnete Morland mit Entschiedenheit. »Sie sind derjenige, der Sie bloßstellt.«

»*Ich? Ich* habe sie bloßgestellt?«

»Ja, indem Sie sie wie ein Kind behandeln, das umsorgt werden muss. Lily ist eine aufgeweckte junge Frau und hat wenig mit dem zerbrechlichen Geschöpf gemein, das Sie aus ihr machen. Sie ist durchaus imstande, allein zurechtzukommen. Das bewies sie am heutigen Abend recht überzeugend, bis Sie eintrafen. Von da an begann sie, unglücklich dreinzublicken.«

Die Wahrheit machte Julian schweigen. Morland hatte recht. Bei seinem Eintreffen hatte sie ein strahlendes Lächeln zur Schau getragen, dann hatte sie jedoch merklich angespannt gewirkt, als er auf den Stuhl neben ihrem geglitten war. Sie hatte die schleimig schmeichlerischen Avancen jenes Nichtsnutzes Merriwin offenbar nicht verachtet – ein Umstand, der ihn mit Hoffnung hinsichtlich ihrer Heiratschancen hätte erfüllen müssen, ihn aber stattdessen mit bohrendem Zorn erfüllte. Der betroffene Blick, den sie ihm geschickt hatte, als er die Leutnants angefahren hatte, sich gefälligst zu setzen …

Das war ein Dolchstich mitten in sein Herz.

Er wusste eigentlich, dass Lily eine lebenstüchtige, kluge Frau war, die seiner Hilfe nicht bedurfte. Doch wenn er in ihrer Nähe weilte, wuchsen seinen vernünftigen Gedanken Flügel, die zum nächsten Fenster hinausflogen. An ihrer statt ergriff besitzergreifende Eifersucht das Regiment.

Er rieb sich mit einer Hand sein Gesicht. »Nun denn. Es steht anzunehmen, dass sie mich nicht mehr lange zu ertragen hat.« Er erhob sich und machte Anstalten, das herzogliche Studierzimmer zu verlassen.

Der Herzog fragte: »Wie viel weiß Lily?«

»Worüber? Über Faraday? Über meine Feinde?«

»Über Ihre Gefühle zu ihr.«

Der Dolch, der in seinem Herz steckte, drehte sich und schrammte knirschend gegen sein Brustbein. Er war derart außer Fassung gebracht, dass es ihm nicht glückte, sich zu verstellen. Morland wusste von seinen Gefühlen.

»Selbstverständlich bin ich im Bilde«, erklärte der Herzog. »Und wenn selbst ich es bemerkt habe, ist es das schlecht gehütetste Geheimnis in ganz England. Was Herzensangelegenheiten anlangt, bin ich nämlich nicht sonderlich sensibel.«

»Was Sie nicht sagen.« Julian verstummte. Über die Jahre hinweg hatte er beträchtlich viele Geheimnisse für sich bewahrt. Weshalb war es ihm nicht vergönnt, ebendieses in seiner Brust zu verschließen? Wenn selbst ein wenig feinfühlender Charakter wie Morland darum wusste, hegte Lily dann auch Mutmaßungen? Wie konnte es anders sein, nach jenem dummen, desaströsen Kuss?

Drei Nächte, redete er sich selbst Mut zu. Er hatte lediglich drei Nächte durchzustehen. Irgendwie.

»Nichts«, sagte er tonlos. »Lily weiß nichts von alledem. Und sie wird es auch niemals erfahren.«

6

»Eine Laus!«

Der aschblonde Leutnant schüttelte den Kopf und fuhr sich erneut mit den Fingern in gezierten Schwüngen durchs Haar, während er fortwährend seinen Schopf zurückwarf.

»Eine Milchmagd!«, rief der Jüngste und sprang auf.

Der Leutnant bedachte seinen jungen Mitspieler mit einem vernichtenden Blick. Er bediente sich flugs einer neuen Strategie; nachdem er die Daumen in die Armbeugen gesteckt und den Brustkorb aufgeplustert hatte, begann er, durch den Raum zu stolzieren. Während er lief, zuckte sein Kopf nach vorn und zurück.

Michael hob seine Hand und riet: »Ein Kampfhahn?«

Der Leutnant gestikulierte ermunternd. *Nicht gänzlich richtig,* verhießen seine Bewegungen, *aber es kommt der Sache schon näher.* Er schob abermals die Finger in seine Haare, raufte sie mit aller Entschiedenheit, bis sie ihm aufrecht in die Höhe standen. Er deutete auf den schmalen Kamm karottenroten Haares. Es entging niemandes Aufmerksamkeit, dass er einer Kreuzung zwischen Julian Bellamy und einem Hahn glich.

Ah. Aber natürlich.

Lily rief das Offenkundige. »Ein Hahnenkamm.«

Breit grinsend tippte der aschblonde Leutnant mit einem Finger auf seine Nasenspitze, dann verbeugte er sich und verließ den Kreis. Alle lachten, doch die drei jungen Marineleutnants wirkten merklich befreiter als alle anderen. Lily nahm an, dass es Balsam für ihren Stolz war, sich herzlich auf Kosten des Mannes zu amüsieren, der ihnen vorhin beim Souper einen buchstäblich niederschmetternden Rüffel erteilt hatte. War Julian dem gesellschaftlichen Leben derart lange ferngeblieben, dass er seinen glänzenden Charme eingebüßt hatte? Oder kümmerte es ihn schlicht nicht mehr?

Der Kommandeur neben ihr berührte abermals ihre Hand. »Exzellent, Mylady. Gewähren Sie uns die Gunst einer Revanche?«

Sie schüttelte den Kopf. »Um der Wahrheit die Ehre zu geben, Scharaden zählen eigentlich nicht zu den von mir favorisierten Zerstreuungen.«

»Dann nennen Sie uns Ihren Favoriten.«

Sie sann auf eine ausweichende Äußerung. Offen gestanden war sie nie sonderlich erpicht auf Gesellschaftsspiele jedweder Art gewesen. »Wie wäre es mit einem Kartenspiel?«

Der Kommandeur stand sogleich auf und wies die jungen Offiziere an, im Salon die Kartentische aufzustellen.

Lily erhob sich aus ihrem Sessel und nahm am Fenster Platz, einen Augenblick war sie erheitert angesichts der erhitzten Diskussion, die ein schlichtes Verrücken des Mobiliars bewirkte, an dem fünf Männer beteiligt waren. Im nächsten Moment, wunderte sie sich einmal mehr über Julian. Sie konnte nicht aufhören, an ihn zu denken. Seit diesem Morgen schien ihr Herz in Schwingungen versetzt, wann immer ihre Gedanken um ihn und sich selbst kreisten. Wenn er doch nur für eine Weile in demselben Raum verweilte, dann bliebe sie vielleicht von jenem zunehmenden Herzrasen verschont.

Ein ernst dreinblickender Michael gesellte sich zu ihr ans Fenster. »Ich kann nicht aufhören, an ihn zu denken.«

»Tatsächlich?«, antwortete sie, kurzzeitig verwundert, welche Veranlassung Michael haben könnte, zwanghaft an Julian zu denken.

»Es fällt mir … entsetzlich schwer zu glauben, dass er von uns gegangen ist.«

Leo. Er meint Leo, du Närrin. Eigentümlich. Zum ersten Mal seit Monaten hatte Lily *nicht* an ihren Bruder gedacht.

»Ich wünschte, es hätte sich einrichten lassen, dass ich dem Begräbnis beiwohne«, sagte Michael. »Ich hatte ihn mehr als zwei Jahre nicht gesehen.«

»Trafen Sie sich nicht im vorletzten Sommer? Oh, vielleicht waren Sie in jenem Juli auf See.«

»Vorletztes Jahr im Sommer?« Michael schüttelte den Kopf. »Ich war nicht auf See. Ich war in Plymouth. Nein, mir bot sich keine Gelegenheit, Leo zu treffen. Weilte er nicht mit Ihnen in Gloucestershire?«

»Nicht im Juli. Er war …« Lily biss sich auf die Zunge. »Oh, verzeihen Sie. Gewiss trügt mich mein Erinnerungsvermögen.«

Jenen Juli hatte Leo für ein Wiedersehen mit Freunden genutzt, die er aus alten Eton-Zeiten kannte. Sie mochte Michael nicht das missliche Gefühl vermitteln, ausgeschlossen gewesen zu sein. Andererseits jedoch, weswegen sollte Michael ausgeschlossen worden sein? Er war in der Schulzeit Leos engster Freund gewesen. Es ergab keinen Sinn, es sei denn …

Es sei denn, Leo war der Zusammenkunft mit seinen alten Eton-Freunden ferngeblieben. Es sei denn, er hatte einen Monat irgendwo anders verbracht.

Der Raum um sie herum wurde unscharf, alles verschwamm ihr vor Augen. Bruchstücke jener Briefe drängten an die Oberfläche ihres Bewusstseins.

Wenn ich nachts meine Augen schließe, stelle ich mir vor, wir sind abermals dort. Wir liegen wieder in dem hohen Gras. Ein Himmel klar wie lichtblaues Glas wölbt sich über uns. Die Wärme der Sonne trocknet den Tau von unserer Haut. Deine Finger verweben sich mit meinen. Wie Kinder lachen wir über die Feldlerchen, die über uns schnäbeln.
Dann drehst du dich langsam zu mir, schiebst eine Locke aus meiner Stirn.
Wir küssen uns, und die kindlichen Gedanken sind fortgewischt.

Lily riss sich aus ihren Gedanken. Der Kommandeur stand vor ihr.

»Sind Mylady bereit?« Er reichte ihr galant eine Hand und nickte zu den Kartentischen.

»Oh!« Sie erhob sich von ihrem Platz am Fenster. »Ja, natürlich.«

Sie setzten sich zum Whist nieder. Sie, Amelia, Michael und der Kommandeur gruppierten sich um den ersten Tisch, die drei jüngeren Marineleutnants kamen an dem anderen Tisch zu sitzen, ihnen fehlte indes der vierte Mann.

Lilys Spielpartner war Michael, und der Kommandeur setzte sich zu ihrer Linken. Als Amelia die Karten mischte, gemahnte Lily sich zur Konzentration. Sie war geschickt im Kartenspiel und insbesondere im Whist. Überdies war ihr daran gelegen, an diesem Abend wenigstens in irgendeiner Sache Fertigkeit zu beweisen.

Doch das gelang ihr nicht. Sie war zerstreut, und es mangelte ihr an Konzentration. Mehrere Male musste sie dazu angehalten werden, ihr Spiel zu machen. Zu ihrer Linken bemerkte sie, dass der Kommandeur zunehmend ungehalten wirkte. Der missmutige Zug um seine Kinnpartie verriet ihr, was seine Worte verschwiegen. Er langweilte sich mit ihr. Dergleichen passierte. Menschen wie der Kommandeur, die anfangs von Euphorie und Enthusiasmus beflügelt waren, betrachteten eine angeregte Diskussion mit einer gehörlosen Frau als eine Art legitimes Gesellschaftsspiel. Doch sobald sie erkannten, dass das Spiel kein Ende fand und dass überdies keine Preise ausgelobt wurden, wurden sie der Anstrengung häufig müde und stellten ihr Bemühen ein.

Um ehrlich zu sein, ließ Lilys Gesellschaft in der Tat zu wünschen übrig. Ihre Gedanken kreisten fortwährend um ihre Unterhaltung mit Michael und um jenen Stapel Briefe, den sie in einem der Schubfächer von Leos Schreibtisch versteckt entdeckt hatte. Sie hatte sich stets in dem Glauben gewähnt, dass es zwischen ihr und ihrem Bruder keinerlei Geheimnisse gebe. Offenkundig hatte sie sich getäuscht.

Was hatte er vor ihr verborgen? Oder, um es auf den exakten Punkt zu bringen, wen hatte er verborgen?

Und wo um alles in der Welt steckte Julian? Er hatte versprochen, sie zu drei Veranstaltungen zu *begleiten*, und nicht etwa eine Stippvisite zu machen, die gerade lange genug war, um sie zu demütigen, ehe er den Schauplatz flüchtete und es ihr allein überließ, sich mit Leos trauernden Freunden auseinanderzusetzen. Nicht zu erwähnen Kommandeure der königlichen Marine, die einen kurzen Geduldsfaden hatten und überaus freizügig mit ihren Händen hantierten.

Wenngleich sie um die Ungerechtigkeit ihres Tuns wusste, so war sie dennoch geneigt, jeden Moment der Unsicherheit, der Peinlichkeit und tiefer, unverstellter Furcht dieses endlosen Tages zusammenzuklauben und Julian die alleinige Schuld daran zu geben. Sie war so entsetzlich müde, und sie war es müde, ihm zu grollen. Angesichts der unvergossenen Tränen, die ihren Blick verschleierten, und dem Zittern ihrer Finger gelang es ihr schwerlich, die Bilder auf ihren Karten auszumachen.

»Ich bitte, mich zu entschuldigen«, sagte sie, legte ihre Karten ab und erhob sich vom Tisch. »Ich glaube, mir ist nach ein wenig frischer Luft.« Als die anderen Gentlemen Anstalten machten, sich ebenfalls zu erheben, bedeutete sie ihnen, Platz zu behalten. In Amelias Augen blitzte Besorgnis auf, und Lily bemühte sich, diese mit einem Lächeln zu zerstreuen. »Bitte, bleib doch sitzen. Ich bin gleich zurück.« *Sobald ich Julian finde und ihn hierher bugsieren kann.*

Während sie ihre Röcke glättete, focht sie gegen ihre Niedergeschlagenheit an. Ja, sie war durchaus in der Lage, derartige Veranstaltungen allein durchzustehen. Doch vor die Wahl gestellt, zog sie es vor, sie gemeinsam mit Julian zu bewältigen.

Wann war er derart wichtig für sie geworden?

Sie kehrte dem Kartentisch den Rücken und schickte sich an, das Gesellschaftszimmer zu verlassen.

Unvermittelt verharrte sie, als sie Julian auf der Türschwelle gewahrte, der geradewegs auf sie zukam.

Kaum dass sich ihre Blicke begegneten, kamen beide stolpernd zum Halten. Er grinste über so viel Zufall. Sie presste ihre Lippen aufeinander. In stiller Übereinkunft tauschten beide ein kurzes Nicken aus, gefolgt von übereinstimmendem Mienenspiel unterdrückten Lachens. Eine umfassende Konversation, die in das Zeitfenster eines Augenblicks gezwängt war, ohne dass auch nur ein einziges Wort gewechselt worden wäre. Das Verständnis und die Geduld, die sie sich ersehnte … es war alles da und spiegelte sich in seinen Augen. Eigenartige Impulse bestürmten die junge Frau. Der stärkste davon war das Verlangen, zu ihm zu laufen, beide Arme um seinen Nacken zu schlingen und zu hoffen. Nur atmen und warten und hoffen, während ihr Puls in ihren Ohren rauschte, dass seine Arme sich sogleich auch um sie schlingen würden.

Doch ehe sie ihn und sich der Verlegenheit preisgeben konnte, riss sich Julians Blick von ihr los und schoss zu den Kartenspielern hinter ihr. Lily verfolgte, wie sein Gesicht erblasste, um dann zornesrot anzulaufen. Seine Lippen formten knappe, unmissverständliche Worte. Worte, die nicht ihr galten, sondern jemandem hinter ihrer rechten Schulter.

»Was zum Henker haben Sie da eben gesagt?«

Oh, du liebe Güte. Der Kommandeur hatte wohl irgendeine Bemerkung gemacht, nachdem sie mit dem Rücken zum Tisch stand. Irgendetwas Unbedachtes, Unsensibles, als sie ihm nicht von den Lippen abzulesen vermochte. Naturgemäß war Julian nicht willens, solches Verhalten hinzunehmen. Seine Lippen pressten sich zu einer dünnen, ärgerlichen Linie zusammen. Seine an den Seiten locker herabhängenden Hände ballten sich zu furchteinflößenden Fäusten.

Er stand im Begriff, jemanden anzugreifen.

Lily trat ihm in den Weg. Die Lage war noch nicht hoffnungslos. Wenn es ihr gelang, die Situation herunterzuspielen, konnten alle anderen ihrem Beispiel folgen. »Mr. Bellamy«, sagte sie leichthin. »Ich … ich war eben auf dem Weg ins Freie. Mir ist nach ein wenig frischer Luft. Würden Sie die Güte besitzen, mich auf einem kurzen Spaziergang durch den Garten zu begleiten?«

Sie fasste seine Hand. Besser ausgedrückt sein Handgelenk, da seine Hand einen unnachgiebigen Knoten aus Fingerknöcheln und Daumen formte.

Er starrte an ihr vorbei zu dem Kommandeur. »Merriwin, Sie sind ein ungehobelter Bastard. Denken Sie ja nicht, dass sich das Myladys werter Kenntnis entzieht.«

»Julian«, flüsterte sie mit dem Mute der Verzweiflung. »Kommen Sie. Begleiten Sie mich auf einem Spaziergang durch den Garten. Jetzt sofort.«

Dieses Mal wartete sie nicht auf seine Einwilligung. Letzte Kraftereserven mobilisierend, von denen sie nicht einmal geahnt hatte, dass sie sie besaß, zerrte Lily an seinem Handgelenk, bis er ihr sein Gesicht zuwandte. Sie schob ihren Arm durch seinen und klemmte ihn der Sicherheit halber fest an ihre Seite. Er versteifte sich für den Hauch eines Augenblicks, als wäre er sich mental und motorisch uneins, wie er reagieren sollte. Doch als sie ihre Schritte zur Tür lenkte, tat er es ihr nach. Dem Himmel sei Dank. Gemeinsam verließen sie den Salon, die Kartentische und den Kommandeur.

Indes war es ihnen nicht beschieden, in die Nähe des Gartens zu gelangen.

Lily zerrte ihn in den ersten verfügbaren Raum, der ein Gemach auf der gegenüberliegenden Seite des Flurs war, und nach einem kurzen Blick zu den Bediensteten schloss sie sorgsam die Tür hinter ihnen. Es handelte sich gewiss um Amelias Tageszimmer. Der Raum war mit schweren wuchtigen Möbeln ausgestattet, die ausgesucht bequem wirkten, Strickkörbe und Krimskram bedeckten die Tische. Vor den Fenstern hingen samtene Portieren. Es war der ideale Platz für eine vertrauliche Unterredung.

Nichtsdestoweniger beeilte sie sich, ihre Stimme zu dämpfen, als sie sich an Julian wandte. »Was hat das alles zu bedeuten?«

Sein Gesicht verdüsterte sich. »Nichts.«

»Um Himmels willen, Sie können es mir frank und frei erzählen. Ich schätze, der Kommandeur äußerte irgendeine spottende Bemerkung, weil er darum wusste, dass sie mir entging. Sie muss recht ungebührlich gewesen sein, dass Sie Ihnen die Zornesröte in die Wangen trieb.«

Julian schüttelte lediglich den Kopf und versagte sich eine Antwort. Er unternahm einige wenige Schritte und ließ beim Gehen die Arme schwingen, um die Verspannungen in seiner Muskulatur zu lösen.

Lily verschränkte die Arme vor ihrer Brust. Weil der Raum kühl war, und weil sie einer Umarmung bedurfte, und weil Julian keinerlei Anstalten machte, sie in seine Arme zu schließen. »Wollen Sie mich raten machen? Lassen Sie mich nachsinnen. Wir spielten Whist, und am Nachbartisch fehlte es an einem Mitspieler. Ah. Es drehte sich gewiss darum, dass die anderen mit einer fiktiven vierten Person spielen mussten, nicht wahr?« Sie lächelte stumm in sich hinein. »Nun, das ergäbe einen Sinn. ›Eine Strohpuppe im Tausch gegen eine strohdumme Mitspielerin.‹ War es etwas in der Art?«

Als Julian keinerlei Anstalten machte, Gegenteiliges zu beteuern, schloss Lily, dass sie mit ihrer Einschätzung nahe bei der Wahrheit lag. Ein nervöses Kichern entschlüpfte ihr.

»Wie können Sie darüber lachen?«, wollte er wissen.

Sie hob die Hand zu einer abwiegelnden Geste. »Wieso denn nicht? Ich meine, es ist ein amüsantes Wortspiel. Ich bin zwar taub wie eine Puppe, aber nicht strohdumm. Dennoch lässt sich nicht leugnen, dass ich den Abend über scheußlich gespielt habe.«

Er blinzelte sie fassungslos an.

Sie fühlte, wie sich ihr eigenes Gesicht erhitzte. Ihre Zunge stolperte gegen ihre Zähne, als sie sich an einer Erklärung versuchte. »Es ist leichter zu lachen. Man hat solche Bemerkungen mit einem gewissen Humor zu nehmen, oder das Leben wird unerträglich. Und wenn Sie gedenken, auf gesellschaftlichem Parkett als mein Begleiter aufzutreten, dann wird Ihnen nichts anderes übrig bleiben, als sich ebenfalls gegen solche kleinen Seitenhiebe zu wappnen. Viele Menschen haben kein Verständnis. Manche vertreten die Ansicht, dass mein Verstand mit meinem Gehör verlustig gegangen ist. Andere brüllen sich die Kehle heiser, als könnte übertriebene Lautstärke helfen. Wieder andere sind derart erschüttert über mein Gebrechen, dass sie mich tunlichst völlig ignorieren. Der Kommandeur ist zweifellos ein aufgeblasener Wichtigtuer, da gebe ich Ihnen recht. Dennoch gebührt es Ihnen nicht, jedes Mal in Rage zu geraten, wenn einer dieser jungen, frisch gebackenen Leutnants einen aufrichtigen Versuch der Konversation wagt.«

»Die Gentlemen stellten Sie bloß.«

»Das zu entscheiden obliegt mir, nicht Ihnen. Ich habe es herzlich satt, dass Sie an meiner Statt das Denken übernehmen. Nach Ihrer werten Einschätzung bin ich nicht in der Lage, allein zu leben. Ich bin nicht imstande, einer schlichten Konversation bei Tisch zu folgen, ohne ihr Eingreifen mit gezücktem Messer. Jetzt darf ich nicht einmal mehr meinem eigenen Urteilsvermögen trauen. Ich dachte, Sie wären mein Freund, Julian, aber ein wahrer Freund würde mich nicht immerfort an meine Grenzen erinnern. Er würde an mich glauben und mich in der Überzeugung stützen, dass ich alles erreichen kann, was ich mir vornehme.«

Seine Züge wurden milder. »Lily, ich glaube an Sie, aber …«

»Aber was? Das ›Aber‹ in Ihrem Satz ist völlig fehl am Platz. Sie können nicht beteuern, dass Sie an mich glauben, um dann ein einschränkendes ›*Aber*‹ einzuflechten. Entweder Sie glauben an jemanden, oder Sie tun es nicht.«

Begleitet von tiefen Seufzern schritt sie auf und ab, während sie sich bemühte, ihrer Emotionen Herr zu werden und ein wenig den Glauben an sich selbst zurückzugewinnen. Wenn es etwas gab, das schlimmer war, als Gegenstand anderer Leute Mitleid zu sein, dann war es, sich in Selbstmitleid zu ergehen. Nach neun Jahren bereitete ihr die Taubheit an sich in den seltensten Fällen Kummer. Lediglich die Gedankenlosigkeit anderer drückte ihre Stimmung immer wieder.

»Sie haben keine Ahnung, Julian. Diese kleinen verbalen Entgleisungen heute Abend sind zu vernachlässigen.« Sie verharrte neben einem Beistelltisch und versetzte einem Porzellan-Beagle, der darauf thronte, einen heftigen Klaps auf den Kopf. »Einmal«, fuhr sie fort, mit ihrer Fingerspitze eines der wackelnden Ohren streifend, »ein Jahr nach meiner Krankheit, erhielt ich einen Brief von Tante Beatrice, sie war die Tante meiner Mutter. Darin drückte sie ihre tief empfundene Kümmernis über meine Behinderung aus, wie sie es umschrieb. Sie hielt es für ihre Christenpflicht, darauf hinzuweisen, dass meine Taubheit ein Gottesurteil wäre. Meine Strafe dafür, dass ich zu hübsch und zu hochmütig wäre. Sie ermahnte mich, mehr auf mein spirituelles Wohlergehen zu achten, nachdem meine physische Gesundheit in Mitleidenschaft gezogen sei.«

Lily hatte lange Jahre keinen Gedanken auf jenen Brief verschwendet, jedenfalls nicht bewusst. Aber offenkundig war der nadelfeine Riss in ihrem Herzen nie gänzlich verheilt, sondern hatte all die Zeit geschmerzt. Hatten die Leute sie in ihrer Debütantinnen-Saison als zu hochmütig wahrgenommen? Das war sie wahrhaftig nicht gewesen, ganz gewiss nicht. Lediglich schüchtern. Wie es schien, hatten einige ihre natürliche Zurückhaltung als Hochmut gewertet, und im Grunde ihrer Seele hatte Lily sich von Tante Beatrice' Zurechtweisung beschämt gefühlt, denn sie hatte jenen Brief niemals erwähnt, nicht einmal gegenüber Leo. Weshalb sie Julian davon erzählte, hätte sie nicht zu sagen vermocht.

Julians Hand sank warm und stark auf ihre. Als sie ihr Gesicht hob, antwortete er bedächtig, indes mit aller Entschiedenheit: »Ihre Tante Beatrice mütterlicherseits war eine unverzeihliche, imbezille, selbstgerechte Frömmlerin.«

Damit kleidete er ihre Gedanken in exakte Worte. Das war der Grund, weshalb sie sich Julian anvertraut hatte. Leo hätte es niemals gewagt, Derartiges zu äußern. Dafür war er zu taktvoll gewesen, und überdies hatte Tante Beatrice ihm sein erstes Pony geschenkt.

»Ja.« Lily nickte, in ihrem Innersten spürte sie, wie sich Jahre angestauter Verdrossenheit allmählich auflösten. »Ja, das war sie.«

»Als wenn eine Krankheit in irgendeiner Weise Ihr Verschulden sein könnte, geschweige denn Gottes Wille.«

An diesem Punkt der Unterredung nahm Lily die Gelegenheit wahr zu fragen: »Wenn dem nicht so ist, wessen Verschulden ist es dann? Das des Arztes? Meiner Eltern?«

»Es ist niemandes Verschulden, glauben Sie mir.«

Er zog ihre Finger von dem Porzellanhund fort und nahm ihre Hand in seine. Seltsam verwirrende Funken der Erregung flogen von ihrem Handgelenk zu ihrem Ellbogen.

»Es war niemandes Verschulden«, nahm er den Faden wieder auf. »Zuweilen geschehen schlicht entsetzliche Dinge, und nirgendwo ist jemand, auf den man mit dem Finger zeigen und dem man die Schuld zuweisen kann.«

»Sie sagen es.« Der Fluss der Elektrizität prickelte jetzt durch ihren gesamten Körper. »Genau wie bei Leo. Zuweilen geschehen schlicht entsetzliche Dinge, und niemandem ist ein Verschulden anzulasten.«

»In diesem Fall verhält es sich anders. Gänzlich anders, und das wissen Sie. Wo Mord ist, da ist auch Schuld. Das ist eine Tatsache.«

»Aber …«

Er ließ ihre Hand los und schlenderte zu dem ausgekühlten Kamin, wo er einen Stiefel auf den Rost stellte und seinen Unterarm auf dem Sims abstützte, dann starrte er brütend auf seine geballte Faust.

Sie trat zu ihm. »Wir müssen reden.«

»Das tun wir doch gerade.«

»Nein, ich meine …«

Zum Kuckuck mit ihm, sie hatte inständig gehofft, dass sich diese Unterredung vermeiden ließe. Seit Leos Tod war Julian ihr gegenüber über die Maßen fürsorglich geworden. Und nun schien es, als hätte sie sich bei ihm angesteckt. Sie war außerstande, ihn aus ihren Gedanken zu verbannen, jede zufälllige Berührung löste dieses eigenartige Prickeln in ihr aus. Wenn sie ebendiese Regung der Gespanntheit offen zur Sprache brachte, sann sie, ließ sie sich vielleicht ausmerzen.

»Seit dem Tode meines Bruders«, hob sie an, »ringe ich mit mir in Beantwortung dieser einen Frage: Wer bin ich ohne Leo? Er hatte sehr großen Anteil an meinem Leben, und in vieler Hinsicht definierte ich mein Dasein über das seinige. Ich war zu abhängig von ihm, fürchte ich. Ich bin im Begriff, das Durcheinander zu entwirren, doch das ist kein Leichtes. Damit nicht genug, bleibt da diese andere Frage. Sie stellt sich mir, wann immer wir zusammen sind. Ich vermag mir lediglich vorzustellen, dass das der Grund ist, weshalb wir uns seit Neuestem immerzu streiten.«

Er starrte sie an, seine Miene war ohne jede Regung. »Welche Frage sollte das sein?«

Bedenken schnürten ihr die Kehle zu. Sie riss sich zusammen, setzte sie sich über ihre Nervosität hinweg und erwiderte seinen Blick. »Ohne Leo … wer sind *wir* ohne Leo?«

Ein Funkeln irgendeiner unergründlichen Emotion erhellte seine Augen, indes wagte sie nicht, sich zu lange darauf zu fokussieren. Stattdessen senkte sie den Blick und konzentrierte sich in Erwartung seiner Antwort auf seinen Mund. Während sie seinen Mund beobachtete, blieb ihr nicht verborgen, dass seine Lippen überaus wohlgeformt waren. Voll und sinnlich, an den Rändern ein wenig geschwungen. Die kleinste Bewegung seines Kinnmuskels vermochte diesen Schwung in ein spielerisches Lächeln, ein befreites Lachen oder eine lockende Versuchung zu verwandeln. Er konnte gewiss sehr gut küssen, wenn er nicht unter dem Einfluss von Schmerzen und Schlafpulver stand.

Ihre eigene Zunge schnellte vor, um ihre Lippen zu befeuchten. Oh, es war entsetzlich.

Worte, Lily. Konzentrier dich auf seine Worte.

»Ich meine«, fuhr sie mit angespannter Stimme fort, »wir wurden Freunde durch Leo, und jetzt, da er von uns gegangen ist, ist es nur natürlich, dass wir genötigt sind, uns … uns selbiges zu fragen.«

»Haben Sie eine Antwort gefunden?«

»Mir ist klar, was wir nicht sind. Es geht nicht an, dass Sie in Leos Fußstapfen treten. Ich benötige keinen Ersatz-Bruder, der über alles wacht, was ich tue.«

Ein winziges Zucken seiner Kinnmuskulatur erreichte seinen Mund. »Ich möchte auch gar nicht Ihr Bruder sein.«

»Ebenso wenig bedarf ich eines Bewachers und Beschützers. Ich bin achtundzwanzig und kein junges Mädchen mehr.«

»Auch dessen bin ich mir bewusst.«

»Weshalb sind Sie dann so fürsorglich und anmaßend geworden? Immerzu drängen Sie darauf, dass ich heiraten soll, um gleich darauf jeden Mann zu verprellen, der es auch nur wagt, meine Hand zu berühren?« Noch während sie die Frage stellte, schwante es Lily, dass die Glut, die sich zwischen ihren Leibern entfachte, all ihre Fragen beantworten konnte.

Gleichwohl stammelte sie weiter in der Hoffnung, ihr Redefluss könnte eine peinliche Antwort verhindern. »Sie …« Sie legte ihm eine Hand auf die Brust. Ein Fehler. Solide und stark. Abermals jene Funken. »Sie wähnen sich schuldig und glauben, Sie müssten mich beschützen, und ich …« Sie zog ihre Hand fort und presste sie auf ihre eigene Brust. Weicher, kraftlos. Erbebend mit jedem aufgewühlten Trommeln ihres Herzens. »Ich fühle mich einsam und aus der Bahn geworfen. Wir sind beide in Gefühlswirren verstrickt und auf der Suche nach Antworten, und ich wünsche mir schlicht …«

Sie senkte den Blick, weil es ihr unerträglich gewesen wäre, an diesem Punkt unterbrochen zu werden. Sie musste diese Worte über die Lippen bringen. »Ich wünsche mir schlicht, dass unsere Freundschaft nie und nimmer in Frage gestellt wird. Vermögen Sie das nachzuvollziehen? Es bereitet mir große Qual, immerfort mit Ihnen zu argumentieren und mich um Sie zu sorgen. Leos Ableben bedeutet nicht zwangsläufig, dass sich etwas zwischen uns ändern muss. Ich möchte auf den Weg zurückkehren, auf dem wir vorher waren.«

Sie hielt inne, ihr Blick war gesenkt, ihr Atem aufgewühlt, und im Innersten war sie verwundert, weil jene Worte falsch auf ihrer Zunge schmeckten.

Er ergriff sie bei den Schultern, zwang sie, seinen Blick zu erwidern. »Das können wir nicht. Es gibt kein Zurück. Zu vieles hat sich verändert.«

»Ich möchte aber nicht, dass sich etwas ändert. Warum können wir nicht einfach dauerhaft Freunde sein?«

»Weil …« Sein Griff verstärkte sich um ihre Schultern, und die Erregung prickelte durch ihre Venen. »Lily, Sie können mir nicht erzählen, dass Sie das nicht wissen.«

Nein, das würde nicht stimmen. Ein verborgener, zutiefst weiblicher Teil von ihr verstand ihn perfekt. Und dennoch … »Ich möchte, dass Sie es sagen.«

Er zog sie an sich, brachte ihren erhitzten Körper an seinen. »Weil ich Sie begehre, Lily, wie ein Mann eine Frau nur begehren kann. Ich habe Sie immer begehrt.«

Er hielt sie fest, und sie stand atemlos, derweil sie sich seines Körpers mehr und mehr bewusst wurde. Erst allmählich begann sie, ihren eigenen Körper wahrzunehmen. Sie war von zierlicher, gertenschlanker Statur. Die Leute neckten sie stets damit, dass sie zart und leicht wie eine Elfe sei. Aber hier in seinen Armen fühlte sie ihre eigene Substanz. Ihr Gewicht, ihre Wärme, ihre Kurven.

»Zwischen uns ist stets eine nicht zu leugnende Spannung gewesen«, bekannte er. »Ich weiß, dass Sie diese bemerken. Gestehen Sie es ein, Sie fühlen es auch.«

Sie nickte. Oh ja. Die erregende Ungeduld, die Anziehungskraft, das Feuer seiner Leidenschaft. Sie fühlte dies alles. Und sie fühlte noch etwas – einen unnachgiebigen Stab, hart und geschwollen an ihrem flachen Bauch. Die physische Offenbarung männlicher Begierde, und dennoch ließ sie sich von der eindrucksvollen Darbietung nicht einschüchtern. Im Gegenteil, zum ersten Mal seit Monaten fühlte sie sich machtvoll und stark.

Seine Augen suchten ihre, glitten tiefer, um auf ihren Lippen zu verweilen. Sie betrachtete seinen Mund, als er die unmissverständlichen Silben ihres Namens formte: »Lily.«

Überaus vorausschauend von ihren Eltern, sie auf jenen Namen zu taufen. L-Laute gehörten zu den leichtesten beim Lippenlesen. Gleichwohl befand sie, dass die Artikulation ihres Namens ein wenig absurd anmutete. Insbesondere mit ihrem Adelstitel versehen: »Lady Lily«. Zwei L waren wahrlich genug, drei indes im wahren Wortsinne erheiternd. All das Zungenschnalzen weckte in ihr nämlich den Wunsch zu kichern.

Doch wenn Julians Mund ihren Namen formte, hatte es für Lily beileibe nichts Erheiterndes. Nein, auf seinen Lippen wirkte es leicht … *sündhaft*. Sinnlich, nicht absurd. Sie hatte es immer geliebt, ihren Namen auf seinen Lippen zu lesen.

Immer.

Das Wort kroch in ihre Glieder, in ihre Seele, wo es sich kurzum … wie ein fehlendes Puzzleteil einfügte. Wie der Moment des Triumphs, den sie empfand, wenn sie ein Kontenbuch dutzende Male überprüft hatte und schließlich die sechs Schillinge fand, um die sie sich verrechnet hatte, in der Spalte, wo sie irrtümlich eine Sieben für eine Eins gehalten hatte. Schlussendlich ergab alles einen Sinn, all die Kabbeleien und Querelen, die tief empfundene Sorge um sein Wohlergehen und das merkwürdige Kribbeln, das seine Berührungen auslösten. Das erklärte, warum er sie mit seiner Fürsorglichkeit nachgerade erdrückte, und warum der Anblick seines Blutes auf ihren Fingerspitzen sie in helle Panik versetzt hatte. Weil er sie schon immer begehrt hatte. Und tief in ihrer Seele, so tief verborgen, dass sie es erst in diesem Moment mit letzter Deutlichkeit begriff, hatte auch sie ihn immer begehrt.

Hier war die Antwort. Wer waren sie, ohne Leo?

Sie waren zwei Menschen, die einander begehrten.

Und in ebendiesem Augenblick waren sie zwei Menschen, die es danach verlangte, einander zu küssen.

7

Lily schmiegte sich in seine Umarmung, um ihn zu berühren. Sie wollte, dass er wusste, dass auch sie sich diesen Kuss ersehnte. Ihr war gewärtig, dass sie ihre Augen schließen sollte, aber es wollte ihr einfach nicht gelingen. Also verfolgte sie in gespannter Erwartung, wie sich sein Mund auf ihren senkte. Und gerade als sein Atem ihre Lippen liebkoste …

Er erstarrte und wich zurück.

Seiner Umarmung beraubt, verlor Lily die Balance und schlug vornüber. Es gelang ihr eben noch, nach dem Kaminsims zu greifen und Schlimmeres zu vereiteln, ehe sie zu Boden taumelte. Sie rappelte sich auf, war verwirrt und rang nach Atem. Hatte sie seine Worte falsch gedeutet oder die gesamte Situation? Wie viel Demütigung und Verdruss mochten sich an diesem einen Abend noch aneinanderreihen, fragte sie sich niedergedrückt.

Nachdem sie nicht mehr anders konnte, spähte sie zu Julian, in ihren Augen stand die stumme Bitte um eine Erklärung.

Er sagte: »Mein Gott. Sie sind guter Hoffnung.«

Was? Verzweifelt versuchte sie, seine Bemerkung einzuordnen. Gewiss, sie hatte eben den greifbaren Beweis seiner Manneskraft gespürt, mehr oder minder an die nähere Umgebung ihres Schoßes gepresst … Indessen war kein Mann potent genug, *Derartiges* zu bewerkstelligen.

Da endlich erkannte sie, dass Julians Worte gar nicht ihr galten.

Lily drehte sich herum, eine Hand flog an ihren Busen. In einer Ecke des Zimmers sah sie Claudia, die junge Schutzbefohlene des Herzogs, die eben zögernden Schrittes hinter den Falten der Samtdraperien hervortrat.

»Sie sind guter Hoffnung«, wiederholte Julian, während er auf das Mädchen zuging.

Claudia legte eine Hand auf ihren Leib. »Das haben die Ärzte mir bereits kundgetan.«

Er drehte sich zu Lily. »Wussten Sie davon?«

Sie schüttelte den Kopf. »Sie hielten es geheim, ich erfuhr erst heute Nachmittag davon. Von Claudias Zustand, meine ich. Glauben Sie mir, ich hatte nicht die leiseste Ahnung, dass sie sich hinter den Vorhängen versteckte.« Sie wandte sich an das Mädchen. »Ich dachte, du solltest oben in deiner Suite bleiben.«

»Dort war ich.« Claudia biss sich auf die Lippe. »Ich war gehalten, oben zu bleiben. Aber ich wollte doch einen Blick auf die Soiree werfen.«

Auf die Marineoffiziere, sann Lily im Stillen. Claudia war neugierig auf die attraktiven jungen Männer gewesen.

»Dann kamen Sie herein«, fuhr sie fort, »und deshalb verbarg ich mich im Schutz der Portieren. Ich beschloss abzuwarten, bis Sie den Raum wieder verlassen, aber …« Eine tiefe Röte stieg in ihre Wangen. »Letzten Endes schien es vernünftiger, meine Präsenz zu enthüllen, als mich zu verbergen.«

Weil Claudia Julian zweifelnd musterte, überlegte Lily, ob das Mädchen glaubte, dass sie mit ihrem unvermuteten Auftauchen zu Lilys Rettung beitrug. Lieb gemeint, aber völlig unnötig. Nicht zu erwähnen unwillkommen. Als sie Julian einen fragenden Blick zuwarf, wich er ihr aus und maß stattdessen stirnrunzelnd den Teppich. Sie zweifelte, dass sein Verdruss den creme- und goldfarben ineinander verschlungenen Ranken galt. Nein, er zürnte sich selbst. Er bereute, was eben zwischen ihnen geschehen war. Oder besser, was *beinahe* geschehen wäre.

»Du stiehlst dich jetzt am besten unauffällig nach oben«, riet Lily dem Mädchen.

Claudia nickte und wandte sich zum Gehen. »Bitte«, flehte sie, als sie auf dem Weg zur Tür kurz verharrte, »erzählen Sie nicht dem Herzog, dass ich unten war. Und seien Sie so gütig, erzählen Sie niemandem von …« Ihre Hand umkreiste vielmeinend ihren Leib. »… davon. Ich verspreche Ihnen, kein Sterbenswort darüber zu verlieren, was hier geschah.«

Julian fasste das Mädchen am Ellbogen. »Was hier geschah? Nichts ist geschehen!«

»Ganz recht.« Claudia blickte lächelnd von Lily zu Julian. »Seien Sie ohne Sorge. Ich bin exzellent darin, ein Geheimnis für mich zu bewahren.«

Claudia verließ das Zimmer, Julian sank in einen Sessel und vergrub das Gesicht in seinen Händen. Damit verlor sich Lilys letztes Quäntchen Zuversicht, dass sie wieder dort anfangen könnten, wo sie vorhin unterbrochen worden waren.

Er ließ die Hände sinken. »Weiß der Himmel, was das Kind glaubt, gesehen zu haben.«

»Was hat sie denn gesehen?« Lily war sich ungewiss. »Julian, können wir …«

Er schnellte auf die Füße. »Für mich wird es Zeit zum Aufbruch. Dringende Angelegenheiten machen meine Anwesenheit erforderlich.«

»Nein.« Sie glitt zu ihm. »Nein, bitte, bleiben Sie. Ich werde kein Auge zutun, wenn ich weiß, dass Sie allein durch die Straßen streifen.«

»Sie sollten meinetwegen keine schlaflosen Nächte verbringen.«

»Das ist leichter gesagt als getan.« Sie lag eine um die andere Nacht wach und grübelte, wo er wohl sein mochte. Weil sie ihn an ihrer Seite wissen wollte, neben sich in ihrem Bett. Warum hatte sie dies nicht schon eher verstanden?

Als sie näher kam, gewahrte sie deutlich, wie sein Atemrhythmus sich beschleunigte und sein Brustkorb sich hastig hob und senkte. Wenn sie eine Hand auf jene Stelle direkt unter seiner Krawatte legte, ihre Finger unter den Rand seiner Weste schob, könnte sie sein Herzklopfen fühlen, ebenso heftig wie ihr eigenes. Damit endete indes jedwede Ähnlichkeit. Sie würde dort harte Muskeln erspüren und die maskuline Wärme seiner Haut. War seine Brust wohl mit Flaum bedeckt? Natürlich war sie sich stets bewusst gewesen, dass er ein Mann war, ein gut aussehender Mann noch dazu. Indessen hatte sie sich bislang auf ihre Gemeinsamkeiten und ihre Freundschaft konzentriert.

Nun betrachtete sie Julian und gewahrte … Andersartiges. Unterschiedlichkeiten. Neue Gegensätze, die es zu erforschen galt. Mit jeder verstreichenden Sekunde wurde sie sich mehr und mehr der substantiellen, elementaren Männlichkeit bewusst, die unter jenem feinen Tuch und seinem arroganten Auftreten verborgen steckte. Und das ureigene Wesen ihrer Weiblichkeit drängte darauf, fiebrig zu erröten, ihr Fleisch fühlte sich prickelnd und prall an. Lippen, Brüste, Venushügel – sie wusste um die Bedeutung weiblicher Erregung. Aber was ihre Kniekehlen mit alledem zu schaffen hatten, das war und blieb ihr ein Rätsel.

Sie streckte die Hand nach ihm aus und hoffte, er würde es als Aufforderung verstehen. »Julian …«

Er vereitelte ihre Berührung, indem er ihre Finger mit seinen umfing und sie kurz – artig – an seine Lippen drückte.

»Man wird uns bereits vermissen«, sagte er und gab ihre Hand frei. »Es ist spät geworden. Ich werde mit Morland sprechen. Er wird veranlassen, dass Sie in seiner Kutsche heimgefahren werden.«

»Können wir denn nicht …«

»Sie haben recht, mein Verhalten gegenüber den Leutnants war nicht korrekt. Ich werde Wiedergutmachung üben, indem ich die Herren in den Clubs einführe.« Sichtlich bemüht, sich zu sammeln und sie zu ignorieren, zog er die Frontpartie seiner Weste glatt und fuhr sich mit beiden Händen durch sein bohèmehaft frisiertes schwarzes Haar. »Keine Faustkämpfe oder Bullenhetzen, mein Wort darauf.«

Enttäuschung legte sich schwer wie ein Mühlstein auf ihre Brust, gleichwohl wusste Lily nicht, wie sie argumentieren könnte. Wollte sie nicht genau das, als sie diese Soiree arrangiert hatte? Julian zurück ins Gesellschaftsleben locken, das er einstmals geliebt hatte – die Clubs, das Theater, die Geselligkeit mit Freunden? Sie sollte dies als phänomenalen Erfolg werten.

Wären da nicht die ungezählten Fragen gewesen, die ihr nach wie vor auf der Seele brannten, die Vielzahl von Emotionen, die sie verwirrten. Julian begehrte mehr als eine reine Freundschaft, hatte er bekundet. Wie viel mehr begehrte er genau? Ihren Körper? Ihre Zuneigung?

Wie war es um ihre eigenen Wünsche bestellt?

»Werden Sie mir morgen Ihre Aufwartung machen?«, forschte sie.

Nach kurzem Überlegen nickte er. »Wenn Sie es wünschen.«

»Gewiss wünsche ich mir das.« Das und einiges mehr.

Als Julian am darauffolgenden Morgen im Harcliffe House eintraf, fand er Lily abermals am Schreibtisch in Leos Bibliothek vor. Ihr Hals war milchweiß, von schwanengleicher Anmut und über ein offenes Kontenbuch geneigt. Irgendetwas an dem Gegensatz zwischen jenem eleganten Schwung ihres Nackens und der Exaktheit ihrer Bewegung, mit der sie den Federkiel in das Tintenfässchen eintauchte, faszinierte ihn. Eine Woge des Verlangens wuchs über ihn hinweg und ertränkte sämtliche Hemmnisse.

Dieses Mal ignorierte er die kleinen Spiegel, betrat das Zimmer und näherte sich ihr von der Seite. Sie war derart in ihr Tun versunken, dass sie ihn erst wahrnahm, als er gleich neben ihrer rechten Schulter zum Halten kam. Selbst da blickte sie nicht auf, stattdessen ließ sie die Feder auf dem Papier verharren. Lediglich der kaum merkliche Wechsel in ihrem Atemrhythmus ließ ihn wissen, dass sie ihn wahrgenommen hatte.

Sie wartete. Wartete darauf, ob er sie berührte.

Er tat es. Er legte eine Hand auf ihre Schulter, dort, wo ihr dünnes Fichu auf den Kragen ihres Kleides traf.

»Guten Morgen«, murmelte sie zerstreut. Sie ließ sich einen Augenblick Zeit, ihre Aufzeichnungen zu beenden, ehe sie ihren Federhalter in das Tintenfass zurückstellte. Mit einem tiefen Seufzen drehte sie den Kopf nach links und dehnte ihren schlanken Nacken. Mit der rechten Seite verfuhr sie genauso. »Ich glaube, ich habe zu lange hier am Sekretär gesessen. Meine Glieder sind völlig steif.«

Konnte er einer Einladung wie dieser widerstehen? Julian schob das zarte, schimmernde Schultertuch beiseite und massierte sanft Lilys Schulterblätter, strich mit seinem Daumen über die verspannten Muskeln und Sehnen im Bereich ihres Nackens. Sie hatte sich in der Tat ein wenig zu viel zugemutet und litt an Überanstrengung. Ihre Muskulatur war verhärtet und scheinbar unempfänglich für seine Berührung. Kaum dass er ihre Schulter knetete, verlor sich indes die Verkrampfung unter seinen Fingerkuppen.

Ein leises Stöhnen verfing sich in ihrer Kehle.

Lust beflügelte seine Sinne.

»Ja«, seufzte sie. »Genau da.«

Müßig zu erwähnen, dass Lily nicht mehr die Einzige war, die mit steifen Gliedern zu kämpfen hatte. Er ließ seine Hand weiter über den Schwung ihres Schlüsselbeins gleiten. Erregung flutete seine Fingerspitzen. Kaum Zentimeter tiefer lockte der weiß opalisierende Hang ihres Dekolletés.

Es war ein gefährlicher Abhang.

Er tat, was jeder Mann beim Anblick eines Abgrundes getan hätte. Er wagte sich kaum merklich vor und spähte über den Rand.

Welch atemberaubender Anblick. Die sanften Wölbungen ihrer Brüste rahmten ein tiefes, herrliches Tal. Sie schien ihm so weich. Julian hatte die feinsten Stoffe, die auf dieser Welt feilgeboten wurden, gesehen und berührt und an seine Wange gehalten – Samt, Seide, kostbare Pelze aus sämtlichen Ländern der Erde. Dennoch wusste er auf Anhieb, dass nichts von alledem an die einzigartige Perfektion von Lily Chatwicks Busen heranreichte. Es gab schlicht keinen treffenden Vergleich. So wie die Begriffe »Eiche«, »Granit« und »gehärteter Stahl« es nicht vermochten, den derzeitigen Zustand seiner Erektion zu umschreiben.

»Du kannst sie nicht haben«, ermahnte er sich selbst laut. »Nicht auf diese Weise.« In weiser Voraussicht löste er seine Hand von ihrem Körper.

Sie ließ den Kopf kreisen und reckte den Hals. »Mmh, danke.« Dann blickte sie zu ihm und erhob erwartungsvoll ihre Brauen. »Nun?«

»Nun.« Eifrig bemühte er sich, seine eigenen sich erwartungsvoll erhebenden Körperteile zu verbergen, dann griff Julian sich einen Stuhl und setzte sich ihr gegenüber an den Schreibtisch. »Guten Morgen. Ich habe Ihnen etwas mitgebracht.« Er stellte sein Mitbringsel behutsam auf den Schreibtisch. Er hatte es all die Zeit in einer Hand gehalten, und der Inhalt war merklich durchgerüttelt worden.

Sie schenkte dem keine Beachtung. »Julian. Gedenken Sie ernsthaft vorzugeben, der gestrige Abend hätte nicht stattgefunden?«

Er erstarrte. Er hatte sich dieselbe Frage wieder und wieder gestellt. Wenn er wollte, konnte er alles leugnen. Mit ein wenig Aufschneiderei und Ausflüchten sollte es ihm gelingen, Lily glauben zu machen, sie hätte seine Worte und sein Tun missverstanden. Es war ihm gewiss ein Leichtes, sie zu überzeugen, dass er in der Tat nicht Herr seiner Sinne gewesen war, als er ihr unbedacht eingestand, dass er sich seit Jahren in heimlichem Begehren nach ihr verzehrte. Mit einem Quäntchen Glück konnte er sie in dem Glauben wiegen, dass er nicht vorhatte, sie zum zweiten Mal an einem Tag zu küssen.

Aber heute, beim Anblick ihres bezaubernden Gesichts, befand er, dass er weitere Lügen keinesfalls vertrug.

»Nein«, antwortete er. »Ich gedenke nicht, irgendetwas vorzugeben.«

Warum sollte sie nicht erfahren, dass er sich seit jenem Tag, an dem sie sich das erste Mal begegnet waren, mit Macht zu ihr hingezogen fühlte? Lily war eine kluge junge Frau. Sie würde – genau wie er – begreifen, dass daraus nie und nimmer etwas werden konnte. Zu viele Faktoren hinderten ihn daran, seinem Begehr nachzugeben, da waren ihre Trauer, die Unbilligkeit ihrer gesellschaftlichen Stellung, das neuerliche Wiedererstarken des ihm innewohnenden Hangs zur Dekadenz. Nicht zu erwähnen der Umstand, dass Julian Bellamy gedachte, im Verlaufe der nächsten zwei Wochen auf Dauer aus der Londoner Gesellschaft zu verschwinden.

Er könnte ihr sagen, was sie ihm bedeutete.

»So.« Sie trommelte mit ihren Fingern auf die Schreibtischplatte. »Sie begehren mich.«

»Ja.«

»Seit Langem.«

»Von Anbeginn an.«

Das Trommeln ihrer Finger verstummte. »Und am gestrigen Abend, als Sie in einen Disput mit jenem Kommandeur gerieten …«

»Merriwin. Flottenkommandeur Merriwin.«

»Ganz recht. Es war nicht, weil Sie glaubten, ich wäre zu schwach, oder dass ich Ihres Schutzes bedurfte.«

»Nein. Es war eine Eifersüchtelei. Eine instinktgeprägte männliche Reaktion, die ich mir hätte versagen müssen.« Er neigte sich vor. »Ich glaube an Sie, Lily. Mir ist gewärtig, dass Sie es mit diesem Mann aufnehmen können, oder gar mit zehn von seinesgleichen. Schwäche habe ausschließlich ich gezeigt.«

»Mmh.« Leder knackte, als sie sich in ihrem Sessel zurücklehnte. »Das ist alles über die Maßen erhellend.«

»Ist es das?«

»Ja, gewiss. Es erklärt vieles.« Eine zarte Röte überhauchte ihre Wangen. »Ich meine, es ist zweifelsohne schmeichelhaft. Oder zumindest beruhigend. Ich befürchtete bereits, die einzige Frau in London zu sein, die Ihre Beachtung *nicht* findet.«

Ihm sank das Herz in der Brust. Er wollte keineswegs, dass seine Bewunderung sie lediglich zu einer von vielen machte. Es wäre zutiefst falsch, sollte sie das glauben, und doch … es wäre eine einfache Lösung seines Problems.

»Da wir aufrichtig miteinander sind«, fuhr sie fort, während sie schüchtern zur Seite sah, »muss ich einräumen, dass ich Sie ebenfalls anziehend finde. Nicht dass das überraschend wäre. Ich reagiere auf Sie offenbar wie die meisten Frauen.« Sie lächelte tapfer.

»Nun gut«, meinte er, sich über den Fluchtweg hangelnd, den sie ihm eröffnet hatte. »Wir haben also festgestellt, dass wir beide anziehende Menschen sind.«

Sie nickte.

»Und dass jeder von uns beiden, logischerweise, den anderen anziehend findet.«

»Wie es nur natürlich ist.« Sie verschränkte ihre Arme auf dem Sekretär und lehnte sich arglos vor. »Es leuchtet völlig ein. Ich bin sehr froh, dass wir diese Unterredung geführt haben, Sie nicht auch?«

Für eine kurze Weile schwieg Julian niedergeschlagen. Das war alles? Er hatte ihr seine Gefühle eingestanden, und sie räumte ihrerseits ein, gewisse unschuldige Fantasien zu hegen, und ab sofort ließen sie das Thema in Gänze auf sich beruhen? War es wirklich derart einfach? Sie würde das nicht glauben, wenn sie ihn gesehen hätte, wie er auf Zehenspitzen balancierte, um einen Blick auf ihre Brüste zu erhaschen, so wie jetzt.

»Ähm … ja«, bekräftigte er dann. »Ich bin nicht minder froh darüber.«

»Hervorragend. Nun, was haben Sie mir denn Schönes mitgebracht?« Mit gekrauster Stirn betrachtete sie den mit einem grob gewirkten Tuch abgedeckten Vogelbauer, den er auf den Schreibtisch gestellt hatte.

»Ein Geschenk. Ein Zeitvertreib für junge, ledige Damen wie Sie.« Mit einer schwungvollen Handbewegung entfernte er das Tuch.

»Das ist nicht wahr.« Ihre Augen weiteten sich. »Oh Julian.«

»Oh Julian«, plapperte der Papagei, während er wie zur Bekräftigung mit seinem tiefroten Köpfchen nickte. »Oh Julian.«

»Spricht er?«, wollte Lily wissen. »Was hat er gesagt?«

»Er scheint Gefallen an meinem Namen zu finden. Oder zumindest an dessen Wortlaut.«

»Oh Julian«, krächzte das aufdringliche Geschöpf, sein türkisblaues Gefieder spreizend. »Oh Juuuuulian.«

»Oh, wie entzückend. Was für eine Idee!«

Er griff in seine Rocktasche und zog ein Päckchen geschälter Walnüsse heraus. »Hier«, sagte er, das Päckchen zu Lily schiebend. »Er ist vermutlich hungrig.«

Sie schüttelte ein paar von den Nüssen auf ihren Handteller, nahm eine davon zwischen Daumen und Zeigefinger und hielt sie dem Vogel zwischen zwei Käfigstäben hin. Sie lachte, als der Papagei den Kopf ruckartig nach unten schnellen ließ, um die Nuss mit seinem dunklen Hornschnabel zu ergreifen. »Wo um alles in der Welt haben Sie den her?«

»Ich verlor eine Wette.«

»Eine *verlorene* Wette?«

»Ja. Der irrwitzige Kerl ist schon recht betagt und wird seit Jahren herumgereicht. Er hat seinen ersten Besitzer längst überlebt. Wie es heißt, brachte ein Barrister ihn vor Jahrzehnten aus Jamaika mit.«

Der Papagei plusterte sein Federkleid auf. »Schuldig, schuldig!«, trällerte er. Der runde, rot gefiederte Vogelkopf neigte sich vornüber, ehe er sich scheinbar wichtigtuerisch reckte. »Danke, das wird alles sein.«

»Was plappert er jetzt?«, fragte Lily, die dem Papagei eine weitere Nuss hinhielt.

»Er hat das Urteil über mich verkündet, glaube ich. Ich habe mich einer Verfehlung schuldig gemacht. Das Todesurteil wird es wohl nicht sein.«

Gescheiter Vogel. In Wahrheit hatte Julian Mitleid mit der bedauernswerten Kreatur gehabt. Der Papagei war seit Jahren von Gentleman zu Gentleman weitergereicht worden. Vermutlich als Strafzoll nach verlorenen Wetten, der Verlierer musste sich des Vogels annehmen. Niemand schien das Tier haben zu wollen, und er begriff mittlerweile den Grund dafür. Der Sprachschatz des Papageis war zwar anfangs erheiternd, konnte aber schnell zu einer Quelle des Verdrusses werden.

»Sie müssen ihn nicht behalten«, erklärte er Lily rasch. »Ich habe ihn lediglich mitgebracht, weil … Nun, weil ich glaubte, Ihnen ein Friedensangebot zu schulden. Ich ging davon aus, dass Sie am heutigen Morgen in einem Blumenmeer ertrinken werden.«

»In einem Blumenmeer ertrinken? Wie habe ich das zu verstehen?«

»Waren Sie noch nicht in Ihrem Salon?«

Sie schüttelte den Kopf. »Ich habe den ganzen Morgen hier in diesem Zimmer gesessen und gearbeitet. Ich gab Swift Anweisung, ich sei für niemanden zu sprechen außer für Sie.«

Ein vergnügtes Grinsen zog sich über seine Wangen. Oh, er würde es genießen. Er erhob sich, nahm den Vogelkäfig mit einer Hand und bot Lily die andere. »Kommen Sie.«

Er führte sie durch den Gang und in den Salon.

»Oh«, entwich es ihr, kaum dass sie über die Schwelle trat. »Gute Güte!«

Aus seinem Käfig steuerte selbst der Vogel einen bewundernden Pfiff bei.

Der Salon von Harcliffe House war von großzügigen Ausmaßen. Nahezu palastartig. Und heute war er zum Bersten gefüllt mit fantastischen Blumenarrangements. Rosen, Orchideen, Rittersporn im Überfluss und am meisten stachen Lilien hervor. Lilien in ihrer schier unermesslichen Vielfalt bedeckten jeden verfügbaren Platz, füllten jede Nische.

»Für den Papagei ist die Blumenpracht sicherlich ein wahrer Dschungel«, befand Lily. Sie drehte sich zu dem Vogel, der aufgeregt in seinem Käfig umherhüpfte. »Oh, lassen Sie ihn hinaus. Er muss sich gewiss fühlen, als wäre er in seiner Heimat.«

Julian tat ihr den Gefallen. Er stellte den Vogelbauer auf den Boden und öffnete die Käfigtür. Der Vogel machte keinerlei Anstalten, sich zu rühren.

Lily kniete sich vor den offenen Käfig und lockte das widerspenstige Tier. »Komm, mein Kleiner. Schau dich ruhig einmal um.«

»Schuldig, schuldig!«, krächzte der aufgeregte Papagei. »Danke, das wird alles sein!«

»Vielleicht ist er ängstlich in einer fremden Umgebung«, gab Julian zu bedenken. Er half Lily beim Aufstehen.

»Das mag sein. Wir werden ihm Zeit lassen.« Sie drehte sich langsam im Kreis und begutachtete dabei die exotische Blütenpracht. Ein Lachen sprudelte aus ihrer Kehle. »All diese Lilien. Es mangelt den Herren an Einfallsreichtum, nicht wahr?«

»Das mag sein. Dennoch verfügen sie zweifelsohne über einen guten Geschmack.« Julian griff nach einer Schale, in der sich Visitenkarten und handgeschriebene Billetts türmten.

Sie sichtete die Korrespondenz. »Eigenartig, wie schnell die Nachricht die Runde gemacht hat.«

»Finden Sie das eigenartig?«

Julian wusste, wie es geschehen war. Er hatte sie höchstselbst verbreitet. Nachdem er Morland House am gestrigen Abend verlassen hatte, hatte er die Leutnants in sämtliche Londoner Herrenclubs, Spielsalons und Opernhäuser ausgeführt und sie dabei in einen wortreichen Diskurs über das unerschöpfliche Thema Lady Lily Chatwick verstrickt. Ihre Schönheit, Eleganz, Tugendhaftigkeit, Liebenswürdigkeit und das wichtigste Thema war ihre neuerliche Rückkehr ins gesellschaftliche Leben. »Es verhält sich so, wie ich es voraussah. Die Gentlemen buhlen darum, Ihnen den Hof zu machen.«

»Ich bin mir keinesfalls sicher, ob sie daran wahrhaft interessiert sind. Nach so langer Zeit fernab jeglichen gesellschaftlichen Trubels bin ich, was das betrifft, wohl eher eine Kuriosität.«

Julian fiel keine Erwiderung ein, weil ihre Argumentation einer gewissen Wahrheit nicht entbehrte. Doch sobald die Gentlemen Gelegenheit bekämen, zu sehen, wie intelligent, reizend und liebenswert Lily war, würde ihre bloße Neugier glühender Verehrung und dem Vorhaben, sie zu umwerben, weichen.

»Sie sollten die eine oder andere Einladung in Erwägung ziehen.« Er nahm einen ihr vertraut anmutenden Umschlag von dem Stapel. »Wie wäre es mit dieser hier?«

Sie öffnete die Depesche und überflog eilig den Inhalt. »Ein Hausball in der nächsten Woche, im Shelton Palais, die Gastgeber sind Lord und Lady Ainsley. Haben Sie schon von dem Ball gehört?«

Er nickte. Seine eigene Einladung war bereits Wochen zuvor eingetroffen. Besagte Veranstaltung war das letzte größere gesellschaftliche Ereignis, ehe sich die meisten Familien über die Weihnachtstage auf ihre Landsitze zurückzogen. Wer in London etwas galt, würde sich auf dem Ball einfinden, und es wäre ohne Frage die beste Gelegenheit für Lily, Bewerber zu ermutigen, bevor das Jahr sich seinem Ende zuneigte.

»Sie sollten der Einladung Folge leisten«, sagte er. »In der Tat.«

Ihre Augenbrauen hoben sich leicht pikiert. »*Ich* sollte der Einladung Folge leisten? Sollten Sie nicht tunlichst sagen ›wir‹?«

»Ja«, rang er sich eine Antwort ab. »Ja, gewiss. *Wir* sollten teilnehmen.« Warum gestaltete es sich derart schwierig, das Wort über die Lippen zu bringen? Sie beide in eine Silbe zu stecken … es schien ihm ungebührlich. Genauso wie mit Lily in eine kleine, dunkle, abgeschiedene Kammer gesteckt zu werden. Es war abzusehen, was dort geschehen würde.

»Oh Julian, geben sie acht!«

Er duckte sich geistesgegenwärtig, keine Sekunde zu früh, ehe der Papagei über seinen Kopf hinwegflatterte.

»Oh Julian«, krächzte der Vogel, einen unbenutzten Kandelaber zum Landeplatz auswählend. »Oh Juuuuulian.«

Er funkelte den Papagei an. »Bei allem, was mir heilig ist! Halt endlich den Schnabel mit deinem ›Oh Julian‹!«

Lily lachte fröhlich. »Ich denke, ich werde ihn behalten – das heißt, wenn ich darf. Ein gewitzter Paradiesvogel. Er erinnert mich ein wenig an Sie. Anziehend und dabei kunstfertig derangiert. In leuchtende Farben gehüllt. Ein Imitator. Vielleicht benenne ich ihn nach Ihnen, da er den Klang Ihres Namens so sehr mag.«

Julian fiel darauf keine Antwort ein. Keine höfliche zumindest.

»Die Veranstaltung«, sagte er stattdessen und tippte mit dem Zeigefinger auf die Einladung. »Wir sollten teilnehmen.«

Ihre Miene wurde nachdenklich. »Es ist ungemein lange her, seit ich das letzte Mal getanzt habe. Ich weiß gar nicht, ob ich mich der Schritte entsinne.«

»Sie müssen nicht tanzen, wenn Ihnen nicht danach ist. Sie können jederzeit die Trauer um Ihren Bruder als Vorwand vorschieben. Ich werde jeden abwimmeln, der Sie bedrängt.«

»Sie tun es schon wieder. Ich möchte nicht behütet oder bewacht werden. Ich möchte tanzen.« Ein entschlossener Zug legte sich um ihr Kinn. »Und wenn es lediglich einige wenige Schrittfolgen sind. Am gestrigen Abend war ich auf die Soiree nicht vorbereitet und demzufolge überfordert. Dieses Mal will ich allen zeigen, dass ich den gesellschaftlichen Anforderungen gewachsen bin.«

»Verstehe.« Mehr als das, sann er, sie will es sich selbst beweisen.

Weswegen auch nicht? Ähnlich wie der Vogel, der sich eben von Kandelaber zu Kandelaber schwang, war Lily zu lange in einen Käfig aus Gewohnheiten und Trauer eingesperrt gewesen.

Sie war eine liebenswerte Seele mit einem großen Herzen, und mitnichten eine Frau, die für ein Leben in Einsamkeit bestimmt war. Dadurch, dass er die Idee einer Eheschließung mit Vehemenz verfolgte, hatte Julian ihr jedoch lediglich weitere Veranlassung gegeben, eine Phalanx der Abwehr um sich zu ziehen. Wenn er ihr ein wahrhafter Freund sein wollte, dem an ihrem künftigen Glück gelegen war – an ihrem künftigen Eheglück –, dann musste er aufhören, sie zu beschützen, und damit beginnen, sie zu ermutigen. Sie sollte ihre Chance bekommen, flügge zu werden und auf eigenen Füßen zu stehen.

Wenn ihm das gelang, sann Julian, wäre es der wahrhaft größte Verdienst seines Lebens.

Sie stemmte ihre Hände in die Hüften, um den Papagei zu schelten. Winzige Lachfältchen gruben sich in ihre Augenwinkel. »Komm runter da, du vorwitziges Ding!« An Julian gewandt, fragte sie: »Habe ich die Walnüsse im Studierzimmer liegen lassen?«

Er nickte. »Soll ich einen Diener danach schicken?«

»Nein. Nein, nicht nötig. Lassen Sie ihn noch ein Weilchen umherfliegen.«

Ja, dachte er, derweil er beobachtete, wie sie mit dem ungehorsamen Vogel scherzte, was Lily fehlte, war Selbstvertrauen. Dass er ihr eingestanden hatte, wie attraktiv er sie fand, war ein erster Schritt gewesen. Er hätte längst daran denken sollen. Nichts machte eine Frau begehrenswerter als das positive Bewusstsein um ihre eigene Ausstrahlung. Er bemerkte bereits die Veränderung. Hier ein kesser Schwung ihrer Hüfte, dort ein durchtriebener Wink mit dem Finger. Das unterbewusste Straffen ihrer Schultern, um ihre Brüste zu betonen. Sie war sich ihres Körpers auf eine Weise bewusst, wie sie es gestern um diese

Zeit nicht gewesen war. Ein solcher Fortschritt im Verlaufe eines einzigen Tages … in der nächsten Woche würden ihr gewiss sämtliche Londoner Gentlemen zu Füßen liegen.

Und ja, das würde Julian in ein schnaubendes, von Eifersucht getriebenes Untier verwandeln. Lily zuliebe wollte jenes Untier indes brav in seinem Käfig ausharren.

»Nun denn, sind Sie gewillt, mir zu helfen?«, erkundigte sie sich unvermittelt. »Tanzen üben für das Fest, bloß ein wenig? Vielleicht morgen oder …«

»Nein.«

Sie blinzelte verwirrt.

»Nicht morgen und nicht bloß ein wenig.« Lächelnd trat er vor Lily, um ihre Hand zu ergreifen. »Wir werden gleich jetzt beginnen. Wir werden so lange üben, bis es klappt. Und dann, auf dem Fest – Lily, Sie werden es allen zeigen.«

8

Himmel, es war verdammt gut, eine Aufgabe zu haben. Echte, körperliche Arbeit, die er willens war, für sie zu leisten. Selbst wenn diese Tätigkeit vornehmlich darin bestand, einige Möbelstücke beiseitezuschieben und den Teppich aufzurollen, derweil der Papagei von oben Schmähungen krächzte.

Julian führte sie zu dem Pianoforte, das in einer Ecke stand. Nachdem er ein Lilienbukett von der Oberfläche entfernt hatte, glitt er mit einer Hand über das polierte Holzfurnier. Es handelte sich um ein ausnehmend schönes Instrument. Weitaus edler als alle, auf denen er sich in seiner Jugend versucht hatte. Er hatte weder eine einzige Unterrichtsstunde genossen, noch bot sich ihm des Öfteren Gelegenheit zum Üben. Es hatte ihm genügt, ein paar Stunden an einem solchen Piano zu sitzen, die Tasten auszuprobieren und mit den Halbtönen zu experimentieren, zu begreifen, wie ein so komplizierter Apparat funktionierte. Er hatte so gelernt, recht passabel zu spielen. Hörten seine Ohren eine Melodie, wussten seine Finger sogleich darum, diese in die entsprechenden Töne umzusetzen.

Manch einer behauptete, diese Begabung sei ein Geschenk Gottes. Für Julian war es mit seiner Gabe, Stimmen zu imitieren, vergleichbar. Es war ebenfalls die Fertigkeit eines gut geschulten Gehörs. Seit frühester Kindheit war das Lauschen stets seine vordringlichste Aufgabe gewesen. Er war immerzu auf der

Hut gewesen, immerzu auf Horchposten. Ihrer aller Leben war davon abhängig gewesen.

»Julian«, scherzte sie, als er sich an das Instrument setzte, »Sie wissen doch, dass Musik verzichtbar ist. Für mich jedenfalls.«

»Mylady belieben zu scherzen.« Er schüttelte seine Finger in dem Bemühen, sie zu lockern. »Womit wollen wir anfangen?«

»Mit einer Quadrille? Gewiss beginnen Bälle nach wie vor mit der Quadrille, oder?«

Er nickte. »Legen Sie Ihre Hände flach auf das Pianoforte. Und lehnen Sie sich gegen das Instrument, wenn's recht ist.«

Sie gehorchte.

»Schließen Sie die Augen.«

Sie tat mit einem Lächeln auf den Lippen, wie ihr geheißen.

Ihm stockte der Atem in der Brust. »Guter Gott, Lily. Sie sind so wunderschön, dass es schmerzt.«

Sie reagierte verständlicherweise nicht. Er hatte nichts anderes erwartet. Dennoch, aus irgendeinem unerfindlichen Grund reizte es ihn, sie zu prüfen. Es war überaus merkwürdig. Mit seiner Mutter war er ähnlich verfahren. Er hatte sie des Öfteren mit abstrusen, hinter ihrem Rücken geäußerten Bemerkungen geneckt: »Schärfe den Blick, hier steht ein Elefant!« und dergleichen.

Er blendete die Erinnerung aus und legte seine Finger auf die Tasten, dann spielte Julian einige Takte von *Le Pantalon*. Als er endete, öffnete Lily die Augen.

»Wie fühlt sich das an?«, fragte er.

»Ein wenig unangenehm. Es kribbelt mir überall bis in die Zehenspitzen.«

»Aber der Rhythmus. Haben Sie ihn erkannt? Vermögen Sie sich die Schritte vorzustellen?«

Sie nickte.

»Auf ein Neues«, sagte er. Sie schloss die Augen, und er spielte die gesamte Sequenz, indem er weitere Notenfolgen hinzunahm. Ihre Finger trommelten im Takt dazu.

»Noch einmal«, erklärte er am Schluss. »Dieses Mal öffnen Sie Ihre Augen.« Er spielte die Noten bis zum Ende der Figur und hielt den Blickkontakt mit Lily, derweil sie gemeinsam die Schritte rekapitulierten. »Eins, zwei, Drehung ... Jetzt die Promenade und so fort. Am Schluss der Taktfolge erhob er sich und bot ihr seine Hand. »Sind Sie bereit, einen Versuch zu wagen?«

Sie nickte zur Einwilligung und ergriff seine Hand. Gemeinsam schritten sie in die Mitte des Zimmers und stellten sich auf, die Gesichter hielten sie einander zugewandt.

Ihr erster Versuch scheiterte gleich zu Anfang. Sie begannen mit einer tiefen, höflichen Verbeugung und einem Hofknicks, doch als sie die Köpfe hoben, gewahrten sie, dass der Papagei auf dem Boden zwischen ihnen saß, seinen Federschopf hielt er zur Seite geneigt und blinzelte sie aus einem seiner dunkel glänzenden runden Vogelaugen unverständig an. Lily verstieg sich in haltloses Lachen, während Julian das Tier verscheuchte.

Sie versuchten es erneut, und dieses Mal gelang ihnen eine kleine Promenade.

Derweil sie die Figur einübten, setzte sich der gefiederte Störenfried über jede Scheu hinweg. Eine Schrittfolge machte es erforderlich, dass sie sich an den Händen fassten und einander umkreisten, während sie den Augenkontakt hielten. Bei jedem ihrer Versuche verlor Julian seinen Rhythmus angesichts ihrer schönen Augen und stolperte über die eigenen Füße. Es waren ein halbes Dutzend Versuche vonnöten, ehe sie jene Drehung mit trefflicher Vollendung ausführten.

Als ihre Bemühungen schließlich von Erfolg gekrönt waren und sie die Figur gemeistert hatten, war Lilys Freude groß. Mithilfe dieser Methode erschlossen sie sich jeden einzelnen Teil der Quadrille. Zunächst setzte Julian sich an das Pianoforte und spielte die Melodie, während Lily mit ihren Händen »lauschte«. Dann versuchten sie sich mehr oder minder erfolgreich an den Schrittfolgen, je nachdem, ob der gefiederte Spaßvogel sie in Ruhe üben ließ.

Nachdem die Quadrille beendet war, schlug er einen bekannten Volkstanz vor, der in der vergangenen Saison einmal mehr den Gipfel der Beliebtheit erklommen hatte.

»Es ist ein schwungvoller Tanz«, bekundete er. »Sie werden ihn gewiss auf dem Ball spielen.«

»Ich habe jenen Tanz nie gelernt.« Lily malträtierte ihre Unterlippe mit den Zähnen. »Nun denn, lassen Sie uns einen Versuch wagen.«

Es war ein Desaster. Obschon der Rhythmus einfach war, waren die Tanzschritte beschwingt und komplex. Julian versuchte, die Bewegungen der Dame wie auch die des Herrn vorzuführen, doch vermochte er jeweils nur einen Part zu übernehmen.

Als Lily ihren Einsatz zum vierten Mal in Folge verpasste, rang sie verzweifelt die Hände. »Ich bin untröstlich. Es wird mir niemals gelingen, diesen Tanz zu erlernen. Ich verschwende Ihre Zeit.«

»Nein, ganz sicher nicht.«

Sie schüttelte den Kopf und war offenkundig entmutigt. »Wie es scheint, vermag ich mir die Schritte schlicht nicht zu merken. Ob beliebt oder nicht, ich werde bei dieser Tanzfolge aussetzen müssen.«

»Seien Sie unbesorgt«, sagte er und fasste sie bei den Ellbogen, um zu vereiteln, dass sie sich von ihm abwandte. »Wir werden es später nochmals versuchen oder morgen. Jeden Tag bis zu dem Fest, sollte es vonnöten sein. Überdies tanzt es sich viel leichter in einer Gruppe, Sie werden sehen. Mit Tänzern auf jeder Seite können Sie Ihren Einsatz von ihnen abgucken.«

Kaum gewahrte er ihr bebendes Kinn, keimte Verdrossenheit in seiner Brust. Es war nicht Verdrossenheit über ihr, sondern über sein Unvermögen, ihr diesen Tanz beizubringen. Alles für sie zu meistern.

»Lily«, sagte er. »Es ist nur ein Tanz. Sie *können* ihn lernen. Sie können alles bewältigen.«

Sie seufzte und entwand sich seiner Berührung. »Uns bleibt nicht genug Zeit. Ich werde mich an die Tänze halten, an die ich mich erinnere, einerlei, ob sie seit einer Dekade aus der Mode sind. Mir wäre schon geholfen, wenn ich jeden Tanz an der Musik erkennen könnte.« Abermals drängte ein Seufzen über ihre Lippen. »Es ist hoffnungslos.«

»Nein, mitnichten. Ich werde die Reihenfolge der Tänze vorab in Erfahrung bringen und niederschreiben.«

»Wie wollen Sie das bewerkstelligen?«

»Das wird kein Problem sein.« Er würde ganz einfach dem Orchesterleiter ein oder zwei Münzen zustecken. »Es steht Ihnen frei, die Liste gefaltet in Ihrem Handschuh zu verbergen. Zudem ersinnen wir eine Strategie, was die Wahl der Tanzpartner betrifft.«

»Walzer werden immer gespielt«, fügte sie dem hinzu. »Gewiss bin ich imstande, einen Walzer mit einem erfahrenen Tänzer zu bewältigen. Ich habe nichts weiter zu tun, als mich seiner Führung anzuvertrauen.«

»So ist es«, bekräftigte er. »Wir stellen sicher, dass Sie mit jemandem tanzen, den Sie kennen. Ein guter Tänzer. Morland wäre ein geeigneter Kandidat.«

»Oder Sie.«

Er verstummte, einen Augenblick war er sprachlos angesichts der Vorstellung, sie fest und innig in seinen Armen zu halten, während die Elite der Gesellschaft ihnen zuschaute. »Oder ich.«

»Wollen wir es noch einmal versuchen?« Ihr Blick glitt zu dem Piano.

»Aber natürlich.«

Er setzte sich abermals an das Instrument. Dieses Mal erlaubte er seinen Fingern zu verweilen, über die elfenbeinernen Tasten zu streicheln, derweil er darüber nachsann, was er spielen sollte. Schlussendlich positionierte er seine Hände, schloss die Augen und ließ seine Fingerspitzen entscheiden. Sie entlockten dem Klavier einen langsamen, stimmungsvollen Walzer. Er wusste selbst nicht, wo er die Melodie gehört hatte. Vielleicht beim Öffnen einer jener österreichischen Schnupftabaksdosen mit Stiftwalzen, die kleine Melodien erzeugten? Die Melodie hatte den typischen Dreivierteltakt. Während er spielte, ergab er sich dem Klang der Musik, er selbst war von der betörenden, sentimentalen Schönheit der Melodie überwältigt.

Als er schließlich eine kurze Weile nach dem Verklingen des letzten Akkords aufblickte, sah er Lily, die sich über das Instrument neigte und deren Augen wie gebannt auf seine Hände geheftet waren. »Ich habe es immer geliebt, Sie beim Spiel zu beobachten«, gestand sie. »So viel Passion und Leidenschaft steckt darin.«

Bellamy wusste nicht, was er antworten sollte. Also stand er wortlos auf und reichte ihr seine Hand.

Er geleitete sie einmal mehr in die Mitte des Zimmers, und sie legte folgsam ihre Hand auf seine Schulter. Seine Handfläche passte perfekt in die Mulde zwischen ihren Schulterblättern. Sie duftete nach parfümiertem Puder, und ihre Augen waren von einem sinnlichen, tiefen Braun. Hätte es nicht von schnöselhafter Unhöflichkeit gezeugt, so wäre ihm der Vergleich mit karamellisiertem Zucker eingefallen. Je dunkler, umso süßer.

In Ermangelung von Komplimenten bedachte er sie mit einem wohlgefälligen Lächeln. Dann wirbelte er sie ohne jede Warnung in eine Walzerdrehung. Ihr kleiner Seufzer des Erstaunens erregte ihn mehr als tausend Worte. Er genoss es, ihren Körper an seinem zu spüren, der so biegsam und warm war. Die Art, wie sie sich zusammenfügten, sich bewegten, als wären sie eins. Sie vertraute sich seiner Führung an, und er schwenkte sie in sicheren Drehungen über den Boden.

»Sie tanzen ganz bezaubernd Walzer«, erklärte er ihr, nachdem sie einige Runden durch den Salon gedreht hatten. »Sie haben nichts zu befürchten. Auf dem Fest werden Sie eine von allen Seiten bewunderte Stilikone werden.« Dafür würde er Sorge tragen.

Sie lehnte sich in seinen Armen zurück. »Das wird für heute reichen, denke ich.«

Er wirbelte sie ein letztes Mal herum, ehe er mit ihr zum Halten kam, doch statt sich von ihm zu lösen, schob sie ihre mit seiner verschränkten Hand in den Spalt zwischen ihren Leibern.

Vortrefflich. Er bedurfte jener zusätzlichen Barriere. Sie war ihm gefährlich nahe, und er war versucht, sie noch näher an sich zu ziehen. Sein Herz pochte in einem Rhythmus, der drei Mal schneller war als der, dem ihre Füße soeben gehorcht hatten.

»Ist Ihnen der Abend erinnerlich, an dem wir uns das erste Mal begegneten?«, forschte sie.

Er versagte sich ein Lachen. Ob ihm selbiger Abend erinnerlich war? Natürlich erinnerte er sich. Er hätte auf Anhieb das Datum, den Anlass, die lauen Temperaturen, den rubinroten Farbton seiner Weste an jenem Abend rekapitulieren können. Den weichen Schwung ihres hochgesteckten Haares, die vierzehn seidenüberzogenen Knöpfe im Rücken ihrer Robe sah er buchstäblich vor sich. Den exakten Moment, als er Lily Chatwick das erste Mal lächeln sah. Er erinnerte sich an alles.

Dennoch sagte er: »Helfen Sie mir, mein Erinnerungsvermögen aufzufrischen.«

»Es war hier, das steht gänzlich außer Frage, hier in Harcliffe House. An Leos Geburtstagsdiner.«

»An Ihrem Geburtstagsdiner ebenso.«

»Ja, aber es waren seine Gäste. Es war der Abend, an dem er diesen törichten Club mit jenem Zuchthengst namens Osiris gründete. Entsinnen Sie sich wieder?«

Er nickte.

»Sie beobachteten mich den ganzen Abend. Während unserer Unterhaltungen, bei Tisch, dann nachher in geselliger Runde … Sie nahmen Ihre Augen nicht von mir.«

»Ich fand Sie anziehend. Habe ich das nicht bereits eingeräumt? Sie sind eine schöne Frau, Lily. Ich habe Sie stets anziehend gefunden.«

»Auf mich machte es den Anschein, dass sich mehr dahinter verbarg.« Sie neigte den Kopf zur Seite, maß ihn aus einer neuen Perspektive. »Etwas nahezu Raubtierhaftes verstellte Ihren Blick an jenem ersten Abend. Ich denke, Sie verfolgten gewisse Absichten.«

»W…?« Ihm versagte die Stimme, und er war deshalb außerstande, die Wahrheit zu leugnen.

»Oh ja.« Ihre Mundwinkel hoben sich zu einem feinsinnigen Lächeln. »Ich wusste es. Sie folgten mir aus dem Zimmer, erinnern Sie sich? Bevor wir uns zum Dinner setzten, entschuldigte ich mich, um die Sitzordnung zu überprüfen, und Sie folgten mir. Ausnehmend unverfroren.« Eine leichte Röte färbte ihre Wangen, und ihr Blick wanderte zu seinem Revers. »Ihrer werten Erinnerung ist es entfallen, da bin ich sicher. Für Sie war es lediglich eine weitere belanglose Tändelei. Für mich hingegen war es keine alltägliche Selbstverständlichkeit.«

»So hätte es sich aber verhalten sollen.«

»Ja. Ja, das ist es exakt, was Sie sagten. Ich fragte Sie, ob ich Ihnen irgendetwas anbiete dürfe, und Sie sagten Nein.« Sie lächelte. »Ich war von dem arroganten Grinsen eingeschüchtert, das Sie zur Schau trugen, wenngleich mir dieser Ausdruck auf Ihrem Gesicht mittlerweile bestens vertraut ist. Ich fragte sie mit unverblümter Direktheit: »›Weshalb stellen Sie mir nach?‹ Und Sie sagten …«

Er kapitulierte. »Ich sagte: ›Weswegen erstaunt Sie das? Wenn eine schöne Frau den Raum verlässt, hofft sie darauf, dass ein Mann wie ich ihr nachstellt.‹«

Sie versetzte seiner Schulter einen spielerischen Klaps. »Genau! Und ich war sehr zornig auf Sie.«

»Nein, das waren Sie nicht. Sie waren erfreut.«

»War ich nicht.« Sie schickte ihm einen koketten Blick unter züchtig gesenkten Lidern. »Vielleicht ein wenig. Ich glaubte, Sie würden den Versuch unternehmen, mich zu küssen, aber das taten Sie nicht.«

»Nein.«

Julian küsste eine Lady bei ihrer ersten Begegnung niemals. Er bevorzugte es, sie ein wenig länger hinzuhalten, damit sie von Fantasien beflügelt wäre, was *hätte* geschehen können. Er befand, es machte sie bei der zweiten Begegnung empfänglicher.

»Ich sollte es nicht zugeben«, räumte sie ein, »aber ich war mir gewiss, dass Sie die Absicht hegten, mich zu verführen.«

»Vielleicht tat ich das.« Er wählte seine Worte mit Bedacht: »Mir eilt der Ruf voraus, dass ich sehr viele Frauen verführt habe.«

»Ich weiß das. Ich *wusste* es schon damals, und dennoch machte es die Sache auf unerklärliche Weise umso aufregender. Ich lag die ganze Nacht wach. Ich hatte keine Ahnung, wie ich bei einer neuerlichen Begegnung mit Ihnen reagieren sollte. Ich legte mir höfliche Ablehnungen und schneidende Abfuhren zurecht, aber …« Sie schluckte. »Aber ein Teil von mir sträubte sich dagegen abzulehnen.«

»Lily …« Er trat einen Schritt zurück.

Sie hielt seine Hand fest, damit er nicht von ihrer Seite wich. »Indes bedurfte es keiner Ablehnung meinerseits. Die Situation trat niemals ein. Als ich sie das nächste Mal sah, verhielten Sie sich freundlich und höflich. Äußerst charmant. Sie haben mir jedoch nie mehr auf jene Weise nachgestellt. Was hatte sich geändert?«

»Nichts.«

»Irgendetwas muss sich geändert haben. Lag es an Ihnen? Oder an mir?«

»Weder noch.« Wie ließ sich das erklären? Es war eine Sache, wenn sie um seine Reputation im Generellen wusste, aber eine gänzlich andere, freimütig einzugestehen, dass er jene Jahre damit zugebracht hatte, planvoll und vorsätzlich die Gemahlinnen sämtlicher englischen Aristokraten zu verführen, schlechterdings aus lauter Boshaftigkeit. Da der Marquis von Harcliffe unvermählt war, hatte Julian sich mit dem Entschluss begnügt, dessen Zwillingsschwester zu verführen. Doch dann hatte er einen Abend in diesem Haus verbracht, wo man ihn als Ebenbürtigen und als Freund willkommen hieß. Ehe der Abend verstrichen war, war er ein geschätztes Mitglied von Londons neuestem, aberwitzigstem und elitärstem Gesellschaftszirkel: dem Stud Club.

Für einige wenige kostbare Stunden hatten sie ihm vorgegaukelt, dass er *dazugehörte*. Das Erlebnis war so intensiv, dass Julian, der ein Bankert und in den Niederungen der Gosse aufgewachsen war, sich nicht mehr erinnerte, jemals woanders hingehört zu haben.

»Ich vermute«, sagte er aufrichtig, »ich entschied, dass ich Sie zu sehr wertschätzte, um Sie zu verführen.«

Sie lachte mit selbstgefälligem Charme. »Dahinter verbirgt sich irgendwo ein Kompliment für mich. Wenn ich lange genug darüber nachsinne, werde ich es vielleicht verstehen.«

Julian erfüllte es mit Abneigung, sie zu brüskieren, gleichwohl sah er keine andere Lösung, als diese Unterredung schleunigst zu beenden. Kurz und bündig. Ein überstürzter Aufbruch war seine einzige Rettung. »Ich bitte vielmals um Vergebung, aber ich habe geschäftliche Verpflichtungen, die meine Anwesenheit erforderlich machen.« Das waren mitnichten Ausflüchte. Er war wieder einmal entsetzlich spät dran, was das Erscheinen in seinem Handelskontor betraf. »Wir werden unsere Übungsstunde morgen fortsetzen.«

»Warten Sie.«

Was sollte er tun? Er wartete ab.

»Wenn ich in der Tat beabsichtige«, sagte sie, während sie ein imaginäres Stäubchen von seinem Ärmel zupfte, »dieses Fest zu besuchen, die Aufmerksamkeit von etwaigen Bewerbern auf mich zu lenken und was sonst noch dazu gehört, dann bedarf ich der Übung in mehr als just Tanzen.«

Zwischen seinen Brauen entstand eine tiefe Falte, derweil er weiterer Ausführungen harrte.

»Mir ist jegliches Talent zu Flirt und Tändelei abhandengekommen. Ich verfüge ohnehin nur über wenig Erfahrung, um aufrichtig mit Ihnen zu sein. Ich vermag mich nicht zu erinnern, wann ich das letzte Mal geküsst wurde.« Sie warf ihm einen geschwinden, reumütigen Blick zu. »Nun … äh … abgesehen von neulich morgens, aber das zählt wohl kaum.«

»Korrekt.« Gütiger Herrgott, sollte ihm dieser kleine Fauxpas auf ewig anhängen?

Ihre Worte drängten in einem atemlosen Schwall über ihre Lippen. »Wie dem auch sei, ich dachte, vielleicht, da es einmal eine Zeit gab, als sie tatsächlich beabsichtigten, mich zu verführen … und da Sie sagen, Sie fanden mich schon immer attraktiv … dass es Ihnen vielleicht nichts ausmacht … mich jetzt zu küssen.«

Er starrte sie lediglich an, sein Blick war von Unverständnis gezeichnet. Hatte sie eben in jenem langen wortreichen Erguss verlauten lassen, er solle sie küssen?

»Ich bitte um Vergebung«, sagte sie rasch. »Ich benehme mich töricht.«

Er nickte. Wahrhaftig, töricht traf es genau.

Sie atmete tief ein, ihre Augen hielt sie in seine gesenkt, als sie sprach. Ihr Verhalten hatte sich in Gänze geändert. Keine mädchenhafte Nervosität mehr, sondern direkte Kommunikation von Frau zu Mann. »Julian, lassen Sie mich offen zu Ihnen sein.

In einer indiskutablen, äußerst juvenilen Weise offeriere ich Ihnen die Gelegenheit, mich zu küssen. Nur dieses eine Mal, ohne anhängige Versprechen oder Verpflichtungen. Ohne den Einfluss von Schlafpulver.« Ihre Stimme senkte sich zu einem sinnlichen Flüstern. »Ohne Unterbrechung.«

Sie lenkte den Blick in Erwartung einer Antwort auf seinen Mund. Was ihn dazu veranlasste, seine Augen auf ihren Mund zu heften. Ihre Lippen waren so rosig, prall und verlockend. Sie bebten kaum merklich, weil Lily sich trotz der Forschheit ihrer Bitte vor dem nächsten unausweichlichen Schritt fürchtete.

Es war klug von ihr, sich zu fürchten. Sie begehrte einen Kuss? Er begehrte mehr. Er hatte mit einer Vielzahl von Gefühlen zu kämpfen, die auf ihn einstürmten. Hier die sanfte Brise unschuldiger Fantasien, dort der unbändige, zerstörerische Monsun des Verlangens. Hätte sie die Bilder gesehen, die durch seinen Kopf peitschten, sie hätte bestimmt auf dem Absatz kehrtgemacht und die Flucht ergriffen. In einem Augenblick sehnte er sich danach, Lily zu umarmen, sie mit seinem Körper zu umfangen und vor den Unbilden dieser Welt zu beschützen. Im nächsten drängte es ihn, sie splitternackt zu entkleiden und sie nach allen Regeln der Kunst zu verführen. Sie besitzen, sie bestürmen, sie entblößt und erbebend hier auf dem Boden zu wissen.

Ernsthaftig, Mann? Auf dem Boden?

Ja, zum Henker. Er war so verderbt. Er begehrte diese elegante, adlige Lady, die an dreizehnter Stelle der Thronfolge stand, und er begehrte sie splitternackt und stöhnend auf dem gewachsten Parkett. Ein Kuss war alles, worum sie gebeten hatte, aber für ihn wäre ein Kuss längst nicht genug.

Schon ging ein Zittern durch Julians Körper, denn er focht mit seinen Ängsten, genau wie sie.

An irgendeinem Punkt hatte er ihre Hand freigegeben, die von seiner Schulter geglitten war. Sie standen einander gegenüber, ihre Arme locker an den Seiten herabhängend. Sie berührten einander nicht einmal mehr. Es wäre ein Leichtes gewesen, einfach zu gehen.

Wie bei einem Walzer. Einen Fuß nach hinten setzen …

»Ein Kuss, Julian. Ein einziger Kuss.« Als er nicht aufhörte zu zaudern, glitzerten ihre braunen Augen ob der Kränkung. »Sind Sie ernsthaft entschlossen, mir diesen zu verweigern?«

Er schloss die Lider. Seufzte. Öffnete sie abermals.

Dann sagte er das Einzige, wozu er imstande war.

»Nein.«

Die Entscheidung war gefallen. Er schlang einen Arm um ihre Taille, schmiegte sie innig an sich. Mit seiner anderen Hand bog er sanft Lilys Kopf zurück, um ihre Lippen in den perfekten Winkel zu bringen.

Weil er sich aus tiefstem Herzen vorgenommen hatte, es dieses Mal richtig zu machen.

9

Lily wusste alles über Julian Bellamy. Er war ein leichtsinniger Verführer, ein lasterhafter Bonvivant und Lebemann, ein berüchtigter Casanova.

Wer hätte gedacht, dass es sich derart schwierig anließ, diesen Mann zu küssen?

Zunächst hatte sie ihre Lippen in den frühen Stunden des gestrigen Morgens desaströs fest aufeinandergepresst, dann war ihre Umarmung im Morland House grob unterbrochen worden … Lily hegte die Hoffnung, dass dem dritten Mal ein Zauber innewohnte, der nachhaltig wirkte. Während des Vormittags hatte sie fieberhaft darauf geharrt, dass er den ersten Schritt tat. Sie hatte ihn sogar dazu ermutigt, mit ihr zu tanzen, und überdies die Unterhaltung manipulativ in gefährliche Bahnen gelenkt.

Zu guter Letzt hatte sie beschlossen, die Angelegenheit in die eigenen Hände zu nehmen. Sie war allerdings so ungeschickt vorgegangen, dass nicht viel gefehlt hätte, und sie hätte alles vermasselt. Doch nichts davon zählte mehr. Denn sein Arm umschlang nun ihre Taille, er hielt sie fest, und seine starke Hand umfing ihren Nacken. Sie hatte ebenjenes erregende »Nein« von seinen sinnlichen Lippen abgelesen, und seine Augen waren mit Leidenschaft erfüllt. Er begehrte sie, verhießen jene intensiv blauen Tiefen. Dieses Mal war er entschlossen, sie zu besitzen.

Seine Lippen fanden ihre, und Lilys Lider schlossen sich mit einem bebenden Flattern.

Ja, dem dritten Mal wohnte ein Zauber inne.

Das dritte Mal war pure *Magie*.

Er eroberte ihre Lippen mit weichem Druck. Einen Hauch zu züchtig für ihren Geschmack. Lily verspürte eine zunehmende Ungeduld nach mehr. Indes weigerte er sich, die Dinge zu überstürzen und den leise verlangenden Seufzern nachzugeben, die ihre Kehle streichelten.

Nein, er küsste sie behutsam, mit zärtlicher, meisterhafter Sorgfalt. Saugte zunächst an ihrer Unterlippe, dann an der oberen. Neckte den Winkel ihres Mundes mit seiner Zunge, bis sich ihre Lippen öffneten, um ein Seufzen reinen Vergnügens kundzutun.

Seine Zunge glitt in ihren Mund, und sie begrüßte die sanfte Invasion. Anfangs hielt sie still, dies gleichsam als einen Akt der Höflichkeit wertend. Sie hatte ihn eingeladen, demzufolge oblag es ihr, ihm das Erkunden zu vereinfachen. Doch als seine Zunge ihre wieder und wieder neckte, drängte sie sich hilflos an ihn. Während sie ihre Arme um seinen Nacken schlang, schmiegte sie sich inniger in seine Umarmung.

Lily fehlte es an der nötigen Erfahrung, um die Situation objektiv zu beurteilen, doch von ihrem Standpunkt aus betrachtet, war er sehr, sehr gut in dem, was er tat.

Würzige Aromen und ein Hauch von Süße lagen in seinem Kuss, und sie grub eine Hand in sein Haar, zog ihn näher, um dies zu schmecken. Wie war es möglich, dass sie einen Mann so gut kannte, doch erst jetzt um seinen Geschmack erfuhr? Er schob seine Zunge tiefer, und Lily umfing sie mit ihren Lippen, begann kaum merklich zu saugen.

Er stöhnte. Sie fühlte, wie sich jener Laut aus seiner Brust presste. Die leise Vibration spielte auf ihren Rippen ähnlich den Tasten eines Pianos, und der Takt war eine langsame, sinnliche Burleske. Sie tanzten dazu, Julian und Lily, bewegten Münder und Hüften in einem beständigen Rhythmus.

Jede Faser ihres Körpers prickelte und brodelte ob der Lust. Eine andere Lady hätte bei sich gedacht, *ich kann es kaum erwarten, meinen Freundinnen zu berichten, wie wundervoll dies ist.* Lily hingegen dachte, *ich kann es kaum erwarten, Julian zu berichten, wie wundervoll dies ist.* In Anbetracht der Ironie hätte sie beinahe gelacht. Indes getraute sie sich nicht, ihn in ihre scherzhafte Betrachtung einzuweihen oder ihm irgendein übermütiges Kompliment zu zollen, noch nicht. Sie hatte Furcht, den Zauber zu brechen, denn …

Seine Hand hatte begonnen, behutsam aber stetig von ihrem Rückgrat über den Schwung ihrer Hüften, bis tief hinunter zu der Kehrseite ihrer … nun, zu ihrer Kehrseite hinabzuwandern. Er umschloss mit seiner flachen Hand eine ihrer Pobacken, hob Lily mit sanftem Druck auf ihre Zehenspitzen und presste sie wie im Rausch an seinen heißen Körper. Er verlieh dem Kuss damit gänzlich neue Facetten.

Seine Brust war hart gestählt, sein Bauch flach. Sie genoss es, sich an ihn zu schmiegen, zu fühlen, wie ihre nachgiebig weiblichen Konturen mit seiner soliden männlichen Statur verschmolzen. Während sie an seinen warmen Leib gezwängt wurde, blieb ihr der steife Grat seiner Mannhaftigkeit nicht verborgen. Seine offenkundige Erektion entflammte ihr eigenes Begehren. Ihre Brustknospen kräuselten sich zu harten Spitzen, die an das einengende Verlies ihres Mieders drängten. Sie sann um deren Anblick – prickelnde Rispen von der Farbe dunkler

Maulbeeren, die aufgerichtet nach Zuwendung lechzten. *Seine* Zuwendung. Er verstand es gewiss, sich ihrer anzunehmen.

Als er ihren Mund wieder und wieder erstürmte, wand sie sich in seinen Armen in dem Ansinnen, den Schmerz in ihren Brüsten zu lindern. Der Körperkontakt schürte eine andersgeartete Flamme des Verlangens. Eine, die heißer brannte, intensiver. Entschieden tiefer, zwischen ihren Schenkeln.

Dies war wahres Begehren. Dies war animalische Lust.

Dies sollte niemals enden. Nicht, wenn Lily es zu verhindern vermochte.

Sie mochte unerfahren sein, doch sie war weder unbedarft noch prüde. Sie verstand um die Sinnesempfindung der Erregung. Sie hatte sich schon des Öfteren von einem Mann physisch angezogen gefühlt. Nie zuvor hatte sie sich jedoch in einer derartigen Lage befunden, wo Nähe und Gelegenheit ihre unfassbare Alchemie ausübten und vages Begehren in drängendes, unmissverständliches *Verlangen* verwandelten.

Ihr Atem, ihr Hunger, selbst das Schlagen ihres Herzens – ihre niederen Instinkte konzentrierten sich sämtlich auf ein Ziel. Lily klammerte sich mit ihren beiden Händen an ihn.

Bis er sie freigab. Bis er seinen Mund von ihrem löste und sie ohne jede Warnung losließ.

Sie schwankte und stand auf wackligen Füßen. Er ergriff sie bei den Schultern und zog sie in seine ausgestreckten Arme, wo er sie festhielt. Verwirrt blinzelte sie wie gebannt auf seine Krawatte und rang nach Atem.

Er senkte den Kopf und bemühte sich um ihr Augenmerk. »Lily …« Sein Blick troff vor Bedauern. »Lily, ich bin …«

»Sparen Sie sich die Worte.« Sie schloss die Augen im Trotz. An ihren Seiten ballten sich ihre Hände zu Fäusten. »Unterstehen Sie sich, mir zu erzählen, dass Sie Ihr Tun im Nachhinein bereuen. Ich bereue nichts. Ich empfände niemals Reue für das, was eben zwischen uns geschehen ist. Es war wundervoll, Julian. Ich habe mich seit Monaten nicht mehr so lebendig gefühlt. Seit Jahren nicht mehr. Wenn Sie glauben, Ihr Verhalten bedürfe einer Exkulpation … und Sie mir mit irgendeiner Ausflucht weismachen wollen, dass Sie mich zu sehr schätzen, um mir die Aufmerksamkeiten angedeihen zu lassen, die sie großzügig auf die Hälfte der weiblichen Mitglieder der *Aristokratie* verschwendeten …« Sie schniefte. »Bitte, unterlassen Sie das.«

Eine andere, sittsamere Lady wäre dankbar gewesen, wenn er ihr Respekt gezollt hätte. Es war ein wahrhaftes Kompliment, dass Julian sie zu sehr verehrte und hochachtete, um sie zu verführen. Dass er sie zwar all die Zeit begehrt hatte, ihre Freundschaft jedoch mehr wertschätzte, als diesem Begehr nachzugeben. Es war nicht in seinem Sinne, Lily lediglich zu einer weiteren Strumpfbanddekoration in dem Billardzimmers seines Clubs zu deklassieren. Sie verstand das. Es war anständig von ihm. Sie hatte ihn im Grunde seines Herzens stets als anständigen Gentleman wahrgenommen. Es verhielt sich lediglich so … dass sie soeben einen ersten Vorgeschmack auf seine *unanständige* Seite gekostet hatte.

Und es hatte ihr gefallen, über die Maßen sogar.

Nach einer Weile hob sie die Augen. Um einzig festzustellen, dass er ein ratloses Grinsen zur Schau trug.

»Lily, ich wollte nur sagen … Ich bin untröstlich, aber dieser unsägliche Papagei sitzt auf meiner Schulter.«

Sie lenkte ihren Blick ruckartig nach rechts. Dort, von seinem Platz auf Julians maßgeschneidertem Ärmel, ließ besagter Vogel den Kopf herumwirbeln und krächzte.

Lily presste eine Hand vor ihren Mund und lachte, bis ihr die Tränen übers Gesicht rollten. Tränen der Erleichterung, weniger der Erheiterung. »Verflixter Vogel«, glückte es ihr schließlich herauszubringen. »Was für eine Plage du doch bist.«

»Soll ich ihn fortjagen?«

»Nein, nein. Er ist Ihnen tatsächlich sehr ähnlich.«

»Brillant.« Mit sanfter Berührung und schmeichelnden Worten lockte er den Vogel von seinem Arm auf seinen ausgestreckten Finger. Er setzte den Papagei in seinen Käfig zurück und verriegelte das Törchen.

Als er zu Lily zurückkehrte, war Julians Miene ernst. »Scherz beiseite, Lily. Sie wissen, dass zwischen uns nichts geschehen darf.«

»Irgendetwas ist bereits zwischen uns geschehen.«

Er seufzte. »Nun, dann darf also nicht mehr geschehen.«

»Julian, bitte. Ich bat Sie um einen Kuss. Wir haben einen Kuss geteilt. Ich verstehe, wenn dies niemals eine Fortsetzung finden wird. Alles, worum ich Sie ersuche, ist ... verdrängen Sie nicht, was geschehen ist. Wünschen Sie es nicht ungeschehen.« Sie ergriff seine Hand. »Und verlassen Sie mich nicht. Oder, wenn Sie gehen müssen, nehmen Sie mich mit. Ich mag nicht allein sein. Ich verbringe zu viel Zeit mit dem Alleinsein. Wir könnten irgendwo hingehen, einerlei wohin ... Wie wäre es mit dem Theater?«

Sein Erstaunen war offenkundig. »Das Theater?«

»Ja.« Die Idee nahm Gestalt an, noch während sie sprach. »Ja, mir ist nach einem Theaterbesuch. Ich las in der Zeitung, dass sie ein Stück von Molière geben, im Drury Lane. Das würde ich mir gern anschauen. Ich war seit Jahren nicht mehr im Theater.«

»Und warum gerade jetzt?«

»Weil mir danach ist. Und Sie haben mich gefälligst zu begleiten. Wir haben eine Vereinbarung getroffen, Julian. Sie versprachen mir drei Nächte.«

»Ich sagte Ihnen drei gesellschaftliche Ereignisse zu.«

»Das Theater ist ein gesellschaftliches Ereignis«, gab sie zurück. »Eines, von dem ich dachte, dass Sie es ausnehmend zu schätzen wissen.«

Um aufrichtig zu sein, hatte das Theater nie eine sonderlich große Faszination auf Lily ausgeübt, erst recht nicht, nachdem sie ihr Gehör verloren hatte. Andererseits wähnte sie sich außerstande, den Abend allein zu Hause zu verbringen, wo sie von der quälenden Frage gepeinigt wurde, wo Julian weilte und ob er in Sicherheit war. Sobald sie eingeschlummert war, würde sie von seinem Kuss träumen. Da es außer Frage stand, innerhalb von zwei Tagen ins Blaue hinein eine zweite Dinnerparty zu arrangieren, war der Theaterbesuch der letzte Strohhalm, an den sie sich klammerte.

Er antwortete zögerlich verhalten: »Leo hatte immer eine Loge im Drury Lane. Sofern Sie diese nicht anderweitig vergeben haben, nehme ich an, dass sie frei ist.«

»Oh, liebe Güte.« Ihre Bauchgrube verknotete sich. »Nein. Ich wähne mich nicht in der Verfassung, in Leos Loge zu sitzen. Es ist nicht rechtens. Alle werden mich anstarren und sich in aller Heimlichkeit über ihn und über mich auslassen. Ich vermag es nicht, den Gedanken zu ertragen.«

»Wäre es Ihnen genehm, wenn ich eine andere Loge für uns reservieren lasse?«

»Nein, nein. Die Leute werden mich trotzdem anstarren. Und sie werden tuscheln. Über Leo, über mich, und warum ich nicht in seiner Loge sitze.« Sie blies niedergeschlagen den Atem aus ihrer Lunge. Demnach war es keine sonderlich brillante Idee, ins Theater zu gehen. »Überdies kann ich der Handlung aus seiner Loge nicht folgen. Sie befindet sich in einem ungünstigen Winkel und viel zu hoch über der Bühne. Das ist der Grund, weshalb ich seit Jahren auf Theaterbesuche verzichte. Ich wünschte, es wäre mir gestattet, auf den Bänken im Saal zu sitzen, wie die meisten Leute.«

»Lily, Sie sind die Tochter eines Marquis. Und nicht das einfache Volk.«

»Zuweilen wünschte ich, es wäre anders.«

Er ließ einen vielmeinenden Blick durch den Raum schweifen. Verharrte auf dem kostspieligen Pianoforte, den silbergerahmten Porträts an den Wänden, dem vergoldeten Kandelaber an der Decke. »Nein, das wünschen Sie sich gewiss nicht.«

Eine heiße Röte flog über ihre Wangen, kaum dass sie den Sinn seiner milden Zurechtweisung erfasste. Wenngleich er seine Vergangenheit nie diskutierte, vermutete sie, dass Julian nicht immer in derartigem Überfluss gelebt hatte wie dieser Tage. Sie hingegen hatte stets ein Leben in Wohlstand geführt und Privilegien genossen. Von frühester Kindheit an waren sie und Leo gelehrt worden, sich dieser Vorzüge eingedenk zu sein. Die Litanei ihrer Mutter hallte noch in Lilys Ohren: *Danket dem Herrn, seid demütig vor euren Freunden und mildtätig zu denen, die weniger Glück hatten.*

»Verzeihen Sie«, sagte sie und fühlte sich kindisch und klein. In ihren Blick trat Zerknirschtheit. »Es lag mir fern, unzufrieden zu klingen.«

Er umfasste ihr Kinn und hob ihr Gesicht an seines. »Das taten Sie nicht. Lediglich enttäuscht.« Seine Augen suchten ihre.

»Ist es für Sie in der Tat derart wichtig? Ein Abend im Theater?«

Sie nickte. Genau das war es für sie, aus Beweggründen, die sie selbst nicht recht verstand. »Wenn Sie mich begleiten.«

»Ich werde jetzt aufbrechen.« Als er ihr Kinn losließ, beschwichtigte er ihren Protest mit hochgehaltener flacher Hand. »Aber ich kehre zu Ihnen zurück, heute Abend gegen sieben. Seien Sie ausgehfertig. Wählen Sie eine schlichte Frisur und Ihre unauffälligste Robe.«

»Das ist nicht der Stil, wie ich mich für das Theater zurechtmachen würde.«

»Präzise erfasst.«

Sie klatschte in die Hände. »Oh Julian. Heißt das, wir gehen getarnt ins Theater?«

»Nein, mitnichten. *Sie* werden das Theater nicht besuchen, Lady Lily Chatwick.« Er bedachte sie mit einem kräftigen Augenzwinkern, derweil er rückwärts zur Tür strebte. »Eine einfache Frau wird an Ihrer statt hingehen.«

Er verbeugte sich. Und dann war er fort, ließ Lily allein zurück, mit dem Kitzel der Vorfreude, einem ausgedehnten Nachmittag zum Ankleiden und einer höchst interessanten Frage. Wenn heute Abend eine einfache Frau das Theater besuchte …

Wer war dann ihr Begleiter?

»Mr. James Bell. Zu Ihren Diensten, Ma'am.«

Als Julian an dem fraglichen Abend nach Harcliffe House zurückkehrte, nahm Lily ihn am Portal in Empfang. Er lüftete seinen Hut und machte eine tiefe Verbeugung. So tief, dass seine vom Regen beschlagene Brille auf die Spitze seiner Nase rutschte, und als er sich straffte, schob er sie mit einer Fingerspitze geistesgegenwärtig wieder hoch. Eine treffliche Geste für einen niederen Angestellten, befand er bei sich.

Lily warf eine Hand vor den Mund, um einen Lachanfall zu ersticken. »Nein. Das ist nicht wahr! Sie sind es nicht!«

»Es entzieht sich meiner Kenntnis, was Sie damit meinen.« Er setzte ein ernsthaftes Gesicht auf. »Ich bin ein einfacher Angestellter, wie Sie sehen. Ein überarbeiteter noch dazu, der dringend der abendlichen Zerstreuung durch einen Theaterbesuch bedarf.«

Seine Tarnung barg mehr Wahrheitsgehalt als Fantasie, und sich derart preiszugeben, erfüllte ihn mit Nervosität. Es war ein unerhörtes Wagnis, von seinem Kontor direkt hierherzukommen, ohne sein äußeres Erscheinungsbild im Mindesten zu verändern. Gleichwohl war es für Lily wichtig. Im Laufe ihrer Freundschaft hatte er Leo zu oft lamentieren gehört, er sei außerstande, Lily zu überreden, ihn ins Theater zu begleiten. Zum ersten Mal seit Jahren hatte sie heute selbst um einen Theaterbesuch gebeten. Und sie hegte den Wunsch nach einem Platz, der es ihr erlaubte, die Vorstellung in vollen Zügen zu genießen. Ihr Wunsch war ihm Befehl. Als Julian Bellamy hätte er Lady Lily Chatwick auf gar keinen Fall in den Theatergraben des Drury Lane ausführen dürfen, dorthin, wo man dicht gedrängt saß, Ärmel an Ärmel mit gemeinen Arbeitern und deren Liebchen. Sie hätten zu viel Aufmerksamkeit erregt. Bestenfalls hätte Lilys Reputation gelitten, wenn nicht mehr.

Doch als James Bell hatten ihn derartige Bedenken nicht zu kümmern.

Er räusperte sich. »So es Ihnen beliebt, sich mir anzuschließen, Miss, ich habe zwei Plätze im Drury Lane reserviert, in der zweiten Reihe des Theatergrabens.«

»Nein, diese Veränderung!« In heller Verwunderung schüttelte sie den Kopf. »Ich vermag es schwerlich zu glauben. Ihre Haare artig gebändigt, und Ihre Kleidung …« Sie deutete auf seine rehledernen Beinkleider und den braunen Überrock, die schlichten Stiefel, die weder Knöpfe noch Quasten oder Schnallen zierten. Ihr Blick kehrte ohne jede Eile zu seinem Gesicht zurück. »Und diese Brille!«

Er krauste die Nase und kniff die Augen zusammen. »Finden Sie nicht, dass ich mit diesem Nasenkneifer wie ein verkleideter Maulwurf aussehe?«

»Wo denken Sie hin! Sie sind anziehender als je zuvor.«

Er tat ihre anerkennende Äußerung mit einer nachlässigen Bewegung seiner Hand ab, während er über die Schwelle und in die Eingangshalle trat.

»Nein, damit ist mir ernst«, beteuerte sie, ihre Augen waren von Lachfältchen umkränzt. »Habe ich Ihnen jemals erzählt, welchen Vergleich ich für Männer habe, die eine Brille tragen?«

Er vermochte ihr nicht zu antworten. Denn er hatte sie soeben durch besagte Brille betrachtet, und die beiden Gläser hätten ebenso gut Luft sein können, so wenig schützten sie ihn vor ihrem Erscheinungsbild.

Lily sah hinreißend aus. Sie trug eine duftige Kreation aus schimmernder pfirsichfarbener Chiffonseide, die von ätherischen Trägern gehalten wurde, quasi ein Hauch von Nichts, bestickt war der Stoff mit einer faszinierenden Vielzahl von Brillanten und Perlen. Der Schnitt der Robe war mehr als gewagt. Wäre das Karree jenes Ausschnitts um einen halben Zentimeter tiefer verlaufen, Julian war sich gewiss, dass er – und jeder andere aufmerksame Passant – einen Hauch ihrer dunklen Aureole erspäht hätte.

Die Aussicht ließ ihm den Atem stocken.

»Das«, brachte er schließlich heiser krächzend hervor, »ist *nicht* Ihre schlichteste Robe. In der Tat kann ich mich nicht entsinnen, Sie jemals in einem Kleid gesehen zu haben, das die Definition von Schlichtheit dermaßen Lügen straft.«

»Ich weiß«, antwortete sie. »Das ist der Punkt. Alle meine Kleider sind schlicht. Die Kleider, die man mich seit Monaten tragen sieht, sind sämtlich schwarz, anthrazitgrau oder dunkelblau. Schon vor der Trauer pflegte ich einen eher zurückhaltenden Stil. Aus ebendiesem Grunde ist es die perfekte Tarnung.« Sie drehte sich im Kreis, und das Gewand erhellte das Entree mit seinem glitzernden Funkeln. »Es ist scheußlich herausgeputzt, nicht wahr? Es lag all die Jahre in meiner Kleidertruhe. Ich habe es bislang zu keinem Anlass getragen.«

»Das wird niemals gutgehen. Alle im Theater werden Sie anstarren.«

»Sie starren vielleicht auf das Kleid, aber sie werden *mich* darin nicht vermuten.« Mit schwungvollen Fingern klappte sie einen elfenbeingeschnitzten Fächer auf und verdeckte damit die untere Hälfte ihres Gesichts. Ein durchtriebenes Hochzucken ihrer Brauen lenkte sein Augenmerk nach oben, zu dem Gebilde aus reichlich kunstvoll drapierten Locken, die sich auf ihrem Kopf türmten und sich weich um ihre Ohren kringelten.

»Was haben Sie mit Ihrem Haar angestellt?«, fragte er. »Lily, Sie sollten aussehen wie eine gewöhnliche Frau, nicht wie eine gewöhnliche …«

»Dirne? Wieso nicht?« Ihre Brauen hoben sich zu einem koketten Schwung. »Gewiss hat sich ein niederer überarbeiteter Angestellter wie Mr. Bell ab und an ein bisschen Vergnügen verdient.«

Oh nein. Sie würden dieses Spiel nicht spielen. Nein, nein und nochmals nein.

»Gehen Sie nach oben und ziehen Sie sich um«, wies er sie an.

Sie senkte den Fächer, und ihre Miene umwölkte sich. »Haben Sie eine Vorstellung, wie lange ich zum Ankleiden benötigte? Wir werden die Hälfte des Stücks versäumen.«

Julian legte den Kopf zur Seite und brachte eine Hand an die Schläfe. »Holling«, brüllte er.

Die beleibte Haushälterin mittleren Alters kam gemächlich herbeigetrottet, wahrscheinlich um die Tatsache zu verschleiern, dass sie an der anderen Seite der Tür gestanden und gelauscht hatte.

»Ja, Mr. Bellamy? Wie kann ich Ihnen zu Diensten sein, Sir?«

»Holling, besitzen Sie einen Winterumhang? Irgendetwas aus festem Stoff und von einfacher Machart?«

»Oh nein, Sir. Mein Cape ist aus Nerz gearbeitet und mit Seide gefüttert.« Einer ihrer Mundwinkel zuckte amüsiert.

Der Blick, den er ihr zuwarf, war eindringlich. »Mrs. Holling. Sie belieben zu scherzen. Unterlassen Sie das, bitte, und holen Sie mir den Umhang. Mylady sieht sich gehalten, sich selbigen auszuborgen.«

»Gewiss, Sir.« Die Haushälterin knickste und verschwand. Kaum eine Minute später kehrte sie mit einem Armvoll schweren Wollstoffs in einer gedeckten Farbe zurück, es war der ideale Ton zwischen holzkohlengrau und fleischsoßenbraun, der in der Masse nicht auffallen würde.

»Fabelhaft.« Er nahm Holling den Umhang ab und schlang ihn sogleich um Lilys schmale Schultern.

Dank Mrs. Hollings Körperfülle ließ sich das Kleidungsstück annähernd zwei Mal um Lilys schlanke Gestalt wickeln.

Derweil er sorgsam die Bänder verknotete und die junge Frau ähnlich fest wie eine ägyptische Mumie verschnürte, schürzte Lily schmollend die Unterlippe.

Als er ihr die Kapuze über die Locken zog, schaute sie an ihrem formlosen wollenen Kokon herunter, ihre Stirn war in missmutige Falten gelegt. »Ich sehe aus wie eine verkohlte Kartoffel.«

»Fürwahr. So verhält es sich.«

»Hässlich wie die Nacht.«

»Kommen Sie. Der Karren des Gemüsehändlers wartet draußen vor dem Tor.«

Gegen ihren Willen erbebte seine verkohlte Kartoffel vor Lachen. Da es ein Ding der Unmöglichkeit war, ihr seinen Arm anzubieten, versetzte Julian ihr einen kurzen Klaps auf die Schulter, worauf Lily sich in Bewegung setzte. Sie kehrte ihm den Rücken und schlurfte zur Tür.

»Dafür werden Sie mir büßen«, hörte er sie grummeln.

»Zweifelsohne.« Er grinste und war umso erheiterter, als ihm Hollings verdrossenes Mienenspiel auffiel. »Was ist los, Holling? Fühlen Sie sich nicht wohl?«

Sie schüttelte den Kopf.

»Es ist der Vogel, nicht wahr? Sie sind verstimmt über den Vogel.«

»Nein, Sir. Nun, vielleicht ein bisschen, aber …« Die ältere Frau schniefte und wischte sich die Augen. »Verzeihen Sie mir, Mr. Bellamy. Es ist überaus lange her, dass Mylady sich amüsiert hat, das ist alles.«

Die liebe, aufopfernde Holling. Julian war froh darum, dass

Lily diese herzensgute Seele hatte. Unversehens war ihm die Sache mit dem Papagei ein wenig unangenehm.

»Sie wird den heutigen Abend genießen«, versicherte er der Haushälterin. »Mein Wort darauf.« Wenn es eines gab, dessen er kundig war, dann war es das Geschick, eine Lady trefflich zu unterhalten. Die Herausforderung für ihn bestand darin, Sorge zu tragen, dass *er* den Abend nicht allzu sehr genoss. Die Erinnerung an ihren Kuss hatte ihn den ganzen Tag nicht losgelassen. So würde es wahrscheinlich noch in Jahren sein. Und gütiger Herr, diese Abendrobe …

Holling unterstützte ihn in seinem festen Vorsatz, sich zurückzuhalten, indem sie ihn mit einem gerüttelt Maß an Schuldgefühlen beladen aus der Tür entließ. »Verbindlichen Dank, Sir«, sagte sie. »Es mag ein nicht alltägliches Eingeständnis sein, aber ich glaube, der verschiedene Lord Harcliffe – Gott sei seiner Seele gnädig – würde dem beipflichten.«

Mit einem grimmigen Grinsen zog Julian den Rand seines Hutes tiefer ins Gesicht. Leo, dem beipflichten? Daran hatte er ernsthafte Zweifel.

10

Der Vorhang hatte sich bereits gehoben, denn sie waren verspätet eingetroffen, genau wie Julian es geplant hatte. Hielt er es doch für zweckmäßiger, das Theater während der einleitenden Unterhaltungsdarbietungen zu betreten, wenn die meisten Augen erwartungsvoll auf die Bühne gerichtet waren, statt gelangweilt die Menge abzutasten.

Der Fuhrmann ließ sie in der Nähe des Seiteneingangs aussteigen. Es war ein weiterer günstiger Faktor für die Aufrechterhaltung ihrer Tarnung, dass das Theater separate Eingänge für die unterschiedlichen Klassen der Kartenbesitzer hatte. Mitglieder der Oberschicht und des Adels hielten die Logen und betraten das Theater durch den prachtvoll gestalteten Haupteingang. Deren Dienerschaft begab sich durch ein eng verwinkeltes Treppenhaus zu den zugigen Sitzen auf der Galerie. Und diejenigen, die drei Schillinge für eine Karte im Theatergraben erübrigen konnten – Kaufleute, Gelehrte, gelegentlich ihre Gattinnen und häufiger ihre Geliebten –, gelangten über diesen seitlichen Durchlass ins Innere.

Er drückte dem Portier am Eingang eine Münze in die Hand. Auf halbem Weg durch den Gang verharrte Lily und weigerte sich, auch nur einen weiteren Schritt zu tun.

»Nicht bis Sie mich aufschnüren«, beharrte sie und schürzte ihre Lippen und schickte einen Schwall Atemluft zu ihrer Stirn, um eine Locke, die zwischen ihren Brauen baumelte, aus dem Gesicht zu blasen. Ihr Pusten hob die Locke zwar kurz, vermochte sie jedoch nicht zu entfernen. »Es ist grotesk«, beklagte sie sich. »Ich bin auf den Einsatz meiner Arme angewiesen.«

Nachdem er die Gefahren erwogen hatte, die damit einhergingen, dass er seinen Handschuh auszog und eine Hand an ihre reizende Stirn führte, um sich höchstselbst des verirrten Ringellöckchens anzunehmen … kapitulierte er. Wider Willen öffnete er die obersten Bänder ihres Capes. Sogleich strebten elegant weißbehandschuhte Finger nach oben, um die vorwitzige Locke beiseitezuschieben. Ein Streifen irisierender Pfirsichseide blitzte aus dem schlammgrauen Umhang.

»Sie müssen ihn anbehalten«, ermahnte er Lily, besagtes Kleidungsstück fest um ihre Schultern ziehend, für den Fall, dass die dämmrige Beleuchtung in jenem Gang sie daran hinderte, ihm die Worte von den Lippen abzulesen. »Die Kapuze ebenfalls.«

Sie nickte zum Zeichen ihres Einverständnisses.

Sobald sie das Saalinnere betraten, hielt Julian Ausschau nach den beiden Jungen, die er angeworben hatte, ihre Plätze zu reservieren. Er entdeckte sie in der Mitte der zweiten Reihe, wo sie mit aufgesperrten Mündern einem bärtigen Gaukler zuschauten, der auf der Bühne drei dressierte Pudel durch Reifen springen ließ. Ein Blick in ihre staunend entrückten Gesichter und Julian verharrte, um das Vergnügen der Jungen nicht zu stören. Nicht lange und der Jüngere der beiden gewahrte Bellamy, stieß seinem Freund den Ellbogen in die Rippen, und beide beeilten sich, die Sitze zu räumen, denn sie waren auf die ihnen zugesagten Schillinge erpicht. Sosehr sie die vergnügliche Darbietung genossen, verlangte es sie mehr nach ihrem Lohn und der Mahlzeit, die sich dafür kaufen ließ.

Julian steckte jedem Jungen eine Krone zu. Er vermochte sich gut an jenes Empfinden des Hungers und an einen knurrenden Magen zu erinnern. Damals, in ihrem Alter, wäre er durch flüssige Lava gewatet, um sich einen Sixpence zu verdienen. Ein Sixpence-Stück war damals ein wahrer Segen, denn es bedeutete drei warme Mahlzeiten in der Suppenküche für ihn und Mutter, *für jeden von ihnen*. Eher vier für ihn und zwei für sie, denn sie löffelte stets einiges von ihrer Portion in seine Schale. Eine Krone hätte gereicht, um ihnen wochenlang das Nötigste zum Leben zu sichern.

Als die dressierten Pudel die Bühne verließen, schüttelte Julian jene Erinnerungen an Hunger und Kälte ab und legte eine Hand zwischen Lilys Schulterblätter. Er schob sie zu ihren Plätzen auf der samtbezogenen Bank. Ein Jongleur in klassischem Harlekinkostüm präsentierte sich dem Publikum mit seinen Kunststücken. Nach seinem Possenspiel wurde die Beleuchtung im Saal gedämpfter.

Als sich der Vorhang für das eigentliche Stück hob, neigte Lily sich näher zu ihm. Ihr warmer Atem streifte sein Ohr. »Ich danke Ihnen.«

Kaum hatte sie sich zu ihm geneigt, glitt sie schon wieder fort. Doch ihr Arm verweilte an seinem. Unversehens erinnerte sich Julian an einen anderen Teil seiner Jugend, an jene kurzen berauschenden Jahre als Heranwachsender, als er sich an dem leichtesten Hauch weiblicher Haut ergötzt hatte, einer Wolke süßen Parfüms oder einem verstohlenen Blick auf einen seidenbestrumpften Knöchel. Jene frühe schwärmerische Aufgeregtheit ließ sich im Nachhinein schwerlich begreifen. Als Folge seiner Exzesse in den darauffolgenden Jahren war er übersättigt und mehr oder minder von Frauen gelangweilt.

Bei Lily verhielt es sich jedoch anders. Ein einziger Blick von ihr konnte ein bohrender Stachel im Fleisch oder Balsam für seine Seele sein. Sie äußerte eine Silbe, und der Klang ihrer Stimme war wie Seide, die seine Haut streichelte. Nichts erregte ihn mehr, als sie zufrieden zu wissen. Der geflüsterte Dank an seinem Ohr machte den Abend in Gänze lohnenswert. In Wahrheit war er für Julian vermutlich einer der bessten seines Jahres.

Seine mannigfaltigen Regungen erstaunten ihn selbst, sodass er nur seinen Blick zu ihr gleiten ließ. Sie saß da und verfolgte mit durchgedrücktem Rücken und mit gerecktem Kopf das Geschehen auf der Bühne. Ihre Augen schimmerten hell von dem reflektierenden Bühnenlicht; die Kapuze ihres Umhangs war nach hinten geglitten und enthüllte eine Fülle dunkler Locken und Lilys weich konturierte, halb geöffnete Lippen. Sie war in die Vorstellung versunken und tief entrückt.

Er für seinen Teil begriff kein einziges Wort, das auf der Bühne gesprochen wurde.

»Gütiger Himmel«, ereiferte sich Lily, »haben Sie denn kein Wort des Theaterstücks verstanden?« Sie ergriff Julians Arm, derweil sie zum Ausgang des Theaters strebten. Aufbrechende Zuschauer schoben von allen Seiten und drängten sie enger zusammen. »Sie müssten doch Ihre Meinung zu dem Stück äußern können?«

»Welche Meinung kann man zu einer Komödie haben? Entweder sie ist amüsant oder sie ist es nicht.«

»Aber das ist nicht wahr. Eine Komödie kann eine Vielzahl von Themen und Bedeutungen haben. Nehmen Sie die Figur des Tartuffe, beispielsweise, und seine Verkleidung als falscher …«

Lilys Redefluss wurde unterbrochen, da ein Theatergast sie

von hinten anrempelte. Sie stolperte, doch Julian vereitelte ihren Sturz, indem er mit seiner freien Hand ihren Ellbogen stützte. Als sie ihre Balance zurückgefunden hatte, drehte er sie herum, sodass sie einander gegenüberstanden.

»Sind Sie wohlauf?«, erkundigte er sich.

Sie war sich nicht sicher. Der Blick seiner Augen – blau und brennend vor tiefer Besorgnis – machte ihr einmal mehr weiche Knie. Meine Güte. Das war gewiss der Blick, den er aufsetzte, wenn er Frauen verführte. Jener Blick besagte: Wenn Sie verletzt sind, bin ich verletzt. Wenn etwas gebrochen ist, werde ich es richten. Erzählen Sie mir, dass Ihre große Zehe schmerzt, und ich werde nach Shropshire laufen, um dort Kräuter für einen Breiumschlag zu sammeln. Sir Walter Raleigh hatte der Königin diesen Blick gesandt, ehe er sein Cape über jenes Schlammloch geworfen hatte. Dessen war sich Lily sicher.

Sie nickte lebhaft. »Ich bin wohlauf. Danke.«

Er zog die Brauen hoch und gestikulierte in die Nähe seiner Stirn. »Ihr Haar blitzt hervor.«

Mit einem ungehaltenen Zerren zog Lily die wollgewirkte Kapuze wieder über ihre Locken. Wenn überhaupt Bekannte aus ihren Kreisen anwesend waren, würden sie ihre Operngläser schwerlich auf das Menschengewühl im Theatergraben richten. Und selbst wenn, die Chance, dass einer von ihnen Lily in der Menge entdeckte, war in der Tat gering.

Sie verließen das Theater durch denselben Gang, durch den sie es betreten hatten. Als sie ins Freie gelangten, fanden sie die Nacht kühl und dunkel. Feuchtigkeit erfüllte die Luft, es war nicht wirklich Regen und nicht wirklich Nebel. Hier und da brach ein schneidender Windstoß durch den Schutz von Hollings dickem Umhang.

»Ich bin zuversichtlich, dass wir hier irgendwo in der Nähe alsbald eine Droschke finden werden«, sagte er.

Trotz des Nieselregens hielt Lily ihren Hals gereckt und ihre Augen weit offen. Das Publikum aus dem Theatergraben strömte durch einen gänzlich anderen Ausgang als den, den zu benutzen sie gewohnt war. Sie bogen in eine verwinkelte Straße, die von kleinen Läden gesäumt war. Zu beiden Seiten winkten Straßenhändler Kunden heran, sie standen unter brennenden Öllampen, boten geröstete Nüsse und dampfende Pasteten feil, Schnupftabak für die Gentlemen, Blumen für die Damen, Balladen für die Liebespaare.

Ihr Augenmerk wurde auf eine in farbenfrohe Seide gehüllte Roma-Frau gelenkt, die einen Korb mit Schnittblumen am Arm trug. Ihre dunkel verhangenen Augen versprachen Intrige und Romantik. Als Lily näher kam, hielt die alte Zigeunerin ihr eine flache Hand hin und hob eine Braue.

Lily zerrte an Julians Arm und drängte ihn zum Stehenbleiben. »Warten Sie, sie soll uns weissagen.«

Er schickte ihr einen ungläubigen Blick, derweil Passanten an ihnen vorbeiströmten.

»Kommen Sie«, beharrte sie. »Warum denn nicht?«

»Weil es spät, kalt und regnerisch ist, und wenn wir länger verweilen, um mit zwielichtigen Straßenverkäufern zu plaudern, weissage ich Ihnen mit Gewissheit, dass Sie sich eine Erkältung holen werden.«

Sie lächelte geduldig. »Glücklicherweise bin ich im Besitz eines recht wetterfesten Umhangs.«

Lily war sich gewärtig, dass es spät war und die Witterung rau. In Wahrheit bibberte sie heftig in ihrem grauwollenen Kokon. Indes mochte sie den Gedanken schlicht nicht ertragen, dass der

Abend schon zu Ende sein sollte. Nach diesem Abend stand ihr nur noch ein einziger zu.

Sie schüttelte sich, weil sie jetzt nicht darüber nachgrübeln wollte. Erinnerte die Vorstellung sie doch bedrohlich an ihre Einsamkeit.

Unter dem Umhang schickte sie sich an, einen Handschuh abzustreifen, und streckte die Hand der Wahrsagerin hin. »Julian, bitte seien Sie so gut und geben Sie ihr eine Münze, ja?«

Anstatt dieser Bitte nachzukommen, ergriff er Lilys Hand. Er drehte sie in seinem behandschuhten Griff, damit die Handfläche nach oben zeigte, und sagte: »Wenn Sie Ihr Schicksal erfahren wollen, lese ich es Ihnen aus der Hand.«

Der unvermittelte Körperkontakt raubte ihr den Atem. »Oh.«

Eine Fingerspitze, die in warmes, passgenau sitzendes Rehleder gehüllt war, glitt über die Linien in ihrem Handteller. Unversehens schien die Nacht nicht mehr so kühl.

»Ein langes Leben«, erklärte er, eine Linie von der Wurzel ihres Daumens bis zum äußeren Rand ihrer Handfläche nachziehend. »Beste Gesundheit und Glück.« Er hob ihre Hand in Augenhöhe und tat so, als spähte er darauf. »Zehn … Nein, elf.«

»Jahre?«

»Kinder.«

»Elf Kinder?«, brach es unter prustendem Lachen aus ihr hervor. »Gütiger Himmel. Von wem?«

»Von Ihrem Gemahl, natürlich. Ich sehe, dass Sie sich einen überaus verlässlichen, respektablen und getreuen Gemahl nehmen werden.« Winzige Wassertropfen betupften die Gläser seiner Brille. Demzufolge gelang es ihr nicht, den Ausdruck in seinen Augen zu erkennen.

»Das klingt nach einem entsetzlichen Langweiler.« Sie konnte nicht umhin, Bellamy aufzuziehen. »Ist er zufällig ein Angestellter?«

Er ließ ihre Hand sinken, und die Aura, die beide umfing, schien mit einem Mal von Verlegenheit durchdrungen.

»Kaufen Sie mir wenigstens eine Blume?«, fragte sie.

Er fischte eine Münze aus seiner Rocktasche und warf sie der Zigeunerin in den Korb, dem er eine einzige vom Tau glänzende Rose entnahm. »Hier.« Er reichte ihr die langstielige Blüte, mit einem Schleifenband aus Ironie versehen. »Weil das Meer von Blumen in Ihrem Salon sonst einsam ist.«

»Diese gefällt mir am besten.« Sie nahm sie in ihre unbehandschuhten Finger, und gemeinsam setzten sie ihren Weg fort.

Lily spähte zu einer Reihe von Mietdroschken, die am Straßenrand warteten. Sie standen ihr entschieden zu nah. Sie ertrug es nicht, ihn schon gehen zu lassen. Sie stockte unversehens in ihren Schritten.

Er drehte sich abermals zu ihr herum und war hinlänglich verwirrt. »Lily, gibt es noch irgendetwas, das ich für Sie tun kann?«

Worte wollten ihr nicht einfallen. Was sollte sie ihm sagen? Sie wusste selbst nicht recht, was sie sich wünschte, und noch weniger, wie sie darum bitten sollte. Zeit. Sie wünschte sich mehr Zeit. Zeit mit ihm zu verbringen, um diese himmlischen Empfindungen und Berührungen zu erkunden und die Bedeutung von alledem.

»Julian, als Sie auf meine Handfläche schauten …«

Er nickte, schluckte schwer.

»Sahen Sie da zufällig ein Diner in unserer Zukunft? Ich verspüre einen nicht gelinden Appetit.«

»Ich bin sicher, Holling wird …«

»Nein, nein. Ich mag nicht so lange warten. Ich bin jetzt hungrig. Gewiss gibt es hier in der Gegend Lokalitäten, die sich um das leibliche Wohl der Theaterbesucher kümmern.«

»Die gibt es, zweifellos. Sie sind indes allesamt unpassend für Sie.«

»Für mich?« Ein Lächeln erhellte ihre Züge. »Sie vergessen, ich bin eine ganz gewöhnliche Frau, Sir. Ich pflege des Öfteren in derartigen Etablissements zu speisen.« Zu ihrer Linken warf ein bleiverglastes Fenster Diamanten aus gelbem Licht auf das Straßenpflaster. Lily spähte durch die Tür, die einladend offen stand. Der Dunst von Bratenfett vermischt mit dem scharfen Geruch von Alkohol wehte ihr entgegen. »Was ist mit diesem hier? Ist das ein Restaurant? Oder eine Schenke?«

Julians Stirn zog sich in tiefe Falten. »Ein wenig von beidem, neben einigen anderen Dingen. Wenn Sie eine treffende Umschreibung suchen, wäre Lasterhöhle gewiss passend.«

»Ausgezeichnet. Mich hungert nach ein wenig Lasterhaftigkeit.« Sie ließ seinen Arm los und trat durch die geöffnete Tür, wohl wissend, dass er ihr folgen würde.

11

Julian folgte ihr wohl oder übel. Welche Wahl hatte er? Er schloss im Eingang zu ihr auf, packte sie am Ellbogen und wirbelte sie herum. Sie schwankte auf ihren Absätzen. Einen Herzschlag lang erwog er, Lily über seine Schulter zu werfen und schnurstracks wieder ins Freie zu tragen. Dann schwante ihm, dass ihm die Vision zu sehr gefiel, entschieden zu sehr.

»Nein«, sagte er schroff. Zu ihr oder zu sich selbst, er wusste es nicht.

»Es schaut gar nicht so übel aus«, befand sie, während sie hastig einen Blick ins Innere warf. »Lassen Sie uns hier einkehren.«

Julian begutachtete die Lokalität. Sie hatte recht; es sah gar nicht übel aus. Der Gastraum war mit Tischen, Schemeln, Bänken und dem einen oder anderen Stuhl vollgestellt. Ungefähr die Hälfte der Tische war mit Paaren oder schwatzenden Männergruppen besetzt, viele von ihnen hielten Spielkarten in den Händen.

»Nun gut«, antwortete er kapitulierend. »Für ein Nachtmahl.«

Weil er in Wahrheit gar nicht den Wunsch hegte, sie nach Hause zu bringen. Im Theater hatte er angesichts des Adels, der ihnen buchstäblich im Nacken saß, ständig befürchtet, sie könnten entdeckt werden. An einem Ort wie diesem dagegen gab es eher nichts zu befürchten. Sie war lediglich sein Liebchen, und er war schlicht … er selbst. Ihm war danach, in der Illusion der Aufrichtigkeit zu schwelgen, wenn auch nur für eine kurze Weile.

Er wählte einen Tisch im hintersten, abgeschiedensten Winkel des Gastraums. Sobald sie saßen, bahnte sich eine Kellnerin den Weg zu ihnen.

»Haben Sie Beefsteak?«, erkundigte sich Julian.

»Gewiss Sir. Überdies Lammkeule und eine sehr schöne Fischpastete.«

»Ist das Beefsteak wirklich aus Rindfleisch? Sie wissen schon, von einer wahrhaftigen Kuh?«

»Julian!«, schalt Lily.

Er hob eine Braue. »Man kann nie wissen, was an solchen Orten als Beefsteak serviert wird.« Zu dem Mädchen sagte er: »Also dann zwei Portionen Beefsteak. Bier für mich und ein Sprossenbier für die Dame.«

»Sprossenbier!«, maulte Lily. »Wie alt bin ich, zwölf Jahre?« Sie winkte der Kellnerin. »Wein für mich, verbindlichen Dank.«

Sie verharrten in hungrigem Schweigen. Blickten sich im Lokal um, blickten einander an. Ihre Blicke prallten aufeinander, und sein Gesicht erwärmte sich mit einer unerklärlichen Röte. Himmel, er fühlte sich wahrhaftig wieder wie ein Heranwachsender.

»Ich habe soeben etwas beschlossen«, bekundete sie. »Wie der Name des Papageis lauten soll.«

Bitte nicht Julian. Bitte nicht Julian. Er hätte die Vorstellung nicht ertragen, dass sein Vermächtnis Federn trug, nachdem er aus ihrem Leben gegangen war. Besser wäre es, gänzlich der Vergessenheit anheimzufallen.

»Ich werde ihn Tartuffe nennen.«

Ein befreites Kichern drängte über seine Lippen. »Eine ausgezeichnete Wahl. Überaus feinsinnig.«

Nicht lange, und das Essen und die Getränke wurden aufgetischt.

»Ich habe ein Anliegen an Sie«, hob sie an, während sie einen Bissen von ihrem Steak schnitt. »Ich habe das Thema immerzu verdrängt, nehme jedoch an, dass ich heute Abend den nötigen Mut finden werde. Hier ist niemand, der uns belauscht.« Sie nahm einen tiefen Schluck Wein, spähte in das Glas. »Das macht mich auch mutiger.«

Was führte sie im Schilde, um alles in der Welt, rätselte er. Er hatte vage Bedenken, es herauszufinden.

»Hatte mein Bruder eine … Nun, hatte er jemand Festes?«

»Wie habe ich das zu verstehen?«

»Sie wissen schon, eine …« Eine heiße Röte flog über ihre Wangen. »Ich möchte wahrhaftig nicht neugierig scheinen, und mir steht der Sinn nicht nach Einzelheiten. Es ist nur, falls Leo eine dauerhafte … Sie wissen schon. Jemand, der vielleicht finanziell von ihm abhängig war? Für einen solchen Fall würde ich gern eine Schenkung von dem Besitz abzweigen, doch müsste dies in die Wege geleitet werden, ehe mein Cousin in England eintrifft.«

Julian schüttelte unmissverständlich den Kopf. »Das entzieht sich meiner Kenntnis.« Es war die Wahrheit, dass er sich seliger Unwissenheit erfreute. Von allen Unterredungen schien ihm dies die unangenehmste, die er jemals mit Lily geführt hatte.

Gewiss, es hatte eine Vielzahl von Abenden gegeben, an denen er und Leo sich auf den einen oder anderen Drink im Club getroffen hatten und nachher getrennte Wege gegangen waren.

Über Details hatten sie sich nie ausgetauscht. Julian hatte es stets vermieden, nach Leos *Affären* zu fragen, denn er hegte Bedenken, dass das Thema auf seine eigenen Liebschaften kommen könnte. Leo war ein prinzipientreuer Ehrenmann. Wenn Julian auch seine Gründe hatte, weswegen er Frauen den Hof machte, war er mitnichten stolz auf sein Tun. Er wäre sich zutiefst schäbig vorgekommen, seine Eroberungen mit Leo zu diskutieren. Obschon er sich nie ausdrücklich danach erkundigt hatte, ging er davon aus, dass Leo sich eine dauerhafte Geliebte hielt, eine Mätresse, für deren Unterhalt er aufkam und die er irgendwo in der Stadt komfortabel untergebracht wusste. Umso mehr hatte es Julian überrascht zu erfahren, dass Leo in der Nacht seines Todes in Covent Garden eine Prostituierte angesprochen hatte. Dergleichen passte so gar nicht zu seinem Charakter, und jetzt war Julian sich nicht mehr sicher.

»Tut mir aufrichtig leid.« Er schüttelte den Kopf. »Sofern es da jemanden gegeben hat, kenne ich ihren Namen nicht.«

»Oh. Nun, es war mir ein Anliegen, mich bei Ihnen zu erkundigen.« Sie griff abermals nach ihrem Weinglas.

Derweil sie trank, entspannte sich Julian, er war heilfroh, diesem Gesprächsthema unbeschadet entkommen zu sein. Er schnitt einen großen Bissen Fleisch ab und stopfte ihn sich in den Mund, um auf diese Weise weiteren Nachfragen einen Riegel vorzuschieben.

Lily versetzte ihrer eigenen Fleischportion einen gedankenversunkenen Stich mit der Gabel. »Ich spiele mit dem Gedanken, mir einen Geliebten zu nehmen.«

Er verschluckte sich beinahe an seinem Steakbissen.

Sie hob erstaunt die Augenbrauen. »Was? Alle Leute tun es. Sie selbst tun es fortwährend. Weswegen sollte ich es nicht tun?«

Julian fielen Hunderte von Einwänden ein, doch hinderte ihn derzeit ein unzerkauter Fleischbrocken, jene zu äußern. Für den Moment vermochte er nicht zu sprechen – lediglich zuzuhören.

»Ich kenne Ihre Antwort«, fuhr sie fort. »Sie sind hinlänglich überzeugt, dass ich mir einen Gemahl nehmen sollte. Indes habe ich beileibe nicht den Wunsch, mich häuslich einzurichten, Julian. Ich möchte *leben*. Als wir uns am heutigen Nachmittag küssten, war es wie Magie. Ich fühle mich gleichsam erweckt. Und das mitnichten von den ersten Strahlen der Morgenröte. Es ist, als hätte ich die Augen aufgeschlagen, um das gleißende Licht des Abends zu begrüßen. Alle anderen gehen aus und leben, und ich habe den lieben langen Tag verschlafen.«

Sie legte Messer und Gabel beiseite. Das Kragenstück ihres Umhangs klappte auf und enthüllte ihre blasse, makellose Schulter und den Hauch eines pfirsichfarbenen Ärmels. Mit ihrer Fingerspitze fuhr sie über den Rand ihres Weinglases und umkreiste ihn wieder und wieder in verführerischer Manier.

»Ja«, bekräftigte sie. »Ich glaube, mir einen Geliebten zu nehmen, ist eine vortreffliche Idee.«

Gütiger Herrgott. Was hatte er getan?

Lily war eine sinnliche Frau. Julian war sich dessen stets über die Maßen bewusst gewesen. Nun hatte er ihr selbst das über die Maßen bewusst gemacht. Jenes Bewusstsein wäre eine fabelhafte Sache gewesen, hätte es sich auf passende Bewerber gerichtet, die sich als Ehegatten eigneten. Anstatt sie jedoch in die Gesellschaft solcher Gentlemen zu begleiten, führte er sie ins Theater aus. Und dann zum Nachtmahl in eine schäbige Schenke, inmitten einer Klientel, die mit jeder Minute, die verstrich, grober und rauflustiger wurde.

Er war ein Narr. Er musste sie von hier fortschaffen. Sobald es ihm gelungen war, dieses verdammte Stück Steak zu schlucken. Bei allen Heiligen. War das Rindvieh mit Kautschuk gemästet worden? Seine Augäpfel quollen wässrig hervor, derweil er verdrossen kaute.

»Das können Sie nicht tun«, gelang es ihm durch die unzerkauten Reste seines Bissens zu röcheln. Zum Nachdruck schüttelte er heftig den Kopf.

»Ich glaube nicht, dass ich Sie um Erlaubnis bat.« Sie stützte ihr Kinn in eine Hand und schenkte ihm ein scheues Lächeln. »Was haben Sie dagegen einzuwenden? Sind Sie nicht der Überzeugung, dass die Gentlemen mich ansehnlich genug finden werden?«

Er verdrehte die Augen und griff nach seinem Bier. Sie wusste sehr wohl, dass dieser Einwand nicht galt.

Sie betrachtete ihn unter dichten, gesenkten Wimpern hinweg. Ihre weinbenetzten Lippen formten sich zu einem seidig dunkel schimmernden Schmollmund. »Der Herrgott schenkt uns nur ein Leben, Julian. Von nun an beabsichtige ich, jede Minute zu genießen.«

Mit einem großen Schluck Bier spülte er die letzten Fleischfasern hinunter. Endlich.

»Gütiger *Gott*«, rief er und knallte den Krug auf den Tisch. Selbstbewusstsein hin oder her, er hatte die Verantwortung für sie. »Erstens gibt es keinen Wein mehr für Sie. Zweitens nehmen Sie sich keinen Geliebten. Drittens schließen Sie diesen Umhang. Wir brechen auf. Unverzüglich.«

Da sie ihr Gesicht von ihm abgewendet hielt, hatte sie kein Wort des Gesagten verstanden. Ihr Augenmerk richtete sich auf die Wand. Wieso das?

»Fühlen Sie es auch?« fragte sie, während sie ihre Hand auf die glatte Oberfläche legte. »Es ist Musik, nicht wahr?«

Er nickte. Es war Musik, sie drang aus dem Etablissement nebenan. Das Fiedeln hatte vor einer Weile begonnen, jedoch nahmen Intensität und Lautstärke mit einem Mal zu. Unversehens gesellte sich das Gepolter stampfender Schritte zu den Instrumenten, sodass das Besteck auf ihren Tellern zu klirren anfing.

»Tanz«, schwärmte sie mit einem verzückten Lächeln. »Sie tanzen.« Sie spähte voll gespannter Erwartung zu ihm und machte Anstalten, von ihrem Platz aufzuspringen. »Lassen Sie uns hingehen.«

Einmal mehr nahm sie Reißaus, ehe er gegen die Unvernunft eines solchen Vergnügens argumentieren konnte. Einen leisen Fluch ausstoßend, warf Julian einige Münzen auf den Tisch und folgte ihr. Er schloss zu ihr auf, als sie auf die Straße stürmte und auf die nächste Ladenfront zueilte. Er packte sie um die Taille.

»Lily, nein. Wir tanzen nicht hier in dieser Taverne.«

»Sehen Sie es denn nicht?«, strahlte sie, während sie an ihm vorbei in besagte Taverne spähte. »Es ist derselbe Volkstanz. Derjenige, den Sie unlängst versuchten, mich zu lehren.«

Julians Augen folgten ihrem Blick. Im Innern säumte ein Dutzend Paare den kleinen Tanzboden, sie stampften und drehten sich, während sie klatschten und den schwungvollen Rhythmus tanzten. Es war in der Tat derselbe Volkstanz, an dem er sich im Salon versucht hatte und gescheitert war.

»Ich kann es *fühlen*, Julian.« Sie legte ihre Hand auf die Fensterscheibe, die im Takt der Musik vibrierte. »Der Rhythmus geht mir ins Blut. Bitte, lassen Sie es uns versuchen.«

»Dies ist kein Ort für eine Lady.«

»Keiner weiß, dass ich eine Lady bin.«

Sie packte seine Hand und zerrte daran. Sein Stiefel glitt auf dem feuchten Straßenpflaster aus, und er stolperte in dem Bemühen, ins Gleichgewicht zu kommen, ohne ihre Hand loszulassen. Als er endlich wieder auf festen Füßen stand, waren sie im Innern. Tanzten.

Und Lily tanzte wundervoll. Genau wie er es in ihrer Übungsstunde vorhergesagt hatte, fiel es ihr wesentlich leichter, den Schritten zu folgen, wenn sich andere Damen neben ihr reihten. Sie stellten sich am Ende der tanzenden Paare auf, und Lily schüttelte die Kapuze ihres Umhangs ab. Sie beobachtete die anderen Tänzer sorgfältig, erkannte, wenn sie einsetzten, und kopierte deren Bewegungen. Selbiges erlaubte es Julian, sie unverhohlen zu betrachten. Er liebte es, ihre überschwängliche Freude zu beobachten, beinahe so sehr, wie er die Furchtlosigkeit bewunderte, mit der sie die Herausforderung meisterte. Als sie einen unvermeidlichen falschen Schritt machte, entschuldigte sie sich atemlos lachend bei dem grün gekleideten Tänzer in ihrer Ecke, und Julian hätte schwören mögen, dass jener in grünes Tuch gehüllte Mann entzückt gewesen wäre, hätte Lily ihm den ganzen Abend auf den Stiefeln herumgetrampelt. In der Tat sagte ihm ein inneres Gespür, dass jeder Mann im Raum sich eine Strategie überlegte, wie sie sich für den nächsten Tanz auffordern ließe.

Doch als die Musik endete, ließ Lily ihnen keinerlei Gelegenheit. Sie flog an Julians Seite, als gehörte sie zu ihm. So bedeutungslos die Geste war, sie ließ Bellamys Brust vor triumphierendem Stolz schwellen.

Sie schmiegte sich um Atem ringend an ihn. »Und? Habe ich meine Sache gut gemacht?«

»Sie waren hinreißend.«

Ein Ausdruck der Befriedigung erhellte ihr Gesicht. Ein rosiger Hauch färbte ihre Wangen, und auf ihrer Stirn glitzerten winzige Schweißperlen. »Ich kann mich nicht entsinnen, wann ich das letzte Mal so viel Spaß hatte.«

»Mir ergeht es nicht anders.« Was für eine Überraschung. Er hatte Holling versprochen, dass Lily den heutigen Abend genießen würde, indessen hatte Julian zu dem Zeitpunkt noch nicht realisiert, wie sehr er ihn seinerseits genoss. Derweil sie tanzten, hatte er sich nachgerade … sorgenfrei gewähnt. Er vermochte sich nicht zu erinnern, wann dieser Begriff jemals seine emotionalen Befindlichkeiten umschrieben hätte.

Jesus Christus, sie war wunderschön. Er verzehrte sich danach, sie zu berühren. Und gab sich damit zufrieden, eine Hand an ihre Stirn zu führen und eine vorwitzige Strähne zu necken. Das Ringellöckchen tat einen fröhlichen Hüpfer. Ihr Blick wurde weicher, und ihr Mund … ihr Mund hatte die Form eines Kusses. Nicht verschämt geschürzt, sondern voll und sinnlich geschwungen, ein Kuss, in dem ein Mann über Tage hinweg versinken konnte.

Der Augenblick dehnte sich aus. Verharrte.

Zerbarst.

Eine Stimme hinter ihm jagte ihm frostige Schauer über den Rücken und ließ ihn auf der Stelle zu Eis erstarren.

»Mr. Bell?«, rief der unsichtbare Jemand aus einer Entfernung von wenigen Schritten. »Mr. Bell, sind Sie es?«

Hölle und Verdammnis.

Instinktiv leitete Julian die Flucht ein. Er überlegte nicht lange, wer von seinen Angestellten oder Geschäftskunden ihn erkannt hatte. Er gedachte weder, die Stränge seiner beiden Leben in dieser dicht gedrängten Taverne aufeinanderprallen zu lassen, noch sich eine geistreiche Bemerkung einfallen zu lassen, die vielleicht alles ins Lot gebracht hätte.

Er überlegte nicht einen Augenblick. Er handelte.

»Lassen Sie uns aufbrechen.« Er schlang einen Arm um Lilys Taille, wirbelte sie herum, schob sie geradewegs in die Menge der Tänzer und führte sie durch das Gewühl.

»Mr. Bell!«, rief die Stimme abermals, und dieses Mal war sie schon näher. »Mr. Bell, ich bin es!«

Zum Henker. Es war Thatcher, sein Sekretär bei Aegis Investments. Er hätte diese Stimme überall wiedererkannt, und natürlich erkannte sein Angestellter ihn in jedweder Menschenansammlung. Zwar war Julian tief besorgt gewesen, man könnte um Lilys wahre Identität erfahren, darüber hatte er jedoch seine eigene Tarnung vernachlässigt. Er verfluchte sich einen Herzschlag lang, seinen Angestellten derart großzügig bemessene Gehälter zu zahlen, dass sie Geld hatten, um es für Bier und Tanzvergnügen zu verschleudern. Thatcher dürfte sich ab sofort mit einem Hungerlohn begnügen, schwor er sich.

Eine Hand streifte seine Schulter.

Julians Kopf schnellte herum.

Thatcher grinste. »Mr. Bell, Sie sind es! Wir haben einen Tisch, gleich hier. Kommen Sie, gesellen Sie sich zu uns, wenn's recht ist. Kann ich Ihnen und Ihrer Dame etwas zu trin…«

Julian biss die Kiefer aufeinander und schüttelte die Hand von seiner Schulter. »Thatcher, verdammt. Nicht jetzt.«

Dann drängte er flugs in die entgegengesetzte Richtung. Lily hatte weder Thatchers noch seine Worte belauscht. Sie wusste von nichts, und er war entschlossen, es dabei zu belassen.

»Diese Richtung«, knirschte er. Er zog sie in den rückwärtigen Teil der Schenke und durch einen engen Flur. Sie passierten eine kleine, beengte Küche und einen Lagerraum, wo Julian einen Hinterausgang erspähte.

Sie traten in die Gasse. Es führte eine Stufe hinunter zum Pflaster, und Lily stolperte kaum merklich, als er sie eilig ins Freie schob. Julian schlang seine Arme inniger um ihre zierliche Gestalt, und sie kamen schwankend zum Halten, gerade noch rechtzeitig genug, um nicht mit einer Ziegelwand zusammenzuprallen.

Er schnappte nach Luft, blickte über seine Schulter, um sich zu vergewissern, dass sie nicht verfolgt wurden. Licht fiel durch die geöffnete Tür und warf einen hellen Streifen in die unbeleuchtete Gasse. Der Herzschlag trommelte in seinen Ohren, als Julian die Umgebung mit Blicken abtastete.

Niemand war zu sehen, Gott sei Dank.

»Kannten Sie jenen Mann in dem braunen Anzug?«, fragte sie und drehte sich in seinen Armen. »Ist er ein Freund von Ihnen?«

»Nein.« Verdammt. Falsche Antwort. Die korrekte hätte gelautet: *Welcher Mann? Ich habe keinen Mann gesehen. Da war kein Mann.*

»Weswegen ist er uns dann gefolgt? Und warum haben Sie mich nach draußen in diese unwirtliche Kälte gescheucht?« Sie blickte gen Himmel und schauderte. »Vielleicht sollten wir wieder hineingehen.«

»Nein.« Er schmiegte seine Arme um ihre Taille und hielt sie fest. »Ausgeschlossen.«

»Wieso?« In der Dunkelheit waren ihre Pupillen geweitet und prüfend.

Ihm blieb keine Wahl, als ihr einen Vorwand zu liefern, warum er sie ins Freie nötigte, und die Flut von Fragen einzudämmen, die über ihre Lippen strömten. Wahrhaftig, es war der einzig gangbare Weg.

Er senkte den Kopf, streifte ihre Lippen mit seinen. »Küssen Sie mich. Bitte, küssen Sie mich.«

Wieder und wieder neckte er mit leichten, fedrigen Liebkosungen seiner Lippen ihren Mund. Es war der zarteste Hauch eines Kusses. Sie schmiegte sich weich in seine Arme, erging sich in einem Seufzer des Frohlockens.

»Küssen Sie mich, Lily«, flüsterte er, den Saum ihrer Lippen mit einem Kitzeln seiner Zunge neckend, um ihr in deutlicheren Begrifflichkeiten als dem gesprochenen Wort zu offenbaren, wonach ihn begehrte. »Lassen Sie mich wissen, dass es das ist, was Sie sich wünschen. Küssen Sie mich.«

Er hielt inne, presste seine Stirn an ihre. Ihrer beider Atem vermischte sich in dem schmalen Band ihrer geöffneten Lippen. Es verlangte ihn, sie abermals zu küssen. Ihn verlangte nach so viel mehr. Gott, wie er Lily begehrte. Doch wenn dies fortdauerte, dann einzig, weil auch sie es sich so wünschte.

Küss mich, flehte er im Stillen. *Mein wahres Ich. Den Mann, der nichts auf Clubs oder Feste gibt oder den neuesten Modestil. Den Mann, der seinen Tag damit zubringt, an dich zu denken, getrieben von der Frage, wo du sein, was du tun und woran du wohl denken magst. Den Mann, der sich nichts mehr in diesem Leben wünscht, als nach einem Tag ehrlicher Arbeit zu dir ins traue Heim zurückzukehren und dem zu lauschen, was dein Herz bewegt, ehe er dich ins Bett entführt.*

Küss mich.

Sie neigte sich vor, schmiegte ihre Lippen zart wie eine Daune auf seine. Löste sich abermals von seinem Mund. Neckte ihn, wie sie geneckt worden war.

»Das ist es«, murmelte er, halb von Sinnen in dem Bemühen, sich in Mäßigung zu üben. Er drängte näher, ließ seinen Atemhauch warm ihre Wangen und Lippen kosen. »Mehr.«

Und es kam der Augenblick – ein seliger Augenblick –, in dem ein elektrisierendes Knistern die Luft um sie herum erfüllte, in dem die Nacht sich kaum merklich ob der Offenbarung erwärmte. Er hätte es nicht zu sagen vermocht, aber auf irgendeine Weise wurde ihm gewiss, dass es geschehen würde.

Indessen war er nicht darauf vorbereitet, dass es so *rasch* geschah.

Sie warf ihre Arme um seinen Nacken. Von ihrem Überraschungsmanöver überrumpelt, stolperte Julian einen Schritt nach hinten. Sie umschlang seine Schultern, stellte sich auf Zehenspitzen und beschenkte ihn mit einem warmen, leidenschaftlichen Kuss. Julians Lippen ergaben sich ihren, sie ließ ihre Zunge zwischen seine gleiten, erkundete seinen Mund mit unschuldiger, furchtloser Passion.

Er war, offen gestanden, mehr als ein wenig überrascht.

Gleichwohl beklagte er sich nicht.

Er ließ sie gewähren, mahnte sich zur Geduld, als sie mit ihrer Zunge forschend wieder und wieder seine umkreiste. So köstlich. Sie schmeckte nach Wein und jener besonderen Süße, die Lily zu eigen war und die er schon früher an jenem Tag gekostet hatte. Indessen zeugte dieser Kuss von einer neuerlichen Entwicklung. Entschlossenheit war an die Stelle von Neugierde getreten. Sie küsste ihn nicht allein, um ihr Verlangen zu befriedigen, sondern um sein Verlangen zu wecken.

Und verflucht, es zeitigte Wirkung. Er begehrte sie wie noch nichts in seinem Leben. Jenes wilde Pulsen von Adrenalin und Energie in seinem Blut, das ihre Flucht befeuert hatte. Anstatt sich zu verlieren, nahm es neue Ausmaße an, flutete seinen Körper und zentrierte sich in seinem Penis. Julian dachte nicht mehr, er handelte. Er erwiderte ihren Kuss, verstärkte die Umarmung, indem er beide Hände in den schweren Wollstoff ihres Umhangs grub und sie fest an seine Brust zog.

»Warten Sie.« Sie löste ihre Lippen von seinen und trat zurück. Ihre Finger tasteten sich zu den Umhangschnüren. »Dieses Kleidungsstück ist unerträglich.«

»Nicht. Sie werden sich erkälten.« Er hielt einen Handteller demonstrativ in die Höhe, und einige wenige Regentropfen rannen durch seine Finger.

»Sie werden mich wärmen.«

Der Umhang sank auf den nassen, schmutzigen Boden. Kaum traf er auf das Pflaster, wusste Julian, dass das Kleidungsstück unwiederbringlich ruiniert war. *Bitte inständigst um Vergebung, Holling.*

»Weit und breit ist niemand zu entdecken«, bemerkte sie. »Niemand außer uns beiden.« Die Brillanten und Perlen auf ihrer Robe blitzten und funkelten. »Ich möchte, dass Sie es sehen. Ich trage es nur für Sie.«

Ein Stöhnen entwich seinen Lippen, als sie mit ihren Fingern über das Mieder strich, ihre Handflächen den Schwung der wohlgerundeten Brüste und Hüften nachzeichneten.

»Nun? Wie sehe ich aus?«

Überwältigend. Für die Dauer eines Herzschlags mangelte es ihm an Worten. Bis es ihm schließlich gelang, seine Zunge vom Gaumen zu lösen. »Wie der strahlendste, schönste Stern am Himmel, der zur Erde gefallen ist.«

Sie lachte und drängte sich näher an ihn. »Es ist so finster, ich habe keine Ahnung, was Sie sagen, aber ich liebe den Blick, mit dem Sie mich anschauen. Als wenn Sie nicht bloß das Kleid sehen würden, sondern auch alles darunter.« Sie nahm seine Hand, die an seiner Körperseite hinabhing, und schob sie zu ihrer Taille. »Berühren Sie mich mit Ihren Händen.«

Das tat er. Hol's der Teufel, er berührte sie überall. Strich über ihre schmale Taille und die weich gerundeten Hüften, glitt nach oben, um eine feste, perfekte Handvoll Brust zu umschließen.

Er küsste sie temperamentvoll. Derart temperamentvoll, dass ihr Kopf von der Wucht seines Kusses nach hinten zuckte und er einen entsetzlichen Moment lang fürchtete, er hätte sie verletzt. Doch dann stöhnte sie heftig an seiner Zunge, befeuerte ihr eigenes Verlangen kraft ihrer Leidenschaft. Schenkte ihm zurück, was er ihr schenkte. Sie verwob ihre Finger in seinen Haaren. Ihr Fingernagel streifte das Fleisch hinter seinem Ohr, schickte einen scharfen Schmerz, um die Sinnenfreude zu versüßen. Morgen würde er dort einen Kratzer vorfinden. Ein Beweis ihrer Leidenschaft, mit dem er niemals gerechnet hätte.

Gütiger Himmel, es geschah. Wirklich, wahrhaft, desaströs … *endlich* … geschah es.

Er senkte den Kopf und presste seine Lippen auf ihre entblößte Kehle, labte sich an der Glut und dem Duft ihrer Haut. Seine Zunge flatterte über die zarte Pulsader an ihrem Hals, derweil er leise ihren Namen raunte. »Lily. Lily.«

»Ich habe Sie vorhin beschwindelt«, wisperte sie zwischen sehnsuchtsvollen Seufzern. »Ich denke nicht daran, mir einen Geliebten zu nehmen. Ich denke immerzu nur an Sie.«

»Ich kann es nicht tun«, murmelte er, mit seiner Zunge ihr Kinn streichelnd. Grober Unfug. Er tat es bereits, und er war geneigt, noch weitaus mehr zu tun, bei der kleinsten Ermutigung.

Und an Ermutigung ließ sie es nicht fehlen. Nicht im Mindesten.

»Ich kann nicht aufhören, an Sie zu denken. Den ganzen Tag lang, so auch gestern. Seit jenem ersten Kuss. Ich vermag mich nicht zu konzentrieren. Ich wähne mich unwohl in meiner eigenen Haut. Rastlos, getrieben. Wenn ich die Augen schließe, sehe ich niemand anders als Sie. Sie sind alles, was ich fühle.« Sie küsste seine Schläfen, seine Wange. »Ich weiß nicht, was mit mir geschehen ist, aber ich will es so, Julian. Ich will Sie.«

Himmlisches Paradies. Ihm war, als hätte er sein Lebtag darauf geharrt, diese Worte aus ihrem Munde zu hören. Ein Quell der Seligkeit und Lust sprudelte mit einem Mal in seinem Innern. Er vermochte es nicht mehr einzudämmen. Es stand nicht mehr in seiner Macht. Er mochte zwei Identitäten pflegen, indes war er nur ein Mann, der beide mit Leben füllte. Ein Mann, der sich nahm, was er begehrte, und er begehrte sie schon unendlich lange. Sämtlicher Widerstand, der ihm innewohnen mochte, hatte sich am frühen Nachmittag erschöpft, als er sich im Salon verabschiedete, überdies hatte er sich dort unter den prüfenden Blicken der Diener befunden, im hellen Tageslicht, das sie entlarvt hätte, mit dem Geist des verstorbenen Leo im Haus, und einem geschwätzigen Papagei, der auf einem vergoldeten Kandelaber zu Gericht saß. Hier, in dieser Gasse, waren sie nurmehr ein Mann und eine Frau, die auf das Wesentliche reduziert waren. Anonym. Triebhaft.

Nichts vermochte ihn hier aufzuhalten.

Erregende Vorstellungen peitschten mit aller Heftigkeit durch die Windungen seines Verstandes. Er konnte sie besitzen, nur für eine Nacht. Ihre Neugier und sein Verlangen befriedigen. Nur dieses eine Mal. Er vermochte sie vor den Folgen ihres Tuns zu schützen; er war auf dem Gebiet der Verhütung erfahren. Sollte sich wider Erwarten die Stimme seines Gewissens melden, war es ihnen unbenommen, von der eigentlichen Vereinigung abzusehen. Um ihr sinnenhafte Vergnügungen zu schenken, war es nicht vonnöten, dass er sich körperlich mit ihr vereinigte.

Himmel, der Gedanke rief lebhafte Bilder hervor ... Ein Stöhnen rang sich aus seiner Kehle.

Aber wo? Es gab keinen geeigneten Ort. Dies war *Lily*. Unmöglich, sie in Julian Bellamys Haus einzuladen, dem Schauplatz ungemein vieler verbotener Liaisons. Er würde niemals zulassen, dass sie auch nur in die Nähe von James Bells bescheidenen Gemächern gelangte. Ein Hotel? Zu öffentlich. Eine Droschke? Zu schäbig.

»Bringen Sie mich nach Hause«, sagte sie mit leiser Stimme, da sie sein Dilemma erahnte. »Begleiten Sie mich ins Haus, und dann bleiben Sie. Niemand wird etwas bemerken. Niemanden wird es kümmern.«

Ihr Haus. Leos Haus. Undenkbar. Genauso gut könnte er den Sarg dieses Mannes ausgraben und darauf spucken. »Swift würde mich töten.«

Sie warf sich in seine Arme und drängte ihn zurück an die Ziegelmauer. Er prallte dagegen, und sie spreizte seine Beine auseinander, den wohlgeformten Schenkel rieb sie gegen seine Erektion. Erregung raubte ihm die Sinne. Er umklammerte ihre Kehrseite, stemmte ihr Becken an seines. Wie war es möglich, dass sich etwas so sündhaft gut anfühlte, und dennoch war es ihm immer noch nicht intensiv genug? Er begehrte mehr von ihr. Er ersehnte sich alles von ihr. Irgendwo musste es einen Ort geben, wohin sie gehen konnten.

Sie leckte sein Ohr, und er verbiss sich ein Stöhnen.

Hier. Der Ort war hier.

»Lüsterner Bastard!«

Der Ausruf, der vom Ende der Gasse zu ihnen drang, ließ ihn zu Stein erstarren. Lily, die für die Unterbrechung taub war, zeichnete tief versunken mit der Zunge die Konturen seines Ohrs nach, was sein Denkvermögen erheblich einschränkte. War der Mann ihnen aus der Taverne gefolgt?

»Alle Achtung, Mädel«, rief der Mann. »Die geht aber ran, was?«

Julian drehte sich der Magen um. Nicht allein wegen der recht zutreffenden Einschätzung, dass er im Begriff stand, Lily wie eine billige Hure auf der Straße zu benutzen, sondern weil der Akzent den Mann als Schotten kennzeichnete.

Es gab Tausende von Schotten in London. Tausende.

Dennoch vermochte Julian nichts anderes zu tun, als Lily wegzuzerren und den Hals zu recken, um einen Blick auf die schemenhaften Gestalten zu erhaschen, die eben im Nebel verschwanden. Zwei hünenhafte Muskelprotze. Als sie um die Ecke bogen und eine Straßenlaterne passierten, meinte Julian zu erkennen, dass das schwache Licht einen kahlen, haarlosen Schädel enthüllte.

Zwei Männer. Niederträchtige Verbrecher, alle beide. Einer ein Schotte, der andere glatzköpfig.

Jesus Christus. Nachdem er so lange vergeblich gesucht hatte, konnte es sein, dass Leos Mörder letzten Endes *ihn* gefunden hatten?

12

Lily wusste nicht, wie ihr geschah. Sie und Julian waren in eine leidenschaftliche Umarmung verstrickt gewesen. Im nächsten Augenblick hatte er sie auf die Füße gestellt und stürmte durch die Gasse.

Ihr Kuss konnte *so* übel nicht gewesen sein. Oder?

Sie setzte ihm nach und schloss am Ende des Häuserblocks zu ihm auf. »Julian …«

Er bedeutete ihr zu schweigen, spähte um die Ecke.

»Was ist denn?«, wisperte sie. »Was geht hier vor?«

Zwecklos zu fragen. Ob der Dunkelheit vermochte sie nicht genug zu sehen, um ihm die Antworten von den Lippen abzulesen. Da er darum wusste, hielt er sich nicht damit auf, ihr etwas zu erklären. Stattdessen packte er sie am Handgelenk, zerrte sie um die Ecke und zog sie mit sich weiter. Sie schritten zügig aus, hielten sich im Dunkel der engen Straße. Lily erspähte in einiger Entfernung vor ihnen zwei Männer; sie schleppten sich mit der saumseligen Behäbigkeit von Zechern, die zu viel getrunken hatten, über das Pflaster. Julian schien sie zu verfolgen. Aus welchem Grund wusste Lily nicht.

Sie hatte Mühe, mit ihm Schritt zu halten, da sie in ihren unbequemen Abendslippern über die nassen Pflastersteine rutschte und schlitterte. Sie hätte besser daran getan, barfuß zu laufen. Ihr Absatz blieb in einer schmalen Spalte im Gehsteig stecken, und ihr Knöchel knickte um. Überwältigt von einer Woge scharfen Schmerzes schrie sie auf.

Vor ihnen blieben die beiden Männer auf der Straße stehen.

Dann drehten sie sich um.

Wenn Lily auch nicht wusste, wer diese Männer waren, oder warum um alles in der Welt sie sie verfolgten, war ihr intuitiv klar: Sie und Julian durften auf keinen Fall gesehen werden.

Julian war offenkundig derselben Auffassung. Er legte seinen Arm blitzgeschwind um ihre Taille. Er riss sie von den Füßen, wirbelte sie in den Schatten des Mauerwerks, schob sie in den dunklen Eingang eines Ladens. Er stemmte sie mit seinen Hüften in den äußersten Winkel des Alkovens, brachte seinen Körper zwischen sie und jedwede Bedrohung. Seine freie Hand schloss sich über ihren Mund, um ihr Schweigen zu gewährleisten.

Ihre Augen füllten sich mit heißen Tränen, derweil sie sich an das Atmen durch die Nase gewöhnte. Der Geruch seiner Lederhandschuhe war durchdringend und scharf und überwältigte sie schier. Ihr schien, als würde ihr die Luft abgeschnürt. Das Bedürfnis, sich dagegen aufzulehnen, wurde übermächtig.

Lily focht ihre Panik nieder, indem sie sich zuredete, dass es Julian war. Sie kannte diese Hand, die sich auf ihren Mund presste. Sie hatte beobachtet, wie er diese langen, geschickten Finger mit anmutiger Leichtigkeit eingesetzt hatte, um Klavier zu spielen, Karten zu mischen, Briefe zu schreiben. Aber bis zu diesem Augenblick, hatte sie nicht realisiert, wie viel Kraft ihnen innewohnte.

Lange, lähmende Augenblicke verstrichen. Es war eine qualvolle Folter. Sie hatte keine Ahnung, was auf der Straße geschah, da sie weder Schritte noch Stimmen wahrnahm, die sie hätten wissen lassen, ob die Männer sich entfernten oder ihre Verfolgung fortsetzten. Wer mochten diese Männer sein? Harmlose Trunkenbolde? Bedrohliche Straßenräuber? Es entzog sich ihrer Kenntnis. Und Julian konnte ihr momentan nichts erklären. Es gelang ihr nicht einmal, seinen Gesichtsausdruck auszumachen, geschweige denn etwas von seinen Lippen abzulesen. Das heftige Trommeln seines Herzens und seine aufgewühlten Atemstöße an ihrer Wange waren indessen keine sonderlich beruhigenden Hinweise. Sie waren in ernsthafter Gefahr, sonst würde er sich anders verhalten.

Was um alles in der Welt ging hier vor?

Nach einer quälenden Weile schmiegte sich Julians Stirn schließlich an ihre. Butterweiches Leder koste ihre Wange, als er seine Finger behutsam von ihrem Mund wegzog und sie durch seine Lippen ersetzte.

Ein Kuss. *Verzeih mir.*

Seine Lippen von ihren losreißend, fasste er sie hart bei den Schultern und stemmte sie vor die verschlossene Tür.

Ein Befehl. *Bleib hier.*

Während er eine behandschuhte Hand auf ihrem Ärmel liegen ließ, trat er zurück, schnellte herum und spähte die Straße entlang.

»Haben Sie uns gesehen?«, forschte sie im Flüsterton. »Sind sie fort?«

Er tippte Lily auf die Schulter, was eine stumme Mahnung war, auf ihn zu warten. Dann setzte er mit zwei langen Schritten auf die Straße. Eine Straßenlaterne tauchte sein anziehendes Profil in goldenes Licht. Derweil sie ihn betrachtete, spürte sie, wie ihr Atem zu einem gleichförmigeren, ruhigeren Rhythmus verlangsamte. Sie war nach wie vor von Entsetzen erfüllt. Doch wähnte sie sich auch auf eigenartige Weise erleichtert, an seiner Seite zu sein und die Gefahr mit ihm zu teilen. Nicht des Nachts allein zu Hause herumzusitzen und sich den Kopf zu zerbrechen, wo Julian sein mochte. Wo er war, da wollte auch sie sein. Wenn ihn ein schlimmes Unheil traf, so würde es sie beide treffen.

Julians Brustkorb senkte sich mit offenkundiger Erleichterung. Für den Augenblick schien das Glück auf ihrer Seite zu sein.

Er drehte sich zu ihr und streckte eine Hand aus. Lily ergriff sie.

Er zog sie auf die Straße, lenkte sie in die entgegengesetzte Richtung des Weges, den sie gekommen waren. Julian verfiel in ein gleichmütiges, scheinbar lässiges Schlendern, und er zog sie dicht an seine Seite, wobei er einen Arm stützend unter ihren schob. Sie gingen ungefähr einen Häuserzug weiter, ehe er unter einer Straßenlaterne anhielt, und sich ihr zuwandte.

»Sind Sie wohlauf? Ihr Bein … Ist es verletzt?« Während er sprach, schälte er seinen Überrock von den Schultern.

»Ich fühle mich hervorragend.«

»Gut. Dann kommen Sie, rasch. Und seien Sie leise.« Er legte ihr das Kleidungsstück um die Schultern und schickte sich an weiterzugehen.

Sie nötigte ihn im Licht der Straßenlampe stehenzubleiben. »Julian, was geht hier vor? Wohin bringen Sie mich?«

»An einen sicheren Ort.«

Das war alles, was sie erfuhr. Zügigen Schrittes passierten sie einen weiteren Häuserblock oder zwei, dann hielten sie in einer enge Gasse, gelangten von dort auf eine breitere Straße und bogen mehrfach ab. Lily kannte keine dieser Straßen oder Landmarken, und angesichts der vielen Abzweigungen, die sie nahmen, wusste sie irgendwann nicht mehr, in welche Richtung sie liefen. Sie versuchte, Trost in der Wärme und dem Duft seines Mantels zu finden, denn sie fühlte sich rechtschaffen verloren.

Nach einer Weile erreichten sie ein Kaffeehaus. Die Tür stand offen, doch die Fenster waren dunkel. Eine Frau mit einer weißen Spitzenhaube scheuchte soeben einen Mann aus der Tür auf die Straße, sie kehrte ihn mit einem Besen hinaus, als wäre er ein Häufchen bierdurchtränkten Reisigs.

»Och!«, protestierte der Mann, während er ein ums andere Mal über den Besen sprang. »Ich geh ja schon. Kein Grund, so grob zu werden.«

Mit dem Stiel ihres Besens deutete die Frau auf ein Hinweisschild am Fenster. Lily blinzelte dorthin. »Geschlossen«, stand darauf.

Als sie und Julian näher kamen, fiel der Blick der Frau auf das Paar. Ihre Stirn runzelte sich missfällig, und sie tippte abermals mit dem Besenstiel auf das Schild. *Geschlossen.*

Julian ließ sich davon nicht schrecken. Er ließ Lily los und ging zu der Kaffeehauswirtin. Während er auf sie zuschritt, beschrieben seine beiden Hände erklärende Gesten.

Die ältere Frau blieb stehen und musterte ihn.

Um ihrem Erinnerungsvermögen auf die Sprünge zu helfen, nahm Julian seinen Hut ab.

Die Wirtsfrau erstarrte. Unversehens warf sie den Besen beiseite und stürzte sich auf ihn. Julian schwankte ob des Zusammenpralls, er verschwand in einer Masse weichen Busens und gestärkter Spitze.

Lily rang bestürzt um Atem, wer hätte gedacht, dass Julian jenen beiden niederträchtigen Galgenvögeln entkam, um dann von den Armen einer bejahrten Matrone mit steif gestärkter Spitzenhaube zerquetscht zu werden? Sie tat einen Satz nach vorn. Vielleicht, wenn es ihr glückte, sich des Besens zu bemächtigen und diesen als Waffe zu benutzen …

Doch als sie sich den beiden näherte, wurde augenscheinlich, dass Julian nicht überwältigt wurde. Er wurde umarmt. Als die Wirtin ihn letzthin freigab, deutete Julian auf seine Begleiterin. Lily grüßte mit einem Kopfnicken, und die ältere Frau erwiderte die Geste mit einem tränenverschleierten Lächeln. Nachdem sie sich mit einem Zipfel ihrer Schürze die Augen gewischt hatte, drückte sie die Tür zum Kaffeehaus auf und winkte beide ins Innere.

Wie seltsam, überlegte Lily. Es war offenkundig, dass Julian und die Wirtsfrau einander gut kannten. Doch während der ganzen stürmischen Umarmung hatten sie nicht ein einziges Wort gewechselt, soweit Lily gesehen hatte.

Auch im Kaffeehaus behielten sie ihr eigentümliches Gebaren bei. Beide blieben stumm. Weder ihre Lippen noch Zungen formten Worte, nichts. Nein, Julian und die Wirtin kommunizierten einzig und allein mit ihren Gebärden. Geschwinde, präzise, zweihändige Gesten, die Julian erst nach einer Weile, nachdem er Lily einen entschuldigenden Blick geschickt hatte, mit Worten zu begleiten anfing.

»Sie ist meine Freundin«, sagte er zu der älteren Dame und untermalte seine Worte mit Gebärden seiner Hände, die Lily rätseln machten, deren Sinn ihr jedoch verschlossen blieb. »Es ist mir ein dringendes Anliegen, sie Ihrer Obhut anzuvertrauen. Kümmern Sie sich um ihre Sicherheit.«

Die Hände der Wirtin beschrieben eine Gebärde, und ihre Augenbrauen hoben sich zu einer stummen Frage.

»Nicht lange«, antwortete Julian. »Lediglich einige wenige Stunden.«

»Einige Stunden?«, forderte Lily seine Aufmerksamkeit ein. »Julian, wie habe ich das zu verstehen? Sie dürfen mich nicht verlassen.«

»Ich muss.« Er zog sie beiseite. »Jene Männer … mir bleibt nichts anderes übrig, als die Verfolgung aufzunehmen, ich muss versuchen, sie zu finden und dingfest zu machen.«

»Warum?«

»Weil sie die Männer sein könnten, die Leo töteten.«

»Was? Wie kommen Sie darauf?«

Er schüttelte ungehalten den Kopf. »Die Beschreibung eines Zeugen passt auf die beiden. Mir fehlt die Zeit für lange Erklärungen. Denn ich darf sie auf keinen Fall entkommen lassen. Ich bin ihnen so dicht auf den Fersen wie in den vergangenen Monaten nie, Lily. Fünf. Lange. Monate.« Er betonte jedes Wort. Sie hatte seine Iris noch niemals in einem so dunklen, intensiven Blauton wahrgenommen. »Bleiben Sie hier, was auch immer geschieht. Hier wird man Sie beschützen.«

Oh gewiss. Man würde sie beschützen. Doch was war mit ihm? Des Nachts niederträchtige Rohlinge durch finstere Gassen zu verfolgen …

»Gehen Sie nicht.« Sie eilte zu ihm und ergriff seinen Arm. »Lassen Sie mich nicht allein hier zurück.«

»Lily, ich kann Sie nicht mitnehmen. Es ist zu gefährlich. Sie sind hier sicher.«

»Aber … aber woher wollen Sie das wissen?«

Er verharrte stumm. Dann antwortete er kurz und bündig: »Ich wuchs hier auf.«

Überrascht ließ sie von seinem Arm ab.

»Bleiben Sie hier«, befahl er. Er brachte seine Hand an ihr Gesicht und umschloss wenig zartfühlend ihre Wange. Seine Augen bohrten sich in ihre, als könnte er sie mit einem befehlsgewaltigen Blick in die Knie zwingen. »Bleiben Sie. Ganz gleich, wie lange es dauern mag. Ich werde zu Ihnen zurückkehren. Haben Sie mich verstanden?«

Sie nickte unterwürfig. Er ließ ihr keine Wahl. »Warten Sie. Ihr Überrock.« Sie ließ das Kleidungsstück von ihren Schultern gleiten und warf es ihm zu. »Draußen ist es unwirtlich kalt.«

Er formte mit seinen Lippen ein Wort. Angesichts seiner tief in Falten gelegten Stirn vermutete Lily, dass es ein hässlicher Fluch war. Seine Hand glitt in ihr Haar und umschloss ihren Hinterkopf mit festem Griff. Dann küsste er sie mit seinen sündhaften Lippen glühend auf den Mund.

Der Kuss war schmerzvoll, intensiv und viel zu kurz.

Als sie sich schließlich darauf besann, Atem zu schöpfen, waren er und sein Überrock verschwunden.

Eine Teekanne wurde in ihr Gesichtsfeld geschoben.

Lily blickte in das runde Gesicht der Frau, die sie hielt. Dichte, buschige Augenbrauen hoben sich und verschwanden unter dem Rand einer weißen Spitzenhaube. *Noch etwas Tee*, forschte die Miene der Wirtin stumm.

Während sie eine geborgte Decke um ihre Schultern zog, lächelte Lily höflich und schüttelte den Kopf. Sie hatte noch kaum von ihrer ersten Tasse genippt. Neben ihrem Ellbogen stand ein Teller mit einer unberührten Mahlzeit. Seit sie ihr serviert worden war, war der Rand der frisch geschnittenen Käsescheibe krustig eingetrocknet.

Wie viele Stunden mochte sie schon hier sein? Der Morgen

ließ sicherlich nicht mehr allzu lange auf sich warten. Um ihre Furchtsamkeit einzudämmen, presste Lily eine Hand flach auf den Tisch, dessen gezimmerte Holzplatte von jahrzehntelangem Gebrauch glatt war. Die kühle, solide Oberfläche beruhigte ihren Pulsschlag.

Julian würde zu ihr zurückkehren. Er hatte es versprochen.

Gütiger Gott. Was sollte sie tun, wenn er nicht zurückkam?

Sie hatte sich in ihrem Leben nie ohnmächtiger gefühlt. Sie wusste nicht einmal, wo sie war. Selbst wenn ihr die Entscheidung freistand, ob sie sich auf die Suche nach Julian begeben wollte oder nach Hause, um dort seiner zu harren, wie sollte sie dorthin gelangen? Einfach auf die Straße gehen und unterwegs eine Mietdroschke anhalten? Sie hatte noch niemals in ihrem Leben mit einem Droschkenkutscher verhandelt. Es war stets ein Diener oder ein Freund verfügbar gewesen, um dies für sie zu erledigen. Vielleicht ließe sich Amelia eine Nachricht schicken? Aber was wollte sie ihr schreiben?

Die ältere Frau setzte sich ihr gegenüber an den Tisch. Trug sie sich mit dem Versuch einer Unterhaltung? Selbiges wäre eine Herausforderung, es sei denn, ihre Gastgeberin vermochte genau wie sie von den Lippen abzulesen.

Lily sagte: »Danke. Für alles.«

Die Frau gestikulierte eilig zur Antwort, und Lily schüttelte den Kopf. »Ich bin untröstlich, ich verstehe die Gebärdensprache nicht. Bitte sehen Sie es mir nach, aber ich habe sie nie erlernt.«

Das Erstaunen der Frau war offenkundig. Als hätte Lily soeben eingestanden, dass sie Analphabetin war oder des Zählens und Rechnens unkundig.

Liliy wusste natürlich, dass eine solche Zeichensprache existierte. In dem ersten Jahr nach ihrer Krankheit hatte ein Taubstummenlehrer ihr gezeigt, wie das Alphabet mit den Fingern zu formen war. Da Leo jedoch Mühe hatte, ihre Gebärden zu verstehen, scheiterte das Experiment, und Lily hatte es abgelehnt, sich dieser Sprache zu bedienen. Bei wem sollte sie sie anwenden?

Einmal ausgenommen … Offenkundig hätte sie sich all die Zeit mit Julian in der Gebärdensprache unterhalten können. Woher wusste er von dieser Form des sprachlichen Ausdrucks? Weswegen hatte er ihr nie davon erzählt? Sie war verwirrt und bestürzt.

Von einem nahen Regal holte ihre Gastgeberin eine Schiefertafel und einen Stummel Kreide, ehe sie sich abermals auf ihren Stuhl sinken ließ und beides in Gebrauch nahm. Als sie ihr Werk hochhielt, las Lily laut von der Tafel vor.

»Anna.« Sie blickte auf. »Sind Sie das? Sie sind Anna?« Auf das Nicken der Frau hielt Lily ihr eine Hand hin. »Darf ich?«

Anna reichte ihr Tafel und Kreide, und Lily setzte ihren Namen sorgsam auf das kleine Rechteck aus Schiefer. Darunter schrieb sie: *Ich danke Ihnen.*

Lächelnd winkte Anna mit ihrer Hand ab, die allgemein verständliche Geste für »kein Dank vonnöten«. Sie nahm die Tafel wieder an sich und schrieb etwas darauf. Alldieweil sie das tat, gelang es Lily, einen Schluck kalten, übersüßten Tee zu nehmen.

Nach einer Minute reichte Anna ihr die Tafel.

»Freundin von Jamie willkommen«, las Lily laut vor. Verwirrt starrte sie auf die Tafel. Sie wusste, dass Anna ihre Worte nicht hörte. Nichtsdestoweniger entwich die Frage ihren Lippen. »Aber … aber wer ist Jamie?«

Ein plötzliches Rumoren lenkte sie ab. Ihre Teetasse vollführte einen wilden Tanz auf dem Unterteller. Irgendetwas Schweres war gestürzt, oder war vielleicht irgendwo im Haus eine Tür zugeschlagen? Ihr Kopf schnellte hoch, und da stand Julian. Seine Kleider waren schmutzgetränkt, und er hatte seinen Hut eingebüßt. Das dunkle Haar klebte in nassen, verfilzten Strähnen an seiner Stirn. Er sah entsetzlich aus, war ein Schatten seiner selbst. Aber er war da, er stand leibhaftig vor ihr, und er war, soweit Lily dies einzuschätzen vermochte, unversehrt. *Er lebte.*

»Ich«, sagte er. »Ich bin Jamie. Sie meint mich.«

»Oben können wir alles besprechen.« Julian fasste Lily bei der Hand und geleitete sie durch das enge Stiegenhaus nach oben. »Geben Sie auf Ihren Kopf acht«, mahnte er, seinen Hinweis unterstreichend, indem er sich mit der flachen Hand auf den Scheitel klopfte.

Ihm war bewusst, dass Lily nach einer Erklärung verlangte. Und nachdem er sie die ganze Nacht hier hatte warten lassen, vermochte er es ihr nicht zu verdenken. Gleichwohl ließ sich die Angelegenheit nicht unten in der Küche diskutieren. Der Morgen brach bereits an, bald würde die Milchmagd vorbeikommen und beginnen, für den Tag zu backen … Für diese Unterredung brauchten sie Ruhe und sollten nicht gestört werden.

Es wurde Zeit, ihr die Wahrheit zu enthüllen. Oder im Mindesten einen Teil der Wahrheit. Zweifelsohne wusste Lily bereits, dass sie unterschiedlichen Gefilden auf der Landkarte der englischen Gesellschaft entstammten. Was sie nicht wusste, war, wie gewaltig die Kluft war, die sich zwischen ihnen auftat. An diesem Morgen wollte er sie in unmissverständlichen Worten mit deren unüberwindbaren Natur vertraut machen.

Sie betraten eine verwinkelte Dachstube, die unter der Traufe lediglich mit einem schmalen Fensterschlitz und einem wackligen Rohrstuhl versehen war.

»Nehmen Sie den Stuhl«, meinte er, seinen durchnässten Mantel abstreifend. Er selbst zog einen gelockerten Ziegel aus dem Dachgesims, drehte ihn um und ließ sich unter der Raute aus Sonnenlicht, die durch den Fensterspalt flutete, darauf nieder. Er saß so weit entfernt von Lily, wie es die Enge des Raums erlaubte. Der Abstand zu ihr betrug einen guten Meter. Alles andere als ideal, aber es musste genügen. Einerlei, welchen Illusionen er sich letzte Nacht hingegeben hatte, es stand ihm mitnichten zu, sie Realität werden zu lassen. Er hatte sie Menschen und Orten ausgesetzt, die Lily niemals hätte kennenlernen dürfen. Das Schlimmste von allem war, dass er sie wahrhaft in Gefahr gebracht hatte. Leo hatte mit seinem Leben bezahlt, weil er Julian seinen Freund nannte. Er musste jetzt mit allen Mitteln verhindern, dass dessen Zwillingsschwester das gleiche tragische Schicksal widerfuhr.

»Kommen Sie, setzen Sie sich näher zu mir«, forderte sie ihn auf. »Damit ich Sie besser in Augenschein nehmen kann. Ich habe mich noch nicht hinreichend Ihres werten Befindens versichert.«

Er schüttelte den Kopf. *Nein, nein und nochmals nein.* Ihm war in den vorangegangenen Tagen mehrfach deutlich geworden, dass er außerstande war, ihren Reizen zu widerstehen, sobald sie in seiner Nähe weilte. »Ich bin nicht verletzt. Lediglich durchnässt.«

»Wundervoll. Dann werden Sie sich eben den Tod in Gestalt einer Lungenentzündung holen.« Sie ließ die Decke von ihren Schultern gleiten. »Nehmen Sie wenigstens diese.«

»Sie behalten die Decke um«, wiegelte er zähneklappernd ab.

»Julian, ich vermute, diese Unterredung wird einige Zeit beanspruchen. Ich mag nicht mit ansehen, dass Sie derweil frieren. Es sei denn«, sie neigte den Kopf, »Sie sind willens, die Decke mit mir zu teilen.«

Er focht seinen nicht geringen Stolz nieder und fügte sich in sein Schicksal. Er hatte eine verdammt kalte Nacht hinter sich, und hier oben, auf dem Söller, war es nicht viel wärmer.

»Nun, was geschah heute Nacht?«, forschte sie. »Gelang es Ihnen, die beiden aufzuspüren?«

»Ich fand sie. Aber sie sind nicht Leos Mörder.«

Julian seufzte, er war vor Müdigkeit erschöpft. Er hatte jene Männer über Stunden verfolgt. Beobachtet, wie sie sich betranken, einen Happen aßen, ihre Notdurft in der Gasse verrichteten, abermals Fusel und Bier in sich hineinschütteten. Dann hatten sie nacheinander dieselbe stumpfsinnige Dirne begattet. Schlussendlich hatte er genug gehört, um zu erfahren, dass sie erst vor Kurzem in London eingetroffen waren. Es war ihr erstes Abenteuer in der riesigen Stadt und endete damit, dass sie sich in St. Giles verirrten und erst etliches später bemerkten, dass die stumpfsinnige Dirne mit ihren Geldbörsen das Weite gesucht hatte. Ganz ohne Frage wäre es den beiden Schotten kein Trost zu erfahren, dass die Hure sie zum Dank mit dem Tripper angesteckt hatte.

So viel zu der von ihm gehegten Hoffnung, zufällig über Leos Mörder zu stolpern. Ihm blieb nichts weiter übrig, als auf den anderen Plan zurückzugreifen: den Mann oder die Männer ausfindig zu machen, die die Mörder angeworben hatten.

Lily streifte ihre Slipper ab und zog ihre Knie an, um sie unter den hauchzarten, gebauschten Rock zu schieben. Trotz der Kälte, die seine sämtlichen Glieder erfasste, spürte er eine warme, prickelnde Woge des Verlangens. Gewisse Teile seines Körpers erhitzten sich unter der grob gewirkten Decke.

»Gott hab Dank«, ereiferte sie sich. »Ich bin froh, dass sie es nicht waren.«

»Ist Ihnen denn nicht daran gelegen, dass die Mörder Ihres Bruders gestellt werden?«

»Oh doch, gewiss. Gleichwohl wünsche ich nicht, dass Sie die Täter aufspüren. Schon gar nicht allein, unbewaffnet und im Dunkel der Nacht. Wenn die Klärung dieses Verbrechens auf Kosten Ihres Lebens geht, dann bin ich strikt dagegen. Ich werde lieber mit dem Mysterium weiterleben, verbindlichen Dank.«

Sie schien den Tränen nahe zu sein. Er verabscheute sich dafür, dass er sie eine ganze Nacht lang solcher Angst und Bangigkeit ausgesetzt hatte, gleichwohl verlieh es seiner Seele Flügel, dass es sie über die Maßen kümmerte, ob er lebte oder starb.

»Nun denn«, schniefte sie. »Da wir von Mysterien sprechen. Was bedeutet dieser Ort für Sie? Sie sagten vorhin, Sie wuchsen hier auf? Weshalb nennt Anna Sie Jamie, und wie kommt es, dass Sie die Gebärdensprache verstehen?«

»Das ist eine lange Geschichte.«

»Dann erzählen Sie mir diese Geschichte.« Sie neigte sich vor und heftete den Blick fest auf seinen Mund. »Aber so, dass ich Ihren Worten zu folgen vermag, bitte.«

»Meine Mutter …« Er schluckte hörbar. »Meine Mutter war von Geburt an taub. Sie stammte aus einer sehr ländlichen, abgeschiedenen Gegend in Kent, wo Gehörlosigkeit allgegenwärtig ist. Ihre Cousine war ebenfalls gehörlos.«

»Wie sonderbar. Alle an einem Ort? Ich frage mich, warum das so ist.«

»Sie und viele Gelehrte fragen sich das. Es hat den Anschein, dass sich dieses Leiden in der Familie vererbt. Demzufolge ist es dort nichts Ungewöhnliches, das Taubstummenalphabet als eine Art zweite Sprache zu erlernen. Für alle, auch diejenigen, die über ein gutes Gehör verfügen.« Er stützte einen Ellbogen auf den Fenstersims und redete schon merklich gelöster. »Wie dem auch sei, als meine Mutter ein Kind war, kamen wohltätige Einrichtungen für Gehörlose groß in Mode. Sie haben von Braidwood und seiner Schule gehört?«

Sie nickte. »Meine Sprachlehrer wurden auch dort ausgebildet.«

»Seine Bestrebungen wurden weithin gerühmt. Er machte viel Aufhebens um die Wohltaten, die er den Tauben und Stummen angedeihen ließ. Meiner Mutter und ihrer Cousine wurde Broterwerb in Aussicht gestellt, eine Anstellung hier in der Stadt als Stubenmädchen in der Familie eines reichen Lords. Die versprochenen Löhne waren eine unaussprechliche Summe für zwei Mädchen vom Lande.«

»Demzufolge erklärten sie ihr Einverständnis?«, schlussfolgerte Lily.

»Ja. Beide traten ihre Stellung an. Zwar waren sie jung und ängstlich, aber sie hatten einander. Zumindest am Anfang. Die Cousine meiner Mutter wurde krank und verstarb innerhalb weniger Monate nach ihrer Ankunft in London.«

»Oh nein. Wie tragisch.«

»Das Los meiner Mutter war um ein Vielfaches tragischer. Sie hatte nie gelernt, zu sprechen oder zu schreiben, und sie kannte in London keine Menschenseele. Ihre Herrschaft war schon betagter und recht gütig, jedoch hatten sie einen Sohn und der … Nun, er … Er nutzte die Situation aus.« Bittere Galle stieg ihm in der Kehle hoch. »Es kommt alle Tage vor, dass Stubenmädchen von ihren Dienstherren missbraucht werden, aber stellen Sie sich die Lage meiner Mutter vor. Sie vermochte ihn nicht abzuwehren und war außerstande, um Hilfe zu rufen. Selbst wenn es ihr gelungen wäre, steht anzuzweifeln, ob man ihr geholfen hätte.«

Lily schlang die Arme fröstelnd um ihren Körper. »Was geschah mit ihr?«

»Sie ertrug ihr Los schlecht und recht. Als die Haushälterin schließlich sah, dass sie guter Hoffnung war, wurde sie ohne ein Referenzschreiben entlassen und kurzerhand auf die Straße geworfen. Wenige Monate später wurde ich geboren. Meine Mutter brachte mich in einem leer stehenden Lagerhaus zur Welt.«

»Allein?«

»Sie hatte Furcht, Hilfe zu erbitten. Dachte, ihr Baby würde ihr fortgenommen, und sie käme ins Arbeitshaus oder ins Irrenhaus. Ihre Furcht war nicht unrealistisch.«

»Es war überaus mutig und tapfer von ihr.«

»Ja. Wahrlich, das war es.« Als er älter wurde, war er seiner Mutter Stütze und Hilfe gewesen. Jedoch war Julian zeit seiner Kindheit bewusst gewesen, dass seine Mutter sich das Leben erheblich erleichtert hätte, wenn sie ihn auf der Schwelle eines Waisenhauses ausgesetzt hätte. Sie hatte es nicht getan. Sie hatten einander gehabt. Die meiste Zeit war das alles gewesen, woran sie sich im Leben festhalten konnten.

»Weswegen kehrte sie nicht zu ihrer Familie zurück?«

»Sie hatte kein Geld für eine Reise. Und sie fühlte sich entehrt. Beschämt.« Er atmete tief ein, um sich zu fassen. »So, nun wissen Sie, wer ich bin, Lily. Das Ergebnis von Furcht, Gewalttätigkeit und Schande. Der illegitime Sohn eines lüsternen Aristokraten. Auf der falschen Seite des Bettleinens geboren, auf der falschen Seite der Stadt. Aufgewachsen unter Bedingungen, die schlimmer als die einer jeden Flussratte waren. Wir hatten nichts. Nichts zu beißen. Kein Heim. Lumpen statt vernünftiger Kleider. Meine Mutter arbeitete, wenn es ihr möglich war; ich bettelte und stahl, wann immer sie keine Arbeit fand. In der übrigen Zeit litten wir Hunger und darbten.«

Wie ein altvertrautes Echo rumorte es in seinem Magen. Er hatte nichts mehr gegessen, seit er jene wenigen Bissen Beefsteak am gestrigen Abend geschluckt hatte. Schon vor Leos Tod hatte er öfter Mahlzeiten ausgelassen, bisweilen einen ganzen Tag und länger. Wenn auch unbewusst war es beinahe so, als wollte er sich selbst dazu anhalten, niemals das Gefühl des Hungers zu vergessen. Jene bittere, nagende Leere, die seine frühen Jahre überschattet hatte.

»Als ich ungefähr neun Jahre alt war«, fuhr er fort, »hörte ich von diesem Ort. Es ist ein Kaffeehaus, das von Gehörlosen bewirtschaftet wird. Ich brachte meine Mutter hierher, und der Inhaber – Annas verstorbener Gatte – gab ihr Arbeit als Küchenhilfe. Ich verdingte mich als Botenjunge und schürfte Kohle.« Seine Augen wanderten zu der niedrigen Decke. »Sie gaben uns diese Mansarde als Unterkunft. Ich hatte ein schmales Nachtlager, genau dort.« Er deutete auf die Bodendielen hinter ihrem Stuhl. »Das erste richtige Bett in meinem Leben. Nachts legte ich mich zum ersten Mal in meinem Leben regelmäßig mit einem gefüllten Magen nieder. Das erste Mal in all den Jahren hatte meine Mutter eine feste Anstellung, und Freunde, mit denen sie sich austauschen konnte. Sie war glücklich. Ich war glücklich.

Erst später, als ich älter war, ahnte ich, was für ein komfortables Leben uns von Rechts wegen zugestanden hätte und welch hohen Tribut jene Jahre bitterer Armut der Gesundheit meiner Mutter abgefordert hatten. Letzthin begriff ich um das Ausmaß des Leids, dass mein Va…« Er fühlte sich außerstande, dieses Wort auszusprechen. »… der Mann, der mich zeugte, ihr zugefügt hatte.«

»Und Ihnen nicht minder. Haben Sie Kenntnis von seiner Identität?«

Er wiegte in Gedanken versunken den Kopf. »Er ist tot. Das erzählte sie mir, als ich in dem Alter war, in dem ein Kind anfängt, Fragen zu stellen. Der Mann starb früh, nicht lange nach meiner Geburt, und ließ seinen Vater ohne einen Erben zurück. Als der alte Mann einige Jahre später verstarb, ging der Titel an einen entfernten Verwandten. Soweit ich im Bilde bin, nahm meine Mutter mich in der Hoffnung auf eine finanzielle Einigung mit zu dem Verwalter des Anwesens.«

»Die ihr vermutlich verwehrt blieb.«

Er nickte.

»Julian …« Lily rutschte behutsam auf dem Stuhl vor.

»Adlige«, hob er an und ignorierte das ihrerseits angebotene Mitgefühl, »kamen tagtäglich in dieses Kaffeehaus. Es war zu seiner Zeit ein recht beliebter Treffpunkt. Über Jahre hinweg glättete ich die Knicke aus ihren Zeitungen, polierte die Schnallen ihrer Schuhe, wischte ihren Auswurf vom Boden auf. Und ich stellte mit Sorge fest, dass meine Mutter mit jedem Winter ausgezehrter wirkte.«

»Bis sie starb.«

Mit einem knappen Nicken riss er seinen Blick los.

»Wie alt waren Sie damals?«

»Vierzehn.« Vierzehn. Ein halbes Kind, und ein Dummkopf durch und durch. »Ich war nicht einmal an ihrer Seite, als sie starb. Ich saß im Zuchthaus ein, als sie erkrankte.«

»Im Zuchthaus?« Ihre Augen weiteten sich. »Mit vierzehn? Weswegen das?«

Er schüttelte den Kopf. Da war so vieles, was Lily nicht wusste. Das sie niemals begreifen könnte. »Ich stieß mit dem falschen Aristokraten zusammen, das war mein Fehler. Die Einzelheiten sind hier nicht von Belang. Das Entscheidende war, dass ich nicht für meine Mutter da war. Wir hatten keine Ersparnisse. Sie wurde in einem namenlosen Armengrab bestattet.« Entschlossen, einen Gefühlsausbruch zu vereiteln, presste er eine Faust auf seinen Mund. »Sie schenkte mir das Leben in einem staubigen Lagerhaus, und ich ließ sie allein sterben.«

Unter der Decke begann er zu zittern. Nicht vor Kälte oder Hunger, sondern vor Wut. So lange er denken konnte, hatte er mit dieser Erzürnung gelebt, als wäre sie ein Phantomzwilling. Der Zorn hatte ein Eigenleben: Er stellte Forderungen.

Lily erhob sich von ihrem Stuhl und durchquerte die Kammer, sie kniete sich unter den Deckensturz. Mit einer leichten, zaghaften Bewegung legte sie ihre Finger auf seine bebende Faust. Angesichts jener unerwarteten Berührung sog er leise zischend die Luft ein. Er brachte es nicht über sich, ihre Hand abzuschütteln, die sich so begütigend und warm anfühlte.

Sanft zog sie die Faust von seinem Mund fort, damit ihr seine Lippen und seine Worte nicht verborgen blieben. »Bitte, verstecken Sie sich nicht«, bat sie. »Sonst habe ich Schwierigkeiten, Sie zu verstehen.«

Die Decke glitt von seinen Schultern, und die unwirtliche Kälte im Raum schenkte ihm vorübergehend kühle Gefasstheit.

»Nach ihrem Tod«, fuhr er fort, »fand ich hier und da ein Auskommen. Verdingte mich eine Weile als Handlanger, schnitt Muster im Hinterzimmer eines Maßschneiders zu. Dort erfasste ich zum ersten Mal einen Blick auf Beau Brummel. Er ist der Sohn eines Sekretärs, wussten Sie das? Die Crème de la Crème der englischen Gesellschaft riss sich darum, von ihm zum Tee eingeladen zu werden. Eines Tages, so beschloss ich, wollte ich so sein wie er. Ich würde all das mein Eigen nennen, was die Lords besaßen. Alles, was mir von Rechts wegen gehören sollte. Ich war entschlossen, es mir von ihnen zu nehmen. Ihr Geld. Ihren Status. Ihre Frauen. Mir war danach, das Blatt zu wenden, sie neidisch auf *mich* zu machen.« Er schluckte einen heißen, bitteren Klumpen Wut hinunter. »Ich hasste sie abgründig, Lily. Ich hasste sie alle.«

Sie neigte sich dichter über ihn. Er konnte den leichten Duft ihrer Haare wahrnehmen. Es duftete nach einem kostspieligen Parfüm und war entschieden zu vornehm für diesen ärmlichen Ort.

»Ihr Mitgefühl ist unangebracht«, sagte er. »Ich rede von Ihren Freunden. Ihrer Familie, Ihren Adelskreisen. Ich habe die Jahre sämtlich darauf verwendet, mir zu nehmen, was mir zustand. Ich habe ihre Clubs besucht, sie ihres Goldes entledigt, ihre Gattinnen verführt, mich auf ihre Kosten amüsiert. Sie genötigt, sich in abscheuliche Farben zu kleiden. All das tat ich aus Verachtung und weil mich nach Rache dürstete.«

»Und Sie hielten all das vor Leo und vor mir geheim.«

»Ja. All die Jahre.«

Sie zog die Unterlippe zwischen die Zähne, und ihr Blick schärfte sich vor lauter Konzentration. Sie hatte irgendetwas im Sinn, aber was? Er vermochte es nicht einzuschätzen.

Ihre Hand streckte sich langsam nach seinem Gesicht aus. Julian hielt den Atem an. Mit ihrer Fingerspitze streifte sie den höchsten Punkt seines Wangenknochens unweit seines Augenwinkels. Seine Lider begannen ob der schieren, süßen Folter, die ihre Berührung bei ihm auslöste, zu flattern.

Dann zog sie ihre Hand fort und blickte auf ihren Finger. Er folgte ihrem Blick und entdeckte etwas Glitzerndes auf ihrer Fingerspitze.

Oh, soll's der Teufel holen. Er weinte doch nicht, oder?

Sie brachte ihren Daumen an ihren Zeigefinger und rieb den Beweis in ihre Haut. Dann war es vorbei. Lediglich eine Träne. Eine Träne hatte mit Weinen nichts gemein. Nach einer Nacht derart außergewöhnlicher Ereignisse und einem Morgen solch herzergreifender Eingeständnisse war eine einzelne Träne eine treffliche Zurschaustellung von Beherrschtheit. Um nicht zu sagen mannhaft. War es das nicht?

Außerdem war dieser Speicher höllisch staubig. Demzufolge hätte es sich genauso um einen Fall von schlichter Augenreizung handeln können. Wie dem auch sein mochte, es war vorüber. Er blinzelte, und die Tränen waren versiegt. Hervorragend.

Tragische Geschichte erzählt. Tränen zurückgehalten. Krise abgewendet.

Bis Lily schniefte und anfing, heftig zu blinzeln. Möglicherweise setzte ihr der Staub nicht minder zu.

»Ich bin untröstlich«, murmelte sie, »Ich bin zutiefst untröstlich, und ich muss weinen.«

»Nein.« Panik ergriff ihn. »Nein, nicht. Bitte nicht.« Mit

einem Finger hob er ihr bebendes Kinn an. »Lily, ich bin Ihrer Tränen nicht wert.«

Die Worte rangen sich gepresst aus ihrer Kehle. »Ich vermag mir nicht zu helfen.«

Oh Gott, da waren sie. Tränen im Überfluss. Sie rollten über ihre Wangen, bahnten sich den Weg zu ihrem Kinn. Ihre Schultern wurden von heftigen Schluchzern geschüttelt, sie neigte sich vor und sank ihm unweigerlich entgegen, bis ihre Stirn an seiner Brust zu liegen kam.

Er hob abwehrend seine Hände, vielleicht auch kapitulierend. Was sollte er tun? Es gelang ihm zwar, sich ihrem Trost zu verweigern, indes gelang es ihm nicht, ihr den Trost zu verweigern.

Also tat er das Einzige, was einen Sinn ergab. Offen gestanden war es das, was er schon sehr, sehr lange zu tun beabsichtigte. Seit dem Abend, an dem Leo verstarb.

Er schlang seine Arme um sie und zog sie in seine schützende Umarmung.

Und er hielt sie fest.

13

Lily liebte ihn. Sie liebte Julian.

Es ließ sich nicht leugnen und im Augenblick nicht näher erklären. Sie war im Zweifel, ob es sie zu Freunden oder Geliebten machte oder zu etwas gänzlich Anderem und Neuem. Sie wusste nur, dass sie ungeachtet seiner Herkunft, seiner Sünden und Fehltritte, ganz gleich, wie viele Lügen er erfunden hatte, in diesen Mann verliebt war. Nicht nur das, sie *liebte* ihn, und deshalb ließ sie die Geschichte ganz sicher nicht ungerührt, dass er in Schande geboren und unter bittersten Entbehrungen herangewachsen war, dass er seine Mutter verloren hatte, als er kaum mehr als ein heranwachsender Junge gewesen war. Sie fühlte mit ihm und wollte oder konnte sich nicht beruhigen.

Sie zitterte angesichts all der Furcht, die er gefühlt haben musste, sich aber nicht eingestehen mochte. Sie weinte die Tränen, die er sich weigerte zu vergießen. Seine Arme, die ihren Brustkorb umfingen, kamen stählernen Bändern gleich, dennoch zog Lily ihn noch inniger an sich, als könnte sie auf diese Weise den Schmerz aus seinem Herzen locken und in ihrem einschließen.

Als sie ihre Hände auf seine Schultern legte und ihn fortschob, hasste sie es, ihn freizugeben. Da er indes zu sprechen anfing, hätte sie seinen Worten anders nicht zu folgen vermocht.

»Warten Sie«, bat sie, mit ihren Fingerknöcheln seine Wange

berührend. »Haben Sie ein wenig Nachsicht mit mir. Ich verliere mich in der Geschichte.«

»Ja.« Seufzend schloss er die Augen. »Ja, ich weiß. Dabei sind wir uns noch nicht einmal richtig nahgekommen.«

»Julian, bitte.« Wie sollte sie das Gesagte auffassen? Ihr Blick forschte nach Hinweisen in seiner Mimik, einem ironischen Zucken seiner Brauen oder einem ernsthaften Zug, der sich um seine Mundpartie legte.

Er gesellte sich zu ihr auf den Boden. Sie saßen beide mit verschränkten Beinen und verlegen nestelnden Händen am Boden. Sie zupften an Säumen, zeichneten Risse in den Bodendielen nach und schwiegen. Helligkeit kroch den holzverschalte Wandgesims empor. Der neue Tag kündigte sich an und nahm Gestalt an. Es ließ sich nicht länger ignorieren.

»Was geschieht jetzt?«, fragte sie. Wie sollte es weitergehen? Solange sie den Weg zusammen gingen, sann Lily, kümmerte es sie herzlich wenig.

Er antwortete: »Ich werde London verlassen.«

»Sie … Sie *verlassen* die Stadt? Und wann wird das sein?«

»Ich weiß es noch nicht mit letzter Genauigkeit. Alsbald.«

Innerlich beschwor sie sich, gefasst zu bleiben. Es war gang und gäbe, dass Männer London verließen. Sie hatten Geschäfte zu erledigen, Termine wahrzunehmen, Pferde zu kaufen, Investitionen zu tätigen. Sie erkundigte sich in einem beiläufigen Tonfall: »Wann werden Sie zurückkehren?«

»Ich werde nicht zurückkehren.«

Grausam, dieser Mann war grausam. Sie hatte eben seinetwegen ein Bassin voller Tränen vergossen, und jetzt offenbarte er ihr, dass er auf Dauer fortging?

»Demzufolge ist es unumgänglich, dass Sie heiraten«, erklärte er. »Ich sehe mich außerstande zu bleiben, um Ihnen zur Seite zu stehen, und ich vermag den Gedanken nicht zu ertragen, Sie auf sich allein gestellt zu wissen.«

»Und ich soll mich vermutlich der Aussicht erfreuen, Sie niemals wiederzusehen?«

»Ja, das ist das Beste für Sie.« Er gestikulierte mit einer Hand, wirbelte eine Wolke aus Staubpartikeln auf, die zwischen ihnen hing. »Sie betonen stets, was für ein rücksichtsvoller Mann ich unter meinem draufgängerischen Naturell sei. Aber das entspricht nicht der Wahrheit. Es erweckt lediglich den Anschein, Lily. Es erweckt lediglich den Anschein, weil ich ein besserer Mensch bin, wenn ich in Ihrer Nähe weile.«

Vielleicht waren seine Worte schmeichelhaft oder romantisch gemeint, doch sie verfehlten diese Wirkung gänzlich. Eine entsetzliche Ahnung ließ Lilys Magengrube schmerzhaft zusammenkrampfen. »Ist es Ihrer Mutter wegen? Weil sie taub war und ich auch? Ist es das, weswegen Sie sich so …« Sie rang nach Worten. »… zu mir hingezogen fühlen, aber nicht willens sind, Ihren Empfindungen nachzugeben?«

»Nein. Nein, so verhält es sich gewiss nicht. Glauben Sie mir, wenn ich das sage.« Seine Augen streiften über ihren Körper, und seine Mundwinkel zuckten vor sinnlicher Verruchtheit. »Wenn Sie in meiner Nähe weilen, denke ich gewiss nicht an meine Mutter. Mitnichten.«

Lily presste die Lippen aufeinander, sie hoffte inständig, dass er aufrichtig mit ihr war. Es schauderte sie bei der Vorstellung, irgendeine Art Mutterfigur für ihn zu sein.

»Sie teilen gewisse Eigenschaften mit ihr«, fuhr er fort. »Güte, Loyalität, Courage. Naturgemäß schätze ich diese Eigenschaften an Ihnen. Ansonsten haben Sie keinerlei Ähnlichkeit mit ihr, mein Wort darauf. Und was das Gehör – oder das Fehlen desselben – betrifft, bin ich eher geneigt, die Unterschiede zu sehen. Meine Mutter wurde taub geboren. Sie verloren Ihr Gehör durch Krankheit. Das ist etwas gänzlich anderes. Ich kann anmerken, dass das Pianoforte nicht gestimmt ist, und obgleich Sie es nicht hören, verstehen Sie exakt, was ich meine. Nicht so meine Mutter. Aber sie und Anna und die anderen unten, sie bemerken Dinge – winzige Feinheiten in der optischen Wahrnehmung, in Gerüchen und Texturen –, die Ihnen und mir niemals auffallen würden.« Er lächelte. »Wenn es Ihnen hilft, sie sehen Sie auch nicht als eine von ihnen. Sie sind gastfreundlich zu Ihnen, aber das liegt daran, dass Sie in meiner Begleitung sind.«

Sie besann sich auf Annas bestürzte Miene, als sie, Lily, eingestand, dass sie die Gebärdensprache nicht beherrsche, und deren Botschaft auf der Schiefertafel: *Freundin von Jamie willkommen.*

»Dann ist Ihr wirklicher Name Jamie, nicht wahr?«

Er schüttelte den Kopf. »In Wahrheit nicht. Der Name rührt daher, dass sie mich hier früher stets so riefen. Als Erwachsener begann ich, mich Julian zu nennen.«

»Also ist das Ihr wirklicher Name. Julian.«

Er schüttelte abermals den Kopf. »Nein. Ich denke nicht.«

»Verzeihen Sie, aber Sie stürzen mich in heillose Verwirrung.«

»Meine Mutter war des Schreibens unkundig. Sie beherrschte kaum die Lettern des Alphabets. Als sie mich zur Taufe brachte, kamen sie und der Priester nicht miteinander überein. Er wurde zunehmend ungehalten und suchte schlichtweg einen Namen aus. Er schrieb diesen ins Taufregister und zeigte darauf, doch alles, was meine Mutter erfasste, war der erste Buchstabe, J.«

»Demzufolge kennen Sie nicht einmal den Namen, auf den Sie getauft wurden?«

»Natürlich kenne ich ihn.« Er brachte beide Hände zusammen, formte den Buchstaben J und tippte wie in der Gebärdensprache zweimal auf sein Herz. »Das ist mein Taufname.«

Abermals drückten die Tränen in ihren Augenwinkeln. Mit jeder Minute, die in dieser beengten Dachstube verstrich, begriff Lily, wie wenig sie letztlich über ihn wusste. Und jetzt bekam sie vielleicht niemals die Chance, mehr über ihn zu erfahren. »Ich wünschte, ich hätte Ihre Mutter kennenlernen dürfen.«

»Das wünschte ich mir auch.« Er fuhr sich mit einer Hand durch sein Haar. »Ich wünschte mir, dass eine ganze Reihe von Dingen anders wäre.«

»Daran lässt sich gewiss etwas ändern. Erzählen Sie mir alles. Wie immer Ihr Problem geartet ist, gemeinsam werden wir eine Lösung finden.«

»Es liegt nicht in unserer Hand, die Welt zu verändern, Lily. Und das Problem besteht hier, zwischen uns. Sie sind eine Lady von adliger Geburt, und ich lasse Sie auf den Bodendielen eines staubigen Dachgestühls umherkriechen, während Sie vor Kälte bibbern und mit den Tränen ringen. Letzte Nacht stand ich kurz davor, Sie in einer regennassen, übel riechenden Gasse zu deflorieren.«

In der Tat? Er hätte ihr gerne letzte Nacht die Unschuld genommen, dort draußen, unter freiem Himmel? Die Vorstellung stieß sie ab und erregte sie gleichermaßen.

»Wenn Sie gestern Abend zu Schaden gekommen wären … ich hätte mich heute in Selbstvorwürfen zerfleischt. Ich muss Sie sicherlich nicht daran erinnern, dass ich Leo in Gefahr brachte und welche Folgen es hatte.«

Nicht das schon wieder. »Julian, wir sprachen über den gestrigen Abend. Und dann das. Verstehen Sie doch, ich trage die Verantwortung für mein Tun. Leo war daran gelegen, jenen Boxkampf zu besuchen, und das tat er aus seinem eigenen, freien Willen. Sie sind in keinster Weise für das, was nachher mit ihm passierte, zur Rechenschaft zu ziehen.«

Seine Augen sprühten Blitze. »Was führt Sie zu dieser Annahme? Es war ausgemacht, dass ich ihn an dem fraglichen Abend begleitete. Ich habe Feinde, Lily. Vielleicht trachteten die Männer, die ihn töteten, in Wahrheit mir nach dem Leben.«

»Das ist Irrsinn. Ich vermag mir nicht vorzustellen, warum Ihnen irgendjemand nach dem Leben trachten sollte.«

»Natürlich weisen Sie diese Vorstellung weit von sich. Ich war mit aller Sorgsamkeit darauf bedacht, jene Gründe vor Ihnen zu verbergen. Ich will verdammt sein, wenn ich sie Ihnen jetzt enthülle.«

Sie schüttelte den Kopf. »Es ist unfassbar. Sie räumen ein, dass Sie von niederer Geburt sind, ein unbußfertiger Schuft mit einer anrüchigen Vergangenheit und einem unstillbaren Hunger nach Frauen und Vergeltung. Und ausgerechnet bei mir ziehen Sie die Grenze?«

»Ja. Ich habe jetzt einmal die Chance, eine wahrhaft anständige Sache in meinem Leben zu tun. Und zwar, Sie zu verlassen.«

»Dann sind Sie wahrlich ein Schuft. Vermögen Sie sich im Entferntesten vorzustellen, wie gönnerhaft Ihr Verhalten ist?« Ihr entwich ein bitteres Schnauben. »Sie überschütten mich mit Ihrer Fürsorglichkeit. Weil ich so naiv, zart besaitet und taub bin, sind Sie ein besserer Mensch in meiner Gegenwart. Ich darf mich glücklich schätzen, das Objekt Ihrer Skrupel zu sein. Währenddessen tändeln Sie schamlos mit Dutzenden von Frauen herum, denen Sie keinen Respekt zollen. Vielleicht sollte ich Ihren Ratschlag befolgen und heiraten. Wenn ich mit einem dieser Lords vermählt bin, die Sie mit Inbrunst hassen, vielleicht würden Sie mich dann auch beglücken.«

Grundgütiger. Hatte sie tatsächlich soeben jene Worte geäußert?

Eine tiefe Röte färbte seine Wangen. Er heftete seinen Blick in einen Winkel der Mansarde.

Fürwahr. Das hatte sie.

»Julian, ich bitte um Verzeihung. Ich hätte das nicht sagen dürfen.«

»Nein, bemühen Sie sich nicht um eine Entschuldigung. Es war absolut verdient. Ich *bin* ein Schuft, Lily, und das in mehr als einer Hinsicht. Ich bin froh, dass Sie es allmählich einsehen. Das macht es leichter für uns beide.«

»Wie habe ich das zu verstehen? Was macht es leichter?«

»Einander Lebewohl zu sagen.«

Sie unterdrückte ein Schluchzen und vergrub ihr Gesicht in einer Hand.

Er sah sie flehentlich an und drückte gleichzeitig ihre Hand fort. »Versuchen Sie doch, mich zu verstehen. Ich habe mir derzeit exakt zwei Ziele für mein Leben vorgenommen. Gerechtigkeit für Leo und Sicherheit für Sie. Nach dem gestrigen Abend habe ich den Tatsachen ins Auge zu sehen. Ersteres Vorhaben mag mir fortwährend entgleiten. Was das zweite anbelangt … Es hat sich zweifelsfrei erwiesen, dass ich nicht länger in Ihrer Nähe weilen kann, ohne Ihre Gesundheit, Ihre Unschuld oder beides zu gefährden.«

Ihre Tränen fortwischend, protestierte sie: »Niemand gibt auch nur einen Pfifferling auf meine Unschuld.«

»Ich gebe einen Pfifferling darauf. Mir ist sie mehr wert als das. Sämtliche Pilzragouts dieser Welt. Und Ihnen sollte sie das auch wert sein.«

Wie unverzeihlich von ihm, sie in einem Augenblick wie diesem zum Lachen zu bringen.

Er fuhr fort: »Sie mögen mir erzählen, dass Sie sich einen Geliebten wünschen, doch das tun Sie nicht wirklich, Lily. Glauben Sie es jemandem, der weiß, wie die Situation einer Geliebten aussieht, und der Sie kennt. Die dauernde Heimlichtuerei, um nicht entdeckt zu werden, das Gerede und die Peinlichkeit, falls man uns erwischte … all das würde schwer auf Ihnen lasten. Es würde kein gutes Ende nehmen.«

Zum Kuckuck mit ihm. Im Grunde ihres Herzens wusste sie, dass er vermutlich recht hatte. Sie war für heimliche *Affären* nicht geschaffen.

Er erhob sich, und als er stand, klopfte er sich den Staub von der Hose. »Apropos Entdeckung, wir brechen besser auf. Kommen Sie, ich begleite Sie nach Hause.« Er streckte eine Hand nach ihr aus.

Sie spähte gedankenverloren darauf. Eine Zukunft ohne Julian erstreckte sich vor ihr wie eine triste, endlose Wüstenlandschaft. »Die Veranstaltung, zu der Lord und Lady Ainsley geladen haben, findet in der nächsten Woche statt. Sie sagten mir zu, dass Sie teilnehmen werden. Sie gaben mir ein Versprechen, Julian. Drei Nächte. Wir haben erst zwei gemeinsame Abende verbracht. Sie schulden mir noch diesen einen. Sie *versprachen* es mir.« Ihre Argumentation klang töricht und aus der Luft gegriffen, aber es war alles, was ihr einfiel. Sie konnte ihn nicht verlassen ohne zu wissen, dass sie ihn wiedersah.

»Das tat ich«, räumte er ein. »Nun gut.«

Mit einem Seufzer der Erleichterung fasste sie seine Hand. »Sie werden kommen?«

»Ich werde kommen.« Er zog sie auf ihre Füße. »Ich kann Sie zwar nicht hinbegleiten, aber ich verspreche Ihnen, wir werden uns dort sehen. In der Tat ist der Anlass perfekt. An diesem Abend werden Sie Ihr zweites Debüt in London haben. Und für mich wird er zur grandiosen Abschiedsvorstellung werden.«

Einige Tage später saß Lily einmal mehr an Leos Schreibtisch. Aus Oktober war November geworden. Sie blätterte eine frische Seite in dem Rechnungsbuch auf, das aufgeschlagen auf dem Sekretär lag. Ein leeres Blatt.

Sie tauchte ihre Feder in das Tintenfass und unterteilte das Blatt in zwei Spalten, indem sie mittig eine vertikale Linie zog. Eine Spalte überschrieb sie mit »Argumente pro«, die andere mit »Argumente contra«. Lily fühlte sich wie ein Schulmädchen, indes sah sie keine andere Möglichkeit. Listen halfen ihr stets, Dinge klarer zu sehen.

Die zweite Liste war die einfachere der beiden.

Er ist ein Lügner, schrieb sie.

Und ein Gesetzesbrecher, unbekannter Natur.

Er hat Feinde, ebenfalls unbekannter Natur. Dem Anschein nach gefährliche Widersacher.

Er hat die Hälfte der Damen aus der adligen Londoner Gesellschaft verführt.

Nun, das war gewiss übertrieben. Wenn man alle jungen Mädchen wegließ und die betagteren Matronen … und den Umstand, dass manch adlige Dame nie in die Stadt kam … Wie viele Strumpfbänder waren vonnöten, um sie wie eine Girlande durch ein Billardzimmer zu spannen? Sie strich »die Hälfte«

durch und schrieb stattdessen »ein Zehntel« als Schätzung darüber.

Es war ihr ein schwacher Trost.

Er ist ein uneheliches Kind und von niederer Herkunft.

Zwar fühlte sie sich entsetzlich, als sie Letzteres niederschrieb, es war jedoch eine unausweichliche Tatsache. Niemand in ihren gesellschaftlichen Kreisen gab sich irgendeiner Illusion hin, dass Julian Bellamy der Aristokratie entstammte. In Wahrheit hatten sie ihn nie als einen der ihren aufgenommen, sie hatten seine im Dunkel liegende Herkunft lediglich toleriert, weil er ein amüsanter Zeitgenosse war. Kämen die Details über Julians Kindheit und seinen gesellschaftlichen Aufstieg jemals ans Licht der Öffentlichkeit, würde er von den meisten guten Familien geschnitten werden. Wäre sie mit ihm liiert, würde es Lily nicht anders ergehen. Sie hätte liebend gern eingeräumt, dass ihr das nichts ausmachte, aber wahrscheinlich war, dass es sie doch stören würde. Ihren Eltern und Leo war allerhöchster Respekt gezollt worden. Und es erfüllte sie mit Grausen, deren guten Namen zu beschmutzen.

Des Weiteren ließ sich nicht leugnen, dass Julian in bitterer Armut aufgewachsen war. Nicht dass ihn das in Lilys Wertschätzung herabminderte, aber es war unwahrscheinlich, dass er selbst diesen Abschnitt seines Lebens jemals vergaß.

Sie überflog ihre Aufstellung, und trotz der vielen Punkte mutete sie bei Weitem zu kurz an. Sie hätte jeden Fall von Täuschung aufführen, jede seiner Geliebten auflisten können … Letzten Endes fügte sie einen weiteren Punkt hinzu:

Dunkle Geheimnisse, die unbedingt der Enthüllung bedürfen. Sehr wahrscheinlich unangenehmer Natur.

Dann widmete sie ihre Aufmerksamkeit der anderen Spalte.

Ihre Feder schwebte unschlüssig über dem Papier. Es war beileibe nicht so, dass sie nicht wusste, womit sie beginnen könnte. Es verhielt sich eher so, dass sie daran zweifelte, aufhören zu können, wenn sie erst einmal begonnen hatte zu schreiben. Sie konnte schwerlich jede Gelegenheit niederschreiben, anlässlich derer er sie lächeln oder lachen gemacht oder zum Überdenken ihrer Ansichten gebracht hatte, sie sich getröstet oder zuversichtlich gefühlt hatte. Dann waren da die anderen Empfindungen, die zu delikat waren, um sie in Worte zu kleiden.

Ich liebe ihn, schrieb sie. Weil sie das tat. Mit jedem Tag, der verstrich, wurde sie sich dessen gewisser. Nach einer kurzen Weile fügte sie dem hinzu: *Und ich glaube, dass er auch so etwas wie Liebe für mich empfindet.*

Sie starrte auf das Wort: *Liebe.* Fünf eher unscheinbare Buchstaben für solch ein großes, grenzenloses Gefühl. Doch glich Liebe das Contra aus? Sie war sich nicht sicher. Dichtung und Poesie hätten in Argumenten geschwelgt, dass die Liebe alles besiegt. Und vielleicht tat sie das anfangs auch. Doch auf lange Sicht betrachtet, das wusste Lily, war sie in Beziehungen selten das Zünglein an der Waage.

Julian wusste, was Liebe bedeutet. Er war nicht irgendein gedankenloser Bonvivant, der immerzu Bestätigung am Busen der einen oder anderen Geliebten suchte, weil ihm als Kind die Zuneigung der Mutter versagt geblieben war. Nein, er wusste sehr wohl, was Liebe war – was sie einem Menschen bedeuten konnte, und bei seiner Intelligenz, seinem Aussehen und Charme hatte er gewiss keinerlei Schwierigkeit, Frauen zu finden, die ihn liebten. Nichtsdestoweniger hatte er sich gegen diese Form der Bindung entschieden, stattdessen suchte er Vergeltung.

Offenkundig war Liebe auch für Leo nicht genug gewesen.

Einmal mehr erlag sie der Versuchung und griff nach ihrer Gürtelkette, ließ die Schlüssel durch ihre Hand gleiten auf der Suche nach dem schlanken Schlüssel aus Messing, der das verschlossene Schubfach öffnete. Sie hatte jedes Mal Gewissensbisse, wenn sie den Schlüssel in das Schloss steckte, weil sie in so persönlichen Dingen herumschnüffelte und weil so viel Leid mit den Briefen verbunden war.

Sie entnahm den Stapel Korrespondenz, der vom Alter ausgebleicht und vergilbt war. Inzwischen konnte sie mit Fug und Recht von sich behaupten, dass sie diese Briefe auswendig kannte. Es gab eine Depesche, die ihr besonders zu Herzen ging, es war die letzte in jenem Bündel. Sie glättete das Papier mit fahrigen Fingern, und ihre Augen schweiften sogleich zu einem vertrauten Abschnitt.

Ich musste in letzter Zeit oft an deine Augen denken und habe mich gefragt, ob dir gewärtig ist, wie außergewöhnlich diese sind. Ich habe Zweifel, dass irgendein Lupenglas naturgetreu deren Tiefe spiegeln könnte. Wie dem auch sei, vielleicht kannst du ihr wahres Ebenbild in denen deiner Schwester erkennen. Ich vermag nicht einzuschätzen, wie sehr ihre Augen den deinen ähneln, und ich nehme nicht an, dass ich jemals Gelegenheit haben werde, mir ein Urteil zu bilden. Eine solch direkte Inspektion würde eine Begegnung erforderlich machen, die niemals stattfinden wird.
Würde sie mich mögen, was meinst du? Ich weiß, sie und ich fänden zumindest eine Gemeinsamkeit. Aber ich beliebe zu scherzen, und das schickt sich wahrlich nicht.
Ich bedaure die Dinge, die ich das letzte Mal äußerte, zutiefst. Wie ich es verabscheue, jene Worte auch nur niederzuschreiben: »das letzte Mal«. Indessen war es das letzte Mal, nicht wahr?

Diese Leere in mir gibt mir Gewissheit, dass dem so ist. Ich verwünsche jenen ehernen Ehrenkodex, der so ungemein tief in deiner Seele verwurzelt ist. Entreiß ihn dir auf irgendeine Weise, willst du das für mich tun? Dann steht es dir frei, zu mir zu kommen. Aber wenn du tatsächlich zu mir kämest, ohne diesen Ehrenkodex, vielleicht würde ich dich dann nicht so lieben, wie ich es tue. Und das tue ich. Das tue ich. Vergiss das nicht.

Wenn sie diesen Brief las, füllten sich Lilys Augen mit Tränen, jedes verflixte Mal.

Ihr Bruder hatte sich in jemanden verliebt, der unpassend oder unerreichbar war, und er hatte diese Liebe vor allen verborgen gehalten. Sogar vor ihr. Irgendwo trauerte die Verfasserin der Briefe einsam und allein um Leo, weil ihr Bruder sich außerstande gewähnt hatte, sie einander vorzustellen. Hätte er dieselbe Entscheidung getroffen, wenn er gewusst hätte, dass seine Tage gezählt waren?

Wozu hätte er Lily in ihrer derzeitigen Situation geraten?

Sie lachte leise über sich selbst. War es von Bedeutung, wie sie sich entschied? Sie mochte Tabellen und Listen anfertigen, so viele sie wollte, wenn Julians Entschluss feststand, dann würde er sie ungeachtet dessen verlassen. Sie konnte sich ihm schamlos an den Hals werfen, sich dem Gespött der Öffentlichkeit ausliefern, nur um mit Schande und Einsamkeit belohnt zu werden.

Das war ein weiterer Punkt für die Liste. Indessen war sich Lily nicht sicher, in welche Spalte er gehörte.

Ich fürchte mich vor dem Alleinsein.

Sie beteuerte jetzt seit Monaten, dass sie nicht den Wunsch hegte, sich zu vermählen. Gleichwohl begann die realistische Alternative, nämlich Jahrzehnte eines Altjungferndaseins zu führen, sich in ihrem Kopf zu verfestigen wie trocknender Mörtel. Es war ihr ein Leichtes, sich selbst zu sehen, wie sie Tag um Tag in einem tristen grauen Salon zubrachte, mit einer grauhaarigen Gesellschafterin und einem Dutzend grauer Katzen. Selbst wenn sie einen Papagei mit einem Gefieder in den Farben des Regenbogens hinzufügte, mutete das Bild unerträglich grausam an.

Mit einem ungehaltenen Kopfschütteln riss sie die Seite aus ihrem Rechnungsbuch und warf sie zerknüllt in den Kamin. Wahrhaftig, sie zergrübelte alles, was ihr lieb war. Nichts war gewiss, bis sie Julian wiedersah.

Morgen. Sie würde ihn *morgen* wiedersehen. Das Wort hatte winzige Flügel, die einen freudigen Rhythmus in ihrer Brust anstimmten.

Vielleicht war es auch Tartuffe, der in seinem Käfig rumorte. Der Papagei gab einen hervorragenden Türklopfer ab. Bei Weitem wirkungsvoller als die Spiegel es je gewesen waren. Lily drehte sich herum und gewahrte Swift im Türrahmen.

Der Butler verneigte sich. »Wenn Sie erlauben, Mylady. Eine Lieferung.«

Hinter ihm trat ein Diener ein, der mit einer großen rechteckigen Kartonschachtel beladen war. Auf dem Deckel lag ein verschlossener Umschlag. Lily entließ die Diener mit Worten des Dankes und griff nach der Notiz. Sie wusste, dass sie von Julian stammen musste. Sie hatte ihn seit jenem Morgen im Kaffeehaus nicht mehr gesehen, aber er schickte ihr jeden Tag kleine Depeschen. Am ersten Nachmittag hatte er sich nach ihrer Gesundheit erkundigt. Sogleich hatte sie ihm geantwortet und um Auskunft bezüglich *seines* werten Befindens gebeten. Am folgenden Morgen hielt sie die entsprechende Antwort verbunden mit einer Anfrage nach der Farbe ihres Kleides anlässlich der Abendveranstaltung in Händen. Sie schrieb ihm zurück, sie habe noch keine endgültige Wahl getroffen, werde ihn aber im Falle einer Entscheidung umgehend informieren. Und so weiter und so fort, die Briefchen gingen hin und her, drehten sich um dies und das, indessen nicht um Angelegenheiten von wirklichem Belang. Er hätte sie ebenso gut allesamt mit »Ihr geschätzter Korrespondent, Julian« unterzeichnen können.

Gestern hatten Amelia und der Herzog von Morland ihr mit dem vorgeschobenen Anliegen, zu Lilys Tanzfortschritten beitragen zu wollen, einen Besuch abgestattet. Lily hatte keinen Zweifel daran, dass sie auf Julians Insistieren gekommen waren. Sie hätte schwerlich zu sagen vermocht, was befremdlicher gewesen war – mit dem schweigsamen, Respekt einflößenden Herzog zu tanzen oder mit der schwangeren Amelia, die den Part des Gentlemans übernahm. Trotz dieser Widrigkeiten *hatte* Lily geübt, und das überaus fleißig. Ihr Stolz stand auf dem Spiel.

Nachdem er ihr Briefe und Besucher geschickt hatte, war Julian jetzt anscheinend dazu übergegangen, Geschenke zu senden. Für einen Mann, der fest entschlossen war, sie *nicht* zu umwerben, war sein Verhalten in der Tat kurios.

Sie öffnete als Erstes den Umschlag und fand darin eine fein säuberlich in zwei Spalten unterteilte Liste. Auf den ersten Blick sah sie dem Papier, das sie soeben ins Feuer geworfen hatte, auf unliebsame Weise ähnlich. Ihr Herz setzte einen Schlag lang aus. Bei näherer Betrachtung bemerkte sie jedoch, dass es keine Auflistung von Pro- und Contra-Argumenten in irgendeiner Angelegenheit war, sondern dass in der ersten Spalte der Liste mehrere Tänze aufgeführt standen und in der zweiten Namen.

Ein rasches Überfliegen jener enthüllte, dass sie recht wohlhabenden, in der Mehrzahl der Fälle adligen und sämtlich akzeptablen Gentlemen gehörten. Mit wenigen bemerkenswerten Ausnahmen. Gegen Ende stand Morlands Name neben einem Walzer aufgelistet, und Amelias älterer Bruder Laurent, der Earl of Beauvale, war ihr Tanzpartner für die Quadrille, die den Ball eröffnete.

Ein Name fehlte bezeichnenderweise auf der Liste. Julians.

Ihre Stirn war in nachdenkliche Falten gelegt, als sie die von ihm beigefügte Notiz auseinanderfaltete, sie las die Nachricht laut vor. Das war vielleicht töricht, doch sie mochte das Gefühl seiner Worte auf ihrer Zunge.

Liebste Lily,
wie versprochen habe ich die Tanzfolge anlässlich des von Lord und Lady Ainsley ausgerichteten Festes in Erfahrung gebracht. Überdies nahm ich mir die Freiheit, Ihre Tanzpartner im Vorhinein auszuwählen.

Sie murmelte: »Ja, eine Freiheit, in der Tat. Wie überaus generös von Ihnen, Julian.« Sie lenkte ihr Augenmerk abermals auf das Geschriebene.

Was den Inhalt des Pakets betrifft, so vertraue ich darauf, dass Sie wissen werden, für wen selbiger bestimmt ist. Aus Sorge, meine Befugnisse zu übertreten, wage ich es nicht, das Geschenk direkt an den Empfänger zu leiten.

Nun, Julian sprach wahrhaftig in Rätseln. Welcher Empfänger? Wen konnte er damit meinen? Lily knotete das Band auf, mit dem die Schachtel verschnürt war, und hob den Deckel ab. Darunter fand sie eine Wolke weißen Seidenpapiers und ein kleines Billett, auf dem Folgendes stand:

Mit der Bitte um Nachsicht. Nerz war nicht auf Lager.

Sie entnahm der Schachtel einen schweren Winterumhang. Das schwarze Wolltuch war von feinster Qualität und fühlte sich weich wie ein Angorakätzchen an. Das Kleidungsstück war ganz mit Samt gefüttert, der Kragen mit Zobelpelz eingefasst. Es war ein Umhang, der, wenn nicht für eine Königin geeignet, so doch mindestens für ein hochgestelltes Mitglied an deren Hofe, und das Schnittmaß war für Lilys zierliche Gestalt bei Weitem zu voluminös.

Ein Lächeln stahl sich auf Lilys Lippen. Sie warf sich den Umhang über einen Arm und begab sich auf die Suche nach ihrer Haushälterin. »Holling«, trällerte sie laut durch den Flur. »Ich glaube, Sie haben einen Bewunderer.«

14

Julian bereitete sich wie ein Faustkämpfer auf den Ball vor. Er gönnte sich Ruhe, aß gut, übte seine Befähigung zur Konzentration. Er trainierte den Einsatz seiner Fäuste und seine Ausweichmanöver. Am heutigen Abend nahte die Stunde der Wahrheit – die Wahrheit über seinen Widersacher, die Wahrheit über Leos Tod. Diese Aussicht jagte ihm ein nervöses Kribbeln durch sämtliche Glieder. Bei Gott, er war bereit und willens, sein Quantum Schläge einzustecken.

Aber zuvor war Tanzvergnügen angesagt. Fröhlichkeit vor dem Fall. Zu dem Zeitpunkt, an dem er gedachte, auf Lord und Lady Ainsleys Fest einzutreffen – verspätet, das verstand sich von selbst, denn pünktliches Eintreffen wäre ihm nicht dienlich –, wollte er eine lange Liste von Aktivitäten verinnerlicht haben, die vermeiden sollten, dass er müßig herumstand und Lady Lily mit Blicken verzehrte.

Das Dilemma war, dass es ihm trotz inständigen Bemühens versagt blieb, den einen oder anderen Spieler zu finden, der auf ein schnelles Würfelspiel erpicht war, oder Gentlemen, die einen angeregten, längeren Plausch über die ästhetischen Vorzüge der jungen Pariser Aktrice, die seit Kurzem das Publikum in Covent Garden bezauberte, zu schätzen wussten. Wie es schien, war jeder andere männliche Gast vollauf damit zufrieden, müßig herumzustehen und Lady Lily mit Blicken zu verzehren.

Keine fünf Minuten nachdem er die Veranstaltungssäle betreten hatte, kapitulierte Julian und gesellte sich zu besagten Herren.

Sie sah einfach entzückend aus. Für Julian sah sie immer entzückend aus, doch anlässlich dieser Veranstaltung setzte sie neue Maßstäbe in puncto Eleganz. Ihre Robe aus fließender bronzeschimmernder Moiréseide war nicht unbedingt *en vogue* zu nennen oder die kostspieligste im Saal. Der weiche Chignon, zu dem ihre dunklen schweren Locken frisiert waren, war weder extravagant noch übertrieben modisch. Und es gab wahrlich einige Konkurrentinnen, die ihr die Ehre, als bezauberndste Ballkönigin des Abends zu gelten, hätten streitig machen können. Doch jene Damen konnten angesichts ihrer eigenen Schönheit schmoren wie köstliches Wildbret in der Pfanne. Sämtliche Blicke waren auf Lily geheftet, ihr Name war in aller Munde. Die Herren veranlasste sie zu offener Bewunderung. Bei den Damen löste sie viele Gerüchte und Neid aus. Als er eine Gruppe übermütiger junger Kerle passierte, meinte Julian zu hören, dass Lilys Anwesenheit zu einigen ausschweifenden Fantasien inspirierte.

Bellamy für seinen Teil wusste Lily keine nennenswerte Inspiration zuzuschreiben. Indessen gab er ihr die Schuld an seiner beklemmenden Atemnot.

Sie raubte ihm den Atem. Oh, sie ließ ihn letztlich immer wieder zu seinem Atem finden, denn sie war schwerlich eine Diebin. Doch sobald sie sein Blickfeld betrat, musste er quasi nach Luft schnappen.

Apropos ausschweifende Fantasie.

Bei diesem Tanz war ihr Partner Mr. George »Denny« Denton, ein handfester, jovialer Bursche, wenngleich mit einem

Mangel an Scharfsinnigkeit geschlagen, so doch Erbe eines umfänglichen Vermögens und Anwesens. Er war zudem ein entsetzlich schlechter Tänzer. Er machte so viele Fehler, dass Lilys falsche Schritte entweder unbemerkt blieben oder seiner ungeschickten Führung angelastet werden konnten. Ungeachtet der Verwirrung, die sie im Zuge der Schrittfolgen stifteten, strahlten ihre Gesichter während des gesamten Tanzes, und sie schienen sich tatsächlich bester Laune zu erfreuen.

Mit einem Gemahl wie Denny wäre sie ausgezeichnet versorgt. Er wäre ihr eine Stütze im Leben, würde ihr Kinder schenken, und vermutlich niemals sein unverschämtes Glück vergessen, dass er sich die Hand einer solchen Lady gesichert hatte. Denny war ein liebenswürdiger, unkomplizierter Mann und überaus angesehen in seinen Kreisen.

Julian, das lag in der Natur der Sache, war in seinem Leben noch kein anderer Mann so sehr verhasst gewesen.

Er kämpfte die glutheiß aufflackernde Missgunst unter Aufbietung nicht unerheblicher Willenskraft nieder. Eifersucht war eine Ablenkung, die er sich an diesem Abend mitnichten leisten durfte. Letzten Endes war es Lilys Ballnacht, um zu glänzen wie ein funkelnder Solitär, und seine Nacht, um Antworten zu finden.

Er lenkte seine Schritte in einen der angrenzenden Säle, wo er zwar keine Antworten fand, aber ein Glas dünnen Punsch auftat, das er in einem Zug leerte. Er hätte sich etwas Stärkeres gewünscht, doch musste er seine fünf Sinne beisammenhalten. Da Lilys berauschende Präsenz sich bereits als gefährliche Ablenkung erwies, wäre er schlecht beraten gewesen, sich zusätzlich am Alkohol zu berauschen. Er benötigte einen wachen Verstand, hatte für alles gewappnet zu sein.

Als er in den Ballsaal zurückkehrte, wurde gerade zu einem Walzer aufgespielt. Tanzpaare strömten auf das Parkett.

Lily weilte nicht unter ihnen.

»Ist das nicht Morlands Tanz? Wo zur Hölle steckt der Bursche?«

Lily versagte sich eine zurechtweisende Bemerkung und bedachte ihn mit einem höflichen Lächeln. »Ich wünsche Ihnen einen guten Abend, Mr. Bellamy. Sie sehen fabelhaft aus, wie stets.« Das entsprach nicht ganz der Wahrheit. Trotz seiner zornesumwölkten Miene sah Julian fabelhafter aus denn je. Gleichwohl nahm sie nicht an, dass ihm der Sinn derzeit nach Komplimenten stand.

»Wo ist der Herzog, zum Donnerwetter noch mal?«

»Er und Amelia sind bereits heimgefahren.« Um seinen Verdruss nicht unnötig zu schüren, setzte sie eilig hinzu: »Ich war diejenige, die sie dazu drängte. Sie lassen Claudia ungern so spät in der Nacht allein, wer mag ihnen das verdenken?«

In Wahrheit hatte sie umgehend mit Amelia korrespondiert, nachdem sie jene von Julian geschickte Liste mit Tanzpartnern gesehen hatte. Gemeinsam hatten sie eine Taktik ersonnen, die Lily gewährleistete, dass Amelia und der Herzog vor dieser Tanzfolge aufbrachen. Hätte ihre Freundin sich nicht bereit erklärt, ihr zu helfen, hätte Lily auf ein altbewährtes Mittel zurückgegriffen und dem Duke heimlich Schlafpulver in den Punsch gegeben. Denn sie war entschlossen, jede erdenkliche Minute mit Julian zu verbringen.

»Es ist mir unbegreiflich, wie sie aufbrechen und Sie hier allein zurücklassen können.«

»Ich bin nicht allein. Sie sind bei mir, Julian. Und wenn Sie die Freundlichkeit besitzen, mich aufzufordern, gehört dieser Tanz Ihnen.« Sie bot ihm ihre Hand.

Er ergriff sie. »Wie könnte ich da ablehnen?«

Auf dem Weg zur Tanzfläche hätte Lily eigentlich triumphieren müssen. Doch dem war nicht so, sie focht mit ihrer Erschöpfung. Schon vor ihrer Erkrankung hatte sie gesellschaftliche Ereignisse wie dieses als ermüdend empfunden. Das Tanzen, die Konversation, die fortwährende Anstrengung, die es erforderte, auf jede ihrer Bewegungen, jedes Wort, Lächeln und jeden Atemzug achtzugeben und diese zu einem untadeligen Porträt adligen Geblüts verschmelzen zu lassen. Selbst wenn sie sich redlich amüsierte, fühlte sie sich nachher ausgehöhlt und leer. Heute Abend war alles noch anstrengender, weil sie sich bemühen musste, der Konversation zu folgen und beim Tanzen im Takt der Musik zu bleiben. Zuweilen beides zur gleichen Zeit.

Als Julian sie in seine Arme schloss, hätte sie nichts lieber getan, als in seine Umarmung zu sinken und ihn zu bitten, sie nach Hause zu bringen. Indessen mochte sie in einigen Jahren nicht auf diesen Abend zurückblicken und sich erinnern, dass sie mit jedem Gentleman im Saal getanzt hatte *außer* mit Julian. Sie wollte sich diesen Abend in ihrer Erinnerung als ihren gemeinsamen Abend bewahren.

Also tanzten sie Walzer miteinander.

»Sie schauen mich überaus merkwürdig an«, sagte sie. Sein bohrender Blick verunsicherte sie.

»Tue ich das?«

Sie nickte. »So ernsthaft und eindringlich. Wir befinden uns auf einem Ball, wissen Sie.«

»Ich weiß, dass wir uns auf einem Ball befinden, Lily. Wenn

ich ernst dreinblicke, dann ist das kein Missvergnügen. Es ist Hochachtung. Sie erstrahlen vor Schönheit, und dieser Augenblick ist … schier unglaublich. Es ist, als wäre ich zufällig auf ein Stück Realität gestoßen, das meine kühnsten Vorstellungen übertrifft, und ich weiß nicht, wohin das führen wird.« Sein Blick senkte sich in ihren. »Ich bin ungemein stolz darauf, der Mann zu sein, der in diesem Augenblick mit Ihnen tanzt.«

Sie musste sich von seinem Blick losreißen, wenn sie nicht in Tränen ausbrechen wollte. Er konnte nicht einmal ahnen, wie tief sie jene Worte berührten. Von jedem anderen Mann wären sie eine höfliche Schmeichelei gewesen. Aus Julians Munde waren sie Labsal für ihre Seele.

Nichtsdestoweniger versuchte sie, dem Gespräch eine unverfängliche Wendung zu geben. »Ich gestehe, ich bin auch recht stolz auf mich. Wir wollen hoffen, dass Mutters Tante Beatrice niemals davon erfährt.«

»Tante Beatrice soll sich mit ihrer frömmlerischen Moral einen Platz im Himmel sichern! Ich für meinen Teil werde den heutigen Abend zu nutzen wissen.« Er warf einen Blick durch den Ballsaal. »Wahrlich, das ist ein Abschied aus der vornehmen Welt der Aristokratie, wie er exzellenter nicht sein könnte. Unmöglich, diesen Triumph jemals zu übertreffen. Alle blicken zu uns. Blicken auf Sie. Ich wünschte, Sie könnten den Neid auf ihren Gesichtern sehen.«

Sie wünschte, *er* würde aufhören, davon zu reden, dass er sie für immer verließ.

»Sind Sie sich gewiss, dass es Neid ist?«, forschte sie. Julian hatte recht, sie wurden unablässig beobachtet. Doch für Lilys Auge las sich der Ausdruck auf den Gesichtern ihrer Beobachter als Faszination und weniger als Missgunst.

»Oh ja. Es ist Neid. Bewunderung für Sie, gepaart mit Verachtung für mich.« Um seine Lippen zuckte der Hauch eines ironischen Lächelns. »Ich denke, sie wissen, woher ich komme, Lily. Ich denke, sie alle sehen mich letzten Endes als den, der ich in Wahrheit bin. Jahrelang war ich in der Lage, mir den Weg in die bessere Gesellschaft zu erschwindeln, aber jetzt, da sie uns zusammen sehen, Sie und ich beim Walzer vereint ... Die Wahrheit muss offenkundig sein. Sie alle sehen einen unehelichen Gossenbengel, der sich die Dreistigkeit erlaubt, mit einer Lady zu tanzen.«

»Ich denke nicht, dass es das ist, was sie sehen.«

Sie verstummten für eine Weile.

»Haben Sie den heutigen Abend genossen?«, beendete er schließlich ihr Schweigen.

»Das nehme ich doch an. Ich bin Ihren Empfehlungen gefolgt, Julian. Ich habe mit jedem Gentleman auf Ihrer Liste getanzt und darüber hinaus mit manch anderem geplaudert.«

»Hervorragend. Hat der eine oder andere dieser Herren einen tieferen Eindruck bei Ihnen hinterlassen?«

»Ja. Einem ist es gelungen.«

Seine Kinnmuskulatur straffte sich. »Darf ich erfahren, wie der Name des fraglichen Gentlemans lautet?«

»Was seinen Namen betrifft, so bin ich mir offen gestanden uneins.«

»In der Tat? Dann beschreiben Sie ihn. Ich kenne jeden in diesem Saal.«

Lily lächelte stumm in sich hinein. Ließ er sich tatsächlich auf dieses Spiel ein? »Wie Sie meinen«, hob sie an. »Er ist hochgewachsen. Gestählt. Untadelig gekleidet, schwarzer Frackrock und«, ihr Blick schoss nach unten, »ebenso schwarze Beinkleider.« Sie lenkte ihre Augen auf sein Gesicht zurück. »Er hat Haare von der Farbe mitternächtlicher Schwärze und einen entlarvend hellen Kopf. Strahlend blaue Augen, die meinen Herzschlag aussetzen lassen. Ein Lächeln, das mich an heimlich verschwiegenen Stellen erwärmt. Er ist mir der liebste Freund auf der Welt. Und er ist ein begnadeter Tänzer.«

Als er sie in eine schnelle Drehung schwenkte, nutzte sie die Gelegenheit, sich inniger in seine Arme zu schmiegen und ihren Mund dicht an sein Ohr zu bringen. Sie hoffte inständig, dass sie eine angemessene Lautstärke traf – laut genug, dass Julian sie verstand, aber wiederum nicht so laut, um belauscht zu werden. Ein schwieriges Unterfangen im Lichte dieses höchst riskanten Eingeständnisses.

»Natürlich sind *Sie* das«, wisperte sie. »Julian, es gibt keinen anderen. Und wenn Sie entschlossen sind, mich zu vermählen, dann werden Sie höchstselbst die Rolle des Bräutigams übernehmen müssen. Weil ich keinen anderen zum Mann nehmen werde. Niemand sonst macht mich auf eine Weise empfinden wie Sie. Keinem wird das jemals gelingen.«

Unter ihrer Hand spannten sich die Muskeln seiner Schulter, traten als sehnige Stränge hervor. Eine Reaktion der Abwehr, die sie aber lediglich anspornte. Sie spähte über seine Schulter zu dem bunten Gewirr der Tanzpaare. »Sie haben recht. Jeder in diesem Saal blickt zu uns. Sie beobachten uns mit unverhohlenem Neid, und das allein, weil sie die Wahrheit erkennen. Es ist für alle offenkundig, dass wir verliebt sind.«

Er stolperte über seinen eigenen Fuß und landete hart auf ihrem. Lily unterdrückte einen scharfen Aufschrei des Schmerzes. Immerhin erübrigte sich damit die Frage, ob er ihre Worte verstanden hatte oder nicht. Es glückte ihnen, den falschen Schritt mit einer schnellen Drehung zu vertuschen, indes war dazu eine innige Umarmung vonnöten.

Er versuchte, sich der bestrickenden Nähe ihres Körpers zu entwinden, um mit ihr zu reden. Doch sie hielt ihn fest. »Nicht jetzt. Bitte, lassen Sie uns einfach den Tanz genießen.«

Er kämpfte noch einen kurzen Augenblick, geriet dadurch wieder aus dem Takt und führte Lily in einem holprigen Rhythmus. Bald jedoch gab er seinen Widerstand auf. Beider Schritte fanden sich im Gleichklang zur Musik. Die Anspannung in seinen Schultern löste sich, und seine behandschuhte Hand wärmte die ihre. Obgleich sie bereits unschicklich eng umschlungen tanzten, spreizte er seine Finger auf ihrem Rücken und zog Lily noch inniger an sich.

Sein Daumen streichelte sie zwischen den Schulterblättern, worauf sich ein warm erregendes Prickeln über ihr Rückgrat schob. Es war der sanfteste Hauch einer Berührung, doch sie war willentlich und wahrhaftig. Ein Eingeständnis. *Ich liebe dich auch.* Er hätte die Musik verstummen lassen, sämtliche Anwesende um ihre geschätzte Aufmerksamkeit ersuchen und sich in tiefer, leidenschaftlicher, ewiger Liebe in romantischen Versen für Lily erklären können, doch dieses heimliche Eingeständnis war Tausende Male erhebender. Nun verspürte sie den Triumph. Sein Widerstand war der einzige, den es für sie zu überwinden galt.

Lily neigte ihren Kopf ein wenig, bis ihre Schläfe an seinem Kinn zu ruhen kam. Sie fühlte sein Seufzen, das ihr Haar streifte, und es berührte ihr tiefstes Inneres.

Wenn dieser Tanz endete, entschied sich alles. Es war durchaus denkbar, dass Julian sich sträubte, seine Gefühle einzugestehen, oder sich weigerte, ihre zu erhören. Selbst diese süßesten Emotionen könnten außerstande sein, die Bitterkeit und Schuld, die sich in seine Seele eingegraben hatten, auszumerzen.

Doch solange sie in dieser Manier tanzten, einander mit solcher Zärtlichkeit umschlungen hielten, vermochte er das Band, das sie umfing, nicht zu leugnen. Solange dieser Walzer währte, waren sie verliebt – das war für jeden zu sehen.

Die Musik endete viel zu bald.

Sie kamen zum Halten. Lily war sich der Betriebsamkeit gewärtig, die rings um sie entstand. Paare trennten sich und formierten sich neu für die nächste Tanzserie. Gleichwohl flüchtete sie sich zum ersten Mal an jenem Abend in taube Ignoranz. Sie brachte es nicht übers Herz, ihn ziehen zu lassen.

Nach einem letzten zärtlich verstohlenen Händedruck gab Julian sie frei. Sie fürchtete sich davor, ihn nur anzuschauen, weil sie wusste, dass ihrer beider Schicksal in seinen Augen zu lesen stand. Wären seine blauen Tiefen von Liebe erfüllt? Von Hoffnung? Bedauern? Niedergeschlagenheit?

Schließlich wagte sie einen Blick.

All das stand in seinen Augen zu lesen.

»Lily«, hob er an. Dann stockte er unschlüssig, wie er fortfahren sollte. Er schüttelte den Kopf, als haderte er mit seinen Worten, und begann erneut. »Lily …« Sein Blick schoss zur Seite. »Lord Weston ist auf dem Weg zu uns. Ihm gehört der nächste Tanz.«

Lily stöhnte innerlich auf. Zum Kuckuck mit Lord Weston und dem nächsten Tanz. Eilig durchwühlte sie ihre Vorratsschublade akzeptabler weiblicher Entschuldigungen: Erschöpfung, Schwindel, das Bedürfnis nach einer Erfrischung … Warum hatte sie nicht daran gedacht, sich angelegentlich des Walzers einen Knöchel zu verstauchen?

Ehe sie jedoch einen Vorwand ersinnen konnte, übergab Julian mit einer galanten Verbeugung seine Tanzpartnerin in Lord Westons Obhut und entschwand. Lily ertappte sich dabei, wie sie sich abwesend, gleichsam entrückt durch den Saal bewegte – eine Promenade als Auftakt zu der daran anschließenden Gavotte. Derweil sie gemessenen Schrittes über das Parkett kreisten, suchte sie in sämtlichen Winkeln des Raums nach Julian. Ihr Herz vollführte jedes Mal einen freudigen Satz, wenn sie einen dunklen, wild gelockten Schopf gewahrte, doch es waren stets Nachahmer und nicht der Mann, den sie suchte.

Sie reihte sich bei den Damen ein, dann wurde ihre Aufmerksamkeit davon beansprucht, auf die Schrittfolgen zu achten und ihrem Partner ein Mindestmaß an Höflichkeit angedeihen zu lassen. Lord Weston war ein Gentleman von ansprechendem Wesen, sie mochte nicht zu unfreundlich sein, doch ihre Konzentration galt vornehmlich anderen Dingen. Sie verpasste ihren Einsatz, sich in die Diagonale zu bewegen und in ihrer Ecke einen Knicks zu machen, worauf der arme Mr. Barnaby sich vor purer Luft verbeugte.

Indessen erspähte Lily in der Menge hinter ihm mehrere Gentlemen, die in einer Ecke standen, und unter ihnen …

Da war Julian. Der Atem, den sie unbewusst angehalten hatte, sprudelte befreit aus ihrer Lunge. Gott sei Dank.

Mr. Barnaby trat an seinen Platz zurück und versperrte ihr die Sicht, aber immerhin wusste sie jetzt, dass Julian *da* war. Er hatte den Ball nicht verlassen, und das bedeutete, dass ihre Schlacht mehr als halb gewonnen war. Nach diesem Tanz wollte sie Kopfweh oder Vergleichbares vorgeben und Julian bitten, sie nach Hause zu begleiten. Dort bedurfte es einzig ihrer Verführungskünste, dass er blieb. Begehren tanzte über ihre Haut, richtete die feinen Härchen auf ihren Armen auf. Sie würde ihn heute Nacht umschlungen halten, und nichts würde sich hinderlich zwischen sie schieben.

Zunächst jedoch hatte sie diesen Tanz durchzustehen. Zum Glück für Lily sah ebendiese Gavotte vor, dass jeweils ein Paar in Folge ein Solo darbot. Es gab längere Phasen des Stillstehens, die von kurzen Einlagen unterbrochen wurden, in denen der Partner umkreist wurde, um dann an den angestammten Platz zurückzukehren, während das Paar an der Spitze der Formation die Länge des Saales abschritt, um sich abermals am Ende der Schlange einzureihen.

Derweil sie und Lord Weston im Gänsemarsch zum Anfang der Reihe vorrückten, reckte Lily den Hals, um einen Blick auf Julian zu erhaschen. Dies gestaltete sich zusehends schwieriger, da er die Gäste in Scharen anzog. So war es wohl auf jeder Veranstaltung, sie hatte das auch auf Leos Festen beobachtet. Sämtliche Gentlemen und die beherzteren unter den Damen gesellten sich zu Julian, begierig darauf zu hören, welch amüsante Dinge er zum Besten gab, zu sehen, ob er sich dazu überreden ließe, eine seiner allseits beliebten Imitationen darzubieten.

Sie war sich nicht sicher, was sie davon halten sollte. Ihn im Mittelpunkt der Aufmerksamkeit zu wissen, vermittelte ihr ein Gefühl der Befriedigung. So wie es ihn mit Stolz erfüllte, wenn sie sich schwärmerischer Bewunderung erfreute. Sie wusste, dass weitaus mehr in Julian schlummerte als das Talent zu billigem, launigem Possenspiel. Sie wünschte, er würde zulassen, dass seine Mitmenschen jene Seite von ihm kennenlernten – sein wahres, wahrhaftiges Ich. Wenn er begriff, dass das Interesse, das er hervorrief, aufrichtiger Natur war, dann würde er sich selbst gewiss mehr Hochachtung und Wertschätzung zollen.

Lord Weston trat zu ihr, und Lily umkreiste ihn mit einem pflichtschuldigen Lächeln auf den Lippen. Kaum dass sie sich trennten, schritt ein anderes Paar durch das Spalier der Tanzenden, und sie gelangten einen Schritt näher an Julians Standort. Abermals ertappte sie sich dabei, dass ihr Blick zu ihm schweifte.

Bei näherer Betrachtung behagte Lily das Bild, das sich ihr bot, ganz und gar nicht. Julian war nach wie vor von Gästen umringt, der Ausdruck auf ihren Gesichtern verhieß jedoch weder Frohsinn noch Erheiterung. Nein, sie wirkten betroffen und brüskiert. Einige von ihnen schienen aufs Äußerste erzürnt. Es musste ein Disput vorausgegangen sein, denn Lily blieb nicht verborgen, dass sich etliche Köpfe in Julians Richtung reckten. Ungeachtet der Erzürnung der um ihn Gruppierten blieb seine Miene überheblich und unergründlich. Als erfreute er sich des Umstands, dass er sie provoziert hatte.

Gleichsam als hätte er es darauf *angelegt* zu provozieren.

Verflixt und zugenäht. Lily und Lord Weston hatten die Spitze der Formation erreicht und waren an der Reihe, ihr Defilee zu absolvieren. Sie schwebte zur Mitte des Parketts, ergriff Westons Hände und ließ sich von ihm durch die Gasse führen, welche die Tanzenden ihnen öffneten, den ganzen Weg zum anderen Ende des Tanzbodens. Dort war sie zum Verweilen genötigt. Eine gefühlte Ewigkeit verstrich, ehe es weiterging und sie Gelegenheit hatte, abermals in Julians Ecke zu spähen.

Als ihr das endlich glückte, hatte sich das Knäuel der um ihn gescharten Gentlemen aufgelöst.

Julian war nirgends mehr zu entdecken.

Etikette hin, Neugierde her: Sie entfernte sich von den Tanzenden, bahnte sich den Weg zu der Stelle, wo sie ihn zuletzt gesehen hatte. Ringsum verteilt standen kleinere Gruppen von

Gästen, die debattierten und miteinander zankten. Wenigstens nahm sie das in Anbetracht ihrer zornesumwölkten Mienen und der ungesunden Röte auf ihren Gesichtern an. Sie fing das eine oder andere Wort auf – niederschmetternde Satzfetzen wie »unerträglicher Emporkömmling« und »nie wieder« und »finaler Schnitt«. Auch ihre Gastgeber, Lord und Lady Ainsley, standen einander mit hochroten Köpfen und offenkundig den Blick des anderen meidend gegenüber.

Lily erspähte Amelias ältesten Bruder in der Menge. »Laurent«, sagte sie und nahm ihn beiseite. »Haben Sie Mr. Bellamy gesehen?«

Ein Hauch von Bedauern stahl sich in seine Züge. »Ich glaube, er ist gegangen. Oder stand im Begriff aufzubrechen.«

»Warum das denn?«, fragte sie mehr sich selbst als Laurent.

»Um ein Duell zu vermeiden, vielleicht?« Laurent schüttelte den Kopf. »Der Narr hat vorhin die Namen der Männer in diesem Saal preisgegeben, die er zum Hahnrei gemacht hat.«

»Mein Gott …« Lily fühlte sich, als hätte ihr jemand einen schmerzhaften Schlag in die Magengrube versetzt. »Aber es ist doch keineswegs so, als wären seine Affären ein großes Geheimnis.«

»Alle wissen davon, aber sie würden niemals öffentlich darüber reden. Es ist eine Sache, Damen privatim zu unterhalten, und eine gänzlich andere, sich damit in Gesellschaft zu brüsten, werte Lily. Er hat eine wahre Sturzflut ehelicher Disharmonie ausgelöst. Und wenn ihm an Leib und Leben gelegen ist, dann wird Bellamy es nicht wagen, sein Gesicht in der nächsten Zeit öffentlich zu zeigen. Selbst wenn er irgendwo eingeladen wäre, was fragwürdig ist. Schwerlich zu glauben, doch dieser Mann sagte wahrhaftig …«

Lily unterbrach ihn mit einem leise geraunten Dank für die Information und wandte sich ab. Es war nicht sonderlich von Belang, was Julian gesagt hatte – sie begriff allmählich, *warum* er es gesagt hatte.

An diesem Abend werden Sie Ihr zweites Debüt in London haben. Und für mich wird er zur grandiosen Abschiedsvorstellung werden.

Laurents Reaktion entsprach exakt Julians Wünschen. Er beabsichtigte, die vornehme Londoner Gesellschaft zu verlassen und sämtliche Bänder unwiderruflich zu zerschneiden.

Einschließlich der Verbindung zu ihr.

15

Nun, resümierte Julian, das sollte es gewesen sein.

Er verharrte gerade lange genug, um seine Handschuhe abzustreifen und die Pistole hervorzuholen, die er hinter einen losen Stein geschoben hatte. Dann steckte Julian die Waffe in seinen Hosenbund und ging die Straße hinunter. Er gab einen leichtfüßigen Schritt vor und zwang sich, ein stetiges Tempo beizubehalten. Er hatte nicht vor, es seinen Verfolgern allzu schwer zu machen. Schließlich wollte er überwältigt werden.

Er hatte sich die ganze geschlagene Woche auf diesen Abend vorbereitet. Frappierend und nachgerade deprimierend war die Erkenntnis, wie wenig er in seinem Stadthaus zu regeln hatte. Seine Firma hatte die größere Herausforderung dargestellt. Er hatte seinen Angestellten vorgeschwindelt, er wolle eine Reise zwecks prüfender Besichtigung der Spinnereien unternehmen. Das verschaffte ihm einige Wochen Zeit. Für den Fall, dass es ihm nicht gelang, in einigen Wochen oder überhaupt jemals zurückzukehren, hatte er Vorkehrungen getroffen und Instruktionen bei seinem Anwalt hinterlegt. Letztendlich würde sich alles finden.

Was Lily betraf …

Er durfte jetzt nicht an Lily denken. Solange er mit dem Gespenst des Mordes lebte, das über ihm schwebte, wäre es ihm niemals vergönnt, an sie zu denken. Nach jenem Walzer und ihren Worten, die so wunderbar, so unbegreiflich klangen, dass er sie irrtümlich für Sätze aus einer fremden Sprache hätte halten können oder für die Weissagung einer sagenumwobenen Pythia, war er versucht gewesen, den gesamten Plan zu überdenken. Doch es war zu spät. Die Ereignisse waren in Gang gesetzt und nahmen ihren Lauf. Er sah sich gehalten, mit allen Mitteln für Aufklärung zu sorgen, wenn er denn überhaupt irgendwelche Hoffnungen auf eine Zukunft hegte, geschweige denn von einer Zukunft mit Lily.

Er *würde* es tun, schwor sich Julian. Wenn Lily ihm ihre Liebe anbot, dann wollte er ihr seine schenken, auf immer und ewig. Er war fest entschlossen, jenes Mysterium zu klären. Er wollte alles richten und für jeden seiner törichten Fehler Buße leisten. Er war willens, alles zu tun, um Lily ein weiteres Mal in seine Arme zu schließen und darauf zu lauschen, wie sie jene Worte an seinem Ohr flüsterte.

Er hatte das Ende des Straßenzuges fast erreicht, als ihn aufwogender Lärm auf der Stelle anhalten ließ. Schritte klapperten über das Pflaster und beschleunigten zielstrebig, alldieweil sie näher kamen.

Seine Verfolger hatten offenbar nicht lange gebraucht.

Er stählte sich, brachte eine Hand auf die Pistole an seiner Hüfte. Das Ding war nicht einmal geladen. Er brauchte Antworten, keine Anklage wegen Mordes. Er hatte nicht die Absicht, seinen potenziellen Angreifer zu erschießen. Noch nicht.

»Julian! Julian, so warten Sie doch.«

Sein Herz rutschte ihm in die Hose, als er herumschnellte und nicht etwa einen Angreifer sah, sondern Lily, die auf ihn zugerannt kam.

»Lily, was zum Teufel tun Sie hier?«

»Ich komme mit Ihnen«, sagte sie, atemlos. »Wenn Sie entschlossen sind, gesellschaftlichen Selbstmord zu begehen, vermag ich Sie daran nicht zu hindern. Aber ich komme mit Ihnen. Sie werden mich nicht allein zurücklassen.«

Bei den himmlischen Heerscharen! Was nun? Julian packte sie bei den Schultern und zog sie beiseite. Dann spähte er an ihr vorbei, um in Erfahrung zu bringen, ob jemand ihren Aufbruch beobachtet hatte.

»Werden wir beobachtet?«, fragte sie, da sie seine Mutmaßungen offenbar erriet. »Das hoffe ich doch.« Sie stürzte sich auf ihn und warf ihre Arme um seinen Hals. Die Pistole schlug metallisch klirrend auf dem Pflaster auf. »Kompromittieren Sie mich. Lassen Sie keinen Zweifel an Ihren Absichten. Sie sollen uns zusammen sehen, dann wird niemand auf die Idee kommen, zu protestieren.«

Er schob sie weg und fragte: »Sind Sie verrückt geworden?«

»Verrückt nach Ihnen.« Mit diesen Worten drückte sie ihm beherzt und sinnlich einen Kuss auf den Mund. Julians Kopf fuhr Karussell, die Knie wurden ihm weich. Sie wollte ihn. Lily wollte *ihn*. Mehr als das, sie wollte die seine sein.

»Ein Kuss ist nicht genug.« Sie löste ihre Arme von seinem Nacken. »Wir werden schärfere Geschütze auffahren müssen.«

Ihre Hände glitten zu ihrem Mieder. »Hier müsste irgendwo ein winziger Riss in der Naht sein«, sagte sie, mit ihren Fingern in aufreizender Manier über ihren Busen streichend. »Ah ja – da ist er.« Sie bohrte ihren Finger in einen kleinen Spalt und zerrte an dem Stoff, worauf das Mieder dem Dunkel der Nacht eine geschnürte Brust offenbarte. »So. Nun haben Sie mich geschändet, Sie Unhold.« Lächelnd warf sie einen Blick über ihre Schulter. »Sind sie uns bereits auf den Fersen?«

Heiliger Himmel. Für sie war das alles ein Spiel. »Sie haben keine Ahnung, was Sie da tun. Sie schweben jede Minute, die wir hier zusammen stehen, in Gefahr.«

»Wegen der Szene, die Sie im Saal provoziert haben?«

Ja, auch deswegen. Und wegen der Szenarien, die er im Verlauf der Woche an unterschiedlichen Orten heraufbeschworen hatte. Er hatte Bemerkungen in den Clubs fallen lassen, die seine sämtlichen Sünden aus der Vergangenheit betrafen und die an Deutlichkeit nichts zu wünschen übrig ließen. Er hatte es mit seinen Scherzen zu weit getrieben, war jenseits jedweder Grenze guten Humors gegangen. Es war ihm sogar gelungen, in Zeitschriftenartikeln verbreiten zu lassen, dass er im Begriff stand, seine Memoiren zu verfassen. Darin wolle er seine frivolsten Geheimnisse enthüllen, hatte er beteuert und bedauert, dass seiner Lebensgeschichte lediglich eine erregende Erfahrung fehle – ein Duell bei Tagesanbruch im St. James Park.

Obgleich er Zweifel hegte, dass sein mutmaßlicher Mörder den Reihen der gehörnten Ehegatten seiner früheren Geliebten entstammte, hatte er sich am heutigen Abend mit diesen angelegt. Er hatte alles Erdenkliche getan, um seinen Widersacher zum Handeln zu provozieren und ihn anzugreifen. Ganz London wusste, dass er an der heutigen Abendveranstaltung teilnahm und dass er am Schluss allein nach Hause gehen würde. Das Einzige, was er nicht getan hatte, war, eine Zielscheibe auf seinen Frackrock zu malen.

Stattdessen klebte Lily nun an seiner Brust.

Seine Augen tasteten die Straße ab. Wohin er blickte, herrschte bedrohliche Dunkelheit. Schatten krochen über das Mauerwerk wie finstere Gestalten. Seine Ohren witterten in jedem Rascheln, jedem Knacken Gefahr.

Kalter Schweiß brach ihm aus und sammelte sich in seinem Nacken. Er musste sie von hier fortbringen.

Wie ein vom Himmel gesandter Triumphwagen bog eine Mietdroschke um die Ecke und rumpelte durch die Straße. Julian hielt sie mit einem Wink seiner Hand an und schob Lily wortlos ins Innere, noch ehe das Gefährt gänzlich zum Stehen kam. Einen Herzschlag lang erwog er, dem Kutscher Lilys Adresse zu nennen und sie allein nach Hause zu schicken, aber dann verlangte sie vielleicht, Gott-weiß-wo herausgelassen zu werden, und folgte ihm wieder. In den vergangenen Tagen schien Lily noch mehr Rückgrat entwickelt zu haben, als sie ohnedies schon besaß.

Um Gewissheit zu haben, dass diese neue, couragierte Version von Lily sicher zu Hause eintraf, blieb ihm nichts anderes übrig, als sie zu begleiten. Daran führte kein Weg vorbei. Gänzlich außer Acht lassend, dass jemand sie verfolgen könnte, brüllte Julian dem Kutscher die Adresse zu und kletterte in die Droschke.

Das Innere war dunkel und kalt wie ein Grab. Kaum hatte er sich auf der Sitzbank niedergelassen, landete Lily halb auf seinem Schoß. Die Kutsche setzte sich schlingernd in Bewegung und ließ die beiden zusammenprallen. Er umschloss reflexhaft ihre entblößten Arme, um ihr Halt zu geben. Seine Finger glitten über nacktes Fleisch, das von Gänsehaut überzogen war. Es war empfindlich kühl, und sie hatte ihren Umhang vergessen. Er rieb mit den Handflächen über ihre Arme, um sie zu wärmen. Er musste sie dringend wärmen. Denn seit er Lilys Frösteln bemerkt hatte, konnte er nicht umhin, auch die beiden Spitzen ihrer harten Brustknospen wahrzunehmen, die sich an ihn drückten. Derweil die Droschke über die gepflasterten Straßen rumpelte, schmiegten und rieben sich zu viele aufreizende Körperteile von ihr an reizbaren Teilen von ihm.

»Julian«, sagte sie mit dunkler kehliger Stimme, »Sie hatten recht neulich morgens. Sie kennen mich so gut. Ich bin für verschwiegene *Affären* und all die damit einhergehende Heimlichtuerei nicht geschaffen.« Im Dunkel der Kutsche glitten ihre Hände zu seinen Schultern, dann zu seinem Gesicht. Ihre Finger fächerten spielerisch durch sein Haar. »Weswegen sollten wir uns auch verstecken? Ganz London soll uns zusammen sehen. Es kümmert mich nicht, was andere sagen oder denken. Ich liebe Sie, und ich möchte, dass alle Welt das erfährt.«

Er hätte weinen mögen. Aus Freude, aus Frustration. Sie war so mutig, seine bezaubernd schöne Lily, und die Situation war so verdammt ungerecht. Es war nicht ihr Fehler, dass sie diese herzzerreißenden Eingeständnisse in einem absolut unpassenden Augenblick machte, in dem sie beide in großer Gefahr schwebten. Er wähnte sich außerstande, ihr alles zu erklären. Er hatte sich für das Leben entschieden, das er lebte, und konnte nicht zurück. Er hatte Lily nicht verdient, verdiente ihre Liebe nicht. Es stand ihm mitnichten zu, den warmen Hauch ihrer Lippen auf seiner Haut zu spüren. Aber verflucht, er brachte es nicht über sich, ihr Tun zu unterbinden.

»Wir sind *verliebt*, Julian. Ist das nicht wundervoll?«

»Nein«, murmelte er, als sie ihn abermals küsste. »Es ist nicht wundervoll. Es ist ein Desaster.«

Ihre Lippen streiften sein Kinn, seinen Adamsapfel. »Ich fühle, dass Sie sprechen, und weiß, dass Sie vermutlich mit aller Heftigkeit Protest einlegen. Aber Sie wissen, dass ich jene Worte nicht hören kann. Ihr Körper argumentiert gänzlich anders, und ihm höre ich zu.« Ihre Finger glitten in seinen Frackrock, fächerten sich über dem dünnen Stoff seines Hemdes. »Nehmen wir Ihr Herz als Beispiel.«

Ja, nimm es. Nimm es und behalte es, für immer.

»Es pocht ungemein heftig. Schlägt unter meiner Hand wie ein Trommelwirbel. Was für ein Wunder. Ich trage mich mit Sorge, dass Ihr Brustkorb all jene Kraft und Emotion nicht einzupferchen vermag. Und Ihr Atem ...« Sie brachte ihre Finger an seinen Mund, zeichnete mit einer lasziv zärtlichen Berührung seine Lippen nach. Er focht den Drang nieder, an ihren Fingern zu knabbern, ihre seidenbehandschuhten Spitzen in seinen Mund zu saugen. »Ihr Atem geht so schnell.« Sie legte eine Hand auf seine Stimmbänder. »War das ein Stöhnen?«

Freilich war es das. Sie machte ihn nachgerade irrsinnig vor Lust. Seine Erektion schwoll an ihrem Schenkel.

»Ihre Hände ...« Sie strich mit einer Hand über seinen Arm, bis ihre behandschuhten Finger auf seinen entblößten zu liegen kamen, dort wo sie den Rand der Sitzbank umklammerten. »Sie zittern, ein ganz klein wenig. Weil Sie ein wenig furchtsam sind. Das ist nur recht und billig, Julian. Ich fürchte mich auch. Ich bin kein Freund der Dunkelheit. Aufgrund meiner Taubheit hasse ich es, wenn ich nichts sehen kann. Gleichwohl weiß ich mich bei Ihnen in Sicherheit.«

»Nein, Sie irren sich, Lily. Sie sind nicht sicher bei mir, nicht in der heutigen Nacht. Es liegt durchaus im Bereich des Möglichen, dass uns jemand gefolgt ...«

Sie ignorierte seinen Einwand und hob die Stimme. »Allmählich begreife ich jedoch, dass bei eingeschränktem Sehvermögen eine erhöhte Sensibilisierung des Tastsinns eine hervorragende Kompensation darstellt. Es ist mein Wunsch, Sie überall zu berühren.«

Ihre Hände streichelten über seine Schultern und Brust, erkundeten jede Erhebung, jede Ebene, glitten tiefer zu der sehnigen Struktur seines angespannten Abdomens.

Tiefer, drängten seine niedersten Instinkte. *Noch tiefer. Leg deine Hände dort unten auf mich.*

Sie belehrte ihn eines Besseren. Den Rücken des Polsters als Stütze benutzend, veränderte sie ihre Position, sodass sie mit gespreizten Beinen auf seinem Schoß zu sitzen kam. Derweil sie es sich auf seiner Erektion behaglich machte, kitzelte ihr warmer Atem sein Ohr. »Ich hätte Ihnen damals, vor Jahren, die Pistole auf die Brust setzen sollen. Ich weiß, dass Sie mich begehren, Julian. Ihr Körper erzählt es mir.«

Sie wusste es nicht. Sie konnte gar nicht wissen, wie lange und mit welcher Heftigkeit er sie schon begehrte. Wie leidenschaftlich und in welch berückenden Verstrickungen der Glieder. Um es zu demonstrieren, schlang er beide Hände um ihre Hüften und rieb ihren Schoß an seinem, was ein lustvolles Prickeln in seiner aufgerichteten Erektion auslöste. Sie seufzte. Er stöhnte, war begierig auf mehr. Mehr Vergnügen von ihrem Körper, mehr süße Versprechungen von ihren Lippen. Mehr von Lily.

Sie ergriff seine Hand und legte sie an ihre Brust, die inzwischen gänzlich von der sie einengenden Korsettage befreit war, und schob seinen Daumen direkt auf die pulsende Spitze ihres Nippels. In schüchtern verführerischem Ton fragte sie: »Und was erzählt mein Körper Ihnen?«

Ihre Brust verschmolz mit den Konturen seiner Hand. Die weiche Rundung erwärmte sich in seiner Handfläche. Ihre harte Knospe drückte sich indessen als fühlbarer Beweis ihrer Erregung an seinen Daumen.

»Er erzählt mir, dass ich verloren bin«, seufzte er, sein Kopf sank auf ihre Brust. »Er erzählt mir, dass ich schwach und schamlos bin und letzthin zum Scheitern verurteilt.«

Sein Mund schloss sich um ihre Brustknospe, und in der Dunkelheit erstrahlte jählings ein Meer aus hellen Sternen. Lily klappte unwillkürlich vor Erstaunen und Entzücken den Mund auf. Er knetete die weiche Fülle ihrer Brust mit seinen Fingern, zog die Spitze dabei tiefer in seinen Mund. Sie grub eine Hand in sein Haar und presste ihn an sich, derweil er die empfindsame Spitze leckte und liebte.

»Ja«, flüsterte sie. »Julian, ja. Hör nicht auf.«

Er stöhnte. Sie konnte den Klang *fühlen*, wie er inniglich um ihre Brustknospe summte. Die Vibrationen schickten glückselige Schauer durch ihre Venen. Dann schürzte er die Lippen und saugte hart, stimulierte eine Nervenbahn, die scheinbar an ihrem Nippel begann und direkt zwischen ihren Schenkeln endete. Mit jedem seiner flatternden Zungenschläge löste er winzige Detonationen der Erregung aus. Oh, es entsprach der Wahrheit, was über ihn verbreitet wurde. Er ging tückisch mit jenem Mund um. Er war verderbt, und sie liebte es.

Der feste Stab seiner Mannhaftigkeit presste gegen die Innenseite ihres Schenkels, und sie wand sich auf seinem Schoß, um in die Mitte zu rutschen. Kaum dass sie ihre Hüften senkte, rieb sich sein harter Phallus an ihrem Geschlecht – *exakt dort*. Exakt dort, an dem perfekten Ort. Jenem perfekten, wundervollen, ersprießlichen Ort.

Seine Hand umschloss ihre Kehrseite und führte sie mit kundigen Bewegungen. Sein Becken verfiel in den schwankenden Rhythmus der Droschke, hob und stemmte sich gegen ihres, derweil die Räder über das Pflaster der Straßen holperten.

Lily schwebte auf den Wolken der Glückseligkeit. Flog höher und höher mit jeder Woge köstlicher Erregung.

Liebe Güte. Oh Gott. Sie würde – gleich hier im Fond der Kutsche – würde sie …

»Julian …«

Er ließ ihr kein Entrinnen. Er bewegte sich geschwinder, presste fester, saugte härter. Die Erregung verzehrte Lily. Es war zu viel. Und gleichzeitig nicht genug.

Doch mit einem Mal, war alles genau richtig.

Sie kam nicht sanft. Der Orgasmus ereilte sie mit der ungestümen Macht der Leidenschaft, verebbte, brandete abermals mit noch größerer Kraft als zuvor auf. Währenddessen bewegte er sich unbarmherzig mit ihr, Woge um Woge wilder Ekstase wrang er aus ihrem Körper. Dann erschauerte sie vor Lust, ehe sie sich schließlich befriedigt entspannte und an seine Brust sank.

»Julian, das war …« Die Suche nach Superlativen erschöpfte sie. »Ich finde keine Worte.« Sie war sich gewiss, dass sie ihre Lust laut herausgeschrien hatte, als sie ihren Höhepunkt erreichte, gleichwohl fand sie nicht mehr die Kraft zu erröten.

Er schloss sie in seine Umarmung, bahnte sich mit Zunge und Lippen den Weg von ihrer Brust zu ihrer Halsbeuge. Seine Lippen bedeckten ihre, und er eroberte ihren Mund mit hungrigen Küssen, stieß tief mit seiner Zunge zu und erinnerte sie daran, dass ihre Lust mithin befriedigt war, seine jedoch *nicht.*

Eine starke, unnachgiebige Hand fuhr zu ihrem Schenkel, zerrte die üppigen Falten ihres Rocks hoch und glitt darunter, um ihr bestrumpftes Bein zu streicheln und dann ihren entblößten, noch immer bebenden Schenkel. Sie richtete sich kaum merklich auf den Knien auf, um ihm leichteren Zugang zu gewähren. Seine Finger glitten geradewegs zu ihrer lockenden Weiblichkeit. Er umschloss ihre Vulva, liebkoste sie zart. Sein Daumen streichelte über ihre harte, empfindsame Perle, und sie erschauerte überwältigt von einem köstlichen Nachbeben. Sie war erhitzt ob ihrer Glut und angenehm feucht dort unten, sodass seine Finger mit Leichtigkeit zwischen die Lippen ihrer Scham schlüpfen konnten. Er schob einen Finger in sie.

Dieses Mal war er derjenige, der erschauerte. Ihre inneren Muskeln begrüßten die zärtliche Invasion, umklammerten ihn begierig und zogen ihn tiefer. Der Gedanke, dass er sie in peinliche Verlegenheit brachte, schoss ihr durch den Kopf, doch die aufwallende Heftigkeit seiner Küsse und das pulsierende Zucken seiner Erektion an ihrem Schenkel bewiesen ihr, dass ihm gefiel, was er fühlte.

Sie wollte ihn nicht minder fühlen. Sie riss sich die Handschuhe von den Fingern und warf sie achtlos zu Boden. Auf seinem Schenkel zurückrutschend, brachte sie ihre Hand auf die beträchtliche Ausbuchtung, die seine Hose straffte. Sie streichelte mit einer Hand über den Stoff, derweil ihre andere seinen geknöpften Schritt fand. Sie war begierig darauf, ihn zu berühren und zu erkunden. Er hatte ihr solch unbeschreibliche Wonnen geschenkt. Sie war sich nicht sicher, ob sie das Geschick besaß, dieses Geschenk in vergleichbarer Großartigkeit zurückzugeben, gleichwohl war sie entschlossen, es zu versuchen. Selbst wenn es mehrerer Versuche bedurfte. Es wäre kein Opfer für sie.

Er küsste sie fiebrig, drängte mit seinen Fingern tiefer, derweil sie sich mit bebender Hand der Aufgabe widmete, Knöpfe zu öffnen. Sie schaffte zwei, dann den dritten. Genug, um mit ihren Fingern in den Schlitz zu gleiten. Ihr erster Eindruck war der von glühender Hitze, die sein Körper verströmte. Sie schob die zerknitterten Schöße seines in den Hosenbund gesteckten Hemdes beiseite. Darunter fand sie nichts als glatte, straffe Haut. Trug er denn keine Leibwäsche? Das war sehr ungehörig. Sie knabberte an seiner Unterlippe und lächelte entrückt in die Dunkelheit.

Er zuckte kaum merklich, als sie die Falte zwischen seinem Schenkel und Bauch nachzeichnete. Sie folgte jener empfindsamen Kurve zu einem Vlies flaumigen Haars, das sich ähnlich anfühlte wie ihres. Um dann auf einen dicken, gefurchten Stab voller Hitze zu treffen, der sich gänzlich anders anfühlte als alles, was sie jemals berührt hatte. Sie strich mit einer Fingerspitze über seine Länge. Eigenartig, wie sich die Haut mit ihrer Berührung bewegte. Wie gefältelter Samt, der über Stahl gespannt war. Sie fand die Vorstellung verwunderlich, dass ebendies in *sie* gehörte, diese heiße, faszinierende Mischung aus Weichheit und Kraft.

Unvermittelt riss er seinen Mund von ihrem. Sein Kopf sank gegen das Sitzpolster. Sein Atem ging in großen dampfigen Wolken, die das wenige Licht einfingen, das in die Kutsche fiel.

Ja, sie spürte diese Kraft. Nicht nur die offenkundige Potenz unter ihren Fingerspitzen, sondern auch die Kraft ihrer weiblichen Intuition. Wegen des engen Schnitts seiner Beinkleider und des Umstands, dass sie nicht alle Verschlüsse geöffnet hatte, gelang es ihr nicht, ihre Hand um seine Mannhaftigkeit zu schließen. Indessen streichelte sie fedrig leicht auf und ab, und neigte sich vor, um seine Halsbeuge mit einem Kuss zu verwöhnen. Er verharrte wehrlos und willenlos auf dem Sitzpolster und ließ sie gewähren.

Bis die Kutsche anhielt und alledem Einhalt gebot.

Lily presste leise lachend ihre Stirn an seine Brust. Nun, vielleicht war es das Beste, wenn sie ihr Tun im Haus fortsetzten. In einem Bett.

Er zog seine Finger aus ihrer Spalte und drapierte die wogende Masse ihres Rocks wieder sittsam über ihre Beine. Dann entfernte er Lilys Hand aus seiner Hose und brachte sie für einen Kuss an seine Lippen.

Milchiges Licht von einer Laterne, die am Straßenrand stand, erhellte das Innere der Kutsche. Es gelang ihr, ihren Namen auf seinen Lippen zu lesen und einige bestrickende Worte dazu. Von seinem Schoß gleitend, zupfte sie ihr Kleid in Form, so gut es eben ging, und verstaute ihre liebesverwöhnte Brust abermals in der eng geschnürten Korsage. Sie zog eine Haarnadel aus ihrem Chignon, die sie dafür nutzte, die zerrissenen Säume ihres Mieders zusammenzustecken, ehe Julian ausstieg und ihr nach unten half.

Arm in Arm eilten sie die Stufen hinauf. Lily schwebte, sie fühlte kaum den Stein unter ihren Abendschuhen. Sie konnte es schwerlich erwarten, ins Innere des Hauses zu gelangen und dort fortzufahren, wo sie unterbrochen worden waren.

Als sie das Portal erreichten, verharrte sie, bevor sie den Türklopfer betätigte. »Warum fährt der Droschkenkutscher nicht weiter?«

Julian räusperte sich umständlich. »Er wartet auf mich. Ich befahl ihm zu warten.«

Mit einem Mal fühlte sie sich nicht länger wie auf Wolken, sondern … am Boden zerstört. Ganz gewiss waren jene Worte einem Streich geschuldet, den das flackernde Laternenlicht Lilys Augen spielte. Er konnte doch sicherlich nicht vorhaben, sie zu verlassen. Nicht nach dem, was eben in jener Kutsche geschehen war, genauer ausgedrückt, was *noch nicht geschehen* war.

»Ich muss aufbrechen«, sagte er. »Du verstehst das nicht. Jemand sinnt darauf, mich zu töten.«

»Jemand sinnt darauf, dich zu töten?«, wiederholte sie seine Worte. »Nun, ich sinne darauf, dich zu lieben. Grundgütiger, Julian. Bei zwei solch widersprüchlichen Alternativen, welche Wahl gedenkst du zu treffen?«

»Es wäre fatal, würde ich dabei beobachtet, wie ich dein Haus betrete. Ich muss dich hier draußen vor dem Portal verlassen.«

Sie nahm einen tiefen Atemzug und mahnte sich, Ruhe zu bewahren. »Julian, schau dich um.« Sie schickte einen bedächtigen Blick über den verlassenen Platz. »Ich sehe niemanden, der uns verfolgt. Keinerlei Bedrohung für dein oder mein Leben. Keinerlei Gefährdung, es sei denn, du suchst die Gefahr. Verlass mich nicht heute Nacht. Komm in mein Bett, liebe mich, und du bist die ganze Nacht lang sicher aufgehoben.«

»Ich kann es nicht tun. Ich bin bereits zu weit gegangen. Es steht mir nicht zu, dich in eine anstößige *Affäre* zu verstricken.«

»Das hier ist Liebe. Liebe ist nicht anstößig. Und ich habe dir bereits eröffnet, dass ich mir mehr wünsche als lediglich eine Affäre.«

»Was denn? Eine Eheschließung?« Es bereitete ihm Mühe, das Wort über die Lippen zu bringen. »Mit mir? Lily, wir entstammen gänzlich anderen Welten. Ich sollte dich daran nicht erinnern müssen. Du weißt um meine Kindheit – den besseren Teil davon hast du neulich mit deinen eigenen Augen gesehen.«

»Mich kümmert das nicht.«

»Ich habe mich von Abfällen ernährt, wie du sie nicht einmal deinen Hunden vorwerfen würdest. Ich saß einen Monat im Gefängnis von Bridewell ein. Heilige Muttergottes, ich lernte nicht einmal, anständig zu lesen, bis ich neunzehn Jahre alt war.«

»Mich. Kümmert. Das. Alles. Nicht.«

»Andere wird es kümmern. Deine Verwandtschaft. Deine Freunde.«

»Dann können sie mir gestohlen bleiben.«

Er fuhr sich mit einer Hand durchs Haar. »Das klingt so einfach, aber das ist es mitnichten. Weder für dich noch für mich. Ich habe mein Lebtag damit zugebracht, allein die Erwähnung des Adels zu hassen. Die Aristokratie und ich … wir empfinden nichts als Verachtung füreinander. Du würdest allen Ernstes von mir verlangen, dass ich dauerhaft Mitglied dieses Kreises werde?«

Sie blinzelte. Einen Herzschlag lang wollte ihr keine Erwiderung einfallen. »Oh«, brachte sie stammelnd hervor. »Ich begreife. Das Dilemma ist nicht, dass ich zu gut für dich bin. Es verhält sich so, dass du zu gut für mich bist.«

»Nein, Lily. Mitnichten. Das ist es wahrhaftig nicht. Das Problem ist, dass jemand Leo tötete, und dass ebendiesem Jemand auch daran gelegen sein könnte, mich zu töten. Solange ich keine Antworten gewonnen habe, vermag ich dir keine Zukunft zu versprechen. Ich kann dir nicht einmal ein Morgen versprechen.«

Wenn sie ihn nicht so unendlich liebte, könnte sie ihn für das, was er sagte, hassen. Wusste er denn nicht, was für einen Tribut jene fortwährende Besorgnis ihr abforderte? In Anbetracht dessen würde ihre Seele niemals Frieden finden.

»Lass es mich einfacher formulieren. Da draußen«, sie deutete mit einem Kopfnicken zu dem parkähnlich angelegten Platz und der Silhouette der Stadt, die dahinter aufragte, »ist Gefahr,

Geheimnis, Gewalt. Und vielleicht … nur vielleicht … eine vage Antwort oder zwei. Hier drinnen«, sie gestikulierte hinter sich, auf das Eingangsportal von Harcliffe House, »biete ich dir Liebe, Annehmlichkeit, Geborgenheit. Ein Heim. Und vielleicht, eines Tages, eine Familie.«

Die kühle Nachtluft nahm sein Seufzen, bannte es in eine Wolke dampfender Feuchtigkeit. Ein sichtbarer Ausdruck seines Zögerns.

Sie packte die Aufschläge seines Überrocks und zog ihn an sich, presste ihre Stirn an seine. »Wähle mich«, sagte sie, in einem Ton, von dem sie fürchtete, dass er bedenklich nahe an einem Flehen war. »Wähle uns. Ich kann es nicht ertragen, dir wieder und wieder Lebewohl zu sagen, nicht zu wissen, was mit dir geschieht, sobald deine Schritte verhallen. Wenn du mich heute Nacht verlässt, Julian …«

Guter Gott, waren das wahrhaftig ihre Worte? Grundsätzlich war es Lily verhasst, jemandem ein Ultimatum zu stellen. Dergleichen ließ eine Frau verzweifelt und manipulativ wirken. Aber sie *war* verzweifelt, unleugbar. Und nachdem Vernunft, Argumente und inständiges Flehen ihn nicht überzeugt hatten, schien Manipulation ihre einzig verbliebene Option.

Ehe sie gänzlich ihre Contenance einbüßte, erklärte sie: »Wenn du jetzt von mir fortgehst, will ich dich niemals wiedersehen, Julian. Nie mehr.«

Dann löste sie sich von ihm und harrte seiner Antwort. Es war ein einsames, unerträglich stilles Warten.

Alle nahmen an, weil sie taub war, sei Lilys Welt lautlos. Doch war das mitnichten der Fall. Sie lebte mit einem beständig wiederkehrenden Aufbranden von Geräuschen – ähnlich dem Effekt, um den sie in ihrer Kindheit erfahren hatte, wenn sie eine

Muschel an ihr Ohr hielt. Ein gedämpftes Rauschen, das fortwährend an den Rändern ihres Bewusstseins wuchs und wieder verebbte. Einen grässlichen Sommer lang hatte sich ein hohes schrilles Pfeifen in ihrer linken Ohrmuschel eingenistet, das unablässige Wimmern hatte sie nahezu wahnsinnig gemacht. Sie hatte an dem Morgen, als sie feststellte, dass es barmherzigerweise verschwunden war, vor Erleichterung geweint. Aber selbst danach war gänzliche Stille etwas, das sie nie gekannt hatte.

Bis jetzt.

Da war die Abwesenheit von Geräuschen, und dann war da das *Schweigen*. Julians Verstummen.

Nach einer langen herzzerreißenden Minute küsste er sie. So leicht, dass Lilys Lippen unter seinen erbebten. Als der Kuss endete, umschloss er ihr Kinn mit seinen Fingern und schaute ihr tief in die Augen.

»Gott sei mit dir.« Mit dem Daumen strich er eine Träne von ihrer Wange. »Gute Nacht, Lily.«

16

Julian hieß den Droschkenkutscher mit höchster Eile zu der Veranstaltung zurückzufahren. Er kehrte an dieselbe Straßenecke zurück, wo er Lily vor weniger als zehn Minuten getroffen hatte.

Unfassbar.

Hatte jenes sinnliche Zwischenspiel wirklich kaum zehn Minuten gedauert? Er wollte die Erinnerung daran sein Lebtag im Herzen bewahren. Ihre heißen, süßen Worte klangen so verheißungsvoll und verführerisch an seinem Ohr. Der Duft ihres Körpers war ein verführerisches Bukett aus Zitrusfrüchten, Rosmarin und schwelendem Verlangen. Ihre Fingerspitzen, die über sein … glitten.

Nicht jetzt, ermahnte er sich. Nicht jetzt.

Die Pistole, die er hatte fallen lassen, war, wie nicht anders zu erwarten, fort. Verschwunden im Dunkel der Nacht oder eher in der Hand eines erfreuten Passanten. Etwas derart Wertvolles lag nicht länger als ein, zwei Minuten auf einer Londoner Straße, ehe es ein glücklicher Finder für sich beanspruchte. Droschken ratterten geschäftig über das Pflaster, um am Ende der Straße anzuhalten und scheidende Ballgäste aufzunehmen. Die unmittelbare Nachbarschaft war jedoch totenstill und verlassen.

Hier war er nun. Allein, unbewaffnet und verspätet für seine Verabredung mit dem Tod. Was jetzt?

Eine Weile stand er da und wartete, ob irgendetwas geschehen würde.

Dann beschloss er aufzubrechen.

Er lief zu seinem Stadthaus, schlug den üblichen Weg ein, schlenderte durch Straßen und Alleen. Er war aufrichtig überrascht, als er unbehelligt vor der bescheidenen Bloomsbury-Fassade eintraf. Dann saß er für eine gute Viertelstunde auf seiner Vortreppe. Obwohl er sich hartnäckig bemühte, seine fünf Sinne beisammenzuhalten, sein Augenmerk zu schärfen und die Dunkelheit nach einer Bedrohung abzutasten, kreisten seine Gedanken fortwährend um Lily.

Jesus Christus, er war ein gezeichneter Mann.

Aber auch ein gezeichneter Mann war ein *Mann*. Er war unwiderruflich von Lily gezeichnet, war von ihrer Berührung gebrandmarkt. Von der Art und Weise, wie sie seinetwegen gestöhnt hatte …

Warum hatte er den Kutscher nicht angewiesen, mit der Droschke noch einmal den Häuserblock zu umkreisen? Eine Minute länger, und es wäre ihm gewiss geglückt, ihr abermals himmlische Wonnen zu bescheren. Er hätte um die Intensität ihres Höhepunkts erfahren, in ihrer innersten Mitte gefühlt, wie ihr weibliches Fleisch seine Finger umspannte. Ihr atemlos zerrissenes Stöhnen, gepaart mit der fedrig leichten Berührung ihrer Finger – all das hätte ihn vermutlich ebenfalls explodieren lassen. Das Blut in seinen Lenden pulsierte schon bei dem Gedanken daran heftiger.

Nicht jetzt, mahnte er sich. Nicht jetzt.

Er erhob sich, klopfte sich den Staub von den Beinkleidern und setzte sich abermals in Bewegung.

Er lief nach Mayfair zurück, wo die Veranstaltung stattgefunden hatte, dieses Mal nahm er indessen eine andere Route, die sich durch enge Gassen und Hinterhöfe schlängelte. Abgesehen von dem einen oder anderen schlafenden Bettler, einigen frühen Karren auf ihrem Weg zum Markt und wenigen passierenden Kutschen begegnete er keiner Menschenseele.

Schließlich befand er sich abermals allein und ungestört an derselben unsäglichen Ecke.

Er lief weiter. Vorbei an vereinzelten Straßendirnen, die in Covent Garden auf einen nächtlichen Freier hofften, an billigen Ginhäusern in den Elendsquartieren rund um St. Giles, am Themseufer entlang. Er nahm Straßen, die er nächtens sonst niemals allein passiert hätte. Das hätte niemand gewagt, der über einen gesunden Menschenverstand verfügte. Nichtsdestoweniger wählte er wagemutig diese Gassen, um seine unbekannten Widersacher zu einem Angriff zu provozieren. Oder, falls jene Widersacher ihm auswichen, schlicht um das Schicksal zu narren.

Die Stunden verstrichen. Seine Füße schmerzten und waren in seinen Stiefeln wie taub. Doch Julian lief weiter.

Bei den ersten Strahlen der Morgenröte fand er sich im St. James Park auf der Wiese wieder, die Schauplatz so vieler illegaler, infamer Duelle war. Hier, auf diesem Feld, ließ sich die Ehre eines Gentlemans mit einem einzigen Schuss in die Luft wiederherstellen. Julian hatte das nie verstanden. Duelle waren in den seltensten Fällen mehr als eine Darbietung falschen Heldenmuts. Eine Kugel wurde zischend himmelwärts geschickt, und alle kehrten besänftigt nach Hause zurück. Englands »beste« Männer wurden bewahrt, um weiterzuleben, damit sie noch mehr Gold scheffelten, noch mehr Kinder mit ihren Gemahlinnen und ihren Stubenmädchen zeugten. Das klang nach einem recht annehmbaren Dasein.

Doch niemand kam zum Duell mit Julian, und er hatte ohnedies seine Pistole verloren. Hier ließ sich keine Satisfaktion für ihn finden.

Seine Satisfaktion, seine Befriedigung ließe sich bei Lily finden, wisperte eine tückische Stimme in seinem Kopf.

Nicht jetzt, ermahnte er sich. Nicht jetzt.

Also schlenderte er tief in Grübeln versunken weiter. Was hatte es zu bedeuten, wenn ein Mann sein eigenes Begräbnis plante und niemand kam?

Lily und Morland hatten von Anfang an darauf beharrt, dass der Mord an Leo ein sinnloser Akt des Zufalls gewesen war. Konnte es sein, dass die beiden recht behielten? Vielleicht hatte er seine Chance auf Rache versäumt, als er mit Lily in der Kutsche saß, oder es war ihm schlichtweg nicht gelungen, seinen Widersacher aus der Deckung zu locken. Indessen war die Möglichkeit, dass es gar keinen Kontrahenten gab, der ihm auflauerte, ebenso einleuchtend. Kein mutmaßlicher Mörder, sei's drum.

Julian hatte kein bestimmtes Ziel vor Augen, doch ein Ort schien ihn anzuziehen wie ein Magnet. Bevor er wusste, wie ihm geschah, war er in Whitechapel, steuerte durch die dicht besiedelte Gegend, in der sich Handelshäuser hoch auftürmten, bis er in der Gasse stand, wo Leo den Tod gefunden hatte. Er kehrte des Nachts öfter hierher zurück. Jetzt war helles Tageslicht, und die Gasse mutete verwinkelt und verschmutzt an, jedoch nicht bedrohlich. Es stank nach Unrat und verfaultem Fisch.

Julian sah sich verwundert um, weil er wieder einmal hier gelandet war. Er war hergekommen, um Leo Respekt zu zollen, nahm er an, doch hier gab es nichts Respektables. Leo hatte diesen Ort mit Körper und Seele verlassen. Julian sollte schleunigst das Gleiche tun.

Demzufolge hielt er nach Norden in Richtung Spitalfields. Er stemmte sich gegen die Flut der bedürftigen Arbeiterklasse, die *en masse* in die besseren Gegenden strömte, um dort ihrem Tagwerk als Dienstmägde, Kaminkehrer, Rattenfänger und dergleichen nachzugehen. Wenn er genauer hinblickte, entdeckte er in der Menge vielleicht einen seiner Laufburschen.

Die Glocken von Christ Church begrüßten den neuen Tag mit vertrauten Klängen. Willkommen daheim, schienen sie Julian zu sagen. Er hatte die ersten neun Jahre seines Lebens in Hörweite dieser Glocken verbracht.

Zum ersten Mal seit Jahrzehnten betrat er das Gotteshaus. Die Gläubigen waren bei der Morgenandacht, und Julian hatte nicht die Absicht, sie zu stören. Er verharrte im hinteren Teil des Mittelschiffs. Während er den Kopf in den Nacken legte und die Arkaden betrachtete, wähnte er sich in seine Kindheit zurückversetzt, als jene geschwungenen Bogen und mächtigen weißen Säulen dieses Bauwerk in seiner Vorstellung zum grandiosesten machten, das ihm jemals Einlass gewährte.

Unter den gestrengen Blicken der Schutzheiligen entglitten ihm jetzt die Gedanken. Zügellos liefen sie geradewegs zu ihr.

Lily. Allein ihr Name inspirierte ihn zu mehr atemloser Ehrfurcht, als jeder Psalm oder Kanon es vermochte. Er erfuhr vielleicht niemals, wer Leo getötet hatte, und ob diese Person ihm gleichfalls nach dem Leben trachtete. Indes wusste er, dass Lily ihn liebte. Das machte ihn zum glücklichsten Bastard von ganz England. Vorausgesetzt sie würde ihn heute Morgen empfangen, das war sein Dilemma. Er hoffte, dass sie zu großherzig war, um wahrhaft zu ihrem Ultimatum zu stehen, aber sicher durfte er sich da gewiss nicht sein. Lily hatte einen starken Willen. Aber vielleicht war ihre Liebe stärker.

Was musste er tun, um eine aussichtsreiche Zukunft mit einer Frau wie ihr zu gestalten? Nicht bloß eine Nacht verstohlener Passion, sondern ein Leben, das ihrer würdig war?

Er dachte daran, einen kleinen Mord an sich selbst zu begehen. Mr. James Bell müsste eines stillen, plötzlichen Todes sterben, und Julian müsste seine Firma diskret veräußern. Eine Lady von Lilys Stand nahm sich keinen Ehegemahl, der seine Hände mit Arbeit beschmutzte. Julian würde den Verlust betrauern, das stand gänzlich außer Frage. Er hatte Pläne entwickelt, die den Fortbestand seines Handelsunternehmens sicherten, und eine Heirat würde bedeuten, dass er sich gänzlich daraus zurückziehen müsste. Er musste für Hunderte von Spinnereiarbeitern mit ihren Familien sorgen, deren Überleben von seinen Löhnen abhing. Im Gegensatz zu dem Gros der anderen Fabrikbesitzer zahlte er ihnen genug, damit sie gut leben konnten. Wenn er die Spinnereien verkaufte, wie wäre es dann um ihr weiteres Schicksal bestellt?

Indessen ging es um beträchtlich mehr als eine rein geschäftliche Entscheidung.

Wenn er Lily heiratete, hatte er an ihrer Seite zu weilen. In ihrer aristokratischen Welt zu leben, die tägliche Flucht in seine Büros und anonyme Spaziergänge durch die Metropole bei Nacht musste er aufgeben. Er hätte sich in würdevoller Haltung zu üben, ausgelassene Feste oder bacchantische Abende in den Clubs wären für ihn passé. *Die Affären* würde er mitnichten vermissen. Sie waren ihm weniger Vergnügen gewesen als Vergeltung. So widerwärtig und erniedrigend. Es war ein Wunder, dass er an diesem heiligen Ort zu stehen vermochte, ohne von einem lodernden Flammenmeer verschlungen zu werden.

Verdammt, es war unumgänglich. Er war ihrer gänzlich unwürdig. Wenn er sich Lily offenbarte, würde er mit der Gewissheit leben müssen, dass er Leos Freundschaft hintergangen hatte, indem er sich dessen Schwester nahm.

Was Leos Mörder betraf, müsste er endgültig akzeptieren, dass er ihn nicht entlarven geschweige denn zur Rechenschaft ziehen konnte. Er würde niemals erfahren, ob er unwissentlich Schuld am Tod des Freundes trug, ob dessen Mörder eigentlich Julian Bellamy den Tod gewünscht hatte. Er würde sich unablässig sorgen. Stets das ahnungsvolle Prickeln lauernder Gefahr verspüren, während er auf der Straße ging, stets befürchten, dass ihn eines Tages jemand wiedererkannte. Letztlich hätte Lily darunter zu leiden.

Was musste er aufgeben, um bei Lily zu sein? Einzig sein Handelsgeschäft, seine Prinzipien, seine Besitztümer, seine Identität, seine Loyalität gegenüber Leo und seinen Seelenfrieden. Eigentlich alles, für immer.

Ehe er die Kirche verließ, senkte Julian demütig den Kopf. Er sprach ein Gebet für seine Mutter und eines für Leo. Dann bat er um Vergebung für das, was er im Begriff stand zu tun.

In Lilys Salon stand ein deckenhohes Wandregal, das mit Büchern gefüllt war, die sie von Kindheit an gesammelt hatte. Seit Leos Tod hatte sie mehr als eine schlaflose Nacht damit zugebracht, die Bände neu zu sortieren. An einem Abend reihte sie die Bücher nach den Anfangsbuchstaben der Nachnamen der Verfasser auf. Am nächsten Abend nach den Vornamen. In anderen Nächten sortierte sie sie nach Literaturgattungen: Gedichtbände, Dramen, Novellen, Kurzgeschichten. Sie überlegte sich Dutzende von Arten, die Bücher zu archivieren. Chronologisch nach dem Datum der Veröffentlichung. Chronologisch nach dem Datum ihres Erwerbs. Chronologisch in der Reihenfolge, in der Lily sie gelesen hatte. Nach ihrer Größe. Nach der Farbe der Bindung. Nach der Anzahl der Seiten.

In einer besonders melancholischen Nacht hatte sie sie je nachdem, wie viele Charaktere in jedem Buch verstarben, aufgereiht.

Letzte Nacht, nachdem Julian so herzlos gewesen war, sie zu verlassen, war Lily haltlos weinend von den Stufen vor dem Eingangsportal in den Salon gestürmt, sie hatte die Bücher sämtlich aus dem Regal entfernt und sie in Truhen weggepackt. Als es dämmerte, hatte sie den jungen Morgen mit frischer Entschlusskraft begrüßt. Das war der letzte Abend gewesen, den sie damit vergeudet hatte, Bücherregale umzugestalten. Sie hatte sich gerade erst nach Monaten der Trauer um ihren Bruder wieder dem Leben zugewandt. Sie war nicht willens, sich wieder in haltlose Traurigkeit zu stürzen.

Sie nahm ein leichtes Frühstück in ihren Gemächern ein. Mit Unterstützung ihrer Zofe kleidete sie sich an, ihre Wahl fiel auf ein Tageskomplet in einem frischen Rosarotton, und ihren Hals schmückte sie mit einer einreihigen Perlenkette. Als das Mädchen ihr das Haar frisierte, betrachtete Lily sich im Spiegel. Müde und rot geränderte Augen starrten aus einem blassen bekümmerten Gesicht. Sie sah entsetzlich aus, zweifelsohne. Indes wurde der Anblick dadurch nicht erhebender, dass sie im Haus herumsaß und Trübsal blies.

Sie entließ ihre Kammerfrau und erwog naheliegende Aktivitäten. Anstandsbesuche wären ein Zeitvertreib, sinnierte Lily. Aber wen sollte sie besuchen? Amelia würde alles über den vorangegangenen Abend erfahren wollen, und Lily wähnte sich außerstande, darüber zu reden. Was andere Besuche betraf, war es vermutlich besser, abzuwarten und vorab einen Blick in die

Klatschspalten der heutigen Zeitung zu werfen. Sie und Julian hatten das Fest überstürzt verlassen, um dann gemeinsam in einer Kutsche zu entschwinden. Ob dies zu irgendwelchen Mutmaßungen geführt hatte? Es kümmerte sie zwar nicht sonderlich, dennoch mochte sie diesbezüglichen Gerüchten nicht ahnungslos gegenübertreten.

Ein Einkaufsbummel? Vielleicht hob das ihre Laune. Auf Kredit. Obschon sie wusste, dass eine solche Strategie bei anderen Damen Wunder bewirkte, war Lily Vergleichbares nie widerfahren. Ihre mathematische Ader ließ es nicht zu, dass sie aufhörte, ihre Ausgaben zusammenzurechnen und gegen das Vergnügen aufzuwiegen, das die Käufe ihr bescherten. Ziemlich aussichtslos, sich mit einem Einkaufsbummel zu vergnügen.

Apropos Unterfangen. Unvermittelt kam ihr eine Idee. Was, wenn sie den Park aufsuchte? Oh ja, ein schöner langer Spaziergang wäre genau das Richtige. Sie könnte Holling bitten, sie zu begleiten. Die Haushälterin würde die Gelegenheit begrüßen, ihr neues Wintercape auszuführen.

»Oh. Dieses Cape!« Lily wischte eine Träne weg, kaum dass sie an jenes schöne, kostspielige Kleidungsstück dachte. Es passte einmal mehr zu Julians Charakter, derart maßlos und zugleich besonnen zu handeln. »Selbst Holling hat einen Umhang, der sie an ihn erinnert, und was hat er mir gelassen? Zwei ruinierte Handschuhe und eine intakte Jungfernschaft.«

Ein leichtes Flattern erregte ihre Aufmerksamkeit.

»Ich bin untröstlich, Tartuffe. Es lag mir fern, dich zu übergehen.« Sie lief zu seinem Käfig und steckte einen Finger durch die Gitterstäbe. Der Papagei knabberte spielerisch daran herum. »Du hast recht. Wenn ich sagen würde, er hätte mir nichts zurückgelassen, würde ich lügen.«

Der Vogel wollte sich jedoch nicht begütigen lassen. Er hüpfte in seinem Käfig herum und schlug erregt mit den Flügeln. Irgendetwas musste sich unten im Parterre zutragen.

Lily verließ ihre Gemächer und lief auf Zehenspitzen den Gang entlang. Sie stieg die Vortreppe hinunter und verharrte auf der drittletzten Stufe. Da war Julian, er stand in einen eleganten Tagesanzug gekleidet in der Eingangshalle und hielt ein zusammengerolltes Papier in der Hand. Sein Gesicht war von unnatürlicher Blässe. Es erweckte den Eindruck, als könnte er gleich ohnmächtig werden, fand sie.

»Einen wunderschönen guten Morgen«, sagte er.

»Nein«, widersprach sie ihm. »Nein, das ist er mitnichten. Es ist ein entsetzlicher Morgen, wie du sehr wohl weißt. Ich dachte, ich hätte klar und deutlich gesagt, dass ich dich niemals mehr wiedersehen will, nachdem du mich gestern Nacht verlassen hast.«

»Das hast du.«

»Was tust du dann hier?«

»Ich trage mich mit der Hoffnung, dass du es dir anders überlegen wirst. Ganz offenkundig.«

Sie umklammerte das Geländer und wappnete sich. Nun, sie war über die Maßen erleichtert, ihn am Leben zu wissen, wenn auch nicht gänzlich wohlauf. Gleichwohl wähnte sie sich außerstande, wieder und wieder durch diese Folter zu gehen. Die Bücher waren bereits fortgepackt. »Julian, ich …«

»Warte.« Er drängte näher, kam am Fuß der Treppe zum Halten. »Lass es mich dir erklären. Bitte.«

Lily verharrte, wo sie stand. Wenn ihr daran lag, diese Konversation zu überstehen, ohne die Nerven zu verlieren, dann bedurfte es eines gewissen Abstands zwischen ihnen. Nicht zu erwähnen, dass es vorteilhaft war, einen halben Meter höher zu stehen als er.

»Es ist gewiss unverzeihlich, dass ich dich letzte Nacht verließ«, hob er an. »Jedoch vermochte ich nicht anders zu handeln. Ungeachtet aller Bedrohungen und Mysterien … Du bist eine Frau von bemerkenswertem Charakter, Lily. Dein Bruder war mir ein sehr guter Freund. Ich mochte deinen Ruf nicht verunglimpfen und Leos Vermächtnis missachten, indem ich deine Unschuld auf diese Weise nahm.«

Das war es? Deswegen war er hergekommen? Um ihr mitten ins Gesicht zu sagen, dass er sie abwies, ein weiteres Mal? Lily konnte es nicht fassen.

»Dennoch …« Er deutete mit einer ausgreifenden Geste seiner Hand zur Seite. Ein Mann trat aus dem Salon. Er war noch jünger, mit dünnem braunem Haar und ernster Miene. Unter seinen Arm geklemmt trug er einen beachtlichen Folianten. Swift und Holling folgten dicht dahinter.

»Dennoch was?« Julian hatte doch gewiss nicht vor, ihr diesen armen Kerl an seiner statt als Ersatzgemahl anzudienen, oder? Fälle von Kuppelei und Ehestiftung gab es zuhauf, aber das hier war … nun, sie wusste nicht einmal um das treffende Wort, so undenkbar war das.

»Ich beabsichtige, die Vorschriften einzuhalten. So, wie es sich für dich geziemt.« Julian winkte den Mann zu sich und sagte: »Der Kurator.« Mit einem Nicken in Swifts und Hollings Richtung setzte er hinzu: »Die Zeugen.« Er rollte das Papier auseinander, das er in Händen hielt und hielt es ihr zur Begutachtung hin. »Eine Sondergenehmigung.«

»Julian, wovon sprichst du da?«

Er sank vor ihr auf eines seiner Knie.

Der Raum vollführte eine plötzliche Drehung. Sie umklammerte das Geländer. »Julian, steh auf.«

»Heirate mich.«

Sie starrte ihn mit großen Augen an. »Was hast du gesagt?« Nur ja keine voreiligen Schlüsse treffen, ermahnte sie sich. Sie musste sich erst ganz sicher sein. Wenngleich es nicht viele Sätze gab, die »heirate mich« ähnelten. Außer vielleicht »heirate nicht«. In Anbetracht seiner kränklichen Blässe – und des Umstands, dass die fragliche Aktivität die Anwesenheit eines Kurators erforderlich machte – hielt sie es für das Beste, sich letzte Gewissheit zu verschaffen.

»Lily Elizabeth Chatwick«, sprach er in feierlich getragenem Ton, »ich ersuche dich darum, meine Gemahlin zu werden.«

Oh. Es gab kein Vertun. Sie hatte ihm das Wort *Gemahlin* von den Lippen abgelesen.

»Hier?«, gelang es ihr schließlich zu fragen. »Jetzt? Heute Morgen?«

»Ja.«

Jene zusätzlichen fünfzig Zentimeter Höhe waren mit einem Mal Schwindel erregend hoch. Sie sank auf die Stufen und landete mit einem dumpfen Plumps auf ihrer Kehrseite. Jetzt begriff sie, warum er so blass war.

»Ich bin kein Marquis, gleichwohl verfüge ich über die finanziellen Mittel, dir ein standesgemäßes Dasein zu sichern. Ich schwöre, dir treu zu sein, bis ans Ende meiner Tage. So wahr mir Gott helfe.« Er beugte sich vor und ergriff ihre Hand. Seine Finger waren eiskalt.

»Was geschieht mit Leos Mördern?«

»Sie sind weiterhin auf freiem Fuß, irgendwo da draußen. Ich wünschte, sie wären es nicht. Doch wenn ich mich zwischen dem Aufspüren der Mörder und einer Bindung mit dir entscheiden muss, dann gibt es keine Option. Ich wähle dich. Ich wähle uns.«

Die Worte schickten flimmernde Funken der Hoffnung durch das Geäst ihrer Venen. »Du hast mit ihnen abgeschlossen? Mit der Suche?«

»Ja.«

»Wahrhaftig? Du entsagst den nächtlichen Streifzügen, dem blutrünstigen Sport, den ständigen Verdächtigungen?«

»Alledem.« Er umschloss ihre Finger mit eindringlichem Griff. »Ich sehe die Skepsis in deinen Augen, und ich weiß, dass ich es nicht besser verdiene. Aber glaube mir, Lily. Dich letzte Nacht zu verlassen war die schwerste Prüfung, der ich mich jemals unterzog. Ich bezweifle, dass ich es fertigbrächte, es je wieder zu tun.«

Seine Versicherungen hätten ihr genügen sollen, indes schien er zutiefst unglücklich über die ganze Geschichte. »Sag mir, dass du nicht nur meinen Ruf retten willst. Ich kann nicht ertragen, dass du hier bist, einzig weil du dich verpflichtet fühlst.«

»Du möchtest nicht, dass ich mich verpflichtet fühle? Nun, es tut mir aufrichtig leid, Lily. Ich bin tatsächlich hier, weil ich mich dir verpflichtet fühle.« Er führte ihre Hand an seine Brust, presste deren Fläche auf sein stürmisch klopfendes Herz. »Ich bin dir von Herzen verpflichtet. Es hat entschieden, dass du unverzichtbar für mein Dasein bist, verstehst du? Und es droht mir mit Streik, wenn ich dich nicht noch am heutigen Tag zu der meinen mache. Sag ja. Ich bin hier und knie vor dir, aus einem tiefen, unwiderlegbaren Gefühl der Verpflichtung handelnd. Ich bin, schlicht und ergreifend, ganz der deinige.« Er schluckte schwer. »So du mich haben willst.«

So sie ihn haben wollte? Ihr eigenes Herz klopfte ihr bis zum Halse und stellte daselbst wahrhaft gestrenge Forderungen. Glaubte der Mann ernsthaft, dass sie ihn abweisen könnte?

Ja, schwante es ihr mit einem Mal. Ja, das tat er. Deswegen seine kränklich fahle Gesichtsfarbe. Er war verzweifelt. Trotz all ihrer Liebesschwüre in der vorangegangenen Nacht hegte er die feste Überzeugung, dass sie ihn heute Morgen verschmähen könnte – oder dass, falls sie ihn erhörte, sie ihre Meinung änderte, während er einen Kurator und eine Genehmigung besorgte.

Oh Julian. Sie las all das in seinen Augen – die Verletzlichkeit, den Schmerz, die Jahre fortwährender Zurückweisungen und Demütigungen. Infolge seines geradezu zwanghaften Bemühens, Erfolge einzuheimsen, sich fragwürdige Vergnügungen zu stehlen und anerkennende Bewunderung von der Welt abzutrotzen, kam ihm gar nicht in den Sinn, dass er diese Dinge wahrhaft verdiente. Nun fiel die Aufgabe, diese fälschliche Auffassung zu berichtigen, ihr zu.

Sie konnte sich keine Aufgabe vorstellen, die erfüllender oder lohnenswerter für ihr Leben gewesen wäre.

»Ja«, antwortete sie, ihre Worte schlicht und knapp wählend, damit sie unmissverständlich wären. »Ja, ich will dich heiraten.«

Als eine wahrnehmbare Reaktion ausblieb, tätschelte Lily mit ihrer freien Hand seine Wange. »Julian, atme weiter.«

Das tat er mit unvermittelter und offenkundiger Erleichterung. Farbe schoss zurück in seine Wangen.

Sie brachte ihren Daumen an seinen Mundwinkel, bestrebt, diesen zu einem Lächeln zu necken. »Wir werden so glücklich sein.«

Er blickte zweifelnd. »Wir werden zusammen sein.«

»Ja. In der Tat.«

17

Es gehörte erstaunlich wenig zu einer Vermählung.

Julian war überrascht. Er hatte noch nie an der eigentlichen Hochzeitszeremonie teilgenommen. Er war zwar Dutzende Male eingeladen worden, doch zog er es vor, sein Erscheinen für das Fest aufzusparen, das sich daran anschloss. Zumal er die Vorstellung verinnerlicht hatte, dass sich ein Sakrament mit derart endgültigem Charakter entsprechend langatmig und eintönig gestaltete.

Doch obgleich der Kurator bedächtig sprach und seine Liturgie des Öfteren an Lily übergab, sodass sie jene lesen und antworten konnte, brauchte es weniger als eine Viertelstunde, Julian Bellamy und Lily Chatwick für den Rest ihres Lebens vor Gott zu Mann und Frau zu erklären.

Die Zeremonie fand im Damenzimmer statt. Nachdem das Ehegelübde gesprochen war, holte er ein Paar schlichter Goldringe hervor. Sie waren schmucklos, aber schwer von Gehalt und Bedeutung. Er dachte, nichts in seinem Leben würde ihn mehr beflügeln, als jenen Ring über ihren schlanken, eleganten Finger zu streifen, bis sie eine halbe Minute später das Gegenstück auf seinen schob. Ersteres war der Triumph, Lily bis ans Ende ihrer Tage zu der seinigen zu machen. Letzteres das tief erleichternde Gefühl, der ihrige zu sein.

Es war lange her, dass er zu jemandem gehört hatte.

Alle unterschrieben die Dokumente: Lily, Holling, Swift, der Kurator. Julian bildete den Schluss. Er zögerte, weil er sich inständig wünschte, dass der Name, mit dem er zu unterschreiben gedachte, in der Tat sein eigener wäre.

Indessen war es zu spät für mahnende Übergriffe seines Gewissens.

Er kritzelte die Signatur auf das Papier. Dann war es vollbracht.

Er blickte zu seiner Braut – seiner Gemahlin; guter Gott, sie *gehörte* jetzt zu ihm, und sie schenkte ihm ein strahlendes Lächeln. Sie hatte über seinen Antrag am heutigen Morgen aufrichtig überrascht gewirkt. Bei näherer Betrachtung ihrer äußeren Erscheinung, fragte er sich allerdings, ob sie nicht doch die Erwartung gehegt und sich dem Anlass gemäß gekleidet hatte.

Sie mutete in ihrer Schönheit zeitlos an, so wie es eine Braut sein sollte. In fünfzig Jahren könnte jemand den Namen »Lily« erwähnen, und Julian würde trotz des lückenhaften Erinnerungsvermögens eines Achtzigjährigen sogleich *dieses* Bild vor Augen haben. Einerlei, welche Veränderungen die Zeit an ihrem Äußeren vornahm, er würde sie stets dergestalt in Erinnerung behalten. Sie sah nicht nur bezaubernd aus, sondern sie hatte auch ein liebenswertes Wesen. Willensstark und resolut, dabei weich und feminin in jenem herzkirschenrosa Kleid mit Perlencollier. Dunkle, weich gewellte Locken umrahmten ihre milchweißen Wangen und kandisbraunen Augen. So verführerisch und süß.

Im wahren Wortsinne zum Anbeißen.

»Und«, fragte sie, während sie ihre Hände hinter dem Rücken verschränkte und auf ihren Zehenspitzen wippte, »was nun?«

Was nun? Oh, er wollte ihr zeigen, was nun war.

Mit seinem Dank und einer großzügig bemessenen Spende für die Gemeinde entließ Julian den Kurator.

Swift und Holling wies er an: »Gebt den Bediensteten ein Festmahl, guten Wein und den Rest des Tages frei. Stellt ein Tablett für uns auf den obersten Treppenabsatz. Danach geht mir niemand mehr hinauf, und das schließt euch alle ein, es sei denn, wir läuten. Keine Zofe, kein Diener, keine Stubenmagd, kein Bursche zum Kohlennachlegen. Nicht heute, nicht morgen. Es kümmert mich nicht, wenn es drei Tage sind und ihr uns für tot haltet, habt ihr das verstanden? Wir wollen nicht gestört werden.«

»Aber Sir, die …«, hob Holling an.

Er schnitt ihr das Wort ab. »Keine Störung gleich welcher Art.«

Die Haushälterin sank hastig in einen Knicks. »Wie es Ihnen beliebt, Mr. Bellamy.«

Sobald die Bediensteten sich entfernt hatten, durchquerte Julian den Raum, bis er ungefähr eine Armeslänge von Lily entfernt stand. Sich ihr weiter zu nähern, getraute er sich nicht. »Ich wünsche mir inständig, meine Braut zu küssen.«

Ihre rosaroten Lippen hoben sich zu einem Lächeln. »Deine Braut wünscht sich inständig, geküsst zu werden.«

»Doch gibt es da ein Problem, musst du wissen. Wenn ich dich hier küsse, laufen wir Gefahr, dass es uns niemals glücken wird, in die oberen Gemächer zu gelangen.«

»Nun.« Dunkle Wimpern flatterten, als sie den Raum mit gespielter Ernsthaftigkeit maß. »Da wäre noch der Diwan.«

»Ein anderes Mal.« Er drängte sich näher an sie und legte eine Hand auf ihre Schulter. »Hab Mitleid mit den Nerven der armen Holling und versuch, nicht zu kreischen.«

Mit diesen Worten hob er sie und nahm sie in seine Arme. Sie kreischte doch, aber nur ein bisschen. Sie umklammerte seinen Hals vor lauter Verblüffung mit einem Hauch vielleicht gespielter Verzweiflung. Kaum dass sich ihre Fingernägel in seinen Nacken gruben, schob sich ein begehrliches Prickeln über sein Rückgrat. Sie war leicht wie eine Feder, und es bedurfte keiner sonderlichen Anstrengung, sie hochzuheben. Doch ihre zierliche Gestalt in seinen Armen zu halten, sie inniglich an seine Brust zu drücken, ihre köstlichen Rundungen und Kurven zu einem anschmiegsamen Bündel zu formen, ließ ihn sich als mächtiger Beschützer fühlen. Und ein wenig wild und ungezähmt. Seine Manneszier schwoll an.

Er trug sie durch die Eingangshalle und die Stufen hinauf. An den Fenstern vorbei, die er ungezählte Male von der Straße aus betrachtet hatte, hielt er durch den Flur, zählte Türen, bis er ihre Suite erreichte.

»Woher weißt du, wo meine Zimmer sind?«, forschte sie, als er mit seiner Schulter die Tür zu ihrem Salon aufstieß.

»Trefflich geraten.«

Er passierte den Teppich mit drei langen Schritten, trug sie in ihr Schlafzimmer und sank mit ihr auf das Bett. Ein Meer aus weißen weichen Kissen und Decken saugte sie ein wie eine Schneewehe. Julian spuckte ein Stückchen Spitze aus, das in seinen Mund geraten war, und drehte sich zu ihr auf die Seite. Neben all jenem Weiß erstrahlte der Raum anlässlich der nahenden Mittagsstunde in flirrend hellem Sonnenlicht.

»Oh, es ist grässlich, nicht wahr?«, rief sie, während sie Wolken von weißem Bettzeug fortschob. »Ich ließ dieses Zimmer einrichten, als ich siebzehn war, und es wurde nie umgestaltet.«

Er haschte nach einer winzigen Feder, die zwischen ihnen

schwebte, und bedachte Lily mit einem wölfischen Grinsen. »Ausnehmend jungfräulich.«

Umso trefflicher, dich zu verführen, mein Schatz. Dieses Bett hauchte seinen verderbtesten Fantasien neues Leben ein. Eine vornehme Lady auf einer Wolke weißer Spitze zu nehmen; seinen harten, unadligen Schwanz in ihre untadelige, enge, wohlbehütete Unschuld zu schieben. Und es war erhebender als jede Fantasie, dass Lily zu ihm gehörte. Sie war seine Gemahlin. Ihre untadelige, enge … Gott, er wusste, dass sie eng sein würde … ihre Unschuld gehörte ihm. Auf alle Zeit.

Schwankend zwischen Herzflattern und Beklommenheit verspürte er eine Erektion, jäher und härter, als es ihm je widerfahren war. Der Schritt seiner Beinkleider wölbte sich verräterisch über seinem Genital.

»Dann ist es der Sache angemessen, schätze ich. Ich meine … das heißt …« Ihre Wangen erhitzten sich, nahmen sich rosig gegen das weiße Leinen aus. »Du weißt, dass es keinen anderen gab.«

Liebste, süße Lily. Er strich ihr das Haar aus der Schläfe, zwang sich, sein lustvolles Begehren für den Moment zu zügeln. »Bist du ängstlich?«

»Nein. Doch, ein ganz klein wenig. Indes ist es eine angenehme Form der Bangigkeit.«

»Du brauchst dich nicht zu ängstigen. Es wird fantastisch werden. Überwältigend.«

Sie lachte. »Vielleicht sollte ich dir Arroganz vorwerfen, doch in Wahrheit wähne ich mich ungemein getröstet von deiner Äußerung.«

»Es ist mitnichten Arroganz, sondern ein Versprechen. Es wird wundervoll werden«, beharrte er, »und ich will dir erzählen, warum. Weil du es mir sagen wirst, wenn du etwas anderes fühlst als unbeschreibliche Wonnen, dann werde ich sogleich aufhören. Hast du verstanden? Ich würde dir wehtun.«

Sie nickte. »Und das aus dem Munde eines Ehegemahls.« Mit einem kleinen Seufzen setzte sie sich kerzengerade im Bett auf. Als hätte sie soeben ein Geistesblitz über diesen Umstand erhellt, grinste sie zu ihm hinab und sagte: »Ich bin deine *Ehefrau*, Julian. Ich bin Mrs. Bellamy.«

Ihre Augen blitzten vor Freude, versprühten strahlende Funken der Glückseligkeit, die sein Herz berührten. Sie hatte noch niemals so wunderschön ausgesehen.

»Nein«, sagte er, sich ohne Hast neben ihr aufrichtend. »Du bist nach wie vor die Tochter eines Marquis, und du bist nicht Mrs. *Niemand*. Du bist und bleibst *Lady* Lily Bellamy.«

»Gütiger Himmel.« Sie fasste sich an die Stirn. »Weitere L-Laute in meinem Namen! Jetzt sind es fünf!«

»Zu spät. Es gibt kein Zurück.«

»Bist du dir dessen gewiss?« Sie spielte mit seiner Krawatte. »Du hast mich noch nicht geküsst, weißt du das.«

Er neigte sich behutsam vor und ließ ihr reichlich Zeit, jene zu einem aufreizenden Lächeln geformten Lippen in einen weichen, sinnlichen Schmollmund zu verwandeln. Ihre Nasen berührten sich. Sie nahm einen raschen Atemzug. Und in dem Augenblick, ehe er seine Lippen auf ihre presste, flüsterte sie: »Ich liebe dich so sehr.«

Er bedeckte die kostbaren Worte mit seinem Mund, denn er war begierig, sie in sich aufzusaugen. Erst kostete er ihre Lippen, dann tauchte er leicht mit seiner Zunge ein. Sie griff nach ihm, grub ihre Finger in sein Haar, und als er den Kuss inniger werden ließ, rang sich ein Stöhnen tief aus ihrer Kehle.

Verlangen verzehrte ihn wie eine Flamme trockenes Holz. Es bedurfte seiner sämtlichen Widerstandskraft, jenes Versprechen einzuhalten, das er soeben gegeben hatte, und sie nicht impulsiv auf das Laken zu drücken und mit einem Stoß in ihr zu versinken. Indes war es ihm ein Herzensanliegen, dass Lily jede Sekunde dieses Liebesakts nicht minder genoss, als er es zweifelsohne tun würde.

Er löste sich von ihrem Mund und begann mit einer sorgsamen Erkundung ihres Ohrläppchens. Zunächst knabberte er zärtlich, dann erkundete er mit Lippen und Zunge ihre Haut. Sie war so köstlich, dass er einem spielerischen Biss nicht widerstehen konnte.

Ihr entfuhr ein spitzer Schrei.

Er fuhr zurück. »Habe ich dir wehgetan?«

»Nein.« Sie blickte verwirrt. »Weswegen fragst du?«

»Du … du hast einen befremdlichen Laut von dir gegeben.«

»Oh, tat ich das?« Sie lächelte durchtrieben. »Ich nehme an, weil es mir gefiel.«

Ganz recht. Er sehnte sich danach, sie *unter* sich zu wissen, jetzt. Er raffte Unmengen bauschiger weißer Spitze zusammen.

»Und, wer ist jetzt ängstlich?«, forschte sie, sein Kinn mit spielerischem Finger neckend. »Ich bin mir sicher, dass ich letzte Nacht in der Kutsche eine Vielzahl befremdlicher Laute von mir gab. Da warst du nicht so besorgt.«

»Letzte Nacht war anders.« Letzte Nacht war *er* anders gewesen. Julian rang mit einer Erklärung für sein Verhalten. In der Kutsche war er ein Dieb gewesen, der sich im Schutz der Nacht nahm, was ihm nicht gehörte. Heute war er ein Bräutigam, der unlängst geschworen hatte, diese Frau alle Tage bis an sein Lebensende zu lieben und zu ehren. Der Unterschied war ein grundlegender, es war … nun, ein Unterschied wie Tag und Nacht.

»Lass uns ein Signal festlegen«, schlug sie vor. »Ein Wort. Wenn ich mich unbehaglich fühle oder Schmerz empfinde, dann werde ich jenes Wort ausrufen. Bei all den anderen Geräuschen fällt dir das gewiss auf. Bist du einverstanden?«

Er nickte. »Welches Wort?«

Sie überlegte. »Wie wäre es mit Spinne?«

»Spinne?« Es half alles nichts, er musste lachen. »Wer mag im Banne der Leidenschaft an Spinnen denken?«

»Niemand, natürlich. Deswegen ist das Wort ideal.«

Er schüttelte den Kopf. »Etwas anderes, wenn ich bitten darf, mit weniger Beinen.«

»Nun gut.« Ihre Augen wanderten an ihm vorbei zu dem angrenzenden Salon. »Was ist mit Armlehnstuhl? Gänzlich harmlos und nur vier Beine.«

»Ausgeschlossen. Was, wenn du mich bittest – und zweifelsohne *wirst* du mich eines Tages darum bitten – ›Julian, liebe mich, gleich hier in dem Armlehnstuhl‹? Der Zauber des Augenblicks wäre zunichtegemacht.«

Zwischen ihre hübschen Brauen schob sich eine steile Falte. Sie wusste, dass er sie aufzog. Gleichwohl war es eine bewährte und wahrhaftige Prüfung ihres Wesens. Wie reagierte sie, wenn sie mit einem scharfsinnigen Argument konfrontiert wurde, neigte sie dann eher zur Kapitulation oder bot sie Paroli? Julian war kein Freund von Menschen, die in erstere Kategorie fielen.

Und Lilys Antwort war der Grund, weshalb er sie über jegliches Maß bewunderte und verehrte.

»Nun denn«, antwortete sie, den Knoten seiner Krawatte lösend. »Wenn das der Fall ist, fallen schon mal einige Möglichkeiten weg. Armlehnstuhl, Sofa, Teppich, Badezuber, Frisierkommode, Esstisch, Anrichte. Nicht genehm, keiner dieser Begriffe.« Sie zog an der aufgeknoteten Krawatte, und das leise Gleiten des Leinens in seinem Nacken machte seinen Körper vor Verlangen pulsen.

Ihre Finger widmeten sich den Knöpfen seiner Weste. »Kutsche, Kalesche, Droschke, Landauer oder Ähnliches von dieser Natur scheiden ebenso aus. Oh, und die Natur! Des Weiteren auszuschließen sind Gras, Wiese, Hügel, Heuboden, Grotte, See … Also wahrlich, Julian, es bleiben nur wenige Begriffe übrig.« Sie schob ihre Hände in seine geöffnete Weste, strich mit ihren Handflächen über den dünnen Stoff des Hemdes. Sie neckte ihn mit Worten und Taten, und er liebte sie dafür.

»Dreh dich um«, sagte er rau, seine Anweisung mit einer Bewegung seiner Hand um der Klarheit willen unterstreichend.

Sie gehorchte, und er brachte seine Finger auf die Reihe stoffbezogener Knöpfe, die ihr schlankes Rückgrat zierten.

»Was ist mit Spiegel?«, forschte sie, in das deckenhohe Spiegelglas auf der anderen Seite der Kammer lächelnd.

»Biest.« Er fing ihren Blick in dem Spiegel auf. »Absolut ausgeschlossen.«

Sie lachte, als er sich abermals der Aufgabe zuwandte, die vielen winzigen Knöpfe zu öffnen. Es hätten Hunderte sein können, er hätte sich nicht beschwert. Mit jedem Verschluss, den er löste, küsste er das Fleckchen frisch enthüllter Haut. Als er mit der Zunge durch das Tal zwischen ihren Schulterblättern mäanderte, erschauerte sie und stöhnte.

»Bettpfosten?«, japste sie, während sie selbigen ergriff, als er ihr das Oberteil ihres Kleides von den Schultern schob, und so ihre Korsage und ein hauchzartes Unterkleid enthüllte.

Ein kurzer, rascher Ruck und das spitzenverzierte Hemdchen kapitulierte unter seinem schonungslosen Griff. Nachdem er die Bänder ihrer Korsage gelöst hatte, schob er seine Hände auf ihre entblößten Schultern und drehte Lily abermals zu sich um. Der Ausschnitt ihres gelockerten Mieders klaffte auf, und er ließ eine Hand hineingleiten, um ihre Brust zu umschließen, sein Daumen rieb währenddessen unablässig über ihre harte Knospe. Er senkte seine Lippen auf die cremeweiße Wölbung ihres Dekolletés.

Sie warf den Kopf zurück, ihr Gesicht reckte sie zur Decke, alldieweil er ihre Kehle küsste und koste. »Ich bin«, hauchte sie atemlos, »beinahe skeptisch, Kandelaber vorzuschlagen.«

Er kicherte an ihrer Haut.

»Bitte«, brach es aus ihr hervor. Sie schob ihn von sich.

Er straffte sich. »Was denn?«

»Stuck.« Sie lenkte den Blick gleichsam als Erklärung zur Decke. »Stuck ist das ideale Wort. Nicht anstößig, nicht mehrdeutig.«

»Stuck«, wiederholte er. »Vortrefflich.« Er streichelte ihre Wange. »Lily, ich bete dich an.«

Julian hatte sich schon verzweifelt Gedanken gemacht, wie er das erste Mal mit Lily gestalten sollte, dass es sich von jeglicher sexuellen Erfahrung abhob, die er bislang gemacht hatte. Er hatte in den dunkelsten Winkeln seines Gedächtnisses nach einer noch unversuchten Stellung für den Liebesakt geforscht, obschon er es eigentlich für klüger hielt, mit der Missionarsstellung anzufangen.

Indem sie ihm scherzhaft Paroli bot, hatte Lily jedoch exakt das bewirkt, woran ihm gelegen war. Er konnte reinen Gewissens sagen, dass er im Bett noch nie über Spinnen und Stuck geplaudert hatte, mit niemandem.

Als er sie abermals küsste, ihren Mund mit besitzergreifender, ungezügelter Leidenschaft eroberte, begriff er, dass es keine Rolle spielte, selbst wenn er es getan hätte. Sie hatten diesen Augenblick mit so viel aufrichtiger Zuneigung gefüllt, dass kein Raum für seine hässliche Vergangenheit blieb.

Dieses Mal war anders, weil es Lily war.

Dieses Mal war anders, weil es Liebe war.

Er musste sie endlich lieben, jetzt. Und später immer und immer wieder. So viele Male, wie sie es zuließ. Er zerrte ihr Oberteil und Unterkleid herunter, entblößte eine Brust, dann senkte er den Kopf, um mit seiner Zunge die weiche Rundung und die harte, maulbeerfarbene Rispe zu verwöhnen. Er zog die Knospe in seinen Mund und saugte hingebungsvoll daran. *Stöhne für mich, Lily.*

»Oh«, seufzte sie. »Oh Julian.«

»Oh Juuuuulian«, kreischte Tartuffe.

Erschrocken riss Julian den Kopf zurück. Überrascht ob der Unterbrechung nutzte Lily ebendiesen Augenblick, um Julians Lippen für einen Kuss zu suchen. Sie stießen mit den Nasen zusammen und wichen erschrocken zurück. Bei allen Heiligen, jetzt hatte er ihr in der Tat wehgetan.

»Was ist denn?«

»Der verdammte Vogel«, stöhnte er, presste seine Finger auf seine Nasenflügel, um zu prüfen, ob er Blut fühlte, während er gleichzeitig ihr Gesicht mit Blicken nach einer Schwellung oder Blessur absuchte. »Wo ist er?«

»In meinem Salon«, antwortete sie zerknirscht. Sie ließ sich auf die Matratze zurücksinken und bedeckte ihr Gesicht mit beiden Händen. »Vielleicht ist er eifersüchtig.«

Julian kletterte aus dem Bett und drängte durch die Verbindungstür in Lilys privaten Salon. Er packte den Vogelbauer mit einer Hand und warf mit der anderen eine herumliegende Schoßdecke darüber. Wie er es bereute, ihr jemals diese lächerliche Kreatur geschenkt zu haben. Eilig entschlossen stieß er mit einer Schulter die Tür auf und trug den Papagei ans Ende des Flurs zur Treppe.

»Da bleibst du«, knurrte er, während er den Käfig auf der obersten Stufe absetzte. »Holling wird sich früher oder später deiner annehmen.«

Der Vogel entrüstete sich: »Schuldig, schuldig.«

»Ja«, zischte Julian zwischen zusammengebissenen Kiefern. »Ja, ich weiß. Hör auf, mich immerfort daran zu erinnern.« Er schüttelte die Decke aus und schickte sich an, damit abermals den Käfig abzudecken.

»Oh Juuulian«, krächzte der Papagei plötzlich. »Schuldig, schuldig! Mr. James Bell.«

Sein Herzschlag setzte aus. Seine Hände, die im Begriff standen, die Wolldecke über den Käfig zu breiten, gefroren mitten im Schwung der Bewegung. »Was zum Henker hast du da eben von dir gegeben?«

Blaue und grüne Federn plusterten sich auf. »Danke, das wird alles sein.«

»Du boshaftes gefiedertes …«, knurrte Julian mit wachsendem Unmut und raufte sich die Haare. Es war eine Ersatzhandlung. Mit Freuden hätte er dem Papagei Feder um Feder seines farbenfrohen, verfluchten Gefieders einzeln ausgerupft.

Mr. James Bell. Wer hatte den Vogel gelehrt, Mr. James Bell zu krächzen? Tartuffe musste in der Nähe gewesen sein, als er eintraf, um Lily ins Theater zu begleiten. Hölle und Verdammnis.

Was für ein Narr er war zu glauben, er könnte seine Vergangenheit einfach vergessen. Er war nicht einmal eine Stunde vermählt, und das Bild einer perfekten Zukunft, wie er es für sich selbst und Lily gemalt hatte, drohte dank eines geschwätzigen Vogels, bereits Risse zu bekommen. Panik überwältigte ihn, Schauer klammen Schweißes rannen über seine Wirbelsäule.

»Jetzt hör mir einmal gut zu«, schalt Julian, während er sich zu dem Käfig beugte und der vorlauten Kreatur mit dem Finger drohte. »Du vergisst auf der Stelle, dass du jemals jenen Namen gehört hast. Ansonsten werde ich für das Dinner am morgigen Abend den ausdrücklichen Wunsch nach einem Papageien-Frikassee äußern.«

Der Vogel legte den Kopf schief und maß Julian mit einem anklagenden Auge.

»Damit ist mir ernst. Ich werde dich und deine gesamte Spezies ausrotten.«

Der Papagei wandte sich in missfälligem Schweigen ab.

Julian warf die Decke über den Käfig. »Weiser Vogel.«

Auf dem Rückweg in Lilys Gemächer versuchte er, sich selbst zu überzeugen, dass dies kein Anlass zur Sorge war. Sei's drum, der Papagei hatte den Namen Mr. James Bell gelernt. Das hatte mitnichten etwas zu bedeuten. Lily vermochte es nicht einmal zu hören. Keiner der Bediensteten würde dem irgendeine Bedeutung beimessen. Der Papagei war seit Jahren von Gentleman zu Gentleman weitergereicht worden. Er hätte den Namen überall aufschnappen können.

Julian verharrte, während eine Hand auf der Klinke zur Schlafkammer lag, und ließ das kühle Messing seine Nerven beruhigen. Er würde nicht dulden, dass das Gekrächze eines irren Papageis ihm den Hochzeitstag ruinierte. Ebendies war es, worauf er zeitlebens gewartet hatte.

Ebendies war *Liebe*. Ebendies war *Lily*.

Entschlossen, seine Sorgen sämtlich zu verbannen, stieß er die Tür auf. Und kam mitten in seinem elanvollen Schritt zum Halten.

Weil Lily *nackt* war.

Lily hielt inne, einen Fuß hatte sie auf die Bettstufen gestützt, während sie ihren Strumpf über ihr Knie rollte.

Abgesehen von jenem halb heruntergerollten Strumpf und seinem unangerührten Gegenstück an ihrem anderen Bein, war sie splitternackt. Julian stand ausnehmend fasziniert auf der Türschwelle.

Oh, Himmel.

»Du …«, stammelte sie. »Ähm, das ging aber schnell.«

Er gab ihr keine Antwort. Stattdessen neigte er seinen Kopf einen Hauch zur Seite. Seine Augen streiften über jeden Teil von ihr mit Ausnahme ihres Gesichts. Glücklicherweise trugen ihr angewinkeltes Bein und die Fülle ihres gelösten Haars dafür Sorge, dass ihre intimsten Regionen seinem Blick verborgen blieben. Sie wagte es nicht, auch nur einen Muskel zu rühren, aus Furcht, sich ihm in Gänze zu enthüllen. Ihr eilig hingeworfenes Kleid, Korsage und Unterrock lagen in einem zerwühlten Knäuel am Boden.

»Ich wollte mit dem Entkleiden fertig sein, ehe du zurückkehrtest«, erklärte sie, »und dich im Bett unter der Decke erwarten, um dich zu überraschen.«

Er hüllte sich weiterhin in beredtes Schweigen.

Lily errötete von den Haarwurzeln bis zu den Zehenspitzen. Nun, da sie sich erklärt hatte, hoffte sie, er würde ihr die Höflichkeit angedeihen lassen, sich abermals in den Flur zurückzuziehen, bis zehn zu zählen und ihr zuzubilligen, das Angefangene zu beenden. Indessen machte er keinerlei Anstalten, sich überhaupt zu rühren.

»So ist es noch schöner«, meinte er schließlich, seine Worte mit einem bekräftigenden Nicken unterstreichend. »Entschieden schöner.«

Dennoch rührte er sich nicht.

»Trägst du dich mit der Absicht, bloß dazustehen und mich anzustarren?«

»Gemach, gemach.« Er mahnte sie mit hochgehaltener Handfläche zum Schweigen. »Verharre in dieser Haltung.« Dann lehnte er sich an den Rahmen der Tür und begann damit, seine Stiefel abzustreifen.

Verharre in dieser Haltung. Welche Wahl hatte sie? Sie könnte geziert und zimperlich tun, sann sie. Erröten, kreischen und in fieberhafter Hast nach ihrem Hemdchen angeln. Einen undamenhaften Satz auf den Bettkasten vollführen und unter die Decken hechten.

Obgleich sie in ihrer Nacktheit verletzlich war, hatte sie nicht die geringste Furcht. Sie besaß Macht über ihn. Der Beweis war in der Tat augenfällig am Schritt von Julians Beinkleidern zu sehen. Seine offenkundige Erektion gab ihr zu verstehen, dass er sie begehrte. Und der entschlossene Blick in seinen Augen vermittelte ihr, dass er plante, seine Sehnsucht zu erfüllen.

Sie war neugierig darauf, was er vorhatte.

Demzufolge verweilte sie regungslos mit einem Fuß auf den Bettstufen und ihrem Oberkörper über dem angewinkelte Knie, während sie beobachtete, wie er seine Stiefel beiseitestellte, sich des Überrocks und der Weste entledigte. In Oberhemd und Hose hielt er unaufhaltsam mit federnden Schritten auf sie zu. Ein ahnungsvolles Prickeln schob sich über ihre Haut, derweil er sich näherte.

Er trat an ihre Seite. »Ich habe mir das schon lange Zeit gewünscht.«

Der unbändige Hunger in seinem Blick untermauerte den Wahrheitsgehalt seiner Äußerung. Lily war verunsichert. Er hatte sich das schon lange Zeit gewünscht? Möglicherweise hatte er es sich bis ins kleinste verworfene Detail ausgemalt? Was, wenn die wahrhaftige Erfahrung seinen Erwartungen nicht gerecht wurde? Ihr lag so sehr daran, ihm zu gefallen. Ihn für seine Geduld zu belohnen.

»Vertraust du mir?« Seine Berührung streifte ihre Wange.

»Stets.«

Mit der Geschmeidigkeit einer Raubkatze umkreiste er sie und kam hinter Lily zu stehen. Sie fühlte das Flattern von Leinen in ihrem Rücken, erhaschte einen Blick auf sein abgelegtes Hemd, als es sich am Boden zu ihrer Garderobe gesellte. Augenblicke später krönten seine Beinkleider den Stapel. Sie schloss die Augen mit einem Lächeln.

Seine Hände streichelten über ihre Schultern, kamen auf ihren Oberarmen zu ruhen. Er richtete ihren Oberkörper auf und zog sie mit dem Rücken flach an seine entblößte Brust.

Ah, diese Wärme. Köstliche Wärme erfasste ihre kühle Haut und sickerte tiefer, durchdrang Muskeln und Knochen. Er streichelte ihren Rücken mit seiner harten Brust, derweil seine Hände verheißungsvoll über ihre Arme strichen. Er senkte den Kopf, und sein Atem erwärmte ihr Ohr. Seine Hüften schmiegten sich an ihre Kehrseite, und sie fühlte das kratzige Haar auf seinem Schenkel, der ihr weiches Fleisch neckte. Er hielt sie umschlungen, gefangen. Die Glut seines Körpers entspannte und erregte sie gleichermaßen. Sie schmolz in seinen Armen dahin, wurde lüstern und feucht.

Sie machte Anstalten, sich in seinen Armen herumzudrehen und ihn anzuschauen, doch er hielt sie fest und versagte ihr die Bewegung.

Er legte eine Hand über ihren Arm, sodass seine Fingerspitzen ihr Schlüsselbein entlangstreicheln konnten. Seine Finger glitten tiefer, zeichneten die Linie ihres Sternums nach und fuhren damit fort, die Unterseite ihrer Brust zu liebkosen. Sie fühlte, wie ihm der Atem stockte. Lily blickte an sich hinunter, fasziniert von der Art, wie er die weiche Fülle in seiner Handfläche wog und mit seinem Daumen ihre Aureole umkreiste. Ihre Knospe kräuselte sich zu einer harten Spitze, die seine Berührung suchte.

Er war ihr nicht zu Willen, der zärtliche Schuft. Stattdessen glitten seine Finger abermals zu ihrem Rippenbogen. Sie reckte den Nacken, legte ihren Kopf an seine Schulter, als er mit fedrig leichten Berührungen zu ihrer Kehle emporwanderte, und ergab sich dem reizvollen Prickeln der Erregung.

Jetzt wusste sie, warum er es nicht guthieß, dass sie sich zu ihm herumdrehte. Wenn sie einander anschauten, wäre er im Fokus ihrer Konzentration. *Wollte er ihr gerade etwas mitteilen,* würde sie sich fortwährend fragen und seine Miene immerzu mit Blicken abtasten. War ihr irgendeine bedeutsame Anweisung oder dergleichen entgangen? Indem sie so verharrte wie jetzt, enthob er sie unnötiger Fragerei und erlaubte ihr bedingungslose Hingabe.

Seine Zunge kreiste und zwirbelte über die Wirbel ihres Nackens, wo sich die feinen Härchen aufrichteten. Er umschloss ihr Kinn und presste seinen Daumen in ihren Mundwinkel. Ihr Mund klappte auf, und sie seufzte, als er den Schwung ihrer Lippen nachzeichnete, ehe sich sein Daumen zwischen jene schob. Er rieb ihre Zunge, und Lily war unsicher, wie sie reagieren sollte. Wollte er, dass sie seinen Daumen leckte? Daran saugte?

Dem Drängen ihres eigenen Verlangens gehorchend, ließ sie ihre Zunge gegen die Spitze seines Daumens schnalzen. Sein bekräftigendes Stöhnen vibrierte durch ihren Körper. Ehe sie jedoch fortfahren konnte, zog er seinen Daumen aus ihrem Mund. Im nächsten Moment presste er jene benetzte Kuppe auf ihren harten Nippel und überraschte Lily mit der Schroffheit der Empfindung.

Wer hätte vermutet, dass Wonnen derart eiskalt sein könnten? Mit jedem kühlen Streicheln seines feuchten Daumens über die empfindsame Knospe beneidete sie Robben und Eskimos um ihr Intimleben. Die erregende Kühle machte sie vor Lust erschauern, und sie wurde sich zusehends des heißen Stabs gewärtig, der ihren Steiß brandmarkte.

Seine Mannhaftigkeit stemmte sich an sie, hart und unerbittlich, da er jetzt mit dem Mund an ihren beiden Rispen zwirbelte, während er mit den Händen die Rundungen ihrer Brüste umschloss und in seinen Händen wog. Er knabberte und küsste ihr Nacken und Ohr. Die Luft, die sie umgab, erfüllte sich mit schwerem Moschusduft, Lily atmete schwer und öffnete ihre Lippen zu einem sinnlich seufzenden O. Sie wand ihre Hüften in der Hoffnung, jene begnadeten Finger tiefer zu locken. Sie bedurfte seiner Berührung *dort*, dort unten zwischen ihren Schenkeln.

Als er Zeige- und Mittelfinger auf ihren Mund brachte, saugte sie hungrig daran. Sie war erstaunt, dass der schlichte Akt des Saugens sie über die Maßen erregte. Sie zog seine Finger tiefer in ihren Mund, streifte deren Länge mit ihrer Zunge und befeuerte sich an seinem gutturalen Stöhnen.

Sie focht gegen seinen Rückzug an, schürzte ihre Lippen enger und wimmerte an seinen Fingern, als sie aus ihrem Mund glitten. Doch alle Klagen endeten, als er die feuchten Spitzen an ihr intimes Fleisch brachte, die Lippen ihrer Scham mit einer kundigen Bewegung seiner Hand teilte und die empfindsame Perle auf deren Grat ertastete.

Sie schrie auf und schwankte, doch er hielt sie fest, indem er einen Arm dicht unter ihre Brüste schlang, sie an sich schmiegte, derweil er jenes begehrlich pulsierende Mal ihrer Lust verwöhnte. Dass sie immer noch mit einem Fuß auf der Stufe stand, erleichterte ihm das Erforschen. Es bedurfte lediglich weniger kundiger Liebkosungen seiner Fingerspitzen, und sie balancierte am Rand der Ekstase. Ihre Schenkel erbebten, als sie der Erlösung entgegenfieberte.

Unversehens fühlte sie, wie er sich hinter ihr regte. Der harte, muskelbepackte Schenkel, der sie gestützt hatte, glitt zwischen ihre Beine, spreizte sie weit auseinander. Die Erektion, die sich an ihren Steiß gestemmt hatte, schnellte mit einem Mal forsch zwischen ihre Schenkel. Sein harter Phallus rieb sich an ihrem erregten Fleisch, sein Streicheln ergänzte die rhythmischen Bewegungen seiner Fingerspitzen.

Sie war dem Himmel ganz nah. Trudelnd auf dem Pfad der Glückseligkeit.

»Julian«, stöhnte sie. »Ich brauche …«

Er wusste, was sie brauchte. Er presste seine Erektion an ihre

Öffnung und schob die Spitze in sie hinein. Nicht so tief, dass es sie schmerzte. Aber tief genug, um ihr jene himmlische Empfindung der Erfüllung zu geben, die Lily sich ersehnte. Ihre Scheidenmuskulatur umspannte seinen Schaft, und seine Finger beschrieben fiebrige Kreise um ihre Perle.

Sie kam sogleich, wurde von wonnevollen Schauern und entfesseltem Keuchen durchzuckt. Er stieß, gemahnte ihren Körper, ihn einzulassen, während er ohne Unterlass ihren Orgasmus befeuerte. Das Eindringen schmerzte, doch der Schmerz verblasste im Lichte der überwältigenden Wonnen. In derselben Weise wie die Kälte an ihrer Brustknospe sie lediglich empfindsamer für Julians Glut gestimmt hatte.

Sie war sich seiner vollauf gewärtig. Jedes heißen, harten, machtvollen Zentimeters. Er war *in* ihr. Er war der *ihre.*

Nachdem er einen kurzen Augenblick reglos ausgeharrt hatte, erschlaffte sein Griff um ihre Taille. Dann half er ihr die Bettstufen hinauf und auf das Laken, wo er sie auf den Rücken legte. Kissen wurden unter ihren Kopf geschoben, er spreizte Lilys Beine auseinander, so wie es ihm genehm war, und kniete sich zwischen ihre Schenkel. Nach alledem trug sie weiterhin ihre Strümpfe. Es schien ihn nicht zu kümmern. Falls ein Mann in der Lage war, eine Frau mit seinen Augen zu trinken, so nahm Julian große, durstige Schlucke von ihren Brüsten.

Sein Körper faszinierte Lily nicht minder. Seine kleinen, flachen Nippel und die straffe Brust, der Streifen dunklen Flaums, der zu seinem Genital führte.

Er stützte sein Gewicht auf einen Arm und umschloss mit dem anderen ihre Hüften, er war bereit, sie erneut zu begatten. Jeder Muskel, jede Sehne seines Körpers spannte sich an.

»Warte.«

Er wartete. Widerstrebend. Sie blickte in Augen auf, die vor Verlangen dunkel waren. Seine Augen ließen sie wissen, wie viel Willenskraft ihm dieses Warten abverlangte. Dennoch verharrte er, weil sie ihn darum bat.

Seine erigierte, rot geäderte Manneszier lag schwer auf ihrem Bauch. Zu guter Letzt offenbarte sich hier eine Facette von Julian, die sie in Gänze *kennenlernen* konnte. Wenn es zu dieser elementarsten aller Handlungen kam, entbehrte ein Mann jeglichen Talents zur Verstellung, jeglicher Vielschichtigkeit. Dieser Teil ihres Gemahls war von archaischer Redlichkeit, aufrichtig und derzeit ungemein freimütig. Sie wollte ihn erforschen und begreifen, von der Spitze bis zur Wurzel.

Genau wie es eine Lady mit jeder neuen Bekanntschaft tun sollte, streckte Lily ihre Hand nach ihm aus.

Sie strich mit einer Fingerspitze über Julians geschwollene, dunkle Krone. Das gesamte Organ zuckte. Erstaunt zog sie ihre Hand fort.

Er ergriff sie, legte ihre Finger um seinen dicken, pulsenden Schaft und zeigte Lily, wie sie zur Wurzel hinab und wieder hinaufgleiten sollte. Der Atem stockte ihm in der Brust, als sie ihn behutsam streichelte, Umfang und Länge mit ihren Fingern erkundend, mit ihrem Daumen um den gewölbten Kopf zwirbelnd, der einer Pflaume nicht unähnlich sah. Als sie ihre Hand fortnahm, war sie von einem irisierenden Schimmer und dem Blut ihrer Unschuld benetzt. Es war so schonungslos, so wild erregend. Sie wähnte sich von jener jungfräulichen, weißleinernen Welt weit entrückt.

»Fahre fort.« Sie reckte die Arme über ihren Kopf, präsentierte ihm ihre Brüste und war bereit, genommen zu werden.

Und er nahm sie.

Er spreizte ihre Schenkel mit seinen und sank mit einem langsamen, kraftvollen Stoß in sie. Er verfiel in einen gleichförmigen Rhythmus, stemmte sich mit jedem Zucken ein wenig tiefer in sie. Während er wieder und wieder in sie drängte, bedeckte er ihren Körper mit heißen, entfesselten Küssen, die er nur unterbrach, um etwas zu sagen. Lily wünschte, sie könnte alles verstehen. Sie erkannte die Doppelsilbe ihres Vornamens, ein paar Satzfetzen hie und da. Die Begrifflichkeiten kamen und gingen mit den zuckenden Stößen der Fleischeslust.

»Du fühlst«, las sie ihm von den Lippen ab. Ein wenig später: »Ich kann nicht anders …« Dann »wunderschön« und »so feucht« und »ich liebe«.

»Ich liebe es«, bekannte sie, mit ihren Händen über die gestraffte Muskulatur seiner Pobacken fahrend und Julian an sich ziehend. »Ich liebe dich.«

Sein Rhythmus beschleunigte, und sie fühlte ihn an ihrer Halsbeuge stöhnen. Dann erschauerte er, stieß tief in sie – einmal, zweimal – und entspannte sich.

Er lag erschöpft und schwer auf ihr. Und das war gut so, denn ohne sein Gewicht meinte Lily, haltlos davonzuschweben. Vor Glück.

Ich bin eine Ehefrau, überlegte sie. *Ich bin Julians Gemahlin.*

Eine kurze Weile später stützte er sich auf seinen Ellbogen ab, strich Lily das zerzauste Haar aus dem Gesicht und drückte zärtliche, atemlose Küsse auf ihre Schläfen und Wangen. »Bist du wohlauf?«

Sie nickte. »Wahrhaftig, in der Tat. Und du?«

»Ich fühlte mich nie besser.« Er streifte ihren Mundwinkel. »Und ich sage das mit aller Aufrichtigkeit, Lily. Niemals besser als jetzt.«

Ihr Herz quoll über vor Freude.

Er löste sich von ihr und rollte von ihr hinunter, schlang seinen Arm um ihre Taille, um sie nah zu wissen.

Sie drehte sich auf die Seite, damit sie ihn anschauen konnte. »Lehrst du mich die Zeichensprache, mit der du dich im Kaffeehaus mit Anna verständigt hast?«

Er blinzelte verwirrt über die unvermutete Wendung des Gesprächs.

»Ich meine«, fuhr sie fort, »ich habe zwar das Gebärdenalphabet erlernt, es aber so gut wie nie praktiziert.« Allerdings hatte sie nach ihrer Nacht im Café das zerknitterte Lehrblatt aus der Schublade ihres Sekretärs hervorgeholt und die Zeichen für jeden Buchstaben geübt, bis sie sich wieder erinnerte.

Er erhob sich auf einen Ellbogen. »Natürlich, wenn du es wünschst. Vergiss nicht, es ist ähnlich einem Dialekt. Die Zeichen, die ich benutze, entstammen teilweise der lokalen Ausdrucksweise meiner Mutter und teilweise dem im Kaffeehaus Erlernten. Die Gebärden der englischen Hochsprache sind eher gebräuchlich, falls du dich mit dem Gedanken trägst, sie bei anderen einzusetzen.«

»Vielleicht können wir beides üben.« Sie fuhr mit einem Finger über seine Brust. »Wir sind jetzt vermählt. Wir haben ein ganzes Leben vor uns, und ich verabscheue den Gedanken, auch nur ein einziges deiner Worte zu verpassen.« Sie richtete sich in Sitzhaltung auf, zog die angewinkelten Knie unter ihren Körper und breitete die Decke über ihren Schoß.

Sorgfältig, und verstörend langsam, formte sie Buchstaben mit ihren Händen.

I…c…h…l…i…e…b…e…d…i…c…h…

Lächelnd fasste er ihre Hände und küsste jeden ihrer Fingerknöchel. Dann setzte er sich neben Lily auf und sagte: »Es gibt eine Möglichkeit, das Ende eines Wortes zu kennzeichnen. Pass gut auf.«

Sie starrte gebannt auf seine Hände, bemerkte die leichte Bewegung seines Handgelenks und die Art des Blicks, um die Ansammlungen von Buchstaben zu trennen.

I-C-H. L-I-E-B-E. D-I-C-H.

Und dann, A-U-C-H.

Sie blinzelte heftig, ihre Augen waren von Tränen feucht.

Seine Hand umschloss ihr Kinn, hob ihr Gesicht an das seinige. »Um Himmels willen, Lily. Weine nicht. Ist es so furchtbar?«

»Nein. Es ist wundervoll.« Sie wischte sich mit dem Handrücken die Augen. »Es tut mir leid. Ich wollte nicht weinen. Wir lieben einander. Wir sind Mann und Frau. Heute ist der glücklichste Tag meines Lebens, wahrhaftig. Es ist bloß … ich wünschte, es hätte nicht so lange gebraucht, dies herauszufinden.«

Er maß sie einen Augenblick. Dann warf er den Kopf in den Nacken und lachte schallend.

»Was?«, schniefte sie. »Was ist daran so erheiternd?«

»Lily. Du hast keine Ahnung.« Er kratzte sich am Hinterkopf, während er weiterhin grinste. »Beantworte mir eines. Ist dir bewusst, dass du dir das linke Ohr reibst, wenn du verdrießlich bist?«

»Tue ich das? Nein, tue ich nicht. Oder?« Mit einem Mal verunsichert zog sie ihre Finger von dem fraglichen Ohr fort.

»Doch, tust du.«

Er begann, seine Worte zusätzlich in Gebärdensprache zu formulieren. Sie vermochte den hastigen Bewegungen noch nicht recht zu folgen, doch sie genoss es, Julian zu beobachten, so wie sie es liebte, ihm bei seinem meisterhaften Klavierspiel zuzuschauen.

»Der Abend, an dem wir einander vorgestellt wurden«, sagte er, »es war dein fünfundzwanzigster Geburtstag. Ein angenehm sonniger Mittwochabend, warm für den April. Du trugst eine Robe aus violetter Seide, die mit goldfarbener Kordellitze bestickt war. Weiße Handschuhe. Dein Haar sah bezaubernd aus. Es war am Hinterkopf zu einem Knoten geschlungen, ein schmaler Reif und Bänder zierten den Chignon. Du wähltest diesen Stil früher des Öfteren, in letzter Zeit habe ich dich jedoch nicht mehr mit dieser Frisur gesehen. Hast du deine Zofe gewechselt?«

Sie nickte stumm. »Im vergangenen Mai.«

»Dergleichen dachte ich mir.«

»Aber wie hast du …« Lily krauste verständnislos die Stirn. »Noch in der vorigen Woche meintest du, du würdest dich nicht mehr an den Abend erinnern, an dem wir uns das erste Mal begegneten.«

»Die Auswahl des Menüs war von der indischen Küche inspiriert«, fuhr er fort. »All diese exotischen Currys und Chutneys und gewürztes Lammfleisch. Ich entsinne mich noch meiner Verwunderung über die Tatsache, dass du anlässlich deines Geburtstages ein Festmahl mit gänzlich unvertrauten Speisen in Auftrag gabst – die meisten anderen Geburtstagskinder hätten gewiss ihre gängigen Lieblingsgerichte gewählt. Daraus schloss ich, dass du über Abenteuergeist verfügst.«

»Ich und Abenteuergeist? Nein, nie und nimmer.« Lily war keine Abenteurerin. Sie war eine Freundin von Listen und Rechnungsbüchern. Sie wünschte sich nur, sie besäße Abenteuerlust und Erfindungsreichtum.

»Mitnichten abenteuerlustig?« Er neckte sie mit einem ungläubigen Blick. »In der vergangenen Woche hast du in Ballsälen und zwielichtigen Tavernen getanzt, das Theater in zweifelhafter Verkleidung besucht, dich in Droschken und dunklen Gassen auf mich gestürzt. Wenn das kein Beleg für Abenteuergeist ist, dann weiß ich nicht, was es ist. Aber zurück zu jenem ersten Abend. Du nahmst uns alle mit auf eine kulinarische Abenteuerreise nach Indien. Auf unsere Platzkarten waren kleine Elefanten gezeichnet. Ich habe meine noch, irgendwo.«

»Leo stand dem nicht sonderlich aufgeschlossen gegenüber.« Sie kicherte, als sie sich unversehens daran erinnerte, wie das Gesicht ihres Bruders die Farbe eines gekochten Krebses angenommen hatte, nachdem er eine Gabel von dem scharf gewürzten Curry gekostet hatte. »Er erklärte, dass er den Hindus die Freundschaft aufkündige, und bat den Diener, kaltes Roastbeef aufzutragen.«

»Das tat er. Und obschon er damit deine sämtlichen diesbezüglichen Anstrengungen mit Füßen trat, hast du dazu gelächelt und geschwiegen. Die Konversation wechselte zu anderen Themen, und du riebst dir dein linkes Ohr. Aus unerfindlichem Grund suchten deine Augen dann die meinigen. In selbigem Augenblick wusste ich drei Dinge. Zum einen, dass du, obschon du deinen Bruder über alles liebtest, ihn gelegentlich als ein wenig borniert und langweilig empfandst.«

Sie rang empört nach Atem. »Nein. *Leo?* Ich habe niemals …«

»Zum Zweiten«, fuhr er unbeirrt fort, »wurde mir bewusst, dass du diese Tatsache bis zum bitteren Ende abgestritten hättest, selbst wenn eine Bande brutaler Schurken das Speisezimmer gestürmt und dich mit einer Messerklinge bedroht hätte. Nicht anders als jetzt. Und drittens war ich mir gewärtig, dass du außerstande warst, es vor *mir* zu verbergen. Gar nicht den Wunsch hegtest. Ich vermag das Wie und Warum nicht näher zu erklären, aber ich verstand dich, Lily. Und ich war mir gewiss, dass du mich ebenso verstehen würdest.«

Sie wusste nur zu gut, wovon er sprach. Lily hatte die Verwandtschaft ihrer Seelen ebenfalls erkannt, dahinter indes nie mehr als Freundschaft vermutet. Sie hatte ihm stets so vertraut, dass sie ihm ihre Befindlichkeiten offenbaren konnte.

»Ich hatte mich bereits in dich verliebt, als der dritte Gang aufgetragen wurde. Seither liebe ich dich.« Um seine Mundwinkel zuckte ein feines Lächeln. »Du siehst also, ich benötigte nicht allzu lange, um dies zu erkennen. Vielleicht eine Stunde, alles in allem.«

Wahrhaftig? Er liebte sie schon all die Zeit? Sein Bekenntnis verschlug ihr die Sprache. Ihre Kehle schnürte sich zusammen, und sie schmeckte bittere Galle. Wenn er sie liebte, weswegen hatte er dann so viel Zeit vergeudet – so viel seiner selbst verschwendet – mit all den anderen Frauen?

W-I-E-S-O, beschrieb sie mit stockenden Gesten. »Wieso hast du nie etwas gesagt?«

Er zuckte niedergeschlagen mit den Achseln. »Ich bin ein Bastard. Ist das nicht offenkundig?«

Wenn das als Scherz gelten sollte, so vermochte Lily darüber nicht zu lachen.

»Es entzieht sich meiner Kenntnis«, erwiderte er schließlich. »Weswegen reibst du dir dein linkes Ohr, wenn du verdrossen bist? Anfangs schwieg ich aus Betroffenheit, vielleicht auch aus Furcht. Nach einer Weile wurde es schlicht zur Gewohnheit.«

Er verstummte eine kurze Weile. Als er abermals anhob, waren seine Gebärden ausgreifend und beschwingt. Er empfand tief, was er sagte, vermutete sie.

»Ich habe in meinem Leben einiges an Zeit damit zugebracht, Wunschträume zu verfolgen. Als Junge wünschte ich mir einen vollen Magen, wünschte ich mir Wärme und Schutz. Ich wünschte mir meine Mutter zurück, nur für einen einzigen Tag. Dann, als erwachsener Mann, wünschte ich mir Reichtum, Wertschätzung, wollte ich Genugtuung. An dem Abend deines Geburtstagsfestes hatte ich alles erreicht, was ich anstrebte, indem ich es mit den vornehmen adligen Kreisen aufnahm. Doch so viel ich mir auch nahm, ich war nie zufrieden. Ich begehrte stets mehr. Jener unersättliche, unstillbare Hunger … er verzehrte mich. Ich gab vor zu genießen, was ich nicht zu steuern vermochte. Ließ es mein Leben werden, meine Identität.«

Er hielt kurz inne, ehe er weitersprach. »Ich sah dich an jenem Abend, und wir teilten jenen Augenblick beiderseitigen Verständnisses bei indischen Chutneys und was immer. Eine kleine Stimme in meiner Seele raunte damals: ›Wenn ich *sie* hätte, würde ich mir nichts anderes mehr wünschen. Sie wäre mir genug.‹ Und ich denke, das versetzte mir einen heillosen Schrecken.« Seine Hände gestikulierten, deuteten auf das zerknüllte Bettleinen und ihre nackten Leiber. »Das war etwas, wovon ich mir niemals erträumt hätte, dass es geschehen könnte. Nicht mit dir.«

Lily konnte ihm das schwerlich verdenken. Sie hatte ihn nie ermutigt, davon zu träumen, und sie hatte ihre eigene Fantasie ganz rigoros im Zaum gehalten; sie war stets sorgsam darauf bedacht, ihre Verbindung als Freundschaft und Wahlverwandtschaft zu begreifen. Nicht Zuneigung oder Liebe.

Vielleicht hatte sie mit ihren Ängsten nicht minder zu kämpfen gehabt.

Eine Frage tanzte auf ihrer Zungenspitze. Sie sollte dies nicht fragen. Sie waren kaum mehr als eine Stunde vermählt, und es war nicht statthaft, ihm auf den Zahn zu fühlen. Doch gelang es ihr nicht, ihre Neugierde zu zügeln. »So, nun ist es geschehen. Wir sind ein Paar. Bin ich dir nun tatsächlich genug?«

Er schaute ihr tief in die Augen. »Du bist mein Ein und Alles.«

Oh, lieber Gott. Erregend und romantisch waren diese Worte, aber auch einschüchternd. Das Ein und Alles für einen Mann zu sein war keine kleine Aufgabe. Insbesondere, wenn dieser Mann Julian war, mit seiner unerschöpflichen Befähigung zu Leidenschaft und Hingabe.

»Mache ich es richtig?«, fragte sie, ihre Hände erhebend und buchstabierend: I-C-H. L-I-E-B-E. D-I-C-H ... Sie verspürte das Bedürfnis, dem Moment eine gewisse Leichtigkeit zu verleihen, deshalb korrigierte sie sich und gestikulierte: D-E-I-N ...

Er schmunzelte und zwinkerte ihr zu. »Du liebst mein was?«

Dein Herz, deinen scharfsichtigen Verstand, deine zwiespältige, geschundene Seele.

Sie nahm sich Zeit für ihre Buchstaben, um ihn auf die Folter zu spannen. Sie drückte ihr Rückgrat durch, um ihre Brüste seiner Aufmerksamkeit darzubieten, und formte die Buchstaben direkt unter ihrer rechten Brustknospe.

G-R-O-S-S.

H-E-I-S-S.

H-A-R-T.

S-T-A-R-K.

Damit hätte sie den ganzen Tag und die ganze Nacht fortfahren können, Adjektive aneinanderzureihen. Doch ehe sie mit dem fünften beginnen konnte, hatte er sie flach auf den Rücken gelegt und presste seinen großen, heißen, harten, starken Körper auf ihren.

Sie warf ihm nicht vor, dass er ihr Tun unterbrochen hatte.

18

Glocken.

Glocken, Glocken, Glocken. Noch mehr Glocken. Kirchenglocken.

Jesus Christus, nein.

Er verspätete sich. Mutter verspätete sich. Er war eingeschlafen, obschon er auf das Läuten der Glocken hätte achtgeben sollen, und jetzt war es zu spät für sie beide. Der Mann mit den ingwerfarbenen Haaren hatte ihnen schon am vergangenen Dienstag mit dem Finger gedroht und sich in Rage geredet, bis sein Gesicht rot anlief. Wenn Mutter ihren Dienst ein weiteres Mal zu spät antrat, hatte er getobt, würde sie entlassen werden.

Sie hätten kein Geld. Sie müssten das angemietete Zimmer verlassen, das selbst ohne einen Ofen um einiges wärmer war, als sich unter irgendwelche Stufen zu kauern. Vielleicht war ihr Platz unter den Stufen inzwischen auch längst besetzt. Zumal der Platz begehrt war. Es war alles sein Vertun. Er hatte nicht auf das Geläut gelauscht, und jetzt war es spät, zu spät. Wohin sollten sie gehen? Was würden sie essen? Die Abfälle beim italienischen Metzger wären um diese Stunde sämtlich verkauft, um damit die Hunde der Adligen zu füttern. Er durfte nicht riskieren, erneut Brot vom Markt zu stehlen, nicht so bald nachdem …

Irgendetwas umklammerte seinen Arm. Julian holte voller Panik aus. Er versuchte zu treten, um lediglich festzustellen, dass sein Bein ebenfalls in Schach gehalten wurde.

Er schlug die Augen auf. Tageslicht blendete ihn augenblicklich, ehe es seinen Widersacher enthüllte … ein zerwühltes Nest aus Bettleinen. Er befand sich nicht in einer schmutzigen, von Ratten und Schimmel heimgesuchten Kammer in Spitalfields, sondern in einem elegant ausgestatteten Schlafgemach in Mayfair. Er hatte sich zweifelsohne verspätet, wenn er seine Mutter aufwecken wollte – um mehr als zwanzig Jahre.

Er atmete tief ein, um sein rasendes Herzklopfen zu besänftigen.

»Was ist denn?« Seine himmlische frische Gemahlin drehte sich zu ihm. Sie rieb sich die Augen und richtete sich auf einem Ellbogen auf.

»Nichts, die Kirchenglocken haben mich nur geweckt.« Er wischte sich hastig den feinen Schweißfilm von der Stirn. »Schlaf weiter, Liebste.«

»Glocken?« Sie lächelte. »Vielleicht läuten sie zur Feier unserer Vermählung.«

Ein nervöses Lachen befreite sich blechern rasselnd aus seiner Brust. »Daran zweifle ich.«

Lily furchte nachdenklich die Stirn, und Julian rieb sich mit der flachen Hand sein Gesicht. Sie hatten gestern eine in kurzen Worten gefasste Ankündigung ihrer Eheschließung an die Tageszeitung geschickt, weil sie dieses Vorgehen für zweckmäßig hielten, um Klatsch und Tratsch zuvorzukommen. Während des Diners hatten sie gescherzt und gelacht, derweil sie sich die schockierten Gesichter ihrer Freunde und Bekannten vorstellten. Im Geiste hörten sie die Schimpftirade von Tante Beatrice. Trotz all ihrer gemeinsamen Bemühungen um Gelassenheit, grämte Julian sich, dass Lily um die Reaktionen der Öffentlichkeit fürchtete. Zur Hölle, er war selbst im höchsten Maße beunruhigt.

Sie legte eine Hand auf sein heftig trommelndes Herz.

»Ein schlechter Traum«, gestand er ein. »Das ist alles.«

Sie brachte ihre Wange an seine Brust. »Es ist Leo, nicht wahr? Bist du in Gedanken bei ihm? Heute auf den Tag sind es fünf Monate.«

»Oh Liebling.« Offenkundig war es nicht das Gerede der Leute, das sie an diesem Morgen fürchtete, sondern eine weitaus ernsthaftere Bedrängnis. Er lehnte sich gegen das Kopfteil des Bettes, zog sie an seine Brust und umarmte sie inniglich, seine Arme schlang er um ihren zarten Körper und streichelte ihr langes, dunkles Haar.

»Ich weiß, es ist schwer für dich, die Suche aufzugeben«, sagte sie. »Aber dass du die Mörder nicht aufgespürt hast, bedeutet auf keinen Fall, dass sie ungestraft davonkommen. Männer, die Schurken sind, werden irgendwann ein schlimmes Ende nehmen. Daran glaube ich fest.«

Julian verstand, weshalb ihr dieser Gedanke leidlich Trost spendete. Er für seinen Teil fand ihn nicht sonderlich tröstlich, da er wusste, dass er selbst in die Kategorie »Männer, die Schurken sind« fiel.

Er streichelte ihren Rücken in einem begütigenden Rhythmus, im Takt mit den in der Ferne verklingenden Glocken. *Ja, mein Schatz. Du glaubst daran. Dann musst du dich fragen, warum ich hier bei dir bin und nicht im Gefängnis oder Schlimmeres.*

Heiliger Jesus Christus.

Im Gefängnis.

Jetzt ging ihm ein Licht auf. Wie dumm er doch war. Wie ungemein, unfassbar dumm. Wo war Julian gewesen das eine Mal in seinem Leben, da seine Freunde und Familie erfolglos nach ihm gesucht hatten? Er war im Gefängnis gewesen, wahrhaftig! Er war damals gezwungen, einen scheußlichen, schauderhaften Monat in Bridewell Prison einzusitzen, gemeinsam mit Schurken und Gewalttätern, teils blutjungen Kerlen, die ein böses Ende genommen hatten. Vielleicht war das der Grund, weshalb seine Jagd auf Leos Mörder all die Monate erfolglos geblieben war, selbst nach einer erschöpfenden Suche in den entlegensten Vierteln Londons. Weil sie dort nicht waren. Sie waren für irgendein anderes Verbrechen eingekerkert worden.

Allmächtiger, mit einem Mal war ihm das alles überdeutlich klar. So verdammt offensichtlich.

Er grübelte. Sollte er Levi Harris beauftragen, die Nachforschungen neu aufzurollen? Ihn anweisen, jedes Gerichtsurteil zu sichten, jedes Gefängnis und Zuchthaus in England, und zwar eiligst? Es war nicht auszuschließen, dass sie sich bereits wieder auf freiem Fuß befanden oder am Galgen gelandet waren.

Die Aussicht, endlich Licht ins Dunkel zu bringen, hob seine Stimmung.

Indessen hatte er Lily versprochen, die Suche einzustellen. Er hatte ihr mehr als sein Versprechen gegeben. Er hatte es *geschworen.*

»Die Gerechtigkeit liegt jetzt in Gottes Hand«, befand sie, während sie die Linie dunklen Haars auf seiner Brust koste, »und so sollte es sein. Wir werden unsere Vergeltung in schierem Glück finden. Bring dich niemals mehr um den Schlaf wegen dieser Männer.«

Er schob sie sanft von seiner Brust und setzte sich auf.

»Was ist denn?«, forschte sie.

»Diese Glocken«, murmelte er, seine Miene gedankenvoll ob

der lang gezogenen, schwermütigen Akkorde. »Eigentümlich. Das Läuten währt bereits Minuten und hört nicht auf.«

Mit Glockengeläut sollte das Eheleben einen glücklichen Anfang nehmen.

Lily hatte sich gewappnet, dass es Gerede geben würde, sobald ihre Vermählung öffentlich bekannt wäre. Hätte einer von ihnen geheiratet, wäre auch das Anlass für beträchtliche Aufregung und Gerede innerhalb der adligen Kreise gewesen. Dass Lily und Julian einander geehelicht hatten und noch dazu in solch übereilter, unerwarteter Manier – nun, das war eine Geschichte, die für etlichen Klatsch und Tratsch verantwortlich zeitigte.

An diesem Morgen, als die Glocken Julian aus dem Schlaf rissen und auch nach längerer Zeit nicht aufhörten zu läuten, stahl er sich nach unten, um der Sache auf den Grund zu gehen, er kehrte mit betroffen machenden Neuigkeiten zurück.

Prinzessin Charlotte war in der Nacht verstorben, wenige Stunden nachdem sie ein Kind geboren hatte. Das Baby lebte.

Demzufolge fiel ganz England in tiefe Staatstrauer. Die Zeitungen waren mit Berichten über die Vorkehrungen zum Begräbnis und der Wiedergabe der Beileidsbekundigungen des weltweiten Adels gefüllt. Feste wurden abgesagt, Theater geschlossen. London entbehrte jeglicher Freuden. Niemand schenkte der Vermählung einer adligen Dame mit einem berüchtigten Lebemann auch nur die geringste Beachtung.

Dies alles barg ein nicht geringes Maß an Ironie. Die Welt war zu sehr mit Trauern beschäftigt, um sich ihrer anzunehmen, und hinter den vorgezogenen Portieren in Harcliffe House feierten Lily und Julian das Leben.

Natürlich teilte Lily die landesweite Bestürzung und die Trauer über Prinzessin Charlottes viel zu frühes Dahinscheiden. Nachdem sie von der Tragödie erfuhr, verbrachte sie einen Morgen in den starken tröstlichen Armen ihres Gemahls. Als entfernte Angehörige der königlichen Familie erwog sie freilich auch, dem Begräbnis beizuwohnen. Indes hatte sie die vergangenen fünf Monate in tiefer Trauer um Leo verbracht, und ihr letzter Rest Schwermut schien aufgezehrt. Dies waren ihre Flitterwochen, und ihr Glück ließ sich nicht länger in die Schranken verweisen.

Mit jedem Tag, mit jeder Stunde, die verstrich, verfestigte sich das Band zwischen ihnen. Es gab nicht allzu viel Neues, worüber sie plauderten. Der Großteil ihrer Gespräche drehte sich um Erinnerungen an frühere Geschehnisse, oder die Wiederaufnahme irgendeines Themas, das sie vor Jahren diskutiert hatten. Sie widmeten sich diesen indes mit neuer Perspektive und einem Empfinden andächtiger Verwunderung. Wie Diebe, die im Dunkel der Nacht eine Schatztruhe ausgegraben hatten und den Inhalt im Licht des Tages betrachteten. Ihre Finger bewegten sich unablässig, während sie sprachen, als glitten sie durch die kostbaren Juwelen und schweren Goldgeschmeide in der Schatztruhe.

Sie blieben die meiste Zeit im Haus, an manchen Tagen schlichen sie sich nicht einmal nach unten. Julians Kammerdiener hatte die komplette Garderobe seines Dienstherrn nach Harcliffe House bringen lassen, doch die vielen Überröcke und Hüte hingen unangetastet im Schrank. Er bevorzugte einen seidenen Kaftan und weite Hosen, wenn er sich überhaupt ankleidete. Zu Lilys unermesslicher Freude störten darunter keinerlei Sofffetzen. Sie liebte es, ihm am Frühstückstisch gegenüberzusitzen, ihren Blick über seine unrasierte Kehle schweifen zu lassen und das Spiel der Muskeln auf seiner entblößten Brust zu beobachten.

Demzufolge war sie in der Tat bestürzt, als sie eines späten Morgens nach einer köstlich schlaflosen Nacht aufwachte und ihn bereits in einem gedeckten grauen Anzug gestiefelt und gespornt vorfand.

Sie blinzelte zu ihn auf, rieb sich den Schlaf aus den Augen, und er bemerkte ihre Verwirrung.

»Es ist Sonntag«, rief er, seinen Worten entsprechende Gebärden nachschickend. »Kirchgang.« Er trat an den Rand des Bettes und bot Lily eine Hand. »Aus dem Bett mit dir, hurtig. Ein wenig Eile ist vonnöten.«

Sie akzeptierte seine Hilfe und erhob sich vom Bett. »Ich war mir nicht gewärtig, dass du regelmäßig zur Kirche gehst.«

»Mach ich auch nicht.« Er unterstrich das »Ich«, indem er auf seine Brust klopfte. »*Wir* gehen dorthin.«

»Nun gut.«

Sie besuchten die Kirche und das königliche Begräbnis, und sie trugen dabei feierlich gefasste Mienen zur Schau. Sie war sich nicht sicher, ob Julians alte Freunde ihn wiedererkannten, so wie er an ihrer Seite saß. Keine verderbten Scherze. Gütiger Himmel, er getraute sich nicht einmal, seine Lippen zu einem verderbten Grinsen zu verziehen. Ungeachtet der wilden Lustschreie, die er ihr des Nachts entlockte, war er bei Tag entschlossen, der Welt ein äußerst ernsthaftes Gesicht zu zeigen. Sie wollte sich darüber keineswegs beklagen, gleichwohl mochte sie das Gefühl nicht, dass er seine Persönlichkeit ihretwillen verändert hatte.

»Julian«, sagte sie eines Abends ungefähr zwei Wochen nach

ihrer Heirat bei Tisch, »du brauchst nicht jeden Abend zu Hause mit mir zu verbringen.«

Er legte seine Gabel beiseite. »Warum sollte ich woanders sein wollen?«

»Ich weiß es nicht«, sagte sie, während sie ob des seinen Worten innewohnenden Kompliments errötete und eine Furche in ihre Erbsen grub. »Wenn du jedoch den Wunsch hegst, abends einmal deine Freunde zu besuchen oder eine Runde durch die Clubs zu drehen, dann sollst du wissen, dass mir das völlig genehm ist.«

»Wünschst du, dass ich ausgehe?«

»Nein, nicht im Geringsten. Ich meine … ich wünsche mir für dich, dass du tust, was dir gefällt, das ist alles. Nur weil du verheiratet bist, heißt das nicht, dass du deinen sämtlichen Vergnügungen zu entsagen hast. Andere Gentlemen tun das auch nicht.«

Er antwortete nicht sogleich, sondern ließ sich die gebratene Ente und sein Glas Rotwein schmecken. Mit nachdenklicher Präzision faltete er sodann seine Leinenserviette und legte diese beiseite.

»Nun denn«, hob er an, »ich gedenke, heute Abend den Club aufzusuchen.«

Einige Stunden später saß Lily vor einem prasselnden Kaminfeuer allein mit einem Buch und einer Kanne Kaffee in ihrem privaten Salon. Wie war sie bloß darauf gekommen, Julian vorzuschlagen, einen Abend außer Hauses zu verbringen? Sie vermisste ihn entsetzlich.

Sie hob ihre Tasse an die Lippen, nahm einen dampfenden Schluck Kaffee und verzog das Gesicht ob des bitteren Nachgeschmacks. Sie hasste dieses Gebräu eigentlich, dennoch hatte sie Holling ersucht, ihr wegen der stimulierenden Wirkung eine Kanne aufzubrühen. Sie wollte wach sein, wenn Julian zurückkehrte. Selbst wenn er um halb drei ins Zimmer stolperte und nach Brandy stank.

Oder nach billigem Parfüm.

Sie schüttelte sich vor Abscheu bei der Vorstellung. Es war ein von Eifersucht genährter, abscheulicher Gedanke, völlig fehl am Platz. Nach all seinen Darbietungen zärtlicher Hingabe in den letzten Wochen, glaubte sie da wahrhaftig, dass Julian ein Abend im Gentlemen's Club in sein ehemals ausschweifendes Selbst zurückverwandeln würde? Julian war jetzt ihr Gemahl, er verdiente ihr Vertrauen und ihren guten Glauben. Überdies war es wesentlich angenehmer, ihn sich von frivol leicht bekleideten Operntänzerinnen umringt vorzustellen als durch finstere gefährliche Straßen streifend.

Lily bemühte sich, ihre Nase in das Buch zu stecken, doch ihre Gedanken schweiften fortwährend ab, spürten jeden Herrenclub auf, jede dunkle Gasse auf ihrer mentalen Landkarte von London. Sie war noch immer auf der ersten Seite ihres Romans – beim ersten Absatz, in der Tat –, als sie aufschaute, um abermals einen Blick auf die Kaminuhr zu werfen. Sie bemerkte, dass kaum eine Stunde verstrichen war. Da gewahrte sie, dass Julian bereits zurückgekehrt war.

Er trug weder den Geruch von Brandy noch den von Parfüm an sich. Stattdessen war er mit zig Metern leuchtend bunten Bändern und Spitzen in sämtlichen Farben des Regenbogens behängt, deren Enden aneinandergeknotet und mehrmals um seine Schultern drapiert waren.

Das war also die berüchtigte Girlande aus dem Billardzimmer.

Falls er bemerkte, dass Lily sich sichtlich entspannte, so schenkte er dem keinerlei Beachtung. Stattdessen strebte er geradewegs zu dem knisternden Kaminfeuer und begann, es mit den farbenprächtigen Strumpfbändern zu füttern. Zwischendurch hielt er ein ums andere Mal inne, griff sich den Schürhaken, um damit einen verirrten Fetzen Seide in die Flammen zu schieben.

Sie schaute schweigend zu, derweil er systematisch seine bunte amouröse Vergangenheit zerstörte. Das Band aus alten Geliebten verschwand in den Flammen, zuweilen flackerte es in heißem Protest auf, aber letztlich blieb nichts als Asche und ein beißender Geruch von verkohltem Stoff übrig. Als er fertig war, stellte er den Schürhaken in seinen Halter zurück und rieb sich die Hände sauber.

Er entledigte sich seines Überrocks und setzte sich neben sie. Nachdem sie eine Weile geschwiegen hatten, fragte er: »Was liest du da?«

»Ich weiß es selber nicht. Ich habe die vergangene Stunde damit zugebracht, geistesabwesend auf den ersten Absatz zu starren und mir zu wünschen, du wärest hier. Ich habe nichts verstanden.«

»Gut. Ich verpasse ungern etwas.« Er drehte sich zur Seite, lehnte sich zurück und schwang seine Stiefel auf die Lehne des Sofas. Dann legte er seinen Kopf in ihren Schoß und schloss die Lider. »Fahre fort«, bedeuteten seine Gebärden.

Zweifelsohne wollte er nicht darüber reden, womit er sich die Zeit vertrieben hatte, und Lily beschloss, ihn nicht zu bedrängen. Sein Verhalten sprach in diesem Augenblick für sich selbst. Worte waren nicht vonnöten.

Küsse waren indessen unverzichtbar. Sie fächerte mit ihren

Fingern spielerisch durch sein Haar, hauchte ihm einen sehnsuchtsvollen Kuss auf die Stirn. Dann auf die Spitze seiner Nase. Und auf seinen Mund. »Julian, ich liebe dich.«

Er atmete tief aus, dann antwortete er mit Fingerzeichen: »Weiß mir nicht vorzustellen, warum dem so ist.«

»Weißt du das nicht?« Ihr Herz vollführte einen freudigen Satz, und sie sagte leichthin: »Nun, dann muss ich es dir wohl ausführlich zeigen.«

19

Julian starrte auf den Brief, den er in Händen hielt, und las ihn zum dritten Mal innerhalb von ebenso vielen Minuten. Seine Augen flogen über das Geschriebene und stockten, als er die Namen erreichte.

»Horace Stone und Angus Macleod. Verhaftet am siebten Juni«, las er laut. Auf unerklärliche Weise schien es ihm realer, wenn er laut las. »Anklage wegen Trunkenheit, Vandalismus, Einbruchs und versuchten Raubüberfalls. Verurteilt zu sechs Monaten Zwangsarbeit auf dem Gefängnisschiff *Jericho*.«

Da stand die Lösung des Rätsels in schwarzer Tinte auf weißem Papier in Levi Harris' akkurat geschwungener Schrift.

Horace Stone und Angus Macleod waren an dem Morgen nach Leos Tod festgenommen worden, kaum eine Meile vom Schauplatz des Mordes entfernt. Weil sie das Fenster einer Gaststätte eingeschlagen hatten, um sie auszurauben, lautete der Tatbestand. Wie Harris' Nachforschungen bei den Gefängniswärtern ergaben, passte Coras rudimentäre Beschreibung auf die beiden Verurteilten.

Diese Männer waren Leos Mörder. Julian spürte das. Er las den Brief ein weiteres Mal, obschon er ihn längst auswendig hätte hersagen können.

»Die *Jericho*«, sagte er mit einem Hauch von Verwunderung in der Stimme. »Ich will verdammt sein.« Er hatte Monate auf seine Suche verwandt, jede finstere Gasse, jede Straße in der Grafschaft Middlesex und außerhalb durchkämmt, währenddessen waren sie auf ein abgetakeltes Schiff auf der Themse verbannt gewesen, weniger als zehn Meilen flussabwärts. Im wahren Wortsinne direkt vor seiner Nase, die ganze Zeit.

Auf seiner Stange, die vor dem Fenster des Salons angebracht war, plusterte Tartuffe sein Gefieder auf und kreischte. »Jericho!«, trällerte er frohgemut. »Jericho!«

Verrückter Vogel. »Was ist das mit dir und Namen, die mit J beginnen?«

»Oh Julian«, trällerte der Papagei. »Mr. James Bell. Oh Juuulian!«

»Ich weiß, spar dir deine Worte. Schuldig, schuldig. Danke, das wird alles sein.« Julian schüttelte sich. Er unterhielt sich mit einem verfluchten Vogel. Wahrlich, das Gekreische dieser unsäglichen Kreatur sollte ihm völlig gleichgültig sein.

Er fühlte sich ein wenig schuldig, weil er die Angelegenheit weiterverfolgte, nachdem er Lily versprochen hatte, es nicht zu tun. Sie war zweifelsfrei um seine Sicherheit besorgt, und er hatte die Nachforschungen nicht selbst in die Hand genommen. Er hatte lediglich an Harris geschrieben und ihn die Arbeit tun lassen.

Weniger als eine Woche, nachdem er den Auftrag erteilt hatte, hielt Julian das Ergebnis in Händen. Zwei Namen auf dem Papier erlösten ihn von seiner Furcht und den Zweifeln, die er jetzt seit einem halben Jahr hegte. Nach dem Überfall auf Leo und Faraday hatten ebendieser Horace Stone und ebendieser Angus Macleod in derselben Nacht laut Levi Harris' Ausführungen noch weitere verbrecherische Handlungen begangen. Handlungen, die nicht zu den Verhaltensweisen zweier Auftragsmörder passten. Hätten angeheuerte Attentäter nicht umgehend den Schauplatz des Verbrechens verlassen und ihrem Auftraggeber Bericht erstattet, anstatt in derselben Nachbarschaft zu marodieren und Fensterscheiben einzuschlagen? Das Muster des Tathergangs deutete auf zwei betrunkene Ganoven, die auf einem zufälligen Beutezug waren. Nicht mehr und nicht weniger.

Lily und Morland hatten all die Zeit recht gehabt, das musste er eingestehen. Der Mord an Leo war ein zufälliger Akt der Gewalt gewesen. Sein Tod war dadurch nicht weniger tragisch, aber die Verstrickungen für Julian waren viel weniger abgründig. Natürlich würde er sich stets Vorhaltungen machen, dass er in jener Nacht nicht da gewesen war. Leo war ein guter Freund, und sein Tod warf einen langen, kummervollen Schatten. Doch wenn es Julian gelang, die Mörder ihrer gerechten Strafe zuzuführen, wenn er sich sicher fühlen konnte, dass Peter Faraday im Unrecht war und jene Männer nicht danach getrachtet hatten, Julians Leben ein Ende zu setzen, dann sah seine Zukunft mit Lily sogleich drei Schattierungen strahlender aus.

Julian faltete den Brief von Harris zusammen, stopfte ihn in seine Brusttasche und strebte zum Schreibpult, dem er zwei Blatt Papier und ein Federmesser entnahm, um einen Federkiel zu spitzen.

Er sah sich gehalten, umgehend eine Eildepesche an Ashworth zu schicken. Wenn die Unholde zu sechs Monaten Zwangsarbeit verurteilt worden waren, dann stand anzunehmen, dass sie im Verlaufe der nächsten Wochen freikamen. Beide Zeugen des Mordes weilten an Punkten weit im Westen des Landes. Cora Dunn, die Prostituierte, war in Devonshire geblieben, und Peter Faraday suchte in Cornwall Genesung von den erlittenen, schwerwiegenden Verletzungen. Wenn es Ashworth gelang, einen von ihnen oder beide nach London zu holen, ehe Stone und Macleod auf freien Fuß gelangten, dann könnten sie die Männer wegen Mordes vor Gericht bringen, ehe jene den Geschmack der Freiheit gekostet hatten. Leo würde endlich Gerechtigkeit widerfahren.

Julian für seinen Teil vermochte ein gewisses Maß an Frieden zu finden.

»Julian?« Lilys Stimme klang von der Tür her. »Bist du ausgehfertig? Der Grundstücksmakler wird bereits warten.«

Zum Henker. Mit dem Eintreffen von Harris' Brief hatte er völlig verdrängt, dass sie mit einem Makler verabredet waren, um sich Häuser anzuschauen, die zur Miete angeboten wurden. Sie war aufgeregt, er bemerkte es an ihrer Stimme. Nach diesen neuerlichen Enthüllungen von Harris war Julian nicht minder aufgeregt. Er wagte es nicht, Lily von der neuesten Entwicklung zu berichten, noch nicht. Er sah keinen Sinn darin, ihre Erwartungen oder Ängste zu schüren, solange er sich nicht gänzlich sicher sein konnte.

Er blickte auf. Seine Gemahlin war in jadegrünes Wollcape und zarte Spitzenvolants gewandet. Unversehens ließ er Messer und Federkiel fallen, als hätte er sich daran die Fingerspitzen verbrannt.

»Was ist denn?«, forschte sie und lachte über sein Ungeschick.

Er grinste. »Du bist wunderschön«, bedeutete er mit ausschweifenden Gesten, in die er Gesicht und Schultern mit einbezog. »Wunderschön.« Weil zuweilen das gesprochene Wort allein nicht ausreichte.

Sie schaute zur Uhr und buchstabierte mit den Fingern: »Spät.«

»Der Makler wird gewiss warten.« Er ließ seine Hände ruhen und harrte ihrer Reaktion. In einem Anflug von Durchtriebenheit beschloss er zu prüfen, wie sich ihr Verständnis der Gebärdensprache verbesserte. Mit eiligen Bewegungen seiner Finger beschrieb er bis ins ausführlichste Detail, was er nach ihrer Rückkehr mit dem jadegrünen Kleid anstellen wollte, und was er mit dem Körper, der sich darunter verbarg, zu tun gedachte.

Ihre Wangen brannten in einem glühenden Rot, als er fortfuhr. Als er seine frivolen Fantasien mit den Worten »fünf Mal« unterstrich, lachte sie und legte ihm ihre Hand auf die Wange.

Sie sagte mit lauter, fester Stimme: »Endlich. Das ist der berüchtigte Schuft, den ich kenne und liebe. Ich fragte mich bereits, wo er sich all die Wochen versteckt hielt. Und ich begann mich zu wundern, ob ich wahrhaftig einen langweiligen, pedantischen Angestellten geehelicht hätte.«

Einen spielerischen Kuss auf ihre Schläfe hauchend, bot er ihr seinen Arm. »Sollen wir dann?«

Lily, Lily. Es gab Dinge, die sie niemals erfahren durfte.

»Oh, mir gefällt dieses hier.« Lilys Gesicht hellte sich auf, als sie an jenem Nachmittag über die Schwelle des dritten Hauses traten. Sie ergriff seinen Arm. »Ich habe ein gutes Gefühl bei diesem Haus, Julian.«

»Wir haben bislang erst die Eingangshalle gesehen.«

»Ja, ich weiß. Aber es ist eine sehr schöne Eingangshalle.«

Julian kam sie eher schäbig vor. Die Tapete an den Wänden war ausgebleicht und löste sich in dicken Schichten ab, Spinnweben zierten die Ecken der hohen Decken.

»Es steht seit einiger Zeit leer«, beeilte sich der Immobilienmakler zu erklären. »Die Hauseigner haben erst unlängst den Entschluss gefasst zu vermieten.«

»Die Räumlichkeiten sind recht ansprechend«, befand Lily, die sich einem Raum zuwandte, von dem Julian vermutete, dass es das Speisezimmer war. Ohne Möbel ließ sich das schwerlich sagen. »Durchflutet von Licht und Luft.«

Wahrlich, für ein Stadthaus hatte es gewiss ein angenehmes, offenes Ambiente. Das hatte mit der Anzahl der Fenster und dem gefälligen Zuschnitt der Räume zu tun, nahm er an. Julian hätte ihr mit Freuden ein luxuriöses Herrenhaus gebaut, das von dem verschwenderischen Grün eines weitläufigen Parks umgeben war. Derartige Häuser wurden jedoch nicht innerhalb weniger Wochen errichtet, und ihnen blieben lediglich wenige Wochen, bis Leos Erbe aus Ägypten eintraf. Julians ehemaliges Domizil in Bloomsbury stand außer Frage, aus einer Vielzahl von Gründen. Demzufolge würden sie sich für eines der angebotenen Häuser entscheiden müssen, die in Mayfair zur Vermietung standen. Wenn Lily an diesem hier Gefallen fand, dann wollte Julian sich damit begnügen.

Sie fragte den Makler: »Hat das Haus einen Garten?«

»Selbstverständlich, Mylady.« Der Angesprochene führte sie durch den Flur zu einem Empfangsraum im rückwärtigen Teil des Hauses, wo er die staubbedeckten Vorhänge zurückzog, um eine steinerne Terrasse zu enthüllen, die von einer mit Moosen, Flechten und Gesträuch überwucherten Wildnis eingefriedet war.

»Hier ist ein beträchtliches Maß an Arbeit vonnöten, nicht wahr?«, erkundigte sich Julian.

»Vor Arbeit ist mir nicht bang«, erwiderte sie und schenkte ihm ein strahlendes Grübchenlächeln. »Und dir?«

Er schüttelte den Kopf. Nein, ihm erging es nicht anders. Um der Wahrheit den Vorzug zu geben: Er vermisste seine Arbeit. Es musste ihm alsbald gelingen, einen Vorwand zu ersinnen, wenn er seine Büros in dieser Woche aufsuchen wollte. Sie würden Mr. James Bell mittlerweile von seiner Reise in den Norden, zu einem Besuch seiner Spinnereien, zurückerwarten. Er trug sich bereits mit Erwägungen, seine geschäftlichen Angelegenheiten zu regeln und seinen Anwalt im Hinblick auf eine Veräußerung seines gesamten Handelsimperiums – Liegenschaften, Spinnereien, Fabriken – im Vertrauen zu Rate zu ziehen. Der Gedanke hinterließ ein flaues Gefühl in seiner Magengrube, ähnlich wie dieses Haus.

Lily ist es wert, rief er sich ins Gedächtnis zurück. *Lily bedeutet mir alles.*

Gewiss ließe sich irgendetwas finden, was er mit seiner Zeit anstellen konnte. Ackerland kaufen und es verwalten, überlegte er, wie andere betuchte Gentlemen, die dem Müßiggang frönten. Das Wenige, was er über Ackerbau und Viehzucht wusste, war kaum der Rede wert, doch man konnte alles lernen. Er hatte sich seinerzeit im Selbststudium das Wissen um die Prinzipien des Handels angeeignet. Er würde von Neuem beginnen und sein Handwerk von der Pike auf erlernen. Wenn er gelegentlich des Nachts aufwachte, aufgeschreckt vom albtraumhaften Echo klappernder Webstühle, läutender Kirchenglocken und vorbeihuschender Ratten … dann war Lily an seiner Seite, mit ihren blassen, schlanken Armen und ihrem Rosmarinduft, um seinen aufgewühlten Herzschlag zu beruhigen.

»Tartuffe wird diese hohen Decken lieben«, sinnierte sie und legte ihren Kopf in den Nacken.

Der Makler begleitete sie auf ihrem Rundgang durch das

erste und zweite Geschoss. Bei jedem Schlafgemach, das sie besichtigten, verspürte Julian ein Gefühl heimlich wachsender Erregung. Da es eine Entscheidung zu treffen galt, ob dieses Haus *ihr* Haus werden könnte, war es einzig logisch, sich ihn und Lily gemeinsam in jedem Raum vorzustellen. Wie sie im Speisezimmer gemeinsam aßen, wie sie im Salon saßen … und wie sie letzterdings jede einzelne Bettkammer mit der Leidenschaft ihrer Liebe beglückten.

Die Inaugenscheinnahme des Kinderzimmers erfüllte ihn indessen mit einem recht eigentümlichen Gefühl. Ein Gefühl, nicht unbedingt der Erregung, aber damit beileibe vergleichbar.

»Der Küchentrakt befindet sich unten«, erklärte der Makler pflichtschuldig, als sie abermals die Treppe hinunterstiegen. »Und wir haben die Eingangshalle noch nicht angemessen in Augenschein genommen, aber …« Er warf einen Blick auf seine Taschenuhr. »Ich bedaure, aber die Zeit läuft mir davon. In einer Viertelstunde habe ich eine Verabredung in meinem Büro.«

»Wäre es Ihnen genehm, wenn wir allein hierbleiben?«, schlug Julian vor. »Wir schauen uns alles Übrige an und schließen dann ab. Ich schicke nachher einen Boten in Ihr Büro zwecks Rückgabe der Schlüssel.«

Der Makler erklärte mit Freuden sein Einverständnis, zweifelsohne ahnte er, dass der Geschäftsabschluss in Reichweite gerückt war. Er drückte die Schlüssel in Julians wartend geöffnete Hand. »Exzellent, Sir.«

Nachdem Julian den Mann zur Tür gebracht hatte, schlenderte Lily in die Empfangshalle. Er folgte ihr. Sie stand inmitten des großflächigen, hellen Saals, der von einer hohen Fensterfront dominiert wurde. An der Wand gegenüber kennzeichneten dunkle Ovale und Rechtecke die Stellen, wo einstmals Porträts und Spiegel hingen.

»Oh Julian. Sie bauen keine Häuser mehr mit Empfangssälen von solch verschwenderischer Größe, jedenfalls nicht mehr in der Stadt. Wir könnten die grandiosesten Hausbälle mit einem Orchester und Tanz veranstalten.«

Ihre Begeisterung ließ ihn lächeln. »Eine treffliche Idee, in der Tat.«

Fürwahr, sie würden große Feste geben, Lily und er gemeinsam. Mit exotischen Köstlichkeiten und geistvollem, unverblümtem Witz und begehrlich erwarteten Einladungen. Platzkarten mit wundersamen Kreaturen würden die Aufbewahrungsschachteln der Debütantinnen Jahr um Jahr zieren. Lily würde strahlend schön und sorglos, umgeben von Freunden und Bewunderern im Mittelpunkt von alledem stehen. Und damit wäre es genug. Julian würde sich an dem Wissen erfreuen, dass sich sein Leben zum Besseren gewendet hatte.

Ja. Dieses Haus konnte *ihr* Haus werden.

»Wir müssen die Tapisserien an den Wänden erneuern und alles mit einem frischen Anstrich versehen.« Während er weiterschritt, klapperten seine Stiefel geräuschvoll über die Holzdielen. Das Echo hallte von der gewölbten Deckenkuppel wider. »Das Parkett scheint mir intakt. Es benötigt lediglich eine neue Schicht Wachs.«

»Schau, dort steht sogar ein Pianoforte.« Sie lief in den rückwärtigen Teil des Saals, wo in einer Ecke ein großer Flügel unter einer Schutzdecke stand. »Ich frage mich, weswegen sie den zurückgelassen haben.«

»Weil er nicht durch die Tür passte, würde ich schätzen.« Julian zog die Decke von dem Flügel und warf sie zu Boden. »Ein wahres Ungetüm von einem Instrument.« Er schlug einige Tasten an und stöhnte über das misstönende Ergebnis. »Entsetzlich ungestimmt.«

»Mich kümmert das nicht«, sagte sie, an das Klavier gelehnt. »Spiel etwas für mich. Ich liebe es, dich beim Spielen zu betrachten. Und ich liebe es, den Klang zu spüren.« Ihre Brüste schmiegten sich auf das Gehäuse, wie zwei seidenumhüllte Kissen, die schmückend auf einem Regalbord stehen. Ihm lief das Wasser im Munde zusammen, sinnliche Erregung flutete seinen Phallus.

»Ich habe eine ungemein verworfene Idee«, bekundete er. Er umrundete das riesige Instrument und trat zu ihr.

Sie verlagerte ihr Gewicht auf ein Bein. »Hast du das?«

»Ich warne dich, ich bin nicht willens, mich davon abbringen zu lassen.«

»Oh Liebster.«

Er schlang seine Hände um ihre Taille, hob sie hoch und setzte sie oben auf das Klavier. Er zerrte an den Stoffmassen ihres Kleides, schob steif gestärkte Unterröcke und Überrock unter ihr fort, damit nichts als die dünne Schicht ihrer Leibwäsche zwischen ihr sinnlichstes Fleisch und die Oberfläche des geschlossenen Flügels kommen sollte.

»Du sagst, du liebst es, mich zu beobachten und mein Spiel zu fühlen?«, forschte er, als er den Rückweg antrat, um sich an die Tasten zu setzen. Sie nickte atemlos von dem unerwarteten Unterfangen. »Dann wirst du dies genießen.«

Er berührte mit einem Finger behutsam eine der elfenbeinernen Tasten, ehe er sie fest anschlug.

»Oh.« Ihre Hand fuhr an ihre Kehle. »Oh, du meine Güte.«

Grinsend spielte er ein schnelles Arpeggio mit seiner rechten

Hand, indem er in rascher Folge die Tasten hinauf- und hinabglitt.

»Julian«, sagte sie in erschrockenem Ton, ihre Wangen waren heftig errötet. »Die Vibrationen, sie sind …«

»Soll ich damit aufhören?« Er hielt seine Hände in die Höhe.

»Himmel, nein.«

Er neckte sie ein wenig länger, mit leichten, unharmonischen Akkorden. Als würde er ihre entblößten Schenkel mit verstörenden Liebkosungen hinauf- und hinabstreicheln. Sie schloss die Augen, und ihre Lippen öffneten sich kaum merklich. Ein sinnliches Stöhnen löste sich aus ihrer Kehle.

Genug der Etüden und des Vorspiels.

Er brachte beide Hände auf das Klavier und entlockte ihm ein schwungvolles, wenn auch misstönendes Musikstück mit dunklen, mächtigen Akkorden und einer ergreifenden Melodie.

»Oh.« Sie wiegte sich auf dem Pianoforte. »Oh Julian. Ist das … Ist das unser Walzer?«

Gott, wie er sie liebte. Er nickte zur Bestätigung ihrer Worte. »Es ist in der Tat unser Walzer. Und das«, er hielt inne, »ist unser Volkstanz.« Er ließ ihr keine Zeit, sich darauf einzustimmen, sondern schlug den raschen, übermütigen, stampfenden Rhythmus an.

Sie machte ein Geräusch, das halb Kreischen, halb Entzücken war. »Hab Erbarmen mit mir, bitte«, lachte sie. Ihre Wangen und ihr Dekolleté waren rosig erhitzt, und er sah, dass sich die Spitzen ihrer Brüste gegen das Mieder ihres Kleides pressten. »Ich ertrage das nicht länger. Julian, halte ein, oder ich ersuche um Linderung.«

Er hielt inne.

Ihr Atem wogte in ihrer Brust. Strähnen ihres Haars hatten sich gelöst, fächerten sich um ihr Gesicht. »Lieber Herrgott«, seufzte sie, eine Hand an ihre Schläfe gelegt. »Mir ist so heiß, dass mir der Schweiß aus allen Poren rinnt. Ich sehe gewiss aus, als wäre ich gestrauchelt.« Ihre Augen maßen ihn mit einem schelmischen Vorwurf. »Du bist wahrhaftig durchtrieben.«

»Wappne dich, mein geliebtes Eheweib. Das war erst das Vorspiel.«

Über die Klaviertasten griff er nach ihr, das lackierte Holz mit ihren Röcken polierend, als er sie zu sich zog und ihre Beine herzog. Nun thronte sie direkt vor ihm und saß gleich über der Tastatur. Ihre Knie streiften seine Brust. Er schob ihre Röcke hoch und spreizte ihre Schenkel weit auseinander, sodass ihre Füße über den beiden Enden der Tastatur hinabbaumelten.

Lust durchströmte ihn, und er benötigte einen Augenblick, um den Schritt seiner Hose zu richten. Er war hart geworden wie Granit, einzig durch das Betrachten jener erotischen Zurschaustellung. Vermutlich könnte er den Tasten einen Ton mit seinem geschwollenen Stab entlocken, wenn er ihn von seinen Beinkleidern befreite.

Aber zuerst musste er sie von ihren störenden Kleidern befreien.

Sie saß wie ein herrliches Festmahl vor ihm, ihre festen, bestrumpften Schenkel mündeten in einem verschatteten Tal entblößter Haut, dunklen Lockengewirrs und betörend femininen Duftes. Er streifte ihr den linken Seidenschuh ab und ließ diesen zu Boden fallen, während er mit seiner Hand über den bezaubernden Schwung ihres Beins strich – von dem hohen Spann ihres Fußes, über ihre schlanke Fessel, die Spitze ihres Knies und zielstrebig weiter nach oben.

»Julian«, sagte sie außer sich vor Erregung, als er an ihrem Strumpfgürtel zerrte. »Wir dürfen das nicht tun. Nicht hier.«

»Warum nicht hier? Es ist unser Haus.«

»Nein, das ist es nicht.«

»Oh. Bevorzugtest du eines der anderen Häuser, die wir besichtigten?« Er löste das Strumpfband, dann rollte er grob den Strumpf von ihrem Bein herunter.

»Nein, du unsäglicher Mann. Du weißt, dass ich dieses Haus haben möchte, aber …«

Er schälte den anderen Slipper von ihrem Fuß. Der Schuh traf mit einem weichen Schmatzen auf dem Parkett auf. Dann unterbrach Julian sein Tun, um seine gesamte Konzentration der Kommunikation mit ihr zu widmen. »Du willst dieses Haus, und du wirst es bekommen. Ich will dich, und ich werde dich bekommen. Gleich hier. Gleich jetzt. Keine weitere Diskussion.«

Dann machte er sich daran, Lilys anderes Strumpfband zu lösen und ihr Bein von der seidenzarten Umhüllung zu befreien. Sobald er den Strumpf heruntergerollt und ihre kleinen, zappelnden Zehen entblößt hatte, bahnte er sich mit Küssen den Weg ihr Bein hinauf, die makellose milchweiße Kontur mit Lippen und Zunge kosend. Als er den erbebenden Schwung ihres Innenschenkels erreichte, glitt ihr Fuß in disharmonischem Protest auf die Tasten.

»Sei still«, mahnte er sie. »Pscht«, streifte sein warmer Atem ihre Haut. Er nahm ihren Fuß und stützte diesen auf seine Schulter. Die weißen wogenden Falten ihres Hemdchens und ihrer Unterröcke schob er beiseite und offenbarte ihre intimsten Regionen seinem Blick. Die Blütenblätter ihrer Lustknospe waren von einem tiefen Rot und feucht vor Erregung, der Anblick allein brachte ihn an einen neuen Zenit der Erregung.

Anstatt in sie einzutauchen, um sie sogleich zu schmecken, mahnte er sich zu Geduld. Stattdessen leckte er sich in einem geschlängelten Pfad die Innenseite ihres Schenkels hinauf, ließ ihr Zeit, sich an sein Ansinnen zu gewöhnen. Dennoch bäumte sich ihr Becken ob der Überraschung auf, als er sie mit seiner Zunge neckend streifte.

Er behielt ihren Knöchel in festem Griff und presste ihren nackten Fuß gegen seine Schulter. Mit seiner anderen Hand umklammerte er ihr Becken. Für Lily gab es kein Entrinnen. Oh, nein.

Er presste seinen geöffneten Mund leicht auf ihre Scham. So verharrte er, schwebend nahe. Fühlte, wie ihr Schamhaar seine frisch rasierte Wange kitzelte, erwärmte mit seinem zerrissenen Atem ihr erregtes Fleisch. Gleichsam von diabolischen Mächten getrieben, hob er seinen Blick und fand den Augenkontakt mit ihr über dem wogenden Horizont ihrer Brüste. Ihre braunen Augen glänzten entrückt, ihre Lippen waren weich und rosig aufgeworfen.

Er leckte einmal. Reflexhaft stemmte sich ihr Bein gegen seine Schulter, so als wollte sie ihn fortschieben.

Er leckte abermals, dieses Mal war es ein langes, langsames Gleiten über ihre Spalte, das diese teilte. Ihre Augen schlossen sich flatternd, und sie sank mit einem Stöhnen zurück.

Der Augenkontakt endete. Ihr Bein entspannte sich. Nun konnte er zur Tat schreiten.

Er ließ seine Hände hinaufgleiten, um ihre Hüften zu umspannen. Sie war so schlank, dass er mit seinen Fingern ihre Taille umfassen konnte und gleichzeitig mit seinen Daumen ihre Scham erreichen, um sie für sein Vergnügen und das ihre zu spreizen.

Er liebte es. Das Necken, das Schmecken, das Zungenspiel auf jeder ihrer köstlichen Konturen und Kurven. Nachdem er jenen intimsten Teil von ihr erkundet hatte, streifte er mit seiner Zunge über die Kuppe ihrer Spalte und fand ihre geschwollene Perle.

Über ihm seufzte und stöhnte sie. Ihre Hand fächerte sich in sein Haar, zauste es und zerrte daran. Doch unternahm sie keinerlei Bemühen, ihn fortzuschieben.

Befleißigt, näher zu gelangen, schob er ein Knie auf die Tastatur des Flügels. Der ausgelöste Akkord verebbte, als er eine Hand hob, um ihre Brust zu kneten und ihre harte Spitze durch den Stoff zu zwicken. Sie drängte sich an ihn, spreizte ihre Beine in schamlosem Begehr, schmiegte ihre Glut an seinen Mund. Er übte sich eilig in seinem Erfindungsreichtum, erprobte sein Repertoire von Küssen, Saugen und Schlecken, bis seine Zunge exakt zu dem erotisierenden Kitzeln fand, das ihren Schenkel erbeben ließ.

Ja, frohlockte die Sprache ihres Körpers. *Genau so.*

Also tat er es abermals. Und wieder. Und wieder, mitnichten willens nachzulassen oder innezuhalten, bis sie ihre Lust laut herausschrie, sich kraft ihrer Ekstase und der Macht des Orgasmus auf dem Piano aufbäumte.

Gleichwohl verharrte er nicht.

Sie lösten den Griff in seinem Haar, stattdessen streichelte sie mit ihren Fingernägeln leicht über seine Kopfhaut. Ein kleiner Laut entfuhr ihrer Kehle. Er hatte Zweifel, ob sie sich dessen gewärtig war. Ein sehnsuchtsvoll zerrissenes Wimmern. Es war das Eingeständnis sinnlicher Befriedigung, und es war ein unmissverständliches Flehen nach mehr.

Unversehens zündete der Funke der Erkenntnis in seinem

Hirn. Sie hatte sich eine Rückkehr des verruchten Julian gewünscht, und sie sollte ihren Wunsch erfüllt bekommen. Er küsste die Innenseite ihres Schenkels. Dann biss er hinein, zog mit festem Saugen an der zarten Haut, bis er ihr ein scharfes Zischen des Schmerzes entlockte.

Er richtete sich auf, um seine vor Lust geschwächten Knie zu entlasten, und zerrte mit fahrig verzweifelten Fingern an den Knöpfen seiner Hose. Innerhalb von Sekunden hatte er seine aufgerichtete Erektion befreit. Er streichelte sich selbst einige Male, während er hungrig auf das üppige rosige Fleisch schaute, Lilys Offenbarung ihrer Leidenschaft, die sich so trefflich seinen Blicken bot. Er starrte auf die Stelle, die er mit jenem Biss markiert hatte. Das winzige Mal sah aus wie ein violettes Blütenblatt auf frischem Schnee.

Sie war feucht und heiß und entflammt. Sie war die seinige.

»Wunderschön«, keuchte er gedämpft und versah seine pulsierende Erektion mit einem letzten massierenden Griff. »So verflucht wunderschön.«

Auf dem Pianoforte richtete sie sich auf ihren Ellbogen auf. Sie schenkte ihm ein schläfriges Lächeln, ihr Blick war ob ihrer Befriedigung sinnlich berauscht. Sie sollte diesen Blick die längste Zeit zur Schau getragen haben. Er war entschlossen, sie auf mehr als eine Weise zu erregen.

Er packte sie bei den Hüften und zerrte sie von dem Gehäuse des Flügels. Ihre Kehrseite landete mit einem dramatisch schrillen Stakkato auf der Tastatur, ihre Beine umklammerten rechts und links die seinen. Er ließ ihr keinerlei Gelegenheit zur Vorbereitung oder Gegenwehr, führte seinen Penis an ihren Einlass und drängte tief in sie hinein, um sich in Glückseligkeit zu betten.

Süße … *Wonnen des Himmels.*

»Deine Beine«, wies er sie an, »schling sie um mein Becken.« Er verlieh seinem Wunsch Nachdruck, indem er ihre Schenkel anhob, um ihr gleichermaßen behilflich zu sein. Alsbald waren ihre Knöchel um sein Rückgrat verschränkt.

»Die Arme ebenfalls«, befahl er.

Sie schlang sie fest um Julians Nacken.

Kaum dass sie sich an ihn klammerte, glitt er mit einem Arm um ihre Taille. Er stützte seine andere Hand auf den Flügel, um sie davor zu bewahren, dass sie sich ob des Ungestüms seiner Stöße verletzte.

Er nahm sie hart und schnell, unter ihnen spielte aufgepeitschte Musik in einem zügellosen Rhythmus, der zu einem stürmischen Crescendo aufbrandete. Dies war kein zärtlicher Liebesakt, sondern eine Inbesitznahme. Dies war *seine* schöne Gemahlin. Dies war *sein* schönes Haus. Und diese strahlende, exquisite, glänzende Zukunft … alles war seins, wollte von ihm genommen werden.

Sie fühlte sich so trefflich an, an ihm, unter ihm, ihn umfangend. Er warf den Kopf zurück, und sie bestürmte ihn, indem sie ihre Lippen auf seine Kehle presste. Sein Körper vibrierte derweil er zu seinem Höhepunkt raste. Sie befeuerte ihn zum Finale, überwältigt von einer zweiten Klimax. Er vernahm sich selbst, wie er harsche, gutturale Laute ausstieß. Und warum sollte er nicht schreien? Dies war sein Haus, seine Gemahlin. Keinerlei Notwendigkeit, sich zurückzuhalten.

Er kam in ihr, verlor sich in einem tumulthaften Rausch aus zuckenden Hüften und seltsam dröhnenden Klavierakkorden und entfesselten Zungenküssen.

Das Leben meinte es sehr, sehr gut mit ihm.

Für die Dauer des Augenblicks.

20

»Nun, mir will scheinen, dass das Tier gut im Futter ist. Ausnehmend gepflegt wirkt es überdies.« Rhys St. Maur, Lord Ashworth, tätschelte die Nüstern des Hengstes. »Osiris, du machst einen verdammt viel besseren Eindruck als seinerzeit, da ich dich zuletzt sah.« Der frühere Offizier blickte zu Julian. »Sie im Übrigen auch, was das anbelangt. Die Ehebande bekommen Ihnen trefflich.«

Julian hob die Schultern und ließ sie wieder sinken. »Eigentümlich, wie das Wirkung zeitigt, nicht wahr? Wo ist im Übrigen Ihre werte Gemahlin, Lady Ashworth?«

»Merry?« Ashworth zog die Augenbrauen hoch, in der Mitte wurden sie von einer wulstigen Narbe geteilt. »Hab sie im Hotel zurückgelassen. Sie ist erschöpft von der Reise, so beteuerte sie jedenfalls. Heillos angetan von den duftenden Seifen und Bettvorhängen, das trifft es wohl eher. Sie lässt Ihnen Grüße ausrichten.«

»Bringen Sie sie später mit nach Harcliffe House, wenn es Ihnen genehm ist. Meine Gattin wird sich freuen, ihre Bekanntschaft zu machen.«

»Ihre Gattin.« Ashworth schmunzelte. »Wenn man bedenkt, dass Sie vor sechs Monaten ernsthaft entschlossen waren, Lily mit irgendeinem anderen Gentleman zu verkuppeln, kann man nur staunen.«

Julian wusste, dass Ashworth ihn aufzog, dennoch wertete er die Bemerkung nicht als Kränkung. Dieser Tage, so schien es, regte er sich selten über etwas auf. »Ich befolgte lediglich den Kodex, wie Ihnen bekannt sein dürfte. Ein Mitglied des Stud Clubs war angehalten, sie zu heiraten, so besagen es die Regeln. Nachdem Sie und Morland anderswo Ihr Glück fanden, fiel die Verpflichtung mir zu.«

»Verpflichtung, meiner Treu. Sie waren von Beginn an in diese Frau verliebt. Versuchen Sie nicht, es zu leugnen.«

Umso besser. Danach stand Julian gar nicht der Sinn. Er zog eine Möhre aus seiner Jackentasche und hielt sie dem Pferd hin.

Ashworth kraulte den Hengst hinterm Ohr. »Was würde Leo denken, wenn er die verbliebenen Mitglieder seines aus einer Laune heraus gegründeten aufrührerischen Clubs sehen könnte? Wir sind mittlerweile allesamt verheiratete Gentlemen, die älter und gesetzt geworden sind.«

Osiris schnaubte und schickte eine kleine Wolke Wasserdampf in den klirrend kalten Dezembermorgen.

»Dieser Hengst ist auch nicht mehr der Jüngste.«

Ashworth fragte: »Sie glauben, Morland wird Ihrem Plan zustimmen?«

Julian nickte. »Ich habe meine Methoden, ihn zu überzeugen.«

In diesem Augenblick traf der Herzog höchstselbst ein, er galoppierte hoch zu Ross über die Weiden. Geschmeidig saß er ab und warf einem wartenden Stallknecht die Zügel zu.

»Ashworth«, rief er, während er um Atem rang, als er seine Handschuhe abstreifte. »Das ist eine Überraschung. Wann trafen Sie in der Stadt ein?«

»Gerade eben erst.«

»Wie ich hörte, haben Sie den Bund der Ehe geschlossen.«

»Fürwahr. Mylady ruht sich in unserer Suite aus. Jedoch hoffe ich, sie Ihnen und Ihrer Hoheit angelegentlich unseres Aufenthalts in London vorzustellen. Meine Gemahlin und Amelia werden sicherlich gut miteinander auskommen, denke ich.«

»Wir wären erfreut. Wo logieren Sie in der Stadt?«

»Im Pulteney.«

»Sie sind in einem Hotel abgestiegen?« Der Herzog runzelte die Stirn. Eigentümlich, dass es Morland mit seinem überheblichen Gehabe früher gelungen war, Julian aufzubringen. Inzwischen fand er es allenfalls ansatzweise brüskierend. Mitnichten einer handgreiflichen Auseinandersetzung wert, auf keinen Fall.

»Sie sollten nicht länger im Hotel verweilen«, fuhr der Herzog fort. »Sie sind überaus willkommen in Morland House. Wir haben genug Suiten, und Amelia liebt nichts mehr als Gäste.«

»Ihr Angebot ist überaus großzügig, aber Merry hat sich ausdrücklich das Pulteney erbeten.«

»Geschäftliche Interessen«, klärte Julian den Herzog auf. »Die frisch gebackene Lady Ashworth ist die Inhaberin der feinsten Kutschenstation in Devonshire. Da ist es nur natürlich, dass sie den Wunsch hegt, sich in den Londoner Hotels umzuschauen. Wie dem auch sei, Morland, Sie werden Ihre Gastzimmer für jemand anders brauchen.«

»Und zwar?«

Ashworth nahm seinen Stock und schritt zu seiner wartenden Kutsche. Er öffnete den Verschlag und streckte die Hände ins Innere, um Peter Faraday herauszuhelfen. Ein weiterer Mann, den Julian früher liebend gern verdroschen hätte. Jesus Christus, war er tatsächlich ein derartiger Hitzkopf gewesen? Es schien ihm jetzt alles so befremdlich und weit fort.

Faraday kam ohne Ashworths Hilfe, aber schwer auf einen Spazierstock gestützt, behäbig näher. Der Mann schien sich einer besseren Gesundheit zu erfreuen als in Cornwall, doch das besagte nicht viel. Er war von blasser Gesichtsfarbe und litt offenkundig starke Schmerzen. Wenn er nach sechs Monaten immer noch nicht genesen war, war es unwahrscheinlich, dass er je wieder ohne Hilfe würde gehen können.

»Mr. Bellamy. Ihre Hoheit.« Faraday nickte zur Begrüßung mit dem Kopf. »Sehen Sie es mir nach, wenn ich mich nicht verneige.«

»Peter Faraday«, sagte Morland, das Nicken des Mannes erwidernd. »Ich hätte Sie beinahe nicht wiedererkannt.«

»Bei unserer letzten Begegnung galt Ihr Augenmerk den Karten.«

»Was führt Sie heute hierher?«

»Erlauben Sie, dass ich zu einer Erklärung aushole«, beeilte sich Julian zu sagen. Er berichtete vom Erfolg – oder dem Ausbleiben desselben – seiner Nachforschungen hinsichtlich Leos Tod. Dann führte er aus, wie ihm im vergangenen Monat die Idee gekommen war, die Gefängnis- und Prozessakten zu prüfen. »Der von mir beauftragte Detektiv hatte dies bereits in den ersten Wochen nach Leos Ableben getan, doch es fehlte uns seinerzeit an sachdienlichen Hinweisen. Vor einigen Wochen erfuhr ich, dass Angus Macleod und Horace Stone am Morgen nach Leos Tod kaum eine Meile vom Tatort entfernt inhaftiert wurden. Cora Dunns Beschreibung der Täter passt zu den beiden. Sie wurden wegen Einbruchs zu sechs Monaten Zwangsarbeit verurteilt.«

Ashworth entfuhr ein leiser Pfiff. »Die beiden müssen es sein. Zu viele Zufälle, wenn es anders wäre.«

Julian nickte. »Sie schuften derzeit auf einem Gefängnisschiff, es heißt, dass sie in einer Woche entlassen werden. Wir werden an dem fraglichen Morgen ausreiten und sie an den Docks in Empfang nehmen. Als Adlige und Mitglieder des House of Lords ist es für Sie beide«, er deutete nacheinander auf Morland und Ashworth, »ein Leichtes, sie wieder hinter Schloss und Riegel zu bringen. Mit Faradays Zeugenaussage werden sie noch vor dem Einläuten des Jahreswechsels am Galgen baumeln.«

Faraday seufzte schwer. »Wie ich Ihnen bereits in Cornwall schilderte, vermag ich mich an den Überfall als solchen nicht im Mindesten zu erinnern. Ich halte es für fraglich, ob ich imstande wäre, die beiden zu identifizieren.«

Julian antwortete mit Nachdruck: »Nun, ich bin mir sicher, dass eine neuerliche Begegnung mit den zweien Ihrem Erinnerungsvermögen auf die Sprünge helfen wird. Wenn nicht, lassen wir nach Cora schicken.«

»Leider Gottes sah ich mich außerstande, sie mit herzubringen«, bekannte Ashworth. »Irgendeiner musste sich um den Gasthof kümmern. Überdies dünkte es mich herzlos, das Mädchen seiner Flitterwochen zu berauben.«

»Die reizende Miss Dunn ist ebenfalls vermählt?« Faraday griff sich seinen Spazierstock. »Welch eine Schande. Eine wahre Plage ist das mit der Ehe. Bleiben Sie mir vom Leib, alle drei!«

Mit diesen Worten hinkte er fort und ließ sich schwerfällig auf einer Bank nieder. Julian glaubte, dass Faradays lautstarke Verunglimpfung der Ehe einzig ein Vorwand war, um eine dringend erforderliche Rast zu nehmen. Nach der Qual, geschlagene fünf Minuten lang aufrecht zu stehen, hatte der bedauernswerte Mann Erholung nötig. Julian fühlte beinahe mit ihm.

Aber er war sich immer noch nicht sicher, ob dem Mann zu trauen war.

»Morland«, raunte er mit gedämpfter Stimme, »haben Sie bitte ein wachsames Auge auf Faraday.«

»Sie wollen, dass ich den Mann unter meine Protektion nehme?«

»Ich will, dass Sie den Mann unter Ihrem Dach aufnehmen.«

»Augenblick, eine Minute …«, begann der Duke einzuwenden.

»Sie sagten eben, dass Sie über genug Gästekammern verfügen. Ihre Gemahlin liebt es, Gäste zu bewirten.« Als Morlands Züge hart blieben, senkte Julian seine Stimme zu einem eindringlichen Flüstern und setzte hinzu: »Nicht zu erwähnen, dass Sie bereits eine invalide Person verborgen halten.«

Morlands Augen weiteten sich flatternd. »Woher wissen Sie das? Hat Amelia Ihnen erzählt …«

»Nein, nein. Ihre Gattin ist die Diskretion in Person. Es ist Ihr Mündel, das sich nicht wegsperren lassen mag.« Er klopfte Morland auf die Schulter. »Hören Sie. Tun Sie mir – tun Sie Leo – diesen einen letzten Gefallen, und Sie können das Pferd haben. Ich bin gewillt, meine sämtlichen Rechte an Osiris abzutreten. Sie und Ashworth hätten dann freie Hand.«

Morland trat zurück. »Wahrhaftig. Sie würden auf Ihren Anteil an Osiris verzichten?«

Julian nickte.

»Im Gegenzug dafür, dass ich Faraday für die kommende Woche unter meinem Dach beherberge?«

»Ja. Lediglich bis die Angelegenheit geregelt ist. Aber Sie müssen ihn unter Bewachung halten, mit einer Unterkunft allein ist es nicht getan.« Er warf einen Blick über seine Schulter, um sicherzugehen, dass Faraday sie nicht belauschte. »Ich kann mich des Gefühls nicht erwehren, dass da noch irgendetwas ist, was er uns nicht preisgibt. Wir dürfen nicht riskieren, dass er sich abermals absetzt, nach Cornwall oder Gott weiß wohin. Ashworth kann ihn nicht unterbringen, und ich kann ihn auch nicht unter meinem Dach beherbergen. Lily weiß nichts von dieser ganzen Sache.«

»Was glauben Sie, wie lange sie unwissend bleibt?«, erkundigte sich Ashworth. »Ich meine, wir schmieden hier Pläne, dass unsere Gattinnen einander kennenlernen. Denken Sie ernsthaft, dass sie nicht darüber reden werden?«

»Deshalb sollten auch Sie Ihre Gemahlinnen im Unwissen belassen.«

Morland entfuhr ein bellendes Lachen. »Wenn Faraday in meinem Haus unterkommt, wird Amelia es als Erste wissen.«

»Und meine Gattin ist unlängst die ganze Strecke von Devonshire mit dem Mann hergereist«, warf Ashworth ein. »Sie ist bestens im Bilde über den Überfall und nicht zuletzt, welche Rolle Faraday darin zukam.«

»Im Übrigen«, hob der Duke an, »lüge ich Amelia nicht an. Wir erzählen einander alles.«

»Wie Eheleute es tun sollten«, pflichtete Ashworth bei. »Merry und ich pflegen in gleicher Weise zu verfahren.«

Julian fluchte insgeheim. Diese Geschichte wurde ihm allmählich zu kompliziert.

»Nun gut. Dann enthüllen Sie Ihren Gattinnen eben die Wahrheit.« An Morland gerichtet, führte er aus: »Sie erzählen

Amelia, dass Faraday ein ehemaliges Mitglied des Stud Clubs ist, der von seinen Gebrechen niedergeworfen wird und ob der harten Zeiten strauchelt. Sie beherbergen ihn aus einer Art Gefälligkeit heraus, doch soll sie darüber absolute Diskretion wahren, da Mr. Faraday vermeiden will, dass seine Schwierigkeiten ans Licht der Öffentlichkeit dringen. Das ist alles wahr. Oder nicht?«

Der Herzog zuckte mit den Schultern. »Ich vermute ja.«

Julian wandte sich zu Ashworth. »Und Sie ersuchen Meredith, um Lilys willen Stillschweigen über ihr Wissen zu bewahren. Wir möchten weder Lilys Hoffnungen noch ihre Ängste schüren. Denn der Ausgang des Unterfangens ist noch ungewiss.«

»Ein annehmbarer Vorschlag«, meinte Ashworth. »Was gedenken Sie, Lily zu erzählen?«

»Nichts«, antwortete Julian. Eine Ehe ohne Geheimnisse mochte für andere reizvoll klingen, doch für einen Mann wie ihn hatte das Schicksal die Karten anders gemischt. »Nichts, bis auf Weiteres.«

»Oh, wie schön!«

Auf Lilys Ausruf reckten Amelia und Meredith ihre Köpfe. Die beiden Damen kamen von der anderen Seite der Galerie zu ihr geeilt, befleißigt zu erfahren, was solches Entzücken hervorrief.

»Es ist bloß ein Sekretär.« Lily öffnete das Oberteil des wuchtigen Mahagonistücks. Das Hartholzpaneel schwang auf den Scharnieren mühelos nach unten, sodass es eine stabile Schreibfläche bildete. Im Innern entdeckte sie praktische Unterteilungen für Papier, Tinte und Schreibfedern, zwei mit Schlössern versehene Schubfächer und eine wahre Flut von Ablagen für das

Sortieren und Ordnen von Rechnungen und Quittungen. Der Anblick erfüllte sie mit einer absurden Art von Freude.

Der Besitzer der Galerie, ein penibel wirkender Mann in blassrosa Weste, trat zu ihnen. »Ein antikes Stück«, erklärte er. »Es gehörte …«

Lily entging der Name vollkommen. Es scherte sie nicht im Mindesten. Einerlei, welcher Magistrat oder Würdenträger das Stück zuvor besessen hatte, jetzt gehörte es ihm nicht mehr.

»Ist er für Mr. Bellamy gedacht?«, fragte Meredith, mit ihren Fingern über das glatte Furnier streichend.

Lily schüttelte verneinend den Kopf. »Für mich selber. Wir werden in dem neuen Haus zwei aneinandergrenzende Arbeitszimmer einrichten. Mit einer Verbindungstür. Eines für ihn und eines für mich.«

Es wurde höchste Zeit, dass sie ihren eigenen Raum für die Führung der Bücher bekam, statt immerzu Leos Büro zu benutzen. Sie hatte sich mit Julian darauf verständigt, dass sie sich um die Führung der Haushaltskonten kümmern würde, ebenso um die Anlage jedweden Vermögens, das sie mit in die Ehe brachte. Wenn sie ihn auch scherzhaft einen langweiligen Angestellten schimpfte, es erweckte zuweilen den Anschein, als wäre *sie* der pedantische Part in ihrer Beziehung.

»Ich nehme ihn«, erklärte sie dem Galeriebesitzer.

Er verbeugte sich mit unterwürfiger Dankbarkeit. »Vortrefflich, Mylady. Eine exzellente Wahl.«

Ja, das sah sie ähnlich. Mit einem großen neuen Haus, das es zu möblieren galt, entwickelte Lily Spaß an Einkaufsbummeln. Die Gesellschaft von Freundinnen erhöhte ihr Vergnügen. Im Laufe der vorangegangenen Woche hatten die drei Damen einige Nachmittage damit zugebracht, durch Läden zu schlendern und feilgebotene Waren zu begutachten. Zwar kannte Lily Amelia schon viele Jahre, doch obwohl sie die frisch vermählte Lady Ashworth erst vor einer Woche kennengelernt hatte, verstanden sie sich auch zu dritt blendend. Meredith war eine feinfühlige, geradlinige Frau, mit einem Herzen für Gastfreundschaft und einem Sinn fürs Geschäftliche, was sie mit Amelia und Lily teilte.

»Aneinandergrenzende Arbeitszimmer«, meinte Meredith, die Scharniere des Schreibtischs prüfend, als Lily die obere Klappe schloss. »Die Idee gefällt mir. Ich werde mit Rhys über ein solches Arrangement für das neue Nethermoor Hall sprechen. Er beabsichtigt, sich mit diversen Architekten zu treffen, während wir in London weilen.«

Als Meredith sich entfernte, lenkte Amelia Lilys Aufmerksamkeit auf sich. »Was ich dich noch fragen wollte. Bist du mit Mr. Bellamy auf dem Fest bei den Carstairs anzutreffen am nächsten Mittwoch? Spencer sträubt sich, wie stets. Aber wenn ihr beide teilnehmt, könnte ich ihn bestimmt überzeugen. Zumindest wäre ich dann sicher, dass ich jemanden zum Plaudern habe, nachdem mein Göttergatte im Kartenzimmer verschwunden ist.«

Lily zögerte. »Das Fest bei den Carstairs?«

Amelia nickte.

»Ich … ich bin mir nicht sicher. Wir haben unsere Antwort noch nicht übermittelt.«

In Wahrheit hatten sie gar keine Einladung erhalten. Lily sollte eigentlich nicht überrascht sein. Sie hatte nicht zu Unrecht vermutet, dass dergleichen geschehen könnte, nachdem ihre überstürzte Eheschließung mit Julian einmal bekannt war. Anscheinend wollte Mrs. Carstairs ihr Missbehagen über Lilys Heirat zum Ausdruck bringen, vielleicht war es auch Neid. Lily war beinahe beschämt festzustellen, wie es sie empörte, von einer Frau geschnitten zu werden, die es noch letztes Jahr als großen Erfolg gewertet hätte, jemanden von den Chatwicks in ihrem Hause begrüßen zu dürfen. Vermutlich hätte sie damals sogar Tartuffe willkommen geheißen.

Sie verdrängte den Zorn. Wie dem auch immer sein mochte. Dergleichen lehrte sie zu erkennen, wer ihre wahren Freunde waren. Und Lily hatte zwei sehr gute Freundinnen, gleich hier in dieser Galerie.

Sie folgte dem Geschäftsinhaber zu der hinteren Theke, um den Kaufvertrag gegenzuzeichnen und einen Termin für die Lieferung ihres neuen Sekretärs abzustimmen. Derweil er die Rechnung vorbereitete, wanderten ihre Augen über eine opulente Auswahl an Gemälden an der rückwärtigen Wand. Die meisten zeigten Szenerien, die sich allgemeiner Beliebtheit erfreuten: verträumte Landschaften mit verfallenen Schlössern, Stillleben mit Vasen voller Blumen und Schalen, die mit Früchten prall gefüllt waren. Nichts Außergewöhnliches, was Lilys Augenmerk auf sich gezogen hätte. Enttäuschend. Sie und Julian benötigten schließlich das eine oder andere geschmackvolle Bild, um damit die Wände zu schmücken. Sie bemerkte eine Tür, die mit einem Vorhang versehen war und in weitere Räumlichkeiten führte.

Sobald der Verkauf abgewickelt war und der Galerist die Adresse des neuen Hauses erfahren hatte, fragte Lily mit einem Fingerzeig auf den Vorhang: »Besitzen Sie noch eine zweite Galerie?«

»Es ist lediglich ein weiterer Raum, Mylady.«

»Dürfen wir ihn anschauen?«

Die Wangen des Mannes färbten sich in einem Rosaton, der ausgezeichnet mit seiner Weste harmonierte. »Mylady … ich bedaure, aber diese Galerie ist ausschließlich den Gentlemen vorbehalten.«

Lily glaubte, ihn missverstanden zu haben, doch dann trat Meredith beherzt an ihre Seite. »Wie darf ich das verstehen, ausschließlich den Gentlemen vorbehalten?«

»Die Gemälde dort sind von einer … was soll ich sagen … mehr irdischen Natur. Nicht geeignet für Damen.«

»Worum geht es?« Amelia gesellte sich zu ihnen.

»Er meint, unsere zart besaiteten Frauenseelen vor skandalösen Gemälden beschützen zu müssen«, enthüllte Meredith ihr. Zu dem Inhaber sagte sie: »Wir sind allesamt verheiratete Frauen, Sir.«

»Nichtsdestoweniger.« Der Mann rückte an seiner Krawatte herum. »Ihre Gatten sind nicht präsent. Ohne deren ausdrückliche Erlaubnis, kann ich nicht …«

Meredith lachte auf. »Müssen wir erst ihre Genehmigung einholen, mit Unterschrift womöglich?«

»Lächerlich«, befand Amelia, sie straffte die Schultern und reckte ihr Kinn hoch. »Mein Gemahl, Seine Hoheit, der Duke of Morland, wäre in der Tat verstimmt, mit einer solch trivialen Angelegenheit belästigt zu werden. Geben Sie sich einen Ruck, Sir. Wir halten unsere Riechfläschen bereit.«

Um Lilys Mundwinkel zuckte es vergnügt. Ihr wollte scheinen, dass er sich zur Einsicht bewegen ließe, wenn sie ihm genug lange zusetzten. Doch am Ende war dies nicht erforderlich. Amelia und Meredith drehten sich mit einem Mal zur Ladentür herum und klatschten freudig in die Hände. Lily folgte dem Blick der beiden.

Ah, Julian war eingetroffen. Endlich! Er hatte versprochen, sie hier zu treffen, nachdem sein Tagesgeschäft erledigt war.

Alle drei Damen beeilten sich, ihn an der Tür zu begrüßen. Lily war jedoch die Einzige, die in den Genuss eines Kusses auf die Wange kam.

»Was ist hier los? Einen solch herzlichen weiblichen Willkommensempfang habe ich nicht mehr erlebt seit …«

»Seit du das letzte Mal einen Raum voller Damen betreten hast«, sagte Lily. Sie warf ihren Freundinnen einen schelmischen Blick zu. »Der Zeitpunkt deines Eintreffens hätte nicht günstiger gewählt sein können. Es gibt eine weitere Galerie – offenkundig eine Galerie frivolen Charakters –, und der Inhaber sträubt sich dagegen, dass wir selbige ohne unsere Ehemänner besichtigen.«

»Hm.« Julian bedachte das Trio, das erwartungsvoll seiner Antwort harrte, mit einem langen Blick. »Ich nehme nicht an, dass ich mich als Scheich ausgeben kann, der mit einem Harem von Ehefrauen in Europa weilt, nicht wahr?«

»Weswegen nicht?«, gab Amelia spitzfindig zurück. »Immerhin verfügen Sie über eine gewisse Reputation.«

Meredith schob ihre Hand durch Julians freien Arm. »Nun denn, lassen Sie uns gehen.«

»Aber Lady Ashworth!«, rief er, Entsetzen vortäuschend.

Vielleicht täuschte er es auch nicht vor. Bei näherer Betrachtung meinte Lily, ihn tatsächlich erröten zu sehen. Wie ungemein süß.

Mit gefälligem Charme löste er sich aus Merediths Griff. »Bedaure, doch ich bin seit Kurzem bekennender Monogamist. Selbst wenn dem nicht so wäre, so sind Ihre beiden Gatten bekennende Barbaren, und ich bin klug genug, nicht ins Mündungsfeuer ihrer Pistolen geraten zu wollen. Ich komme eben von einer Besprechung mit den Herren. Wir tragen uns mit dem Vorhaben, morgen in aller Frühe zu einem Ausritt in die Weiten der Natur aufzubrechen. Es wäre mir zuwider, wenn daraus ein Duell im Morgengrauen würde.«

»Du planst einen Ausritt?«, forschte Lily. Es lag Jahre zurück, dass sie das letzte Mal ausgeritten war. »Mit welchem Ziel? Erlaubst du, dass ich dich begleite?«

»Nein, ausgeschlossen. Diese Exkursion ist allein uns Gentlemen vorbehalten.« Er hielt inne. »Und ich bin nicht ganz sicher, wohin es gehen wird. Ein Stück die Themse flussabwärts, denke ich.«

»Die Themse flussabwärts? Aber weswegen …«

»Morland will sich unterwegs nach Grundstücken umsehen.«

»Ach, in der Tat?«, fragte Amelia. »Das ist das Erste, was ich höre.«

»Nun ja.« Julians Lächeln war verkrampft. »Vielleicht habe ich etwas missverstanden.«

Lily ahnte, dass er sich unbehaglich fühlte. Unbehaglich mit Blick auf den Ausritt, vermutete sie. Julians Reitkünste reichten bei Weitem nicht an die Morlands und Ashworths heran, und er war vermutlich ein wenig in Sorge, von ihnen bloßgestellt zu werden. Dennoch war er entschlossen, mit ihnen auszureiten, und das stimmte Lily über die Maßen froh. Es erfüllte sie mit Freude zu sehen, dass die drei Männer im Begriff standen, gute Freunde zu werden. Leo wäre darüber nicht minder glücklich gewesen.

Meredith ergriff das Wort. »Nun, wenn Sie gerade von einer Zusammenkunft mit Rhys und dem Herzog kommen, wo stecken dann die beiden? Wir könnten die vermeintlich anrüchigen Gemälde gemeinsam betrachten.«

»Ich bedaure, sie sind in Morland House geblieben.«

Amelia legte eine Hand auf ihren von der Schwangerschaft gerundeten Bauch und rieb sich mit der anderen das Rückgrat. Sie blickte zu Meredith. »Macht es dir etwas aus, mich in der Kutsche zu begleiten? Du und Lord Ashworth, ihr seid uns herzlich willkommen, zum Nachtmahl zu bleiben.«

Wie gewohnt richtete sie die Einladung auch an Julian und Lily, doch sie lehnten höflich ab.

Sobald die beiden aufgebrochen waren, waren Lily und Julian die einzigen Kunden in der Galerie.

»Ich habe einen Schreibtisch erworben«, sagte Lily.

»Hast du das?« Er erkundigte sich nicht weiter nach dem Möbelstück. Stattdessen bot er ihr seinen Arm und geleitete sie unumwunden zu dem Galeristen, dessen geknöpfte rosafarbene Weste sich aufbog wie der Rand einer Seemuschel, als er sich bückte, um einige Bücher zu sortieren.

Als er Julian bemerkte, stand der Mann flugs auf und verbeugte sich. »Guten Tag, Sir. Womit kann ich Ihnen dienen?«

»Meine Gattin würde sich gerne die Aktgemälde anschauen.« Ihr unsäglicher Gemahl grinste zu ihr hinunter, als wollte er sie zum Widerspruch aufstacheln.

Niederträchtiger Schuft. Lily stieß ihm stattdessen die Spitze ihres Ellbogens in die Rippen.

Obschon sie sich gewiss war, dass ihre Wangen das dunkle Rot reifer Himbeeren angenommen hatten, maß sie den Inhaber mit hochgerecktem Kopf. Es lag ihr fern, Einwände zu erheben. Sie fieberte darauf, gleich morgen in Gegenwart von Meredith und Amelia damit zu prahlen.

Überdies *wollte* sie sich die Aktbildnisse tatsächlich anschauen.

Der Inhaber der Galerie rückte umständlich an seiner Weste herum. »Ihr Wunsch ist mir Befehl, Sir.«

Mit der Beflissenheit eines Varieté-Direktors, der sich dem Publikum mit seiner Vorstellung empfehlen will, schob er elanvoll den schweren Samtvorhang beiseite. Lily verspürte ein erregendes Kribbeln und schmiegte sich inniger an ihren Gatten.

Gemeinsam betraten sie das verbotene Zimmer.

Die »geheime« Galerie war eher eine Enttäuschung, was bei verbotenen Dingen des Öfteren passierte. Julian war wohlvertraut mit dem Phänomen.

Nichtsdestoweniger diente sie ihnen als eine willkommene Zerstreuung.

Er beobachtete sorgsam Lilys Miene, als sie die beengte Kammer betraten. Sie schien nur für die Gemälde an den Wänden Augen zu haben, und das beruhigte ihn ein wenig nach ihrer Konversation über den morgigen Ausritt. Er hasste es, sie anzulügen. Er lehnte es mit aller Vehemenz ab und würde es nach dem heutigen Tag nie wieder tun.

Morgen früh würden er, Morland und Ashworth aus der Stadt hinausreiten, nach Woolwich, wo Stone und Macleod freigelassen würden. Die beiden gewalttätigen Unholde sollten niemals auch nur von ihren Ketten befreit werden. Sobald die Männer abermals in Newgate einsaßen, wollten Julian und Morland Faraday dorthin begleiten, damit Letzterer sie identifizieren sollte. Man würde Anklage wegen Mordes erheben. Dann war es Sache der Gerichte, sich mit dem Fall zu befassen.

Mit dem morgigen Tag wäre alles vorüber.

Der Gedanke beruhigte Julian, und er fing an, die Kunstwerke zur Kenntnis zu nehmen. Zu beiden Seiten säumten gerahmte Gemälde die Wände. Hohe Fenster mit eingelassenen Oberlichtern erhellten den Raum, sie spendeten Rauten wässrigen Lichts, das in merkwürdigen Winkeln auf die Akte traf, was diese verzerrt erscheinen ließ. Es gab einige von den unvermeidlichen Boudoir-Porträts, nackte Frauen, die sich auf zerwühlten Laken räkelten, ihre Brustknospen glühten in unwirklichen Schattierungen von Kirsch- und Maulbeerenrot. Werke von gediegener Qualität waren jedoch in der Überzahl.

Der Inhaber folgte ihnen durch die Ausstellung und rasselte Informationen über jedes Werk herunter. Maler, Herkunft und dergleichen. Aus dem Umstand, dass er dienstbeflissen weiterschwatzte, schloss Julian, dass der Mann nicht im Mindesten um Lilys Taubheit wusste. Lily schenkte ihm natürlich keinerlei Beachtung, aber Ladenbesitzer waren es gewohnt, ignoriert zu werden.

Sie schlenderte gedankenversunken von einem Gemälde zum nächsten, dann verweilte sie vor der Aktstudie eines Mannes. Ihr Fuß glitt nach hinten, da sie einen Schritt zurücktrat, um das Bild besser begutachten zu können. Julian erwog kurz, seinen Scherz mit ihr zu treiben, entschied sich jedoch dann dagegen. Er liebte die Ernsthaftigkeit, mit der sie sich diesem Kunstgenre näherte. Kein mädchenhaftes Kichern oder Erröten.

»Das Modell war ein Arbeiter«, sagte er, als sie sich zu ihm herumdrehte.

»Woher weißt du das?«

»Schau dir seine braunen Arme und das Gesicht an, seine rauen Hände.«

»Ich vermute, es ist schwierig, begüterte Gentlemen zu finden, die willens sind, für solche Studien zu posieren.« Als wäre es eine gedankliche Verknüpfung, fügte sie hinzu: »Ich dachte daran, dein Porträt in Auftrag zu geben.«

Er lachte verblüfft.

Jetzt errötete sie. »Freilich nicht in dieser Art, sondern in Gänze bekleidet. Jedoch sollten wir ein recht großes Gemälde für das Haus bestellen. Und mir würde eine ähnliche Miniatur gefallen für meine Frisierkommode.«

Ah. Ein reizender Einfall.

Sie gingen weiter zu dem bezaubernden Gemälde einer Mutter, die ihr kleines Kind badete. Julian wunderte sich über dessen Platzierung in dieser »Gentleman's Galerie«, da an der Komposition beileibe nichts Erotisches oder Frivoles zu finden war. Es war eine häusliche, mütterliche Szenerie. Im Hintergrund loderte ein prasselndes Feuer, das Kleine stand mit seinen Füßen in einem Zuber und die Frau daneben war in gebückter Haltung abgebildet. Ihre geflochtenen Zöpfe schwangen zu beiden Seiten des Kopfes, da sie sich vornüberneigte, um ihren nackten Cherub einzuschäumen. Sie selbst war in ein dünnes Gewand gehüllt, das Leinen war nass und klebte an ihren gerundeten Brüsten und Hüften. Der Maler hatte Bemerkenswertes mit seinem Pinsel vollbracht, in naturgetreuer Weise einzufangen, wie sich das feuchte, durchschimmernde Gewebe an rosige Haut schmiegte.

»Wer ist der Künstler?«, erkundigte sich Lily und drehte sich zu dem Galeristen herum.

»Ein Mr. Conrad Marley«, antwortete der Angesprochene.

Lilys Stirn legte sich in Falten, als sie sich abermals dem Bildnis zuwandte.

Julian berührte ihren Arm, hob forschend die Augenbrauen.

Sie zögerte und warf einen unschlüssigen Blick zu dem Galeristen. Dann gestikulierte sie: »Buchstabier es für mich.«

Julian lächelte. Er ergriff die Hand seiner Gemahlin und brachte sie an seine Lippen, das neugierige Stieren des Galeristen überging er. Der Mann würde niemals um den kleinen Sieg verstehen, den er soeben errungen hatte.

Er und Lily bedienten sich seit Wochen der Gebärdensprache, wenn sie zu zweit waren, und dieses war das erste Mal, dass sie sich im Beisein eines Dritten mit Gesten verständigte. Julian begriff, warum sie es nicht eher getan hatte, und er hätte sie in keinster Weise dazu gedrängt. Zum einen verletzte es ihr natürliches Verständnis von Etikette, jemanden von einer Konversation auszuschließen. Sie würde in freundschaftlicher Atmosphäre niemals auf Gebärden zurückgreifen, noch würde sie mit ihm auf Hindustani plaudern, aus dem alleinigen Grund, dass es ihre Freunde und Bekannte von der Diskussion ausschloss. Vor Bediensteten, Droschkenkutschern und Ladenbesitzern, so wusste er, hatte ihre Zögerlichkeit indes einen gänzlich anderen Grund. Indem sie sich der Gebärdensprache bediente, zeigte sie freimütig ihre Taubheit. Sie machte sich selbst angreifbar und setzte sich der Neugier und nicht zuletzt der Ruchlosigkeit fremder Menschen aus.

Julian wusste besser als die meisten anderen Menschen, welchen Mut dies erforderte. Er war damit aufgewachsen, seine Mutter dabei zu beobachten, wie sie in unzähligen Gesprächssituationen abwog, wann sie resignieren und Julian mit Zeichen zu verstehen geben sollte, dass sie seiner Erklärungen bedurfte.

Dankenswerterweise müsste Lily niemals solche Demütigungen erfahren, wie seine Mutter sie ertragen hatte. Sie war wohlhabend und von hoher Geburt, kein Ladenbesitzer von

Verstand würde ihr die Tür vor der Nase zuwerfen. Kein Straßenbengel würde es wagen, sie mit herumliegendem Unrat zu bewerfen. Indessen sah Lily sich subtileren Formen von Vorurteil und Ablehnung ausgesetzt. Zum Beispiel von selbstgerechten Weibsbildern vom Schlage einer Tante Beatrice, die darauf beharrten, dass die Unzulänglichkeit nicht allein Lilys Ohren, sondern auch ihre Seele betraf. *Wenn du nicht so sein kannst wie wir anderen,* implizierte ihre unterschwellige Verachtung, *dann lass es im Mindesten, Aufmerksamkeit für deine Andersartigkeit hervorzurufen.*

Mit ihrer Bitte hatte Lily ihr Recht bekundet, Informationen in für sie verständlicher Manier zu erhalten. Selbst wenn es ihre Mitmenschen misstrauisch oder unbehaglich stimmte.

Julian wünschte sich, sie in eine leidenschaftliche Umarmung zu schließen. Stattdessen buchstabierte er sorgfältig den Namen des Künstlers und harrte ihrer Antwort.

»Ein Mann?«, buchstabierte sie zurück.

Er bestätigte dies mit einem Nicken.

Nach einem neuerlichen Blick auf das Gemälde bedeutete sie ihm: »Nein. Das hat eine Frau gemalt. Das ist meine feste Überzeugung.«

»Wie das?«

Sie zeigte auf den pummeligen Arm des Kindes. »Es ist vollkommen in seinen Proportionen. Männer malen Kinder stets zu dick oder zu dünn.«

Er überlegte. Er hatte nie viel Zeit darauf verwendet, über Gewicht und Proportionen von Kleinkindern nachzudenken, weder im wirklichen Leben noch in derKunst. »Vielleicht hast du recht.« Obschon Damen adliger Herkunft zum Zeichnen und Malen ermutigt wurden, wäre eine Künstlerin vermutlich nicht umhingekommen, einen Männernamen anzunehmen, wollte sie ernst genommen werden. Oder wenn sie, ohne Aufsehen zu erregen, Geld mit ihren Werken verdienen wollte.

Lily betrachtete das Gemälde noch eine Weile, während sie ihren Kopf leicht zur Seite neigte. Julian beobachtete sie, denn so bezaubernd das Gemälde war, seine Frau war bezaubernder. Überdies hatte er den festen Willen, das Werk zu kaufen, das ließe ihm reichlich Zeit, es sich später anzuschauen. Die einzige Frage, die sich ihm stellte, war, ob er es sofort kaufen oder heimlich zurückkehren sollte, um sie damit zu überraschen. Vielleicht als Weihnachtsgeschenk.

Ehe er zu einer Entscheidung fand, überraschte Lily *ihn*.

»Ich glaube, ich bin guter Hoffnung«, las er aus ihren Zeichen.

Mit selbiger Ankündigung blieb die Welt für ihn stehen. Stand still wie ein Gemälde.

In diesem Moment war es ihm, als hätte ihn eine unsichtbare göttliche Hand in einen kleinen rechteckigen Rahmen gezwängt. Er fühlte sich indes nicht eingeengt oder bedrückt. Nein, mitnichten. Lediglich … in eine Perspektive gerückt. Innerhalb der Grenzen dieses Bildes, dieser kostbaren Darstellung, fand sich all das, was von wahrem Bedeutungsgehalt war: er und Lily und das Versprechen eines Kindes. Die Welt da draußen, das war einzig Lärm und Tumult, nichts als bedeutungslose Zerstreuung.

Unfähig, etwas zu sagen, legte er eine Hand auf Lilys Rückgrat.

Sie drehte sich nicht zu ihm um, doch in ihre Wangen grub sich ein scheues Lächeln. »Ich bin mir noch nicht ganz sicher.«

Julian war sich sicher. Er *wusste* es. In einem Jahr würde die Erde ein weiteres pralles, strampelndes Geschöpf mit rosigen

Wangen beherbergen, und dieses Kind wäre Teil von ihm und Teil von ihr, auf ewig vermischt und nie mehr zu trennen. Bei der Betrachtung der häuslichen Madonna auf dem Gemälde vor ihm schwante Julian, warum Gott der Welt Sein größtes Wunder in Form eines hilflosen Kindes verkündigt hatte. Er vermochte sich nichts vorzustellen, was uneigennütziger und edelmütiger gewesen wäre als ein Kind.

Nicht *irgendein* Kind. Ihr Kind.

Dies war seine Chance auf einen Neubeginn und darauf, dieses Mal alles richtig zu machen. So lange hatte er Vergeltung gesucht. Nun war erlösende Wiedergutmachung in erreichbare Nähe gerückt. Er war nicht länger ein Bastard. Er war ein erwachsener Mann, ein Ehegatte und alsbald Vater. Seine Familie sollte sämtliche Vorzüge genießen, die Julian als Kind nie kennengelernt hatte. Seine Frau sollte niemals gehalten sein, ihren eigenen Komfort für ihr gemeinsames Kind zu opfern oder sich das Notwendige zum Leben vom Munde abzusparen. Sein Sohn würde in Latein und Altgriechisch unterrichtet werden, er sollte niemals Not leiden.

»Wir nehmen dieses Gemälde«, erklärte er dem Galeristen.

Sobald der Erwerb getätigt war, verließen sie gemeinsam das Geschäft und begannen, ziellos die belebte Straße hinunterzuschlendern. Lily schlug vor, das kurze Stück zu ihrem neuen Domizil zu Fuß zurückzulegen, ehe sie nach Harcliffe House zurückkehrten.

»Ich würde zu gern sehen, wie der blaue Toile den Salon kleidet.«

Julians Gedanken kreisten gleichermaßen um das Haus. Doch war ihm daran gelegen, einen Blick ins Kinderzimmer zu werfen. Um die Fensterläden zu prüfen. Hatten die Fenster auch genug Riegel? »Warte nur, bis alles fertiggestellt ist«, meinte er zu ihr. »Derzeit ist es viel zu staubig.«

»Was macht ein bisschen Staub schon aus?« Lily schüttelte den Kopf. »Ich wusste gleich, ich hätte es dir noch nicht erzählen sollen. Jetzt wirst du unerträglich fürsorglich.«

Natürlich würde er sie umsorgen. Und wenn sie ihn in dieser Eigenschaft schon heute als unerträglich empfand, dann sollte sie erst den morgigen Tag abwarten. Sobald er Leos Mörder ihrer gerechten Strafe zugeführt wusste, wäre Lilys Schutz sein höchstes Lebensziel. Er wusste, dass es abstrus war, aber ein Teil von ihm wollte sie in Watte packen und die kommenden acht Monate ans Bett fesseln.

Er schlang einen Arm um ihre Schultern und schob sie durch den Strom der Passanten, die von Ladenfronten auf der einen und Droschken auf der anderen Seite flankiert wurden. Er war zutiefst besorgt, dass ein Vorübergehender sie anrempeln könnte oder dass irgendjemand ihr mit einer Schirmspeiche ins Auge stach.

Rums.

Julian geriet ins Schwanken. Eine anonyme Schulter und ein Ellbogen versetzten ihm einen festen, geschwinden Hieb, der ihn aus dem Gleichgewicht brachte. Trotz heftigsten Bemühens stolperte er gegen Lily und drückte sie gegen das Schaufenster eines Ladens. Sie schrie vor Überraschung und zweifellos auch vor Schmerz auf.

Julian richtete sich eilig auf und fasste Lily bei den Schultern, um die Beweglichkeit ihrer Arme und Handknöchel zu überprüfen. »Bist du verletzt? Ich bin untröstlich. Da war ein …«

»Ich fühle mich ausgezeichnet«, sagte sie und strich ihr Kleid glatt. »Ich bin lediglich ein wenig erschüttert.«

Erschüttert. Julian drängte es, den Mann zu finden, der ihn derart rüde angerempelt und auch ihn bis ins Mark erschüttert hatte.

Derweil Lily ihr Cape glattstrich, schnellte er herum, um die Menge mit Blicken abzutasten. Niemand sprang ihm sonderlich ins Auge. Es war so plötzlich und schnell geschehen. Er hatte sich keinerlei Bild von dem Arm gemacht, der ihn stieß, ganz zu schweigen von dem Mann, zu dem er gehörte.

Verdrossen ballte er die Hände zu Fäusten.

Irgendetwas lag in seiner linken Handfläche.

Er öffnete seine Hand. Dort, auf seinem behandschuhten Handteller lag eine zerknüllte Karte, auf der etwas geschrieben stand. Irgendjemand musste sie ihm in die Hand gedrückt haben. Während er hastig um sich blickte, fasste er die Karte mit seinen Fingerspitzen und strich die Knicke glatt.

Halten Sie Ihre Zunge im Zaum, wenn Sie Ihre reizende Braut behalten wollen.
Ein schwatzhafter Bell wird zum Verstummen gebracht – genau wie eine schallende Glocke.

Der Boden schwankte unter seinen Stiefeln. Die Worte auf der Karte verschwammen ihm vor Augen.

Ein schwatzhafter Bell wird zum Verstummen gebracht.

Irgendjemand wusste Bescheid. Irgendjemand wusste alles.

21

Die Karte war mehr als ein Hieb in die Magengrube. Mehr als ein Schuss mitten ins Herz. Mehr als ein Blitzschlag, oder sogar eine Granate. Es war der Sekundenbruchteil vor der Lawine, die von Zigtausend Tonnen Schnee ausgelöst wurde. Die Zerstörung von allem. Das Leben, wie er es kannte, ersetzt von eisigem, blindem, erdrückendem Schweigen.

Einen Herzschlag lang hörte Julians Welt auf zu existieren.

Um dann in einer Million kristalliner Facetten zu explodieren. Seine Sinne öffneten sich wie Schleusen, nahmen jeden verfügbaren Stimulus in sich auf. Die Myriaden von Bildern, Lauten und Gerüchen, die auf einer solch belebten Straße für gewöhnlich zu einem Mischmasch zusammenschmolzen, trennten sich voneinander, um jedes für sich in sein Bewusstsein zu drängen. Vor allem die Geräusche. Er hörte alles. Das Klappern jedes einzelnen Pferdehufs auf der gepflasterten Straße. Das Scharren der Ratten im Rinnstein, ihre winzigen Krallen, die durch das letzte wenige Herbstlaub pflügten. Das Geschrei der Straßenverkäufer, die Äpfel, Blumengebinde, Kräuter, Zeitungen, Schnupftabak feilboten, und: »Tinte, schwarz wie Onyx! Füllfedern, feinste Füllfedern!«

Auf der anderen Straßenseite, einige Dutzend Türen weiter, ächzte eine Tür in den Angeln. Ein alter Mann hustete und spie den Auswurf aus.

Julians Herz hämmerte durch seinen gesamten Körper, focht die aufkeimende Panik mit grimmigen, gleichförmigen Schlägen nieder. Innerlich aufgewühlt sondierte er die Umgebung mit Blicken. *Wer wusste davon? Wer hatte ihm den Zettel in die Hand gedrückt?*

»Gute Güte«, stammelte Lily und hakte sich fester bei ihm unter. »Das kam unerwartet. Bist du wohlauf?«

Nein. Nein, er war nicht wohlauf, und selbiges war tatsächlich unerwartet gekommen. Weswegen war er nicht besser auf der Hut gewesen? Er war ein Narr. Ein gottverdammter stümperhafter Narr. Er hatte mit aller Macht glauben wollen, dass Leos Tod ein Akt des Zufalls gewesen war und dass er, Julian, keine tödlichen Widersacher hätte. Dass er sein Elendsdasein letzten Endes hinter sich gelassen hätte, um eine strahlende Zukunft mit Lily zu umarmen. Doch er hatte sich getäuscht, gänzlich getäuscht.

»Julian?« Sie zupfte ihn am Ärmel. »Mir geht es wirklich gut. Lass uns weitergehen.«

Es war ausgeschlossen, dass sie ihren Weg auf einer belebten Straße wie dieser fortsetzten. Weiß der Teufel, wer sie verfolgte. Er hielt es für das Beste, Lily umgehend nach Hause zu bringen, doch konnte er es wagen, eine Droschke anzuhalten? Die Kutscher auf ihren Böcken spähten auf ihn herab wie Aasgeier mit geduckten Hälsen.

Gefahr drohte von allen Seiten. Der faltengesichtige greise Bursche mit seiner Schale zweifellos angemalter Früchte. Die zinngrauen Wolken, die sich über ihnen türmten, um sie sämtlich zu erdrücken. Selbst der kalte Atem des Windes erweckte in ihm den Wunsch zurückzuschnappen.

Er traute niemandem.

Er legte einen Arm um Lilys Schultern, winkelte den anderen an, um ihn um ihre Schenkel zu schlingen, und hob seine Gemahlin mit einem leisen Ächzen in seine Arme. Als er sich den Weg die Straße hinunter bahnte, brüllte er die vor ihnen laufenden Passanten an: »Macht Platz. Meine Gattin plagt sich mit Unwohlsein. Lasst uns vorbei.«

»Julian«, beteuerte sie, »ich sagte doch, dass ich mich bester Gesundheit erfreue. Ich bin gänzlich unversehrt.«

Er zollte dem keinerlei Beachtung, sondern lief mit ausgreifenden Schritten mitten über den Gehsteig und nötigte alle anderen zum Ausweichen. Es war wider jede Vernunft. Das Verhalten eines Verrückten. Es kümmerte ihn nicht. Diese Frau oblag seiner Verantwortung, sie war durch heiligen Schwur in seine Obhut gestellt, und er hatte sie großer Gefahr ausgesetzt. Nun war es an ihm, sie daraus zu erretten, selbst wenn es sämtliche Kräfte seines Körpers erschöpfte.

Selbst wenn es ihn tötete.

Er trug sie den ganzen Weg zurück zu Harcliffe House. Nach der ersten Viertelmeile stellte Lily das Protestieren ein und konzentrierte sich darauf, ihm nicht allzu schwer zu werden. Keiner ihrer Einwände hatte irgendeine Wirkung erzielt. Ihr Gemahl war ein Besessener. Die Anstrengung schien ihm nicht das Geringste auszumachen. Sein Herz schlug an ihrem Körper fast übernatürlich in seinem unbeirrbaren, gleichförmigen Rhythmus.

Grundgütiger. Zu guter Letzt, als sie das parkähnliche Anwesen erreichten, nahm sie sich fest vor, sich die Neuigkeit von ihrer nächsten Schwangerschaft für einen Ort aufzuheben, der näher an Harcliffe House gelegen war.

Er trug sie die Vortreppe zum Haus hinauf. Ein Bediensteter öffnete das Portal, und Julian brachte sie ins Innere, wo er weder den Diener noch Swift wahrnahm, der mit verdrießlich herabhängenden Mundwinkeln im Eingang verharrte.

»Ich bin wohlauf!«, rief Lily dem Butler zu, als Julian sie schnurstracks an ihm vorbeitrug und die Stufen erklomm. »Wahrlich kein Anlass zur Besorgnis.«

Vor der Tür zu Lilys Suite, die neuerlich ihre gemeinsame Suite war, verlagerte Julian ihr Gewicht geschwind auf einen Arm und schob den Riegel mit der anderen Hand zurück. Leicht schwankend setzte er durch die geöffnete Tür, trat sie zu und sank dagegen, während er sie weiter fest an seine Brust schmiegte.

Sie fühlte, wie sich seine Lunge mit einem tiefen, ächzenden Atemzug füllte. Seine Knie zitterten. Ihre Hand flog zu seinem Gesicht, und sie wähnte seine Haut klamm unter ihrer Berührung. Sein Gesicht war weiß wie Wachs.

Er sah aus, als hätte er dem Tod ins Auge geschaut.

»Julian, wahrhaftig. Ich habe beileibe eine Ahnung von männlichem Beschützergeist, aber dein Gebaren ist unsinnig. Frauen bekommen tagtäglich Kinder. Es ist schwerlich ein Anlass zu derartigem Aufruhr.«

Er schluckte schwer und deutete ein kurzes Nicken an. »Ich weiß. Ich weiß.«

Er schien sich von der Anstrengung leidlich erholt zu haben, denn er stand auf und trug sie ins Schlafgemach, wo er sie sanft auf das Bett legte. Er straffte sich, schälte sich aus seinem Überrock und begann, auf und ab zu schreiten.

»Julian?«

Er fuhr sich mit einer Hand durch das Haar, während er leise vor sich hin murmelte.

»Julian.«

Er verharrte mitten in der Bewegung, immerzu starrte er geradeaus, als wollte er ein Loch in den Paravent brennen.

Lily richtete sich auf, streifte ihren Umhang ab und warf ihn beiseite. Sie neigte sich vor, packte ihn am Handgelenk. »Komm«, sagte sie und zog energisch daran.

Er gab nach, wie betäubt setzte er sich auf den Rand der Matratze, lehnte sich halb zu ihr auf das Bett zurück und schlang einen Arm um ihre Taille. Selbst in diesem Moment emotionaler Verstrickung war er bemüht, seine Stiefel von den Laken fernzuhalten, nicht willens, die feinen Spitzen zu beschmutzen. Ein Anflug von Zärtlichkeit wärmte ihr das Herz.

»Scher dich nicht darum«, sagte sie und zog ihn neben sich. »Sei einfach bei mir.«

Zu guter Letzt ergab er sich vollends. Er streckte sich neben ihr aus, sie verknäuelten sich ineinander und hielten einander fest.

Sie versuchte, ihn zu beruhigen, indem sie mit ihren Fingern sein dunkles Haar streichelte und Küsse auf seine Schläfe hauchte. »Es ist dein gutes Recht«, sagte sie. »Ich verstehe dich. Die Elternschaft *ist* ziemlich überwältigend, nicht wahr? Ich räume ein, dass ich auch ein wenig bange bin. Da ist so vieles, das mich mit Sorge erfüllt. Nicht allein die Schwangerschaft und Geburt, sondern auch, wie es danach weitergeht. Was wenn unser …« Ihre Stimme verlor sich. Vielleicht hätte sie ihre Zunge im Zaum halten sollen, doch die Worte sprudelten unbedacht aus ihr heraus. »Was, wenn unser Baby mich braucht, und ich höre sein Weinen nicht?«

Mit einem raschen Anspannen seiner Armmuskeln zog er sie innig an sich.

Lily nahm Zuflucht in seiner starken, schützenden Umarmung, heimlich vergoss sie ein paar stumme Tränen. Da waren so viele Ängste, mehr als sich in Worte kleiden ließ. Ängste, die sie jahrelang unter Verschluss gehalten hatte, fest entschlossen, unvermählt zu bleiben, damit die Befürchtungen sie nicht einholten. Was, wenn sie ohne Absicht ihr eigenes Kind vernachlässigte, wenn es Schmerzen litt? Was, wenn sie es warnen müsste, und ihre Stimme weigerte sich, ihr zu gehorchen? In Julians Familie gab es einige Fälle von Gehörlosigkeit, was, wenn ihr Baby ebenfalls taub zur Welt käme? Was, wenn nicht, und das Kind schämte sich zusehends seiner Mutter?

Julians Arme gaben sie frei, und er lehnte sich zurück, dabei brachte er gerade so viel Raum zwischen sie, dass er sich der Gebärdensprache bedienen konnte. Sein Bein blieb um ihre Hüften geschlungen.

»Denk niemals«, hob er ernsthaft an, »dass ich an dir zweifle. Du wirst die liebenswerteste, gütigste und beste Mutter von allen sein. Dessen bin ich mir gewiss.«

Sie nickte. Wenn es Julians Mutter geschafft hatte, ihn in einem leer stehenden Lagerhaus zu gebären und den Jungen allein in den Straßen Londons großzuziehen, dann dürfte es für Lily ein Leichtes sein. Sie hatte ein gemütliches Heim; sie würde Kinderschwestern an ihrer Seite haben, die sie unterstützten. Vor allem anderen hatte sie einen Gemahl, der sie verstand, wie es wenige Menschen taten.

»Ich rede mir zu, dass alles gut wird.« Sie versuchte, tapferer zu klingen, als ihr zumute war. »Freilich wird es das. Ich habe dich.«

Seine Miene umflorte sich.

»Das ist es, nicht wahr?«, sagte sie und erkannte auf einmal, was ihn bedrückte. Sie strich ihm das Haar aus der Schläfe. »Das bereitet dir Sorge. Was, wenn dir etwas zustößt?«

Er nickte und bettete seine Stirn in ihre Hand.

»Erzählst du mir, was geschah? Mit deiner Mutter, als sie erkrankte?«

Sie entsann sich seiner herzzerreißenden Emotionen, als er berichtete, dass er eingekerkert worden war und seine Mutter allein sterben musste. Vielleicht erleichterte es ihn, wenn er darüber redete. Er würde erkennen, wie anders es sich jetzt verhielt, und wie unwahrscheinlich es war, dass Lily Ähnliches zustoßen könnte.

»Bitte«, drängte sie. »Ich bin deine Frau, Julian. Du kannst es mir erzählen. Du solltest es mir erzählen.«

»Ja«, räumte er letzthin ein. »Du solltest davon erfahren.«

Er half ihr, sich aufzusetzen, sie rückten auseinander, verschränkten ihre Beine und schauten einander an. Ohne jede Eile öffnete er seine Manschetten und rollte die Ärmel seines Hemdes bis zu den Ellbogen hoch.

»Du erzähltest mir, du wurdest in Haft genommen«, half sie ihm auf die Sprünge. »Du hattest dich mit dem falschen Aristokraten angelegt.«

»Es beginnt noch vorher.«

Sie verfolgte, wie er eine Haltung einnahm, die auf eine längere Schilderung hindeutete. Arme und Hände waren einsatzbereit; seine Gesichtszüge waren ihr zugewandt, um seinen Worten Nachdruck oder Betonung zu verleihen. Er ließ sich Zeit mit seiner Geschichte, für die er sowohl das gesprochene Wort als auch Zeichen verwendete, er wiederholte Passagen oder bot Erklärungen, wann immer Lily auch nur die Andeutung eines Stirnrunzelns erkennen ließ.

»Das Kaffeehaus«, hob er an. »Du weißt bereits, dass dort ausschließlich Gehörlose beschäftigt wurden. Das war für die feine Gesellschaft interessant. Gentlemen trafen sich dort, um sich wohltätig und edelmütig zu erweisen, das gaben sie zumindest vor. Im Besonderen kamen sie jedoch, um Angelegenheiten zu diskutieren, bei denen es zu vermeiden galt, dass sie belauscht würden, selbst von einer Kellnerin. Zu diesem Zweck bot das Café private Besprechungsräume an. Da ich dort arbeitete und mich mit den anderen der Zeichensprache bediente, nahm die Kundschaft an, ich wäre taub. Ich war klug genug, ihre Annahme niemals zu widerlegen.«

»Demzufolge«, sagte sie, »hörtest du Dinge, die nicht für deine Ohren bestimmt waren.«

Er nickte. »Offen gestanden schenkte ich der Unterhaltung die meiste Zeit keine Beachtung. Ich war noch ein Junge. Ihre politischen Intrigen und geschäftlichen Winkelzüge interessierten mich nicht. Aber eines Tages, als ich vierzehn war, trug ich ein Tablett in eines der Separees und hörte, wie eine Gruppe von Adligen ihren Plan feierte, ein Pferderennen zu manipulieren. Sie hatten geheime Absprachen mit den Jockeys und mehreren wettbegierigen Lords getroffen, die zum Zeitvertreib dem Glücksspiel frönten. Ein gewisses Pferd sollte mit einem beachtlichen Vorsprung über den Favoriten siegen, und besagte Männer würden ein Vermögen einstreichen.«

»Das klingt entsetzlich unlauter, wenn nicht gar ungesetzlich.«

»Letzthin beides, doch das kümmerte mich nicht. Ich wollte schlicht und einfach ein Stück vom Kuchen abhaben.« Ein durchtriebenes Lächeln berührte seine Lippen. »Ich wusste, dass meine Mutter einen Notgroschen beiseitegelegt hatte, der hinter einem losen Brett in der Mansarde versteckt war. Heimlich löste ich das Brett und fand zwei Pfund und drei Schillinge. Ich nahm alles, stopfte die Münzen in eine Börse und beeilte mich, eine Wette auf das Rennen abzuschließen. Die Quote stand zwölf zu eins. Kannst du dir das vorstellen? Das bedeutete, ich würde fünfundzwanzig Pfund gewinnen. Arm wie wir waren, wertete ich dies als unsere Chance, einen Hauch von Luxus zu kosten. Ich wünschte mir sehnsüchtig Schuhe, die passten. In dem Alter wuchs ich jeden Monat um mehrere Zentimeter, so schien es, und meine Schuhe drückten fortwährend. Ich liebäugelte mit Schuhen für mich und einem wärmenden Umhang für meine Mutter. Und noch etwas Hübsches. Vielleicht Kämme für ihr Haar.« Seine Augen wurden feucht. »Ich plante, sie zu überraschen.«

»Was geschah dann?«

Dann erwies ich mich als richtiger Tor. Ich wurde gierig. Ich hatte zwei Pfund, drei Schillinge. Und ich dachte, warum es nicht mit zwei Pfund, vier Schillingen versuchen? Ehe wir ein Auskommen in Annas Kaffeehaus fanden, bettelte ich für gewöhnlich auf der Straße um Almosen. Ich besitze diese Fertigkeit, Stimmen nachzuahmen, du weißt das?«

Sie nickte.

»Auf diese Weise brachte ich mir das Sprechen bei«, führte er aus. »Da meine Mutter es mich nicht lehren konnte. Ich lauschte mit akribischer Sorgfalt auf die Ausdrucksweise redegewandter Männer, achtete auf ihre Mimik. Wenn ich eine Stimme einmal höre, vergesse ich sie niemals wieder. Als Junge trieb ich mich häufig unten am Themseufer mit den Gauklern aus Westindien herum und imitierte aufgeblasene, arrogante Gentlemen, die vorüberflanierten. Das reizte die Leute zum Lachen, und sie warfen mir ein, zwei Münzen hin.« Er hielt inne, um sich zu sammeln.

»Aber an jenem Tag ging etwas schief?«

»Für eine Weile ging alles gut. Ich hatte eine kleine Menschentraube um mich geschart und klingelnde Münzen in meiner Mütze. Dann wurde ich zu übermütig und pickte mir den Falschen für mein Possenspiel heraus. Er war ein Lord mit einem hünenhaften Diener, der aus dem Nichts auftauchte. Als er mich zur Rede stellte, versuchte ich, mich mit Scherzen herauszuwinden. Er fühlte sich jedoch lediglich mehr brüskiert. Er empfahl seinem Herrn, mich in Gewahrsam zu nehmen, legte mir dar, dass sie mich in der Fleet der Gendarmerie übergeben würden, um mich der Bettelei anzuzeigen.«

»Eine Anzeige wegen Bettelei?«

Er nickte. »Betteln ist ungesetzlich. Indes trieb ich es mit meiner Torheit danach auf die Spitze. Ich zog meine Börse aus der Tasche, schüttelte die Münzen in meine Hand. Sagte: »Schauen Sie her, ich habe zwei Pfund und drei Schillinge. Warum zum Teufel sollte ich betteln gehen?«

Lilys Herz sank ihr in die Magengrube. »Oh nein. Das hast du nicht getan.«

»Oh doch. Ich war so töricht. Ich werde niemals das heimtückische Frohlocken auf dem Gesicht jenes Mannes vergessen, als ich stolz die Münzen herzeigte. Natürlich lautete seine Schlussfolgerung, dass ich sie gestohlen haben musste, und dass er mich des Diebstahls bezichtigen wollte, wenn ich ihm die Börse nicht aushändigte.«

Du hattest sie doch gar nicht gestohlen!«

»Ich weiß das. Aber welcher Richter würde einem vorlauten Gossenbengel mehr Gehör schenken als einem Lord? Diese ganze Welt ist dahingehend ausgerichtet, das Wort eines Mannes wie ihm über das eines Mannes wie mir zu stellen. Obwohl ich die Wahrheit sagte, hatte ich keine Chance.« Eine Vene pulsierte zornig an seiner Schläfe. »Ich war ein Dummkopf, aber kein Idiot. Ich wusste, dass jeder Diebstahl, der über ein Pfund hinausging, die Todesstrafe bedeutete.«

»Was hast du getan?«

»Das Einzige, was zu tun blieb.« Er zuckte mit den Achseln, Resignation gepaart mit Frustration. »Ich gab ihm die Börse und überließ es ihm, mich der Bettelei zu belasten. Meine Strafe war ein Monat in Bridewell. Ich durfte nicht einmal jemanden benachrichtigen. Während jenes Monats erkrankte meine Mutter erneut. Vielleicht hätte ihr ein Arzt helfen können, aber ich hatte sie ohne einen Penny …«

Er brach ab. Lily tupfte die Tränen fahrig mit ihrem Ärmel fort. Julians Augen waren feucht und rot gerändert, indes versagte er es sich, sie fortzuwischen oder auch nur zu blinzeln. Als wenn die Tränen verschwinden würden, wenn er sie ignorierte. Nach einem längeren stoischen Kampf mit dem Kranz seiner Wimpern löste sich ein Tropfen und fiel auf das Leinenlaken.

Lily sehnte sich danach, ihn in ihre Umarmung zu schließen, sie ahnte indes, dass er mit seinen Ausführungen noch nicht am Ende war.

»Ich werde niemals erfahren«, meinte er in gedehntem Tonfall, »was meine Mutter von mir dachte, als sie starb. Ich hatte im Verlauf jener Woche mit ihr gestritten. Über alles und nichts, so wie wir viele Male zuvor gestritten hatten. Wie jeder junge Mann mit seiner Mutter streitet, wenn er sich gegen die herrschenden Zwänge auflehnt. Ich war untröstlich deswegen. Es war ein Grund, weshalb ich hoffte, sie mit einem Geschenk zu überraschen. Aber dann verschwand ich allem Anschein nach mit ihren Ersparnissen. Ich versuchte, ihr eine Nachricht zukommen zu lassen, über einen Jungen, der in der Woche nach meiner Einlieferung aus der Haft entlassen wurde. Aber wer weiß, ob er diese überbrachte, und selbst wenn er es tat, ob sie imstande war, den Inhalt zu verstehen.«

Er atmete tief durch. Als er fortfuhr, wirkte er niedergeschlagen und gebrochen. »Ich muss damit leben. Mit dem Wissen, dass sie mit der Überzeugung ins Grab gegangen ist, ich hätte sie im Stich gelassen. Dass mich ihr Schicksal nicht kümmerte.«

Da kannten die Tränen kein Halten mehr. Weder seine noch ihre.

»Vielleicht …« Er brach ab, um sich mit dem Handballen verdrossen die Augen zu wischen. Als er fortfuhr, waren seine Gesten reich an Pathos und rührten Lilys Herz an. »Vielleicht hätte das Geld meine Mutter retten können. Vielleicht hätte sie härter gegen ihre Krankheit angekämpft, wenn sie die Wahrheit gekannt hätte. Was, wenn sie aufgab, weil sie meinte, ich hätte sie verlassen?«

»Nein«, erklärte Lily entschieden und ohne die Gebärdensprache zu bemühen. »Das kann ich nicht glauben.« Als Anfängerin machten ihr die Fingerzeichen noch zu viel Mühe. Überdies drängte es sie, ihn zu berühren.

Sie legte ihre Hände an Julians Wangen, wischte seine Tränen mit ihren Daumen fort. Er wich ihrem Blick aus. »Deine Mutter war ungemein tapfer und stark. Sie brachte so viele Opfer für dich. Eine Frau wie sie würde niemals kampflos … aufgeben. Sie hätte niemals den Glauben an sich selbst oder an dich verloren.«

»Lily.« Eine tiefe Zärtlichkeit milderte seine Züge. »Lily, was auch geschehen mag, du darfst nicht eine Sekunde daran zweifeln, dass ich dich liebe.«

»Sei versichert, das werde ich nicht.« Sie küsste seine Schläfe. »Oh Geliebter, das könnte ich nie und nimmer.«

»Wenn mir etwas zustoßen sollte …«

Sie umklammerte mit ihren Händen die seinigen, ließ ihn mitten im Satz stocken. Seine Beklommenheit war augenfällig. Ungewiss, ob sich diese gänzlich ausräumen ließe, war sie festen Willens, es dennoch zu versuchen.

»Wenn dir etwas zustoßen sollte«, griff sie seinen Satz auf, »wäre ich untröstlich. Am Boden zerstört. Ich würde nicht mehr weiterleben wollen.« Ihre Finger krampften sich um seine. Sie verabscheute es, dergestalt zu argumentieren, doch er ließ ihr keine Wahl, ihn auf andere Weise zu überzeugen. »Ich würde nicht weiterleben wollen, dennoch würde ich ausharren und mich mit meinem Schicksal versöhnen. Nach meiner Erkrankung lernte ich, ohne Gehör zu leben. Als Leo starb, war es mir, als hätte man mir den rechten Arm vom Körper abgehackt. Dennoch passte ich mich den Gegebenheiten an und fand einen gangbaren Weg.«

Sie lehnte sich vor und schmiegte ihre Stirn an seine. »Wenn du mir genommen würdest, würde ich mich fühlen, als hätte man mich in zwei Hälften gespalten und mir ein Stück meiner Seele herausgerissen. Ich wäre nie wieder dieselbe. Nichtsdestoweniger würde ich mein Dasein fortsetzen. Für dich, für dein Kind. Ich bin stärker, als du glauben magst, Julian. Stärker als ich selber weiß. Das Leben hat mir den Beweis erbracht, ein ums andere Mal.«

Sie sprach die Worte mit Nachdruck, um ihn zu überzeugen. Lily war fast überrascht, dass sie sich selbst überzeugte.

So verweilten sie mit gekreuzten Beinen auf dem Bett. Beide waren vornübergeneigt, ihre Stirn war an die seinige gepresst. Von der Seite betrachtet, ähnelten sie einem gotischen Kuppelbogen. Doch der Raum zwischen ihren Leibern war schwerlich leer zu nennen. Er flimmerte vor Leidenschaft und Seelenpein, Liebe und heißem Atem. Als sie sich immer näher kamen, war die Spannung kaum noch zu ertragen.

Beide atmeten schwer. Beinahe im Gleichklang. Lily war sich gewiss, dass sie sich niemals in ihrem Leben eines anderen Menschen derart bewusst gewesen war, seines Körpers, seiner Seele. Und als eine Hälfte von Zwillingen sagte das einiges aus.

Begehren, bedeutete ihr die Sprache seiner Finger.

Oder war es *Verlangen*? Die Gesten waren sich recht ähnlich. Ein Flattern des Handknöchels, mit der Hand über die Brust streichend und dann leicht fortschwingend. Der Unterschied zwischen Begehren und Verlangen war gering und zumeist in der Intensität des Ausdrucks erkennbar.

Er wiederholte die Geste. Ihr stockte der Atem.

Verlangen. Dies war unzweifelhaft Verlangen. *Mich verlangt.*

Und sie wusste, wonach ihn verlangte, denn ihr erging es nicht anders.

In der darauffolgenden Minute drehte sich alles um Knöpfe. Die geschnitzten Hornknöpfe auf seiner Weste, die seidenüberzogenen Knöpfe, die den Rücken ihres Kleides zierten. Die Verschlüsse seiner Beinkleider. Unbeschwerte Nacktheit war ein unerreichbares Ziel, denn er trug noch seine Stiefel, und das bedeutete, dass seine Pantalons unterhalb seiner Knie zum Halten kämen. Sie hatten keine Geduld für die verknoteten Bänder ihrer Korsage, und so behielt sie Mieder und Unterkleid an.

Gleichwohl waren sie genug entblößt. Genug, um zu küssen. Genug, um zu schmecken. Genug, um Haut an Haut zu schmiegen und die Glut des anderen zu spüren, das beiderseitige Verlangen.

Er rollte sich auf Lily, schob ihr das Hemdchen hoch, spreizte ihre Schenkel und drang ohne weiteres Vorspiel in sie ein. Sie war eng und unvorbereitet auf ihn, indes beschwerte sie sich nicht. Sie wusste, wie heftig ihn danach verlangte, sich mit ihr zu vereinigen. Sich umschlossen und geborgen zu fühlen. In ihr zu verweilen.

Sie schlang ihre Beine um sein Becken, und er stieß härter, tiefer, als wollte er sich in ihrer Umarmung verlieren. Oder eine schützende Mulde für sie beide in die Matratzenfüllung graben, einerlei, was sein erstes Begehr war. Feuchtigkeit rann von seiner Schläfe, benetzte ihre Brust. Tränen, Schweiß oder eine Mischung von beidem. Seine Bewegungen waren von Verzweiflung und sinnlicher Folter genährt. Schmerzerfüllt und ein wenig schmerzhaft nicht minder.

Sie ertrug dies alles. Das scharfe Stechen des Schmerzes ausblendend, fragte sie sich im Stillen, ob er darauf sann, ihre Unverwüstlichkeit zu prüfen, indem er sein diabolisch Bestes gab.

Nimm dies, befahl er mit brutalen Stößen seiner Lenden. *Und das. Und mehr davon.*

Sie würde dem trotzen. Sie war willens zu nehmen, was immer er ihr gab. Gleichwohl hatte sie ihrerseits Bedürfnisse, und in Wahrheit war es Lily überdrüssig geworden, immerzu mit Samthandschuhen angefasst zu werden. Wenn es ein Beweis ihrer Kraft war, die er sich ersehnte …

Bei seinem nächsten tiefen Stoß klemmte Lily ihre Beine um seine und rollte herum, damit sie unversehens ihre Stellung ändern und auf ihm zu liegen kommen konnte. Seine Beinkleider, die ihm um die Knie hingen, vereitelten jeglichen Versuch der Gegenwehr. Selbst wenn dies sein Ansinnen gewesen wäre, doch nach dem Ausdruck auf seinem Gesicht zu urteilen, hätte sie schwören mögen, dass er sich ihr ergab. Sie hielt ihren Gefangenen trefflich und glücklich in Schach.

Sie richtete sich über ihm auf, umspannte seine Hüften mit festem Griff und ließ sich mitten auf seiner gewaltigen Erektion nieder. Mit einem kleinen Lächeln erklärte sie ihm: »Halt still. Ab hier werde ich mich der Sache annehmen.«

Offenkundig erstaunt, aber mitnichten abgeneigt, streckte er eine Hand aus, um ihren Schenkel zu streicheln. »Lily …«

»Aber, aber.« Sie scheuchte seine Finger fort. »Ich sagte, halt still.«

Sie legte ihre Hände flach auf seine Brust und hob ihr Becken an, das langsame Gleiten war bestrickend in seiner Folter, ehe sie abermals auf ihn sank. Sein entfesseltes Stöhnen kitzelte ihre Handteller.

Er umklammerte ihre Hüften, schob sich tiefer in ihre Mitte.

»Tsts, du bist unartig.« Lily stockte mitten in der Bewegung, um seine Hände von ihrer Kehrseite zu verscheuchen. »Möchtest du denn nicht spüren, dass ich stark bin? Dass ich es ohne dich bewerkstelligen kann?«

In seinen Augen flammte unverstellte Lust auf, und sie wusste, dass er endlich verstanden hatte.

Ein erregendes Gefühl der Macht durchflutete Lily. »Hände auf die Seiten«, befahl sie. »Flach auf das Bett.«

Er gehorchte, indem er seine Arme auf das Laken sinken ließ.

»Du wirst dich nicht rühren!«

»Ich werde mich nicht rühren.«

»Versprich es mir. Sonst muss ich dich fesseln.«

Oh. Ein Teil von ihm frohlockte bei der Vorstellung. Wie überaus reizvoll. Nun, vielleicht ein anderes Mal.

»Ich verspreche es«, sagte er und dehnte sein Rückgrat. »Alles. Aber beeil dich.«

Ein zufriedenes Lächeln stahl sich auf ihre Lippen. Diese Stellung bot ihr einen hinreißenden Blick auf seinen Brustkorb, Schultern und Arme. Seine Muskeln und Sehnen waren angespannt von dem Bemühen um Zurückhaltung. Eine Skulptur sinnlicher Agonie.

Während sie ihn mit Blicken verzehrte, begann sie, ihn ein weiteres Mal zu reiten, ihre Hüften in einem gleichförmigen Rhythmus zu wiegen. Jedes Abwärtsstreichen schenkte ihr köstliche Spasmen ebendort, wo es Lily danach verlangte. Sein tiefes, von Leidenschaft getriebenes Stöhnen machte sie erschauern.

»Siehst du?«, sagte sie kokett. »Ich weiß, was du brauchst. Und ich weiß mir zu nehmen, wornach es mich gelüstet.«

Erst fluchte er leise, dann presste er die Lider zusammen.

Als sich ihre Erregung immer weiter steigerte, erhöhte sie ihr Tempo. Sie ließ ihre Hände über seine Brust wandern, zwickte in seine flachen Nippel, grub ihre Fingernägel in seine Haut.

Er biss die Kiefer aufeinander. »Lily«, knirschte er und hob seinen Kopf eine Spur an. Sein Blick fiel auf die Stelle, wo sich ihre Leiber vereinigten. »Ich möchte dich berühren. Lass zu, dass ich dich streichle.«

»Nein.« Mit einem süßen Lächeln ergänzte sie: »Ich werde es an deiner statt tun.«

Sie brachte ihre Hände auf ihre Brüste, die längst von den störenden Fischbeinstangen des Mieders befreit waren, umschloss die Rundungen und hob sie unter dem hauchzarten Stoff ihres

Hemdchens an. Sie waren weich und prall, zweifellos, weil sie guter Hoffnung war. Ihre Knospen waren so sensibel, allein das Reiben des dünnen Baumwollstoffs schickte heiße Schauer der Erregung durch ihren Schoß. Sie bedachte die dunklen, harten Spitzen versuchsweise mit einem Zwicken.

»Guter Gott.« Julian bäumte sich unter ihr auf. »Du bringst mich um.«

Seine Verzweiflung und Bedrängnis gefielen ihr über die Maßen. Wahrhaftig, das war es, was sie sich ersehnte. Über ihm zu trutzen, rund, weiblich und ruchlos wie eine heidnische Fruchtbarkeitsgöttin. Sie gebar neues Leben in ihrem Schoß. Was konnte mächtiger sein als das? Sie bedurfte keines Beschützers. Sie verdiente es, angebetet zu werden, gefürchtet.

Sie löste die Hände von ihren Brüsten, ließ die flachen Handteller ihren Bauch hinabgleiten dorthin, wo sich ihre Leiber vereinigten. Ihre Finger schlüpften unter den gekräuselten Stoff ihrer Chemisette. Sie fand jene geschwollene, sensible Rispe und berührte sie mit einer Fingerspitze.

So verharrte sie, ihr Schoß ruhte auf seinem, sie kostete das Empfinden aus, ihn tief in sich zu haben, derweil sie selbst mit ihrem Finger über ihre verlangende Perle kreiste. Die Erregung schwang sich spiralig empor, beflügelte ihre Sinne, befeuerte ihren Körper, und wieder begann sie, ihre Hüften zu bewegen, auf seinem harten Stab auf und ab zu wippen. Sie vermochte es nicht, den Blick von seinem Gesicht zu nehmen. Seine Augen waren auf ihre Hand geheftet, die Lily Vergnügen bereitete. Wenn er jemals mehr entfesselt vor Lust gewesen war, so war sie dessen nicht Zeugin geworden. Seine Finger krampften sich in das Bettleinen, als er sich unter ihr wälzte.

Obschon der Erfüllung nahe, übte sie sich in Mäßigung. Sie

wollte mehr. Sie wollte sein Bekenntnis, dass sie die Kontrolle innehatte und dass er um seine eigene Erlösung bettelte.

»Lily«, flehte er. »Gott, Lily. Ich kann nicht … ich werde …«

»Ja. *Ja.*« Ihr Höhepunkt nahte in einem heißen, verstörenden Rausch. Er kam, und er blieb, dauerte weiter und weiter fort, als Julian sich aufbäumte, ihre Hüften umklammerte und seinen Nektar in ihre Tiefen pumpte.

Als die Ekstase verklang, sank sie auf ihn, sie bebte und erschauerte vor Glückseligkeit. Seine Arme schmiegten sie zärtlich an seine Brust.

»Es wird sich alles zum Besten wenden«, erklärte sie ihm, während sie ihn mit ihrem Körper bedeckte und einen Kuss auf seine weich geöffneten Lippen presste. »Alles wird gut. Glaube mir, Julian. Vertraue mir. Ich liebe dich, und du liebst mich. Sämtliche Kümmernisse sind Vergangenheit. Vor uns liegt eine gemeinsame Zukunft, und sie wird wunderschön.«

Niemals hatte sie ihren eigenen Worten mehr geglaubt.

Und niemals hatte sie sich mehr getäuscht.

22

Sie fand den Brief am Morgen.

Meine geliebte Lily,
ich kann mir deine Reaktion vorstellen, wenn du diesen Brief findest. Du wirst dir wünschen, du hättest deine Drohung wahrgemacht und mich letzte Nacht an das Bett gefesselt. Ich wünsche mir das nicht minder.
Liebste Lily, geliebter Schatz. Wo soll ich beginnen?
Ich habe einen Feind. Seit Leos Tod vermute ich, dass der Überfall mir galt. Ich erklärte dir gestern, wie ich als Heranwachsender in dem Kaffeehaus unfreiwillig Zeuge sensibler Informationen wurde. Obschon mein Ansinnen, eine Wette auf jenes Pferderennen zu setzen, in einem Desaster mündete, fand ich letzten Endes andere Wege, die Informationen zu meinem materiellen Vorteil zu nutzen. Wenn ich jemals wegen meiner damaligen Machenschaften zur Rechenschaft gezogen werden würde, wären weder das Gesetz noch die Wahrheit auf meiner Seite.
In den vergangenen sechs Monaten hegte ich die Befürchtung, dass jemand meine wahre Identität aufgedeckt und Julian Bellamy letzthin mit dem für taub gehaltenen Laufburschen in Verbindung gebracht hatte. Ich ging davon aus, dass diese unbekannte Person versucht hatte, mich in der Nacht, als Leo starb, dauerhaft zum Schweigen zu bringen.

Lily, du musst mir glauben, wie inständig ich hoffte, mich zu irren. Für eine Weile gelang es mir, mich selbst zu überzeugen, dass du recht hast und Leos Tod eine zufällige, sinnlose Tragödie darstellte. Doch gestern wurden nicht nur meine glühendsten Hoffnungen, sondern auch meine schlimmsten Ängste Realität. Du beschertest mir die freudige Nachricht von unserem Kind, und innerhalb derselben Stunde erhielt ich den unumstößlichen Beweis, dass ich ein gezeichneter Mann bin. Mein Leben ist in Gefahr, und solange ich in deiner Nähe weile, auch deines.

Ich darf nicht riskieren, dass du oder das Baby zu Schaden kommt, noch vermag ich mit dem Gespenst der Angst zu leben, die unser Glück überschattet. Ich reite heute Morgen mit Morland und Ashworth mit dem Plan aus, Leos Mörder zu konfrontieren, und mit der Hoffnung, meinen Widersacher zu identifizieren. Danach werde ich alles in meiner Macht Stehende tun, dich und unser Kind zu beschützen.

Glaube mir: Ich werde alles tun, diese Sache zu beenden und zu dir heimzukehren. Gleichwohl kann ich die Möglichkeit nicht ausschließen, dass ich eventuell nicht zurückkehre. Solltest du nichts von mir hören, dann wende dich an meinen Anwalt, um diskret den Kontakt herzustellen. Für finanzielle Rücklagen habe ich gesorgt. Dir wird es an nichts fehlen.

Lily, indem ich dich allein zurücklasse, breche ich ein Versprechen. Überdies verhalte ich mich in einer Weise, die deiner gänzlich unwürdig ist. Die traurige Wahrheit ist die, dass ich deiner stets unwürdig war. Du weißt nicht einmal die Hälfte dessen, was ich getan habe. Ungeachtet der Sünden meiner Vergangenheit waren die Wochen mit dir die glücklichsten und erhebendsten meines Lebens. Hätten wir nur eine Nacht miteinander verbracht, es wäre dies alles und noch viel mehr wert gewesen, dich ein einziges Mal »meine

Gemahlin« zu nennen und deinen Ring bis in mein Grab zu tragen. Ich könnte dieses Blatt Papier immerfort mit den Worten »Ich liebe dich« bedecken, und dennoch würde das nicht ausreichen.
Ich liebe dich.
Da steht es – wenn du so gütig sein willst, dann lies es eintausend Mal. Lies es täglich, wenn es dir hilft.
Halte getreu an jenem Schwur fest, den du heute Nacht gabst. Du darfst niemals an meiner Liebe zu dir zweifeln, und ganz gleich, was kommen mag, du musst einen Weg zurück ins Leben finden. Selbst wenn ich meine Versprechen breche, beharre ich darauf, dass du die deinigen einhältst. Ungerecht von mir, und dennoch vollendet die Form wahrend. Denn ich bin ein Bastard, ein Schurke, und, wie du gesagt hast, ein unbelehrbarer Narr. Selbst der verdammte Vogel weiß es. Trotz alledem verbleibe ich
immer dein
J.

»Nein!«, rief Lily, und ließ den Brief auf ihre Frisierkommode fallen. »Nein, nein, nein! Wie kannst du das tun?«

Sie presste eine Hand auf den hauchzarten Stoff ihres Nachtkleides. Sie hatten eine magische Nacht zusammen verbracht. Hatte sie das alles nur geträumt? Mitnichten. Das Tablett mit ihrem Nachtmahl stand noch kaum angerührt auf dem Tisch. Er hatte sie die ganze Nacht hindurch zärtlich geliebt und ihr nur widerstrebend erlaubt, zwischen den Stürmen des Verlangens auszuruhen. Sie hatte geglaubt, seine überbordende Leidenschaft bedeutete, dass er sich letzthin über seine sämtlichen Ängste und Zweifel hinweggesetzt hätte.

Aber tatsächlich bedeutete es, dass er ihr Lebewohl sagen wollte. Er hatte sie geliebt, als könnte die letzte Nacht ihre *letzte* gemeinsame Nacht sein. Er hatte sich davongestohlen wie ein Dieb, er brachte sich in Lebensgefahr und ließ sie in schier ohnmächtigem Kummer zurück.

Zum Kuckuck mit ihm! *Verdammt,* in der Hölle sollte er schmoren! Lily fluchte höchst selten, doch wenn es eine Gelegenheit gab, der Blasphemie zu frönen, dann jetzt. Er musste dies von langer Hand geplant haben. Hatte er nicht gestern in der Galerie dergleichen angedeutet? Die drei Gentlemen hatten Pläne für einen Ausritt geschmiedet, so hatte er es geflissentlich ausgedrückt.

»Verflucht sollst du sein, Julian«, sagte sie laut. »Mitsamt deinen edelmütigen Worten. So einfach kannst du mich hier nicht sitzen lassen.«

Sie warf einen Blick auf die Kaminuhr. Fast halb zehn. Wie lange er wohl schon fort war?

Ihre Zofe kam eilig ins Zimmer gerauscht, zweifelsohne von Lilys Zornesausbruch aufgeschreckt.

»Bring mir eine Reisegarderobe und einen wärmenden Umhang«, erklärte Lily ihr ohne Umschweife. »Und das unverzüglich. Mach dir nicht den Umstand, die Sachen vorher zu plätten.«

Kaum dass die Kammerfrau in einen pflichteifrigen Knicks sank und ihre Zustimmung nickte, rauschte Lily an ihr vorbei und riss die Tür auf, steckte Kopf und Schultern in den Flur. »Swift!«, brüllte sie aus Leibeskräften.

Einen Augenblick später tauchte der silberne Schopf des Butlers auf dem Absatz der Treppe auf.

»Die Kutsche, Swift. Veranlassen Sie, dass umgehend angespannt wird.«

Seine Antwort wartete Lily nicht erst ab, sie schlug die Tür zu und lief zur Waschkommode, wo sie sich mit lauwarmem Wasser wusch und sich mit einer Bürste durch ihr zerwühltes Haar fuhr. Als ihre Zofe mit frischer Chemisette, Korselett und Unterröcken zurückkehrte, war Lily bereit, sich ankleiden zu lassen. Sie selbst schnappte sich Strümpfe und Strumpfgürtel. »Hol mir das Kleid«, hieß sie das Mädchen.

Die Strümpfe mit den Strumpfbändern waren entsetzlich verheddert. »Verdammte Strümpfe«, grummelte sie, von dem abstrusen Wunsch beseelt, doch weitaus öfter zu fluchen, damit sie ein breiteres Repertoire hätte, um daraus zu schöpfen. »Verdammte Strumpfbänder.«

Als die Uhr auf zehn zutickte, war sie komplett angekleidet und schlicht frisiert. Präsentabel, wenn auch keine Ikone der Eleganz. Sie warf einen letzten Blick in den Spiegel und strich mit ihren feuchten Handflächen den fein gewirkten, gefältelten amethystfarbenen Stoff glatt.

»Handschuhe«, rief sie. »Ich brauche Handschuhe.«

Ihre Zofe war im Nu bei ihr, in jeder Hand ein Paar Handschuhe zur Auswahl.

Lily entschied sich für das Paar aus weichem Rehleder und stürmte damit in den Flur, sie zwängte ihre Finger in das enge Futteral, derweil sie die Stufen hinuntereilte. »Steht die Kutsche bereit, Swift?«

»Gewiss, Mylady.«

»Der Kutscher soll vor dem Portal vorfahren. Ich werde auf der Treppe warten.« Offen gestanden hatte Lily keine Ahnung, wohin sie den Kutscher schicken sollte. Sie wusste bloß, dass sie *irgendwohin* fahren musste. War sie doch mitnichten imstande, in diesem Haus herumzusitzen, über Rechnungsbüchern und Journalen zu grübeln und das Taubstummenalphabet zu erlernen, alldieweil Julian in die Welt hinaus strebte, mit der Gefahr Hof zu halten.

Sie lief zur Eingangstür und ergriff die Klinke. *Amelia,* überlegte sie. Sie wollte mit Amelia und Meredith anfangen. Da die drei Männer gemeinsam unterwegs waren, wussten die beiden anderen Damen vielleicht, mit welchem Ziel die Herren der Schöpfung aufgebrochen waren.

Lily zerrte die Tür auf, einzig um wie vom Blitz getroffen auf der Schwelle anzuhalten. Amelia und Meredith standen leibhaftig auf der obersten Stufe. Amelias Hand schwebte in der Luft, als wäre sie eben im Begriff gewesen, die Glocke zu läuten.

»Guten Morgen.« Ein Lächeln ließ ihre Züge erstrahlen. »Hast du uns über den Gehweg kommen sehen?«

Lily schüttelte den Kopf. »Nein.«

Meredith ergriff das Wort: »Wir dachten, da die Herren auf ihrem Ausritt sind, verdienen wir Damen ein wenig eigenes Amüsement. Was sagst du zu einem Spaziergang im Park?«

»Zur Hölle mit dem Park. Das ist es, was ich dazu sage.«

Die beiden Damen blinzelten erstaunt.

»Es tut mir aufrichtig leid«, murmelte Lily. »Aber kommt doch herein, bitte. Ich will euch alles erklären.« Sie scheuchte ihre überraschten Freundinnen ins Haus und schloss die Tür hinter ihnen. »Unsere Ehemänner sind nicht zu einem vergnüglichen Ausritt aufgebrochen. Sie sind unterwegs, um Leos Mörder zu konfrontieren.«

Amelia und Meredith blickten einander an.

»Ihr müsst mir glauben«, ereiferte sich Lily. »Julian hinterließ mir heute Morgen einen Brief.«

»Wir glauben dir, Liebste.« Amelia legte begütigend eine Hand auf Lilys Arm. »Wir wissen bereits davon.«

»Ihr … Ihr *wisst* es?«

Meredith nickte. »Unsere Männer weihten uns ein. Mr. Bellamy ersuchte uns jedoch, dir kein Sterbenswort davon zu erzählen. Ich nehme an, damit wollte er vermeiden, dass du dir Hoffnungen oder Sorgen machst, bis es vorüber ist.«

Lily war wie gelähmt vor Verdruss und Ungläubigkeit. Sie wusste nicht, was sie denken sollte. Ihr Gemahl, ihre Freundinnen, die Gatten ihrer Freundinnen … Hatte sich die ganze Welt verschworen, sie zu hintergehen?

Amelia, die ihren Griff auf Lilys Arm verstärkte, schob ihre Freundin in den Salon und half ihr in einen Sessel.

Während sie ihr gegenüber Platz nahm, sagte Amelia: »Es besteht nicht der geringste Anlass zur Sorge. Lass es mich dir erklären. Ein Detektiv hat für Mr. Bellamy die beiden Männer aufgespürt, die deinen Zwillingsbruder überfallen haben. Sie verbrachten die vergangenen sechs Monate wegen eines anderen Delikts in Haft und sollen heute auf freien Fuß gesetzt werden. Unsere Ehegatten beabsichtigen, die Unholde zu stellen und in London abermals vor Gericht zu bringen, dieses Mal wegen Mordes. Das ist nicht gefährlich, und es wird alsbald vorüber sein.«

»Aber … aber das ergibt keinen Sinn.«

Wenn es ungefährlich war, weswegen sollte Julian ihr dann einen Brief hinterlassen, in dem stand, dass er unter Umständen nicht zurückkehrte? Er teilte ihr mit, dass sein Leben am gestrigen Tag bedroht worden sei. Lily erinnerte sich an jenen Augenblick auf der Straße, als sie gegen die Schaufensterscheibe geprallt war. Konnte das der Vorfall gewesen sein? Gewiss würde es Julians Verhalten in der darauffolgenden halben Stunde erklären, in der er sie mehr als eine Meile nach Hause trug, ehe er erleichtert zusammenbrach.

Sie ergriff Amelias Hand und drückte diese fest. »Ich glaube dir, Amelia. Ich glaube, dass ihr Plan bis gestern der war, den du beschreibst. Aber irgendetwas muss in der Zwischenzeit passiert sein. Deshalb schrieb Julian mir einen Brief. Er spricht davon, nicht nur Leos Mörder zu konfrontieren, sondern einen unbekannten Feind zu identifizieren. Er erwähnte den Einsatz von Gewalt und die Möglichkeit, dass er nicht zurückkehren wird. Ich bin überzeugt, unsere Gatten schweben in ernsthafter Gefahr. Zumindest meiner. Wir müssen etwas unternehmen. Habt ihr eine Idee, wo sie sein könnten?«

Amelia und Meredith tauschten vielmeinende Blicke.

»Lily«, wandte Meredith ein. »Ich verstehe, dass du dich sorgst. Aber selbst wenn ihnen Gefahr droht, sind unsere Gatten weitaus besser gewappnet, diese abzuwenden, als die meisten Männer.«

Lily beachtete ihren Einwurf nicht. »Wenn sie aufbrachen, um freikommende Gefangene zu stellen … Wie viele Gefängnisse gibt es? Fleet? Newgate? Bridewell? Und etliche andere, allein in London. Oh, aber eine Londoner Haftanstalt ergibt keinen Sinn. Warum sollten sie sonst einen Ausritt unternehmen? Es muss irgendwo weiter fort sein.«

Amelia tätschelte ihr Handgelenk, um Lilys Aufmerksamkeit auf sich zu lenken. »Lily, meine Liebe …«

Lily schnitt ihr das Wort ab. »Ich weiß, was du sagen willst, Amelia. Dass unsere Gatten bestens in der Lage sind, der Angelegenheit Herr zu werden, und wir sorgen lediglich für Verwirrung, wenn wir uns einmischen. Aber ich weiß, du hast unrecht. Ich kann dir nicht erklären, woher ich das weiß, aber ich *weiß* es. Julian hätte mir nicht diesen Brief hinterlassen, wenn die Sache ungefährlich wäre.« Sie atmete tief ein. »Nun, entweder helft ihr mir, ihn zu finden … oder ihr könnt gehen, und ich werde es allein bewerkstelligen.«

Meredith seufzte. »Rhys nannte keine Einzelheiten bezüglich ihres Ziels. Er erwähnte lediglich, dass sie aufs Land reiten wollen.«

»Bedaure, aber ich weiß auch nicht mehr«, bekannte Amelia. »Ich gestehe, wenn Spencer die Unterredung auf Pferde und Reitsport lenkt, höre ich nicht immer so genau zu, wie ich es tun sollte.«

»Wir benötigen eine Liste«, sagte Lily. »Eine Aufstellung mit Gefängnissen und Zuchthäusern, die mit einem Ausritt leicht erreichbar sind.«

»Selbst wenn wir eine solche Liste hätten«, gab Amelia zu bedenken, »was willst du damit tun? Wir können unmöglich in sämtliche Richtungen suchen.«

Lily senkte den Blick und blinzelte die Tränen der Verzweiflung fort, die in ihre Augen stiegen. Weinen half nicht.

Durch eine Bewegung wurde ihr Augenmerk auf ein Gewirr regenbogenbunter Federn gelenkt. Tartuffe flatterte durch die Länge des Salons, machte dann kehrt, um sich auf dem Kandelaber niederzulassen.

»Verdammter Vogel«, schalt sie ihn. »Wie bist du deinem Käfig entkommen?«

Amelia klatschte verblüfft in die Hände. »Ist das deiner?«

Lily nickte.

»Er ist reizend«, sagte Meredith. »Und er scheint deinen Kummer um Mr. Bellamys Schicksal zu teilen. Er plappert fortwährend seinen Namen. ›Oh Julian‹, krächzt er. Immer und immer wieder. ›Oh Julian.‹« Sie schmunzelte. »Und nun, ›Schuldig, schuldig.‹«

»Er gehörte früher einem Barrister«, erklärte Lily. »Und ja, er hat ein gewisses Faible für den Namen Julian.«

Irgendetwas zerrte an ihrer Erinnerung. Eine Zeile aus Julians schrecklichem Brief.

Ich bin ein Bastard, ein Schurke und, wie du gesagt hast, ein unbelehrbarer Narr. Selbst der verdammte Vogel weiß, dass es wahr ist.

Was genau wusste dieser merkwürdige Vogel über Julian? Schuldig, schuldig, in der Tat.

»Rühr ... dich ... nicht ... vom Fleck«, warnte sie den Papagei, während sie langsam in Richtung Tür ging. Sobald sie die Schwelle erreicht hatte, schoss sie in den Gang, wo sie zwei Lakaien antraf, die dort auf Anweisungen warteten.

Sie schnippte dem ersten mit den Fingern. »Du ... bring mir Füllfeder und Papier.« Ihr Blick wanderte zu dem zweiten. »Lauf, und bitte die Köchin um eine Schale mit geschnittenem Obst und Nüssen. Beeilt euch, ihr beiden.«

Die beiden liefen dienstfertig davon, und Lily kehrte in den Salon zurück. Es war eine aberwitzige und vermutlich aussichtslose Idee, aber ihr fiel nichts Anderes ein.

»Amelia.« Sie lehnte sich an die Wand und hielt ihre Augen auf die gefiederte Kreatur an der Decke geheftet: »Ich weiß, du bist eine Herzogin, und diese Aufgabe ist bestimmt unter deiner Würde. Dennoch muss ich dich bitten, es zu tun.«

»Du sprichst in Rätseln, meine Liebe.«

Der Diener kehrte mit Papier und Schreibgerät zurück, und Lily winkte ihn mit den Worten zu Amelia: »Ich muss dich darum ersuchen, die Enthüllungen eines Vogels zu Papier zu bringen.«

»Um welche Zeit steht ihre Entlassung an?«, fragte Ashworth.

Julian zog seinen gestiefelten Fuß mit einem schmatzenden

Geräusch aus dem sumpfigen Morast heraus, erkletterte eine niedrige Anhöhe und spähte über die Themse. Inmitten des breiten Flusses lagen die schwimmenden Gefängnisse vor Anker – skelettierte, verrottende Schiffsrümpfe, die ihrer Masten und Segel beraubt waren. Als Handelsschiffe waren sie ausgemustert und dienten inzwischen als Haftanstalten, die ob der Zahl der verurteilten Insassen nachgerade überquollen.

»Nach des Tages Arbeit«, antwortete er. »Um diese Zeit des Jahres endet der Gefangenendienst um vier Uhr.«

»Eigentümlich, nicht wahr?«, sinnierte Ashworth. »Dass sie Straftäter mitten in all diesen Waffen und Gewehren arbeiten lassen.«

»Ich gehe davon aus, dass die Aufseher sie streng bewachen.«

Langboote übernahmen den Fährdienst für die Gefangenen, die an Land in der Woolwich Warren arbeiteten, Englands größter Rüstkammer. Im Süden, wo die drei Gentlemen gerade standen, ragte eine hohe Mauer aus dem Marschland, die die Warren – ein Konglomerat aus Werften, Waffenschmieden, Pulvermagazinen und des Weiteren mehr – umschloss.

»Um vier Uhr?« Morland konsultierte seine Taschenuhr. »Es ist nicht einmal Mittag. Demnach haben wir Zeit im Überfluss. Lassen Sie uns ein Mahl im Gasthof einnehmen.«

Sie waren vor Sonnenaufgang aus der Stadt geritten und für einige Meilen dem Verlauf der Themse auf ihrer Reise ans Meer gefolgt. Bei Tagesanbruch waren sie in Sichtweite von Woolwich und der Flotte der Gefängnisschiffe gelangt. Sie hatten die Pferde in einer nahen Poststation untergestellt und waren zu Fuß aufgebrochen, das Gelände zu erkunden.

»Lassen Sie uns noch einmal den Plan durchgehen«, schlug Julian vor.

»Schon wieder?«, stöhnte Ashworth.

»Es ist doch beileibe kein komplizierter Plan«, wandte der Herzog ein. »Wir verschaffen uns Zugang zur Warren, dem königlichen Arsenal. Bevor die beiden Inhaftierten entlassen werden können, werden wir intervenieren. Den Beamten die Sachlage erläutern, die beiden Täter in unseren Gewahrsam nehmen. Wir kümmern uns um ihren Transport nach Newgate, wo ich dafür Sorge tragen werde, dass sie wegen Mordes verurteilt werden. Ende des Plans.«

»Falsch«, sagte Julian. »Der Plan hat sich geändert.«

»Oh tatsächlich?«, erkundigte sie Ashworth. »Wie das?«

»Wir verschaffen uns Zugang zum Arsenal – jedoch unter Zuhilfenahme eines Vorwands. Dann warten wir ihre Entlassung ab. Ich werde ihnen ein Stück folgen, ehe sie in Gewahrsam genommen werden. In *meinen* Gewahrsam.« Er öffnete einen Lederranzen, der an seiner Hüfte hing, und entnahm diesem eine Pistole, Pulverhorn und einen Beutel mit Bleikugeln.

»In *Ihren* Gewahrsam? Mit Waffengewalt? Warum?«

»Weil ich erfahren will, wer sie anheuerte.«

Kurz und knapp berichtete Julian ihnen von dem gestrigen Zwischenfall auf der Straße, wie er angerempelt und ihm die Karte zugesteckt worden war. Er wiederholte die darauf niedergeschriebene Botschaft nicht, lediglich den Wortlaut.

»Das war eine Warnung«, konstatierte er. »Sie lautete: Mischen Sie sich nicht ein, oder Sie werden zum Verstummen gebracht.« Er machte eine Pause, um sich auf das Abmessen des Schwarzpulvers zu konzentrieren. »Es verhält sich so, wie ich von Beginn an befürchtete. Der Überfall auf Leo und Faraday galt mir. Wenn die beiden Gewalttäter am Galgen enden, werde ich niemals erfahren, wer sie auf mich ansetzte. Lily wird sich nirgends sicher fühlen. Meine einzige Chance ist die, die beiden aufzugreifen und sie zu zwingen, mich zu ihrem Auftraggeber zu führen.«

»Sie beabsichtigen, dies im Alleingang zu bewerkstelligen?«, fragte der Duke.

»Das Vorhaben grenzt an Entführung«, antwortete Julian. »Und erfüllt den Tatbestand der Nötigung, falls es eines gewissen Maßes an Überzeugungskraft bedarf, sie zum Reden zu bewegen. Ich möchte nicht von Ihnen verlangen, daran teilzuhaben.«

Ashworth brummte: »Sie haben schon Schlimmeres von mir verlangt.«

»Das war einmal. Inzwischen haben Sie beide Ehefrauen und tragen Verantwortung. Morland wird in Bälde Vater.«

Morland konterte: »Und was ist mit Ihnen?«

Ein schmerzhafter Stich durchzuckte seine Brust. Er sehnte sich nach Lily. War sie bereits aufgewacht, fragte er sich im Stillen. Verfluchte sie bereits seinen Namen, reute den Tag ihrer Vermählung?

»Brechen Sie ohne mich auf«, hieß Julian die beiden anderen, »ich komme allein zurecht.«

Ashworth und Morland tauschten Blicke aus. Keiner der beiden machte Anstalten aufzubrechen.

»Wir haben mitnichten vor, Sie alleinzulassen, Mann.« Der Herzog trat vor einen losen Stein. »Dafür wertschätzen wir Ihre Gemahlin zu sehr, das ist das Eine.«

»Das Andere ist, dass wir beide Ihnen unsere Unterstützung schulden«, setzte Ashworth hinzu.

Julian schüttelte den Kopf. »Vergessen Sie den Stud Club. Es war nichts weiter als ein Scherz vonseiten Leos. Ich griff jenen aberwitzigen Kodex von Loyalität und Brüderlichkeit lediglich auf, um Sie nach seinem Ableben zum Handeln zu bewegen. Keiner von Ihnen schuldet mir auch nur das Geringste.«

Ashworth schnaubte. »Ich habe Ihnen mein Leben zu verdanken. Erinnern Sie sich nicht mehr?«

Julian legte den Kopf schief und überlegte. Nun, er vermutete, dass dem so war. Er hatte Ashworth von einer Klippe in Cornwall herabgescheucht. Zum damaligen Zeitpunkt hatte der Mann dies allerdings nicht als Gefallen gewertet.

Der Herzog fügte hinzu: »Und ich entsinne mich Ihrer Unterstützung bei einer mitternächtlichen Suche nach meinem verschwundenen Mündel.«

»Das zählt wahrlich kaum. Es stand nicht in meiner Absicht zu helfen.«

»Heilige Muttergottes, Sie haben sich anlässlich meiner Eheschließung für mich eingesetzt«, bekundete Ashworth. »Wir sind Freunde, Bellamy. Wir halten zusammen, sei der Plan, den Sie ersonnen haben, noch so töricht.«

»Geben Sie uns zumindest eine Erklärung«, wandte Morland ein. »Warum zum Teufel legt es irgendjemand mit Vehemenz darauf an, Sie zu töten?«

Julian zweifelte, ob er sie aufklären sollte. Waren sie wirklich Freunde? Er blickte von der imposanten, Arroganz verströmenden Erscheinung des Herzogs zu dem furchteinflößenden, von Narben gezeichneten Offizier. Nun, überlegte er, das waren zwei Männer, die er lieber zum Freund denn zum Feind haben wollte.

»Ich weiß Dinge«, hob er an. »Die ich eigentlich nicht wissen darf. In meiner Jugendzeit belauschte ich geheime Unterredungen, als ich in einem Kaffeehaus aushalf. Ich war dort Laufbursche. Meine Mutter arbeitete in der Küche.«

»Und Ihr Vater?«, entgegnete Ashworth.

»Steht nicht zur Debatte«, wiegelte Julian mit schroffer Stimme ab. Julian konnte sich nicht vorstellen, dass die beiden Männer von seiner Mitteilung schockiert wären.

Morland legte die Stirn in Falten. »Wie habe ich das zu verstehen, was wissen Sie denn?«

»Beispielsweise kenne ich die Geschichte von jenem Pferd, auf das Sie so versessen sind. Osiris. Kennen Sie das Motiv für diesen gesamten Club?« Auf Morlands Nicken hin fuhr Julian fort: »Ich weiß zufälligerweise, dass das erste Rennen, das er gewann, manipuliert war.«

Morlands Kinnlade klappte vor Erstaunen nach unten. »Sein erster Sieg? Das müsste gewesen sein in …«

»In Doncaster. Er war ein dreijähriges Temperamentsbündel. Sein Jockey hatte ihn das ganze Jahr über vorsätzlich zurückgehalten. Die spielwütigen Lords erhöhten immerzu die Quoten. In Doncaster standen sie zwölf zu eins, und alle setzten auf …«

»Mariner«, beendete Ashworth den Satz. »Er war das ganze Jahr über exzellent gelaufen. Ich entsinne mich noch gut des allgemeinen Entsetzens, als er nur als Dritter ins Ziel kam.«

»Nicht alle waren entsetzt. Da waren zehn Mitglieder des Jockey Clubs, die den Plan ausgeheckt hatten. Ich habe mit eigenen Ohren gehört, wie sie darüber in dem Kaffeehaus, in dem meine Mutter arbeitete, diskutierten. Damals kannte ich die Namen der Wettbetrüger nicht, aber ich erinnerte mich an ihre Stimmen. Ließ sie in Gedanken wieder und wieder Revue passieren, um sie nicht zu vergessen. In den darauf folgenden Jahren konnte ich sie identifizieren, und dann … dann erpresste ich sie, jeden Einzelnen von ihnen.«

Nachdenkliche Stille kehrte ein. Julian stellte fest, dass er die Situation ein wenig genoss. Obschon er es selbst kaum glauben mochte, hatte er den Schneid besessen, die feinen Herren zu erpressen.

Nachdem er die Namen sämtlicher Konspirateure erfahren hatte, hatte er sich so verhalten, wie besagte Männer ihn kannten. Wie ein taubstummer Flegel. Mittels Gesten und geschriebener Kärtchen hatte er um ein vertrauliches Treffen mit jedem einzelnen Beteiligten gebeten. Im Verlaufe dessen hatte er ihnen eine in Blockbuchstaben verfasste Notiz ausgehändigt. Es war das erste Schriftstück, das er jemals zu Papier brachte, jedes Wort hatte er separat über eine Spanne von Wochen gesammelt; das Ganze hatte er wieder und wieder mit akribischer Sorgfalt kopiert.

Geben Sie dem tauben Tölpel hundert Guineen und schicken Sie ihn damit seiner Wege. Wenn beide, Guineen und Junge, bis Sonnenuntergang nicht eingetroffen sind, werden die morgigen Zeitungen die Wahrheit über Doncaster herausposaunen.

Sie hätten ihn an Ort und Stelle erschießen können, und niemanden hätte es geschert. Dann hätte keiner den Zeitungen die Wahrheit berichten können. Selbst wenn Julian höchstselbst zu den Skandalblättern gelaufen wäre, wäre es unwahrscheinlich gewesen, dass sie ihm die Geschichte geglaubt hätten.

Doch nachdem seine Mutter verstorben war, hatte er nichts mehr zu verlieren. Also erpresste er alle zehn Wettbetrüger, und alle zahlten. Er war nachgerade deprimiert, dass keiner von den Männern im Entferntesten auf die Idee kam, ihn zu verdächtigen. Sie sahen in ihm den tauben Laufburschen aus dem Café und hielten ihn für ein schlichtes Gemüt. Zehn Mal war er mit einem Herzen, das ihm bis zum Halse schlug, und hundert Guineen, welche die Säume seiner Jackentaschen auf eine harte Probe stellten, davongekommen. Er hätte mehr Geld fordern können; dessen war er sich mittlerweile gewiss. Doch als Heranwachsender war er außerstande gewesen, sich eine höhere Summe vorzustellen. Eintausend Guineen, alles in allem. Davon hatte er sich neue Schuhe und einen anständigen Anzug gekauft. Dann war er darangegangen, ein Vermögen aufzubauen.

Jahre später, als Osiris zu Zuchtzwecken gehalten wurde und Leo den Stud Club gegründet hatte … ah, die Ironie war zu schön gewesen. Letzthin war er selbst eines von den zehn Mitgliedern eines ähnlichen Clubs geworden. Und nicht der Junge, der ihnen den Schmutz von den Stiefelsohlen kratzt.

»Erpressung.« Ashworth pfiff leise durch die Zähne. »Sie glauben, dass jemand Sie erkannte?«

Julian nickte. »Dessen bin ich mir sicher.«

»Ich kann dem nicht folgen«, meinte Ashworth. »Es handelte sich lediglich um ein Pferderennen, das etliche Jahre her ist. Weswegen sollte jemand einen Mord begehen, um das Geheimnis zu wahren?«

»Es war nicht irgendein Pferderennen«, gab der Herzog zu bedenken. »Es wurden Vermögen verspielt und verloren. Achtbare Männer waren auf einen Schlag ruiniert. Wenn dieser Betrug jemals herauskäme, würden die beteiligten Konspirateure nicht nur auf Dauer aus dem Jockey Club ausgeschlossen werden, sondern auch aus der feinen Gesellschaft.«

»Demzufolge greifen sie zu Mord, um ihr Gesicht zu wahren?« Ashworth zuckte unverständig mit den Schultern. »Nun, ich schätze, Männer haben schon für weniger gemeuchelt.«

»Es könnte sich auch um etwas anderes handeln«, bekannte Julian. »Dieses Kaffeehaus, wo ich von der Manipulation des Pferderennens erfuhr ... da wurde auch über viele andere Dinge geredet, politische Machenschaften, Geschäftsgeheimnisse, Herzensangelegenheiten. Falls mich jemand wiedererkannt hat, glaubt er womöglich, ich wüsste auch andere Geheimnisse von ihm. Das ist der Grund, weshalb es mir unmöglich ist, die Identität meines Angreifers festzustellen. Dazu benötige ich Stone und Macleod.«

»Immer vorausgesetzt, Stone und Macleod sind tatsächlich die Männer, die Leo auf dem Gewissen haben. Sollten wir nicht zumindest dafür Sorge tragen, dass Faraday sie vorab identifiziert?«

Julian richtete seine Pistole auf das Ufer, um die Sicht zu prüfen. »Wir lassen Faraday aus der Sache heraus. Ich bin mir nicht sicher, ob man ihm trauen kann.«

23

Heute«, schwor Claudia, »werde ich gewinnen.«

»Vielleicht.« Ihr Gegner blickte nicht von dem Backgammonbrett auf, auf das er soeben Steine legte. »Ihr Spiel hat sich ein wenig verbessert.«

»*Ein wenig?* Gestern hätte ich beinahe gewonnen.«

Er richtete die letzte Gruppe schwarzer Steine in einer exakten Linie aus. »Kennen Sie den Unterschied zwischen ›beinahe gewonnen‹ und Niederlage, meine Liebe?«

Sie schüttelte den Kopf.

»Es gibt keinen.«

Claudia tat, als schmollte sie. »Die Würfel, wenn Sie die Güte hätten.«

Ihre Verdrießlichkeit war bloß gespielt, denn Claudia schätzte Peter Faraday. Sie schätzte ihn sogar sehr. Nach ihrem Ermessen war er eine willkommene Bereicherung für den Hausstand. Amelia und Spencer waren fortwährend mit ihren Verpflichtungen oder miteinander beschäftigt. Nun hatte sie einen Gefährten, der ähnlich gefangen wie sie und mit gewissen Unzulänglichkeiten behaftet war. Genau wie sie war Mr. Faraday an den Salon gefesselt und schwerlich imstande, sich ohne die Hilfe eines Dieners fortzubewegen. Sie verbrachten die meiste Zeit des Tages zusammen und für gewöhnlich auch Teile des Abends. Sie spielten Backgammon und Karten. Wenn sie des Spielens müde waren, las er ihr aus der Zeitung vor, derweil sie an einem Babyjäckchen strickte oder ihren Augen Ruhe gönnte. Zwar war Claudia nicht sonderlich an dem Inhalt der Zeitungsartikel gelegen, doch sie genoss es, seinen gewitzten Kommentaren zu lauschen.

Sie hörte ihm überhaupt gerne zu. Er hatte eine überaus angenehme Stimme mit einem klangvollen, sonoren Timbre und einer Akzentuierung, die von Bildung und guter Herkunft zeugte. Er war sehr ansehnlich und erinnerte sie an Mr. Bellamy, jedoch hatte er weniger Allüren und mehr Feinsinn. Ein wahrer Gentleman, dachte Claudia. Rasch mit einem Scherz bei der Hand, jedoch nie verletzend.

Er stellte ihr viele Fragen, angefangen bei ihrer Kindheit bis hin zu ihrer Schwangerschaft. Nicht dass Derartiges für Claudia ungewöhnlich gewesen wäre, indes war es ein seltenes Vergnügen, einen Gesprächspartner zu haben, der ernsthaft zuhörte, wenn sie antwortete. Sie hatte ihm alles über Amelia und Spencer und von ihren verstorbenen Eltern erzählt. Sie hatte sogar freimütig von ihrem törichten Techtelmechtel mit jenem verachtenswerten Lehrer in York berichtet, und Mr. Faraday hatte sich nicht im Mindesten Kritik oder Missbilligung angemaßt. Er war angenehm interessiert. Sie konnte mit ihm über alles reden.

Sie kamen trefflich miteinander aus.

Sie ließ die Würfel ausrollen und bewegte demgemäß ihre Steine. »Würde es Ihnen gefallen, mich zu heiraten?«

Der Ärmste. Er weilte jetzt seit einer Woche in Morland House, und dies war das erste Mal, dass Claudia ihn vor Verblüffung sprachlos sah.

»Ich bitte um Verzeihung?«, brachte er schließlich heraus.

»Haben Sie mich nicht verstanden? Ich dachte, ich hätte mich recht deutlich ausgedrückt. Ich frage Sie, ob es Ihnen gefallen würde, mich zu heiraten.«

Sie ahnte, dass er über eine passende Antwort nachdachte, und nippte an ihrem Glas mit warm gewordener Limonade, um ihm Zeit zu lassen.

Als er längere Zeit nicht antwortete, versuchte sie, ihm die Befangenheit zu nehmen. »Seien Sie unbesorgt, Mr. Faraday. Ich bin nicht so töricht, mir einzubilden, dass ich in Sie verliebt wäre. Aber wir kommen trefflich miteinander aus, nicht wahr?« Sie tätschelte die wogende Fülle ihres Leibes. Wenn das Verhalten des Babys in ihrem Schoß irgendein Hinweis auf seinen Charakter war, dann lagen mühsame Jahre vor ihr. Dennoch liebte sie den kleinen Plagegeist, der alsbald seinen ersten Schrei kundtun würde. »Jeden Tag rechne ich mit der Niederkunft. Und ich möchte mein Baby behalten.«

»Dann werden Sie es behalten.« Seine Stirn legte sich in tiefe Falten. »Erzählen Sie mir nicht, dass der Herzog insistiert, dass Sie entweder heiraten oder das Kind weggeben müssen?«

»Nein, nein. Spencer und Amelia haben mir zugesichert, dass sie mich unterstützen werden, wie immer ich mich entscheide. Dennoch lässt sich nicht leugnen, dass es unser Leben vereinfachen würde, wenn ich mich vermähle. Und ich dachte, dass Sie vielleicht gerne Vater wären. Sie scheinen für die Vaterschaft gut geeignet, und dies wäre Ihre Chance, ein Kind zu haben ohne … wissen Sie, ohne die Unannehmlichkeit, eine Ehefrau zu schwängern.«

»Die Unannehmlichkeit«, wiederholte er ungläubig. »Die *Unannehmlichkeit*, eine Ehefrau zu schwängern? Wie miserabel muss dieser Musiklehrer als Liebhaber gewesen sein?«

»Miserabel, in der Tat. Aber das tut nichts zur Sache.« Mit einem flüchtigen Blick in den Gang, um zu überprüfen, ob sich dort einer der Dienstboten aufhielt, die allzu gern lauschten, neigte sie sich zu ihm, soweit es ihre fortgeschrittene Schwangerschaft erlaubte, und flüsterte: »Sie sind an Frauen nicht sonderlich interessiert, nicht wahr? Sie sind aus einem weicheren Holz geschnitzt als die meisten Männer.«

Er vermied es sorgsam, sich eine Reaktion anmerken zu lassen. Stattdessen zog er gleichmütig den Stöpsel aus der Karaffe mit der Limonade und füllte ihr Glas frisch auf.

»Es ist alles in bester Ordnung«, versicherte sie ihm eilfertig. »Ich vermag Geheimnisse hervorragend für mich zu bewahren. Und niemand sonst hat es bemerkt, dessen bin ich mir gewiss. Sie wissen, wie es ist, ans Haus gefesselt zu sein. Ich weiß nichts weiter mit mir anzufangen, als herumzusitzen und Dinge zu beobachten.«

»Aber wie …?«

Sie lächelte. »Ein Leichtes. Ihre Blicke folgen den Dienern, nicht den Stubenmägden. Sie haben ein Auge auf den Großen mit den kantigen Gesichtszügen geworfen, nicht wahr? Ich nicht minder. Er hat vollendet geformte Waden. Und sein himmlischer Hintern …« Sie stützte ihr Kinn in eine Hand und erging sich in einem langen Seufzen. »Bedauerlich für uns beide, aber meine Zofe ist der Überzeugung, dass er sein Liebchen vergöttert. Sie ist eine Näherin, wie ich hörte. Gleichwohl ist das kein Grund, uns das Hinschauen zu verbieten. Es muss uns gelingen, wie zufällig eine Vielzahl von Gegenständen auf dem Boden zu verstreuen, wenn er zugegen ist, sodass er genötigt sein wird, selbige aufzuheben.«

»Aber Lady Claudia.« Er lehnte sich in seinem Sessel zurück

und betrachtete sie. Ein verblüfftes Lächeln zuckte um seine Lippen. »Sie sind eine wahrhaft bemerkenswerte junge Frau.«

Claudia erlaubte sich einen kurzen Moment der Selbstzufriedenheit. Es wurde höchste Zeit, dass jemand ihre Qualitäten bemerkte. »Bedeutet das, dass Sie mich heiraten werden?«

»Nein, meine Liebe«, sagte er sanft. »Ich kann Sie nicht heiraten. Aber ich denke, es würde mir überaus gefallen, Ihr Freund zu sein.«

»Ein Freund kann meinem Baby keinen Namen geben.«

»Nein. Was das anbelangt, werden Sie auf sich selber gestellt sein. Aber Sie werden das hervorragend meistern.«

Sie sank in ihren Sessel zurück. »Ich weiß nicht, wie ich für ein Kind sorgen soll. Es gelingt mir nicht einmal, mich selber von Ungemach fernzuhalten.«

»Lady Claudia, hören Sie mir zu. Ich habe die letzte Woche vieles über Sie herausgefunden. Möchten Sie erfahren, was ich alles weiß?«

Sie zuckte ein wenig niedergeschlagen mit den Achseln.

»Sie sind klug, geradlinig, wissbegierig. Von außerordentlich scharfem Verstand. Unerschrocken, Wagnisse einzugehen. Sie werden sich mitnichten von unsinnigen Regeln unterjochen lassen. Diese Eigenschaften mögen Sie zu einem eigenwilligen Mädchen gemacht haben, aber bedenken Sie meine Worte – selbige werden Sie eines Tages zu einer außergewöhnlichen Frau machen. Und zu einer guten Mutter. Dessen bin ich mir gewiss.«

Eine aufsteigende Träne trübte ihren Blick, und Claudia rieb sie unwirsch fort. »Sie sind der Einzige, der nett zu mir ist.«

»Das ist nicht wahr. Ihr Cousin und seine Gemahlin sind überaus gütig zu Ihnen, in der Tat. Sie lieben Sie, auch wenn sie

Sie nicht immer verstehen. Eines Tages werden Sie dem Mann begegnen, der Sie liebt *und* der Sie versteht. Wenn es eine Gerechtigkeit gibt auf Erden, wird er überdies kantige Züge und wohlgeformte Waden besitzen. Geben Sie sich nicht mit weniger zufrieden.«

»Was habe ich schon zu erwarten? Eine unverheiratete Mutter mit einem kleinen Kind? Mir ist es nicht beschieden, wählerisch zu sein. Ich werde nicht einmal eine einzige Ballsaison haben.«

Er blickte nachsichtig. »Oh, ich denke, das werden Sie. In einigen Jahren werden Sie als eine starke, unabhängige, schöne und köstlich skandalumwitterte Lady nach London zurückkehren. Glauben Sie mir, die Männer werden nicht in der Lage sein, Ihnen zu widerstehen.« Während er die Würfel einsammelte, fuhr er fort: »Ich werde es mir nicht nehmen lassen, Ihren ersten Ball zu besuchen, einzig um mich meiner zutreffenden Weissagung zu brüsten.«

»Wirklich?« Sie warf einen Blick auf sein eigentümlich verkrüppeltes Bein und hielt seine Erwägungen, an Bällen teilzuhaben, für recht mutig. »Dann müssen Sie den ersten Tanz mit mir tanzen.«

»Das ist ein Wort.«

Sie schüttelten einander die Hände über dem Backgammonbrett. Ein leichter Krampf ergriff Besitz von ihrem Unterleib, und Claudia stöhnte auf.

»Sind Sie wohlauf?«, fragte er.

»Gewiss, gewiss.« Sie nahm einen tiefen Atemzug, ließ die Luft behutsam entweichen. »Ich habe dieses schmerzende Stechen jetzt beinahe jeden Tag. Scheinwehen, so nennt sie der Arzt.« Sie rieb in kleinen Kreisen über ihren gewölbten Leib, bis der Schmerz verebbte. Das war nichts, verglichen mit jenen entsetzlichen Krämpfen in ihrer frühen Schwangerschaft. Die Schmerzen und all das Blut …

»Was ist mit Ihnen, Mr. Faraday?«, fragte sie, bemüht, sich mit einem Gesprächswechsel abzulenken. »Waren Sie jemals verliebt?«

Sein Blick riss sich von ihr los. »Ja.«

»Aber es endete nicht gut.«

»Nein, das tat es nicht.« Er warf die Würfel, starrte auf die Punktzahl. »Es endete in der Tat sehr unglücklich.«

In seiner Stimme schwang unverhohlener Kummer. Es weckte in Claudia den Wunsch, ihn zu trösten, doch sie wusste nicht, wie. Stattdessen nahm sie einen langen Schluck von ihrer Limonade. »Dennoch sind Sie überzeugt, dass sich das Warten lohnt?«, forschte sie und wischte sich den Mund. »Auf die Liebe?«

»Ja«, antwortete er mit aller Entschiedenheit. »Sie ist es wert, Claudia. Sie ist es wert, dafür zu leben, zu sterben und zu töten. Sie ist alles.«

»Ah!«

Schmerz, plötzlich und unerträglich, umklammerte wie ein eisernes Joch ihren Unterleib. Gerade als sie glaubte, er würde verebben, kehrte er mit noch größerer Macht zurück, wrang Claudia einen Schrei aus der Kehle. Der Raum schien in grelles Orange und Rot getaucht, warnende Farben. Dies waren keine Scheinwehen, dies war etwas ungemein Entsetzliches. Sogleich bereute sie jede Gelegenheit, bei der sie die Anweisungen des Arztes oder Amelias Ratschläge missachtet hatte. Vielleicht hätte sie neulich morgens die Stufen nicht hinauflaufen dürfen. Vielleicht hätte sie am gestrigen Abend nicht jenen süßen Pudding essen dürfen …

Bitte, flehte sie im Stillen. Bitte, lass den kleinen Plagegeist gesund sein.

»Mr. Faraday«, ächzte sie schweratmig, »ich …« Eine weitere Woge des Schmerzes überrollte sie. Sie biss die Zähne zusammen. »Irgendetwas Schreckliches geschieht mit mir. Ich benötige Hilfe.«

Mr. Faraday – der invalide, hinkende Mr. Faraday – war bereits aus seinem Sessel hochgeschnellt …

Und schritt eilig aus dem Zimmer.

»Sei so gut und gib es mir.« Lily nahm das Blatt Papier aus Amelias Hand und überflog es rasch. Eine halbe Stunde guten Zuredens und mehrere Handvoll Nüsse hatten zu einer vollen Seite geflügelter Weisheiten geführt. »Es ist letzthin das Übliche«, bemerkte sie mit Enttäuschung in der Stimme.

Oh Julian. Schuldig, schuldig. Danke, das wird alles sein.

Endlose Wiederholungen des Obigen, untermalt von Pfiffen und Gekrächze.

Dann, gegen Ende der Seite, bemerkte sie etwas Neues.

»›Mr. James Bell‹«, las sie laut vor. »Nun, das ist interessant. Ich frage mich, wo er das aufgeschnappt hat.«

»Ein Bekannter von dir?«, forschte Meredith.

»In gewisser Weise.«

Lily wähnte sich augenblicklich in jenen dämmrigen Theatergraben zurückversetzt, in dem sie auf einer gepolsterten Bank neben ihrem belesenen, bebrillten Beau gesessen hatte. Sie war von Julians Fertigkeit, sein Äußeres zu verändern und wie ein gänzlich anderer Mensch zu scheinen, überaus erstaunt gewesen. Nun, nach wenigen Wochen Ehe, erstaunte es sie eher, dass kein anderer ihn so sah, wie sie es tat. Die Gesellschaft nahm Julian

Bellamy als einen Dandy mit nachlässig frisiertem Haarschopf, ausgesucht legerer Kleidung und grellem, anmaßendem Gehabe wahr, ohne jemals von dem Mann, der sich dahinter verbarg, Kenntnis zu nehmen. Ein zurückhaltend ansehnlicher Mann, mit ernsthaften blauen Augen und einer Passion für Gerechtigkeit. Von scharfsichtiger Intelligenz und nachdenklichem, umsichtigem Charakter.

Jener Mann war ihr Gemahl.

Die leidvolle Wahrheit ist die, dass ich deiner stets unwürdig war. Du weißt nicht einmal die Hälfte dessen, was ich getan habe.

»Ich glaube«, meinte Lily mit gedehnter Stimme, »Mr. James Bell ist mehr als eine bloße Bekanntschaft.«

Amelia schrak aus ihrem Sessel hoch. »Oh. Er hat gerade etwas Neues geplappert. Gerade eben.« Sie angelte nach dem Papier, und Lily reichte es ihr rasch.

Ihren Hals reckend, schaute sie Amelia über die Schulter, als ihre Freundin ein einziges Wort niederschrieb.

»Jericho«, las Lily laut vor. »Nun, das ist nicht übermäßig hilfreich, nicht wahr?«

»Könnte vieles bedeuten«, pflichtete Meredith ihr bei. »Vielleicht war einer seiner früheren Besitzer eifriger Bibelleser. Es könnte der Name eines Dieners sein oder auch der dieses Papageis.«

»Oder ein Schiff«, sagte Amelia. »Das war Michaels erste Mission bei der Marine. Es wird mir stets erinnerlich bleiben, nachdem ich ihm in jenem Jahr so viele Briefe schrieb. Er segelte von Plymouth auf der *HMS Jericho*. Das Kriegsschiff wurde zwischenzeitlich ausgemustert. Ich entsinne mich, dass er mich einmal darauf hinwies, als wir nach …« Sie ergriff Lilys Arm, und ihre Augen weiteten sich. »Nach Greenwich fuhren. Die *Jericho* liegt seit Längerem auf der Themse vor Anker, nahe Woolwich. Sie ist ein Gefängnisschiff.«

»Ein Gefängnisschiff?« Lilys Herz pochte.

»Nun warte doch. Das ist sehr weit hergeholt«, mahnte Meredith. »Und könnte uns in die gänzlich falsche Richtung lenken.«

»Ich weiß. Ich weiß, du hast recht«, seufzte Lily. Ihr schwirrte der Kopf. »Aber es ist der einzige Hinweis, den wir haben.« Wie viele Meilen waren es bis nach Woolwich? Zehn? Fünfzehn? Wie schnell konnte die Kutsche sie dorthin bringen? »Wir müssen unverzüglich aufbrechen. Die Sache duldet keinen Aufschub.«

Noch ehe sie sich aus ihrem Sessel erheben konnte, betrat Swift den Raum. Der betagte Butler hielt Amelia ein silbernes Tablett hin, auf dem eine eilig in ein Kuvert gesteckte Notiz lag.

Er verneigte sich tief. »Verzeihen Sie die Störung, Mylady. Aber eine Mitteilung von einiger Dringlichkeit traf soeben für Ihre Hoheit ein.«

Amelia nahm die Depesche und faltete sie auseinander. Ihre blauen Augen huschten eilig hin und her, während sie die Zeilen überflog. »Oh nein. Die Nachricht betrifft Claudia. Sie liegt in den Wehen. Ich muss auf der Stelle zu ihr.«

Lily war in der Tat überrascht, als sie vom Inhalt der Nachricht erfuhr. Gleichwohl war sie wie gelähmt von der Rückseite des Umschlags, auf der die Worte »Ihre Hoheit, die Herzogin von Morland« standen, die in aller Eile mit schwarzer Tinte hingeschrieben waren.

Lily kannte jene Schrift. Kannte sie so gut wie sie ihre eigene kannte.

»Oh, mein Gott.« Ohne lange nachzudenken sprang sie auf

und riss Amelia das Geschriebene aus der Hand. »Wer hat das geschickt?« Indessen hob sie nicht den Blick, um Antwort zu finden. Stattdessen las sie hastig den Inhalt.

Ihre Hoheit,
bei Lady Claudia haben die Wehen eingesetzt. Ich habe mir die Freiheit herausgenommen, nach dem Doktor zu schicken.
P.F.

»P.F.? Wer ist P.F.?«

Amelia antwortete ihr, derweil sie ihre Handschuhe überstreifte. Lily konnte ihre Worte nicht deuten.

»Schreib es nieder«, beharrte sie und schob Füllfeder und Tintenfass zu ihrer Freundin.

»Du siehst doch, ich bin in Eile«, wimmelte Amelia sie ab, während sie nach ihrem Schal angelte. »Claudia braucht mich. Ich muss unverzüglich aufbrechen.«

Lily stellte das Tintenfass energisch auf den Tisch, ignorierte die versprengten Tintenspritzer und fuchtelte mit dem Schreibgerät bedrohlich nah vor Amelias Gesicht herum. Sie zitterte so heftig, dass die Feder in ihrer Hand erbebte. »*Schreib*. Schreib es nieder.«

Während Amelia dem Diener Anweisungen erteilte, nahm Meredith die Füllfeder und kritzelte geschwind etwas auf einen Fetzen Papier.

Lily las es. »Peter Faraday. Wer ist Peter Faraday?«

»Amelias Hausgast«, erklärte Meredith. »Rhys und ich brachten ihn aus Cornwall mit hierher, und er ist in Morland House untergebracht. Er ist verletzt. Er … Er war bei deinem Bruder, in der Nacht, als Leo überfallen wurde.«

Der Anflug eines Schwindels ließ Lily in ihren Sessel taumeln. Sie war vollends verwirrt. Diese kurze Information … sie erklärte so vieles und eröffnete gänzlich neue Fragen.

Dennoch musste sie sich jetzt auf Julian konzentrieren. Es musste ihr schleunigst gelingen, nach Woolwich zu gelangen, die Sache duldete keinen Aufschub. Julian hatte keine Ahnung, was ihn dort erwartete.

Meredith drückte sanft ihre Hand. »Ich werde Amelia begleiten. Sie wird Hilfe benötigen.«

»Ja, gewiss doch«, sagte Lily, sich abermals erhebend. Sie geleitete ihre Freundinnen zur Tür. »Ich bete für Claudia, dass alles bestens verläuft.«

»Danke.« Amelia rieb sich die Schläfen. »Ich wünschte nur, es gäbe einen Weg, Spencer eine Nachricht zu übermitteln.«

»Gräme dich nicht, Liebste. Er wird es bald genug erfahren.«

Lily trug sich mit dem Vorhaben, die Nachricht selbst zu übermitteln.

»Da sind sie. Die beiden dort auf dem Felsgrat.«

Von ihrem Aussichtsposten folgte Julian Ashworths Blick. Zwei Gefangene arbeiteten auf einem felsigen Wellenbrecher, einige Meter vom Ufer entfernt. Die Männer waren in gewöhnliche Lederhosen und braune Kittel gekleidet und an den Fußknöcheln aneinandergekettet. Unter den wachsamen Augen eines peitschenschwingenden Aufsehers stemmten und setzten sie Felsbrocken aufeinander, um den Wellenbrecher zu erhöhen. Julian stellte mit Genugtuung fest, dass die zerlumpte, schmutzstarrende Häftlingskleidung lose um ihre Körper hing.

Hervorragend. Sie hatten in diesen sechs Monaten erfahren, was Hunger bedeutete.

»Sind Sie sich sicher, dass es die beiden sind?«, fragte er.

Ashworth nickte. »Hatte einen Plausch mit dem Aufseher, unten bei den Docks. Er bestätigte die Namen. Von der übelsten Sorte, die beiden. Schwerlich …«

Das Dröhnen von Kanonenfeuer zwang ihn abzubrechen. Die Detonationen von schwerem Geschütz und die gelegentlichen Salven von Artillerieverbänden machten das Areal zu einem lauten Ort.

»Schwerlich Musterinsassen«, beendete Ashworth seinen Satz. »Deshalb arbeiten sie in Ketten. Wenn ihr Tagwerk verrichtet ist, wird ein Wachhabender ihnen die Eisen abnehmen. Ein Beamter wird jedem der beiden zehn Schillinge und die Papiere aushändigen, und dann können sie sich auf den Weg machen.«

»Und wir ebenfalls.«

Sobald Stone und Macleod die Warren verließen, wollten sie die Verfolgung aufnehmen, bis die Zeit reif wäre, sie zu stellen. Zweifelsohne galt die erste Handlung der Männer in Freiheit der Bestellung eines Pint Bier in der örtlichen Taverne und einem Besuch im nächstgelegenen Bordell. Mit ein wenig Glück konnten sie die beiden überwältigen, wenn sie einen ordentlichen Rausch hatten und ihnen ihre heruntergelassenen Hosen um ihre Waden hingen. Drei gegen zwei, und sie waren obendrein mit Pistolen bewaffnet, das war ein weiterer Vorteil. Somit hatten die Kerle keine Chance. Vielleicht glückte es ihnen, den Unholden den einen oder anderen Namen abzupressen, dann hätte Julian im Mindesten einen Anhaltspunkt für seine weiteren Nachforschungen. Zwar würde das seine Rückkehr zu Lily zunächst vereiteln, doch wäre er sich dann gewiss, dass seine Reise in die richtige Richtung führte.

Bis dahin wollten sie warten und von hier aus die Häftlinge

observieren. »Hier« war ein ungenutztes Dock auf der Marinewerft. Dieses kleine Becken für die Reparatur und das Aufriggen von Schiffen war zu beiden Seiten von hohen Plattformen flankiert, die über aus rohen Holzplanken gezimmerte Stufen begehbar waren.

Nachdem er enthüllt hatte, dass er der berühmte Oberstleutnant St. Maur war, war es ihm ein Leichtes gewesen, ihnen Zugang zu Arsenal und Werft zu verschaffen. Niemand schöpfte Verdacht. Sie waren lediglich eine friedfertige Gruppe von Gentlemen auf einem Ausritt, die sich für einen Rundgang interessierten. Ihr größtes Problem war es gewesen, die vielen Offiziere abzuschütteln, die sich anboten, sie herumzuführen.

Leichtfüßige Schritte klapperten über die hölzernen Stufen. Die drei Männer warfen einander stirnrunzelnd Blicke zu, ehe sie sich herumdrehten, um nachzuschauen, wer sich da zu ihnen gesellen wollte. Ein weiterer schneidiger junger Offizier vermutlich, der mit Ashworth Erfahrungen über siegreiche Schlachten austauschen oder aber die Gunst eines Herzogs genießen wollte.

Indessen war es kein Offizier, der die Plattform betrat.

Es war Lily. Seine Gemahlin, die in ein malvenfarbiges Reisekostüm und ein dunkles Wintercape gehüllt war und geradewegs zu ihm rauschte. Ihr Absatz blieb in einer Planke stecken, und sein Herzschlag setzte aus, einzig um abermals mit Heftigkeit loszurasen, als sie sich fing und straffte.

»Jesus Christus«, brach es aus Julian heraus, er ergriff seine Gemahlin bei den Schultern. Er konnte nicht anders, als sie leicht zu schütteln. Um sich gewiss zu sein, dass ihr nichts fehlte. Um sich gewiss zu sein, dass sie es wahrhaftig und leibhaftig war. »Lily, was zum Teufel tust du hier?«

»Ich habe dich gesucht.« Sie rang um Atem. »Du unbekehrbarer Narr.« Ihre Augen blitzten vor Zorn, und sie erbebte in seinen Armen. Er hatte sie noch niemals so offenkundig wütend und gleichzeitig ängstlich erlebt.

Indes wäre sie nicht bei ihm, wenn ihre Liebe nicht Wut und Angst überwunden hätte.

Das Herz hüpfte ihm in der Brust. »So sehr, Lily? Du liebst mich wahrlich so sehr?«

»Natürlich tue ich das, du verabscheuungswürdiger Gemahl. In der Hölle sollst du schmoren.« Sie stemmte eine Hand in die Seite und erhob die andere, zur Faust geballt. Ließ sie sinken. Erhob sie erneut. Dann versetzte sie seiner Schulter einen harten Hieb.

Er küsste sie unumwunden auf die Lippen. Sie focht einen Herzschlag lang mit sich, nachdem die in ihr angestaute Energie darauf drängte, sich gegen ihn zur Wehr zu setzen. Gleichwohl ließ er sich nicht fortschieben. Er hielt sie innig mit seinen Armen umschlungen und verwöhnte ihre Lippen mit dem zärtlichsten aller Küsse, die Süße ihrer Haut und das Salz ihrer Tränen kostend. »Ich liebe dich«, raunte er an ihren Lippen. »Ich weiß nicht, wie es möglich ist, dich so sehr zu lieben. Ich werde daran noch sterben.«

Die Plattform erzitterte unter ihren Füßen. Eine Pulverexplosion im Arsenal, vielleicht. Vielleicht aber auch dieser Kuss, der die Erde in ihren Grundfesten erschüttern machte.

»Schauen Sie nur!«, rief der Herzog.

Widerstrebend löste Julian sich von Lilys Lippen und hob den Kopf.

Morland winkte sie zu sich und deutete mit seinem Kopf auf den Wellenbrecher. »Macht mir ganz den Anschein, als würden sie die Arbeit niederlegen. Vielleicht werden sie früher entlassen.«

An Lily gewandt, gestikulierte Julian: »Geh. Du musst heimkehren. Unverzüglich. Das hier ist eine Angelegenheit unter Männern. Es ist gefährlich.«

»Nein«, antwortete sie und hielt sich weiter ihre Seite. »Du verstehst das nicht. Es ist Peter Faraday.«

Peter Faraday? Wie zum Henker hatte sie von Peter Faraday erfahren?

»Er war an dem fraglichen Abend mit Leo zusammen«, berichtete sie mit stockender Stimme. »Sie waren … Sie waren Geliebte.«

»Was?«, zeigten seine Finger. Julian war überzeugt, Lily missverstanden zu haben.

»Geliebte?«, wiederholten Ashworth und Morland gleichzeitig.

Anscheinend hatte er sich nicht verhört.

Sie nickte und ließ ihren Blick durch die Runde schweifen. »Ja, Geliebte. Dessen bin ich mir sicher. Ich habe Briefe von Faraday an meinen Bruder gefunden. Sie lassen daran keinerlei Zweifel.«

Für einen Augenblick war das Arsenal eigentümlich still. Die drei Gentlemen blickten von einem zum anderen. Auf ihre Stiefel. In eine ungewisse Ferne. Blickten sich vergeblich um, auf der Suche nach einer Erklärung. Oder vielleicht schlicht nach einem Fluchtweg.

In Anbetracht seiner an Ausschweifungen und Affären reichen Vergangenheit hätte Julian sich niemals angemaßt, das Liebesleben anderer zu verurteilen. Zweifelsfrei wusste er von genug Männern, die ihren homoerotischen Neigungen frönten.

Seine eigenen Maßschneider beispielsweise. Es war ein offenes Geheimnis, dass Schwartz und Cobb mehr als reine Geschäftspartner waren. In seiner Jugend hatte es ein Etablissement unweit von Annas Kaffeehaus gegeben, wo sich solche Männer trafen. Selbst in Adelskreisen galten sie stets als die »eingefleischten Junggesellen«.

Aber jene waren *andere* Männer. Sie waren nicht Leo.

Geliebte, Leo und Faraday, *Geliebte*.

Julian erwog kurz, ihren Plan den neuerlichen Gegebenheiten anzupassen. Dann schob er den Gedanken beiseite. Änderungen von solch großer Tragweite nahmen mehr Zeit in Anspruch, als sich momentan erübrigen ließ. »Wir wissen bereits, dass Faraday dort war. Er wurde Opfer des Überfalls, der mir galt. Da man glaubte, ich würde besagten Abend mit Leo verbringen.«

»Aber das taten Sie nicht«, konstatierte Morland. »Faraday war bei ihm. Und wenn sie eine gewisse Art von Beziehung pflegten …«

»Ein Verbrechen aus Leidenschaft?«, warf Ashworth ein. »Ist es das, was Sie denken?«

»Warten Sie. Sie vergessen Cora Dunn. Sie wissen schon, die Prostituierte, die Leo an jenem Abend kennenlernte. E*ine Frau*?« Aber natürlich, durchfuhr es Julian. Er war mit einer Frau zusammen gewesen. Lily musste sich irren. »Cora sah zwei Männer, die die beiden überwältigten, und ihre Beschreibung der beiden Gewalttäter passt auf Stone und Macleod. Sie wurden in derselben Gegend aufgegriffen, in derselben Nacht. Deswegen sind wir hier.«

Es konnte doch kaum sein, dass sie vergeblich hierhergekommen waren und alle bisherigen Vermutungen sich als Sackgasse herausstellten.

Morland fluchte. »Ich muss unverzüglich aufbrechen. Jesus Christus, der Mann ist in meinem Haus.«

»Faraday hatte nichts mit dem Mord zu tun«, beteuerte Julian. Lily zerrte an seinem Ärmel, doch er riss seinen Arm los und deutete zu den beiden Strafarbeitern auf dem Wellenbrecher. »Wenn jene Männer Leo töteten, dürfen wir sie nicht in die Freiheit entlassen. Er war unser Freund.«

»Er war mein *Bruder*«, bekräftigte Lily. »Ich bin seine nächste Angehörige. Wenn Zweifel bestehen, wie damit umzugehen ist, sollte die Entscheidung dann nicht bei mir liegen?«

Klick. Das Geräusch eines Gewehrhahns, der gespannt wird, unangenehm nah.

»Ich liebte ihn. Die Entscheidung ist allein die meinige.«

Julian schnellte herum. Sein Blick fiel auf einen weiteren Mann, der sich zu ihnen auf die Plattform gesellt hatte. Peter Faraday. Straff aufgerichtet und elanvoll, bewaffnet mit einer doppelläufigen Flinte stand er vor ihnen.

Hass loderte in den Augen des Mannes, als er die Waffe hob. »Keine Bewegung.«

24

Das Krachen des Schusses ließ sie alle zusammenfahren. Julian blieb keine Zeit, seine eigene Waffe zu ziehen. Keine Zeit, irgendetwas zu tun, außer sich mit seinem Körper vor Lily zu werfen. Faraday feuerte erneut, und eine Kugel pfiff an Julians Ohr vorüber.

Nach einer blitzgeschwinden Bestandsaufnahme seiner Vitalfunktionen, in der er sich versichern konnte, dass er unversehrt und mit dem Leben davongekommen war, drehte Julian den Kopf herum und folgte mit den Augen der Flugbahn des Projektils. Durch die dunstige Wolke des Schwarzpulvers erspähte er Stone und Macleod, die auf dem Wellenbrecher ins Wanken gerieten. Die beiden Häftlinge stürzten ungelenk taumelnd aneinandergekettet und mit ihrer schweren Sträflingskluft in die Themse. Wenn sie ihren Schusswunden nicht bereits erlegen waren, so würden sie gewiss innerhalb der nächsten Minute ertrinken.

»Nein!«, schrie Julian. Er hechtete zum Rand, um geradewegs von der Plattform zu springen. Wie viele Meter waren es bis hinunter zum Flussufer? Fünf Meter, vielleicht. Wenn er den Sprung überlebte, ohne sich sämtliche Knochen zu brechen, konnte er es schaffen, die beiden Männer aus dem Fluss zu fischen.

Lily schlang jedoch ihre Arme um ihn und hielt ihn zurück. »Nein, tu es nicht! Es ist ein sinnloses Unterfangen.«

Julian erstarrte, in ohnmächtiger Wut fluchte er innerlich. Er hatte keine andere Wahl als die, sich zu fügen. Entweder das, oder er würde Lily mit sich in die Fluten reißen.

»Es ist vollbracht«, sagte Faraday, der neben sie getreten war. »Es ist vorbei.«

Das stimmte, es war vorbei. Julian war erledigt. Hölle und Verdammnis. Mit diesen Männern schwand seine einzige Hoffnung dahin, seinen Feind zu stellen. Seine Zukunft sank wie ein Bleigewicht auf den Grund der Themse. Einzig das leise Gekräusel der Wellen legte Zeugnis davon ab, dass Stone und Macleod auf dieser Erde geweilt hatten. Die Beamten schienen nicht das Geringste bemerkt zu haben, weil sich das Ganze derart überstürzt ereignet hatte. Die beiden Gewehrschüsse hatten sie offenbar im Krach des Rüstungsarsenals nicht wahrgenommen.

Er kämpfte das Schluchzen nieder, das sich in seiner Kehle verfing. Was sollte er jetzt tun? Taubheit befiel seine Knie, seine Gliedmaßen waren wie gelähmt. Jeglicher Hoffnung beraubt und am Boden zerstört, drehte er sich um, schloss Lily in seine Arme und schmiegte sie an sich. Das war es, was er tun würde. Er wollte Lily in seinen Armen halten, solange er das vermochte.

Betretenes Schweigen breitete sich aus.

Schließlich sagte Morland zu Faraday: »Ich dachte, Sie wären ein Invalide.«

»Ich war es eine Zeitlang.« Er senkte seine schmauchende Waffe. »Mein Zustand besserte sich.«

Daran bestand keinerlei Zweifel. Julian erkannte in Faraday schwerlich dieselbe Person wieder, die sie in Cornwall besucht hatten. Neben seiner wundersamen physischen Genesung hatte sich das Auftreten des Mannes grundlegend verändert. Der Peter Faraday in Julians Erinnerung war geistesabwesend, lebensüberdrüssig, antriebslos gewesen. Dieser Faraday war konzentriert und selbstsicher. Auf seltsam professionelle Weise ruchlos.

»Verrottet in der Hölle«, stieß er zwischen zusammengebissenen Kiefern hervor und starrte unnachgiebig auf den Wellenbrecher.

Morland sagte: »Sie scheinen sich sicher, dass sie mit den beiden die Richtigen erwischt haben. Obschon Sie behaupteten, Sie könnten die Täter nicht identifizieren.«

»Ich habe gelogen. Ich kannte die beiden seit Längerem«, gestand Faraday ein. »Sie waren die Schuldigen. Sie töteten ihn.«

Abermals machte sich Schweigen breit.

»Eine beeindruckende Leistung«, warf Ashworth letzthin ein, um das unangenehme Schweigen zu brechen. »Nach Ihrem Umgang mit der Waffe zu schließen, möchte man meinen, Sie hätten diese Fertigkeit beim Militär erworben. Gleichwohl wüsste ich, wenn Sie in der Armee gedient hätten.«

»Nein. Nicht in der Armee«, entgegnete Faraday, der sich vom Rand der Plattform entfernte. »Mein Dienst für die Krone war … nennen wir es einmal so … inoffizieller Natur.«

»Ein Spion?«, platzte Julian heraus. »Sie sind ein verfluchter Spion?«

Faraday seufzte und sah sich um. »Ja, nun. Für gewöhnlich vermeiden wir, dies in der Öffentlichkeit kundzutun.«

Julian konnte den Mann nur anstarren. Peter Faraday, ein geheimer Agent? Nicht in tausend Jahren hätte Julian ihn der Spionage verdächtigt. Aber das, vermutete er, war exakt der Punkt.

»Was?« Faraday hob forschend eine Augenbraue. »Glaubten Sie allen Ernstes, Sie wären der einzige Mann in England mit einem Doppelleben … Mr. *Bell*?«

»Sie.« Verblüfft billigte Julian, dass Lily sich aus seiner Umarmung löste. Er zeigte mit dem Finger auf Faraday. »Auf der Straße … neulich … Das waren Sie.«

Faraday nickte. »Das war ich.«

»Als Sie in Cornwall erklärten, die Attentäter hätten eigentlich mich töten wollen … haben Sie …«

»Gelogen. Ja. Männer, die meine Profession ausüben, kommen nicht umhin, dies gelegentlich zu tun.«

Mit einer Mischung aus Bestürzung und Verwirrung brachte Julian eine Hand an seine Schläfe. Von Anfang an war alles, was ihn in der Auffassung bestärkt hatte, der Überfall habe ihm gegolten … all das kam von Faraday. Doch wenn Faraday ihn die ganze Zeit angelogen hatte, bedeutete dies, dass niemand je beabsichtigt hatte, ihn, Julian umzubringen. Er hatte die vorangegangenen Monate damit verbracht, Gespenster zu sehen und gegen Windmühlenflügel zu kämpfen. »Aber warum haben Sie das behauptet?«

»Ich wollte Sie aus der Sache heraushalten.« Sein Blick wechselte von Bellamy zu Morland und Ashworth. »Sie sind Amateure, jeder von Ihnen.« Er deutete niedergeschlagen auf den Wellenbrecher. »Ich hatte andere Pläne mit den beiden. Ich will Ihnen die Wahrheit nicht verhehlen, meine Herren. Sie ermitteln allesamt ausnehmend langsam, denn *ich* benötigte mitnichten sechs Monate, um in Erfahrung zu bringen, wer und wo die beiden waren. Ich habe Verbindungen, müssen Sie wissen. Ich hätte jederzeit veranlassen können, diese Männer zu eliminieren. Sie hätten über Bord stürzen können. Zu Tode geprügelt werden in einem Streit unter Haftinsassen. Erschossen im Zuge eines Fluchtversuchs. Das Einfachste auf der Welt. Keiner hätte die Umstände hinterfragt, die zu ihrem Tod führten, so wie dies auch jetzt niemand tun wird. Querschläger aus dem Feuerbereich des Arsenals, wird es im Bericht heißen. Das passiert häufiger.«

Er starrte über den Fluss, zu der Stelle, wo die Männer in den Fluten verschwunden waren. »Ich hatte etwas anderes mit ihnen vor. Mein Plan war, die beiden höchstselbst auszuschalten. Ohne Hast und von Angesicht zu Angesicht. Ich wollte sie leiden sehen. Ich wollte, dass sie um Gnade betteln, und dann wollte ich mir das Vergnügen gönnen, ihnen ihre flehentlichen Bitten zu versagen. Ich wollte, dass mein Gesicht das Letzte war, das sie jemals sahen.«

In einem neuerlichen Anfall von Zorn stürzte er zum Rand der Plattform und richtete die schwere Waffe auf den Fluss. »Bastarde!«, brüllte er, seine Stimme schwankte. »Gottverdammtes gemeines Lumpenpack. Dieser Tod war zu gut für euch. Ich werde euch noch in der Hölle verfolgen.«

Julian blickte zu Lily. Ihr Gesicht war zu einer Maske des Entsetzens erstarrt. Wie viel von alledem hatte sie verstanden?

»Bist du wohlauf?«, fragte er seine Gemahlin und berührte ihren Arm.

»Ich bin mir nicht sicher.«

Fürwahr. Im Augenblick vermochte Julian ihr das nachzufühlen. Er drehte Lily herum, sodass sie Faraday fixierte, und sprach, während er seine Worte mit Gesten unterstrich: »Sie schulden uns einige Erklärungen.«

Der Angesprochene nickte nachdenklich. »Die werden Sie bekommen. Sie und Ihre Gemahlin.« Er wandte sich an Ashworth und Morland. »Für Sie beide ist es weiß Gott nicht von Belang. Morland, reiten Sie nach Hause. Ihr Mündel liegt in den Wehen.«

»Claudia?« Der Herzog erblasste. »Sie kommt nieder?«

»Vielleicht ist es längst geschehen. Als ich sie verließ, war der Arzt bereits bei ihr. Auf Ihre Gattin konnte ich nicht warten, aber ich schickte ihr Nachricht.«

»Amelia ist bei ihr«, erklärte Lily. »Sie und Meredith. Sie brachen unverzüglich zu Morland House auf.« An Faraday gerichtet, setzte sie hinzu: »Sie weilten bei mir, als Ihre Depesche eintraf. Auf diese Weise erfuhr ich, dass Sie und Leo ein Paar waren. Ich erkannte Ihre Schrift.«

»Ah.« Faradays Augen nahmen einen warmen Glanz an. »Demnach bewahrte er die Briefe auf, stimmt das?«

Lily nickte. »Ja, das tat er.«

Ein bittersüßes Lächeln huschte um seine Lippen. »Unverbesserlicher Romantiker. Ich riet ihm ausdrücklich, sie sämtlich zu verbrennen.«

Leo hatte sich offenkundig über Faradays Anweisungen hinweggesetzt, gleichwohl war er in Julians Wertschätzung nicht gesunken. Es ließ sich nicht leugnen. Ihm wollte scheinen, dass die beiden mehr als nur Geliebte gewesen waren.

Sie hatten sich geliebt.

Lily tat einen Schritt auf Faraday zu. »Mr. Faraday ...« Sie schniefte. »Darf ich Sie umarmen?«

Faraday blinzelte verblüfft. Mit rot geränderten Augen blickte er verlegen beiseite und nickte kaum merklich. »Ich würde mich sehr freuen.«

Lily trat zu ihm und umarmte den Mann, sie schlang ihre Arme um seine Schultern und legte ihre Wange an sein Revers. »Es tut mir so leid«, sagte sie und begann zu weinen. »So unendlich leid. Ich vermisse ihn unglaublich.«

»Aber, aber«, murmelte Faraday und tätschelte ihr den Rücken. »Sie sind wahrhaftig eine getreue Seele. Und ganz die Schwester Ihres Bruders, so viel steht fest.«

Die beiden hielten einander und fanden Trost in ihrer gemeinsam empfundenen Trauer. Es war absurd, gleichwohl verspürte Julian einen bohrenden Stich der Eifersucht, die er jedoch verdrängte. Es lag ihm fern, Lily Trost zu versagen, einerlei woher er kam.

Er würde später Gelegenheit haben, sie in seinen Armen zu halten. Die ganze Nacht lang. Ein ganzes Leben lang.

»Gehen Sie«, forderte Julian Morland und Ashworth auf. »Kümmern Sie sich um Lady Claudia und Ihre Gattinnen. Wir werden uns in Bälde wieder treffen.« Als seine Freunde Anstalten machten aufzubrechen, fügte er impulsiv hinzu: »Oh, und meinen tief empfundenen …«

Beide Gentlemen hielten im Ausschreiten inne, drehten sich herum und starrten Julian an, als wäre ihm mitten auf der Stirn ein drittes Auge gewachsen. »… Dank«, endete Julian mit einem Anflug von Befangenheit. Die Worte waren ihm wesentlich leichter über die Lippen gekommen, als ihr Blick in die andere Richtung ging. Doch nun hörten sie ihm aufmerksam zu, und er hatte keine Wahl. »Ich, äh, wollte lediglich sagen«, er räusperte sich und brachte den Rest des Satzes unter betretenem Hüsteln heraus: »Danke. Sie wissen schon wofür … dass Sie nicht gegangen sind. Vorhin.«

Das Unbehagen des Herzogs war offensichtlich. »Werden Sie nicht rührselig, Bellamy. Wir werden einander nicht umarmen.«

»Da sei Gott vor.« Ashworth schickte einen Blick in Lilys und Faradays Richtung. »Ähm … nicht dass daran etwas Verwerfliches wäre.«

Julian lachte nervös. Die Situation war ihm unerträglich peinlich. »Himmeldonnerwetter, machen Sie sich vom Acker, alle beide. Gehen Sie, spielen Sie Hebamme. Danke für nichts.«

»So kennen wir Sie wieder.«

»Und schicken Sie uns Nachricht, ob es ein Junge oder Mädchen ist«, rief er ihnen hinterher.

Nachdem sie sich entfernt hatten, löste Lily sich aus Faradays Umarmung. Der Mann reichte ihr ein Taschentuch, das er aus seiner Brusttasche zog, und sie nahm es, um damit ihre Augen zu betupfen. »Was halten die Herren davon, mir auf der Rückfahrt in der Kutsche Gesellschaft zu leisten?«, fragte sie, ihr Blick schweifte von Faraday zu Julian. »Dann hätten wir Zeit, unterwegs zu plaudern.«

Die Herren erklärten sich einverstanden. Gemeinsam schritten sie zum Torhaus der Warren. Vor dem Tor wartete Lilys Kutsche. Unterwegs machten sie Rast in der Poststation, um Vorkehrungen für Julians und Faradays Pferde zu treffen.

In der Kutsche schob Julian die Vorhänge vor dem Fensterglas zurück, um möglichst viel Licht hereinzulassen. Er und Lily ließen sich auf der vorderen Sitzbank nieder, Faraday saß ihnen gegenüber. Auf diese Weise bildeten sie ein Dreieck, was ihnen die Konversation erleichterte.

»Wenn Sie den ganzen Weg hierher geritten sind«, hob Julian an, »dann geht es Ihnen offenbar recht gut.«

Faraday erwiderte: »Ich war zwar schwer verletzt. Das ist keine Lüge. Gleichwohl setzte ich alles daran, von meinen Wunden zu genesen. Ich war entschlossen, wieder zu Kräften zu kommen.«

»Dennoch ließen Sie uns in dem Glauben, dass Sie unter starken körperlichen Beeinträchtigungen litten.«

»Ich trug mich ohnedies mit dem Vorhaben, nach London zurückzukehren. Als Ihr Freund Ashworth in Cornwall auftauchte, hielt ich es für sinnvoll, mit ihm zu fahren.«

»Und in Morland House zu logieren?«

Faraday zuckte mit den Schultern. »Unter meinen Vorgesetzten gilt der Herzog gewissermaßen als ein Kuriosum. Er ist nicht auf englischem Boden aufgewachsen, wissen Sie, und er war stets ein Sonderling. Ich durfte die Gelegenheit nicht versäumen, in seinem Haus unterzukommen. Hätte ich irgendwelche schockierenden Umstände enthüllt, hätte das gewiss meine Beförderung bedeutet.« Er seufzte. »Wie sich herausstellte, ist Morland alles andere als skandalträchtig. Er ist eher ein Langweiler und seiner Frau treu ergeben. Sein Mündel hingegen … *sie* ist eine interessante Person.«

»Bitte, ehe Sie weiter fortfahren«, wandte Lily ein, »könnten wir nicht mit dem Anfang beginnen? Ich möchte begreifen, was geschah.«

»Der Anfang.« Faraday lehnte den Kopf gegen den gepolsterten Bankrücken und seufzte. »Ja. Zu Anfang war es wunderschön.«

»Wo lernten Sie ihn kennen?«, forschte sie.

»Im Club, selbstverständlich. Während des Krieges erhielt ich interessante Aufträge zugeteilt. Später wurden sie langweilig und unsinnig. Was hat es mit dem ›Stud Club‹ auf sich, wollten meine Vorgesetzten erfahren. Eine elitäre Mitgliedschaft, die jedem zugänglich ist, sofern er ein Quäntchen Glück hat. Das stimmte sie misstrauisch. Sie waren der Überzeugung, dass bedeutend mehr dahinterstecken müsste. Also gewann ich eine Plakette und erwarb mir das Entree zu dem Club. Ich erfuhr, dass sich dahinter nicht mehr verbarg als der liebenswürdigste, gutherzigste Mann, der mir je begegnet war. Sündhaft attraktiv, nicht zu vergessen.«

Julian sah zu seiner Frau und war überrascht, wie gefasst sie das alles aufnahm. Er selbst konnte kaum glauben, was er über Leos sexuelle Vorlieben erfahren hatte.

Die Neuigkeiten über Leos Privatleben erschütterten ihn zutiefst. Julians hoher Meinung von Leo vermochte dies nichts anzuhaben, gleichwohl konnte er nicht umhin, sich zu fragen, ob er seinen Freund wahrhaft gekannt hatte.

»Wusstest du etwas davon?«, fragte er Lily. »Von Leos …?« Gott, er wähnte sich außerstande, den Satz zu Ende zu führen.

»Dass er Männer Frauen in romantischen Dingen vorzog? Ja, ich wusste es schon seit unserer Jugendzeit. Wir sprachen nie offen darüber, aber er war mein Zwillingsbruder. Wie sollte mir dergleichen verborgen bleiben? Ich wünschte, ich hätte den Mut besessen, mit ihm zu reden. Ich … ich wusste nicht, wie ich damit anfangen sollte.«

»Er focht dagegen an«, sagte Faraday. »Ein Leben fernab aller Konventionen zu führen ist für einen Mann wie mich ein Leichtes. Für Leo war es das hingegen nicht. Er war von überaus aufrichtigem, loyalem Charakter.«

»Ich sorgte mich sehr um ihn«, gestand Lily ein. »Immerzu war er von Freunden umgeben und zur gleichen Zeit isoliert.« Sie blickte zu Julian. »Längere Zeit glaubte ich, dass du es weißt. Du hast es nicht einmal vermutet?«

»Nein«, antwortete Julian wie betäubt. Nein, das hatte er mitnichten. Er war hinlänglich davon beansprucht gewesen, seine eigenen Geheimnisse zu pflegen, anstatt sich über Leos den Kopf zu zerbrechen. Gleichwohl verstand er sehr wohl, wie mühselig es war, der Welt ein gänzlich anderes Gesicht zu präsentieren, derweil man ein Doppelleben führte. Unter der Last dieser Bürde war Julian erbittert und rachsüchtig geworden. Doch Lilys Bruder war ein besserer Mensch als er. Vielleicht erklärte dies Leos unentwegtes Bestreben, den ihm nahestehenden Menschen das Gefühl von Akzeptanz und Harmonie zu vermitteln.

Seine Hände ballten sich zu Fäusten. Es drängte ihn, den Fluss nach Stones und Macleods Leichen abzusuchen, sie wiederzubeleben, um sie dann abermals zu töten.

»Lassen Sie mich raten«, meinte Lily an Faraday gerichtet. »Es begann vor mehr als zwei Sommern. Dort, wo Leo in jenem Juli weilte. Mit Ihnen, nicht mit seinen Internatsfreunden aus alten Eton-Zeiten.«

Faraday nickte seine Zustimmung. »Er verabscheute es, Sie zu belügen, dennoch schien es der einzig schickliche Weg. Wir fuhren nach …«

»Cornwall«, entfuhr es Julian, der die einzelnen Teile letzthin zu einem schlüssigen Ganzen zusammensetzte. »In jenes Haus. Sie erzählten uns, Sie hätten dort früher einmal eine angenehme Zeit verbracht. Mit … mit einer blonden Person.« Faraday hatte nie gesagt, dass die blonde Person eine Frau war. Er hatte sie schlicht in der Annahme belassen.

»Äußerst scharfsichtig, Mr. Bellamy. Meine Hochachtung. Nach Leos Tod kehrte ich hierher zurück, um zu genesen. Und um zu trauern. Meine Knochen heilten schneller als mein Herz, sei's drum.« Seine Augen glitten zum Kutschenfenster. »Besagtes Organ ist noch nicht wiederhergestellt.«

»Aber die Briefe«, rief Lily. »Es liest sich, als hätten Sie die Beziehung beendet.«

»Leo beendete sie. Im vergangenen Frühjahr.«

»Hatten Sie ein Zerwürfnis?«

»Nein. Das trifft es nur bedingt.« Er warf seinen Hut neben sich auf die Bank und fuhr sich mit einer Hand durch sein Haar. »Er hatte den wahren Charakter meiner … Profession erfahren, wenn Sie so wollen. Leo war stets peinlich auf Diskretion bedacht. Er wollte Sie vor einem Skandal bewahren, Lily, und er war besorgt, er könnte Sie Gefahren aussetzen. Schicksalsironie, letzten Endes.«

»Demzufolge war der Überfall in Whitechapel auf Ihre Profession zurückzuführen«, erkundigte sich Julian. »Feinde von Ihnen?«

Faraday schüttelte den Kopf. »Nein. Es war einfach ein dummer Zufall. Stone und Macleod waren zwei kaltschnäuzige, blutrünstige Rohlinge, nach dem Boxkampf waren sie von Alkohol und der gewalttätigen Atmosphäre aufgestachelt. Sie hatten es weder auf mich noch auf Leo oder Sie im Besonderen abgesehen. Die beiden waren schlichtweg brutale Schläger auf der Suche nach einem amüsanten Zeitvertreib, und den fanden sie. Manch einem bietet es kurzweilige Zerstreuung, Gentlemen unserer Gesinnung übel zuzurichten.«

»Oh Gott«, stöhnte Lily. »Das ist so entsetzlich.«

Entsetzlich, stimmte Julian im Stillen zu. Und niederträchtig, feige und widerwärtig. Aber das war die Realität. Er war in der Gosse aufgewachsen. Zeuge derartiger Misshandlungen war er nur zu oft geworden.

Faraday trommelte mit der flachen Kante seiner Hand gegen die Kutschenwand. »Ein solch abgründiges, unsinniges Motiv war das Todesurteil für einen herzensguten Menschen. Das ist am schwersten zu verwinden, die Sinnlosigkeit von alledem.«

Er sprach Julian aus der Seele. Andere waren schon lange der Überzeugung, dass Leos Tod das Ergebnis zufälliger Gewalt war.

Julian war immer außerstande gewesen, dies zu akzeptieren. Nicht nur wegen seiner eigenen Geheimnisse und Ängste, sondern weil er nicht glauben mochte, dass Leo dieser Welt genommen worden war, nur weil zwei Raufbolde im Vollrausch waren. Julian verlangte es nach einem *Motiv*.

Doch es gab keines. Hölle und Verdammnis.

Faraday seufzte. »Ich könnte mir vorstellen, dass Sie die Schuld mir zuschreiben. Ich mache mir selber Vorwürfe. Als Leo unsere Beziehung beendete, nahm ich das nicht gut auf. Zunächst verlor ich aus reiner Boshaftigkeit meine Plakette an Morland. Ich hörte, wie Sie beide Pläne für den Besuch des Boxkampfs schmiedeten. Ich weiß nicht einmal mehr, warum ich an jenem Abend hinging. Ich war schlicht außerstande, ihm fernzubleiben. Als ich Leo in Begleitung einer Frau fand, schürte dies meinen Zorn. Wir stritten uns in der Gasse. Ich beschuldigte ihn törichterweise der Lüge und des Verrats und einiger anderer ungerechtfertigter Dinge. Als ich ihm daraufhin Gelegenheit gab, sich zu erklären, erzählte er mir, dass er entschlossen sei, letztlich doch eine Ehe einzugehen. Seine mit dem Titel einhergehenden Verpflichtungen zu erfüllen und einen Erben zu zeugen. Er habe das Freudenmädchen in der Hoffnung aufgegabelt, sich für die Idee zu erwärmen, doch sei ihm das bislang nicht im Mindesten gelungen.«

Faraday senkte für eine kurze Weile die Lider. »Er könne nicht aufhören, an mich zu denken, sagte er. Er glaube nicht, dass er jemanden heiraten könne, solange er einen anderen Menschen immer noch liebe. Also hörten wir auf zu streiten und begannen … uns auszusöhnen. Dann tauchten jene zwei Raufbolde aus dem Nichts auf.« Er trommelte mit der Faust auf das Sitzpolster. »Wäre ich doch bloß besser auf der Hut gewesen! Für gewöhnlich bin ich sehr wohl in der Lage, in einem Kampf die Stellung zu halten.«

Julian zweifelte nicht daran. Er hatte beobachtet, wie Faraday sich der beiden Sträflinge mit kalter, gnadenloser Härte entledigt hatte. Und nachdem er nicht länger körperliche Unzulänglichkeit vortäuschte, bewegte er sich fraglos mit elanvoller Kraft.

»Leo wurde beinahe auf der Stelle bewusstlos geschlagen. Damit war ich allein gegen die beiden. Sie haben die Männer gesehen. Sie waren hünenhaft. Als Miss Dunn um die Ecke gelaufen kam und schrie, hatte ich meine Gegenwehr längst aufgegeben. Mein einziges Ansinnen war es, Leos Körper mit meinem zu schützen. Wir lagen besiegt am Boden, und dennoch traten die Bastarde weiterhin auf uns ein.« Faraday wischte sich die Augen. »Es schmerzte mich tief, Leo dort zurückzulassen, doch ich konnte nichts tun, um ihn zu retten. Rache war mein einziger Gedanke. Ich sah mich gezwungen, diese Mörder zu verfolgen. Mehr über sie in Erfahrung zu bringen, und wenn es nur die Richtung war, in die sie geflüchtet waren. Sie vermögen sich beide vorzustellen, so hoffe ich, warum es keine Gerichtsverhandlung geben durfte.«

Sie nickten zur Antwort. Wenn Stone und Macleod im Zuge eines gerichtlichen Verfahrens verhört worden wären, hätten sie die Wahrheit über die Beziehung zwischen Leo und Faraday enthüllt. Ganz England hätte von ihrer *Affäre* erfahren.

»Leo wertschätzte seine Privatsphäre. Ich konnte ihm das nicht antun. Nein, ich hatte in eigener Person Justiz zu üben. Und das tat ich. Wenn auch nicht ganz so, wie ich es mir erhoffte.« Faraday seufzte schwer. »Es muss genügen.«

Lily fing zu weinen an. Julian zog sie in seine Arme. Er

schmiegte sie an seine Brust und hielt sie, als sie von heftigem Schluchzen geschüttelt wurde, strich begütigend über ihren Rücken und drückte einen Kuss auf ihren Scheitel. Ihr Haar duftete anheimelnd nach Geborgenheit.

»Es ist so tragisch«, schniefte sie eine kurze Weile darauf. »Und so entsetzlich, entsetzlich falsch. Sie haben recht, die Sinnlosigkeit ist am schwersten zu akzeptieren. Aber es tröstet mich ein wenig, endlich Antworten zu haben.«

Ja, bekräftigte Julian im Stillen. Ja, das war ein kleiner Trost.

Sie setzte sich aufrecht hin und sagte zu Faraday: »Diese Männer waren Gesindel. Niederträchtige Schurken. Die Saat des Teufels. Mr. Faraday, Sie dürfen sich nicht die Schuld an der Freveltat geben, die jene begingen. Ich laste Ihnen das mitnichten an, und Julian tut es gewiss auch nicht.«

Faraday blickte zu Julian, seine Augenbrauen zu der stummen Fragen erhoben: *Tun Sie das in der Tat nicht?*

Bellamy schüttelte den Kopf. »Schauen Sie, ich habe gerade aufgehört, mich selber mit Vorwürfen zu traktieren.«

»Ja.« Faraday lehnte sich näher. »Sie wissen, dass es mein Auftrag war, sämtliche Mitglieder des Clubs sorgfältig zu überprüfen.«

Julian maß ihn mit zu Schlitzen verengten Augen. »Wie viel wissen Sie?«

»Alles.«

»Wer weiß noch etwas davon?«

»Keiner.« Faraday sprach mit Nachdruck. »Ich nahm es nicht in meinen Bericht auf. Niemand trachtet Ihnen nach dem Leben. Ich wüsste das sonst. Mehr noch, ich würde mich der Sache annehmen. Sie waren Leo ein guter Freund.« Sein Blick glitt zu Lily. »Und Sie, meine Liebe. Obschon wir uns erst seit Kurzem kennen, vermag ich mir nicht zu helfen, aber Sie sind für mich wie eine Schwester.«

Lily schenkte ihm ein tränenreiches Lächeln. »Ich habe es vermisst, einen Bruder zu haben.«

»Nun denn. Der Tag nimmt ein unerwartetermaßen gefälliges Ende.« Seine Stimme klang ob der tiefen Emotionen belegt, Faraday räusperte sich umständlich, ehe er seinen Blick aus dem Kutschenfenster lenkte. »Wir erreichen soeben Charing Cross. Dort werde ich aussteigen. Nach den heutigen Geschehnissen habe ich einiges an Schriftlichem zu erledigen.«

Mit einem Klopfen auf die Trennwand gab er dem Kutscher ein Zeichen anzuhalten. Als die Kutsche schlingernd zum Halten kam, erhob er sich von seinem Sitzplatz. »Oh ja«, fügte er hinzu und verharrte einen Moment in dem offenen Verschlag. »Übermitteln Sie Lady Claudia Grüße von mir, und lassen Sie mir Nachricht zukommen, wie es ihr geht. Das Mädchen ist mir in der Zwischenzeit arg ans Herz gewachsen.«

Dann war er fort, in der Menge verschwunden. Der Mann war recht gut darin zu verschwinden.

Die Kutsche setzte sich abermals in Bewegung, und Julian ließ seinen Kopf gegen die Lederpolsterung sinken. Was für ein Tag. Er hatte endlich Antworten auf seine Fragen erhalten, der Mord an Leo war aufgeklärt. Er konnte sicher sein, dass ihm keiner nach dem Leben trachtete.

Er drehte den Kopf und ließ den Blick zu seiner Frau gleiten. Das schwindende Tageslicht überhauchte ihr bezauberndes Profil mit einem goldenen Schimmer. Eine Strähne dunklen Haares streichelte ihre blasse Wange.

Er hatte sie. Die schöne, großherzige, tapfere, kluge Lily. Seine liebste Freundin. Die Mutter seines Kindes. Was konnte er mehr wollen? Zärtlichkeit breitete sich in seiner Brust aus, als er die Hand nach ihr ausstreckte und die Locke fortschob. Sie drehte das Gesicht zu ihm, ihre Augen sahen dunkel und süß aus.

»Lass uns nach Hause fahren«, buchstabierten seine Finger, ehe er sich anschickte, sie an sich zu ziehen.

»Nein.« Mit einer entschiedenen Bewegung ihrer Hand schob sie ihn fort. »Nein, Julian. Ich kann nicht mit dir nach Hause fahren.«

25

»Was sagst du da?«

Julian war offenkundig bestürzt. Er wirkte so überrascht, dass Lily ein wenig verdrossen reagierte. Konnte er nicht nachvollziehen, was sie heute seinetwegen durchlitten hatte?

Sie setzte sich auf die andere Sitzbank ihm gegenüber und sagte: »Ich kann nicht mit dir nach Hause fahren und so tun, als wäre nichts geschehen. Immer in der Angst, wieder neben einem erschütternden Brief aufzuwachen, wenn du das nächste Mal für dich entschieden hast, dass deine ungestärkten Manschetten dich meiner unwürdig machen, und du deswegen in die Antarktis ausgewandert bist.« Sie bemühte sich, eine schroffe, männliche Stimme nachzuahmen. »›Lebe wohl Lily. Du musst jetzt stark sein.‹«

Sämtlicher Schmerz und der Vertrauensbruch, den er begangen hatte, holten sie abermals ein, durchfluteten sie wie eine brandende Woge. Sie focht gegen die Tränen an, als sie weitersprach. »Du hast mich alleingelassen, Julian. Du hast mich angelogen, Informationen zurückgehalten, die zu erfahren ich ein Recht hatte. Ich bin nachgerade verzweifelt vor Angst. Und jetzt bin ich zornig auf dich. Weswegen weiß Peter Faraday mehr über dein Leben als ich? Weswegen hast du mir nicht von ihm erzählt, mich wissen lassen, dass er in London ist? Hätte ich um seine Rolle bei dem Überfall auf Leo gewusst, wären wir möglicherweise schon vor Monaten auf den Weg der Wahrheit gelangt.«

»Ja, aber … du hast ebenfalls einiges verschwiegen«, erwiderte er. »Du hättest mir erzählen können, dass Leo einen Geliebten hatte.«

»Das tat ich. Ich fragte dich seinerzeit, ob er jemand Speziellen hätte, an jenem Abend im Theater. Als du deutlich machtest, dass du nichts davon weißt …« Sie zuckte mit den Achseln. »Es war nicht mein Geheimnis, also stand es mir nicht zu, irgendetwas auszuplaudern. Wenn Leo gewollt hätte, dass du davon erfährst, hätte er es dir erzählt.« Sie hielt inne und atmete tief ein, um sich zu sammeln. »Und dann, der heutige Morgen, Julian. Wahrhaftig. Du hast mich mit einem schnöden *Brief* alleingelassen.«

»Ein Brief, dessen Inhalt besagte, wie sehr ich dich liebe. Wie inständig ich hoffte, diesen Irrsinn zu beenden und zu dir zurückzukehren.«

»Ein Brief, der mir zu verstehen gibt, dass ich nicht einmal die Hälfte dessen weiß, was dein Leben ausmacht«, gab sie zurück. »Ein Brief, der besagt, dass du meiner unwürdig bist.«

»Lily …« Er gestikulierte hilflos mit den Händen. Dann stieß er den Atem aus und begann erneut. »Die Sache ist die, dass es sich so verhält. Indessen bin ich entschlossen, mich deiner würdig zu erweisen. Ich verspreche dir, ich werde mein Leben der Aufgabe unterordnen, dich glücklich zu machen. Du bedeutest mir alles.«

»Ich will nicht dein Alles sein!«

Er sackte zusammen, als hätten ihre Worte ihn mit der Wucht eines Schusses getroffen. Er sah verletzt aus.

»Julian.« Sie milderte ihre Züge und ihre Gebärden, sie wollte, dass er sie verstand. Wenn es eine Sache gab, die sie der Verlust ihres Bruders gelehrt hatte, dann dass es nicht gut war, einem Menschen *alles* zu bedeuten und dermaßen abhängig voneinander zu sein. »Ich liebe dich. Aber ich möchte nicht der Grund sein, weswegen du lebst. Ich möchte dein Leben teilen. Dazwischen besteht ein Unterschied.«

»Dazwischen tut sich eine gewaltige Kluft auf. Es liegen Welten dazwischen. Ganze Galaxien und Milchstraßen. Du hast recht.«

»Also?«

»Also sollten wir in deiner Welt bleiben. Wo alles glanzvoll und prächtig und hinreißend ist.«

Oh ja. Eine glanzvolle, prächtige, hinreißende Sammlung von *Lügen.* »Ich dachte, wir hätten dieses Gespräch bereits geführt. Du wolltest aufhören, mich wie ein Kind zu behandeln.«

»Natürlich weiß ich, dass du kein Kind bist. Du bist so klug, Lily. Deine Intelligenz ist eine der Eigenschaften, die ich am meisten an dir bewundere.«

»Ach was, du vertraust meinem Urteil nicht. Jedenfalls nicht genug, um mir die Wahrheit anzuvertrauen. Kannst du dir vorstellen, wie demütigend es ist, einen Vogel um Aufschlüsse über den Verbleib des eigenen Gemahls bitten zu müssen? Einen *Vogel.*«

»So hast du uns gefunden? Erwähnte Tartuffe die *Jericho*?« Er betrachtete sie mit aufrichtiger Bewunderung. »Ich bin untröstlich, dich soeben mit klug umschrieben zu haben. Das war eine unerhörte Tiefstapelei. Offensichtlich bist du ein Genie. Ein beherztes, bezauberndes Genie.«

»Ich bin die Einfalt in Person, danach zu urteilen, wie du mich behandelst. Wieder und wieder habe ich dir erklärt, dass ich dich liebe. Es war mein inniger Wunsch, dich zu heiraten. Ich trage dein Kind unter meinem Herzen. Doch du beharrst nach wie vor darauf, meiner nicht würdig zu sein. Ist das etwa keine Beleidigung meiner Intelligenz? Bin ich so dumm, dass ich nicht einmal weiß, wer meiner Liebe würdig ist und wer nicht?«

Es fiel ihm keine passende Antwort ein.

»Als wir heirateten«, fuhr sie fort, »war ich von meinen erhebenden Gefühlen grenzenlos erfüllt. Ich dachte, wenn ich dich nur ganz, ganz fest halte und dir genug Liebesworte ins Ohr flüstere, dann wirst du deine schmerzvolle Vergangenheit überwinden. Aber Küsse heilen in Wahrheit keine Wunden. Das ist ein Ammenmärchen, zu dem Kindermädchen gerne greifen.«

Er schwieg einen Moment. Zu guter Letzt seufzte er: »Du hast recht. Wenn wir so weitermachen wie bisher, werde ich mich stets wie ein Betrüger fühlen.«

Das war es, was sie befürchtet hatte. Nichtsdestoweniger war sein Eingeständnis für sich genommen ein kleiner Sieg. Dennoch fühlte Lily sich nicht wohl in ihrer Haut. Er schien damit zum Ausdruck bringen zu wollen, dass sie weder gemeinsam glücklich sein konnten noch allein. Das ließ sich nicht gut an. »Nun, was sagt uns das?«

Er drehte den Kopf zum Fenster und blieb stumm. Lily bemühte sich, ihn nicht anzustarren. Sie mochte nicht den Eindruck erwecken, dass sie verzweifelt war und ihre Hoffnungen sämtlich an seine Antwort knüpfte. Auch wenn es sich so verhielt.

Unversehens stieß er eine Verwünschung aus. »Na schön. Da du es nicht anders haben willst.« Er klopfte schneidig auf das Dach der Karosse und hieß den Fuhrmann anhalten. Nach einer besänftigenden Geste zu Lily öffnete er das Fenster, um dem Kutscher etwas zuzurufen. Da er das Gesicht von ihr wegdrehte, vermochte sie nicht auszumachen, was er sagte.

Dann nahm er seinen Platz wieder ein, und die Kutsche setzte die Fahrt fort. Lily spähte interessiert aus dem Fenster. Wo sie sonst in die Oxford Street gebogen wären, fuhr die Kutsche geradeaus weiter. Sie erwog, ihn nach ihrem Zielort zu fragen, entschied sich indes dagegen. Wo er hinfuhr, da wollte auch sie hinfahren.

Sie rumpelten an Mayfair vorüber und kamen nach Bloomsbury. Sie erkannte den Straßennamen sogleich wieder, da sie Julian über die Jahre etliche Einladungen und Depeschen geschickt hatte.

»Wir fahren zu deinem Haus?«, forschte sie.

Er zuckte mit einer Schulter. »Wir fahren zu Julian Bellamys Haus«, lautete seine kryptische Antwort.

Kaum dass die Kutsche stillstand, öffnete Julian den Verschlag und ergriff ihre Hand, um ihr auf die Straße zu helfen. Das Tageslicht schwand rasch dahin und wich einem unwirtlich kalten Dezemberabend. Lily fröstelte in ihrem Reisecape, als sie ihm zum Portal eines eher unauffälligen Reihenhauses folgte. Das Haus war groß, aber beileibe nicht luxuriös zu nennen.

Aus seiner Brusttasche zog er einen Schlüsselbund und steckte einen der Schlüssel ins Schloss. Sie verfolgte es fasziniert. Offen gestanden konnte sie sich nicht entsinnen, dass sie jemals die Eingangstür zu ihrem Haus aufgeschlossen hätte. Dort war stets ein Diener postiert, der allein dazu ausersehen war, das Portal für sie zu öffnen und zu schließen.

Er verwendete einen zweiten Schlüssel, um einen weiteren Schließmechanismus am unteren Ende der holzkassettierten Tür zu öffnen. Dann benutzte er seine Schulter, um das Paneel nach innen zu drücken.

Das Entree war kühl und düster, die Stufen ragten direkt vor ihnen auf. Sie stiegen die Treppenflucht hinauf und bogen in einen geräumigen Gang. Nach dem, was sie mit verstohlenen Blicken in die angrenzenden Kammern entdeckte, war das Mobiliar sämtlich mit Segeltuch bedeckt.

»Warte«, buchstabierte er. Er glitt durch eine Tür und kehrte wenig später mit einem Kerzenleuchter in der Hand zurück. Zwei dünne Wachskerzen brannten in den Haltern und verbreiteten ringsum flackerndes Licht. Er reichte ihr den Kandelaber, den sie zwischen ihnen hielt, sodass Julians Gesicht erhellt wurde.

»So«, sagte er. »Dies ist Julian Bellamys Haus. Hier auf diesem Stockwerk finden wir Bibliothek, Salon, Speisezimmer, Arbeitsräume.«

Mit Ausnahme eines Stapels Korrespondenz in der Bibliothek wies wenig darauf hin, dass das Haus bewohnt war. Weder aufgeklappte, mit Lesebändchen versehene Bücher noch unvollendete Briefe lagen herum. Keine behaglich weiche Decke, um sie sich über den Schoß zu breiten, wenn man vor dem Kamin saß. In der Tat war der Kamin derart sauber, dass sie sich fragte, ob er jemals benutzt worden war.

Zwar mochte es Julian Bellamys Haus sein, aber hier lebte niemand.

Sie folgte ihm, als er über eine erheblich schmalere Treppe nach oben stieg, ihr Unbehagen wuchs mit jedem Schritt. Angesichts der sie umfangenden Dunkelheit, der zuckenden Finger des Kerzenscheins und der gespenstischen Verlassenheit des Hauses dachte Lily unwillkürlich an die grausame Legende von

Blaubart. Vielleicht würde er ihr oben seine verborgene Kammer des Schreckens zeigen, wo sich an der Wand die abgeschlagenen Häupter seiner ersten sechs Gemahlinnen reihten … alsbald von ihrem eigenen gekrönt.

Sei nicht albern, schalt ihre praktische Natur.

Ihr Herz hingegen trommelte im Rhythmus einer wiederkehrenden Warnung. *Bummbumm. Bummbumm. Sei auf der Hut! Sei auf der Hut!*

Als sie das Ende der Stufen erreichte, die in eine kleine Vorkammer mündeten, und die vagen Umrisse einer menschlichen Silhouette auf dem Kanapee erblickte, die mit Zeitungen überhäuft war … stöhnte Lily verängstigt.

Als sich der Zeitungsstapel mit einem Mal bewegte, schrie sie auf.

Ein Mann schrak hoch, Zeitungen landeten auf dem Boden. »Was hat das alles zu bedeuten?«

Es verlangte Lily einiges ab, den Kandelaber nicht fallen zu lassen. Sie drängte sich dicht an Julians Seite.

»Mein Kammerdiener«, erklärte er ihr und buchstabierte den Namen, »Dillard.« Zu dem Mann sagte er: »Was tun Sie noch hier? Habe ich Sie nicht mit den anderen in den Ruhestand geschickt, als ich mich vermählte?«

Die halb aufgerichtete Gestalt des Dieners zuckte mit den Achseln, sodass auch die letzte Zeitungsseite zu Boden flatterte. »Mir gefällt es hier. Außerdem rechnete ich mir gute Chancen aus, dass es mit der Ehe nicht klappen würde. Und siehe da, Sie sind zurückgekehrt.« Er bedachte Lily mit einem unverfrorenen, wenngleich anerkennenden Grinsen. »Sehr hübsch, Meister. Eine Stufe über Ihrem üblichen Geschmack. Wessen Gattin ist diese Dame?«

»*Die meinige,* elender Dummkopf.« Julian schüttelte offenkundig empört den Kopf. »Nichtsnutziger Tölpel. Raus!«

Dillard blinzelte ihn träge an.

»Gegen ein kleines Nickerchen ist doch gewiss nichts einzuwenden.«

Das war alles, was der Kammerdiener erwiderte.

Julian überließ ihn dem Kanapee und den Zeitungen und scheuchte Lily durch die Tür der Vorkammer in ein weiteres Gemach.

»Nun, dies …«, begann er, nachdem er das Kerzenlicht und ihre Aufmerksamkeit auf sich gerichtet hatte, indem er sanft an ihrem Handgelenk zog, »… ist Julian Bellamys Privatsuite.« Er beschrieb eine ausgreifende Geste. »Das Ankleidezimmer.«

Die meisten Regale und Garderobenhaken waren leer, ihr Inhalt war bereits vor Wochen nach Harcliffe House transportiert worden. Lilys Augen schweiften zu einer Reihe von Hüten auf einem hohen Bord. Sie erkannte einige von ihnen aus vergangenen Jahren wieder. Aus der Mode, mittlerweile.

»Hier kann man ein Bad nehmen und dergleichen mehr«, sagte er, während er Lily durch ein kleines Kabinett schob, das mit Waschkommode, Spiegel und Kupferwanne ausgestattet war.

»Die Schlafkammer.«

Nun. Das sah sie auch ohne seine Erläuterung.

Lily hielt den Kerzenleuchter höher und schaute sich neugierig um. Fragliche Räumlichkeit war doppelt so groß wie die größte Bettkammer in Harcliffe House. Gewiss hatten einige störende Zwischenwände weichen müssen, um diesen Raum zu erschaffen. Er war mit einer überschwänglichen Fülle an orientalischem, ägyptischem und kontinentalem Dekor ausstaffiert.

Ein Obelisk hier; ein bauchiges Gefäß dort. Sämtlich sinnliche Formen. Satte Farben erfüllten den Raum, edle Verzierungen tanzten auf jeder Oberfläche.

In der Mitte prangte ein Bett. Nein, kein Bett. Eine Monstrosität mit Samtdraperien, gedrechselten Holzpfosten, prallen Kissen und Matratzen von zweifelsfrei georderter Sondergröße. Hier wurde nicht viel geschlafen, das hätte sie wetten mögen. Das Ganze mutete eher wie ein erotischer Turn- und Tummelplatz an. Sie wand sich innerlich. Hoffentlich hegte er nicht den Wunsch, sie hier zu lieben.

Gleichwohl umrundete er das Monstrum, und steuerte eine Bücherwand in der rückwärtigen Ecke des Raums an.

Er winkte sie näher. »So, nun hast du Julian Bellamys Haus gesehen. Jetzt werde ich dir zeigen, wo ich lebe.«

»Was? Was meinst du damit, wo du lebst?«

Statt einer Antwort legte er seine Hand an das Regal und streckte sich, um den in Höhe des dritten Bordes versteckten Mechanismus zu erreichen. Er zog geschwind an einem Griff, und Lily spürte eine Veränderung, so als hätte die Wand einen Windhauch ins Zimmer gelassen. Als Julian zurücktrat, schwang das Regal aus der Mauer und enthüllte eine dunkel klaffende Nische. Sie hob den Kandelaber, vermochte im Innern jedoch nichts zu erkennen.

Sie blinzelte und versuchte es erneut. Dieses Mal fiel ihr in der Dunkelheit ein schwaches Glimmen auf. Was mochte das sein? Vielleicht … vielleicht eine Reihe von Messinghaken?

Lily schluckte schwer. Ihre Blaubart-Fantasien kehrten mit teuflischer Macht zurück.

»Es ist lediglich ein Alkoven«, meinte er, trat rücklings in das dämmrige Gelass und streckte ihr seine Hand entgegen.

»Du wohnst in einem Alkoven?«

»Nein.« Er grinste. »Auf der rückwärtigen Seite schließen sich weitere Räumlichkeiten an.« Er griff nach ihrer Hand. »Du sagtest, du bist willens, mein Leben zu teilen.«

Also fasste Lily seine Hand, nahm ihren sämtlichen Mut zusammen und folgte ihm in die Dunkelheit.

Sie passierten den Alkoven und gelangten auf der anderen Seite in eine bescheidene, schlicht möblierte Suite. Sofern sich zwei kleine Gemächer mit einem Waschkabinett als Suite bezeichnen ließen. Dort stand ein schmales Bett für eine Person. Es erweckte ebenso wenig den Eindruck, dass darin genächtigt worden war, wie es die raumgreifende Spielwiese in seinem anderen Schlafgemach getan hatte. Ansonsten vermittelte der Raum indes Anzeichen von Leben. Auf der Schreibtischplatte ruhten Federmesser und Füllfeder, in Sehnsucht einander harrend und getrennt von einem Stapel jungfräulich weißen Schreibpapiers. Eine abgebundene Krawatte baumelte von der Rückenlehne eines Sessels. Im Kamin lag ein Häufchen Asche, und ein versengter Stofflappen, der an einem Haken neben dem Wasserkessel hing, deutete darauf hin, dass sich jemand ziemlich stümperhaft an der Aufgabe versucht hatte, Tee zu kochen.

Eine weitere Lichtquelle erwachte flackernd zum Leben, als Julian eine Lampe entzündete und auf den Tisch stellte. Er trat vor einen kleinen Wandspiegel und begann mit akribischer Sorgfalt, sein Haar flach auf seine Kopfhaut zu kämmen.

»Du lebst hier?«, forschte sie.

Er nickte und schüttelte seinen Überrock von den Schultern.

»Du. Lebst *hier.*« Sie deutete zunächst auf ihn, ehe sie in einer ausgreifenden Gebärde den Raum mit einschloss, als sei ihr das nach wie vor unbegreiflich.

»Bis wir heirateten, tat ich es.«

»Weshalb?«

»Aus Bequemlichkeit. Meine Büros befinden sich gleich darunter.« Er blickte stirnrunzelnd auf seine Weste, als erregte das Kleidungsstück sein Missfallen. Offenkundig arrangierte er sich jedoch mit der Weste, denn er wechselte sie nicht. Stattdessen griff er nach einem neuen Überrock, den er aus dem kleinen Alkoven nahm.

»Deine … deine Büros?« Sie buchstabierte die Worte mit den Fingern, um sicherzugehen, dass sie ihn korrekt verstanden hatte.

»Ja.«

Er setzte eine Brille und einen schlammbraunen Filzhut auf, und die Verwandlung war vollkommen. Dies war ihr Theaterbegleiter: der langweilige, überarbeitete Angestellte. Mr. James Bell.

»Komm, begleite mich nach unten. Ich will es dir zeigen.«

Dieses Mal trug er den Leuchter. Lily folgte ihm aus der kleinen Suite und über die engste Stiege, die ihr je untergekommen war. Eine Art Klapptreppe, die sich nach unten ausziehen ließ. Sie endete vor einer unauffälligen dunklen Holztür.

Julian drückte die Klinke, verharrte für den Bruchteil von Sekunden, ehe er sie weit aufriss.

Büros. Getreu seinem Wort. Tatsächlich befanden sich dahinter Büros.

Obschon es draußen bereits dunkelte, war es erst später Nachmittag. Die Menschen waren noch bei der Arbeit in den Läden und Fabriken, überall in der Stadt.

Dieses Unternehmen bildete keine Ausnahme. Hinter zwei akkuraten Reihen von Schreibpulten sprangen zwei akkurate Reihen von Angestellten auf, ihr Augenmerk war auf ihren Brotherrn geheftet. Sie begrüßten ihn im Chor, was Julian mit einem knappen Nicken quittierte. Worauf die Angestellten ihre Plätze wieder einnahmen, um Lily fortwährend mit verstohlenen Blicken zu taxieren. Sie spähten zu ihr, als hätten sie noch nie zuvor eine Frau gesehen. Zumindest keine am Arm ihres Firmeneigners. Tröstlich.

Ein Mann in einem braunen Anzug eilte zu ihnen. Sein Gesicht mutete Lily irgendwie vertraut an.

»Mr. Bell.« Er verneigte sich. »Sir, wie vortrefflich, Sie hier zu sehen. Wir rechneten heute nicht mit Ihnen.« Der Blick des Mannes fiel auf Lily. Er platzte offenkundig vor Neugier, doch das kümmerte seinen Vorgesetzten nicht im Geringsten.

»Ist gut, Thatcher. Ich werde nach Ihnen rufen, wenn ich Ihrer Dienste bedarf.« Lilys Gemahl – sie war sich nicht einmal mehr sicher, als was sie ihn bezeichnen sollte – schob sie zu einem abgeteilten Kontor im rückwärtigen Teil des Gebäudes. Sie erhielt kaum Gelegenheit, die Beschriftung auf dem Milchglas der Tür zu lesen: *Mr. J. Bell, Geschäftsführer, Aegis Investments.*

Einmal im Innern, hieß er sie, an dem wuchtigen Sekretär Platz zu nehmen. Von dort gewährte ihr ein großes, in die Wand eingelassenes Fenster freie Sicht auf zwei Reihen von Angestellten an ihren Schreibpulten. Sie warf ihnen einen Blick zu. Worauf sie unisono ihre Augen abwandten und ihre Federn geschäftig in die Tintenfässchen tauchten.

Vor ihr war ihr Gatte damit beschäftigt, einen Berg von Schriftstücken und Umschlägen fortzuräumen.

»Ich bitte um Verzeihung«, sagte er, während er Dokumente

sichtete und zu einem ordentlichen Stapel aufschichtete. »Für gewöhnlich ist es nicht so unordentlich. Ich war in letzter Zeit selten hier und bin mit meiner Korrespondenz ins Hintertreffen geraten.«

»Was ist das für eine Firma?«

»Sie … gehört mir.« Sein Brustkorb hob und senkte sich. »Du bist die einzige Menschenseele, die das weiß. Außer Faraday und einem überaus diskreten Anwalt. Thatcher und die Angestellten glauben, dass ich der Geschäftsführer von Aegis Investments bin und reichen Investoren Bericht erstatte. Aber in Wahrheit sind die Investitionen sämtlich die meinigen. Mir gehört das alles.«

»Dir gehört was, präzise gesprochen?«

Er begann, Bücher aus einem Wandregal zu ziehen und diese vor ihr auf dem Schreibtisch zu stapeln. »Diverse Liegenschaften«, sagte er und zog einen in schwarzes Leder gebundenen Folianten hervor, »einschließlich der meisten in der unmittelbaren Nachbarschaft. Mehrere Textilfabriken.« Ein grünes Journal gesellte sich zu seinem Vorgänger. »Vermischte Investitionen.« Diese Akte hatte einen Einband aus rötlich braunem Leder.

»Schau sie dir an«, sagte er. »Oder, noch besser, hier …« Er riss eine Mappe vom obersten Regalbrett, öffnete sie und breitete den Inhalt auf der Schreibtischplatte vor Lily aus. »Das ist der Bericht aus dem letzten Jahr. Einnahmen und Ausgaben.« Er angelte nach einem Schriftstück. »Der Firmengewinn findet sich hier auf diesem Blatt.«

Lily blickte nicht darauf. Sie sah ihn mit vor Staunen geöffnetem Mund an.

Er setzte sich Lily gegenüber in einen Sessel. »In erster Linie produziere und verkaufe ich Stoffe. Das ist der Grund für Julian Bellamys extravagante Kleidung. Es war mir stets ein Anliegen, den Stil der neuesten Mode zu prägen, damit mein Geschäft davon profitiert.« Er deutete mit einer auffordernden Geste auf Dokumente und Aufzeichnungen. »Hab keine Scheu, schau dir alles an.«

Lily vermochte nicht zu leugnen, dass sie neugierig war. Demzufolge tat sie wie ihr geheißen. Zuerst blätterte sie durch jedes einzelne Firmenbuch. Sie wusste ein gut geführtes Rechnungsbuch gewiss zu würdigen, und diese waren mit peinlicher Genauigkeit geführt worden. In jedem Fall überstiegen die Gewinne die Verluste. In dem Ordner »Vermischtes« fand sie mehrere Seiten mit Spendenzahlungen von erstaunlicher Höhe. Dann wandte sie sich dem letztjährigen Bericht zu und starrte eine geschlagene Minute lang wie gebannt auf die Zeile »Gesamtgewinn«. Im Geiste rechnete sie nach, um die Addition zu prüfen, ehe sie davon überzeugt war, dass die Endsumme stimmte.

Er nannte ein Vermögen sein Eigen. Er war weitaus vermögender, als Leo es je gewesen war, wenn man die Besitztümer abzog, die das Marquisat mit sich brachte.

»Wie hast du all das angehäuft?«, fragte sie und hob den Kopf.

»Investitionen. Ich verfügte über ein wenig Anfangskapital. Eintausend Guineen.«

»Woher hattest du eintausend Guineen?«

»Erpressung.«

»Erpressung?« Er äußerte das Wort so beiläufig, ohne jede Regung.

»Ja. Du erinnerst dich an jenes manipulierte Pferderennen. Ich presste jedem der zehn Verschwörer hundert Guineen ab.

Ein kleiner Teil von ihrem auf schändliche Weise erworbenen Gewinn.«

»Und damit hast du all das bewerkstelligt?« Sie deutete auf die Firmenbücher.

Er bedachte sie mit einem bescheidenen Nicken.

Lily bewunderte ihn. Die Vorstellung, was er alles erreicht hatte, obwohl er gänzlich auf sich allein gestellt war. Ein Junge, der in der Gosse aufgewachsen war, in der Jugend verwaist. Trotz alledem prahlte er nicht mit seinem Reichtum. Niemand ahnte etwas davon. Sie brachte es nicht einmal über sich, ihm zu grollen, weil er sie hinters Licht geführt hatte. Sie war über die Maßen stolz auf ihn. Könnte seine Mutter ihren Sohn doch jetzt sehen.

Sie tupfte eine Träne fort. »Ich wusste stets, dass du ein bemerkenswerter Mann bist, und ich hegte schon lange den dunklen Verdacht, dass mehr in dir steckt, als alle Welt vermutet. Es beschämt mich einzugestehen, dass ich mir *dergleichen* niemals vorgestellt hätte, Julian, ich …« Sie brach ab und nagte verlegen an ihrer Unterlippe. »Soll ich dich überhaupt weiterhin Julian nennen?«

»Wenn ich das wüsste.« Er rutschte mit ernsthafter Miene in seinem Sessel herum. »Ich habe zwei Leben geführt, unter zwei verschiedenen Namen. Keiner davon ist letzten Endes der meinige. Meine Mutter war Mary Bell, aber wie du bereits erfahren hast, bin ich mir meines Taufnamens ungewiss.«

»Der ließe sich sicherlich herausfinden, wenn du die Kirche aufsuchen würdest.«

»Ich bin mir nicht sicher, ob ich ihn wissen will.« Ein Lächeln breitete sich über seine Lippen. »Was, wenn er grauenvoll ist, wie Jedediah oder Jehosephat?«

Sie wand sich auf ihrem Stuhl. »Ich verstehe deine Argumentation.«

»Mein Anwalt erklärte mir, dass mein gesetzlicher Name jeder sein kann, für den ich mich entscheide. Das verlangt von mir, dass ich mich auf eine Identität festlege und dann alles auf diesen Namen überschreiben lasse.«

»Welcher Name ist das?«

»Das obliegt deiner Entscheidung.«

»Ich denke, du solltest James Bell wählen«, antwortete sie. »Meinst du nicht auch? Es ist ein ehrendes Andenken an deine Mutter.« Obschon sie heimlich einräumte, dass es ihr schwerfallen würde, ihn anders als Julian zu rufen. Und sie hasste es zuzugeben, dass Lady Lily Bell ungemein prätentiös klang.

»Das mag sein«, räumte er ein. »Indessen habe ich dich als Julian Bellamy geheiratet. Zu Bell zu wechseln … ich hege Bedenken, dass unsere Ehe dann möglicherweise für ungültig erklärt wird.«

Insgeheim erleichtert, sagte sie: »Nun, da sei Gott vor.«

»Bist du dir sicher?« Seine Brauen hoben sich forschend. »Wäre es dir anders nicht angenehmer?«

Was sagte er da? Sie lehnte sich sprachlos zurück. Wie konnte er dergleichen überhaupt denken?

»Sei aufrichtig mit dir, Lily. Eine Adlige in direkter Verwandtschaft mit dem Königshaus, verheiratet mit einem Mann, der Handel treibt? Du weißt genauso gut wie ich, dass es damit nicht getan ist. Als ich dir einen Antrag machte, plante ich, alles zu veräußern. Ich habe Vorkehrungen getroffen, ebendieses zu tun, aber es benötigt Zeit.«

»Du warst entschlossen, dies alles zu verkaufen?« Die Tragweite des Opfers, das zu bringen er bereit war, schmerzte Lily.

Es ging ihr nicht um den Reichtum oder seinen Besitz, sondern allein um das, was die Dokumente auf seinem Schreibtisch belegten: Dies war sein Lebenswerk.

»Du verdientest einen Gentleman. Demzufolge war ich entschlossen, dir einen solchen für den Rest meiner Tage vorzugaukeln. Doch ich bin zu der Erkenntnis gelangt, dass ich mich dann fortwährend wie ein Betrüger fühlen würde. Wenn ich mich deiner würdig erweisen will, so hat dies zu meinen Bedingungen zu geschehen.« Sein Blick schweifte bedächtig durch das geschäftige Kontor, ehe er sich in Lilys senkte. »Ich bin erfolgreich mit dem, was ich tue, Lily. Es ist das, was ich tun wollte. Ich möchte dieses Metier nicht aufgeben.«

Sie nickte, ihre Miene war verständnisvoll und einsichtig.

»Es liegt bei dir. Es ist deine Entscheidung. Entscheide dich für James Bell oder bleibe mit Julian Bellamy vermählt.« Als sie Anstalten machte zu antworten, hob er mahnend eine flache Hand. »Bedenke, dass du die Gattin eines Geschäftsmannes wirst. Denke darüber nach, was das bedeutet, Lily. Überlege es dir reiflich und gut. Deine gesellschaftliche Stellung und deine Beziehungen werden darunter leiden. Unsere Kinder werden nicht in denselben Schulen und Freundeskreisen akzeptiert werden, die dir und Leo zugänglich waren. Menschen sind zuweilen grausam. Du wirst der gesellschaftlichen Konvention sozusagen mitten ins Gesicht spucken.«

Sie starrte ihn mit geweiteten Augen an.

»Bitte, versteh mich nicht falsch.« Er rutschte unbehaglich auf seinem Sessel umher. »Ich weiß, dass das nicht deine Art ist.«

»Gesellschaftliche Konvention«, sinnierte sie laut. »Dieselbe gesellschaftliche Konvention, die dich zu einer bettelarmen Waise machte? Dieselbe gesellschaftliche Konvention, die meinen

Bruder zur Zielscheibe von Gewalt und Hass machte? Ich bin in letzter Zeit nicht gut auf gesellschaftliche Konventionen zu sprechen. Wenn es meine Art *wäre*, würde ich meine Verachtung liebend gern auf diese Weise zeigen.«

Sie legte eine Hand auf den Stapel mit den Dokumenten und Folianten. »Ich liebe Rechnungsbücher, Julian. Ich liebe es, im Theatergraben des Drury Lane zu sitzen. Was ich an jenem Abend sagte, war kein Scherz. Ich finde eine Brille überaus attraktiv.«

Lächelnd streckte sie eine Hand aus, um mit ihrer Fingerspitze über den Rand eines Brillenglases zu fahren, dann folgte sie dem Verlauf des Bügels, bis er in Julians dichten dunklen Haaren verschwand. Zärtlich umrahmte sie mit ihrer Handfläche seine Wange.

»Ich denke, ich wurde geboren, um die Frau eines Geschäftsmannes zu werden. Vielleicht wurde ich auch geboren, um die deinige zu werden.«

Einen Moment lang schien er nicht imstande zu antworten. »Ich bin überzeugt, ich wurde *nicht* geboren, weil ich dich verdient habe«, sagte er schließlich. »Gleichwohl habe ich mir vor langer Zeit geschworen, niemals die Restriktionen meiner Geburt zu akzeptieren.«

»Darüber bin ich hinlänglich froh.«

So verharrten sie eine Weile, versunken in den liebenden Blick des anderen. Sie saßen einander gegenüber an einem Schreibtisch, der vor lauter Papieren überquoll, inmitten eines geschäftigen Handelskontors unter den neugierigen Blicken mehrerer Angestellter. Lily vermochte sich keine romantischere Szenerie vorzustellen.

»Wir werden unendlich glücklich sein. Du versprachst mir

das am Tag unserer Vermählung.« Er schmiegte seine Hand über ihre. »Ich gestehe, seinerzeit glaubte ich dir nicht.«

»Aber jetzt tust du es?«

»Oh ja. Mit Herz, Verstand und Seele. Wir werden so glücklich sein.«

Die Worte allein erfüllten sie mit Freude. Herz, Verstand und Seele. »Wir werden *unzertrennlich* sein.«

Sie schickte sich an, die Brille von seiner Nase zu nehmen. Als sie ihn mit zärtlich behutsamer Hand davon befreite, flatterte sein Blick zu dem Fenster und den neugierigen Angestellten dahinter.

»Sie beobachten uns.«

Sie klappte das Brillengestell zusammen und legte es sorgsam beiseite. Sie neigte sich über den Sekretär zu ihm vor und fragte: »Gibt es keinen Vorhang für dieses Fenster?«

»Doch«, antwortete er und beugte sich noch weiter zu ihr. »Doch, den gibt es.«

Dann küsste er sie, lange und leidenschaftlich. Vor den Augen seiner Untergebenen, ohne den erwähnten Vorhang vorzuziehen. Weil sie nichts zu verbergen hatten. Nicht voreinander. Nicht vor der Welt.

Nun, und weil hinter der Brille des Angestellten ihr Gemahl weilte, der im Herzen ein Schurke war.

Sie wünschte sich nichts anderes.

Epilog

Jahre später

»Sie macht sich prächtig.« Julian stützte seine Ellbogen auf die Brüstung der Holzumzäunung. »Ein hübsches Ding, nicht wahr?«

Morland und Ashworth drehten sich mit erstaunten Mienen zu ihm herum.

»Sie sind bereits eingetroffen?«, erkundigte sich der Herzog. »Wir hatten Sie nicht vor morgen zurückerwartet.«

Julian lüftete seinen Hut und hängte ihn an einen der Zaunpfähle. »Ich erledigte meine Geschäfte in York schneller als erwartet.« An den Herzog gerichtet sagte er: »Helfen Sie meinem Erinnerungsvermögen nach? Wie alt ist sie jetzt?«

»Im Frühjahr wurde sie drei.« Morlands Stimme strotzte vor Stolz.

»Und der Dunkle da?« Julian zeigte in eine Richtung. »Der gehört Ihnen ebenfalls, oder?«

»Nein, nein«, winkte der Duke ab. »Er gehört Claudia. Berücksichtigen Sie das unlenkbare Temperament. Geben Sie bei Ihren Kleinen acht auf ihn. Er ist bekannt dafür, dass er beißt.«

Julian schmunzelte. »Warum überrascht mich das nicht?«

»Was führte Sie nach York?«, fragte Ashworth. »Geschäfte?«

Julian nickte.

»Wie viele sind es jetzt?«

»Elf, alle zusammengenommen. Unsere Nummer zwölf wird diesen Herbst in Liverpool eröffnet.«

Er kam soeben von der feierlichen Eröffnung des neuesten Aegis Emporium, ein Geschäft, das hochwertige Konfektionsbekleidung für jedermann verkaufte. Die Idee war ihm schon während des Krieges gekommen, als die Verträge mit dem Militär schneller eingegangen waren, als er sie erfüllen konnte. Anstatt jeden Waffenrock maßzuschneidern, hatten sie begonnen, die Ware im Voraus nach den gebräuchlichsten Maßen zu produzieren. In den letzten Jahren hatte Julian dieses Verfahren für die Zivilbekleidung übernommen, seitdem fertigte er erschwingliche Kleidung für den Durchschnittsbürger.

Es war ein ehrbares Gewerbe und eine ehrliche Arbeit. Und nebenbei noch sehr lukrativ.

Er straffte sich. »Welcher ist Ihrer, Ashworth? Der Große dort unter dem Baum?«

Ashworth nickte. »Erst ein Jahr alt, aber geschwind wie der Teufel. Ich habe vor, ihn als Rennpferd zu veräußern, aber vorerst wird Morland ihn noch ein Jahr trainieren.«

»Osiris hinterließ beileibe ein Vermächtnis«, sann Julian laut.

Kollektives Schweigen folgte als Bestätigung, derweil die drei Gentlemen dort standen und über das Gatter gelehnt die Jungpferde beobachteten. Der berühmte Hengst war im vorangegangenen Winter an Altersschwäche eingegangen, indes wurde Osiris von mehreren Jungpferden, etlichen Fohlen und einer engen Männerfreundschaft überdauert.

Die Sommersonne wärmte Julians Gesicht, und eine leichte Brise zauste seine Haare. Er focht mit der Versuchung zu verweilen und auszuruhen, den schönen Nachmittag in Cambridgeshire zu genießen und das schlichte Vergnügen, mit alten Freunden zu plaudern.

Einen Tag, vielleicht. Es lag zwei Wochen zurück, dass er seine Familie zuletzt gesehen hatte, und er mochte keine zwei Minuten länger warten. Er löste sich von dem Geländer und angelte nach seinem Hut. »Wo sind die Damen und die Kinder?«

»Küss ihn.«

Mary verschränkte die Arme. »Nie und nimmer.«

»Es ist bloß ein Spiel«, beharrte Hugh. »Du musst ihn küssen.« Er hielt ihr die hässliche, zuckende Kreatur ins Gesicht und schmatzte geräuschvoll mit den Lippen. Hinter ihm krümmten sich Philip und Leo vor Lachen.

Mary entwich ein mattes Stöhnen. *Jungs.*

Es war schlimm genug, dass sie alles mit Leo zu teilen hatte, aber in der Stadt hatte sie wenigstens ihre eigenen Freundinnen. Hier, während der Ferien in Braxton Hall, war die Auswahl ihrer Spielgefährten auf Jungen oder Babys beschränkt. Mary hatte keine Lust, mit den Babys zu spielen. Sie wollte mit Hugh und Philip spielen, in ihrem Spielhaus. Es war wie ein Schloss mit richtigen Türen und Fenstern. Aber es war das Spielhaus von Hugh und Philip, und für das Privileg mitzuspielen, das Mary genoss, hatte sie deren Spielregeln zu befolgen.

An guten Tagen durfte sie Küchenmädchen für ihre Artusritter spielen oder Schiffsmagd für ihre Piraten. In der kleinen Küche verbrachte sie glückliche Stunden, sie flocht Kochgeschirr aus Weiden und band Blumenkränze, derweil die Jungen sich mit Holzschwertern bekriegten und dabei absolut lächerlich wirkten.

Gestern hatten sie Mary sogar zur Königin gekrönt. Indes

hatte sie ihre Macht ein wenig zu sehr ausgekostet. Denn heute war sie zur Prinzessin degradiert worden, die in den heißen, staubigen Turm eingesperrt wurde. Für Stunden schmorte sie mittlerweile in ihrem Kerker, und sie hatten sie bislang nicht gerettet. Sie war schon drauf und dran gewesen, sich in die Halle zurückzustehlen, um ein Buch zu holen, als die Jungen mit rotwangigen Gesichtern und prustend vor Lachen die Leiter erklommen.

Sie hatten eine Kröte dabei.

»Ich werde dieses eklige Ding nicht küssen. Lieber bleibe ich bis in alle Ewigkeit eingekerkert.« Mit anderen Worten bis zum Nachtmahl, was nicht mehr lange hin sein konnte. Ihr Magen rumorte bereits.

»Dann bettle um deine Freiheit«, sagte Hugh. »Sag in flehendem Ton: ›Habt Erbarmen, Mylord‹.«

Sie verdrehte die Augen gen Himmel. Hugh würde sie niemals vergessen lassen, dass er der Sohn eines Herzogs war, und bereits Graf von Soundso.

»Schau her«, sagte Philip. »Du küsst auf der Stelle die Kröte. Oder wir werden dich nie wieder hier mitspielen lassen.«

Mary drückte ihr Rückgrat durch. Es hatte ein Gutes, wenn man mit Jungen spielte. Ein Mädchen lernte, hartnäckig zu sein. »Scher dich zum Kuckuck. Mein Vater wird mir ein eigenes Spielhaus bauen. Zehn Mal größer als dieser alte Holzhaufen.«

Philip erwiderte spitzfindig: »Dein Vater ist nicht mal hier.«

»Zumindest habe ich einen Vater«, entgegnete sie schnippisch.

»Mein Paten…«

»Dein Patenonkel, wahrhaftig?«, höhnte sie. »Flog wohl zum Mond, letzten Donnerstag, hm?« Philip erzählte immerfort abstruse, unglaubliche Geschichten, die sich um diesen Mr. Faraday rankten.

Nicht, bedeutete ihr Bruder mit Gebärden, seine Schultern waren angespannt. *Er ist mein Freund. Das geziemt sich nicht.*

Ein Blick in Philips Gesicht bewies ihr, dass sie zu weit gegangen war. *Die Kröte,* zeigte sie mit flehenden Gesten. *Nimm sie fort.*

Leo ignorierte die lautstarken Einwände seiner Freunde, packte die Kröte und warf sie aus dem schmalen Turmfenster. Mary und Leo sollten sich nicht der Fingersprache bedienen, wenn andere dabei waren, die sie nicht verstanden, das war unhöflich, betonte ihre Mutter mit schöner Regelmäßigkeit. Aber zuweilen war eine Geheimsprache wahrlich von Nutzen.

»Was ist das?«, drang eine tiefe Stimme von unten zu ihnen herauf. »Eine der altägyptischen Plagen? Kröten, die vom Himmel regnen?«

Marys und Leos Blick begegneten sich. »Vater!«, riefen sie wie aus einem Munde.

Es entstand ein wildes Gerangel, wer als Erstes die Leitersprossen erstürmte, das Mary gewann. Unten angelangt versuchte sie, ihrem hünenhaften Vater in den Arm zu springen.

»Papa.« Sie umklammerte seinen Nacken und umarmte ihn innig, wobei sie sich nicht im Mindesten um seinen rauen Bartansatz kümmerte. Selbst unrasiert war er viel angenehmer zu küssen als eine Kröte. »Die Jungen sind grässlich, sie haben mich im Turm eingesperrt.«

Er lachte. »Nun, deswegen bin ich gekommen, um meine Prinzessin zu retten.«

Leo verharrte dicht neben seinem Vater. Er war um ein Jahr jünger als Mary, wähnte sich jedoch zu erwachsen für Umarmungen und Küsse, insbesondere vor seinen Freunden. Er billigte ein kurzes Tätscheln seines Kopfes.

Marys Hand krabbelte verstohlen nach unten, zur Gesäßtasche ihres Vaters. Doch bevor sie das von ihm mitgebrachte Geschenk erreichte, ließ er sie zu Boden gleiten. Sie und Leo mussten zunächst drei Rechenaufgaben im Kopf lösen und den Begriff »Hypotenuse« richtig buchstabieren, ehe er schließlich das Päckchen mit den Leckereien herausrückte.

»Eine letzte Frage.« Er hielt die köstliche Trophäe außer Reichweite hoch. »Wo finde ich eure Mutter?«

»Oh, gib acht, Schätzchen!« Amelia rettete einen winzigen Finger vor der schmerzhaften Begegnung mit einer Dorne. Sie küsste entschuldigend die kleine pummlige Hand und scheuchte ihre Tochter zurück zu den Kinderschwestern. »Nur die Gänseblümchen, Claire. Pflück nur die Gänseblümchen. Überlass die Rosen deiner Mama.«

»Ich glaube, ich sehe jemanden kommen.« Von ihrem Stuhl unter dem Baldachin blickte Meredith von dem blonden Baby, das sie schlummernd in ihrem Schoß wiegte, auf. Sie sah in die Ferne. »Schaut, dort oben, auf der Anhöhe.«

»Nun, unsere Gatten werden es gewiss nicht sein.« Amelia schnitt eine weitere Rose. »Ich möchte meine letzten Winterbirnen darauf verwetten, dass Spencer und Rhys den gesamten Tag in den Stallungen verbringen. Vielleicht sind es Claudia und Mr. Faraday, die von ihrem Spaziergang zurückkehren.«

»Nein«, sagte Meredith, die mit einer Hand ihre Augen beschirmte. »Ich denke, dem ist nicht so. Ich sehe nur eine Person. Doch freut es mich, dass Claudia und Mr. Faraday so enge Freunde geworden sind.«

»Mich nicht minder«, bekräftigte Amelia. Claudia war inzwischen zur Frau herangereift, hoch gewachsen, mit vollendeten Kurven und voller Widerspruchsgeist. Mr. Faraday schien einen begütigenden Einfluss auf sie auszuüben. »Sie schreiben sich regelmäßig. Und Mr. Faraday nimmt seine Rolle als Philips Taufpate sehr ernst. Er hat die Schullaufbahn des Jungen bereits bis ins Einzelne geplant, von Privatlehrern über Eton und Oxford bis zu einer Reise zu sämtlichen Kathedralen auf dem europäischen Festland. Philip und Hugh mögen ihn beide sehr.«

Ein leises Wimmern erklang unter der feinmaschigen Gaze des Baldachins. Widerstrebend legte Amelia die Gartenschere fort. Das Mittagsschläfchen war vorüber.

In Merediths Schoß wand sich Baby Charlotte, wehklagend und mit rotem Gesichtchen.

»Es tut mir aufrichtig leid.« Meredith erhob sich.

»Das braucht es nicht.« Amelia schloss das weinende Kind in ihre Arme. »Es wurde höchste Zeit, dass sie aufwacht. Komm zu Mama, Schätzchen.«

Sie glaubte, ein wehmütiges Flackern in Merediths Augen aufblitzen zu sehen, als ihre Freundin ihr das nörgelnde Kind in den Arm legte. Nach acht Jahren Ehe waren sie und Rhys noch immer kinderlos. »Alsbald wirst du an der Reihe sein«, sagte sie leise, während sie Charlotte sanft über den Rücken streichelte. »Dessen bin ich mir gewiss.«

»Ich auch.« Meredith lächelte strahlend. »Ich bin im November dran, wenn man der Hebamme glauben darf.«

Amelias gedämpfter Aufschrei der Freude führte dazu, dass Baby Charlotte erneut zu wimmern anfing. Die Kleine war außerordentlich missgestimmt, mitten in einer Umarmung halb zerquetscht zu werden.

»Ich bin so froh für dich. Weswegen hast du uns die freudige Nachricht nicht eher verraten?«

Um Merediths Mundwinkel zuckte es verräterisch. »So oft dachten wir … wir haben gehofft … vergeblich letzten Endes. Erzählt Rhys nicht, dass ich euch eingeweiht habe. Er ist so fürchterlich abergläubisch.«

»Und du bist dir ganz sicher?«

»Ich denke doch.« Merediths Augen schimmerten feucht, und sie presste eine Hand auf ihren Leib. »Fühlt es sich an wie ein kleiner Frosch? Tritt es gegen die Bauchdecke?«

»Ja. Exakt so fühlt es sich an.« Amelia umarmte sie erneut. »Ich bin so glücklich für dich. Du und Rhys, ihr werdet wundervolle Eltern sein.«

»Du bist guter Hoffnung? Das ist fabelhaft.« Die tiefe Stimme erschreckte die beiden.

»Aber Julian«, sagte Meredith. Sie löste sich von Amelia und trat einen Schritt zurück. »Sie waren das, den ich über den Abhang kommen sah.«

»Sieht ganz so aus.« Nachdem er höflich seinen Hut gelüftet hatte, ergriff er Amelias Hand, neigte sich darüber und hauchte einen zarten Kuss darauf. »Ihre Hoheit.« Dann begrüßte er nacheinander die anderen, indem er galant ihre Hände küsste. »Lady Ashworth. Die kleine Lady Charlotte.« Während er neben einen Strauß Gänseblümchen sank, begrüßte er auch ganz ernsthaft die Kleine: »Lady Claire.«

»Wir hatten Sie erst für den morgigen Tag erwartet«, räumte Amelia ein.

»Es war mir vergönnt, meine Geschäfte vorzeitig abzuschließen. Ich traf mich mit Ihren Gatten drüben bei den Stallungen.«

Sie lachte. »Darauf hätte ich wetten mögen.«

Er wandte sich zu Meredith. »Ashworth verlor kein Wort über die gute Neuigkeit, wie das?«

»Es soll zunächst noch ein Geheimnis bleiben«, antwortete Meredith. »Erzählen Sie ihm nicht, dass Sie es wissen.«

Julian blies die Backen auf und überlegte. »Ich werde Ihr Geheimnis für mich bewahren, wenn Sie mir eine Frage beantworten.«

»Oh?« Merediths Brauen hoben sich forschend. »Welche Frage?«

Er beschrieb eine ausgreifende Geste mit seinen Armen. »Wo auf diesem beneidenswerten, großartigen, weitläufigen Anwesen steckt meine Frau?«

Lily setzte vorsichtig einen Schritt nach rechts. Ihre nackten Zehen versanken im feuchten Morast, und der zusammengeknotete Saum ihres Kleides bauschte sich an der Oberfläche des rauschenden Stroms.

Sie bückte sich, um eine Handvoll Brunnenkresse zu pflücken, und zog an den Halmen. Sie schüttelte das Wasser von den Blättern, ehe sie sie zu den anderen in den Korb legte, den sie am Handgelenk trug. Noch ein paar wenige Büschel, dann war es genug.

Eine leuchtend blaue Libelle flog vorüber, schwirrte von einem Flecken Sonnenlicht zum nächsten, derweil sie durch das Uferschilf tanzte. Lily beobachtete das Insekt, begeistert von seiner irisierenden Schönheit und der anmutigen Flinkheit. Die Libelle schwebte unversehens nach links. Lily drehte den Kopf, um ihrer Flugbahn zu folgen …

Und erblickte ihren Gemahl, der am Ufer stand und eine

Schulter an den Stamm einer Buche stützte. Sie war überwältigt ob der Überraschung. Sie hatte ihn nicht vor dem morgigen Tag zurückerwartet.

»Wie lange stehst du schon dort?«, erkundigte sie sich.

»Noch nicht lange.«

Sie drehte sich herum, um ihn zu betrachten. Gütiger Gott, er war sündhaft attraktiv. Unrasiert, zerzaust, gebräunt von einer Tagesreise in der Sonne. Er hatte sein Jackett ausgezogen und trug es über die Schulter geschwungen an einem Finger. Seine Krawatte, so er denn eine getragen hatte, war fort.

Die reißende Strömung des Flusses brandete gegen ihre Kniekehlen. Bei Julians Anblick lief ihr das Wasser im Munde zusammen.

Er warf sein Jackett über einen Ast und schritt zu ihr. »Du«, er bediente sich der Zeichensprache, »bist schwer zu finden.«

Sie schluckte leicht pikiert. Dann hob sie behäbig ihren Korb. »Ich sammle Brunnenkresse.«

»Das sehe ich.« Er kam näher und watete kurzerhand vollständig bekleidet durch die Fluten. Als er sich näherte, nahm er einen tiefen Atemzug. »Du riechst auch danach. Grün, pfeffrig und frisch.«

»Ich habe dich vermisst«, gestand sie ihm. Und das hatte sie, jede Stunde jeden Tages.

»Nicht so sehr wie ich dich vermisst habe.« Sein Adamsapfel zuckte, als er sie mit einem hungrigen Blick betrachtete, angefangen von ihren weich geflochtenen Zöpfen bis hin zu den gerüschten Spitzen ihres Rocksaums, der feucht an ihren entblößten Beinen klebte. »Ich werde dich küssen, gleich hier im Wasser. Und dann werde ich dich lieben, dort auf der Uferböschung.«

»Das klingt entzückend.«

Er griff nach dem Korb mit der Brunnenkresse, schob ihn von ihrem Arm und reckte sich vor, um diesen sicher am Ufer abzustellen. Dann glitten seine Hände zu den Bändern ihres Strohhutes. Er löste die Schleife unter ihrem Kinn und warf die Kopfbedeckung kurzerhand beiseite.

Dann … endlich … griff er nach ihr.

Er streichelte mit einer Hand ihre Wange und ließ seiner Brust einen tiefen, inbrünstigen Seufzer entweichen. »Lily.«

Ein Schauern erfasste ihren Körper, den ganzen Weg von der kühlen Wasseroberfläche des Stroms bis zu ihrem von der Sonne erwärmten Nacken. Sie erbebte immer noch. Er war seit mehr als acht Jahren ihr Gemahl. An den meisten Tagen meinte sie, ihn besser zu kennen als sich selbst.

Gleichwohl erbebte sie.

Sie lächelten einander an, als sie sich langsam vorneigten, sie ließen sich Zeit, bis beider Lippen zu einem Kuss verschmolzen. Weil sie es inzwischen besser wussten, als die Dinge zu überstürzen. Es war Folter, für lange Wochen voneinander getrennt zu sein. Aber es war Magie, das Wiedersehen und die Wiedervereinigung nach langen Wochen der Trennung zu zelebrieren. Ein bloßer Blick war erregend. Das erste Berühren von Haut auf Haut war pures Vergnügen. Das erste Schmecken voneinander war eine köstliche Mischung von Vertrautem und Ungestüm.

Und wo immer sie weilten – sei es London oder York oder inmitten eines Stroms in Cambridgeshire –, dieser erste Kuss bedeutete, dass sie heimgekommen waren.